本作品系宁波市文联文艺创作重点项目

大禹治水 传奇

杨大元 著

图书在版编目（CIP）数据

大禹治水传奇 / 杨大元著 . — 宁波：宁波出版社，2016.9
ISBN 978-7-5526-2588-2

Ⅰ.①大… Ⅱ.①杨… Ⅲ.①神话—作品集—中国—古代 Ⅳ.① I276.5

中国版本图书馆 CIP 数据核字（2016）第 191490 号

大禹治水传奇

作　　者	杨大元
出版发行	宁波出版社

（宁波市甬江大道 1 号宁波书城 8 号楼 6 楼，编辑部电话：0574-87264975）

责任编辑	张爱妮
策划编辑	卓挺亚
责任校对	李　强
装帧设计	金字斋
印　　刷	浙江开源印务有限公司
开　　本	787 毫米 × 1092 毫米　1/16
印　　张	26.25
字　　数	510 千
版　　次	2016 年 9 月第 1 版
印　　次	2016 年 9 月第 1 次印刷
标准书号	ISBN 978-7-5526-2588-2
定　　价	36.00 元

版权所有，侵权必究。

图书若有倒装缺页影响阅读，请与出版社联系调换。电话：0574-87248279

前　言

　　水是国家、民族和一切生命的命脉，没有水，国家、民族和生命无法生存。但水过多过少都是灾难，必须治理。多则流其盈溢，少则蓄其外溢，此治之大则。千百年来中华民族有无数治水能人，为振兴中华做出过丰功伟绩，古代大禹就是伟大的先驱，其事迹彪炳千秋。只因年代久远，又无确切文字记载，所以数千年来，还没有一本较为完整的传奇故事传世。

　　《尚书》中"禹贡"一文为后人提供了大禹治水的轮廓，笔者凭此演绎想象，于1994年执笔创作，历时20年，终于2015年著成《大禹治水传奇》一书，以此献给作出巨大贡献的古今水利工作者，也希望今人能从中得到启发，保护我们的山川河流，为保卫我们的家园尽一分力量。

　　因大禹所处年代为原始社会，其生活风貌、语言文字、度量衡等并无准确记载，所以为更好地推动情节发展，让读者对大禹治水的传奇故事有一个直观、生动的了解，书中使用的对白及度量衡等或许已超越当时所处年代的现实，甚至有些叙事已架空历史。再加笔者的水平有限，故书中定多谬误，盼读者有机会能斧正并改写，本书只是抛砖引玉之作。

　　本书能够出版，宁波市文联给予很大支持，在此深表感谢。他们贯彻落实了党的文艺政策，推动了中国民间文学和文艺的发展。

杨大元

目 录

	楔　子	001
第一回	水珠降生	002
第二回	奇师教徒	008
第三回	伯禹承命	013
第四回	察灾，召能	019
第五回	水孩儿	024
第六回	开龙门，凿吕梁	029
第七回	训练水卒	034
第八回	得应龙，遇毒水	039
第九回	扑杀竹叶青	044
第十回	遭遇坚岩	049
第十一回	雷劈砥柱	054
第十二回	东出太行	059
第十三回	窥　海	064
第十四回	登临碣石	069
第十五回	治理大平原	074
第十六回	烧芦林，垦大陆	079
第十七回	八壮士	084
第十八回	徒骇河	089
第十九回	八足海妖	094

第二十回　九河入海⋯⋯⋯⋯⋯⋯⋯⋯⋯099
第二十一回　雷　泽⋯⋯⋯⋯⋯⋯⋯⋯⋯103
第二十二回　除　鼍⋯⋯⋯⋯⋯⋯⋯⋯⋯108
第二十三回　灵　珠⋯⋯⋯⋯⋯⋯⋯⋯⋯113
第二十四回　治淮前期⋯⋯⋯⋯⋯⋯⋯⋯118
第二十五回　诛灭水怪⋯⋯⋯⋯⋯⋯⋯⋯124
第二十六回　高宝湖获珠⋯⋯⋯⋯⋯⋯⋯129
第二十七回　清治洪泽⋯⋯⋯⋯⋯⋯⋯⋯134
第二十八回　惊　艳⋯⋯⋯⋯⋯⋯⋯⋯⋯139
第二十九回　擒获无支祁⋯⋯⋯⋯⋯⋯⋯144
第三十回　伯禹成婚⋯⋯⋯⋯⋯⋯⋯⋯⋯149
第三十一回　平淮，垦东原⋯⋯⋯⋯⋯⋯155
第三十二回　珠儿探亲⋯⋯⋯⋯⋯⋯⋯⋯161
第三十三回　具区泽⋯⋯⋯⋯⋯⋯⋯⋯⋯167
第三十四回　敷浅原⋯⋯⋯⋯⋯⋯⋯⋯⋯173
第三十五回　猎　兽⋯⋯⋯⋯⋯⋯⋯⋯⋯179
第三十六回　彭蠡泄口⋯⋯⋯⋯⋯⋯⋯⋯185
第三十七回　扬州治平⋯⋯⋯⋯⋯⋯⋯⋯190
第三十八回　云　泽⋯⋯⋯⋯⋯⋯⋯⋯⋯196
第三十九回　访　民⋯⋯⋯⋯⋯⋯⋯⋯⋯201
第四十回　探　营⋯⋯⋯⋯⋯⋯⋯⋯⋯⋯206
第四十一回　焚　粮⋯⋯⋯⋯⋯⋯⋯⋯⋯212
第四十二回　谋　划⋯⋯⋯⋯⋯⋯⋯⋯⋯217

第四十三回　造　　势…………222

第四十四回　弃暗投明…………227

第四十五回　活捉相柳…………232

第四十六回　新　　生…………237

第四十七回　云泽地貌…………242

第四十八回　四杰神功…………247

第四十九回　沉　　湖…………252

第五十回　鞭　　钩…………257

第五十一回　潜水接汉水………262

第五十二回　分　　地…………266

第五十三回　湘口烈火…………270

第五十四回　访民苗家…………275

第五十五回　说均分……………280

第五十六回　建立新邦…………286

第五十七回　赴　　豫…………291

第五十八回　会女娇……………296

第五十九回　登少室……………300

第六十回　女娇怀胎…………305

第六十一回　邙山沼泽…………310

第六十二回　荥　　泽…………315

第六十三回　奋战伊阙…………320

第六十四回　伯禹忧妻…………324

第六十五回　剖腹活夏启………328

第六十六回	治济泄荥	332
第六十七回	议治梁州	336
第六十八回	甘棠明理	342
第六十九回	深探潜江	347
第七十回	借　力	352
第七十一回	治沱水	357
第七十二回	沱通潜接	362
第七十三回	蒙蔡青衣	366
第七十四回	妙计运粮	370
第七十五回	帝　谕	375
第七十六回	渭河口	380
第七十七回	小凿积石山	385
第七十八回	西行途中	390
第七十九回	浚弱水	394
第八十回	考察三苗	398
第八十一回	石牌款约	402
第八十二回	功垂后世	407

楔 子

黄帝统一华夏部落后,称帝多年,死后三传至帝尧,建都平阳,即今山西临汾。

帝尧为人仁厚,诚爱天下黎民,自己十分节俭、朴素,从不强掠天下以奉己,左右又有一班贤臣辅佐,把天下管理得井井有条。政出如雨露阳光,滋润万物不为害,偶有刑罚,也如严霜暴雨,起锄恶、扶正、祛邪功效,有益于治。当时人口稀少,黎民只要勤于耕猎,就可温饱而无饥饿之忧。

但天道无常,祸福互见。帝尧后期,连年淫雨,九州大地洪水滔天,山洪暴发时,山崩地裂,急流拔树毁屋,人畜都在水中挣扎求生,凄惨可怜。后世有人作词叹洪灾中庶民之苦:

举目四望,尽是波涛卷庐舍。头上猛雨浇,全身水里漂。呼儿喊爹娘,阵阵撕心,都用泪眼瞧;天色将晚,水中怪物肆咆哮。强壮上树躲,幼弱遭蛇咬。一家亲骨肉,煞时星散,湍流全冲掉。

平原既成泽国,黎民流离失所,只得逃到山上垦荒度日,生活极其困难。帝尧忧虑,一时也无计可施。后朝中推举崇伯鲧为治水大臣,治水数年,却未见成效。帝尧年老,缺了果敢气魄,因循度日,只是苦了黎民百姓。黎民只盼早出能人,解民困苦。

第一回　水珠降生

话说九州之东（今浙江、江苏间）有一大泽，曰具区，也称震泽，后人称为太湖。当年具区泽水域巨大，方圆数千里，深达数十丈，遇风则波浪滔天，无风就碧波万里，鱼虾极多，捕捞容易，也有巨鱼怪兽出没。中有几个岛屿，方圆不过数里。其中一岛，因岛上有十几株千年绿梅，每年冬季绿萼绽放，全岛梅香芬芳，故名绿梅岛。岛上住有十余户人家，他们以捕鱼为生，兼辟山坡土地耕种，生活安定，与世无争。这十来户人家大都以水为姓，靠近东边一户的夫妻二人，年纪都在二十四五，丈夫名叫水中根，精通水性，出没水里如履平地；妻名花飘飘，也是水里生水里长的人。二人结婚只三年，年轻夫妻十分恩爱。丈夫只盼爱妻早生儿子，年老好有个帮手，并续香火。

这日，中根打鱼归家，飘飘早已饭菜齐备，端出了热气腾腾的饭菜，还备了一罐酒，望着中根傻笑。中根坐下拿起筷子一瞧道："啊呀，今日有什么喜事，如此有口福。"一边说笑一边抬眼朝飘飘细瞧。飘飘脸孔红红，悄声地说了一句含糊不清的话。中根没有听清，凑过脸去说道："老夫老妻了，怎么倒怕羞起来了，你说的我没听清，再说一遍我听听。"

飘飘用拳头轻轻捶了中根一下，笑了一下道："酒菜快凉了，坐了吃饭，吃了再告诉你。"中根挠挠头，无可奈何地坐下道："好，好，坐下，坐下，你也坐下，边吃边说，不过你要说重些。轻了听不清呀，这次再听不清，我可要把耳朵塞进你嘴里去的。"吃了半晌，中根一罐酒都快喝光了，可飘飘脸上虽不时出现笑容，却不开口，专心吃饭。中根等得心急，朝飘飘瞧了又瞧，见她只是笑，却不开口，就故作生气道："你不说，我不吃饭了，心中闷得慌，吃饭没味道哩。"飘飘只得把身子凑过去，在中根耳边说道："月事两个月没来，腹中微恙，可能怀上你的儿子了。"中根一听大喜，一把将飘飘抱在膝上道："咋不早说！"放下手中酒杯，将头俯到飘飘肚上静听，听了一晌，口中念道："我的儿子在动哩。"飘飘看中根像小孩一样高兴，自己也幸福地微笑着，夫妻二人沉浸在幸福欢乐之中。

一餐饭罢，中根对飘飘道："今后你要多吃点补品，少一点操劳，把儿子怀好，免得动了胎气。"飘飘点点头，但又问中根道："现在男女还不知晓，若生个女儿，你可不要讨厌我啦！"中根道："真生女儿，我也欢喜，自己子女哪会不爱，你我年轻，何愁不生儿子，我可不会讨厌你。"飘飘爱中根忠厚，把头埋在他的胸前。此后，夫妻更加恩爱，中根更加勤快，更加体贴飘飘，飘飘也更爱中根。两人时常同出捕鱼，出没水中,中根总是不离飘飘左右,小心照顾。

光阴荏苒,这时飘飘怀胎已经十有二月,早过临盆之期。夫妻二人都感惊奇。但飘飘身体强壮,饮食起居如常,胎里时有震动,但无痛苦,只好等待。岛上老人们说:古来奇异之士,常常超期出生,这次飘飘恐要产个奇异之子哩!中根为照顾飘飘已两月没去捕鱼,今届期未生,不知等到几时,于是又驾船至湖中捕鱼。飘飘肚子已大,行动不便,在家休息。

这一日中午之后,飘飘突感腹痛难忍,连声呼喊。中根已经去湖里捕鱼,家中无人,幸好邻居水公公水婆婆闻声都赶来探望。见飘飘腹痛厉害,知临盆在即。几位婆婆有接生经验,就分头忙着烧水备盆,寻布觅衣,为飘飘接生。几次阵痛,待至晌午后,飘飘一阵大痛后腹中一松,胎儿已落盆中,但未闻婴儿啼哭之声。

只见飘飘产下的是一个肥大的水珠泡,珠泡里热气迷漫,看不出有何物体,只是珠泡滚动不定。几个婆婆看了都大吃一惊,连呼怪事,都以为这不是婴儿而是一个怪物,催接生的婆婆快端去倾入湖中。接生的婆婆刚把珠泡倒入湖中,珠泡在水中几个翻滚,里面热气消失,一片透明,只见里面一个粉妆玉琢,双目明亮的婴儿,正在珠泡中伸拳展足,欲挣破珠泡出来。眼看渐渐沉入水中,急得接生婆婆大声呼喊:"救人呀,救人呀!"

正在紧急关头,只听得一声巨喊:"人在哪里?待我救来。"原是水中根惦记飘飘,提早驾船回家。他远远已见家门口人员进出,暗忖莫非爱妻临盆,正欲把船靠岸,只见水婆婆端着盆子朝湖中倾倒,倒出一个水球般物事在湖中滚动,即将沉入水底,听得婆婆指着湖中滚动的水球连喊救人。中根大惊,忖道:莫非水婆婆将婴儿误倒入湖中了?急忙操起捕鱼的网兜,一伸手将余在湖中的水珠泡捞起,定睛一看,只见水珠泡中果有一婴儿在伸拳脚,就把网收回船舱,取出鱼刀,轻轻地刺破水泡,用手掌轻轻地托出婴儿,见是一个男孩。此时婴儿一声啼哭,但旋即不再哭叫,而是两眼滴溜溜瞧人,极为可爱。中根就将婴儿抱于怀中,跳上岸。水婆婆见是中根,忙问:"水珠泡中的婴儿可在?"中根拍拍怀中婴儿道:"在这,这是怎么回事?"水婆婆连称:"好险,险些儿送了你儿子性命,怎知水泡中会有婴儿!"水中根方知此儿是飘飘所生,急忙进内。

房内众位婆婆已知水泡中有个婴儿,被中根所救,见中根进来,让他到床前见飘飘。只见飘飘产后正在沉睡,中根轻轻喊了一声,见她没有醒来,轻轻掀开被子,悄悄将婴儿放入飘飘怀中。这婴儿也怪,躺在娘身边,不哭不闹,只用两眼瞧看,用小小脑袋触动飘飘,众人瞧着无不欢喜。

当下中根谢了众位婆婆,接生的水婆婆道:"中根若迟来一步,这儿子怕没有了。"中根道:"却是为何?"水婆婆这才向中根道出缘由。另一婆婆说:"也是中根福气好,正好回来救了儿子,否则沉入湖底,还会有命!"水中根方知将婴儿倒入湖中缘由,心中也暗呼好险!众婆婆见事已妥善,各告辞回家不提。

飘飘此时被婴儿拱醒,睁开双眼,见婴儿在旁,知是自己所生的儿子,爱从心底起，忙将婴儿抱入怀中喂乳，又细细端详。只见婴儿生相奇特，两目圆睁，毫不怕光，两只小拳头紧握，飘飘将他放平，见他指缝下部连掌处，长着蛙趾一般薄膜，又看他双足脚趾间全都是薄膜相连。更奇的是，足踝两边各生着一片肉翅，其他并无异状，但呼吸轻而绵长，几乎无声，赛如龟息。而人极机灵，一动就醒，又极安稳，极少啼哭，中根和飘飘极其钟爱。

时光飞逝，眼看将要满月，飘飘道："你做爹的还不动动脑子，给你的宝贝儿子取个名字，也好称呼。"中根道："我只知水里来水里去，读书不多，取名字可难倒我了。"飘飘道："总不能阿狗阿猫乱叫吧，你得取个秀气的名儿才好。中根低头深思，想起那天水泡在水中浮动被自己渔网捞起的情景，灵机一动，喊道："有了！"飘飘忙问："说来我听。"中根道："你生下来的是一个水珠泡，我看就取名珠，珍珠的珠，姓水名珠，叫水珠。水珠是水中珍珠，水家珍珠，好不好？"飘飘一听一念，觉得确实好，连声叫："水珠，水珠，水中珍珠，好名字。"一面笑，一面对着儿子连声叫水珠。水珠似乎懂得娘在叫他，朝着爹娘微笑。飘飘高兴得把水珠搂得紧紧的，向中根道："你儿子听得懂哩！"

满月那天，当地渔民习惯用满盆湖水替小孩洗澡，一方面清洗身体，另一方面也让小孩从小就熟悉水性，长大了好入水捕鱼。这天中根选了一只直径三尺的大盆，满盛清洁湖水。飘飘将水珠轻轻放入，扶水珠直立，正待动手替水珠揩洗，谁知水珠一接触水，就用力一挣，从飘飘手中挣出，沉入盆底。中根和飘飘都大惊失色，怕水珠溺水，一齐伸手向盆底抓人。谁知手刚触及水珠，水珠就像泥鳅一样，从二人手中溜出，在盆底四周游动，游动的姿势像蛙像鱼，速度极快，转身回旋，极其灵活。游动之时，足踝两片肉翅时合时张，犹如双桨，又如鱼鳍。再加水珠手脚有膜，所以游速惊人，中根夫妻二人都看呆了。

更让夫妻二人惊奇的是，水珠在水中游来游去，已经半个时辰，却未曾见他浮出水面换气，竟像鱼儿一样，可以久居水中，或在水中换气。中根夫妻怕水珠不会换气，在水中时间长了闷死，急忙用力将盆水掏干，看水珠毫无损伤，却双手乱拍盆底，似乎意犹未尽，还想在水中游动。飘飘抱起水珠，用干布揩抹清洁，抱入怀中睡下。中根对飘飘道："此子天生奇异，水性非凡，好好教他，能成大器。"飘飘也感有理。此后每天用盆水让水珠游泳，并看他到底能在水中潜多久。说来不信，水珠竟可以久居水中，像鱼一样在水中呼吸，不必出水换气。只有当水珠肚子饿了才浮出水面投入飘飘怀中。飘飘道："水珠可能既有人的肺又有鱼的鳃鳔，可以在陆上呼吸，又可以在水中换气，有两栖功能，这是普通人所没有的，所以他在陆上呼吸细如龟息。"中根道："也只有这种解释了。"从此二人对水珠加以特殊培养，半年之后即带他到湖中游泳。虽然水珠水性极好，可以久潜水中，且游速极快，常远离父母自游，但他对飘飘极为依恋，每次离母远游，不过一刻即来母处。中根、飘飘知他水性，不怕水珠迷路，主要担心被水中大鱼猛兽伤害，所以随时提防，总在近处护卫，也不让他远去，只在湖岙水角处嬉游。

一晃五年过去，水珠已会讲话，懂事很多。他体魄日益强壮，又学会水中一些格斗，能使用鱼叉鱼刀，也能徒手捕鱼。因为他游速快，能久潜，所以每当中根夫妻在船上布网，他就在水下赶鱼入网，或侦察鱼群所在，指点父母下网。因此水珠一家网网有鱼，次次满载，成了绿梅岛上有名的渔户。

绿梅岛上除了东面有十余户渔民之外，在岛西端还住着一户人家，因那里正处西北，冬冷夏热，所以一般人不在那里搭屋居住，就只有这单独一户。也不知是什么原因，这户主人会选这个荒僻地盖了独屋。这屋只有一人，是个六十岁左右的老头，全身枯瘦，头发几无，但双目如炬，十分威严。平日极少言语，独来独往，也以捕鱼为生，有人见他寒冬腊月光着身板在湖中捕鱼，都认为他水性好于常人。他又在荒坡上开地种些五谷杂粮和蔬菜，生活无求于人。绿梅岛很小，总共十来户人家，所以彼此很熟悉，但他从未有事求过人。岛上各户都认为他较为怪僻，所以与他往来很少。他姓吴，因他行为奇特，岛上大人小孩都叫他为吴奇，也有称他为吴叔、奇叔、奇公的。

有一年一位外地人上岛寻访名叫吴三奇的人，岛上无人知晓，都说有个吴奇，不知是否。经小孩带路，寻至吴奇住处，果是寻访之人。岛上人才知他叫吴三奇。待外地人回去途经东面渡船处，有人问他吴叔为何叫三奇，他告诉村民道："他是个奇人，本事极大，因水性奇、武功奇、见识奇，所以外号叫三奇，真名不叫三奇。"村民问他真名，来人却不肯告诉。吴三奇住在岛上已近十年，大家从未见过他用武功，都不以为意。

却说这一日傍晚，水中根一家三口刚吃过晚饭，飘飘在收拾碗盆。忽听门外有人问："中根在家吗？"中根连忙应道："在，在。"抬头外瞧，只见吴三奇跨步进门，中根好生奇怪。暗想：十年来从未见三奇主动上别家串门，今日怎来我家？起身端凳让座道："难得吴叔来舍下，请坐。"因是同岛之人，彼此熟悉，渔村房室简陋，飘飘也不回避，水珠则倚在娘身边，双眼滴溜溜地瞧着这位严肃的老人。吴三奇也用两眼细望着水珠，对中根道："这就是令郎水珠么？"中根点头道："正是小儿。"三奇道："不瞒你说，我今日来你家，正是为了珠儿。"中根道："不知为珠儿啥事？"

三奇道："我来岛十年，与大家接触不多，众人但知我外号叫三奇，脾气、水性大家有所了解，武功则从未见过。现在直言相告，我本是帝都水府将官，性格直率不会阿谀奉承，因憎恶水伯专用谄媚的相柳、无支祁一伙，与水伯顶撞，杀了他一名亲信，逃离帝都，来至东方。爱具区一片水域和绿梅岛幽静荒僻，故定居于此。我无亲无靠，孤身一人，空有一身本事，现年已六旬，惜武功无人可传而憾。知令郎水珠天生异禀，有水陆两栖之能，若再习一身武功，定可诛杀水中各种怪异之物，既可防身，又可为民除害，造就一位精通水下武功的奇异人才。他日若邦国需要，定有大用。故不揣冒昧，想收令郎为徒，传我一身功夫，不知你夫妻可同意？"

中根听了方知三奇来意，心忖：珠儿能学水下武功确可防身除怪，但不知飘飘是否同意。抬头瞧飘飘，没有回答三奇。飘飘也都听到三奇说的，又见中根瞧她，她心中明白中根在听她意见，就抬头问三奇道："不知吴伯要带珠儿何处习武？"三奇心中明白，珠儿是他们夫妻掌上明珠，舍不得离开身边，微笑答道："就在岛上，若珠儿去我住处练功，最好力避他人知道，使珠儿专心学武，若你夫妻一时舍不得离他，可先在你家中开始，以后来来去去到我住处住些时日，教他基本要领后回家精练，这样可好？"

飘飘虽爱儿心切，但心知三奇水性极好，武功也肯定精妙，珠儿能得三奇这样的明师指导，必有长进，且机会难得，所以下决心让珠儿跟随三奇学武功。飘飘对中根道："既然吴伯这般热心，要造就珠儿，也是珠儿福分，我看就拜吴伯为师吧。"中根见飘飘这般说，知她已经同意，就唤珠儿过来，在灯影下叫他向三奇叩头拜师。

珠儿本十分聪明懂事，听大人谈论时，早知要他学习水下武功之事，自己巴不得立即跟去学习，只怕父母不同意。今听父母同意，令他拜师，立即过来，在吴三奇面前跪下，稚声稚气对着三奇连叫"师父在上，受徒儿一拜"，恭恭敬敬叩了三个响头。吴三奇一把拉起他，抚着他的头顶呵呵大笑，连说好孩子，好孩子。随手从怀里取出一把小铲，手面大小，连手柄都是墨绿色，但暗光浮动，交给珠儿道："这是为师早年得于西海水底之神物，随师多年，从未示人。莫以为它小而无用，其实它是个神奇之物，此铲名曰'石克'，用它开凿水下、陆地的石岩，石如腐泥，应手而落。今为师赠送于你，望随身携带，切勿丢失，只准你用，不可轻易示人，他日可助你建立功业。"水珠接过石克，藏于贴身之处。

三奇又取出随身带来的一大包物件，交予中根道："此包内是强身坚肤之草药，用温水泡开，每日早晚各一次，令珠儿浸泡一个时辰，沐浴擦洗全身，不可间断。三个月后可使皮肤坚韧，骨骼柔软，毒虫利牙不能伤身，全身骨节可以伸缩自如，不畏严寒与烈暑。"中根答应，将药物交予飘飘。当下三奇道："我半月后再来，望按我言行事。并嘱收徒授艺之事不要告诉邻居，以免骇世惊俗，发生意外。"中根一一答应，与飘飘珠儿一齐送三奇出门。

半个月后，三奇来见水珠，见水珠皮肤渐韧，知药力见效，遂与水珠两人，闭门授艺，先习吐纳导气功夫，继练闭气换气之术。虽然水珠天生异禀，具两栖功能，可久居水下，这连三奇也难做到，但练气可使全身穴位开合自如，运气至所需用力部位，为练武用力之人所必备。三奇出示人体全身穴位图，指点水珠知晓，嘱全部记熟于心。又教了打坐之法，嘱水珠有空即练，说道："练气必须意守丹田，心无杂念，勤而练之，日久见功，我半月后再来检查。"水珠答应。

又半月，三奇又至，见水珠练气甚勤，功效已显，身体肤骨更韧软，乃出示"水流秘图"，告水珠道："图中所绘都是各种水性水流，有急流、缓流、顺流、逆流、横流、暗流、潜流、交叉流、双向流、寒流、暖流等区别，还有从地底涌起自下而上的冒流，被地底深洞吸入的涡流，被山洞吸入的贴流，从山穴喷出的射流以及瀑布流等，水性各不相同，都要熟知。水流水性不同，应对随之而异，身处其中，知其性而处之则能应付自如，不知其性而强逆之则危殆丛生，有覆灭之灾，你要熟知记牢，并随时在水中体会。"水珠用心听师父讲解，应道："师父，我会用心的。"三奇道："你在练气之余当详熟此秘图，为师半月后再来，若有不明，下次问我。"

又半月，三奇至水珠处，入室问水珠道："水性可曾记住？"水珠点头道："已经牢记。"三奇当面考试，见水珠回答无误，喜道："难为你记住，现为师传你水中制伏奇兽怪鱼之术。"就收回水流秘图，新出一卷秘图，对水珠道："此为鱼剖秘图，内载各种鱼兽的要害部位，你要仔细看明，熟知各类鳞介虫兽要害部位所在，以后遇见就可迅速制敌于死命，收事半功倍之效。"水珠点头道："徒儿自当刻苦勤奋学习。"

三奇道："大凡巨鱼猛兽都力大势猛，除之不易，必须抓其要害，方能快速制伏并保自己安全。一般而言，要害有三处。一是双目，伤其目可以使其行动失准。二是尾鳍，断其尾鳍可以使其失衡。水中之鱼或兽与陆兽不同，水中之物都以尾鳍致力而左右升降进退，断其尾则失去平衡，等于半死。三是胸腹肚下，鱼体背部肉厚，虽伤并无大害，腹下皮薄，容易划破，腹内紧连肠脏，腹破肠流脏坏，可见鱼鳔，鳔破气泄则鱼死。所以人在水下与龙蛇斗，以剖腹为主，可以立马置其于死地。目及尾鳍难制，即使伤目断尾之后仍需剖其腹方能置其死，此为大略。至于有些特殊的水中妖物，当视情况而定其要害。如细长之蛇鳝，宜断其颈；硬甲之鳖，须斩其首；硕大之蚌，剖其背筋；巨大虾蟹，其命在背，这些都要在实战中细加观察体会，然后可以大成。你先将此卷秘图记熟，了然于胸为要。"水珠一一答应。

过了三个月，水珠全身肤柔如绵，体若无骨，结合气功，全身可扁如手掌，卷如羊皮，缩之如拳，坚硬如铁，大小骨骼伸缩自如。入水不惧寒冷，冰冻不伤其身，利刃不破其体，刺过只有一道凹痕，锥刃一去，皮肤弹复如初。中根和飘飘见水珠具这般功能，也自高兴，益发信三奇授水珠武艺真诚。

几日后，三奇又至，见水珠药物见效，对中根夫妻道："珠儿受药浴之赐，功效已显，这三个月内我已授三种技艺，喜珠儿聪慧勤奋，大有长进。今基础虽具，但武功未习，实际未练。为使珠儿能够大成，我欲携珠儿去我处同住，以便时授时指，为期大约三年，好在路隔不远，你夫妇随时可来看望，不知二位可肯？"中根、飘飘此时已十分信任三奇，知三奇异人，今肯造就珠儿，岂有不肯之理。况且同在一岛，想念珠儿时可以随时探望。因此二人齐道："三奇师父诚心造就珠儿，是珠儿之福，我俩怎会不肯，只是十分劳烦师父，容珠儿终身报答。"三奇道："不必客气，只要珠儿肯勤奋，学练有成，就是对我最好的报答。"中根夫妇即刻为珠儿收拾行装，中根嘱珠儿道："听从师父教诲，勤学苦练，不可负了师父一番苦心。"飘飘道："奇师父孤身一人，你要好好侍候，不可娇气，叫师父操心，父母随时会来看望你。"珠儿一一答应，当下拜别父母，跟师父出门。

欲知后事如何，且听下回分解。

第二回 奇师教徒

话说珠儿离家已有半年，秋去冬来，这日，飘飘整理了水珠冬用衣物，想趁机会去看望思念多时的珠儿。对中根道："珠儿一去已有半年，怕练功分心，一直没有看他，这几日天气晴朗，我整了冬用衣物，明天我俩不出船，去岛西走走，看望奇师父和珠儿，你看如何？"中根道："我早有此心，要去看望珠儿，也给奇师父带点用品去。"说罢转身从室内搬出一大坛米酒，一大包肉脯，几十斤粮食，说道："这些物事给奇师父，他忙于教珠儿，哪有工夫做酒种田，我们送去也尽一点心意，你看可好？"飘飘道："正该如此。我也给奇师父做了一件冬衣，一并送去吧。"

次日一早，中根挑了一担，飘飘将衣物捆作一包，背在身上，二人出门往岛西而去。不消一盏茶工夫，到了岛的西北端。此时已是初冬，岛东南风和日丽，而岛西北却北风凛冽，一股寒意，孤崖巉岩，草木稀少，果然荒凉偏僻，平时很少人来。此时静悄悄的，没有半点人声，在一座面湖的危崖下孤零零地盖有三间石屋，石墙上爬满了青苔，与山崖混为一色，远看分不清是屋是岩。屋前紧傍大湖是一片空地，有石桌石凳和几架石锁，想是起坐和练力之用。石屋中间有两扇木门，木门虚掩。中根和飘飘在门外喊了一声奇师父，无人应答。二人推门进入，中间空旷，放着渔网、鱼叉、船桨及农具。左首一间一边有一石灶，一边为堆食用的仓库。右首一间较宽敞，左右两张床，石块垒成，中间一张白木桌，桌上有油灯一盏，一口衣橱，放着添换衣裤。二人知道这一间是师徒二人卧室了。三间房的陈设十分简陋，但却十分整洁，堆放有序，毫不零乱，说明这里的主人是贫寒而又十分严谨之人。中根把带来的衣物担入中间，仍将门虚掩，和飘飘两人同至湖边瞭望。空地边有一长石伸向湖边，尽头有数个石孔，是停船缆船的埠头。石埠正系着两条渔船，也无人影。

二人站立湖边向湖心眺望，飘飘眼尖，用手指向远处对中根道："你看湖心中浪涌波滚，似有人影。"中根定睛细看，隐约可见湖水翻滚，似锅水沸腾，但看不清何物。忙拉了飘飘跳进一条小船，解缆操桨道："干脆去湖心看个明白。"二人桨橹并举，船如离弦之矢，直向湖心驶去。不一刻已近湖心，只见白浪汹涌，激荡得二人所驾小船随浪摇晃，几乎倾覆。突见巨浪中窜起一条大鱼，半身出水，长丈余，头大如斗，顶生尖角，全身黑鳞，两眼通红，利齿森森，口吐白沫，肚下流肠，一片鲜血，似受巨创。鱼从水面跌下，溅起大片水花，水面顿时低下数尺，又复涌起，此时它正在垂死挣扎。中根夫妻捕鱼多年，却从未见此等大鱼，见受伤很重，不知为何物所伤。

正凝神细察水中，突见吴三奇从水中踏波而出，复见后面紧随的水珠右手握着利刃，左手拉着白色气泡，正是被刺破的大鱼鱼鳔，也踏波而出。

中根大喊一声"奇师父"！飘飘喊一声"珠儿"！师徒二人见了，前后赴水奔船上而来。中根道："原来是奇师父宰了这条大鱼，好手段！"三奇拍拍水珠头顶道："此鱼是珠儿所屠。"水珠道："不是师父一旁指点，我连鱼身也近不了，如何下手？"三奇道："珠儿聪明肯学，悟性又高，近来武功精进，一点就明，三下两下就刺中大鱼要害，除此一怪。"又问中根道："二位可是来看珠儿？"中根道："半年不见，特来看望奇师父，也给珠儿带些衣衫来。"飘飘道："已去了住处，因见湖中波涌，故来探察，正好遇见。"三奇道："我等回去细谈。"就由中根夫妻操桨，珠儿复下水牵了大鱼系于船后，顷刻到岸。

中根将酒脯粮食交与三奇道："只表我夫妻一点心意，还望奇师父莫嫌。"三奇道："老弟何用客气，只好领了。"飘飘取出衣服递过道："手缝粗衣，给奇师父添换，不要笑我笨手粗活。珠儿在你身边，我空闲得多，师父一人难顾里外，有何家务琐事，尽管叫我去办才好。"三奇见他夫妻一片诚意，也点头收下。飘飘又将珠儿冬用衣衫交与奇师父收藏。当下坐下说话。水珠半年未见娘亲，此时见了十分亲热，紧紧倚在飘飘身边。飘飘见水珠身体结实，又长高了不少，溺笑着说："你跟着师父，可曾淘气，懒惰不学？"水珠捂着嘴腼腆地笑而不答。中根朝水珠道："怎不说话？"水珠用眼望着师父，憨笑不答。三奇道："两位尽可放心，珠儿是个肯下苦功、好学上进的孩子，有时还是我见他昼夜苦练，恐伤身体，令他休息。他还不肯，一招一式定要彻底明白、操练精熟才肯罢手。"中根对珠儿道："为人勤为先，败事懒开始，要从小养成以艰苦为荣、怠惰为耻的习惯，方能事业有成。你师父今年已六十，还如此劳苦教你本事，你若怠惰，怎么对得起奇师父。"珠儿双眼满怀感激地望着奇师父，点点头，表示听父亲的话。

三奇对中根道："水中武功，与陆地不同。陆上武功以陆地为凭，力发于实地，故击刺之道以实力为功；水中武功，以水为凭，虚而不实，须借水流水势之力，故击刺之道以巧力为功。如人重百斤，兽重千斤，在陆地人兽格斗，仅凭百斤之力，难拒千斤之兽，正面相交，力悬殊也。若在水中，都有浮力，若人借顺流自下而上刺其腹，既不需千斤之力，也不需百斤之力，只需要几斤之力，即可刺剖其腹而毙之，此用巧力也。所以教习水下武功，在于通水性之浮沉，精水势之顺逆，掌利器之运用，明要害以刺击。珠儿天生异禀，水性无碍，顺逆既明，只在于纯熟利器之运用，明鱼兽之要害，精熟而用之，达到身与水一，力与神俱，意动力至，不以目视，收发随意，运用自如的境界，方可说练成。以后就可以独当一面，遨游水下了。为此必须勤而行之，以珠儿之资质，三年后可以大成，技艺功力可超我之上。"

中根道："珠儿能得奇师父一半功夫，用于防身已属奇遇了，武功大成，何敢奢望！"三奇道："日后自知。"时至中午，飘飘至厨下执炊，四人共餐。餐后，中根夫妻辞别回家。此后每隔半年探望一次不题。

光阴如箭，转眼已过三年。三年之内三奇带着水珠遍历具区水底，觅洞搜穴，见识各种水流水势及各种鱼虫，杀了不少怪鱼。也迭遇惊险，让水珠练就了水中各种武功击刺。水珠还在湖心一洞穴中搜寻怪鱼时得一钩鱼刺，长一尺二寸，双刃尖顶，旁生倒钩，非金非玉，锋利无比，可断石切玉。通体墨绿，与石克一色，堪称双宝，为刺鱼屠兽之神器，就取名神钩。三奇命水珠随身佩带，作为随身武器。

三年苦练，水珠已练成一身水中本领，功力超过师父三奇，只是经验还少，还需磨砺。三奇知水珠功力已成，这日对水珠道："你水下功力已具基础，今后只要勤加练习，不间断，当世难有人与你匹敌。水中任何怪物，都可诛杀了，现在可以回家与父母团聚。为师不日将要离开此岛。上次我友来访，就是约我同去东海，我因等你长大传艺，耽误至今。今你功艺已成，我已无后顾之忧，故可赴挚友之约，离岛他去。你我师徒一场，我除一身功夫都已传授于你外，屋中所有秘图尽数给你，以作纪念。望你不倨不傲，精诚待人，热爱万物，不要滥杀，以体上天好生之德。为师言尽于此，你回家去吧。"

水珠见师父去意已定，只得跪下叩头，垂泪问道："何时何地可再见师父？"三奇道："为师年过六旬，后会之期实为渺茫，但愿你我师徒有再见之时，为师其实也有此愿望呢，且待以后机缘。"说罢将大门钥匙交与水珠，水珠泪流满面，只得拜辞了师父，当晚回家。

中根夫妻一见珠儿回家，俱欢喜，问道："奇师父可好？"水珠将师父要离岛远去之事告诉父母。中根夫妻听了都感意外，准备明日前去看望。次日一早三人急往岛西，只见中间大门已经锁上，人影不见。水珠掏出钥匙开门进去，室内摆设一如往日，只是奇师父床上已空，铺盖带走，衣橱内几件随身衣服，包括飘飘做的一件也都带走了，其余一概未动。在水珠床头边放着三卷秘图。到厨房一看，灶头还是热的，知奇师父吃了早餐，刚走不久。

三人来至湖边，隐约可见大湖北面有一叶扁舟正迅速转向东北方驶去，船影越来越小，转眼已不可见。水珠泪流满面，向湖哭喊叫师父！中根夫妇和三奇三年交往，真心相待，情深谊厚，今一旦离别，也很不舍。但见奇师父已经远去，只得领着水珠回到石屋，将三卷秘图交水珠收好，其余各物一概不动，锁了门回家。此后水珠随父母在湖中捕鱼，并在水下勤自练功习武，一如师父仍在，还不时去石屋住上一段时间，邻居只知他在吴师父处锻炼水性，并不知武功之事。

水珠十一岁那年，洪水又一次泛滥，大江下游南岸决口，与具区大泽连成一片。生长在大江中的凶兽巨鱼随水潜入具区泽。中有一种水中猛兽，当地人称为土龙，身躯庞大，长约三丈，口大二尺，上下两排利齿，身披鳞甲，四肢粗壮，利爪如钩，刀剑不入，凶狠残忍，实际上是鳄鱼一类。具区泽中盛产尺余长的鳉鱼，本是民食对象，今却成土龙美食。

却说这日中根带着水珠至泽中捕鱼，水珠身佩神钩，怀藏石克，父子二人一路说话，中根道："近来水涨，泽中有土龙伤人，珠儿可要小心。"珠儿道："土龙皮甲坚韧，我正想取它皮甲为父母做几件水靠，怕它做啥。"中根道："土龙成群结伙，不容易对付，莫去惹它。"水珠道："泽中觜鱼快被这些凶兽吃完了，不除这些恶物，我们将无鱼可捕了，我正想除掉它们。"中根道："自来了土龙后，觜鱼是少了许多，但土龙太凶，没法赶走。"水珠道："我会设法杀它们。"

父子两人正说着，不远处来了两条船，船上的人都是中根的邻居，一条船上站的叫水和生，是五十多岁的壮汉，操桨的是他儿子中土，二十出头，另一条船上站的是水兴根，三十多岁，操桨的是他妻子周翠青，身边还有个近十岁的孩子叫小丙。三船靠近后，和生道："中根啊，今年鱼少了，觜鱼难捕！"中土道："都是土龙的缘故，觜鱼都快被它们吃光了。"兴根道："湖中土龙有十多条，聚在一起着实凶残，连人都吃。我一次和水石生联手想杀一条土龙，石生用鱼叉插它背脊，不想它背上鳞甲又硬又滑，刺不进去，鱼叉一滑，石生落入湖中，土龙赶来就咬，一口将石生左小腿咬断，吞食下去，幸亏我一把将石生从水中拉起，否则他连命都没有了。石生到现在还在疗伤，左脚已残，今后怕不能捕鱼了。"翠青道："石生每天在咒骂土龙，恨不得杀光它们，但没有办法，只有骂骂出气。"和生道："怕集中全岛渔民也对付不了这十几条土龙。主要是土龙这身鳞甲太硬，刀剑不入，没有办法。"翠青道："今后捕鱼要小心，不要单船独行，那天石生落水，若不是兴根及时拉一把，怕命都没了。"和生道："说得是，今天我们仨船一起捕吧。"中根点头道："同捕最好。"水珠只静静听着，不发一言，心里却暗下决心：必须除去这些土龙，解除当地渔民危害。

三条船比肩驶往北面一个小岛，小岛有一条山峡长长地伸入湖中，山峡南首一片平静的水面，下长湖草，历来这里鱼多，所以三条船都到这里下网。头几网都有收获，各自高兴。

啊！只听得兴根一声惊呼，大家都侧头朝兴根望去，只见兴根渔网被一条大土龙叼住往水里拖，中根忙叫："兴根快松手。"兴根的手一松，渔网就沉入水中。只见渔网周围浮出十几条土龙，每条都二丈上下，乌黑的鳞甲半露水面，双眼露出，蠢蠢地浮来荡去，吞食兴根网中之鱼。渔网已被咬碎，觜鱼从破网中四散而出，几条土龙狂吞滥嚼，湖中一片血腥。和生急道："快回罢，此地危险！"

中根只顾惊告兴根松网，却忘记自己渔网也在水中，此时正想起网回船，不料拉紧的渔网突然往下一沉，中根在船头立脚不稳，一声"啊呀"，倒栽葱地跌入湖中。珠儿在船舵处看得分明，急忙翻身跃入水中，随手拔出腰间神钩，向父亲落水处划去。一条土龙正在游近中根，张开大口，露出利牙，朝中根头部咬来。中根惊惶间用左手一挡，只听得喀嚓一声，左下臂断落在土龙口中，水珠恰好赶到，拉住父亲后游至中土船左舷，将父亲托出水面。船上中土一把将中根拖入船舱，急取伤药撒在中根断臂处，用布裹住。中根已痛得昏了过去。

此时中根那条船已被和生用篙拉住，三条船并在一起，人都集中了，本该立即回去，却未见水珠上船，心中焦急，都举鱼叉眼瞧水中，伺机救助水珠，但不见水珠影踪。却见原来在水中盘旋吞食的土龙，突然骚动，四处乱窜，有两条突然蹿出水面，灰白色的腹部被齐胸剖开，鲜血淋漓，跌落水中之后，四脚朝天，不再动弹。接着土龙不断跳跃，不断被剖腹而死，水面一片血色。和生等人在船上都看得呆了，无不惊讶，不知水下又有什么怪物，这么厉害，十几条土龙，不到一顿饭工夫，已经死得差不多了。大伙担心不明怪物出水伤人，正想回船逃命，却见剩余的两条土龙朝三船游来，而后面却紧跟一人，正是水珠。

船上兴根、中土、和生都紧握鱼叉朝土龙刺去，但伤不了土龙。却见水珠手握着一把短短的带钩的尖刀，迅速追上，到一条土龙身边，一个转身钻入水中，只见这条土龙突然一张口，一个急翻身，水面冒出一股血水，腹剖肠流而死。剩下最后一条，此时恰好躲在和生与兴根二船之间，不能动弹。兴根看得真切，将手中鱼叉竭力朝土龙头部扎去，恰好插入其眼睛。土龙痛极，将头一甩，一股大力，将兴根连叉带人摔向空中，落在离船数尺水中。幸好此时湖中已无其他土龙，兴根翻身游回船边上船。此时这条土龙也被水珠从水下用神钩将其剖腹致死。水珠接着上了中土的船，忙到舱中看望父亲。

这时中根已经苏醒，和生又取药使中根服下，一面命中土、兴根等回船返家，一面对中根道："你家水珠人小胆大，十几条土龙全被他杀死，将来是个了不起的人物。我活了五十多岁，还没见过有如此胆魄和功夫的人哩！"又问水珠道："你这身本事莫非是奇叔教的？"水珠不敢露出底细，只道："土龙伤我父亲，我恨极不怕死，幸好没被土龙吞吃。"和生点点头，不再说话，就命回船。水珠道："且慢一步，我还有事。"说毕转身跳入湖中，将已死的土龙一一从湖中捞起，掷入船中，共有十四条，随后共同返家。

水珠扶父亲到家，飘飘见中根受伤不轻，细心照看。水珠将土龙皮甲尽行剥下，洗净晒干，送兴根、中土家各两张，余交母亲收藏。过了将近三月，中根伤口虽然愈合，但左小臂已失，成了残废，只能用右手劳动。好在飘飘健壮，夫妻二人开坡种地，也可温饱。而水珠下湖捕鱼，能力早已超过其父，故生活不愁。水珠经湖中屠龙之后，岛上老小无人不敬，齐称水珠为小英雄。水珠少年老成，从不骄傲，少言寡语，勤奋操劳，孝顺父母，按下不表。

第三回　伯禹承命

"哗……"倾盆大雨在乌云下狂泻。

此时天刚亮，一个面容清癯的青年公子伏在南窗，紧锁着双眉神色紧张地注视着坡下低地。山坡上流水像瀑布一般，无情地直冲低地。

低地处有十余间茅屋，在狂风暴雨中抖动。青年公子的心也在抖动。

这时青年公子背后，传来一声低沉的问候："公子咋起这么早？早春天寒，风大雨紧容易受凉，让老夫人担心，窗关了吧。"说话的是一个身材矮胖、面相忠厚、穿着青布大褂的汉子，年纪三十出头，是府中总管，名叫玄龟。公子没有关窗，也没有回答，专注前方。忽然一道闪光，接着呼啦啦一声炸雷。玄龟吓了一跳，公子纹丝不动，却面色大变，又侧耳细听，迅速起身对玄龟道："前面有人喊救命，快去救人。"说罢顺手抓起雨披笠帽，冲出大门。

玄龟一见，急从府中招呼两个随从紧跟着在雨中奔跑的公子，一起冲到坡下低处几间茅屋前。一间茅屋倒塌在地，救命声和小儿哭声正是从倒篷中传出的。公子动手掀开篷顶，两个随从搬开斜搁在床沿边的椽子，露出一个年约五十岁妇女与紧抱怀中的幼儿，他们蹲缩在已经半塌的石桌间的泥水中。妇女瑟瑟发抖，口中还喊着："救命！救命！"怀中孩子紧依在妇女怀中哇哇大哭着。公子上前搀起妇女，命玄龟抱过孩子，把妇女交给两个随从扶持着回府。自己又钻入倒塌的茅舍中，找出几件孩童穿的衣衫及一些妇女用品，共同冒雨赶回府中。

回到家中，换上干衣进内室来见其母。母姓姒名脩己，对儿子特别宠爱。一见儿子进房，拉住手惊问："你为何手凉？"又见其头上有水珠沾发。急问道："这般大雨，出门何事？"公子沉静地答道："娘亲勿惊，儿子正要向母亲禀报。适大雷雨中，南坡下有一民妇及孩童受灾，我把他俩救回府中暂避，望母亲同意。"姒氏道："人没伤着吧，让他们好好歇着。连年洪水，茅屋挡不住呀，也只有我们府宅建在高地才不受洪水之灾。告诉下人，不要难为她母子。族内乡人有难，我们不帮谁帮？"公子道："娘心好，说得是，待我去嘱咐下。"就退出到了安顿妇女处。

妇女一见公子进来，上前跪下叩头道："若不是公子相救，民妇和我儿会死在破舍中的。"公子扶起民妇问道："怎不见你家男人？"民妇道："因连年雨水不断，水位高涨，我家土房墙基松动。邻居都已搬到地势高的燥山林处。我家劳力少，孩子又小，每日忙于觅食度日，腾不出闲手去找新住地。这几日又见大雨，看这房快顶不住了，我催孩子爹赶紧到邻近高处搭间新屋，前天刚走。走时说好五天后回来，要我小心。不想走了只一天，今天这大雨就压倒了这茅舍。亏公子相救，才死里逃生。"说罢又失声痛哭。公子道："我已禀明母亲，她要你们在这里好好休息几天，不要着急，等你男人回来再想办法。"说毕走到玄龟处道："母命热心相待。"并将茅屋中取来衣物嘱玄龟转交，方便民妇母子添换。

你道这位公子是谁？他就是伯禹。伯禹的父亲名鲧，是颛顼帝的后代，封于崇，故称崇伯鲧。娶有莘族之女为妻，即脩己。脩己梦吞神珠而生伯禹，取名文命，大号称禹，后亦封伯，称伯禹。

伯禹身高九尺二寸，额阔而微突，眉细长，目有神而含威，性沉稳善思。自幼受严父慈母关怀，知书达理，曾随父见识过朝中主要官员，他们都喜禹聪慧沉稳。

救民妇后三天，侍从来报，有民长松寻妻求见，禹命进。长松一见禹，跪倒在地叩头道："小民妻儿若非公子相救必丧性命。"禹双手扶起问道："你怎知妻儿在此？"长松道："回家不见了房舍，只有石桌露在流水中，知道房舍必被大水冲走，但不知妻儿性命如何。遍寻不见。有一婆婆道：'前两天大雷雨中，隐约见崇伯府公子等人扶着一个妇人进了崇府，可去探问。'我知必是公子相救，故上门求见。"

禹问道："你在高地是否已建成新居？"长松道："多亏早先搬到高处的邻居帮忙，三日内搭起几间简陋木屋，可以住人，正想接妻儿去共同垦荒度日。"

禹点头，吩咐玄龟道："你去整理几套旧衣和装些粮食来。"又命侍从将长松妻儿领来。对长松道："既有了新住处，你领妻儿去吧。"又将玄龟取来的衣服、粮食交给长松道："旧居诸物已被大水冲走，到新处怎过日子！这些衣粮可帮你们暂渡难关。"长松夫妻哭拜着离开了崇伯府。

数日后，禹挂念水情，与玄龟和小庚、小四两名随从，蹚着泥水来到原长松住处察看。这里已无完整房子，只有残柱碎石露在泥水上。邻近低地原是耕地，现已一片汪洋，四周无人，十分凄凉。禹瞥见这片水面上有船系树，顾玄龟道："这船是村民遗留？"玄龟回道："老夫人见连年洪水，命我置船于此，以备急用，非村民所有。"禹点头。

四人向前走了几步，玄龟惊呼："公子，你看！"禹顺玄龟所指，看见一根柱子压着一团乌黑的像尸体般东西。走近用棍子拨动，看清是头死猪，眼鼻处有蛆爬出。玄龟道："此水不洁，公子回吧。"禹叹气不言而回。

路上玄龟自言自语道："治水多年，水咋没退呢！"小庚道："我看还涨了。"玄龟道："你没入水怎知上涨？"小庚笑道："上次缆船于树，缆结与船头相平，今见船头高出缆结，可知水涨了。"玄龟也笑着说："算你聪明。"

玄龟抬头看了禹一眼，只见禹心事重重地快步回府，将到府门前，对玄龟道："明早乘船去察看积水出路。"

次日一早，小庚、小四二人已出门准备，禹与玄龟即将动身出门，只见长松手提两只山鸡进门，一见禹就跪下叩头。禹双手扶起问道："可有难事？"长松摇头道："现已安居，昨打着两只山鸡，妻要我奉与公子，山村野味，只表一点心意，公子莫非有事出门？"禹点头道："要去你旧村寻积水出路。"玄龟在旁道："你来得正巧，能否同去指路。"禹笑道："如家中不忙，同去最好，一天即够。"长松急忙回道："有空、有空，我去、我去。"

三人立即出门到泊船处，脱鞋涉水上船。禹问长松："洪水前你村水流向何处？"长松道："我村之南有大山，称雷首山，据说是中条山中段。山南是大河。我村坡下原有溪流，东通沙涧河进入雷首山下泻入大河。沙涧河不大而浅，入雷首山水道狭隘，水多时常会堵塞。今淫雨多年，水必阻在沙涧河。"禹问："何不疏导？"长松道："村小人力不足。"禹点头道："且去沙涧河一看。"就命小庚、小四二人朝沙涧河方向进发，长松共同划船并指方向。

约一个时辰后，到了沙涧河入雷首山处。小庚、小四两人将船定住，三人持长竿向水下探索，果然淤塞严重，竿触处都是石块、烂木、腐草、淤泥和骨殖。玄龟道："哪来这么多大石块？"正说间，只听对面沙涧河入雷首山上轰隆巨响，眼见一块巨石带着碎石和泥沙直落水面。

砰！水面溅起大片水珠，水浪晃得船上五人东倒西斜，都吓了一跳。长松道："近两年常见山崩落石，有时碎石流很长时间，民间称为泥石流，也有叫泥石溜、泥石滚的。"禹点头道："此为堵塞诸因之一，还有原本出口过窄通道不畅及洪灾冲来的木头尸骨杂草各物，共堵洪水出路，故治洪当以去塞通流为要务。"长松叹气道："可惜朝廷不用此法，九年不治，黎民已有怨言。转身向禹道："公子若有机会，可否说说？"禹问长松道："村民农闲时可否来此疏通？"长松摇头道："曾经试过，人少塞重，无功而返。"禹点头，乃命返船。长松辞去。

禹当夜作书与父，书曰：

父亲近安。母亲身健，全家安好，父可勿念。天降洪灾，积水多年不退，地淹屋毁，庶民逃避山林，缺衣少食，生活艰难，颇多怨言，儿闻之心痛。近察邻近积水不退之因，实缘通道阻塞所致，故治水宜疏不宜堵。闻父亲以壅治洪，深感忧虑。若从速改壅为疏，为时未晚。盼父决断。治已九年，难言成效。恐帝怒民怨，祸患及身，此非母及儿所愿见，望父三思。

儿文命敬呈

话说九年前，由朝中大臣推荐，帝尧命鲧为治水大臣，原管水大臣共伯为副，共主水灾诸事。共伯是个心胸狭隘而又阴险奸毒之人，被任为副佐后十分不满。心想我原主管水，今却为副，颜面何在？就暗下决心，要破坏鲧成功。回府后召两名亲信相柳、无支祁，商议奸谋。相柳脸色青灰、瘦颊薄唇，一对鼓突的鼠眼终日骨碌碌乱转，专思害人坏事；无支祁身材细小，有水中功夫，头脑简单，却会拍马，不识轻重，与相柳为伍。两人终日谄笑在共伯前后，共伯视为亲信。当下共伯说出心思后，相柳出了一个恶毒的"主从易位"之计。共伯问："何谓主从易位？"相柳奸笑道："治洪水当以疏导为主，壅堵为从，今要促使鲧专力用堵而无力用疏，治必不成，可从伯主所愿。"共伯道："何计可使鲧用堵不用疏？"相柳道："伯主当以先保帝都安全及帝尧安心为由，怂恿鲧用'息壤'先堵平阳之水，大事成矣。"共伯问何故。相柳笑道："平阳之水不能尽堵，此后鲧将终年忙于堵平阳之水，无暇治天下洪水了。"共伯大喜，依计行事。崇伯轻信，果然上当，治水九年洪水未平。

却说崇伯鲧接文命来书后，触动心事，几番思虑后，召集治水府主要得力将领冯氏兄弟、江氏兄弟、两亥兄弟和方道彰、宋无忌等八人商议。取出禹来书，交众人传阅后道："我治水九年无效，愧对帝尧及黎民。今我儿文命来书，言及治水方略，颇有感触。若改堵为疏，又不知利弊如何？心中难决，特与诸君共商，务请直言。"

座中治水主将冯迟朗声道："公子书中所言治水方略，正合我意。治洪水必用疏导，不能用壅堵。这等大洪水怎能堵得住！我等前九年劳而无功不说，还让黎民百姓多苦这许多年，心里急啊！赶紧听公子话，改壅为疏。"

另一治水主将江妃接着道："我也是这个想法。"

宋无忌是个善于用火兼懂医道之人，轻声说道："人体气血，不通则痛，通则不痛。大地上之水如人之血，必须疏导流通，不可堵塞。血塞人病，水塞地病，其理相同。我多次提出治洪不宜用壅堵方针，惜两伯不听，九年治水无功，又苦黎民百姓多年。真是可惜！赶快采用公子所提方略，为时未晚。"

座中诸将都点头同意，劝崇伯更换治略。

崇伯双眉紧锁道："诸君所言甚好，但须与共伯商议后再定。"

坐在宋无忌旁边的方道彰是一个医术比宋更好又懂天气风向之人，对崇伯道："我在共伯处多年，知共伯是个嫉贤妒能、刻薄奸诈的人，与他商议，恐难取得一致。不如直面帝尧，自呈失误，求改治略，也许有望。"

崇伯为难道："如帝尧要我与共伯商议，岂不尴尬？"

方道彰摇头无言。众人各散。

次日，崇伯与共伯相见，当谈及欲更改治水方略时，共伯脸红耳赤，厉声道："治水大略经帝尧同意，岂能更改？已耗'息壤'无数，如何交代？你崇伯怎如此糊涂！"

崇伯无言以对，只好回来，也没向诸将再提更改方略这事。有些将领来问，只含糊回答："正在商议。"因此又拖了下来。

到了年末，朝中发生重大事件。尧帝自知年老体衰，主动禅位于民间贤达姚重华，国号虞，帝称舜。舜在次年正月初八日正式摄政登位。

舜帝来自民间，深知黎民疾苦。摄政后细察朝野，知在帝尧晚年，政务积压众多，有些大臣荒怠正事，甚至作恶害民、弄权贪污；也有妄图在地方称王称霸，与朝廷对抗；还有在洪灾中玩忽职守，不恤民苦、不忧国难，治水九年不成，致国大困民大怨。如此积弊，不坚决果断处置，就难以立国安民。于是立刑典，处四凶。流共工于幽州，放驩兜于崇山，窜三苗于三危，殛鲧于羽山。以此朝野咸服。

立刑去凶后，舜帝重用后稷、大理皋陶、工师垂、司徒契、虞益等一班贤臣，共商治国大计。当时如何治平洪水是第一件大事。舜帝征询众大臣道："可有合适贤能人才，担此重任？"半晌无人应答。舜帝知鲧罪刚罚，治洪事大，又无必成之法，举荐不当，重蹈鲧罪，故不敢轻易举荐。乃笑言道："你们不必急于举荐。我相信必有能人在世，只要我们关心邦国安危和黎民艰辛，用心访求，定有能人可得。有能者不论是何出身，哪怕罪族之后或罪人之身，都可任用。株连非善政，用人唯德与能，不以亲疏长幼取舍，只要不谋私利，不成大恶，都不治罪，更与举荐人无涉。你们以为如何？"众臣都笑而应。

当下虞官伯益出班道："帝舜所言真诚，臣愿举荐鲧之子禹继任治水，可保成功。"

帝舜喜道："愿闻其详。"伯益道："近日治水府主将都到我府要求任用鲧公子禹出来领导治水。"帝舜道："这却为何？"

伯益道："我也问其原因。原来公子禹曾来书求其父改变治水方略，以疏导为主。这一主张符合实际，治水府除相柳、无支祁和共工之外，主要治水将领都赞成公子禹方略，惜鲧不听，致误大事。"帝舜点头道："鲧治失策，禹反其道，当能成功。请禹速来见我。"伯益领命。

却说禹家中自鲧被治罪后，夫人虽然悲痛，但十分坚强，把持家务井井有条。禹终日陪伴母亲协助处理家中事务，有空就勤读书文，增加知识，并经常察看水情，还到大河边观察水流状况。

这日，正在书室看书，小庚进来对禹道："门外有人求见公子，说是朝中伯益有来书呈上。"禹道："快请他进来。"来人交上来书并说："伯益吩咐，望公子立即去他家中。"禹开启来书，内道："帝舜欲见公子，速来。"禹叫来玄龟，对来人道："此是我家总管，请上差先用餐安歇，待我与母亲商议后，明日回话。"

禹进内室将来书交母亲道："伯益来书，说是帝欲见我，要我速去，望母亲定夺。"夫人阅书，沉思片刻，自言自语道："若要株连问罪，为何要伯益来书，书中言'帝舜欲见'，此非加罪之意，既无罪欲见，当无大碍，不去反有抗命之过。"主意定下，乃对禹道，"可按伯益吩咐，速去见帝。"禹笑对母亲道："帝舜新立，当处要事，急欲见儿，必与治水有关，我想明日即去，母亲意下如何？"姒夫人微笑点头道："去吧，谨慎应对。"复道："可与玄龟同去，也好照应。"

不日到京都。伯益见禹到甚喜，对禹微笑道："帝舜见你，恐与治水有关，请有所准备。何时召见，我会转告你，这几日就在我府安歇。"

两日后，伯益喜对禹道："明早你随我见帝，请谨慎应答。"禹点头。

次日一早，伯益带领禹到了朝堂东厅，禹随伯益入内站门旁候召。禹见厅堂很大，中坐者年三十多岁，很威严。两旁各有四五人在座，东边空着两座。伯益上前对中坐者叩拜道："我已领禹前来，望帝召见。"帝舜点头后，伯益起身领禹至帝舜前。禹跪拜道："罪臣之子文命奉召前来，谨听帝喻。"帝舜道："闻你曾劝父改壅为疏以治水，惜你父不听。今欲令你治水，你可愿意？"禹再拜答道："父不慎，获罪圣帝，今圣帝不以文命为驽钝，又命治水，帝之深恩，敢不铭记。治水惠安黎民以赎父过，此文命之愿。然文命犹年轻，懂事不多，思虑不周，若有舛误，还望圣帝时加督责，消祸患于萌芽，此文命所盼望。"

帝舜微笑点头道："既愿意治水，可直言难处。不妨一一说来。"

禹再拜道："洪灾广大，遍及九州，积潴已久，民盼速治。然各州地势不同，阻塞原因也不同。虽治水都以疏导为根本，使水下泄，到达大海，但其治当有先后主次轻重缓急之分，以根治、久安为治之原则，循序而治，方能见效。不能齐治并进，急于求成。为此，望圣帝允文命三事：一是灾重面广，文命自当竭力奋进，然根治非一日之功，望恕迟缓之罪；二是因治水工程量过大，除动员当地庶民之外，需有一支专业治水大军，当地民工治完本地即散，专业大军则可转战各地，人数需三千上下，并聘用一些专长人才；三是文命年轻望浅，望帝委派大臣与我同行，随时指导，减少失误。"

帝舜见禹步履稳重，体态安详，年虽轻而端庄，这次奏对得体，有礼有理有节，不畏不谄，坦陈直言，知其贤而有能，深为赏识。于是言道："汝若能治平洪水，既除国忧，又解民苦，其功至大。水情面广滞久，治当从根本而及枝末，根本为重，疏导为主，急重为先，你可酌情处置。只要主见不误，平治终有日，不必过多计较时日，总以尽治为大计。所言专业治水大军，吾将为你解决。至于委派大臣之事，待我与众臣商议后再定。"

帝舜言后，顾左右大臣道："禹贤而能，我意可袭爵为伯，任治水大臣。众卿可有异议？"在座诸大臣都拱手称帝识人。帝复问："何人能去佐禹治水？"伯益起立道："臣愿佐伯禹共同治水。"帝舜点头，复对秩宗夷道："即颁发禹与益任治水大臣文书，使朝野共知。"令伯禹先回，留下伯益与众大臣商议选将调兵之事。

欲知禹如何治水，且听下回分解。

第四回 察灾，召能

话说伯禹受命后回伯益府，当夜作书告母，命玄龟急送姒夫人。姒夫人览来书甚喜。命玄龟继续随伯禹为治水出力，并告伯禹专心治水，毋念家事。

却说伯益安顿好家国诸事后，这日与伯禹同去治水府。治水府诸将已知伯禹和伯益来领导治水，闻今日来临，都在大门前迎候。他们一到，一起进入厅堂参见。诸将见伯禹年甫弱冠，体貌端庄，两目有神，天生威严，各暗自称奇。坐定后，伯禹言道："帝恩深厚，命吾继父治水，此亦我之志向。诸君皆父辈治水主将，我年轻，缺少实际经验，故帝特命伯益佐我，也望各将助我，多加指导，减少失误，共使治水有成。"

治水府众将早知伯禹见识甚高，今又闻此番言语谦和，都心悦诚服，齐声应道："愿助伯禹成功。"

伯禹顾伯益道："请伯益指教。"伯益微笑对众将道："帝舜知人善用，任伯禹为治水大臣，命吾佐助，此亦我之愿。我熟知治水府诸将各有专能，今向伯禹介绍之。"指方道彰与宋无忌说，"此二位既懂医又懂天象气候，方善风，宋善火。"指冯迟、冯脩、江妃、江飞说，"此四位是两对兄弟，都是治水主将，善于指导开沟挖渠，凿通山岩，导水下泻。"指章亥、竖亥说，"这也是一对兄弟，都懂测量之术，又跑路很快，可日行三五百里，是传达联络之能人。"

伯禹道："治水大业正需各类专业贤能之士，现有八位，但还不够，还要物色聘用。如防兽防歹人之战将，精通水性之能人，精密测量计算绘图之能人，若有能远视善行之奇人，更是需要，不知能否在朝中物色聘用到。还望伯益指点。"

伯益大笑道："伯禹好大胃口！"在座诸将也笑了。伯益复正色道："这正是治水大事，是深谋远虑，也是帝舜关心的问题。上次帝见伯禹后，命我等大臣留下，就是商议物色具体专用人才。按伯禹刚才要求，有的很快就会到来，有的还在寻找，还需稍待时日。总之，对治水有用人才，尽量任用。帝舜嘱咐，任用何人，由伯禹裁定。"

正议谈间，门卫来报，门外有数位将爷求见伯禹。伯益道："当是调选将士来了。"伯禹命进。只听得步履声砰砰作响，进来高矮肥瘦不一六人。伯禹、伯益两人及众将都起身相见。来者都认得伯益，为首的就问伯益："不知哪位是伯禹？我等六人奉帝命到治水府伯禹麾下为平治洪水出力，望伯益指引。"

伯益指身旁伯禹道："这位就是。"六人上前参见，伯禹双手扶起，请各自就座。伯益道："我知六将之能，特向伯禹介绍。"指为首者道："他名禺强，又名禺京，黄帝之裔，人称北海之神，力大无比，惯擒兽捉妖，精于弓矢，善射能战，是勇悍之将。"指另一人道，"此为庚辰，与禺强结为兄弟，也力大善战，又善思考，有勇有谋，深山大泽中驱凶捉怪是其所能。"复指一人道，"此位大名叫童律，天生奇能，见闻极广，结交广泛，到过许多地方，更奇的是他还是个千里眼，能看到遥远之物，在远处测地势，高下立判，相差不过几黍。"指童律旁边一人道，"此位叫乌木由，与童律结为兄弟，虽无千里眼之能，但能见雾瘴中之物，虽雾瘴浓密，也可见芥末之细。"又指两个身材高大威武之人道，"此两位原是帝舜近身侍卫，帝考虑伯禹四野奔波，或有猛兽凶徒袭击，特调这两人侍卫伯禹。面红的叫朱虎，面黑的叫熊黑。"伯禹听此，起身俯身拱手向伯益道："微臣伯禹，蒙帝如此关怀，只有努力治水以报帝恩，望伯益转告。"伯益点头。

此时座中章亥起身对伯禹道："末将有一知友，名叫太章，会测量地形，且善行走，日可千里，曾在水府供职，其能可用，现住在我家，若伯禹同意，我可招至。"伯禹点头道："速招来为治水出力。"

新来诸将与原治水府众将相熟，今后同为治水出力，都各欣喜，相互招呼，欢声笑语不断，伯禹看着内心也宽慰。这时，站在伯禹身后的玄龟俯身向伯禹悄悄道："今多人新到，食宿须做准备。"伯禹点头，向诸将道："治水工程浩大，人员众多，事务繁杂，亟须有人统率其事。乃指玄龟道："他名玄龟，是我家总管，多年来办事认真细致，处理各项事务颇有经验。原本我母命他服侍我身，今后我专心治水，公事即私事，无须单独为我服侍。"即以玄龟为治水府后勤总管。伯益道："如此甚好。"伯禹问："过去治水府谁管后勤？"方道彰道："原治水府人少，只十余人，施工人员都是民工，自备工具与饭包，故未设后勤总管，有些杂务我兼顾着。"伯禹点头道："还请方君协助。"

童律突对禺强道："这次你可延误军机了！"禺强性格豪爽，是个直筒子人，一听童律这话立即站起大声道："这里没有打仗，有什么延误军情，胡说八道！"童律大笑，问禺强："你带士卒没有？"禺强这才想起自己还没有向伯禹报告帝舜命他选调三千专业治水大军之事。用手拍着脑袋连说："啊呀，忘了，忘了。"众人看着禺强都笑了。禺强急向伯禹禀报道："帝舜调将后，命我在军中速选年青健壮的精兵三千，组成专职治水大军。并说若军中不足，可在附近氏族中挑选补足，随我等向伯禹报到，由伯禹安排使用。"伯益问道："现在何处？"禺强道："考虑治水府一时住不下，我找了一处空闲军营暂驻，待伯禹命令。"伯益点头道："禺强粗中有细，安顿甚妥。"禺强道："也亏童律指点。"

伯禹看了童律一眼，说道："有营房住下很好，三千士卒可分为三队，每队千人，禺强领千人是战斗之队，庚辰为佐；冯氏兄弟领千人，是治水一队；江氏兄弟也领千人，是治水二队。治水府原有士卒及服侍人员不知有几人？"方道彰接口道："百名上下。"伯禹道："也分为三队，挑五十名年青力强的充实到冯氏治水队，挑十人用作传递信息、测量、奔走之用；余下的人员可为后勤管理人员，管好仓库、器具、饮食等事务，由玄龟总管，方、宋两位赞助指点。至于何时动手治水，越早越好，但我将先观察平阳周围水情，再定动工时间和治理办法。治水虽以疏导为根本，但需准确选定开凿点，方能尽快见效。"伯益点头道："谋而后定，完全正确，我赞成。"众将都无异议。伯禹命冯氏兄弟准备好船只，两天后出发。

出发那日无雨，伯禹、伯益与众将在蒲阪西面登船，与冯迟、江妃、童律、方道彰、宋无忌上了大船，冯脩、江飞、乌木由、太章同船，禺强、庚辰、两亥兄弟另一船。每船都有会水士卒执篙掌桨数人，由冯迟统一指挥。船离岸数丈缓缓向北行驶。众人都东望蒲阪，只见水波环绕，岸上有堤坝防水，离水面两三尺。冯迟指堤坝对伯禹道："这就是用'息壤'筑成的。头几年城外水位低，城内积水可以排出，筑堤有些效果。近几年城外积水越来越高，水面已贴近坝基，今年四月桃汛，西北风较大时，已见浪花飞入堤坝。再不尽快减退城外积水，蒲阪将会淹没。"

伯禹问："积水何来？为何年年增加？"

冯迟道："据我等观察，北来河水因连年淫雨，水量增多。它循吕梁山峡南下到龙门峡口再南下与西来渭水合而东流。龙门山峡口不宽，汛期水量大时也会积滞，汛后逐渐排除，常年大致平衡，不会成灾。近几年连绵大雨，河水大增。这龙门山又因雨水多，频发山体滑坡，出水口被乱石堵住，出水越来越少，积水也就年年增加。"

江妃道："当下是初冬季节，来水还少，往后是严冬，大河上游结冰，来水也不会增加。我们担心开春后冰化水动，积水必增。再往后就是春汛桃花水来了，河水大至，积水猛增。现在坝基离水面仅两三尺，一旦河水猛涨，会不会漫过堤坝，还真难说，到时候也许会堤毁人伤，后果实在叫人害怕！"

童律道："灾祸真来临，怕治也晚了。"

伯禹微微点头，没有出声。

船继续北行，水情大同小异。右望平阳一带陵阜起伏，原本连接的地块现在却被洪水隔开，成为岛屿，有的只露坟包那样的尖顶，荒无人烟。左望则是一片汪洋包围着吕梁山基部，原来大片坡地和曾经炊烟四起、鸡犬相闻、一片兴旺的地方都已被洪水淹没，只听到单调的浪拍山崖声音，使人倍觉凄凉。

伯益叹道："平日只知洪灾深重，未曾目睹。今日亲历，原来如此触目惊心。再不疏导，一旦水冲平阳，如何向帝舜及黎民交代！"

忽听得冯脩船中有人号啕大哭，众人都侧首注视痛哭的人，原来是太章。伯禹命船靠冯脩船，问太章何事伤心。太章泪流满面指吕梁山脚道："告知伯禹，我从小就住那里，家有爹妈和一弟一妹，在山下坡地垦殖，生活安定。我十三岁那年一日上山砍柴，近午时忽然乌云密布，大风吹得满山树叶沙石乱飞，又听见大河水隆隆地响，只见脚下水位猛涨，眼看着大水没过全村房子，许多人畜都落入水中，急流中爹妈和弟妹都挣扎着、翻滚着向下游汆去。我哭喊着，却毫无回音。今日复见此地，怎不叫我伤心！"说着又流下了眼泪。众人听着也都伤心。

伯禹一面安慰太章，一面对冯迟道："回船到龙门山再看下积水情况。"冯迟心知这是伯禹不让太章睹景伤心，很受感动。立即调转船头，朝龙门山驶去。

到了龙门山前，伯禹站在船头观察这片水情，也暗自心惊，积水面积之广，超出自己预想。东西宽度当在五里以上，一眼望不到边，北面是缓缓地不断流来的河水，只是不知深浅如何。冯迟似乎猜到了伯禹心思，已命章亥兄弟准备测量工具，问伯禹道："是否要测下深浅？"伯禹点头。章亥取出三盘一端系着有孔圆石的细绳索，自己、竖亥、太章各持一盘。左手抓住一端，右手投圆石于水中，分三点投放。绳尽再接，直至触底。约半个时辰后，三绳先后触底，章亥对二人说："在绳露水处打活结，插根小棍作为记号，然后丈量其深度。"经过丈量，章亥向伯禹报告："水深处约十丈。"

伯禹对伯益道："如此宽深之积水，真是悬在帝都头上的利剑啊！不急速去除，叫人寝食难安。"

伯益点头道："确该全力去此积水，然时已近隆冬，施工不易，除专业士卒全力以赴外，可动员附近黎民共开龙山。当前农闲，人力易集，况开山泄水，也是黎民之愿也。"

伯禹道："谢益赐教，我当奏帝，动员众民来助。"

伯禹、伯益正议论时，忽听得章亥一声惊叫，众人都侧身相望。只见章亥坐的那条船除左右晃动外，还在下沉中。伯禹急命冯迟将大船靠近这船救人。当禹强、章亥几人都上大船后，伯禹问沉船原因，章亥道："我正在中舱整理绳索，突听得船底"砰"的一声大响，船被抬起，正惊疑间，船底突然钻出一只乌黑尖角，我惊叫一声，禹强也看到了，过来用力砍了尖角一刀，角断了，船下怪物缩回去，舱底留下一个洞，只不知是何怪物。"说罢递上断角。

禹强道："这东西力道不小，能顶起一船四人，至少有七八百斤力道才行。千斤之力不怕，可惜在水下，我不会水，难以捉拿。"

伯禹问道："这里诸将，何人善水？"众将你看我，我看你，半晌无人出声。伯禹道："会水的有没有？难道一个也没有？"江妃道："我能入水游泳，下潜最深不过一丈，没有水中格斗本事，更谈不上降妖捉怪。我看治水府还得招请几位善水能人才好。"伯禹问伯益："朝中可有这等能人？"

伯益道："治水不能没有善水之将，朝中曾有一位善水能人，可惜此人早已离开蒲阪，不知去向。"

伯禹急道："既有能人，必须千方百计去找到他。伯益必有所知，还望费心寻得这位善水之人。"

伯益笑道："我知治水急需此类能人，我来之前，已托友人寻觅此人，但不知为何至今没有消息，我也急。但我所托之人，是个热心负责之人，如确实找不到，必有回音给我。且莫心急。"

童律道："伯益所找之人，莫非三奇？"伯益道："正是此人。"童律欣喜，笑道："若得此人到来，水下之事无忧了，但愿早点找到！"

伯禹道："没有消息就难说迟早，开龙门之事却拖不得呀！"伯益微笑未言。天色将晚，也就回船。

这夜伯禹辗转难眠，一合眼就见大水没坝，蒲阪危急；一会儿又想到灾情严重，亟须开龙山泄水之事，眼前陆地开山之人，大体具备，可水下善水之人没有着落，水下情况不清，难以准确选址，选址不当，急工误事，又不能急解帝都之危，而善水之将又一时难找！怎么办？思来想去，感到最要紧是尽快找到善水之人，不但眼前急需，也是今后主力。自己无此能力，只有求伯益想法解决了。如此东想西想，到后半夜方才睡去。

第二天，伯禹与伯益召众将商议开龙门之事，伯禹道："不开通龙门山，无以解帝都之危。现在虽缺善水之将，但不能坐等，可否一面等候，一面做开山准备，如何准备，望诸君直言。"伯益道："水下之事暂且放下，等有三奇消息再说，今日先议陆地动工之事。先办两件事，一是准备工具，二是召集人手。"伯禹道："所需各类工具、粮秣、车辆等物，由玄龟率后勤部分负责，限五天内备齐，不可有误。人手分两部分，一部分是三千名专业治水士卒组成，另外一部分将由动员来的各邦民工组成，专业队由禹强率领安排，民工队由冯迟、江妃两人负责安排。动员民工之事，我将与伯益共同上奏帝舜后进行，诸君以为如何？"

伯益沉思片刻后对伯禹道："有一事需斟酌，平阳积水除龙山潴水之外，汾水淤塞也是原因之一，在开龙门同时也需准备疏通汾河，方可根治帝都之灾。"诸将齐声道："伯益言之有理。"伯禹道："既如此，拨士卒三百由江飞率领治汾水。在三奇未来前就可动工可好？"江飞领命，带着人员去了。

过了五日，伯禹、伯益正在偏厅商议如何安排开龙门之事，门卫进报："门外有一老者自称姓陆，欲见伯益。"伯益急问："来者几人？"门卫答："三人，两老人一小孩。"伯益疑惑地自语道："怎会是三人？带小孩干什么？难道没找到三奇！"伯禹对伯益道："既来求见，何不请进来问下？"伯益点头说："请。"

欲知来者是何人，且听下回分解。

第五回　水孩儿

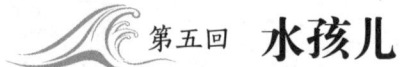

　　却说门卫陪两老一少来到偏厅，陆之谦一见伯益就道："之谦来迟，你可着急了吧？"伯益闻音没有抬头就问："你找到三奇没有？"之谦大笑道："你也不抬头看看，这是谁呀！"伯益急侧身看见厅门口立着老少两人，一时看不清，疾步上前。老者拉着身旁少年跨步朝伯益躬身致礼道："伯益可好？"伯益双手拉住老者细认，大笑道："果然三奇来耶！盼你多时了。当今治水急需像你这般精通水性之人，幸逢之谦，方能把你找到。如今伯禹主治洪灾，我领你见过伯禹。"

　　伯禹已听到伯益与三奇的谈话，知来人就是三奇，心中欣喜，并加以观察。见三奇六十多岁，身瘦长，面清癯，微黑，双目有神，显得精干。又见其旁一个十二三岁少年，脸红润微黑，身材瘦小灵巧，奇的是两眼不但黑白分明，而且竟如透明的水珠，清澈见底，光亮照人，瞧人时一闪一闪，叫人喜爱。当三奇过来见礼时，伯禹早已起立相迎。一见三奇躬身参见，立即双手扶住道："早盼你来，共治水灾，还望不弃。"三奇道："愿为平治洪水尽力。"伯禹大喜，盼咐看座。

　　伯益问之谦道："我计算时日，早五日即可来此，两位因何事耽搁？"陆之谦笑着望三奇，三奇道："这次听陆兄转告伯益召见之由，知治水府急需精通水性之人，故此次来都，转道具区，将我徒儿水珠一同带来出力，故迟了数日。"说毕，指身旁少年道："水珠，快上前叩见二位伯爷。"水珠应声上前，朝伯禹、伯益跪下叩头道："水珠叩见二位伯爷。"伯禹早已欢喜水珠，双手搀起，抚摸水珠头顶细瞧，见水珠身穿青布衣裤，腰束鱼皮带，足穿山袜草履，十分灵秀。问道："你跟随吴师父，可是会水？"水珠点头。伯禹笑道："治水正需会水之人，越多越好。"三奇向伯禹、伯益道："水珠今年一十二岁，两位莫以为他年少无用，他生具异禀，水下功夫已远胜于我，知此正用人之时，故我绕道前去，劝说其父母放他出来为治水效力。他父母只此一子，父亲又残伤在家，本不应允，因我力陈治水需人，让水珠如此奇异之材，埋没民间，实在可惜，平治洪水为黎民多年所盼，今有伯禹、伯益治理，何愁不成，水珠为治水出力，既为黎民消灾，也使水珠见世面受历练，或有更好前景。再三劝说，方始应允。我与之谦议定，要之谦定期前去探望他父母，以安其心。之谦东海有业，家中富有，足够资助其家，故能带珠儿出来。此子定会展其所能，助二位成功。"

　　伯益暗忖："三奇为人严谨，从不谬夸别人，今如此夸奖，水珠必有奇能，且待以后试之。"

伯禹与三奇、水珠皆是初见，虽喜爱珠儿，但听三奇如此夸说水珠，也以为是师父爱徒之言，未特别在意。当下答道："会水就好，但须小心。"伯禹又问三奇："当年水府尚有能人在外否？"三奇道："当年水府中有一人，不但通水性，更长于计算，所有河道开壅、水系流向都由他测定。此人名曰应龙，是水府中第一位参赞策划之能人。相柳入府后，忌应龙才能，在共伯面前百般挑拨。之后共伯夺策划之权交与相柳，应龙也愤而辞去，下落不明。他本冀州人氏，估计隐于附近，待我留神寻访，若有音讯，定叫他来助伯禹治水。"伯禹甚喜道："望三奇留意，这里正需各种人才。"伯禹又顾陆之谦道："陆君能否留此，共襄治水？"陆之谦道："吾受伯益之嘱，奉请吴兄出山，今任务已毕，乞恕放归。吾在东海有大片事务，少我不得，且又答应吴兄，照顾珠儿一家，不得留此协助。以后若有机会，定当效劳。"说毕，就告别禹、益及三奇、水珠，回东海去了。

次日，伯禹集各部将领，将三奇师徒介绍与诸将相见。有些将领认识三奇，彼此见礼。诸将见水珠年仅十二，还是个小孩，竟敢来治水府出力，都惊奇。听说他水性精熟，还会武功，心里都想总是个孩子，能有多大本领，但面上都很客气，也各见礼。伯禹言道："前日巡视河道，北来之水有两处奇特，离石至北屈一段，水流很急；北屈至龙门一段，水流却缓，北屈为转折枢纽之处，其下必有巨崖大石阻水。河水至此受阻，故横流而西溢吕梁，若探明确有巨厄在此，必须开凿，使河水直流而下。北屈至龙门山，水流转缓者，因河水到龙门山前受阻流不动了，积水成灾。所以，只有劈开龙门山，让积水流出，才能消灾。"冯脩道："伯禹之言极是，但凿开龙门山有两个难处。一是龙门山体巨大，开凿须择易于通过之处，才能事半功倍。今水上山岩可见，水下之山很难察，必须有精通水性之人深潜水下，寻出山体较薄、缝隙较多、易于开劈之处，方好定址开工。二是凿开龙门山之后，积水冲入下方，其力巨大，恐大河改道，有毁地伤人之虞。须预先防范方妥。"吴三奇道："水下探察之事，可交予我与水珠，定按治水要求寻找易于开凿之处，请伯禹放心。"

伯禹点头道："就请三奇与珠儿探察。至于冯脩所言积水下冲，其力巨大，损害下游之事，可能发生，然一时之损在所难免，得失之间，当衡其轻重，贪一时之利，酿千秋之祸者不可行，今开辟龙门，取直河道，阻水横行，有万世之功，虽有一时一地之损，不可畏首畏尾越趄不前。若因河道直而流急，有改道之虞，当不至此。河津之南有华山，水从龙门直道出，至华山已流百里，水势必将渐缓，遇华山当转折，循故河道东去，故河必不更道。积水下冲之初，汾口、河津两岸会有毁岸决堤之事，受少量损失，势所必然，可命人预备沙石草包，以防决毁过深即可。"伯益道："开龙门乃目前第一大计，都听伯禹安排，不要迟疑犹豫。"

伯禹与伯益交换几句后道："从即日起，以开龙门口为首战，开山人力除现有专业治水士卒三千外，帝舜已准调集黎民万人为助，由冯、江两治水队分率，一个治前山，一个治后山，原定由江飞统领的治汾任务外，再增加在汾口准备沙石草包，以备水冲决岸之用，所有人力调度都由伯益安排；由玄龟率部准备开山一切应用之物；三奇、水珠水下探测，摸清水下山隙缝孔，与山上配合，将选定口址，调三十名会水士卒由三奇使用，主要是水面上接应；禹强统率的除妖之部在巡逻除妖之外，主要精力也用在开山上。"并命三奇师徒明日先去龙门探明水情，三奇领命。分拨已定，各部分头准备。为便于指导联络，伯禹将指挥大营移到龙山西坡。

却说三奇师徒二人回到住处，取出水衣，俱用土龙皮做成，乌黑发亮，坚韧柔软，水珠一件原已做成，三奇一件是这次去具区时由飘飘依三奇身架赶制而成。水珠将石克与神钩取出，已用土龙皮做了鞘套，缝在水靠腰际，三奇亦有利刃在身，带了三天干粮和净水，以备食用。

次日一早，二人穿戴完毕，都外披常服，内穿水靠，来到水府。伯禹和诸将都要见识三奇师徒水功和了解水中情况，所以都齐集水府，随三奇师徒同去。众人越过吕梁山，来至东面，船只早已备好，由江妃暂时指挥各船载伯禹等人至河心。此时龙门山崖顶站满数千民工，他们都知伯禹为凿开龙门，命三奇师徒至水下探索口址地，都十分关心，因此来看。师徒二人卸去外衣，露出鳄皮水靠，众将及两岸民工只见二人一身乌黑光泽，未知身着何衣，尤其水珠小孩儿一个，穿着这身水靠，越发显得小巧玲珑，十分喜人。两岸民工齐声喝彩，齐喊水珠为水孩儿。只见三奇和水珠从船上翻身入水，水面连水花儿都没有溅起，即没入水中不见。两岸民工又是一片喝彩声。江妃自知水性不及二人，但也钻入水中，向下潜去。黄河之水，泥沙甚多，水下一片浑浊，江妃入水不久，水衣即被灌满细沙，身体沉重，游动困难。且水性有限，不能久留水下，尚未到底，憋气不住，只得出水换气。江妃知自己力不胜任，只得上船。脱下水衣，里面尽是细沙，伯禹及诸将都感骇然。伯禹知江妃水性不够，就命他在船上接应，不让再入水下，伯禹及诸将俱耐心等候三奇师徒消息。

却说三奇师徒入水后，有土龙水靠保护，细沙不入，游动自如，迅速到了水底。水下一片浑浊，泥沙翻滚。三奇知必有鱼蛇游动，命水珠抽出神钩防身，自己也握刃在手。二人沿着山脚一路察看，忽见不远处，大约正是龙门山中心有一巨大漩流，漩流中有大鱼成群，漩流之旁有一很大深洞，大鱼时向深洞出入。二人从漩流边缘向深洞摸去。水洞口十分宽阔，估计高有二丈，阔在五丈开外，深还未知。洞中漆黑，三奇已无法视清一尺以外物体，水珠生有异禀，可见一丈之外、三尺之内纤芥可分。师徒二人贴洞壁而入，用利刃探路，缓缓前进。洞身曲折起伏，时宽时窄，且斜径旁岔众多，洞路分歧。进五十丈之后，洞身变小，但仍有一丈左右口径。洞中游鱼众多，主要是口旁有两条肉髯的特大鲤鱼，体长四尺以上，这是黄河特产，但水面上能见者都在二尺以下，如此大鲤鱼，陆上未见。

水珠抽出石克，游至洞身顶端，用石克刮缝取石，石应手而落，缝隙迅速扩大，稍一用力，大块之石立坠，水珠知此山石质松脆，易于开凿，若与陆地山峰同时开挖，山不难开。于是与师父三奇返游洞口，并顺手钩了三条大鲤鱼，与师父二人浮上水面。前后大约三个时辰。

伯禹此时早用过中餐，因挂心三奇师徒此行结果，耐心等候。两岸民工一边劳作一边遥望河岸，见伯禹未去，也留工地不散。将到酉时，众人正等得心焦，忽见河心亮光闪动，眼尖的早见三奇师徒跃出水面，各拎大鱼，踏水赴船，而大鱼只露半身，其余仍在水下。水珠已全身露出水面，用两脚踏水，双手提着两鱼，虽举手过头顶，但人小手短，仍只见鱼头在外，鱼身在水下挣扎，浪花四溅，波浪起伏，水珠被裹在浪花中。这时天晴，夕阳照着三条半身大鱼，鱼鳞辉映出点点金光，和飞溅起的浪花闪出的银光，构成一道神奇的色彩。众人无不看得眼花缭乱，都为水珠这个孩童的技艺而高声喝彩，上千民工齐喊："水孩儿！水孩儿。"伯禹与诸将也看得呆了，都惊水珠小小年纪在水中这么长时间，不但未见换气，还手握这两条活蹦大鱼踏水而出，两鱼之重约逾百斤，而踏水之足仅没其踝，可见水性之高强。两岸民工高呼"水孩儿快上船"的喊声，回响山间。从此众人都呼水珠为水孩儿。治水府众将对水珠之能都心服口服，再无人怀疑。

三奇、水珠上船后将鱼摔至伯禹船上，左右两人还按不住一条，用四人对付一条才勉强捺住，分别装入筐中。伯禹与诸将虽久居大河不远，但如此大鲤，也未曾见过，当下回府。

次日，伯禹与诸将议事，伯禹问三奇道："昨你师徒入水，可曾发现能开山之处？"三奇道："启禀伯禹，龙山腹下中空，有一大洞，正在山的中心，洞大且深，经水珠在洞顶观察，裂缝甚多，用器械剔缝，大石即松动下坠，若山顶也用剔缝松石之法，上下夹攻，可以劈开龙门山。"伯禹点头。伯益道："剔缝松石之法，山居黎民多有经验，但现在要防止水下山上两者错位。"章亥道："上下垂直可用绳索悬坠，取洞口中心可得，只是不知洞深几里？"三奇道："下次入水会用绳索丈量。水珠小巧灵活，又能明视浊水中物，探洞定索，非水珠不可。我与江妃携带绳索在水面接应，伯禹以为如何？"伯禹点头称可。嘱咐水珠道："单独下水入洞，多加小心。"水珠应诺。伯禹命玄龟备足绳索，复对伯益道："山顶拉索作记之事，请伯益部署。"伯益点头。

当日下午，江妃、三奇与水珠三人带了一船绳索来至昨日下水处，水珠穿着水靠携绳索入水，到了洞口，将绳头钉在洞口顶正中后潜入洞中，三奇、江妃二人在船上不断放索。水珠以自己小巧灵活之身，直至深处，大约有百丈之深，方不能再进，洞大体径直无曲。水珠把绳拉到最深处将绳打了结，然后拉着绳索游出洞外，垂直上升至水面，出水处离船六尺。三奇、江妃见水珠出水，移船过来，接过绳索做了丈量，再在钉绳头上面山石处用一大块红巾做标识。山峰上早有人瞭望，见水孩儿拉索出水，就报告在值的太章、章亥，二人从山上对准红巾垂直下绳到水面出绳处，上下对直。山上也钉桩为记，为开凿之中心。然后牵绳向南至汾河口中心，在百丈处立了桩。绳为开山中心之界，每五十步立桩一个。沿中心线东西两边各二丈五为开山宽度线，一切人员器物都已准备停当，只等伯禹下令，即可动工。

画线时，伯禹、伯益和方道彰、宋无忌、朱虎、熊罴六人登龙山观察，见山上草木茂盛，视线受阻。伯禹道："林木影响开山，当先除去。宋无忌道：可用火焚。"伯益摇头道："线道之内林木当去，但不宜火攻。"无忌道："这是为何？"伯益道："我管山林多年，深知林木为大山之魂，林木依山体水汽脉络生长，山体也靠林木滋润抒发水汽、山脉气，显示山体雄伟秀丽，两者相互依存与共荣。山无林木成枯山、死山、僵尸山。所以我们要尽力保护林木。今若用火焚方法，大火起后将会波及线外林木，故不宜采用。去线内林木，当用人工砍伐。伯禹于是召禹强、冯迟、江妃三将，命他们率所部在开山之前用砍伐办法去除林木，以利开山。"三将领命。

却说开山之日，伯禹命人设坛于龙门山麓，以全副太牢、糈稌各一、醑酒六担，祭山誓师，誓曰：

    洪水为灾，虐我百姓。河水北至，阻在龙岭。帝子震怒，开凿严命。
    河道取直，水流宜平。山开河通，惠在庶民。今用太牢，祭你山神。
    神人一心，都各用命。如有不遵，严惩勿悯。功过在册，赏罚分明。

誓由伯益朗诵。礼毕，牲酒赏于民卒，伯禹下令动工开山。
欲知如何开此大山，且听下回分解。

第六回 开龙门，凿吕梁

话说万余民工都聚集在山的周围，他们早有开山泄水心愿，听得动工令下，欢呼之后，各举尖棒撬棍，在指定地段敲石、松石、移石，全山人头攒动，吼声、脚步声、滚石声，地动山摇，场面极为壮观。

再说水下开洞之事，水珠带了石克和师父三奇潜至洞中，水珠于洞顶奋力剔缝凿石。石克乃稀世之宝，神功无比，不多时，巨石连片而下。三奇也用利刃剔石，并随时关注水珠安全，以防落石伤人。几次连坠之石，都幸三奇察觉提醒水珠及时避让，未碰身体。洞中自下向上开石有个好处，石有自身重量，一旦缝隙松动，块石自然落下，所以一日之间水珠开石许多。直至坠落大石堵了洞身，方始罢手。二人只能将堵洞之石移出洞外，才能再开始。连日水下作业，进展甚快。

开山之役开始后，伯禹、伯益和府中有空人员也都到山上劳作。伯益将工地分为三段，北段由冯迟督率，中段由禹强督率，南段由江妃督率，各有民卒四千人。这日，伯禹等人到中段开山，刚到山上，见东边沿开山线下有一大堆民卒围在一块突起的大岩石旁，议论纷纷。伯禹、伯益上前观看，原来是岩块太重，剔缝后挖不出、移不动，正在犯愁。禹强闻讯赶来，沉思片刻后叫人用绳子缚住，几百人一起用力，把这岩石拉翻拉出。虽然拉出了，但这数千斤的大石块身上无缝，分裂不开，又移不动。禹强是一名力扛千斤的战将，这时来了牛脾气，叫来庚辰，再挑数十名壮汉，想一齐用力，随伯禹上山的朱虎和熊罴也上前使力，四员大将、数十名壮汉，硬把这大岩石抬到东边开挖线边。

但经这两天开凿，东边凿线已垂直挖下五尺多。要将这大石翻出线外，滚下山去，禹强众人也没了办法。伯益想了想对禹强悄悄说了几句，禹强连连点头，笑了，随即命乌木由带领五十名士卒在中段下限西面，从上向下开一条直通山脚的斜坡，待斜面坡成形后，就可将挖出、堆放的大小块石推到斜坡处滑至山脚。伯禹问伯益出了什么好主意，让禹强乐了。伯益对伯禹说了斜坡滚石之法。伯禹道："此法应告知冯、江两将，他们也会有此难处的。"伯益点头即召两将告知用斜坡滑石之法，可以加快清除开挖出的石块。两将都笑了，道："我们也为这事烦心哩！"

光阴荏苒，凿龙门山三月有余，自南至北而进，到了次年二月，桃花水未来之时，北口离水面只剩下丈把距离，南口尚留四五尺，其余山体已劈出一条南北向的宽大通道，底部已经见水，并可听见水下水珠凿石声，水下水上只隔着一层石块了，只等以后总攻。

却说这日天气严寒，滴水成冰，天空飘着鹅毛大雪，伯禹、伯益披蓑衣带着几名随从到工地察看。从北口一路步行，边走边看，中间已成沟底，两边都成高崖，高至百丈，东西两崖距约百步。凿痕斑斑可见，沿途断木、残棍大小石块无数，有的上有紫黑色污迹，都是血迹所染。伯禹道："严寒施工，皮肤干裂，坚石锐利，冰雪如刀，民工士卒苦啊！"伯益道："黎民苦于洪水多年，苦无治方，今伯禹治水有术，民心有了盼头，都不怕艰辛，但求早日解除洪灾，过安定日子！"

到了施工现场，崖上沟底都是民工士卒，两面崖壁，都是长绳悬垂，绳缚开山人，开山人蚁附崖壁而凿。伯禹道："今沟底已薄，要防坍塌伤人。"伯益道："已令今日收工为止，撤出沟底崖壁民工。"伯禹道："南北两口何口先开？"伯益道："打算先从南口凿通沟底，使其泄水成河道，以后逐步由南往北凿进，直到全开沟底。"伯禹道："这打算好，逐步泄出少伤人，但积水巨大，一旦有出口，冲力恐也会极大，需要预防。"伯益道："好在已有江飞率部作了防范，但围观之人，需要小心。"当日，伯禹告知众将："两日后率全体民卒齐集南口观看出水。"并命江妃小心安排。

这日一早，伯禹、伯益及诸将所率众民工士卒齐集龙门山南口，站在西崖山上观看。二百士卒分列东西两崖沟面，都手持开凿工具待命。这二百士卒都在腰际缚有粗大绳子，一头系在山上大树干上，绳旁有两人拉着绳，都是为救助沟底落水凿者之用。

江妃见各岗位都已到位，将手中令旗用力向下一挥，发出动手信号，两边凿手立即行动，众人静等了半个时辰，虽见有大石块剔起，但不见出水。伯禹问江妃："莫非凿点下方不是深洞？"江妃道："与水珠、章亥多次核实，不会有误。"站在伯禹身边的朱、熊两将道："想是凿力不足，还没凿通。不如让我俩上去试一下。"伯益大笑道："若得两将出手，定能一斧成功。"伯禹不解，侧头看伯益。

伯益知伯禹不解，就微笑对道："伯禹有所不知，这两人可是大有来历之人，其祖先都是黄帝战蚩尤征炎帝时战将，立有大功。蚩尤铜头铁骨，其骨之硬，世所罕见，战死后其骨被众将分得。朱虎、熊罴两人是将门之后，自幼习武，有祖留秘方，练成坚韧筋骨，力气超群，持千斤之斧运转如飞。两人各有两斧，朱虎两斧即蚩尤两片肩胛骨，熊罴两斧是蚩尤两片髋骨，四斧看上去不大，但重逾千斤，锋口不利而开岩如利刃剖竹，神功非凡。祖上有训：若无大事要事不可轻用。今为开此龙门，故愿出手。"

伯禹大喜，即命出手。两将领命到沟底东西两边各替换出二人，二人绳子缚到一人身上，防斧重绳力不够。结束定当，江妃再次发令动手。众人只见四斧在沟面一闪，"砰砰"两声，接着又听得"嚓嚓噼噼啪啪"几次石板断裂巨声，都还没有回过神来，就见眼前东西两边各有一大股水柱从沟底朝天冲出，高达三丈以上，然后四散落下，淋得众人一片衣湿。朱、熊两人更是被水柱冲离地面两三尺，幸有两条绳子牵住，没有大碍，只是他俩和附近的凿手都全身湿透。伯禹命全身湿透之人上岸更换衣服。

此时沟底已经大变，两股水柱已经不见，却见大片积水正汹涌地流入河道中。两岸民工和士卒一面跳跃一面在大喊："通了、通了。"

原来沟被朱、熊两将剖出缺口后，中间隔水的石块松动，在大股激流的撞击下破裂落入水底，而且自南向北不断扩大，下坠石块落在水下大洞中，正好填平了河道。

这时冯脩用手直指出水口，大喊："快看！快看！这么多大鱼。"众人这才注意到水口流出的水中有许多从未见过的特大鲤鱼和怪鱼，无不惊讶。

童律自言自语道："不想这些大鱼立了大功！"在他身边的禹强应了一句："这鱼立什么功？神经错乱！"站在禹强身后的三奇笑道："不是童律胡说，是你不懂其中奥妙。"禹强不服，反问三奇道："那你说奥妙在哪？"三奇道："水洞中大鱼极多，水静时安稳，水动则游急，水大动则鱼用大力游动。今北口水压巨大，南口出水微少。所以出水处压力极大，水上冲数丈，鱼也受压涌到水口。鱼在水下其力巨大，这么多大鱼都在用大力顶撞贴在靠近出口处的水面，这股力道足以把三尺厚的沟底顶穿，使沟底石块沉落水底，让出水口大开，岂不是立了功？"禹强无言以对，只好傻笑。伯禹在旁听到，对伯益道："三奇识水性、懂鱼情，其说有理。"

待到傍晚，原沟底石块大部沉入河中，只剩下北口一小段没有落水。江妃道："积水重，水流急，估计今晚会冲走，且看明天。"冯迟留下四名士卒守夜。

第二天一早，众人都到北口看水势，果然河道已经全通。因为水流很急，还冲刷了两边岸沿许多石块。积水基本退完。冯迟问守夜士卒有无异常。士卒道："只听见全夜水响，再加噼噼啪啪大鱼跳跃声，别无异常。"

伯禹见北口上方仍有山岩连接东西两峰，孤零零悬在河水上。这是当时为挡积水冲入施工场地，所以不开洞上石岩，现在积水已从山下大洞流出，这段残留的石壁就成了危险的"大桥"。伯禹担心一旦石坠会伤人，命冯迟安排打通。

伯禹见龙门畅通，积水已退。与伯益商定："民工遣散归家。让他们抓紧整理水退后农地，及时翻耕播种，力求当年有个好收成，解多年缺衣少粮之苦。治水士卒休整三天，有伤病的及时治疗，有家室的也可返家短聚，三天后再集。单身汉留营休息，兼顾守卫府营。"并托伯益将龙门泄水之事奏告帝舜，以宽帝心。

当日召开民工大会，宣告积水初退，耕作可复；称这次开龙门、去积水，民工之力，功不可没；宣布所有民工即日返家整地备耕，再兴家室。余下治理汾水之事，由士卒担负，不再动用民力。集会民工欢声如雷，齐喊："帝舜有恩，伯禹有功，我们不会忘记！"

却说伯禹留在治水府与没有回家的将领叙谈下步治理事情，三奇对伯禹道："我在水伯府工作时知大河流到平阳之东有两个隘口，一是孟门，二是龙门，今龙门已开，但孟门未凿，北来河水到孟门仍会受阻，西曲入河，不但伤了平阳西坡一大片土地,而且容易成灾,须凿开孟门使河直流,方可久安。"

江飞尚未成婚,且有治汾任务在身,所以没随江妃回家,这时也在座。当听到保平阳久安一说时,勾起一个心事,就对伯禹说:"要使平阳久安,治理汾河也是重要一环,我们已疏理了上中游,接下来主要是治汾水入大河这段,特别是通河口,那里水深还多漩涡,我和士卒虽会点水,但不精,不能深潜,所以想请三奇师徒帮忙。一是探查河口底部淤积状况,二是还想请他师徒教我等潜水和水下格斗功夫,不知是否可以?"伯禹微笑抬头望三奇,想听三奇意见。三奇即道:"当然可以,明日即去如何?"江飞大喜,起身向三奇深深鞠了一躬道:"我当拜你为师,如有怠惰,愿受责罚。"三奇连称:"不敢当!不敢当!"伯禹与在座诸人都笑了。

三天转眼即过,回家将卒准时返营。伯益与伯禹见面笑告:"帝喜龙门开,积水退,初战有成。要我们继续努力,不以小成而松怠。"伯禹颔首道:"谨遵帝训,正要与伯益商议一是治孟门,二为治汾口。"伯益抚掌大笑道:"两事正是我所思虑的要紧大事,我俩想到一处了。"伯禹也笑了,随后将三奇与江飞所提之事告诉伯益。伯益道:"那就兵分两路,江飞与三奇一伙人治汾口,其余人治理孟门,由冯迟、禹强两人负责如何?"伯禹道:"我也有此想法。明日且上孟门一看。"

次日,一行人登上孟门山高处,这日雨蒙蒙视野不清。伯禹请童律和乌木由两人细观河山走向及最好开凿点。两人站到孟山顶峰前后左右察看,一边商量,回来对伯禹说:"北来河道实际上与龙门山前河道大体是一条直线,都循吕梁山由北到南走向。这孟山虽是吕梁山一峰,可它却是东西走向,硬把河道堵塞了,使河水向左转弯再入河。只要凿通孟山,河水就可直流到龙门。"伯禹道:"凿孟山是定了的,你们看,选在哪个位置好?"童律道:"自然是选南北两河道对直的山面,但这孟山地势是南高北低,孟山之南河道低于孟山北面河道约有十丈,孟山山体不厚,平面凿通不难,若要凿成斜坡,花工就大了。"伯益道:"这事由负责凿孟门的冯、禹两人按实际情况去定。"伯禹道:"桃花水就要来了,凿开孟门必须赶在桃花水来临之前,不然,平阳西坡又要遭灾。"冯、禹两将齐道:"我们定不使平阳西坡再受灾,但要请太章和两亥兄弟来工地帮助。"太章等三人都道:"治水所需,怎称帮助!自然前来出力。"童律、乌木由对伯禹道:"我们都去。"伯禹、伯益都道:"凿开孟山是眼前大事,我等都要去。"

却说冯氏兄弟、禹强、庚辰会同太章、两亥兄弟、童律、乌木由,在孟门山实地商讨如何快速开山。禹强道:"童律脑子活,会计算,让他先说。"童律道:"以我观察,北河道宽在五十丈开外,南河道不足五十丈,孟门山两边河道高低差大致在十丈上下,孟门山体不厚,开五十丈宽山口通河水,以我等两千人之力,在春水到来前完工,虽然紧张,估计可以实现。但要把河道凿成北高南低斜面,这用工量就将增加一倍,那就来不及了。"禹强道:"那就不要斜面了,只要水能通过就行,春水来前不通水,平阳西庶民就苦了,别搞什么斜面。"庚辰道:"禹哥说得是,只要河水能直通就好，依我看只需把孟山挖开一个五十丈宽的大槽就可以了。南口可以略低于北口，水往低处流，北来河水流出孟门山南口，让它自然跌落崖下河道有何不好！"太章、两亥兄弟都说这个意见好。冯迟见意见一致，就说："就按庚辰意见施工，请太章、两亥兄弟测量做出标识，明日动手。"问禹强："禹哥，你看可好？"禹强即答："好！"

次日，两千士卒按划定标识各展神勇，凿石开山，冯迟、禹强两人日日在山上分头指挥。开工两日后，冯、禹两人听得山下传来一片脚步声，似乎人数不少。冯迟请太章往山下探视。没多时，即见太章领着数百人来见冯、禹两人，来人都手提粗绳，肩负木棒，太章指为首两个老者道："他们是住在平阳东坡的两位族长，得知伯禹派人开凿孟门，无不高兴。为能早日凿开孟门，都带了工具、饭菜，由族长带领，自愿出工开山，今日来了三百多人，以后会更多。"冯、禹两人大喜，即安排帮助搬运石块，并派冯脩专职指导民工搬运移石之事。因有众民相助，士卒也更兴奋来劲，开凿进度加快。不到一百日，一条长约三百丈、宽约五十丈的石槽呈现在众人面前。虽然两壁粗糙，石牙石舌遍布，但通水毫无阻碍。最后，在南口凿成一个壶嘴般的大口，宽约二十丈。俯视口下河水流通处，高下相差在十丈以上。童律站在壶嘴道："此后这里将出现瀑布景观了。"

冯、禹两人见山开槽成，就向伯禹禀报，并请他来看通水景象。禹、益都喜，于次日辰时到达孟门南口。冯迟见伯禹、伯益已到，下令凿开北口阻水石坝，放河水进入石槽。当阻水坝开了一个口子后，河水就像猛兽狂奔一样，冲进石槽，直扑南口，经壶嘴跌入崖下河潭，发出隆隆之声。伯禹、伯益见一道巨大瀑布直落河心，瀑布四周水珠飞舞，湿衣沾人，细露如雾。崖下深水翻滚，隆声震耳，山撼心悸，深波叠浪，崩流千丈，向龙门咆哮而去。这就是著名的壶口瀑布，它是龙门的上口。

众人沉浸在眼前奇景中，还没有回过神来，忽听得童律大声呼叫："快看！快看！"他一面喊一面用手指着瀑布落河处。众人也被眼前景象所吸引：只见河中出现金色大鱼无数，长有丈许，逆流而上，到壶口瀑布前河水翻滚处，突然上窜，高跃升空，似欲跃上壶口。千鱼竞跃，此起彼伏，众人无不惊讶。不少士卒和居此多年的民工都发出"啊、啊"的惊叹声，因为在瀑布出现前，从未见到过这种场面。伯禹也是头次见到，问伯益可知缘故。

伯益道："这是黄河大鲤鱼，即上次水珠从河中捕得之鲤，产于鲤鱼洞，每年三月至黄河，逆流而上，其力巨大，能跃出水面数丈。此大鲤是味中珍品，难得之物也。"伯禹笑道："当请三奇师徒来此。"伯益笑道："如此急流大瀑，不知他们能否捞上这等大鱼？"伯禹笑道："且等他们过来再说。已经三个月了，也不知汾口怎样了，这里河水已通，正想去那边看看，顺便请三奇师徒来壶口一行如何？"正说间，忽见江飞急匆匆来见伯禹。

不知江飞为了何事要急见伯禹，且听下回分解。

第七回　训练水卒

却说那天三奇师徒受江飞邀请，做简单准备后就随江飞到了汾口。民工已经回去，三百士卒都住在营中等待任务，他们都知道下步任务是清除水下壅堵，疏通汾口，只因当前正值严冬，各人水性又不好，没法下水，只能待在营中等气候转暖再说。见江飞回来，还同来一老一少二人，都围上来打听。士卒中有两个头目，一叫吕小岩，一叫胡进。因水性略好，所以定为头目。吕小岩向江飞道："将爷，老待在营中也不是办法，总得做点事，人才舒服，不然会得病的，要不上山砍柴也好！"

在来的途中江飞已将情况告知三奇师徒，今听士卒讨工作做，不愿闲着，知这批士卒素质好，江飞道："要不我说几句？"江飞挥手示意众卒坐下，说道，"大家要工作很好，今番我请来两位大能人，一位是奇师父，一位就是水珠，别看他年纪小，水下功夫可大着呢！你们当叫他小师父。"士卒中有人问："是不是就是水孩儿？"江飞笑道："正是他。"众士卒都高声大笑喊道："我们愿拜他们为师，教我等水下功夫！"江飞摆手，要大家安静。对三奇道："你说。"

三奇道："刚才听到各位兄弟要求工作的精神，我很赞成，也很感动，眼前天寒地冻，要到水下作业，众兄弟做不到，我也做不到。只有水珠可以，他是奇才。但水下作业只一个人不行，还得靠众兄弟共同出力才行。那现在做什么事情呢？一句话——锻炼提高水下本领。"许多士卒不由"啊"的一声，有人悄声说："到哪去练呀！"就连江飞也疑惑，不知三奇何出此言。三奇知众人心中疑虑，笑着说："大伙担心严冬水冷吃不消是吧？"胡进答了一句："是啊。"三奇问他："如有五六月的水温大家可以入水练习了吧？"胡进点头道："当然可以，可现在已是二月前后，春寒料峭，哪有这等温水？"三奇这时突然严肃地问："有没有提高水温的办法？大家动动脑子。"众人静了一下。吕小岩吞吞吐吐地说："少量容易，但眼前要将汾水水温提到五六月的却做不到啊！"

三奇大声道："谁要你们把整条汾水水温提到五六月的？我只要有够训练你们三百人的一定量温水即可，只要我们一起动手是可以做到的。从现在开始，抓紧做三件事：第一件，在山坡上挖建大小窑洞，用来住人和训练水功，大窑洞除容纳放衣服用的凳子外，要挖出一个可容纳三四十人活动练水用的大水池，池底纵向成斜坡，浅处平肩，深处一人半，挖十个。小洞用来睡人，一般住十来人，每洞都挖个小水池，供随时练习用，总共四十个窑洞，力求一个月内完成；第二件，上山砍柴，在挖洞完工前要抽出一部分人上山砍取柴火,用来烧洞烧水。窑洞和水池用火炼烧后土能变硬,水浸不腐,也不易渗漏。砍柴时遇见藤条,顺便取回,可以扎木排,以后用得着;第三件,烧水,窑洞成后再说。从现在起到温水期,有三四个月时间,用一个月做成温水池,用两个月时间把你们训练成一支善水能潜并会一些武功的水军。你们看好不好?"大家这才明白,原来如此,就大声称好,满脸笑容。

这些士卒从小都是劳动能手,挖窑洞、砍柴火更是家常便饭的事,其中还有许多技能高超的。再加他们都想早日学习水功,所以挖窑、砍柴、薰窑诸事不到一个月都已完工。三奇、水珠和江飞在建窑过程中时时查验,特别对掏挖水池更是从严要求、具体指导。窑洞建成后又逐间检查,果然间间合格,室室温暖,三奇要求给每个窑洞门都挂上厚厚的草荐门帘,以保室温,只待将冷水加温就可传授水功。又命人在大池中放几块大石头。江飞感到奇怪,问为什么。三奇笑道:"以后自知。"

众卒都很兴奋,在窑洞外几十个大锅里点火煮水,并不停将适宜热水送入大池。不多时十只大池都注满了。窑内热气腾腾,温暖如春。在三百士卒分别进入大窑洞前,三奇对大家宣布:"头五天,不论会不会水,只做一件事,闭住气蹲在水下,直到实在憋不住时才可出头换口气,吸气后再蹲入水内,反复锻炼,不得松懈。"并告诉他们,这样做有两个目的,一是体验水性。只有全身皮肤与水接触,人方能感知水的浮力、阻力,当完全习惯了水的各种性能并与水融为一体时,人就可在水中自由自在活动了。二是延长闭气时间。闭气时间越长,潜入水下就越深,在水下活动时间也就越长,这是水功表现之一,也是善水的基础,所以不要轻视这五天。至于五天后练什么,以后再说。三奇并规定:每个大池一天出两人担水烧水,轮流担任。上下午各换水一次。以后天气转暖或大家习惯了可用较凉水锻炼,就可减少换水次数。三百人分头进窑洞后,脱光衣服,裸体入池锻炼,江飞也和士卒同练。

江飞、三奇、水珠三人住在同一窑洞,临睡时江飞笑对三奇道:"池内放石块事我明白了。"三奇笑道:"这事只有亲身经历了才能明白,只听很难明白哩。"江飞道:"士卒刚入池时也埋怨池底石块绊脚,待到闭气蹲水时,人却蹲不到池底,一蹲下去就浮上来了。只有扒牢石块方能蹲在水下,这才明白池中放石块的道理。"三奇道:"许多人怕水就是不懂人在水里是自然会上浮的,有些人入水而死是因为紧张、手脚乱动和乱呼吸灌水太多淹死的,有些是脸朝下憋气闷死的。人在水中自然浮起时做到头部口鼻露出水面透气,就死不了。要做到这一点就需要了解水性和手脚合理配合。我们现在就是在教士卒做这些事。"江飞连连点头。

五天后,大部分士卒对水性已有点理解,初步会在水中闭气,有的能憋六十息以上。三奇再次集合士卒介绍游泳的几种方式和手足配合要领,要他们首先集中精力学会蛙式游动,然后再学另外几种。当士卒在各池练习时,三奇和水珠分别到各池进行具体指导,鼓励大家勤奋多练。

将近三个月,士卒都已能潜水,也适应凉水中活动了,这时天气逐渐转暖。几个体格好的士卒要求到汾水中游泳。三奇再一次集中士卒，告诉大家："流动的活水和静止的水性不同，主要是两点，一是流动的活水力道大、变化多，推力、阻力、反弹力都大而且变化多。再是危险多，有各种鱼虫、水草、杂物及水底礁岩异物等，都会危及人身安全，要在今后实践中提高，并随身佩带短小武器防身。"

在做了准备后，三奇、水珠两人带了吕小岩、胡进十余名水性较好士卒进入汾河口。水还很凉，众士卒游动以后逐渐适应，游动渐快并开始下潜，一个时辰后上了岸。江飞问入水士卒："看清水底阻塞物没有？"吕小岩摇摇头道："看不清，但用手摸着有许多像小树一样的东西，像是河底生出来的。"三奇道："小岩水下功夫还浅，水下视物不清，但说得不错，汾河口水下有大批水生矮树，再加上游余下来的腐木烂草骨殖阻塞河口，使水流不畅。"水珠在旁道："我看到水下树林面积很广，东西两岸直到河心都是。"三奇道："看来汾河口水流不快主要是因这东西了。且待我和水珠明日再察看下这水树根的深浅吧。"

次日，众人都来到汾口，三奇师徒穿着水靠下水，有些士卒只穿短裤也跟着下了水，他们主要是锻炼。三奇师徒潜至水底察看这些树的根部，用手摸上去只感到滑溜溜不容易抓牢。树干细长柔软，上有分权。树已成林成片，密布河底，高矮不一，高的已伸出水面，矮的多在长树分权间，根须都深扎淤泥中，二人抓住根部用力拉拔，不想一时竟难拔起。两人复逆水潜游约五里，水下细树已不多见。两人出水，将水下情形告诉江飞，共商去堵办法。

三奇道："水下拔树并不容易，以三百名水军之力，至少三个月方可完成。"江飞道："那就不能赶在春水来临之前了！"三奇道："应向伯禹报告，要求支援。"江飞道："那边任务也重，恐难抽调，还是自己努力吧。"三奇道："我们训练水军花了三个月，这三个月里开孟门恐也接近完成了，我看能来一些人。"江飞皱眉道："来人不会水也帮不上忙啊！"三奇道："我想了一个办法，可以扎些木排，让不会水的站在木排上用力。"江飞想了想道："你想用绳索拉？"三奇笑道："你看如何？"江飞笑了说："可以倒是可以，就是上下配合不容易。"

三奇道："我和水珠商量过，可以用这个方法，水军两人为一组，把绳索一端穿过根下再绕牢树干，将另一端交到木排上士卒，排上也两人为一组，上下四人共同用力就可以把树拔出，交给岸上。为不使水军空等，水上应当配三个排，一个木排运树交岸，另一木排就立刻将绳交水下，这样三个排轮回，水军就不会空等了。再加把水树递交岸上，也需三百人，依这样算，水下两人需要排上八人，三百水军需要排上一千二百人。若有这些人到来，估计一个月可以完成。你去伯禹处把这里情况谈谈，听二位有什么想法，回来再商量。"江飞点头就去了伯禹处。

伯禹正在壶口和伯益谈及要水珠来抓大鲤的事，见江飞来了，笑道："正在说到你们，你今来莫非有要事？"江飞道："正要禀告。"伯禹道："说说。"江飞就将汾口水下情形和要求支援之事说了。伯禹笑了，对伯益道："这不正好。"伯益也笑了，点头道:"是正好!"江飞不知正好是什么意思,看着伯禹、伯益。伯禹知江飞不懂,对江飞说:"这里凿孟门刚好完工,你来要人就有了。早来几天还真不行,今天来不是正好吗?你要多少,说吧。"江飞就按三奇的计算方法说了。伯禹道:"你们现在有三百水军,二配八,那就是一千二百人。"对伯益道:"这里留二百人扫尾也就够了,去一千二百人,集中力量尽快疏通汾口阻塞,平阳就平安了。你看如何?"伯益道:"这样好。"

当下就叫来禹强和冯迟,向他们说了汾口需要人手,这里留二百人扫尾,由冯脩带领,其余人都去汾口。两将都遵命。伯禹又笑道:"不必明天就走,这三个月士卒辛苦,休息两天,吃了大鲤鱼再走。"禹、冯两将都笑了。于是派人去请三奇师徒立即来孟门壶口。两人第二天一早就赶到了,见了江飞问:"有什么急事?"江飞道:"没有急事,孟山已凿开,伯禹、伯益心情好,请你们来是要抓大鲤鱼慰劳开孟山人员。"三奇点头道:"龙门、孟门都开了,汾口也快了,伯禹、伯益心情自然好。那我俩今天就多抓些大鱼助助兴。"随后就去了伯禹处。

伯禹见三奇师徒来到,十分高兴。笑着对三奇道:"你们建立起一支水军,功劳不小,这里三个月凿了孟门,士卒也很辛苦,开孟口有了壶口,显现瀑布,瀑布注入大河处有大群特大鲤鱼,伯益道这特大的鱼叫鳟,是鲤的一种,味道鲜美营养好,是难得的食品,所以请你师徒来抓它几十条,慰劳将士,你看能行吗?"三奇笑道:"不难,不难,但只抓几十条太少,上千人只几十条鱼不够。原水伯府藏有大渔网,不知玄龟可曾见过?要不我去找下?有了大网抓它几千斤不是难事。"此时玄龟正在伯禹处,听三奇问起渔网,立即答应道:"我差人去取。"伯益道:"虞伯府有捕大鸟的网,也可捕鱼,我叫人拿来。"冯迟问三奇要船几条,三奇道:"有八条就够用,每船配四人,船可要大的,小的没用。"每人都手执有钩的长篙竿。

不一会儿,网都取到,船也来了。三奇命人将各网用粗绳联结成一张巨大的网,网的周边用粗绳穿过网眼成为大网总纲,令人抬到两条船上。船撑到离瀑布两三里水流趋缓地段,装有渔网的两船固定在河东沿,船上八人抓牢网端;另外六条,两条驶到河西沿暂停,两条停北面河心,两条停南面河心等候。嘱咐南北西三面诸人,一旦见我师徒在西面船边现身,都赶快用有钩篙竿大力将网纲拉出水面,把鱼围在网里,然后连船带网缓缓地向东面两船靠拢,并把大鱼钩入船舱。

布置停当后,师徒两人身穿水靠,翻身钻入河中,上了东沿大船,各抓两端一个总纲,再入水拉着大网从河底缓缓向西到达西沿船下,静静等候水中鱼游正常后,悄悄上潜,敲了西沿船边两下,快速将大网总纲两端交给两船士卒,叫他们拉纲起网。南北四船见状也急急钩起网纲起网。六条船缓缓地靠向东船。

被围住的大鱼起始没有动静,当六船逐渐靠近两条东船时,鱼受挤压,就在网中蹿跳,有的已经蹿出网外。各船见状都改为两人撑船东进,两人尽力钩鱼入船。在八船相隔只有两条船身空间时,已围成八角形圆圈,将网围在中间只露网口了。

在稳定船只后，所有钩篙都伸入网口钩鱼入船。篙竿晃动，鳞片闪烁，大鲤鱼在半空中飞舞后入舱，这种场景使在岸上观看的士卒感到兴奋，都大声呐喊，为捕鲤士卒助威鼓劲。

到了午后，八条船都装足了大鱼，网中还有不少，就放生收网。岸上士卒共同用力地把大鱼起到岸上。冯迟估计鱼有两千多条，每条都在十斤以上，两人吃一条，一天吃不光。禹强大笑道："我可以一顿吃一条。"

伯禹与伯益商议后，挑出特大鱼百条，命朱虎、熊罴两将呈交帝舜与主要大臣品尝，取七百条命人送到龙山、汾口及龙山营众人共享，嘱人人都有份，不要漏掉。留下的就供孟山一千余人聚餐享用了，士卒按两人一条，由他们自由结伴烤炙烹饪，不够的可以再取，但不要过饱，以免伤了身体。主要将领一起在伯禹、伯益处会餐，庆治水初步有成，亥时方息。

次日休息，第三天禹强、冯迟两将集合队伍，告诉大家随带棍棒绳索去治汾口。伯禹、伯益与各将同去。冯脩带卒二百留下清尾。玄龟要处理剩余大鲤，晒干贮藏及其他后勤诸事，就不去了。

冯禹大部队到了汾口，三奇和江飞将商定的办法详细向禹、冯两人和士卒作了介绍，用水上水下配合办法清除水下障碍。三奇对禹、冯两将说："为此要士卒先上山伐树扎木排三百只，三天内完成。"两将依言办成。由江飞统一指挥，将木排布在汾河两岸，从汾口起向东约四五里内一字摆开，每排上站两人，两只木排轮番与水下两人配合成一组。

禹强问江飞："两排轮番什么意思？"江飞解释道："当一只排上的人将绳一端交给水下后，水下两人用绳扎紧树的根茎，就抖动绳子通知排上两人，排上就可用力拔起水底树木，并将拉出的树木送到岸边，由岸上人运走。在这排送运时，另一排就要顶这空位，放绳给水下，等待水下通知拉树运走。你离开了，另一排顶上，再把绳放下。因运送交岸慢，可以配三条排六个人，顶水下两个人，这就是轮番地不断拔树运树的办法。"禹强连连点头道："这办法好！"

水下去塞工程开始还有些不协调，熟练后速度越来越快。伯禹、伯益在岸上观察，只看见水面一片泥水，水军不时露头换气，钻上钻下；排上士卒穿梭往来，十分着力。未上排士卒把水树从河沿提到岸上运走，汾河口一派忙碌。

邻近众民看见治水动工，来了许多妇女为工地烧饭洗衣，江飞拦也拦不住。伯禹问："家中男子整地去了，吃饭咋办？"这些妇女都说："起个早，把一天饭都做了，饿不着他们。早点治好水，我们好安心。"

由于众人努力，半个月就清理完汾口水下阻塞，汾水畅通入河。平阳水患全部解除，水淹耕地全面显露，黎民欢天喜地。半月后春水大至，顺利通过孟口、龙口、汾口。河水汹涌，汾水滔滔，没见灾害，朝野都放下了一颗悬着的心。

欲知以后如何治水，且听下回分解。

第八回　得应龙，遇毒水

话说伯禹既凿吕梁开了龙门，又治了汾口，解了帝都之患，但忧虞地未治，这日与伯益商议。伯益道："大河出龙门南流至华山折东沿中条山而流，虞地处中条山西端，当地称雷首山。中条是大山脉，山岭起伏，虞城一带必有滞留之水，此地是帝舜祖业之所，历来土地肥美，农牧兴旺，治平此地是保帝舜祖业、安定民生之大事。"

伯禹集诸将共商治虞之事。善行者太章道："这里我来过，山脉奇峰众多，山名也多，总称为中条山，山有大小，地有深浅，我虽善行但不善视，分不出地势高低，看地势高低，还须仰仗童律了。"童律笑对太章道："你别抬举我，我虽善视，可不会测地形高低。不过你说治水要测量地势高低是对的，可惜我没有这个能耐，两亥兄弟不知可行？"章亥道："要我拉个绳子丈量距离等初级的可以，要准确测出地平高低就没这个本事了。能测量出不同地段可作比较的地势高低图形的人，是高等级人才，我想学还没学到手哩！"伯禹叹息道："治水却需要这样的人才啊！"三奇道："有这等人才，可惜还未寻到。"正议谈间，门卫进报："有人求见伯禹。"伯禹问："来人可报姓名？"门卫道："他自称应龙。"三奇突然站起大呼道："来啦！"几个人都吓了一跳。这时伯禹也忆起三奇曾经提到过的名字，就立即起身朝门口走去，三奇紧随其后。

这时大营门口正站着一位矮胖圆脸的汉子，其两眼微鼓，年约三十，一身青白布衣，腰系黄色丝带，左肩背着蓝布包裹的汉子。伯禹和三奇快步来到门前，三奇上前一步喊道："应兄啊！你可来了，找得你好苦啊，你隐居到什么地方了，竟无人知晓！"应龙微笑道："这不是来了吗，我想见伯禹，请你引见。"三奇拉着应龙转身去见伯禹，伯禹已知站在面前的就是盼想多时的测量高手应龙，立即双手拉住道："请应兄里面说话。"

应龙虽在水伯府任过事，但性格内向，不善交往，识人不多。入厅后众人都未起立招呼，只有童律趋身到应龙身前道："应兄可识我？"应龙近视，抬头看了半响，才"啊"了一声道："你是童律！多年不见，多年不见！"童律笑道："你可来了，你一身测量才能，不来治水，对不起你自己呵！"应龙讷讷道："来迟了，来迟了。"

三奇笑问道："这几年你去哪里啦！"应龙道："离开水伯府后，遇见了一位多年未见的轩辕先生，他是我先师挚友，精通测绘度量之术，长期隐居深山荒村，不与世通，以探究测地为乐。年已古稀，知来日不多了，忧没有传人，特地寻我，将其心得倾心相授，不觉一晃数年。一月前他得病卧床，自知不起，在病榻前对我殷殷叮嘱：'听说治水府正在寻你，在我去世后，即到治水府为治水出力，不可像我那样隐居山林。当前伯禹治水思路已对，又有伯益佐助，定可平定水灾。治水需要测绘度量，你须发挥专长，为世所用。'为此，我在埋葬了轩辕先生后，就来这里投伯禹了。"

伯益知伯禹不懂测度对治水的巨大作用，就请应龙稍作解释。应龙点头说道："人都知水往低处流，但地势有高低，起伏多变，大地辽阔，目力有限，在此为低，在彼则为高，近狭视之为低，广远视之则为高。宜低的作高治，宜高的作低治，就是错位，错位则水不流甚至倒流反灌，违背治水目的。水往下走是顺地势，所以治水者需宏观博视，准确了解地势，测量后定之，不务近视，不妄臆测，不自以为是，必先明地势高低远近而为之，方能省时省力而有成，欲明地势非测量不可。"

伯禹听得津津有味，频频点头，在座众将都深感有理而被折服。

应龙又道："营中童律是神视，我的测度还需童兄配合方更有效。"童律笑道："一定，一定。"伯禹道："营中还有太章、两亥都有快行兼有测量之能，也可助你。"应龙此时解开包裹，取出一个玉匣，内藏两片白色玉简，呈伯禹、伯益道："此宝器是轩辕先生临终时交我使用的测度神物，请伯禹、伯益审视。"伯禹双手接过，取出两片玉简与伯益同看。只见玉简纯白无瑕，各长二尺、宽三寸。一简刻痕缕缕，两旁有相等间距长纹十九条，距长一寸。长纹间各刻短纹九条，距长一分，合之是一百八十分。另一简面有长缝，宽三分，缝孔中有水珠滑动，平则居中，左高则滑向左，右高则滑向右。两简都见隐隐花纹，到日光下透视乃一龙一凤，龙首上有红日，凤尾下显半月，龙凤飞舞回旋，栩栩如生。龙凤四周有文错落，不知其义。握手中温润，实是测量之至宝。伯禹、伯益看后仍交应龙。

伯禹与伯益议定：成立策划联络部，应龙、童律、乌木由、太章、两亥兄弟、三奇师徒、宋无忌、方道彰等十位综合应用人才都入此部，由伯益统率管理。即日起大部队都集中虞南中条治水，龙口、孟口、汾口三处完成扫尾后也陆续到中条，后勤部暂留龙门大营。

却说大部队到了帝舜故居历山、汭水，此处西傍大河，东依高山，当地叫薄山，也就是雷首山。伯禹、伯益率诸将都到帝子舜祖庙行礼，恭颂圣德。并瞻仰了陶滨、历山，随后在邻近山坡选址立营。

这日，伯禹同众将来至西边高山，登峰顶四望，只见西首大河蜿蜒而南，水势湍急，奔腾而下。东望峰峦叠起，大山连绵，烟雾朦胧，令人目迷。大山南北，时见积水泛光，漫浸田野。山下有一小川西流注于大河，但流滞不畅。伯益指点道："薄山之首叫枣山。山下之水叫共水，西流入大河。"伯禹道："山势广而高，集水众多，何故共水量少而不畅？"伯益道："水不顺者淤也，所以细流纷乱，各无定向，散落四野而积潴。此类现象非仅雷首，遍地都是。故治必登高而望地势，顺地势而开沟渠，止乱流之水，集细流归河，则四野潴积可去。"伯禹点头，复东行，沿途见奇木异草甚多。东行约二十里到了历儿山，也就是历山，其下即舜耕的地方。

当日返还营地商治虞之策，伯益道："虞之南大山是中条，中条之南是大河。要使虞水入河必治中条。"伯禹称善，对冯氏兄弟道："你两人可率众开中条，度山势开沟渠，使细流集于大川，以通于河，莫使散流在田野。"二人应诺。对江氏兄弟道，"你兄弟率众治平原积水，开沟洫使积水入于川河。"江氏兄弟应诺。伯禹对应龙道，"冯、江四将开沟洫必尽其力，然度山势地形之高下，明水流纵横之趋向，使所开沟渠必当其地，所浚高下必合地势而不致倒流或重复失误者，赖你测量了。"又对童律、乌木由、太章道，"你们三人都懂测量之道，又有异能，可佐应龙，共定水道走向。"四人各领命。伯禹复对冯、江四将道，"汝等开挖之先，须依应龙所画的图为本，依图施工，不得盲行。"四将齐声称是。伯禹对禺强道，"这里是大山区，恐有猛兽伤人，你等战将要保卫治水将卒，去妖除怪，不得有怠。"禺强等答应。又请三奇师徒去各工地随时协助。

中条山治水工程开展后，所有将卒十分尽力，附近民众自愿来工地协助的也有数百人，热火朝天，声势浩大。此处是尧舜祖业之地，民风淳朴，虽也有一些蛮横地霸，但多收敛，不敢作恶。禺强等将主要担心凶兽出没伤人，所以众将随时巡视各山谷密林。

却说治水大军在雷首一带昼夜奋战，开渠通积。此时天时渐热，将卒民工无不汗流满面，早晚休息之时都以溪谷水洗脸擦身，甚至有人掬水为饮，日以为常。初夏季节，阴晴不定，在连着十天淫雨之后，这日天空放晴，烈日高照，中午时分，气候特别炎热，到了酉时，疏浚共水民卒将要收工，只见枣山谷底升起一缕缕淡绿色轻雾，后逐渐转浓，随风飘荡，嗅有异味，似酸似臭带腥，令人恶心。满山腐叶又因烈日熏烤蒸发出一股腐泥败叶之气，和谷底升起的绿雾混合，逐渐迷漫在整个峡谷林间，治水大军全被雾气罩住。这时正在收工，众人都在掬水洗擦全身。

将近戌时，全部人员被浓雾罩得人影难辨，返营途中只听得人声、步声、工具碰击声，三步前后，看不清人影。众人头脸衣裤全被雾气沾湿。回营一看，每人都似从水中出来一般，浑身湿透。只得又用干布擦干头面手足，换衣就餐而后就寝。

谁知到了次日，众人齐声叫苦，原来昨日治水之人都双目失明，不能起床，不能出门，一部分士卒还兼咽痛。伯禹、应龙、冯氏兄弟昨日也在共水工地督视，也双目失明，卧床难起。只有禺强、庚辰等战将因在高山巡查，未被殃及，另有水珠、童律、乌木由等几个生具异禀之人未受疾病。

伯益这日未到工地，得知后大惊，急同方道彰、宋无忌到营地看望染病之人。只见染病者都双目赤肿，肿如核桃，两眼难睁，睁开也看不见东西，并伴有疼痛。伯益知众人病势不轻，急召未病诸将询问得病因由。童律将昨日治水异常情形说了一遍。

方道彰与宋无忌交谈后道："失明之因，多半是谷底绿雾所致，谷底多聚腐败之物,积久成毒,毒溶水内,平时共水因淤流缓,潴积之毒积在水底,水静毒沉,故未见害。今治水大军导流动土,挖积去塞,搅动了谷底久积污毒,沉泥翻起,久积剧毒随之释放,在烈日曝晒下,蒸腾升出谷底,又恰逢山林大雾起瘴,迷漫山谷,水底毒气与瘴毒混合,清露变成毒露,下降浸入肌肤,熏人双目,使人失明。人若饮此谷水,如饮毒汁,不仅失明,且致咽喉生瘿。"伯益问:"不知可有解救之药?"方道彰道:"物有生克之道,凡有毒虫毒雾毒瘴毒水之处,必有解药。只是不知当用何种草木虫兽作药为治,须去邻近访问老农,或有药方。"童律和乌木由齐道:"我等陪你同去。"伯益点头命他们三人速去速回。

三人急忙到邻近山村寻访,村中知治水队中有人患病寻医,都十分关切,出来一位壮汉道:"我陪你们去找一位老人家,可能有办法。"三人即随着这位壮汉到一山岙一间茅屋前,壮汉喊道:"雷翁可在家?"即见室内走出一位老汉,满头白发却精神矍铄,一见壮汉就问:"雨生,什么事?大呼小叫的。"雨生笑着向雷翁作了一揖道:"事急心急,就高声了。"雷翁道:"什么急事?"雨生用手指三人道:"治水队有人找医治病。"

方道彰立即上前向雷翁施礼,将营中将士病因病状说与雷翁后道:"我虽略知医道,却不知该用何药施治,故特求民间高人指点施救,有幸得遇雷翁,望雷翁出手相助。"雷翁急忙还礼道:"治水是救民水火,今得奇病,我也要有力出力。病因你说得不错,只是这药却没有现成的,得上山察看寻找。"方道彰道:"我与雷翁同上如何?"童律、乌木由二人道:"我二人也可做伴。"

当下四人立刻动身上山,雷翁年迈,由童律、乌木由搀扶照顾。只见山上古树参天,奇木林立,野草丛生,矮树灌木遍布,一片莽莽,不见路径。四人披荆斩棘,缓步细细寻找。方道彰懂医,雷翁知土方草药,二人都想寻到可治之药,但都未能如愿。

童律心焦,一人独前,运神目四处探照,忽见前面有一丛异草,叶如杏,干如葵,开着黄花,生着荚实,正在风中摇曳。童律到过许多山地,见多识广,一见此草顿感此草不常见,心中想:这个异草莫非能治奇病,且请雷翁、方道彰来瞧瞧。就连声叫唤,三人闻声过来。

众人来到异草前,雷翁一见大喜道:"正是此草可以治毒。"方道彰不识,问道:"此草何名?能治何毒?"雷翁道:"此草本地百姓叫作篒,专治双目不明之症。"童律和方道彰、乌木由皆喜。童律复登高而望,见周围竟长着一大片,忙对方道彰道:"篒草甚多,我等回去请禺强派兵来此收割。"方道彰道:"如此甚好。"乌木由道:"不如你们在此等候,我去通知禺强如何?"方道彰道:"如此更好,免得上山再寻。"乌木由即飞速下山,方、雷、童三人就在山上一边等候,一边闲谈。在叙谈中,童律告诉雷翁:"附近有数百人自动到工地帮助治水,也可能得了病,请雷翁回村后通告有此病者依方治疗。"雷翁点头。

童律问方道彰道："今治盲之药已有，但不知治瘿之药何在？"方道彰道："听说襄山有兽形状如鼠，食其肉可以疗瘿，只不知此山可有此兽？"雷翁道："本山也就是襄山，你所说的形状如鼠之兽，当地人叫三足鳖，蛰居土洞中，食之确可治瘿。此物山阴水边甚多，可以掘取。"方道彰、童律皆喜。

三人正议论间，乌木由已带了士卒三十余人来割草。不一刻各割了一担而回。当夜用大陶罐煎汁，分发各病号服下，一宿无语。次日一早，患者双目红肿消退，疼痛已止。伯益知药有效，命再服。方道彰将雷翁之言告伯益："此山有三足鳖可以治瘿疾。"伯益即命禹强拨军士三十人随方道彰、童律至山阴河旁掘取，得一百余只，命人宰杀后洗净煮熟，给咽喉肿痛的食了。三天后，失明者视力复常，颈瘿咽痛的病失，伯禹等也康复如常。

为防再受毒雾所害，方道彰要禹强拨军士再收割篛草和掘取三足鳖以备，并令治水之卒随时饮用，以免复发。禹强领命。其余各将都各按职责，继续分头治水与巡山。伯禹知雷翁为有用之人，又熟知本土，征得其同意后，就暂留帮助治病。

欲知治水后事如何，且听下回分解。

第九回　扑杀竹叶青

治水大军自病愈以后，工程进展神速，一路自西而东疏浚。这日到了距甘枣山以东三十五里的渠猪山，将治渠猪水。渠猪水起于蒲，南穿襄山至河。渠猪山遍长青竹，竿枝交织，竹叶茂密，满山翠绿。禹强、庚辰等怕渠猪山有猛兽伤人，故带领百名士卒深入竹林察看，每名士卒都备有石斧尖矛，边走边砍竹竿杂树，逐渐向林深处进发。前进十丈后，林中光线阴暗，隐约可见竹叶婆娑舞动，令人眼花缭乱。气温潮湿，霉根腐叶气息扑鼻，地下松软，踏处沙沙作响，似有虫蚁爬动。禹强走在后面，只听得已深入竹林的士卒阵阵惊呼，有几声十分凄厉骇人，闻之毛骨悚然，并闻有倒地之声。

禹强正欲上前询问，忽见前进军士纷纷退回，手中还拖着几名垂死士卒。禹强大惊，忙率众退到林外。只见五名士卒双目紧闭，脸色青紫，气若游丝，奄奄待毙，知是中毒所致，但不知为何中毒。忽见中毒军士怀中似有蠕动之物，禹强命其他士卒用矛尖挑开伤卒衣服，只见数条身子细长、色如翠竹的毒蛇，正贴在伤卒皮肤上，一见亮光就急速游动逃窜。这是剧毒的竹叶青蛇，体色与竹叶竹竿相似，终日在竹林中栖息，本深居竹林之内，很少外出，因军士搜林受惊，就钻入士卒衣内咬破士卒皮肤。毒液注入士卒体内，士卒立即中毒，被咬处紫黑色血液缓缓流出。当被矛尖挑破衣衫，竹叶青怕光逃逸，满地乱游，士卒看了头皮发麻，躲避不迭，蛇就蜿蜒游入了竹林。五名士兵随即死亡，众人就地挖坑埋葬。

禹强见满山竹林，面积广大，心想如此竹林，毒蛇必多，光线又暗，无法用刀矛棍棒铲除，只得收兵回营。至大营向伯禹、伯益禀报渠猪山上竹林中有毒蛇为害之事。伯禹闻报与伯益等商议去除毒蛇方法。雷翁道："竹叶青毒性厉害，又为数众多，山民深受其害，却无力铲除。此次若能借伯禹众军之力，一举扫除毒蛇，是为民造大福了，只是一时难得消灭之法。"伯益道："竹林茂密，面积广阔，非一般人力可灭，可借用火力消灭。"伯禹请宋无忌、方道彰前来商量。宋无忌善用火力，方道彰善用风力，人称风火两神。两人领命后至禹强处，准备火攻。伯禹又命人通知治水之军民，小心谨慎，不要靠近竹林，提防竹叶青伤人。

却说宋无忌、方道彰与禹强商量了灭竹叶青办法：准备士卒千人，人手一支长矛、一条三尺长竹梢，另备生石灰、硝石数百车和各种引火焚林之物待用。由禹强派兵沿竹林四周挖掘深坑，坑深四尺宽三尺，团团围住竹林，坑掘好后先放入少许生石灰铺底，其余放在坑边外沿待用。分士兵为两部，一部是焚林之卒，东南西三面放火焚林，独留北面，因当时季节东南风劲吹，故火从南首放起，驱蛇北逃。焚林之卒百人，以南首为主，东西两面也同时点燃。另一部为灭蛇之卒，九百人，北面为主，有四百人，东西两面各二百人，南面一百人，守候分布在深坑外沿。待林火狂燃，毒蛇必被火逼出林外逃生，蛇一出竹林必落入深坑，守候之卒随落坑竹叶青多寡不断投入石灰、硝石杀之。

禺强吩咐众卒道："不要一次投入，须做到毒蛇在下，生石灰在上。竹梢细长有力，若有蛇从坑中游上坑沿，用竹梢劈杀，其功效较利刃更有效。劈死的蛇再用长矛挑落入坑，以免毒蛇留在地面。"各士卒领命各去竹林四周。禺强命庚辰统率北面众卒，命朱虎、熊罴分别去东西两面统率，自己和宋无忌、方道彰在南面督促放火。部署分工既定，各将卒自去掘坑备物。

十天后，沿竹林四周之坑已成，所需各物齐备。这日正好东南风大发，宋无忌、方道彰就知会各将立即焚林驱蛇灭蛇。宋、方二人同禺强来到渠猪山南面，禺强一声呼哨，众军士点燃引火之物投入竹林，不一时竹林火起。此时东南风正旺，火势立即大盛，火借风势，风助火威，哗哗啪啪之声震动全山。靠南一线全长十余里，同时起燃，东西两边夹攻，由外沿烧向竹林深处。随着南风，火势向北烧去。山下治水大军也知今日焚林灭蛇，见山上火光烛天，齐声呼喊助威。禺强见火势已盛，督促守坑灭蛇之卒注意毒蛇逃出，随后巡视其余三面。

守候在北东西三面之卒，见南面火起，都注视地面蛇踪，不敢稍有懈怠。因为竹林广而茂密，又都是新鲜活竹，不易燃烧。将近午时，大火逐渐旺烈，南风又猛，火焰热气浓烟直窜深林，并逐步透出北面。竹林内竹叶青受不住浓烟烈火，纷纷从里面窜出，开始只有几条，随后大批游出，甚至成团成捆，重重叠叠如江河决口一般涌出。一色翠绿，全身细长，口吐蛇信，眼露凶光，盘旋曲折而前，视之令人战栗。幸有大沟阻拦，否则众卒虽有武器，也难抵挡这洪水一般的成堆毒蛇，非被咬死不可。此时毒蛇都落入坑内，守在坑边的士兵随时投入生石灰、硝石。毒蛇落入坑内被灰硝烫伤，在坑内翻滚，再无力上坑。随着落入坑内的毒蛇越来越多，下层之蛇已被埋在下面窒息而死，上面的蛇又受灰硝所伤也渐至死亡，一层层越叠越多，极少上蹿之蛇。极少数游过坑的，也被士兵用竹梢劈削后挑入坑内。东西两面差不多，不过没有北面之多。

这场烧山从早晨开始一直烧到傍晚酉时，竹林燃烧已过九成，虽未至尽头，但林内毒蛇虫蚁都被驱赶出林，竹叶青等毒蛇几乎被消灭殆尽。禺强、宋无忌、方道彰三人去三面检查，见北面已无蛇从林中游出，东西两面尚有零星发现，三人知道林中灼热异常，毒蛇无法存身，全部被逼出林外，除蛇之役已经完成。宋、方二人与禺强等商定：留下部分士兵继续守坑除蛇和防火，其他士兵回营休息，明日再来。禺强又命收兵之前，对已落入坑内的毒蛇上再撒上一层生石灰，然后用土夯实，不使毒蛇复生。留下的士兵用火把照明，以免夜间有残留毒蛇从残林中游出伤人。北面留士兵防火，令沿林处多撒石灰、硝石以防。布置定当后方收兵回营。

次日一早，禹强心挂渠猪山灭蛇之事，餐后即拟前往察看，恰宋、方二人也挂念此事，前来约请禹强。禹强大喜，随即点起原有军士，和庚辰、朱虎、熊罴等将再至渠猪山察看。先到北面，留值军士报告，山上残林已经烧尽，有少数几条带伤毒蛇从林中游出，已被劈杀，坑内毒蛇未见复活迹象，禹强听了放心。复至东西两面，亦复相同。然后来至南面，士兵禀报：林已烧尽，南面未见毒蛇游出。禹强见竹林已是一片空旷，满目只见尖尖竹根耸立，地面一片焦黑，有几处叶灰成堆，是大风旋成，灰堆仍炽热冒烟。毒蛇踪迹不见。

宋无忌道："此番焚了竹林，灭了蛇窝，但竹鞭盘伏地下，来春难免发芽生长，不出两年，又会茂密成林，难保竹叶青再来盘踞做窝，继续繁殖生息。若要彻底根除蛇窝，须开山掘鞭，方绝后患。"禹强道："宋兄言之有理，就命军士动手开山，尽掘竹鞭。"从此渠猪山不再产竹，也不见竹叶青毒蛇盘踞做窝。

却说伯禹军在中条山治水，转眼已到盛夏。自西向东，已经历三百余里，这时到了檀谷、吴林山一带。这一带山势高峻，水流杂乱，无主川可循。山北积水没径，田野一片泽国，水无出路。北山麓是伯禹故里夏城，伯禹一心治水，未去祖居。这日伯禹集众将议道："此处峡谷纷乱，南不通河，积水难去，诸君有何良策可平虞坂夏南之水？"雷翁道："只有劈开山脉，导水南流，除此没有别法。"伯禹道："我也知导水南流为上策，但这里山峦重叠，高低悬殊，若视测有误，将劳而无功，故不敢轻言开凿中条。"

伯益道："开山凿渠，工程艰巨，山丘高低之测，非目视所能定，中条南北两坡，何为高，何为低，需测量计算而定，方能一举成功。今应龙已来，何不请他出个主意，看能不能测出山两边高低，若能凿通中条，则虞南之水可以泄退，并得大片陆地了。"应龙听后道："待我与童律、乌木由、两亥兄弟共同勘察后，拿出方案，再作道理。"

话说五人领命以后，就巡视脱扈，登临泰威、檀谷，至吴林、牛首诸山。应龙执度量计测算，童律视道路远近高下起讫之地，两亥兄弟拉索丈量，奔走相助，四人皆报数据，由乌木由记录，最后由应龙计算出开凿道里高下、走向等准确数据，并在甲骨上绘刻出可开的山形地段，水道所经，标明地势高下，道里长短，沟渠阔狭、深浅、尺寸之图形，呈于伯禹。

伯禹一图在手，就完全了解应开河段的长短距离、起讫方向。施工得按图施工，可以计日程功，心中大喜，连声称赞，方知轩辕先生举荐应龙前来治水，实是深谋远虑。前一时期，伯禹只当应龙是个一般测量计算人员，未曾真识其能，故只命在冯氏、江氏兄弟处奔走效力，并未大用。今日见了此图，方知应龙实在是治水工程中第一人才，若每段水道开挖，都能事先绘制出施工图形，指明开挖深浅远近，则工量可知，工日可定。尤其在万山千壑的水道工程中，得测量计算之图，则可准确施工而不致有返工误工之事。指挥者虽千里治水，一图在手，犹如身具千里眼顺风耳，可身居帷幄之中，决策于千里之外了，应龙一人足抵数万民工。自此之后，伯禹倚应龙为左右手，凡有浚掘，无不与应龙事先商量，由应龙先绘出疏治之图而后施工，应龙也得展其所长。

却说伯禹、伯益等人既得应龙所绘治水图，就商议开工诸事。伯益道："今视图可知大河东至吴林有柱峰当道，此柱峰名曰砥柱，拦河横立，水道狭隘不畅，因此水流缓而水位高。欲泄夏南之水，须双管齐下，才能奏效。"伯禹道："双管何指？"伯益道："一开交、沙两涧，使水南入于河；二凿砥柱，破山以顺河水，使涧水大泄入河后顺流东泄，方可根治。"雷翁、禹强、三奇等都赞成。伯禹就命禹强、庚辰、朱虎、熊罴等战将率所部开凿砥柱，命冯、江两部及三奇师徒按图开凿交、沙两涧，并嘱可动员附近民众参工，以加快速度。

却说伯禹心中记挂着夏南水情，总想早日根治。这日与伯益、童律、太章、方道彰、宋无忌等议论如何能加速根治之事，童律和太章都道："目前交、沙两路工程都在按序进行，将士十分尽力，昼夜不停。但夏南遍地水泽，一片汪洋，卒民施工常没身波涛之中，效率低而事故多，开挖交、沙两涧进程难快。"

伯禹不觉双眉紧锁，低头叹息道："秋季很快会过去，隆冬一来，夏南之民又要在冰水中苦熬一冬了。"伯益道："夏南水不畅的根本在于大河未能畅泄，大河不畅之原因又在于砥柱耸立阻水。不如集中兵力，先治砥柱。若砥柱凿开，则河水不必环流，径直而流，其流必速，流速则水位低，水位低则河中礁岩显露，夏南积水也必有所下降，以后再治交、沙两涧，就可提高速度了。"童律道："集中兵力，先治砥柱之策办法好。"伯禹也顿开愁眉，频频点头，召诸将集合议此方案。

次日，诸将都来了，伯禹道："秋将尽，冬将临，夏南虞坂之水未退，庶民又将在寒水度岁，心实有不忍，诸将可有良策加快进程？"禹强、冯迟、江妃等都谈了工程情况，却提不出好的计策。伯禹道："伯益提议，先集中人力开凿砥柱，去此拦河虎。但得砥柱开门，河水直流则水位可低，夏南积水会降，再开挖交、沙两涧及大河中零星岩礁，则较易施工，诸君以为如何？"冯江兄弟、禹强、三奇等都说可行，赞成先治砥柱，后开交、沙。伯禹道："既诸人都赞成，自今日起，各路士卒民工除留少数人处置已开工而必须维护工程外，主力都转到砥柱两岸。开砥柱之工仍由禹强统率，冯氏、江氏兄弟协助。"

数日后，伯禹遂率众启程沿中条山南麓大河北岸向砥柱山进发。一路只见水面宽阔，但水流甚缓，而眺望大河南岸一线，水流急且时见漩涡及水势激猛而溅起的飞沫浪花。伯禹道："水面宽阔而流缓者因河水阻于砥柱，然何以南岸流急而有飞沫浪花？"三奇道："南岸流急，砥柱南侧有口通水。有浪花漩涡，是水下有礁石。开砥柱后，河泄水低，河中礁岩也要凿去，使水更顺。"

一日后抵砥柱山，河水益缓，但水势呈南流之状。伯禹命大军在脱扈山下建立营地，并命玄龟筹备船筏，与伯益及诸将渡河至南岸察看，后人因伯禹在此渡河，就称此处为大禹渡，此为后话。伯禹及诸将将船筏直驶到砥柱山前，只见西来之水受山所阻，河阔约三十丈。砥柱山当河而立，只有南北两端有小口通水，南口略大于北口，然礁石怒立，水流湍急，浪花四溅，舟筏难驶。北口虽少礁石，但其口仅阔丈许，且深只尺许，不能通舟只。山方圆数十里，诸峰壁立。伯禹叹道："大河东流，砥柱当道，阻水害民，岂可不开！"

不知如何凿开砥柱，且待下回分解。

第十回　遭遇坚岩

却说伯禹与众将商议砥柱开凿之策。宋无忌道："山体大，山石坚硬，开山不易，恐又要旷日持久不能速治，不如扩大南北两口，让水仍环山而过，则易治而能速效。"吴三奇道："宋先生意见，虽可速效，却治标不治本。只挖两岸河道，并未触及山体，且只能浅掘，浅掘两岸而通河水，一旦河水大至，两岸会溃决泛滥，若河泛两岸，是泄夏南之水而淹两岸之地，此为挖肉补疮、得不偿失之举。且河水含泥多，不出一年两岸必淤，河水又将塞在砥柱之前，故我说这是治表之法。治洪水当以长久为计，根治为本，不可贪一时之利而弃长远之安。今砥柱山当河而立，阻塞河道，必须凿开此山，使河水径直而东，方为根治。凿山确非易事，却为根治所需，虽难必上，虽坚必攻。目前虽多耗精力，但可省却后世再浚之苦，愿伯禹定夺。"

童律接道："三奇所说极是，今砥柱山当路，为害河道，若不趁今大军云集，贤能毕聚，全力开此砥柱，后世恐更难开此山了。"禹强等诸将都说道："我等随伯禹治水，实为求万世之利，非为图安逸。若能根治洪水，艰难在所不辞，愿伯禹听三奇之言为是。"

水珠道："山虽大而坚，但可以上下夹攻，露出水面的由众将军率卒攻克，在水下的由我随师父潜下山底寻查山缝隙洞，或可利用。"伯益对伯禹道："从治水根本而言，能利于万民，利于万世，应从开山办法，况凿开砥柱，则夏南虞坂之害永除。即使多花一些时日与精力，却可换来长治久安之利，可取也。只挖两岸，虽有速效之利，然数年后河道复阻，则夏南虞坂又将受灾，不如下决心实行破山办法。"伯禹点头而视宋无忌。宋无忌笑道："诸君说得是，我的办法只图速利，没有长远考虑，我收回。"

于是伯禹道："三奇办法深合我意，治水之旨为尽去洪水之灾，以利后世为根本。只图眼前之利而遗患后世的，是为政者所深戒，为执事者所不取，不可以此为法。为政事者，所为必周详而后行，若仅图一时之功名，求短暂之虚荣，遗祸患于后世的，是欺世盗名行为，决不可行。凡事有大利于后世者虽难必行，不畏艰苦；凡会遗患于后世的，虽能获一时之殊荣，必不能贪而求之。治水以此为则，从政以此为本。无忌先生所言虽于此不合，但在议论之际，理当各抒己见，使定策之事方方面面都能论及，有助于全面策定。"伯禹这一番言语，说得众人都点头。

当下伯禹确定了南北两端，山上水下四面攻山办法，禹强总领其事，并与庚辰、朱虎、熊罴率所部战卒专攻砥柱山主峰，自上而下开凿。冯氏兄弟率所部开凿北口，江妃率所部开凿南口，三奇师徒与江飞率水军探凿水下，四方用力开凿山体，使河水径直而过。又命应龙、太章、童律、乌木由、两亥兄弟六将计算测量山体大小高低，绘制图形，选择宜于开劈处所。诸将领命各做准备。

却说三奇师徒领命后和江飞商议。三奇道："明日我与珠儿先入水探索，你带少数水卒，驾船在砥柱山脚西崖候我师徒，若有需求，再请你入水如何？"江飞点头。

次日黎明，三奇师徒至河边，江飞已驾船在岸边等候，二人上船至砥柱山崖边，脱去外衣，一身水靠，翻身钻入水中，水面连水花都没有看见，江飞及水卒羡慕不已。两人入河，只见河水一片浑浊，水中泥沙浓重，耳边只听得沙沙作响，不一刻到了河底。山基深埋河泥中，水底有细长浓密的杂草，随水漂动摇曳，草丛中大小怪鱼窜来钻去，觅食寻吃，忙个不停，掀起大小泥涡，把水搅得更加浑浊。师徒二人循山脚一路观察，找到了一个大洞，深邃难测，涌水如潮。二人摸入洞中，沿洞壁周游，竟是一个巨洞，约略估算，南北长约四丈，东西长在十丈以上，洞内淤泥沉积，水珠用自己身体测量，浮泥没到颈项，脚尖还没触到硬土。仰视洞顶，高出水面两丈左右。只因洞在山腹水下，不为水面所见。水珠取石克轻凿水面崖壁，只见石屑纷纷，不见石块落下。水珠知此山石坚硬，非一般石岩可比，于是用大力凿进，约半个时辰方攻入两三尺。三奇在旁观察，知此山石比龙门山难攻，不是短期可以撬动，对水珠道："且出去测量此山径围，若能从洞顶挖出口子与外面相通，或可快速劈开此山。"水珠点头称是。出洞后三奇取出随身带来的细索，系上浮标，嘱水珠将一条细索固定在洞口南首，自己将另一条细索固定于洞口北首。远远望见江飞船只在崖边守候，离浮标约有三丈，江飞见师徒浮出水面，将船移近，二人上船。

江飞问道："贤师徒这么快上来，莫非摸着点门道了？"三奇点头道："有点门道，但要察看水上山体方可清楚，所以出来。"就将水下大洞情况告知江飞。江飞道："何不回营请应龙测算个准确？"三奇道："正是此意。"于是找了一块木板，画出了浮标方位、水洞长宽高度大概尺寸，对江飞道："可持此板向伯禹禀报，请应龙测量洞体，计算出洞顶至山外最薄处厚度，以便计算工时。我师徒再往水下摸清整个山脚状况。"江飞点头，嘱水卒守候勿懈，以待三奇师徒，自己就回营向伯禹禀报去了。

却说三奇师徒再次入水，沿山脚从北至南转西转南而东，整整绕山脚游了一圈，仔细观察每一裂隙洞穴，并以一木板作标记，标明方位、大小、长度及高低，直至傍晚方始出水。船上水卒因一日不见三奇师徒行踪，心中焦急，曾下水探看，因水下浑浊，水卒水性有限，根本看不见水下情形，只好上船耐心等候。直至傍晚方见师徒二人从船边钻出，忙接应上船，驶到北岸回营。三奇会见江飞，将绘有山体水下图形的木板嘱交应龙。江飞点头，并告明日厅中议事。三奇师徒自去憩了。

第二日，三奇师徒至大营，见众将已集厅上，俱各见礼，一旁坐下。伯禹、伯益进入，应龙随在伯益之后。伯禹环视诸将，见了三奇师徒，含笑点首，随即言道："昨日三奇师徒深潜水下探索，送来二图，已由应龙连夜作了测算，请应龙叙述。"应龙道："昨日三奇师徒送来之图，我们几人已计算与度量，正是天遂人愿，找到了一个适合劈开砥柱山的好位置。砥柱山虽然高大，而据三奇师徒水下所测洞体也不小，中隔厚度不算太厚，以现有人力，不难劈开此山。现拟分三路劈山，预计月余即可贯通，山顶一路由禹强、庚辰率部从山上向下开凿，口径宽度应在八丈左右。山之北面河道由冯迟兄弟率部开凿，口径宽度当不少于四丈。山之西南面由江氏兄弟率部开凿，口径宽度也不少于四丈。三奇特别请水珠运用石克协助中路凿山大军挖剔石缝，使坚木硬棍得以插入山体缝隙撬动山石。"众将听应龙安排后，都回部分头行动不题。

却说禹强、庚辰率本部五百精壮士卒乘船到砥柱山，攀藤援葛，抓岩履险而至山顶，为免往返之苦，禹强在山上南侧一块平冈建立工棚，供士卒休息，不到两日建成，禹强、庚辰都宿此，随带之器械、绳索、军粮、衣物各安顿完毕。次日黎明即起，士卒背硬棍、石斧、锐撬、玉锤至应龙划定地址施工。众士卒二十人一伙，分工协力，伐树除草，剔缝插棍以松岩体。

众人奋力半日，只松动了小块岩石，大块岩体纹丝不动。峰间一块十人围不住的大岩石，已尽除浮土，但石缝细密，撬棍根本插不进去，众军士围着干着急。禹强过来命士卒将撬棍插向石缝，自己伸出粗臂铁掌，托起一块巨石，奋力向撬棍顶端猛击下去，其势有千斤之力。

只听得一声爆响，接着听得呼呼啸声，岩石块中飞出两段黑影，从众人头上越过，直跌到十丈开外地方，又弹跳了几下才停止不动。一些士卒奔过去看何物飞出，却是那条碗口粗的硬木撬棍，已经折为两截。禹强定睛看那岩块，却好端端的未伤分毫，没有破裂。而岩块旁边却静静地躺着禹强举起击撬棍的那块巨石，但撬棍不见影踪。禹强正在奇怪，只见军士背着两段折断的撬棍来到。原来撬棍在禹强巨石重击下，不但未能深入岩缝，反而受岩块反弹之力，折为两段后飞向远处。禹强大感惊奇，自己千斤之力，竟然插不进岩块之缝，可见岩块之坚。庚辰及众军士无不咋舌，齐喊怎么办！

禹强看着无计可施，命众士卒退下，自己回工棚与庚辰商议对策。庚辰道："砥柱山之石这般坚硬，我等有力难使哩。不知南北两侧情况如何，将军何不回营向伯禹禀报。大营中能人较多，定有主见，伯益见多识广，或有办法。"禹强点头道："也只好如此了。"午后禹强命人驾小舟到大营见了伯禹、伯益，正欲禀报，却听得门外进报："江妃、冯迟两将求见。"禹强心想：莫非也为岩体坚硬难凿之事而来。江、冯两将坐定后，伯禹道："三路主将都到，莫非有要事相告？"江、冯两人见禹强先至，拱手向禹强道："禹兄先讲。"禹强也不推辞，就将岩体坚硬难入之事如实向伯禹禀报，请求伯禹商议对策。江、冯二将一听禹强之言也向伯禹道："我等也正为此事来求对策，望伯禹集诸将共商破石之法。"伯禹听后也感吃惊，随命人请诸将到大营商议。

伯禹命三路主将将开凿情况细述一遍。众人方知砥柱山石质异常坚硬，开挖极难，无不心惊，但一时都想不出良法。三奇道："珠儿在水下洞中查山体时已发现砥柱山石质甚坚，原以为只是水下局部山岩，不想竟是全山如此，令人吃惊。珠儿虽有神奇工具石克，但石克甚小，攻其一点，用处极大，对付整个山体开凿，就作用有限了。这三路工程，恐将大费时日。为今之计，须寻找比岩石更坚硬之物为工具，方能开此坚山。"

伯益道："三奇说得不错，只是这么硬的工具到哪里去寻找呢？"童律道："听说脱扈山一带有一种石块用火烧炼后能熔化成液态，可制成各类用具，十分坚硬，其名叫铁。我不知方法，也没见过这种叫铁的东西。"伯益点头道："童律说的使我想起先师及我虞府一位老先生都说过，脱扈、吴林之间有山曰泰威，山中有谷曰枭谷，出铁，色黑；再东十五里又有檀谷，出铜，色黄，炼制后都成坚硬之物。当时并不在意，也没有细问方法，真是可惜了。"无忌道："我倒知道一点炼烧方法，只是过程十分繁复，没有年把时间出不了，远水救不了近火，等不及啊。"大家想想也是。禹强急得搔头摸脸，坐立不安，气喘吁吁道："难道真要空等一年！"

大厅一片寂静，只有朱虎和熊黑两人在悄悄商量着什么，禹强正烦躁着，看见这两人悄悄说话，以为不关心大家议论眼前这迫切之事，就发火道："说什么悄悄话？说出来大家听听。"朱虎笑着看了禹强一眼对伯禹、伯益道："帝舜摄位后，巡视仓库，我们两人侍从左右，当视察到历代遗物库，我们见到了许多稀奇古怪的东西，其中黄帝战胜蚩尤后掳获的兵器，都是奇形怪状、长短不一，而且都是十分坚硬沉重的物件，据库吏陈述，这些神珍兵器都由铜铁铸成，不是大力之人，难以使用，放在库内多年，无人理睬。今日大家提出铜铁之事，才让我俩回想起这些兵器，正好取来当作开山工具用，看看效果如何。"禹强一听笑了，大声说道："我有大力气，只要能开山，不怕它重，拿来试用吧。"又走到朱、熊两人面前作了一揖，笑道："我不该发火，是哥错了，兄弟莫怪。"引得众人都笑了。

伯禹就写一简奏，请朱、熊两人去朝中取此兵器。朱、熊两人领了五十名健卒去了平阳。过了三日，古兵器运到，长长短短三十余件。伯禹、伯益及诸将都围住观看，果然奇特，有碗口粗的丈八尖枪，有尺许短凿，有大头短柄的锤子，还有一些刀、斧、棍、棒一类东西，表层都锈迹斑斑，锈斑脱落处显出乌黑色。

禹强心急，弯腰抓住一条长的尖枪，不想过于沉重，一时竟直不起腰来，庚辰见状立即上前搭手，共同提起这根长长的一头尖的铁杆，并将它竖立起来。禹强道："用作撬棍是好，只是沉重。"庚辰道："可用六到八名士卒扶持，你、我和朱、熊四人轮流捶击，或可凿开坚岩。"禹强道："兄弟说得对，这里有长杆枪四条，我们取两条，再取几个锤子，留两条给冯、江两队。"冯、江两人都道："我们一条就够了，你队为主先选取，留下的归我们两队。"当下都分了，辞别了伯禹、伯益各回施工处。

话说禹强等三部自获得神珍铜铁棒棍以后，开山进度已比原来加快，但砥柱山石质坚硬,密度大、缝隙少,难度依然不小。转眼间半年已过。到了七月,天气炎热,上有烈日暴晒,下有水汽蒸腾,众士卒白天奋力劳累,无不大汗淋漓,全身湿透。伯禹时至工地视察,工程确实艰苦,但进度不快。虽心中焦急,也无可奈何。幸留夏南开挖交、沙二涧之卒虽少,但有民众主动助挖,却已在严冬之前把交、沙两涧通到大河,虽然渠道较小,但也泄出不少潴水。这年隆冬之际,夏南、虞坂之民未遭水淹,平安度过。春水也没有往年大,大河之水没有倒灌夏南,黎民得以耕作生养,这使伯禹宽心不少。现在只盼早日劈开砥柱,让河水顺畅东去,以免河水狂涨时泛滥汾南,危及帝都。伯禹与伯益常去三处工地,见士卒都辛苦劳累,虽心中焦急,也提不出有效措施。按当时进度,怕到年末也难开通,只好急在心里而无可奈何。

坚石难开,进度缓慢,未知怎么解决,且听下回分解。

第十一回　雷劈砥柱

却说工地自得铁器工具以来，已有半个月未曾下雨，天气特别闷热难忍，全军上下都盼老天爷降一场大雨杀杀暑气。这日大营中伯禹等人刚从工地视察回来，正坐下议论，都说天时炎热，担心累坏士卒，更误工期，不免内心焦急。伯益道："天道好还，有无相生。昨仰望星象，见东方蒙蒙，似有云气翻滚，西方冥冥，有一股肃杀之气。这几天这里气候异常，炎热十倍于平日，恐是大变征兆，须防暴风骤雨，闪电悍雷为害。"伯禹道："当传知各军小心，尤其住在山峰的禹强所部，需要特别警觉，以防灾变伤人。"

隔了两日，正是七月十五之晚，这晚明月当空，住在山顶上的禹强众军在白天集众人之力，把一支长铁棒打入了工地北端，因为岩体坚硬，插入不到一半，因天时已晚只得留待次日完工。士卒劳累，餐后沐浴不久就睡了，只有禹强、庚辰二人尚在纳凉说话。将近半夜，东北上空有浓重乌云渐渐向西南方向压来，但移动很慢。这时天空分成两半，东北墨黑一块，西南月光明亮，星斗闪烁，一黑一白，煞为壮观。还伴有阵风飘拂，去了不少暑气。庚辰对禹强道："伯益之言将验，明日将会凉爽。"禹强道："看来天气将变，明后日或将有雨，趁凉爽，在未雨前将两大铁杆深深打入岩中，并在周围再多打些下去，后天如下雨，正好用力撬石，以速进度，你看如何？"庚辰道："如此甚好，先打入大铁杆，再把短棒打入大岩石周围缝隙，以后一致用力，搬掉几个大家伙，大岩块松动了，小岩块也就省力了。以我估计，照应龙测量，其下不深处当是水珠所测的石洞了。若与水下石洞打通，山也就劈开了，以后只要再拓阔即可。"禹强点头道："正欲达此目的。"

次日清晨起来，禹强命众士卒急速赶到工地，并抬了留下的一根长铁棒到南边距第一条约三丈远的大岩石旁放下，先用短铁杆在大铁棒插处打出三尺深的缝隙，由庚辰指挥，几十人一齐用力，扶起大棒，尖端对准缝隙口插入。二十人扶定，由禹强、庚辰两人站在高台上，手抡大铁锤轮流猛击，使大棒一点一点深入石缝中。另外由朱虎、熊黑两人将头天插入的一条大棒，照样用力使其再深入。原以为这日天气会凉爽，谁知反而更加闷热，无风无云，热得气都喘不过来。将近傍晚，两支大棒虽都插入石缝，但都只插入六尺，还有丈余留在岩体之外，只能留到下日再使力了。

此时天空已乌云翻滚，狂风从山腰卷来，拳大石块到处飞舞，中人轻则起块，重则流血，已有数名士卒被击中脸面，鼻青眼肿。远处隐隐闻雷声震动，眼看大雨即将降临。禹强与庚辰急令众人赶快收拾工具回营安息，只留下两根插在大岩石中大铁杆矗立着傲首向天。待众人刚入营内，山上已墨黑一片，伸手不见五指，狂风大作，连营火也点不起来。众军只好匆匆就餐冲凉而息，然后闷坐营内听风吼石鸣。

将近子夜，士卒多已就寝，禹强、庚辰及少数士卒就坐在室内。只感雷声闪电由远而近，震天炸雷一个接一个，炸得人心惊肉跳。不一刻大雷已在营房上空不停炸裂，暴雨像河水决堤那样倾泻而下，营房在大暴雨与炸雷中摇晃，堆杂物的几间小屋已拔地而起，散了架的屋架梁柱被狂风吹得无影无踪。士卒都被惊醒，聚在门边望着天空看闪电炸雷。一道道耀眼的闪电，像长长的利剑直刺山顶，连续不停地闪烁。一道闪电紧跟着一声巨雷，雷声震得人耳鼓嗡嗡作响，山体不停地微微颤动。一些年轻士卒从未见此大雷电，吓得挤在年长士卒身后，似找靠山。年长的士卒也咕哝着说："出生以来，也没见过这般巨雷。"

禹强双目圆睁，盯着施工处，在每次闪电中，隐约可见两根大棒身形。天时将近四更，众人都无睡意，禹强对庚辰道："这闪电为何老绕着两根大铁棒，好像与大铁棒在交头接耳拉关系，也像在接吻亲嘴哩。"庚辰道："倒像闪电要拔出这两条大铁棒呢！"禹强风趣地道："不是闪电在拉铁棒，是铁棒在吸引闪电，两个家伙想成亲呢。"众士卒听了都哄然发出笑声。笑声还未结束，突见天上滚下大团血红火球，直朝两条大铁棒顶上碰去，只听得一阵天崩地裂的巨响，整个山体剧烈震动，禹强和众士卒都被掀翻在地，营房全都倒塌，众人从屋架泥壁乱石中爬出。禹强急抬眼望施工处，只见黑蒙蒙一片，暴雨如注，既看不见山顶，更看不见两条大铁棒。

禹强大叫道："抢走了，抢走了！"庚辰忙问："什么抢走了？"禹强指着施工处道："大铁棒被雷公爷抢走了。"庚辰抬眼望施工处，果然不见了大铁棒身影。此时雷声已停，大雨渐止，天空渐渐发白。禹强、庚辰在前，众士卒在后都蜂拥奔向工地。不上半里，禹强等都惊呆了，前面不但没了两条大铁棒，而且连整个工地也不见了。只见前面一道深崖，山顶不知去向，耳闻得崖下水浪哗哗作响，似乎正在通过峡谷。因天未大亮，视线不明，禹强命众卒沿东西两端巡视，看这道深崖有多长。待到天亮，晴了，太阳升起，禹强、庚辰等放眼下瞧，果然是河水哗哗从西向东从崖下涌流。抬眼望，只见两个峰柱相对，距岸而立。复转身向南观察，有三峰耸立。禹强等人所在恰是中峰，中峰与南峰相连，北崖垂直而下达于河，水正从下流过。原来砥柱峰已被雷电劈开，从东端直达西端，山体从南到北一分为二，并连带震动北端山体，向北岸一侧，塌裂一半倒于河中。河水从北、中、南三道裂缝中流向东方。

山上众士卒面对峰下河水，高兴地大喊："通了，通了！"

南北两崖对立如山柱，四围皆水，山体上有六峰，下分三门，屹立大河中，成为名副其实的中流砥柱，故称砥柱山，也叫底柱山。

禹强见此不觉大喜，对庚辰道："天神昨晚用电棍雷斧把砥柱山劈开了，快去报告伯禹知晓。"庚辰、朱熊等都满心喜悦，笑容满面连声道："对，对，快去大营报告，砥柱山开了。"遂命士卒下山摆渡。下得山来，都连声叫苦，原来一夜大风雨，把停泊在山边的船只吹得无影无踪，摆不了渡了。庚辰命士卒绕着南半山寻找，幸好有一条小船被风浪冲到山崖浅礁上，正搁在那里。禹强令士卒抬推下水，未见渗漏，就和庚辰上了船，由士卒操桨驶往北岸。

从西流来的河水量大流急，汹涌澎湃，中流直从新劈开的夹缝中流过，更是湍急凶猛，十分激荡。抬头仰望砥柱，更显得雄伟巍峨。夹缝两崖，从水面至顶，高数百丈。禹强叹道："若非上天鬼斧神工，由吾等费劲开凿，怕再用一年也完不了工，还没这般整齐开阔呢。"过了中门又到了北门，北门水流较缓，遂抵北岸。却见江氏、冯氏兄弟队伍正在岸上列队，就上岸和四将相见。四将询问禹强山上情况，禹强连说："奇事，喜事，且去伯禹处共话。"

江、冯四将道："莫非天雷助阵，开了缺口？"禹强大惊道："你等怎知？"原来营于南北两端工地士卒在昨天夜里逢雷鸣闪电、大风暴雨，在下半夜听得暴雷炸天，地动山摇，却不知究竟。待得天亮才见到北岸山崩了一半，原有通水河道大为增阔，但却被崩下的山石填了不少。河水正从这些碎石上流过。只要清理掉这些崩下的碎石断岩，就可通船。冯迟等也都感高兴而惊讶。

庚辰问江妃："你那里可有变化？"江妃道："南端一边山体倒未变异，但水流已不如原来湍急，水位也低下许多，河中礁岩暴露更多了。"冯、江两路因各有变异，都待向伯禹禀报，所以都到了北岸，正好与禹强、庚辰相遇。于是三路人八名主将一同走向大营。

却说伯禹、伯益等人在大营，夜里只听得砥柱山雷电交鸣，山被黑云笼罩，全无了影踪，下半夜又听得巨雷震天，都感到地面剧烈震动，砥柱山在摇晃，不知是何征兆。伯禹担心山上士卒，但天空墨黑，风雨雷电交加，又看不见山上情形，只好悬着心直到天明，正欲去探视，忽闻禹强等诸将来到，伯禹忙叫速进。

伯禹、伯益诸人都至议事厅坐定，禹强将砥柱山一夜风雨雷电情况细细向伯禹作了禀报。伯禹听说砥柱山已被雷电劈开，不觉大喜，对伯益道："苍天帮忙，黎民之福也。"伯益道："治洪水，开河道，上应天理，下合民生，故得神助，也是伯禹一片诚心感动上天所致。"伯禹道："宜备牺牲，答谢神祇。"令人准备。随后冯、江二部也作了禀报，伯禹、伯益等欢喜。伯禹随即令侍从抬了牲礼，以太牢之礼，悬以吉玉，到河边摆开几案。伯禹朝服执圭，跪于案前，焚香跪拜三叩，由伯益朗诵祝文，致谢砥柱山神祇和昊天上苍。众将卒也随伯禹叩拜致礼。

礼毕后，伯禹命玄龟备了大船观察河道。船从北岸向南，下船即见河道比原先宽了一倍，但河道中乱石断崖露出水中。冯迟道："这些乱石正是昨夜大雷中从山上崩下的。"伯益道："崩得好呀，崩了半座山，宽了一条口，这是神之力也。"船向南驶到了河心中流，果然原来挡河之大山已经一分为二，双崖分立，崖壁陡峭，直通苍穿，河深崖阔，河水通畅，真鬼斧神工、非人力所能比拟。伯禹见北中两口皆通，问江妃道："南口可有大变？"江妃答："疾雷只震中北，南口并无变异。"伯禹点头道："现今河水三口，分流通水，河道通了。夏南、虞坂将不再有泛溢之灾，众民有可耕之地，实在大快人心。"

从人都见河中三条水流，三奇道："一座山三道流水门不多见，应该取个符合这一特色的名字才好。"伯益笑道："这个主意好，三条流水北道较宽，只需去除乱石，可以通船；中道神力所开，水流湍急；南道多礁而狭，恐难行舟。总称为三门之峡，北可通行称人门，中为神开称神门，南多险礁称鬼门，使人有所知晓，通行宜北不宜南，伯禹以为如何？"伯禹拊掌道："伯益定名准确，就称三门峡。二山六峰屹立于大江之中，实中流之砥柱，称此山为砥柱山，名实相符。"伯益道："此名甚好，可流传于后世了。"

禹强道："此次劈开砥柱，大铁棒有大作用哩。"伯益道："禹强此话怎讲？"禹强道："昨夜雷电交加之时，我等亲见闪电和大铁棒交感，当闪电与铁棒接触，两条大棒皆全身通红，然后就发生了天崩地裂的爆炸声。可惜山崩之后，大铁棒都不见了，不知是沉入河底去了，还是被雷公电母收去了，我深感失之可惜。能否烦劳珠儿入河一找，如在河底，捞将上来，我还将谢它用它。"江氏、冯氏兄弟也道："我等两条也在大雷雨中失落，水珠若能为我等找回，实在是好。"

伯益道："这些铁棒早年血战沙场，杀人无数，当有灵性，这次雷电交感，更增此铁棒神威，所以成了能劈砥柱山之神物，为庶民立了大功，既是神物，恐难找到了。"

珠儿道："禹叔不必挂念，待我下去一探，便知分晓。同时我也想看看水下情况呢。"说毕即翻身入水。顿饭时光，珠儿钻出水面，上船对禹强道："搜遍河道，直至东面三里处，都不见大铁棒身影，或者神化而去，或者流入东海，不可再见。"又向伯禹道："河水很深，河底虽多不平与众多乱石，但不碍航行，水流很急，河底乱石在滚动，需命人将较浅处乱石搬到岸上，以免阻碍流水与通舟。三门中的鬼门礁多难除。"伯禹点头，除乱石之事即由江、冯两部为之。禹强见珠儿已经找不见，只好放弃了对大铁棒的思念。

原来此物经雷电交感之后，已具灵性，能够变化通神，劈开砥柱山之后，早已遁身于东海大洋，不再现身。直到千年后唐初孙猴王出世，在东海龙王处寻找趁手兵器，百般不成，才感动了其中一条，出来帮助猴王治妖捉怪，荡涤妖魔世界，助三藏取回真经，再一次立了大功，此是后话不题。

却说砥柱山既开，河水东流，水位顿下，伯禹与众将商议后兵分两路：一路由冯氏兄弟率领北上治理漳水，童律、太章为助。其余人员仍留夏南，但也分两路，江飞率水军清理三门峡河水中乱石及鬼门礁岩，方便船筏通行，三奇师徒为助；其余将卒都去开挖交涧、沙涧，深浚沟洫，使虞坂、夏南积水尽通于河。

经近两个月治理，中条、雷首潞水尽退，露出大片可耕新地。伯禹一面派人至山中黎民宣告水退可以出山复耕，一面传令各部休整旬日，整顿行装，准备治漳。

这日伯禹与伯益正在议论下步打算，三奇、童律、太章三人进来，伯禹道："来得正好，坐下，都说说下步先治哪些地方好。"三奇道："伯益熟知全局，还请先说。"伯益道："我的想法不如一鼓作气，先清理冀州之水，这与地势有关。冀州西、南、东都为大河所环，北到恒山以北是大漠之地，中有自北而南的太行山为脊。除大河外，太行之西汾水是主流，太行之东以漳河、滹沱河为主流。今汾河已经初理，积水去，帝都安，只要治理了漳河与滹沱，冀州全境就可说灾情解除。而且漳河与滹沱两水都源出太行山，而后东流入海。在治理这两水后，就顺势东出，治理太行山以东、众水所归的滨海之地了。"

童律道："我去过滹沱和漳水上游，山高流少，不会成灾，可以不治，但小心起见，可派人去察看一下，如有灾再治也只需少量人即可，因为不会有大灾。"太章道："不如我先去察看一下。"三奇道："我也到过漳水，其上游有三源，最北叫清漳，南为浊漳，浊漳上分两源后合，再与清漳合流，则称漳水，而后东出太行入大海。我也赞成童律看法，两水上游只需少数力量即可，今后治水大戏就在太行山以东滨海平原了。"

欲知下步治水是否东出，且听下回分解。

第十二回　东出太行

却说伯禹听了童律、三奇等人意见后又召集全体将领听取意见，都说东出有理。于是决定明天就出发。这时玄龟言道："今全军东出，则大营后勤必须随行东迁。刚才听伯益、童律、三奇所言，太行以东是一马平川而又道路泥泞之地，我不知该备哪些运输工具和器械，最好先去探察一下，做到心中有数方好。"道彰道："玄龟所虑极是，我等士卒众多，器具繁杂，粮辎沉重，怎么走？何处安营立脚？都得心中有数才能放心。应该派几个人先去侦察，情况明了再大队行动。"伯禹频频点头，伯益、无忌、三奇都道："道彰所言极是。"伯禹道："是我心急了，考虑不周。大队暂且不动，先去几个人探探路再定。何人去探路，留下大队人员如何安排，待我与伯益商量下再定。"当下诸将散去，伯禹、伯益商量。

次日伯禹宣布："一是，为方便东出，由庚辰、童律、太章、应龙、乌木由五人领卒百人，先去清、浊两漳合流处建一临时大营，待初步开建后，留下庚辰带卒完成建营任务，童律等四人就东出探路，新大营务必在二十日内完成。二是，大队人员中，江氏兄弟率本部一千士卒去治滹沱河上游，两亥兄弟同去，以便及时与大营保持联络，治滹沱河后到哪里集合，以后再说。冯氏兄弟率本部去治漳水上游。各以一月为期限。三是，以禹强战斗人员为主，全力协助玄龟，在一个月内将现大营及后勤各种物料、器件都迁到新的大营。"在作了这样安排后，告诉所有外出将士，二十日后只能到新大营联系了。

却说童律等四人在新大营建到七成时告别庚辰，顺漳水穿太行一路东行。将出山口，童律站于山坡东望，定睛良久，只见他忽手舞足蹈，连声惊呼。太章等三人不知就里，以为他遇风成病，忙过来扶住童律问道："何事惊慌？"童律回首见三人齐来，就手指东方道："壮观啊！壮观！"三人随他手指所向，只见一片白茫茫青冥冥，极目所至并无遮拦，虽也感壮观，却不见什么异常，不知童律因何兴奋失常！原来童律是千里神视，所见极远。以他千里眼所及，满眼全是芦苇白花，并无他物。它们随风摇曳，如白浪翻滚，并发出萧萧鸣声，不见尽头。童律心入此境，不由得眼花缭乱，心迷目醉，遂失声惊呼，手舞足蹈。众人是常目，所见不远，见不到辽阔之景色，故虽奇不惊。乌木由也有远视之能，只不过比常人稍远而已，根本不能和童律相比，他问童律道："你惊讶什么，手舞足蹈的？"童律道："我之所视可达千里之外，今极目望去，只见苇林绵绵，竟无尽头，不信世上竟有如此广阔之平地！"

三人这才知童律惊讶之由。因问道："如此广阔之苇林，其中有何所见？"童律道："苇茎粗壮高大，苇叶繁密重叠，难见苇中所藏。"乌木由道："既然看不清中有何物，只有深入苇中看个明白，才知究竟。"太章、应龙也道："只有如此，才能探明实情。"四人疾步下山，往芦林走去。迨至山下，只见地势渐平，漳水到此大多散流。主沟也不深，曲折东向，流入芦林。众多散溢之水，也都缓慢地进入芦林。

芦林四周，浅水没踝，泥泞一片。四人脱靴去袜，卷起脚管，将入水而行。太章第一个把脚板踏入浅水中，只觉两脚滑溜，无处用力，水很浅但泥很滑，小心翼翼移了几步，一个趔趄，跌翻在泥水中。三人都吃了一惊，赶忙一起下水，小心地把太章扶起。此时太章已半身泥泞，湿漉漉的，十分狼狈。太章笑道："我脚板在泥水中和我分家哩，不听使唤，倒听泥水指使。且莫管我，大家小心前进为是。泥水中行路，双脚不易用力，一脚抬起，另一脚常支撑不住，容易滑倒。"应龙道："两人相互挽扶，就易用力。"童律道："有道理。"

于是四人挽在一起，相互挽扶，共同举步前进。四人低着头，挽扶着小心地前行三里许，到了苇林跟前。一望无际的苇林像一堵高墙挡住了四人去路。四人抬头上瞧，这秆子有一丈多高，秆上长着白毛，触手如刺。顶上长着苇叶，十分茂密，叶片重重叠叠，把空间遮得严严实实，透不下阳光，只在风吹秆摇时偶尔漏下点滴亮光，使林中微光闪忽，看进去恍恍惚惚、隐隐约约，却看不清苇内情景。细心听去，有啪嗒叽咕响声，不知有什么东西在动作。

乌木由道："待我钻进去瞧瞧，到底有何东西。"说着硬是钻了进去，半晌不见回音。外面三人问道："可见着什么？"传来乌木由嗡嗡音道："芦林很密，不易深入，光线昏暗，没见什么东西，只觉得脚下的泥水中有许多滑溜的鱼在弹跳钻洞，似乎满地都是，踏着它滑得站不住。另外有硬壳的小东西在我脚背爬来爬去，有时还蜇我一下，十分地痛，但都看不清。我如出来，难以再进。"童律等三人道："出来再作商议。"

不一刻乌木由钻出，已衣衫破碎，手脚脸面划痕累累，皮破血流。乌木由道："进入不深，十分难走，芦苇粗糙伤人，脚下滑溜难着力，且昏暗不明，再进去凶险难测，须好好商量。"童律道："我们已出来三天，太章、乌木由两人如此模样，且回新大营候伯禹来时再定。"三人都同意。

沿漳水返还，走了两天，傍晚至新大营。四人见新营已经建成，颇感意外，正好庚辰出来，童律就问："新营这么快建成啦！"庚辰一见四人，笑答道："你四人前脚刚走，禹强、玄龟等大队人员后脚就到了。人多力量大，三天就盖上顶平了地，这两天正安顿物件呢。"童律问："伯禹也来了？"庚辰点头道："来啦！"四人立即进入。伯禹正和伯益、众将议事，见四将进来，即喜而问讯。禹强见太章一身泥污，问道："为什么如此狼狈？"伯禹命都坐下听童律等四人细说。当下童律将几天经历作了叙述，言及泥水难行，太章滑倒，芦林难通，乌木由受伤等。

伯禹及众将听了都深感不安。禹强道："原来以为东方地平路好行哩，看来比山地还难走哇！"太章道："陆地我可日行五百里，泥水中有力使不上，能日行五十里就不错了，还累得腰酸背痛。"

伯益道："太行之东是平原，路本平坦，只是洪水泛滥，入淌平原，致泥水混合，道途泥泞了。走惯山路之人，踩着泥泞之路，两脚发软，无能为力。但我们必须东去探明大壑，方可定下步治水方案。不解决走泥路难题，何日可见大海？"伯禹点头道："在座众将可有良策？"只见水珠说道："我幼长水边，家乡也是泥泞道路，我们去海多用泥橇滑行，十分轻便快速。"

伯益笑道："泥橇何状？珠儿详细说说。"

水珠道："泥橇又叫滑橇，用木板制成箕状，一腿跪在橇内，一腿在外踩泥推橇前行。橇底船形，其身细长；前身微翘，不会阻泥水；后有横板，可作脚靠；中立横木扶手，可导方向；橇身内垫软物，放膝腿。泥水很滑，踩泥推橇，滑行时像鸟飞一样，日行二三百里不感疲劳。"

伯禹闻言大喜道："珠儿何不试制几只，让太章等试用。"珠儿应命，诸将无不欢喜。

不日泥橇制成，小巧玲珑，分量不重，可以背负而行。伯禹命童律等四人各携泥橇随珠儿往泥水处演练。伯禹偕伯益率众将同往观察。当日来至太行东口山下泥水处，伯禹等立在坡上观看。水珠等五人至泥水处放滑橇于泥水中，珠儿示范，将橇首朝向北方，左膝跪于橇内，双手扶住横把，穿着皮靴的右脚踩着泥水，轻轻用力一蹬，只见泥橇像箭一般笔直朝北滑去，顷刻间身形渐小，旋即不见了身影。喜得太章拍手，童律雀跃，无不高兴。太章道："看这泥橇能日行千里，我神行太保甘拜下风。"童律道："这珠儿还真是了得，要称他为泥行太保才是。"伯禹、伯益等众将见珠儿泥橇滑行神速，俱各欢喜称赞。

不一时，珠儿从远处出现，一眨眼又到了童律、太章面前停止。童律等四人也学珠儿样，双手扶把，一脚跪入橇内，一脚在外踩泥，珠儿在旁指点，嘱大家注意稳、轻、巧用力，不要急于求速，先学会稳稳滑行，待熟练后自然快速。四将依言练习，不上半天都已学会。虽然慢些，但也能滑行。只是应龙身材矮胖，腿又短，蹬行十分吃力，速度较慢。其他三人都进步很快，不由得高兴，滑行路程也越来越远。待至午后，方才收橇上岸。

伯禹等在坡上观看童律等滑行后，知泥橇果然是行走泥水中的灵巧工具，十分欣喜，乃率众回营。太章连声称泥橇为宝贝，惹得众人大笑。伯禹和伯益商量后命童律、太章、应龙三将乘橇先往北探明滹沱河下游出路及海滨情况，尽快回报。乌木由留下和珠儿、三奇负责督造泥橇，要求每个将卒人人带橇，由珠儿教众人学习使用，为全军东行作准备。其余诸将按本职各自准备不题。

话说童律、应龙、太章三人出发前，珠儿为应龙做了一只橇沿稍低的泥橇，三人沿芦林边泥水路踏泥橇北上。当时气候温湿，又经多日阴雨连绵，三人身披草衣，头戴竹笠，手把橇楯，脚踩泥浆，用心滑行。随着技巧逐渐熟练，在东南风吹拂下，滑速越来越快。

三人边滑边看地形，见左边太行山麓不断有大小水流汩汩东流，渗入平原，漫入芦林。有时也见较大水流从山沟冲出，但入了平原失去山沟约束，即四散漫流，深沟成为浅沟，并使平地形成起伏不平的浅滩和低洼。

三人当日滑行四个时辰，以太章估算，行程已在二百里以上。至傍晚，右边芦林逐渐稀疏，芦林中间生着许多盐蒿、狗尾草、薅草，还有豆类茎秆，草势兴旺。远处有阵阵鹤唳传来。童律道："今日已行了一天，需找个地方宿息一宵，明日再行如何？"太章、应龙都说好。三人背起泥橇离涂上坡。童律眼尖，早见山坡处有一大茅舍，人影往来，遂至其家，推门而入。

室内围坐着二三十个男女老少，一个白发老妇居中，正在共同进餐。抬头见童律等三人站在门口欲进，都放下碗筷注视。白发老妇问道："三位壮士哪里来，可进来说话。"童律入室拱手道："我三人是伯禹帐下治水之人，奉伯禹差遣，前来探路，因天色将晚，欲求借宿一宿，明早即行。"

白发老妇道："壮士远来，想必还没吃饭，就在我家便饭一餐吧，只是荒山野居，没有什么菜，只能吃个肚饱，请贵客原谅。"一少年即起身搬来三条木凳，添上三副碗筷，端上三罐高粱杂谷，间有几块鱼干。三人也不推辞，各自吃完。童律取出随身干粮及肉脯回送老妇道："出差匆匆，所带不多，还请收下。"老妇推而不受道："军爷公务，理当一饭，不敢收受。"童律道："聊表心意而已，望勿推辞。"老妇谢过后收下道："多年水患，房舍简陋，只能让三位军爷将就着和我等儿孙睡在一起了。"

童律道："水患多年，众乡亲艰辛度日，帝舜伯禹时时在念，不知你等原住何处，目前从何觅食？"老妇叹气道："我年幼时一家原住山下平地，那里土地肥沃，谷果遍野，鸟兽成群，采集狩猎很容易，生活好过。后来洪水泛滥，咸潮侵蚀，还逐年加重，随后谷粟不长，鸟兽不来，瓦房倒塌，被迫迁移上山。山上食物少，土质瘠薄，种多收少，从此衣食艰辛了。为了活命，在捕猎种植之外，还到山下泥涂里，捕捉贝类螃蜞等物补充，辛苦劳碌一年，勉强塞饱肚皮就算好了。"

童律叹息，问道："泥涂广阔，离海多远？你们可有人深入泥涂至海？"老妇指座中一壮年男子道："他是我儿永木，曾经带领两个弟弟往东探海，可问他。"

永木道："原听先人说起，东边尽头是大海，大鱼极多，为谋求食物，我兄弟三人曾决心东进探视。只因泥涂难行，十分费力，前后三天，走了百余里，水深渐至腰际，仍无尽头。而海水咸涩，口干却不能止渴，只好返回，实未达海边。"

童律道："沿途有何见闻？"永木道："百里之内，都是泥水浅滩，水草丛生，间有芦苇杂树，有仙鹤栖居飞翔，夜有蛤蟆鸣叫之声。泥水中贝壳、螃蜞遍地，俯拾即得。我等日常食物主要靠这些贝类，只是多食易腹泻，因此不敢成为主食，余无所见。另外，泥涂深处，水位时有高低，早晚不同，未知何故。我兄弟在深入百里之后，上午还是浅水泥滩，下午已成汪洋深水，深浅相差很大，三位军爷如欲深入，此事不可不知。当预作打算，否则恐难到达海边。"

应龙问道："这里可有大河巨流？"永木道："此去向北不远，有一条大河，先人称它卫河，也有人称它为滹沱河，我等未曾去过。"

当晚三人就在永木家宿了一宿，次日一早三人即起身告别，永木送行至山口，太章问道："此山口可有名称？"永木道："人称井陉。"太章点头。

三人别了永木，继续北行，不到一个时辰，已闻前面水响，不久即见从太行山口出来一股大水直泻入平原，落水之处冲出深深水道，然后东流，流急量大。太章道："这正是所称的卫河，当地人叫滹沱河。附近当有大村庄，当地人称为石村庄。"童律道："我曾来过，这里应属有易氏所辖，当年庶民繁衍，如今荒芜无人，可叹，可叹！"

应龙问童律道："此水流出多远，去向如何？"童律举目而望道："此水东流不远而后折北，向东北流去，并非一直向东，但看不清尽头。"太章道："我等即顺此河直至海嵎如何？"童律称好。三人顺着卫河一径向东滑行，至日落时分，已滑行二百余里，河至此折向偏北，并有一股自南而北之水注入卫水。二水相汇后水流更大，折往东北流去。应龙道："这股南来之水不小，未知何名？"

太章道："昔在水府，曾见图册所书曰，太行之东，渤海之西，巨鹿之北，有易之南，有水恒、卫，东注大河，汇入于海，可以为利，可以为害，民极慎之。既然西来之水为卫水，这南来之水当是恒水了。"应龙道："恒水应在卫水之北，这南来之水不应是恒水。"童律道："太行之东，诸水纷流，无名者甚多，我们定个名字也可。"应龙道："滹沱之南，芦林连绵，此水经芦林而来，可定名为长芦河，两兄以为如何？"童律、太章都说："合乎实际甚好。"

当时天色已晚，三人见四野尽是泥水，无地可栖，甚感为难。太章道："一路行来，时见偶露高阜，何不四处寻找，觅一高阜暂时宿一宿再说。"商定留应龙就近寻找，童律、太章二人分头寻觅，限定半个时辰都要回来。

不知三人能否寻到可宿之地，且听下回分解。

第十三回　窥　海

却说应龙在两水汇流处转悠，不想不远处就见一高阜，原来卫水西来，长芦河北上，两水激荡，于交汇处西南激撞出一个泥墩，日积月累，泥沙越积越多，成了一个颇大的高阜。阜上生着杂草，三人当时未曾留意，今应龙巡视高阜就发现了。应龙选择一块高地，略事平整，为防虫蠏进入，又在周围挖了深沟，回到三人分手处等候两人。不多时童律回转，皱着眉头道："虽有一些不浸水的可憩处，都太小，容不下三人，不知太章能否找到？"应龙道："童兄无须烦恼，我已在近处找到一块可以卧憩之地了，只等太章回来共同前去。"正好太章来到，也摇头说没找到合适宿地。应龙也不答话，拉着二人，共同踏着泥橇到了高阜处道："此处足够我等三人安憩了。"童律、太章二人都高兴地背着泥橇行囊上了高阜，果然宽敞。三人对周围作了整理，加宽了深沟，以随带的兽皮为褥，蓑衣为盖，取干粮饱餐了一顿。

此时天已无雨，星月渐现，三人齐头躺下，仰望天空，四周寂静，只闻水声潺潺，蛙鸣唧唧，涂中叽咕之声不绝，与蛙鸣相伴和。童律道："这么大块平原旷野，只见泥和水，不见黎民百姓，好不可惜。若能水退地露，种上可食之物，黎民百姓就能过好日子了。昨晚永木一家贫困景象，我是记忆极深。他们本在平原过安定生活，却因水患落得衣食艰辛，令人伤心。"

应龙道："我在途中思量，这里水都往东北向流，因地势平坦，水流缓慢。等大军来后，可以开沟排水，使水集中流向大川大海，大块陆地可以显露，能还民可耕之地，只不知这归水之大海到底还有多远？"

太章道："上次伯益曾言海隅里程，我按图册计算，归水之海当不会太远了。现在担心的倒是永木所说的近海之地，水位忽高忽低之事，过去在水府也曾听说归水之海，水位不定，三个时辰有升有退，深浅悬殊，我们只带泥橇，吃水很浅，一旦遇上深水，如何行走？"

应龙道："既然水位时升时降，我们可在水退时前进。"童律道："若是三个时辰消涨一次，可以无忧。泥橇一个时辰可行百里，三个时辰行二百余里，水涨虽速，当不致如此之快，且待明日前去观察再说。"当晚各自安睡。

次日清晨，应龙醒得最早，起身抬头东瞧，不胜惊讶，连忙叫醒二人，共同观看。只见东方鱼白将退，红霞显露之处，无数丹顶白羽、黑尾尖嘴、曲颈细足的仙鹤正在活动，有的展翅立于水草丛中，有的低空飞舞，有的高空翱翔盘旋，有的低头觅食，群鹤飞舞，各具姿态，优雅轻灵，婀娜多变，真像仙女化身起舞，三人无不心醉。东方红日升起，鹤舞不再，都低头觅食了。

三人略进干粮后即跨上泥橇趋东北。沿途又见众多水流注入大河，经一个多时辰，前面出现高山，阻住了河水去路。童律道："这里名曰昝山，归有易氏管辖。我与有易氏有旧交，可以向他请教。"三人上山，经人指点，到了有易氏居处。有易氏闻童律来到，出来迎接，邀入内室叙话。

有易氏对童律道："自洪水为灾后，我避居山上。十几年不见，今日何由千里至此，莫非有要事赐教？"

童律笑道："今特来请教治洪水办法呢！"有易氏大笑道："老兄又取笑了，我哪有治水办法啊！"刚说完这句，就定睛瞧着童律细声问道："你！你咋提这治水之事？莫非你当治水大臣了？"童律也大笑道："你看我像当大臣的料吗？"

有易氏道："那你问治水办法何用？"童律笑道："实话告诉你，帝舜任伯禹为治水大臣，开龙门、凿吕梁、通砥柱，帝都之危已解，今将更治众水。为明众水所归，命我三人前来探测。三日来出太行，循漳水，沿芦林北上，见了卫水，复沿滹沱水而至于此，知故人在此，特来拜见，兼询归水之所在。君世居于此，必能详告。"指太章、应龙道，"此二位与我一起同在伯禹手下为治水出力。"

太章与应龙二人拱手为礼，见有易氏五十余岁，方面大耳，肌肤微黑，二目有神，知为豪爽之士。有易氏还礼呵呵笑道："治水为天下苍生造福，敢不尽言！"童律道："请问此去归水之海，还有多远？可否抵达？"

有易氏道："此山之东约二百里就是大海，当然可达。只是一路泥涂，又有海潮，童兄山陆之人，这次从泥涂而来，吃了不少苦吧？难得难得。"

童律听后微笑地指身旁泥橇道："多亏此物，可日行五百里哩！"有易氏大惊，俯身取过泥橇问道："此为何物，有此神能？"童律道："此为泥橇，是伯禹手下小将珠儿所造。"有易氏叹道："伯禹手下能人如云，可喜可贺。"

童律复问道："据说大海日有涨落升降，我等东行可有妨碍？"有易氏道："确是如此，海有神灵，必有喜怒，喜则风平浪静，海面如笑脸，和悦可亲；怒则狂涛如山，毁岸伤人，神威莫测。但升降涨落却逐日有信，可守而候之。"童律道："怎么候法？"

有易氏道："视月可定，月半圆为弦，则潮涨平，上半月为上弦，下半月为下弦，月之初七、八为上弦半，二十二、三为下弦半，每日晨昏两次涨平，逐日后退至子午时退平，继而复涨，周而复始，从不误期。今日正为上弦日，晨起卯时涨平，至午退至最低。童兄如欲东至海，可在明日巳初时出发，一个时辰内可到海边，观察后即返，海犹未涨。如过了未时，海水复涨，来得很快，迟了会被海水所围，再逗留则有险。"

童律举手致谢道："承教了。"当晚叙了些闲话，就在有易氏宅中宿了。次日中午有易氏以鱼羹粟饭款待，奉了每人三杯土酒，以为饯行。席间有易氏问童律前宿何地？童律道："宿两水汇合之处，北面之水知为卫，南来之水未知名，我们取了个长芦河之名，实未知其真名。"有易氏点头道："此是恒水。"

席中有鱼味鲜美，应龙问道："这是何鱼？如此可口，莫非海产？"有易氏道："涂中有众多贝类及鱼之属，都可取食，但取之较难，中以近海处的跳鱼最为鲜美，长约五寸，头如蛙，四足如蜥而短尾，惯于泥涂中做洞藏身，爬跳于涂中，见人或有险则潜入泥洞。出入洞中发叽咕之声音，昼夜不息。其余贝蛤众多。民只在饥饿之年往捕，平时食之不多，故大量繁殖。海中有大鱼，但无法捕捉，三位此去海嵎或可见到。"

时近中午。童律等三人告别有易氏，背上泥橇与行囊，循滹沱河入大河而东，一路顺河沿滑行，不到一个时辰，有南来一股黄色大水流注入，河水受其冲力，合后向东北流。应龙道："大河之水色黄，这水应叫黄河。"

三人见这地方水流纷繁，百川汇集。水汽蒸腾，一片迷漫，满眼泥水混合，不见人影，连鸟兽都没有，很是凄凉。主流斜行东北，几股支流时分时合，东向而去。童律眺望，已见大海波涛，就对太章、应龙道："主流奔淌，不知尽头，支流入海已见海面，我等何不即去东面观海。"两人称是，不一刻，就到了海边。

三人抬头细望，只见大海烟雾浩渺，苍苍茫茫，波起浪涌，耳畔只听得哗哗响，嘭嘭有声，并感觉浑厚沉重，脚下微动，不知究竟多深。童律虽有千里神视之能，到此喟然而叹道："环视左右，极我目力不见其涯，只见海面为球面，却不能见其边，今方知海之博大，我之视犹鼠目之望高山，朝露之见太阳，十分渺小，天地诚可敬畏也，从此后我不敢以视远而傲世。"

应龙道："海如此之大，故纳九州百川不足奇，与海相比，九州四渎只涓涓细流而已，导众水归于海，海无增溢，地低东南，实天地造化之功。"

太章道："童律神视而不敢傲世，我之行更不足道哉，海不知千万里，非我所能尽行，我敬天地，也敬大海。"

三人正在望海兴叹，忘情于天地之际，倏见远处有小山移动，时见山脊喷出巨大水柱，都大惊异。童律道："初时并无此山，何故突现？"太章、应龙二人也道："我们虽无神视，但也不盲，原无此山。"三人定睛再看，见喷水小山渐渐远去，后沉入水底，倏然不见。俄而又现，只是已远，隐约可见而已。三人从未见此异事，猜疑不定。

应龙道："如此大海，定多怪物巨鱼，此莫非为海中大鱼？"太章道："真不信有此大鱼。"童律只摇摇头，表示惊奇。不觉过了一个多时辰。应龙本站在近水处尺许，此时忽然惊喊道："怎么海水没径了？海水涨耶！速回，速回。"童律、太章二人低头而视，果然海水渐升，原来离海水三尺，说话间已至膝盖，果然迅速。三人急忙退回，踏上泥橇，蹬涂返程。海涂倾斜，来时顺坡，去时逆坡，不如来时轻巧了。眼见得海潮追赶甚急。有赶上三人之势。应龙奇怪："怎么返程滑行如此艰难？"低头看滩，恍然大悟，原来三人从海边转身，急忙跨上泥橇上行，未循原水道返回，原水道泥水混合,故滑,现海滩多沙砾,沙砾干涸坚硬,又是上坡,泥橇难行。应龙急对二人道:"速循原来水道滑行。"自己急行至原水道上,二人醒悟,也至应龙处,用力循原水道上滑,摆脱了海潮追赶。一个时辰后,复至砮山脚下。

童律道:"海河已经探明,不必再去有易氏处,直去伯禹处复命吧。"二人都称有理。两日后就到了漳水出口,即入太行至石城大营。

话说石城大营自童律等三人出探以后,在珠儿指导下,玄龟采集所需木料,率众士卒制作泥橇,五天之内,制成泥橇三千多只。伯禹命禹强带领众士卒操演纯熟,为东出做准备。玄龟命人另制作大型泥橇五只,两只专供伯禹、伯益乘坐,另三只承载备用物品。各人都备了一身皮服和草衣,作为御雨淌水用。只待童律等回来,就可东出。

这日伯禹正和众将在大营议事,门下来报:"冯部回来了。"随见冯迟入见伯禹道:"漳水上游已浚治,特来复命。"伯禹问:"去了多日,可有险阻?"冯迟道:"人害大于水害。"伯益道:"这是何故?"冯迟道:"漳水上游山高流急,本无阻塞,但当地山霸人为阻水,勒索庶民,我已就地剿除了这些人渣,黎民称快,所以多花几天时日。"伯禹点头对冯迟道:"我们这里制作了泥橇,是泥行好工具,你部每人带一只,去禹强处学会使用,准备东去观海。"冯迟辞出。

伯禹对伯益道:"屈指计算,已有六天,童律等未知何日可返?"伯益道:"就在这两日吧。"正说间,手下进报:"童将军求见。"伯禹欣喜道:"速请前来。"童律、太章、应龙三人疾步入厅,众将纷纷起立,伯禹命三人就座后道:"辛苦了,探海之事如何?"

童律将沿途见闻一一禀明,谈到平原广阔,众水乱流,人烟稀少,民生困苦时,伯禹叹息道:"我等治水最终目的是安民兴邦,有广大平原良地而民困,实是可惜!"谈到应龙提出可用开沟排水,以垦土地时,伯禹与伯益都点头。谈到大海无边,莫测广深,海涛汹涌,中多怪物时,诸将都各兴奋,禹强更是捋臂奋拳道:"定去见识见识,看它是何怪物。"

三奇在旁笑道:"莫不要到时吓得磕头求饶哩!"

禹强瞋目言道:"不论什么妖魔鬼怪,遇我禹强,还敢逞强!"三奇笑而未言。

童律又言道:"泥橇滑行,确是宝物,只是橇体甚小,途中不能作为宿憩之用,而此去海嵎最快也需五天,大军如何宿营需要斟酌。"伯禹及众将俱各沉吟。

伯益问道:"你等何途而行?"童律道:"出漳水口沿太行东麓北上,至井陉而宿,循滹沱东行而入卫水,遇衡水宿于水中泥上,东北行至有易再宿,东行至于海。"伯益道:"自漳至海,三宿而达,其中北上二宿,东行一宿,我知之矣。"

三奇道:"莫非伯益欲北陆而后东水?"

伯益大笑道:"知我者三奇也。"众将尚未明意,俱目视伯益。伯益道:"童律等三人为熟习泥橇,并欲速达,故选泥涂北上,途中宿了两次。今我军北上可舍泥路而走陆地，沿太行山麓到井陉北上，可到尧帝所封唐侯国，此都是陆地，易于宿憩。唐侯国之东即有易氏地，我军可在唐侯处一宿至有易处再宿，然后乘橇东观大海。"众将听了恍然大悟，都赞成。

两日后大军从石城大营出发，北上走了约三个时辰，恰好与江氏兄弟治滹沱上游的部队相遇。江妃见了伯禹、伯益，禀告疏理并无大的阻塞，故能按时回来，正欲去大营，不想在此相遇。伯禹笑道："来得正是时候，冯部比你们早到两天，正想通知你们共同到唐侯国集合，正好一起去了。"冯迟也笑道："省了我们脚程。"于是共同到了唐侯国。

伯禹偕伯益、禹强、朱虎、熊罴拜会唐侯。唐侯名成，闻得伯禹、伯益来访，开大门恭候迎接。坐定后，唐侯道："二位远来，有何见教？"伯禹道："只为洪水成灾，闻东方有大壑，可容洪水，故去往观，途经君侯之国，并讨教东去之途，故此造访，不知君侯肯协助否？"唐侯拱手道："两位贤伯奉帝舜之命，为民解困，唐成敢不出力？"

欲知这唐侯如何出力，且听下回分解。

第十四回　登临碣石

话说伯禹在唐侯处又问："这里众水可都东流？主流什么名称？"

唐侯道："水从太行出后有向东也有向东北流。境内河道众多，主流是恒水，到这里称唐河、滱水。一旦水满乱流，全境就成泽国。离此五十里还有卫水承滹沱水，水量十分巨大，都东北流向大海。我曾派人东视，只因道路泥泞十分难走，且有海潮升降，故无功而返，东去之途无法详告。我国东北是有易氏世居，逼近大海，或可详告。"

伯禹点头道："正要去有易氏那里，去了再说。"当下唐侯一面设宴款待伯禹等五人，一面命人担山兽二十头，粟粮两千斤、土酒五十瓮，送往大营，以慰军士。伯禹道："君侯无须多礼，大军带有干粮，尽可饱食，你国受洪水之灾，民粮不足，留之备不时之需为宜。"唐侯道："些许之物，聊表心意，伯禹不收，唐成不安，务请收下。"伯禹推辞不掉，只好谢过。

当晚唐侯款待，席间谈及耕种之事。唐侯道："耕种原是黎民本业，但山土瘠薄，收获甚少。"伯益道："今后水退，平原可否耕种？"唐侯道："平原土地肥沃，收获多于山地，只是平原水潴地湿，常耕而无收，民都不种，水退后耕种收成如何，不敢预言。"伯禹点头道："朝中有能臣曰弃，善稼，待水平后，请后稷来此教导。"

伯益对伯禹道："这里有恒水之患，需要治理，日后又需整治沟洫，教民庄稼，何不在唐侯处设一指挥营地，以利调度。"伯禹道："不知唐侯可有余舍？"唐侯道："敝处虽狭，但贤伯所需，敢不从命？"伯禹大喜，对唐侯道："不需过多，有十余间足以办事。士卒人员仍在城外扎营，不占民房。"唐侯道："深感贤伯体谅。"当晚就在唐侯处安息。

次日伯禹回营，命玄龟带人去唐侯处办妥指挥办事用房，并在城外找一块扎营场地，不再东行。其余诸将士卒都往东探海，当日即行。

话说大队士卒都上泥橇滑行，伯禹、伯益各乘大橇，由八名士卒左右扶持推行。禹强、朱虎、熊罴、应龙等就在近旁，童律、太章居前导行，其余冯、江等将都随着浩浩荡荡顺唐河往东进发，不久又偏北行驶，一路都在泥水中。伯禹前望，满眼是杂草和稀疏林树。既无村舍人踪，更无鸡犬奔走景象，实在荒凉。心中惦记着以后如何开垦之事，默默深思着。

这三千士卒，都世居山陵丘塬地方，熟知山路崎岖，看惯了岙岽峡嶂径路，如今出了太行，看到了一望无际、无遮无拦的大平原，顿使这些士卒目眩心跳，心中惊讶，许多士卒不由连声欢呼。伯禹在大橇内不明其故，忙问左右，士卒何故发喊。禹强忙问部下，部下道："众士卒因从未见此大平原，故而欢呼。"禹强急向伯禹禀明原因。

伯益在旁道："众卒久居山地，所处壅塞，见闻有限，如井底之蛙，不识天下之大；长居壅塞之地，其心也壅。本天下常物，而未见者以为奇。不是物奇，是心奇也。习惯了就不以为奇了。"伯禹点头。

却说三千士卒循唐河而东，橇行轨迹，几成小河。泥涂平坦，便于滑行，时有跳鱼蟛蜞等爬行泥中，大军到处，四散乱逃，钻入泥洞发叽咕之声。众士卒久居山林，未见过泥涂诸物，见此景象，又感新奇有趣，说说笑笑，疲劳顿消，不知不觉到了申时，前面传令下来，昝山将到，准备宿营，于是橇行减速。不一刻到了山坡，收橇上坡，集于空旷之地。禹强传令，由江氏、冯氏兄弟各按所部扎营待命。

童律领着伯禹、伯益和禹强，四人来至有易氏居所。有易氏早听下人传报，立在寨门前恭候伯禹一行，一见伯禹、伯益到来，迎进厅堂坐下，双方问候以后，伯禹命左右呈上见面礼品，兽皮二十张，肉脯三十斤，宝石两方，陶器十具，言道："乘橇而来，携带不便，些许之物，聊表敬意，望君笑纳。"有易氏揖道："两位贤伯莅临敝邑，足感盛情，又承惠赐，愧不敢当，然却之不恭，只得拜领。"命左右收下。

看官须知，伯禹到唐侯处未曾呈送礼物，为何到有易氏却呈送礼物呢？因唐侯国是帝尧所封，是帝舜属下，与伯禹为同朝之官，见面是同僚之谊；有易氏是地方氏族首领，未受朝廷之封，并无直辖关系。太行之东在尧舜之世虽属冀州王畿之地，但帝都在汾河一带，所以重在太行以西。太行以东地域辽阔，大多地方并未受舜直接管辖，由各氏族部落各自为政。伯禹见有易氏是大部落，所以备礼以见。闲话少说，言归正传。

有易氏问道："贤伯此来可为治水之事？半月前童律兄来我处曾经言及，贤伯如有吩咐，自当从命。"

伯禹道："此次前来，为视察水流所经，并往海嵎一行，为平水定策。带来士卒三千，借贵处暂时住一宿，明日即行。一切饮食都已安排，不需贵族操办，特来告知，望君允诺。"

有易氏道："贤伯为民治水，理当协助。大军暂宿无妨，只是敝寨甚小，民舍不足，不知为之奈何？"

伯禹道："不必惊动百姓，我军只在寨外找块空旷平地扎营露宿即可。"有易氏闻言大喜道："承贤伯见谅，在下感谢。"当下备了酒席，款待伯禹四人。席间谈及去海嵎之事，有易氏道："上次童将军去海嵎为上弦日，今隔半月，明日正是下弦日，为此当晨卯时涨平，午时退平，在途一个时辰，可在巳时前出发，午时前抵达海滨，未时前返还，可保平安。童将军巳时去过一次，可以带路。伯禹点头复道："水患遍野，贵邦可有治法？"有易氏道："孤邦下民，欲治而力不从心，贤伯可有治策？敝邦愿追随而建功业。"伯禹道："等巡视后定策治水，还望贵邦共治水灾。"有易氏道："愿供差遣。"当晚即在有易氏处安息。

次日伯禹四人赶回大营，将近巳时，便下涂进发。大队由童律、太章二人带领，应龙紧随伯禹，以备咨询。一路东行，有一股大水自南而来，与恒水相会后折而东北流。伯禹问道："这是何水，如此巨流？"应龙道："我等北上时也遇此水，其上游即滹沱河，合卫水而益大，后又汇长芦河，也即衡水，水益大，其主干实滹沱水。"

再东北行又见南来大水汇入恒水。伯禹又问："可知其名？"应龙道："我三人未经此道，不知此水之名，然观其来向，应属漳水。"

伯益道："此水滔滔巨流，且其色土黄，莫非大河之水合漳水而北流，在此出海？"

伯禹环顾，见恒水、卫水都混流入此水。这里地平无阻，而水流众多，支流四出，各自顺地势而泄，有东向而流，有东北而流。大军至此无所适从，候伯禹决定去向。伯禹问童律道："你们当日何途至海滨？"童律道："当时急于观海，故就近东向，没有北上。"

伯禹道："我们此来，一为察洪水出路，二为看水流所经过地域的水土状况，都是为排水、浚治、复耕需要。今童律等已东向观海，我们无须再去。这里的水，虽歧道众多，杂乱无章，但其主流却向东北，当循此主流而穷其入海之口，诸君以为如何？"

伯益及诸将都说有理，于是大军继续向北偏东前进。一个时辰后，已闻大海涛声就在近旁，各水散流入于海。伯禹见前面不远处已是山峰重叠，知已到了平原尽头。右望有大石峰突兀屹立，主河水到这里曲绕入了海。

伯禹于是和伯益及诸将登上石山。石山上有巨石如柱，上圆而耸。伯禹道："此碣石也。"

大军集于碣石峰下。时过中午，海潮退平后渐涨。五月天气，季风时至，但当天阴霾迷蒙，所见不远。众人立在海边眺望大海，只见海涛汹涌，如群山耸动，吼声震响，近视之白浪滔天，远望之茫茫一片，灰蒙蒙海天相连，不见尽头，不见边沿。人站海边，如感浮沉，久视之，头晕目眩。众士卒都来自高塬大山，从未见过大海，今见此庞然大海，无不骇然，敬畏有加。许多士卒跪在地上叩头礼拜，敬畏之情，不说自明。伯禹命人取出牲礼，猪羊各一，并备余糇，与伯益诸将皆跪而祷祭曰：

浩浩乎大海，众水所归。
昊天有喜怒，淫雨何不止？
黎民无过，岂敢怨天。
帝心仁慈，命予平此洪水。
水有溢余，无所于归。

今日见尊容，知君宽宏而大量，可纳天下之余水。

顺天之则，毋拒毋怨。敬献猪羊，伏惟尚飨。

伯禹祷毕，三叩而起，命从人持牲礼投于大海。

牲礼随海浪漂滚，逐渐远去。旋见牲礼处群鱼搏击，浪花翻滚。须臾，牲礼下沉，鱼群下潜。众人正欲罢观而回，童律眼尖疾呼道："何来此物，如此怪相？"众人随所指，只见几只巨蟹漂浮而近，蟹壳有桌面大小，壳面高耸如大珠，露于海面，二螯八足左右展开，直径当达丈许，正在争夺猪羊躯体。一蟹抱着一猪，迅速向岸边爬来，后面数蟹追逐，转眼逼近众士卒。站在涂中之卒还在惊讶之际，一只巨蟹已伸出长爪，把一个士卒钩了过去，后面诸蟹也纷纷上来，各伸长爪大螯，袭向众士卒，众卒纷纷骇逃，但人多拥挤，返逃不及，已有几名士卒被蟹爪钩住，大声呼救。钩了人的巨蟹钩迅速返还海中，顷刻不见了影踪。

三奇师徒为保卫伯禹也在碣石，见巨蟹伤人，急忙赶到巨蟹上岸处，珠儿拔出神钩，砍断了已钩住士卒的蟹爪，救了这个士卒。珠儿还想下海救被拖入海中的士卒，三奇对珠儿道："人早死了，你不可孤身冒险。"

伯禹恐巨蟹再来，命禹强传令速退。此时已过未时，潮水上涨，童律见离碣石之北不远处即是山地，即对伯禹道："不必再循原路西返，可向北走陆地而回。"伯益道："童律之言有理。"伯禹命禹强传令北上山坡，沿山西返。

大军上山后伯禹问伯益道："碣石山附近可有部落氏族？"伯益道："予闻碣石之山，大海之滨有孤竹氏之民，此地正是碣石滨海之地，当有孤竹氏部落，但未知其主住在哪里。"伯禹道："既有氏族部落，总会遇见其民，我等且西行而归，再商治水之事。"伯禹命禹强传令众卒，如遇当地之人，速令来见，以备咨询。

此时天色放晴，大军西行，到了一座林木繁密的山麓。禹强向伯禹进言道："大军连日泥行，干粮果腹，体力有所下降，适又受巨蟹惊吓，心绪未平，今见此山林鸟兽众多，请伯禹准我军围猎一场，既可丰富军食，又可调节士卒情绪。"

伯禹道："禹强真是领军之才，此议好。"于是禹强传令，由朱虎、熊罴、冯迟、江妃各领士卒五百，于四面离山心十里处围入，禹强、庚辰率卒保护伯禹等选在高处观看。众军领命后无不欢喜，多日泥路辛苦，今日山林行猎，备感亲切，所以十分踊跃。不多时，四处喊声大振，逐步紧缩包围。围中狼奔豕突，一阵阵断枝滚石之声大起，伯禹等于高处望去，但见林木摇晃，碎石落叶四散，围区逐步向中心区逼近。狼嗥虎吼豕叫鸡鸣之声大起。

禹强技痒，命庚辰注意保护伯禹、伯益等，自己带了少数随从下坡向围中奔去。伯益道："禹强真是勇猛之将。"伯禹道："不仅有勇，而且有识，难得之将才也。"

不到两个时辰，围猎已毕。各部猎山禽猛兽数千，其中以野鸡为多。原来这片山林多年少人进入，故林草茂密，而鸟类甚多，尤其是野鸡繁衍特多。兽类除虎、狼、野猪外，其他兽类甚少。今日遇见治水大军，也算野鸡及这些猛兽晦气，成了士卒口中之食。

各部点燃篝火，烧烤猎物，说说笑笑，边烤边吃，兽肉禽味，香溢林间，连日疲劳沉闷与海边受惊等事，一扫而空。禹强命朱虎选了几十只烤炙好的野鸡，灌了几罐山泉，送往伯禹处，伯禹、伯益、童律、太章、应龙、三奇师徒及随身侍卫围着火堆一同享用，无不喜悦。当晚即在火堆边憩了。

次日，大军继续西行，至巳时，前军来报，遇见孤竹之人了，随送来四人，身体彪悍，但面带惊骇。伯禹问道："你等可是孤竹之民？"四人点头。伯禹道："我们都是帝舜之臣，路过此处，欲访孤竹君，不明其所，不知可否见告？"四人都点头，中一人道："我叫孤竹甲，孤竹君离此不远，因昨晚见这里喊声震天，火光连绵，不知发生何事，特命我四人前来查看，众位要见君主，愿意带路。但我们寨子小，容不下大队人卒，只能去少数几个人。"

伯禹笑着点了头，命庚辰、冯氏、江氏等率大队人卒暂时驻原地待命，自己带着禹强、朱虎、熊黑、童律、太章几人会同伯益随孤竹甲去会孤竹君，在途问孤竹甲："此山何名？"孤竹甲道："就是孤竹山，方圆也有百里，只是出产很少，缺衣少食。"伯禹点头，随即上了山寨。

孤竹君听说来了贵客，在一大木屋前迎候，进了厅堂坐下。伯禹就将奉命治水、来到碣石、回途有易、路过贵国、特地探问请教之事说了一下，并送上礼物。问孤竹君道："贵邦濒海而居，可有治水良法？"

孤竹君道："我邦濒海居住，洪水灾害不大，但以我观察，平原之水虽可奔流而至于海，然水皆散乱纷陈，水道数日一变，大雨淋漓之日，众水猛至，夺道横溢，冲沙带泥；稍晴几日，水即缓流，泥沙淤积，填堵河道，故平原之水常潴而难去。耕作收获很少，都是水滞难出之故。"

伯益道："可否开沟通渠以出之？"孤竹君道："正需此法，然平原广袤，非寡国小民所能为。"伯禹道："我等此来，正为此事，若能排除平原之水，使地可耕，君能相助否？"

孤竹君道："若能排除平原之水，使民复耕，正我所愿也，自然出力。"伯禹道："如此甚好，与君相约在今日，君可候之。"当下言谈甚欢，随即别了。孤竹君送至寨口道："恭候嘉命。"

欲知后事如何，且听下回分解。

第十五回　治理大平原

话说巡视大海归来后,伯禹集众将议论此次探海和如何疏治平原之事,言道:"这次探海之行,使人难忘,我有两大收获。首先,大致清楚了这个大平原的主要水流及其走向,太行东出到这里,主要是两条,一是卫水,在南,是汇漳水而成的大川,后来还汇滹沱河,二是恒水,源在恒山,流入唐侯国又叫唐河。这二水先东流后折向北入海,治这平原主要治此二水;其次,不曾想太行之东有这千里沃野,现在是民饥于室、地荒于野,若能开垦这个大平原,不但利民,还能增赋。当前必须在大军聚集之际,开此沃野,不然将愧对后人了。"

伯益道:"太行山以东这个大平原沦为现在千里泥水荒野,除了洪水灾害原因之外,另一个原因是朝廷重视不够。一直以来农耕只关注黄土高原和旱地种植,对东方广袤的滨海之地,视作化外蛮荒,不闻不问,不知开垦,听由自生自灭。这里庶民在洪水前生活无忧,对这大平原只有小块耕作播种或采集一些野生果物而已,他们既无打算也无能力开垦这片广阔的大平原。若非这次为治水来此,我也不知有这可开发的大粮仓呢!现在就是要商量既能平治水患,又能开垦的办法。"

太章道:"我三人打前哨夜宿土阜时,应龙也在思虑开垦平原之事。我也动心。"说着伸手从怀里取出一包干土说,"本想留个念想,看以后可否来此垦殖。"

冯迟道:"我部不少士卒也在私下议论治水后想来此开垦呢。"

伯禹笑对应龙道:"你既有思考,就请先说下治水与开垦的办法,帮我等开个窍。"

应龙道:"我借人体来说明,人体有经络营卫等血管和井腧、腔窍、穴位,精气血液通过这些大小血管和通道,有序地流转全身,并与体内外沟通。精气血液通畅则体泰身安,疾病不生;精气血液壅滞,则生痈疽疝厥痿诸病。所以经络营卫腔窍不通是患病之本。平原大地如人体,积水如人体之气血,若无经络井腧,积水就会壅滞不去,就散乱流窜,为患于大地,使地湿泥腐,民不得耕。为今之计,除通恒、卫之外,要建沟洫,浚畎浍,构平原的水流网络,使水经沟洫入于大川,大川入于大海。有了通水沟渠,大地可以湿燥互济,可以耕种,可定民生。"

冯迟道:"开沟洫办法可行,但要与恒、卫大河水流相应。平原广袤,开凿必有先后顺序,高下深阔有度方能奏效。"

伯益道:"平原之地广阔,只靠三千之卒,人力不够,应借用唐侯、有易、孤竹之民共同出力完成。可以定个出其力者得土地之策,以资鼓励。水退民安,地耕赋生,对朝廷庶民都有利。"

三奇道:"治水开沟到可以耕种不是一两日可以见效,今民食艰难,民无食则功难持久。我看泥涂水生之物众多,鳝鳅贝蛤之类遍地都是,何不取食?以佐民饥。"

太章道:"当地之民有取食的,但多生泄泻之病,所以很少取食。"

珠儿道:"我家住水边,常吃泥水之物,很少生病,办法是去内脏后煮熟,还可以用腌渍、晒干等方法做成腌腊等干货半干货,吃了也很少生病,还可久藏。"

三奇道:"珠儿之法在内河淡水一带很有效,能否用在这咸水之地,可以一试,我愿先试食。"珠儿道:"我愿随师父同试。"

伯禹笑道:"你师徒试而有成,功莫大矣。"

江飞道:"能不能详细说下开挖沟洫畎浍具体的高低远近大小尺寸之事,使我们心中有个数。"

应龙道:"沿途巡察之时,已有丈量之算,然未成图。"

伯禹道:"先说下,大家议论后再绘成图。"

应龙道:"我的规矩,以恒、卫二水为大经,先深阔二水为平原出水的主干,恒、卫二水之间的大地开浍畎沟渠,使通于恒、卫。地以纵横百步为方,即一亩之地,十二亩为一畹之地,五十亩为一畦之地。畦与畦之间开浍,浍广深各一丈六尺,畦与畦相通,水流入恒、卫。畦之内分为畹,畹之间开渠,深阔各五尺,畹与畹、畹与畦都相通。畹之内分为亩,亩之间开畎,深阔各二尺,畎与畎、畎与渠都相通。亩之中开沟洫,与畎相通。这样,就可使广博原野经洫畎渠浍而与恒、卫之水通,恒、卫之水与大河通,最后东入海。如此,则平原大陆之地可以平整而耕作了。"

众将听后都说:"规矩甚明,其法可行。"于是伯禹命应龙会同童律、太章、两亥测量定规,绘图以告。命三奇师徒捕捞涂产,试制可食之法,以增民食。命冯氏、江氏兄弟准备开挖工具待命而动。命禹强部备武器带工具,庚辰带三百人去卫水,朱、熊两将领一百人保卫大营,其余六百人参加指导恒水浚掘并保安全。复命童律、应龙、太章、两亥、乌木由等在绘图以后任联络督察之任,往来巡视各部,协调进度,互通信息,为大营统筹的耳目。伯禹、伯益、方、宋等居中调度。命息养三天,准备大战平原。

却说应龙等人以恒、卫二水为基准,将沿途所得资料,经过粗略计算,绘成施工图略,标明规矩尺寸要求,送呈伯禹。

伯禹接图后与伯益商定,将恒水分为三段施治,唐侯、有易、孤竹各分一段掘深任务;卫水工程由伯禹部担负。请应龙修改后制成九份,除给冯氏、江氏、禹强各一份外,命太章送图至唐侯、有易、孤竹处各一份,向三地之长申述:"按图施治,出其力者得其地,即日动工。"并特嘱孤竹先浚治出海口,后再浚恒水下游一段。

话说江氏、冯氏兄弟接受治卫任务后,各率本部千余士卒,南至卫河,在太行山滹沱水出山口井陉以东一处高坡安下营帐。江、冯四将商定,由江氏兄弟之部浚卫水南涯,冯氏兄弟所部浚卫水北涯,各使卫水加阔一丈,并按标准深浚。两军隔水遥对,奋力疏浚之声和咏唱逐水之歌此起彼伏,相互应和。其歌曰:

> 滔滔洪水,流经太行。浩浩荡荡,来此卫上。
> 橇掏梠梠,河道乃壮。命予甘遂,命予商陆。
> 朝鱼夕酒,体肤甚康。橇掏梠梠,河道乃壮。

两岸士卒歌作相伴,乐而忘疲,进度很快。开挖之土堆于两岸,遂成高堤。千人之力,日进十里,冯、江四将见士卒用力,预计一月内可与恒水相会。四人共商决定在十日后各分出三成士卒在卫水以北大地上开浍成畦,泄积水、露耕地。

再说三奇师徒领了试制泥涂沼泽水产品任务之后,要了二十名士卒,在野外空旷处搭棚架灶,在玄龟处领来盐酒蒜椒作料和各种缸罍罐钵瓮等盛器,随后去涂泽中捕捞了大量水生小动物,分别采取烧、烤、腌、糟、酱、晒、风、煮等方法,制成烧鳝、鳅干、腌蟹、醉螺等食物,封于瓮罂。又在湖泽中抓到许多龟鳖螺蚌,烧制成羹。其味鲜美,远胜瓜菜禽兽之味。三奇师徒与加工制作士卒品尝后都感兴奋。玄龟闻香而试,赞不绝口,称三奇师徒为烹饪高手。三奇命珠儿将烧制后的龟鳖螺蚌等食物送入指挥部让伯禹、伯益、禹强等品尝,众人尝后都大为称赞。伯禹笑对三奇师徒道:"你们手艺好功劳大啊!帮了黎民百姓大忙,今后海涂产品会进入民间饭桌,也会进入贵族厨房,变弃为宝了。"

禹强喜拊水珠之背道:"真是好孩儿,智慧胜武功,美食出少年。"又顾三奇道:"你得此徒儿,不虚此生了。我好生羡慕。"

伯禹命三奇师徒将制成的海淡涂产分成数份,令人传送各部及唐、有易、孤竹三邦,复命太章到三奇处详细了解制作方法,告知孤竹等邦,让他们各自制作,以助民食。复命禹强拨士卒百名,供三奇师徒差遣,多捕捞制作海淡涂产,以供各部士卒食用。制作所需用物由玄龟供应,不使匮乏。又请方道彰、宋无忌二人相助,用风火之术助三奇师徒加工精制。各部都领命,此时三奇师徒竟成了治水大军的"美食师",名扬治水各部及孤竹、有易、唐侯三地。

话说童律、应龙、太章等率本部人员往来治水开沟各部,指正匡误,并及时向伯禹禀报。这日来至有易之地,千人浚水,热火朝天,但却遇到一大难题。因规定五十亩为畦,畦之间开浍通水,而恒水到这里泛滥,沼泽成群,沼泽之间不足五十亩,难以成畦;还有畦内是否含泽,如含则地少了,若不含泽,则成的畦地很少。有易氏正为泽在畦内畦外之事决断不下发愁,见童律等到来,急问有何良策。童律指应龙道:"可问应兄。"

应龙对有易氏道:"兵有奇正,事有变通,不可拘泥于定规。伯禹所定乃常规,奉行之时须因地势而有变通。浍畎之策是为去水辟地而设，能从速辟地去水的即合伯禹之旨。今此地沼泽众多，不必拘泥于五十亩成一畦规定，可循地势高下、沼泽大小而定。地势高水广深者应先开沟排水露地，按规则成亩成畹成畦；如沼泽难去之地，畦不含泽；泽大的可因势而深之为湖，畦在湖外。地高泽小浅的，经开沟排水去泽；地低不能去泽的可泽在畦畹之外。畦不足则为畹，畹不足则为亩。畦畹亩之大小也可略有出入，不是绝对划一不变，也可以有整有零，不必都是大块的成畦成畹，能成亩就成亩，就是一亩也好，我们的目的是去水得地，君可依此行之。"有易氏闻言悟而喜道："谢将军指点。"即命众黎民按应龙之言，视地势高下，沼泽大小而设，该泽者泽，该浍者浍，不强求成畦成大块之地，大小不一，残缺亦可，唯以尽速泄水为务。众民奉令后，效率大增，民大喜。

童律、应龙、太章三人在有易氏处察看了三天，复北上至孤竹。一路只见孤竹之民皆致力在开浍成畦，不见挖浚恒水和出海口，三人大惊。

孤竹君见三人到来，甚喜，谢太章道："送来所制贝类食物，鲜美逾伦，我及黎民试食后，无不称奇，都已纷纷捕捞制作。本族地处海滨，蟹蛤之类众多，往日无人理睬，今成竞取对象，大大丰富了我族食物，实在感谢。"太章道："这都是伯禹之意，三奇师徒之力，我只奉命传送而已，不必谢我。"

童律问道："为何不见挖恒水的人？"孤竹君笑道："我邦地傍海滨，恒、卫之水历来自然入海，不挖也可，只要开出方畦，民即得生存之地，故专力开畦。"

应龙正色道："错了，事有先后之分，先后之序不可乱。恒、卫之水始于上游，以入海为终归。君之域居下游低卑之地，今上中游都在为深阔而浚掘，水道将通。平原滔滔之积水，不久必流到孤竹。君侯不重去水之道，而用功于地畴之辟，地不可得也。一旦上中游水下泄而无通畅之道，水必泛滥在孤竹之域，现开之畦势将受淹溃散，劳而无功，徒费民力，民将怨君。届时如思再辟恒、卫之出口，其难倍于今。因为上中游水集出口之地，滔滔深水，岸口尽没，何以施工？君之域只能受淹虐民，君之域受损，民之怨将起，君何以处之？"

孤竹君听应龙之言后大惊失色，连连捶胸顿足道："何以补救？"

应龙道："先师有言，图难于其易，为大于其细，天下难事必作于细。趁恒、卫之水还未倾泄到此，出海口一带深浚就容易取得成功，所以伯禹特嘱君要先用工浚治海口，也是因早动工容易取效。今虽耽误时日，幸上中游之旺水未至，宜集中民力，专务深阔恒、卫出海通道口，以免溢水泛滥。只要恒、卫之水顺畅入海，孤竹山以南之地终将干燥而为君所得，此花力少而收效快之途也，望君侯思之。"

孤竹君连连颔首道："言之有理，言之有理，照办，照办！"

应龙复道："已耽误时日，不宜再按原部署动工，今之开浚当先下后上，从深挖出海下端起手，逆流逐步上浚。若时日赶不上上中游来水，我回去禀报后由伯禹统一调度，在中下游之间缓开一段，以免水泄下游，并抽调人力助君开挖。"孤竹君频频点头道："将军之言甚是。"于是传命下去，立即停止浍畎之开，集中力量深阔恒、卫二水出海口。

应龙等三人在工地巡视三日，又对人力分布作了调整，避免劳逸不匀和窝工浪费现象。在安排停当、工务上了轨道后辞别孤竹君回大营。

三人见了伯禹，将有易、孤竹两地情况和处置事宜作了禀报。伯禹与伯益都点头称善。伯禹道："你等所为，深合我意。"伯益道："孤竹已耽时日，恐将误中游之治，泄水过迟，我担心一旦上游遇雨暴注会使中游遭灾。"

童律道："我上次探路，曾见恒水与大河之水汇流后，水势大旺，入海非一口，主流虽北上，但不少旁出的支流也加速流入大海，今何不并开支流使恒、卫之水就近自东分流入海。万一孤竹一线不能及时开通，此也是一条出路。"

应龙点头道："童律意见非常好，只要平原之水能入海，何必定要北上一条道。让恒水直入东道，其流必速，还可减北上压力，望伯禹采纳。"伯禹道："此谋甚好。"即请童律、应龙再去孤竹一行，嘱孤竹开凿东向支流，以泄恒水。二人遵命再至孤竹，传达了伯禹之命，孤竹君遵命作了安排。

从四月起始至秋九月，恒、卫二水深阔后水流顺畅，浍畎已通，畦畹显露。伯禹与伯益等乘船循恒水视察，见可耕之野历历在目，纵目所极，当有数百万顷之广，抓土审视，褐土有油色，不觉喟然而叹。禹强在旁问伯禹为何而叹，伯益笑对伯禹道："莫非为耕作而叹？"伯禹道："伯益深知吾心。如此广袤肥沃之地，弃而不用，或用之不当，岂不可惜？"禹强道："三地庶民缺衣少食必来耕种，还用担心？"

伯禹道："我所叹的不是无人耕作，是忧良田低产，花力多收获少，可惜这许多良田。"

伯益道："伯禹所虑极是，如此广阔之地野，若能亩增几成，年增之数至大矣。增产之计在于因地因时而播，谷有穜稑，黍有稷秫，合天时地性的丰收，逆天时地性的歉收，宜麦宜稻，宜菽宜麻，要符合种植之道，方能丰收，学问大着呢。当今之朝，只有农师后稷有此智能，何不奏闻帝舜，请后稷来此教黎民稼此大片陆地。"伯禹点头道："若能如此就好。"

当日回营，伯禹、伯益即缮章上奏帝舜，奏中历述"太行以东积水已泄，恒、卫二水东流入海，水退土干，得可耕之地千里。然民智待开，稼穑未得其宜，耕植花力多而收获少，亟须能者指导而使地尽其用，人尽其力，若指导得宜，可益民食增国赋而兴邦国，特请后稷莅临教导"等情由。奏章由太章送至帝都，帝舜览表章甚喜，准奏委后稷不题。

欲知后事如何，且待下回分解。

第十六回　烧芦林，垦大陆

却说伯禹治了恒、卫之水，辟了冀州东北千里之地，三日之后移师南下，将治卫南漳北一带。临行之日，唐侯、有易氏、孤竹君都来送行。三君献礼道："仰伯禹之恩，水平地露，得践故土，饥冻可离，黎民欢悦，敬献土物，以表寸意。"

伯禹推辞不得，只好受了。对三地之君道："赖三君协助，众将士及黎民用力，冀东之水初平。但天时无常，水道易变，今虽有浍畎沟渠，还须毋懈毋怠，常修勤垦，期以长久，以保永昌。"三君都应诺道："谨遵教导，自当恪守。"三君复与诸将叙旧，都情深谊重，依依惜别。

伯禹一行依然走旱路南下，从唐起身过卫水到井陉宿营。晚间，童律、应龙、太章三人提出想去看望一下永木一家，向伯禹请假。伯禹同意后，童律禀告道："不必等我们，我三人将从泥路回石城。"伯禹点头。

次日一早，三人从玄龟处要了一些三奇制作的水产腌腊品和粮食，还要了一个泥橇，向东走了，不多时就到了永木家。这日永木没出门，见了三人十分高兴。四人坐下叙话，童律笑问永木道："你听说卫水治理没有？"永木道："咋没听说？我还几次去看呢，好办法啊，伯禹什么时候治我们这里？"童律笑着说："快啦。"

太章问道："还有别人去看治水吗？"永木道："好多人去过，回来都盼能和治卫北那样治卫南！"童律道："到时候你可要带头出工啊。"

三人随后取出腌腊水产品，童律对永木道："这些都是泥涂螺蚌等制成的，你家先吃吃看，认为好吃，下次见面教你制作窍门。"又将一只泥橇送给永木，对他说："照这样做几个，像我们一样，一脚跪橇内，一脚蹬泥涂，用熟了到海涂就方便了。"永木问："我们还能见面？"童律笑道："很快。"就辞了永木，踏橇南走。一路紧赶，酉时到营。

这日伯禹、伯益与众将议治卫南之事。伯益道："大河出口已明，但从砥柱东出后到出海口，这路径在哪里，有无阻塞，还不清楚。只有查明白，才能放心去治下州。"童律道："要明河道，需先除这大片芦林。只是这芦林实在太大，方圆几百里，人力铲除费时费力，何年月完成？时间耽误不起啊！"

宋无忌道："可用火攻，旬日可尽。"方道彰道："秋令时节，西风当时，我愿与宋兄合作，十日或半月，当可完工。"

三奇道："火攻可行，但芦根硬且湿，恐难尽除。除了芦根可见河道，芦根不除，妨碍开垦。焚芦苇同时尽可能去除根茎才好。"

宋无忌道："三奇言之有理，尽力而为吧。我想从三方面解决，一是提高火温，温高则易燃，使火力大于潮气则苇根易燃而烬，为此火须多面点燃，使火力猛旺，烈焰四逼，以胜芦苇之湿；二是多施硫黄硝石等助燃；三择西北风猛烈之日点火。可在山峰高处竖一高旗以观风向，西风大起时立即点火如何？"众人听了都说好。宋命人自去准备。伯禹命禹强、冯、江三部从南到北分别守候，只等秋风猛烈之日，听宋、方两人号令动手。

一连候了七日，第八日半夜子时，西风大起，竖在山峰的旗帜向东猎猎作响，守卒报与宋、方两人知晓。西风至晨愈烈，芦苇都向东低头弯腰。宋无忌下令三部立即点火焚芦。时已秋末，芦苇已干，一点即燃，借着猛烈的西风，烈火腾空而起，噼啪之声大作，风助火势，火借风力，直向芦苇深处烧去。宋无忌又命士卒奋力向芦林中投掷助燃之物，以助火势。

不上一顿饭时间，芦林上空火光烛天，满天火鸦飞舞，阵阵黑烟翻滚，遮了半月天。灼人的热浪扑面，夜间火光照得大地一片红。大火从西北烧向东南，连续烧了七个昼夜，烧得芦林都变了灰烬，林中流水沸腾，深藏芦林中的鱼蟹鳅鳝都成了焦炭。七日夜火势渐灭，但余热未去，水汽烟气交互蒸发，地面灼热，气味刺鼻难闻，士卒一时进不得火场。

又五日之后，地面逐渐转凉，烟火已灭。伯禹率众将前往察看火场，芦林已荡然无存，一眼望去无所阻拦，但前望渺渺茫茫，烟雾蒙蒙。既看不见高山奇峰，也不见汪洋大海，只有一望无际之大陆平原。伯益道："此去大海很远，非我等目力所及。"

伯禹令童律探视，也迷漫看不清什么，童律回伯禹道："只见平原无垠，好一片大陆！比恒、卫平原更大。"伯禹问："火烧场中景况如何？"童律道："只见乌黑一片，但远赴似有河流通过。"伯禹道："且过几日东去探视。"

又过了两日，伯禹、伯益与方、宋、禹等将带了少数士卒乘橇东行。火场中黑灰厚达尺许，与水混合给土地作了肥料。苇根也多半酥松散裂，一踢就碎。伯禹道："芦林去后已成活土，可募山林之民来此耕作。"

众人一路东行，地面高高低低，沟沟洼洼，满眼都是潴水池塘，间有低陵水渚。此时芦林全无，有水蜿蜒曲折从西南流来。伯禹问："不知这是什么水？"童律道："上次北探至芦林北端，见芦林内有大水流出，因不知其名，应龙就取了长芦河为名。"伯益笑道："倒也顺口，也合实际。"

冯迟道："今芦林消失，河道显露。这水应是漳水或者漳水支流。"童律跑上高处仔细察看后回来对冯迟道："你说得不错。我们在苇林北端见到的是和漳水通流的，应是漳水支流。不过这支流很长，为了记住这里曾有过一片大芦苇，叫它长芦河倒很确切。"

一行人循此水流滑行，河中龟鳖甚多。禹强对三奇道："龟鳖之肉鲜美且滋补，今此处众多，何不捞些回去？"三奇大笑道："禹强口馋了，这也不难。"珠儿听见，命随行士卒取衣为袋，岸上等候，自己跃入水中，一个猛扎，双手捞着两鳖，丢上岸来。他下手飞快，双手挥动，半空中龟鳖如雨点落下。禹强大喜，一面叫随从快抓，一面自己也跳下泥橇，满地乱抓，众将一齐大笑。庚辰、童律见龟鳖满地乱爬，也都帮着抓捞，不一会儿，早已装满几大包，再多也就提不走了，禹强即命提鳖的士卒先回大营。三奇示意珠儿上岸。

　　水珠上岸后道："这河中龟鳖极多，可惜未带箩筐，等下次有机会再抓。"

　　伯禹听到后对冯氏、江氏兄弟道："既然长芦河中龟鳖甚多，此物大补身体，你等在掘深此河时，可顺便抓此龟鳖，也好滋补全军身体。"冯氏、江氏兄弟十分高兴，即命人向所属士卒传伯禹之命，作好浚掘长芦河准备，同时备足装鳖盛器。禹强听伯禹之命后过来对冯氏、江氏兄弟道："可别都独占了，留点我部尝尝耶。"冯、江都笑道："要吃可以，但得自己来取，送可没工夫了。"当下说笑一番，就走完了长芦河。

　　伯益对伯禹道："从石城大营东出起循长芦河到这里，环视四周，目力所及，都是一马平川。就是说太行之东、卫水以南、漳水之西、临漳以北是一块巨大的大陆平原。这块大陆是两水冲积沃土，又有芦林焚后余烬为肥，地势平坦，水流充沛，是极好的农耕土地。"

　　伯禹道："伯益说得是，必须从速开垦耕作。"即对应龙道："你的班子把地形绘成图，仿恒、卫治理模式定制。"对冯、江两人道："你们要做好按图治理长芦河（即漳水支流，后世称为滏阳河）一带，并开浍畎畦畹准备，申明河中及田野诸般美味，都可采食，不需上交归公，以资鼓励。"

　　伯禹等回营后，冯、江两部开展了一场治理大陆的治水战。禹强、庚辰率所部协助出力。

　　伯益对伯禹道："大陆地面超过恒、卫，仅靠我们三千人，难以早见成效，还须仰赖众邦众民共同出力方可加快成功。"童律道："长芦河北端众民都知治恒、卫好处，正盼到这里出力得地呢。另外，伯禹、伯益能否上奏帝舜，由朝廷出告示，动员各邦民众来此开垦，才能有足够人力。特别要有太行山一带各邦参加。"

　　伯益道："童律所言极是，我看还要定个奖励政策。"伯禹笑问："作何奖励？"伯益道："欲求大效，当用重奖。我的意见是，今年不算，从明年起五年内不征贡赋，第六年起五年内减半征贡赋。以邦名义来的邦得利益，邦不组织，以家名义来的家得利益，并准在此定居。如伯禹也同意，一并上奏帝舜批准公示。"伯禹大喜道："完全赞成，就请伯益拟稿，稿成后请太章即刻送呈帝舜。"

　　太章神行腿快，第二日一早出发，傍晚就到了平阳，送给主事大臣转呈帝主。帝舜阅后立即批示："同意治水府提出的奖励政策，由公家出面动员太行山、卫水、漳水一带各邦各侯国参加开垦卫、漳间的大陆平原。申明多出力者多得地。明确凡参加大陆开垦的，到了开垦处一切行动都要听从伯禹命令，按治水府规则行事，不得违背。"

太章得到主事大臣传来的帝舜批示后，立即回大营告知伯禹、伯益。伯禹命童律、应龙、太章等人负责指导各地来的开垦者，三奇师徒也共同参与。

半月后，各地邦国众民陆续到达，大陆平原开启了一场声势浩大的开垦治水工程。

话说童律与乌木由两人这日巡视到了长芦河北端一带，遇见了永木兄弟，笑着问永木："你们是邦里安排的还是自家定的？"永木回答："邦主说，本邦在卫北已有许多耕地，卫南垦地你们自家决定吧。所以我们是自家定的。以后还准备在这里定居，这里土肥啊！"童律大笑道："这个主意好，我赞成。"两人随后向东去江氏兄弟治理漳水处察看。

却说在大陆西边开垦的，都来自太行山一带由各邦组织的人。因太行山土地瘠薄，产量低下，当地人早有心向东发展。限于人力不足，又无人组织，再加洪水为害，一直不能如愿。今有大军治水，又有公家告示，所以各邦和众黎民积极行动，备足工具，自带干粮，成群结队来此开垦。在应龙、太章、童律等人指导、安排下，明确各自开发地段和开挖亩畦畎浍的规矩要求，奋力垦掘。这日应龙、太章等人来这带察看后，深感满意。

太章问几个带头的长老今后打算，几个长老异口同声地说："这里土层厚、土质肥，地平水足，种必丰收，比我们原住地强。今后将分一部分人来此居住，也可能全邦迁居，在这里建立新邦。"应龙和太章都点头称好。两人随后回营向伯禹作了禀报，伯禹、伯益都喜。

伯禹见芦林已去，大陆正在治理，欲思进一步东巡，一是寻大河河道，二是一窥东边地貌，为治兖州做准备，正和伯益商量东行路线。突见童律气喘呼呼奔入禀报："治水大军中大批士卒生病，已经停工。"伯禹大惊，忙问起因与症状。

童律道："起因不明，症状是腹痛、腹泻、呕吐，重者满地翻滚。全军惊慌，都言冲犯了水神，天赐警戒，因此不敢下水，都在营帐休息。"

伯禹大惊，一面通知道彰、无忌，自己急与伯益至大军营帐察看，果见大批士卒卧在地上，呻吟不止，有的口吐白沫，捧腹呼痛。江、冯两营病状相似。伯益问冯、江两将，可知此病因何而起，江妃道："治河初期士气高涨，因河中龟鳖很多，众卒来自山区，见过河泥中龟鳖的少，感捕捞十分有趣，收工后围火烧烤，香味四溢，其味鲜美，吃得很多。头两日少数士卒就有腹胀厌食症状，我也不以为意，但近日患病者越来越多，而且多伴有腹痛，以后有人说龟是神物，食杀后来施报应，吓得众卒不敢下河了。"

此时道彰、无忌两人也已到了，听了病因分析，道彰点头道："病可能因此而起。"伯禹道："愿闻其详。"

道彰道:"龟鳖之肉无毒,可以食用。龟肉性热,尤宜冬食。鳖性滋阴,于人有补。但龟鳖中有异种,食之有毒。龟中有夹蛇龟者,中心折者不可食;鳖有奇形怪状者有大毒,食之伤人,轻者吐泻腹痛,重者丧命。今士卒症状,当是误食鱼鳖中有毒的所致。"

伯禹道:"有毒龟鳖属少数,何以多人致病?"

道彰道:"长芦河中何以龟鳖特多?当是芦林所致。龟鳖之性喜阴恶阳,芦林丛中为龟鳖所喜居,有丰富之食,无捕捞之害,孳繁必多。但此番火烧芦林,林中热气蒸腾,龟鳖避热趋凉,齐集到长芦河中藏匿。大火过后,地面暴露于阳光之下,白天龟鳖潜藏在河里深泥中,故治河时鱼鳖特多,士卒大量捕捞,餐餐吃得过饱,肠胃已经不适,而龟鳖之肉难熟,不熟之龟鳖更难消化。肠胃本已不适,再食不熟或带毒之龟鳖,非病不可。这是吃出来的毛病,无关鬼神之事。"伯禹点头称是。

道彰又道:"长芦河久潜芦林之中,龟鳖鱼虫出没,芦叶杂草腐烂,阴暗潮湿,淤泥污浊,是不洁之水。士卒捕龟鳖烧烤,粘连污水,也容易致病,若食后腹胀再生饮河水的,更易致毒而病。所以今后吃龟鳖鱼贝,必熟必洁,且不宜过饱过多,以免致病。"

伯禹对冯氏、江氏兄弟及禹强道:"你等必须牢记道彰之言,传令士卒饮食不可过饱,必须煮熟,必须清洁。"又问道彰:"众卒之病,何法医治?"

道彰道:"去肠胃积滞可用山楂肉、杏仁(去皮)煎浓汁服之。去鳖毒可用黄芪、靛蓝煎汤解之。"三部遵嘱而行,不旬日,治水士卒病去复工。

伯禹见士卒已安,方始放心。这日与伯益、方、宋、三奇、禹强等在营重议东探大河之事,伯禹道:"上次东探大海至峇山而曾见有一大水南来,但不知何水,伯益臆度之为河水,然未得其实,今芦林已除,大陆正开,欲东越长芦河而探大河,不知诸君以为可否?"

伯益道:"大河自砥柱东流后,水向何处,情况不明,确实放心不下。"

伯禹道:"大河水流巨大,东流之后不知去向,令人不安。若又散流泛滥,祸害黎民,岂不是我们过失,也不合帝舜要求'根治'宗旨。必须查明去向,方可放心。"

三奇道:"今芦林已去,东进之途已通,一路平坦,既可东探河道,也可窥测王畿幅员,若遇大河,可循而北上南下,明其究竟。"

伯禹点头,见别无异议,就命玄龟准备行装,备好干粮,作数日之行。随行者有伯益、三奇师徒、童律、应龙、道彰及禹强、朱虎、熊罴几人。平治大陆之水由冯、江兄弟及庚辰、太章负责,遇有急事由太章等及时告知伯禹。安排定当,择日东行。

欲知能否查明大河河道,且听下回分解。

第十七回　八壮士

伯禹一行从石城出发，一路见治水士卒掘河开沟，浍畎纵横，畦畹成块，田野四辟，心中甚喜。三奇抓了一把土，摊在掌中观察，只见其色褐而发亮，油光闪耀，不觉赞道："好土，真是好土！今后有人在此建邦安家，必可富足。"应龙道："已知太行山许多邦国决心要来此定居了。"

伯益道："开此大陆，民得大利，但事必正反，民逐利则机智开，机智开则纯朴之性由此渐湮，虽时势使然，但为政者当有防范之策才好。"应龙道："兴利开民机智，既是时势造成，防范恐怕不容易。"

众人且议且行，两个时辰后到了长芦河，一行人涉水而过。伯禹命童律到高阜处遥视，问："可见大河？"童律专注细察后道："百里外有一条大水流贯南北，往东还有一条大水北流，不知哪条是大河。"伯益道："所见第一条大水流应是漳水，再东这条大水当是北上的大河了，现在要查明南来大河。"童律点头道："记得前几年去有禺时，大河就在近旁，这更东那条该是大河。"

伯禹率众继续东行，一路沼泽密布，潞水连绵，荒草萋萋，貂鼠出没，不见人烟。行一个时辰，果见前面一条水流，自南向东北而流，色黄而湍急。

伯益道："欲明其流是否为大河，须循这股黄水逆而南行。"伯禹道："正该如此，不明其出处不回。"于是就地饱餐后循黄水西南行约两个时辰，见一水自西来会，童律登高而望，不觉手舞足蹈呼曰："是淇水！"

伯禹道："童律为何见淇水而欢呼？"

童律笑道："淇水出苏门山，我曾来此，淇水所入的就是大河。河自砥柱至于巩，自巩北上会淇水。今既见淇水来会，就可知我们所走的水道就是大河了，所以高兴。"

伯禹道："今则知大河之水自龙门至砥柱东流至巩而北上，会淇水入漳水再东出向北，至有易、孤竹而至碣石入海，其流甚长啊！"

伯益道："河自龙门以上还有数千里，未穷其源。今河道既明，不须再南了。"

话说伯禹在太行山以东治了恒、卫，在大陆广浚浍畎，广袤的平原畦亩遍列，大功初成，已是隆冬季节了。伯禹这日同伯益聚众将议下步治哪里之事。伯益道："我等既受帝命佐伯禹平治天下洪水，根治是夙愿。为今之计，宜继续向东。东方地平，山不高，达海滨。"

伯禹道："境内四渎，今河初理，未知余三渎处于何地，今往东可遇何渎？"

伯益道："大河之东有济水，其水起于王屋，始与河并行而东，同至孟津以东温、巩之地。随后大河北上，济水东行，各至于海，今东行当遇济水。另两渎是淮与江，在大河之南。"

伯禹道："河自孟津北上，济继续东流，则河、济东北之地也属冀州吗？"伯益道："河之东，济之北，其地非冀。大河之西是冀州之地，大河之东，是兖州之地，冀兖两州以大河为界。兖之东北还有青州，兖、青之地都滨海。"

三奇道："观恒、卫可知，近水多虫介，近海多大鱼，今往东而滨海，会遇鱼介之怪。"

禹强道："多时未见怪物，手正痒哩。"三奇道："大海之中，不比陆地，将军之力恐难发挥。"禹强道："陆用斧槌，水用弓箭，何惧之有？"冯迟、江妃等也说道："我们也学了水中功夫，何畏水怪？"

三奇道："众将军勇气可嘉，但河海不同，河小而水淡，海大而水咸，海非河可比，有些海怪，我们都不曾见过，需要小心，以防不测。碣石巨蟹，已有先例，不可不防。"

伯禹道："我等久习山林陆地，不知海域之险，三奇之言有理，各部小心为上，切莫大意。"诸将虽然允诺，但内心仍有不信之意。

玄龟道："明春东进，在何处落脚，扎营何处，宜早日决定，以便及早准备。"伯禹点头道："此亦要事。"

太章道："昔在水府，知大河之东是有鬲氏之地，此去东向，何不至有鬲驻扎。"

伯益道："有鬲居河济之中，此去当治其地，可循漳水到大河东岸，就是有鬲氏地方了。"童律道："我与有鬲氏有旧。"

伯禹道："就请童律带路。"

伯益道："平原众水都从东北入海，兖州流水纷繁，水道必多必湿，且多鱼虫诸怪，仅以本军之力恐人手不足，何不征调唐、有易、孤竹及有鬲之民，共浚其水。"伯禹道："此正合我意。"

当下议定，由玄龟准备东行器物，江、冯兄弟率众士卒整理治水器械，请伯益传檄唐、有易、孤竹于明春三月前各派五百人会于石城大营，共开兖水。

却说伯禹考虑治水已两年有余，众将卒一心治水，都不曾回过家，今见冀州已定，帝都水患尽解，心中稍宽，思量自身负帝舜重任，朝夕谨慎，不敢稍有懈怠，不曾有回家探亲之想。但考虑伯益等诸将及众多士卒为治水尽心尽力，十分劳苦。今冬闲事少，约有三个月冰冻之期，何不让将卒趁此闲月各回家团聚几日，也慰各将卒家中牵挂。主意已定，过了几日伯禹聚诸将说了这个想法。

冯氏兄弟道："伯禹仁慈恤卒，如此也好，让士卒于冬季休养一下，养精蓄锐，以利明春东去治兖。"江氏兄弟道："士卒稍事休整也属必要，只是隆冬非数月不过，休整时日过长，易生懈怠之志，尚须妥善安排方妥。"

伯益道："江氏兄弟说得有道理，何不在冬季就近修理恒、卫土地，使浍畎更加平整。"

伯禹道："冬日大地冰冻，若整浍畎花工多收效甚微。我已筹思多日，趁此严寒隆冬之季，将卒放假归冀州帝都，各回家团聚。并将治冀及明春东行诸事修表一份奏明帝舜。本拟自去，但我身负帝舜重任，既为统率，不敢擅离职守，故请伯益为我代劳，详细向帝舜禀明实情，以慰帝心。隆冬天气，行路艰难，伯益回都，不能独行，朱虎、熊黑、庚辰、乌木由、两亥兄弟家室都在帝都，正好伴伯益同去探望家室。道彰、无忌、玄龟等一并前去，探家之余采集治水所需各物，正好趁此季节回帝都办妥。冯氏、江氏兄弟、庚辰所部，除少数士卒留守大营外，有家室或家有老人的士卒都准趁此回家团聚，由你们五人统率返都，假满再带领来此治水。禹强、童律、太章都未曾成家，伴我在此准备明春东进之事。三奇师徒也可回乡一探，正是时候，以后离帝都日远，来往不便，再返帝都恐几年后之事了。诸将及众卒平日都以治水为重，公而忘私，我心甚慰。今有闲时，能稍事休息，也是好事。"伯禹言毕，诸将内心都很感动。

伯益道："赴京之事，伯禹亲自面呈更为合适，我愿代伯禹守此。"

伯禹道："知我者伯益也，望勿推辞，面帝之事，一切恳托。我未成家，伯有家室，贤伯不去，诸将也不愿去了。"伯益只得应诺。

三奇言道："我孤身之人，今已以治水为乐，以此为家，不思他适。珠儿年少，正历练之时，其父母也在壮年，况离家又远，不必往返，待日后治水到其家乡时，再见其父母可也。我师徒在此伴伯禹如同回家，伯禹尽可放心。"

珠儿也道："师父说得是，我不回家。"伯禹笑而牵水珠之手。

应龙也道："我无家室之累，不须回去，在此伴伯禹同过。"

于是各部都安排返京探家及留守将卒名额，去者愉快，留者安心。返京之将卒约定明春二月中旬由伯益统率返回。留守的继续为东进做准备。

星移斗转，光阴荏苒，转眼残冬过去，孟春已尽。伯禹这日在营中与禹强、童律、三奇、太章、应龙等叙谈，忽见一人进入，伯禹抬头见是竖亥，忙问："伯益来耶？"竖亥道："伯益恐伯禹记挂，命我提前来报，诸将卒即将返营。后稷届时同来。"

伯禹大喜道："正在议论哩，如此甚好。"命竖亥休息。竖亥见了留营诸将，大伙拥着说话去了。

过了几日，伯益、后稷及将卒一齐到了。伯益、伯弃及众将到大厅坐定，在营诸将都来见过，后稷有些还是初见，由伯益向大家作了引见。

后稷道："我奉帝命，佐伯禹垦地，望诸将见教。"众将言道："后稷艺农之名满天下，何歉之有？"

伯禹笑道："治水之旨在解民困，艺农之旨在足民食，其旨一也。我等同心协力，上勤王事，下惠黎民，都不要过谦了。我年轻，又负重任，须靠诸君翼辅，庶不辱帝命，不是客气，实是我内心愿望。"

伯益、后稷、诸将都拱手应命。当晚大营欢宴，热闹非凡，伯益在宴席上传达道："此次返都，受伯禹嘱托，向帝舜禀报治水诸事，帝舜闻奏甚喜，谕命褒奖。有功诸人，记在册籍，原是朝中之臣，名下注功，原非朝臣则立名记功，应龙与三奇师徒其功显著，帝舜命特案关注。命伯禹务其孜孜，毋懈毋怠，克终其功。帝曰：既治大陆，理当耕作，施惠于民，以昌吾国，特命后稷至大陆，兴土功，教稼穑，使民粒食。"

营中诸将听后皆都喜悦在心，感帝舜之恩。

次日，集众议东进兖州之事。伯禹对伯弃道："我治水大军即将去兖州，大陆耕作之事全由后稷操持了。"

伯益道："河济之间，水道纷繁，支汊歧流众多，究有几许，实难预测。士卒身处泥水之中，挖土掘泥十分辛苦，今东治滨海众水，泥滑水咸，士卒将更为艰辛了。"

江妃、冯迟两人齐声道："正是这话，所以趁这次返都，我们在帝都物色了善于挖土开沟的八名壮士，他们各使大杴大锹，杴形如箕，锹形如锅，一次能掘土百余斤，又兼力大无穷，一人足抵十人。"

伯禹闻言大喜道："人在何处？"

江妃道："就在帐外候着呢。"伯禹传命来见。八人鱼贯而入，众将抬头见八人都身高丈余，粗膀长臂，浓眉大眼，一身彪悍。江妃对八人道："见过伯禹及众位将领。"八人齐声拱手而诺，声如轰雷。

伯禹问其姓名。冯迟道："前四人姓甲乙，亲兄弟，居甲乙村，以村为姓，以方向为名，分别为甲乙东、甲乙南、甲乙西、甲乙北；后四人姓段干，也是亲兄弟，居段干村，以地形为名，分别称段干丘、段干陵、段干阜、段干崋。甲乙兄弟手持木杴，其大十斗，一次掘土一百二十斤；段干兄弟手持木锹，一次掘土也一百二十斤。八人双臂有力，挥杴锹运土如飞，八人联手，日可取淤泥百万斤。更奇的是，八人各生着一双大鸭足，趾间皮肉相连，如鹅鸭之蹼，故入腐泥而不陷，能行善泳，为天生之奇才，浚水之能人。"

伯禹闻言甚喜，对八人道："今后你们用力治水，为民立功，也不负此奇能。"八人叩头而谢。又问冯迟道："如何得此八人？"冯迟笑而视江妃道："还是请江将军说与伯禹知道。"

江妃道："说来有缘，元月初三日正是新春佳节，我和冯迟二人凭兴往游山林，不觉走了几十里，正欲寻一村解决饮食，只见一村村民纷乱，许多人围成一圈，似在观看什么。我二人好奇近观，却见圈中十几个大汉在殴打三人，受殴者已倒伏地上，双手抱头，蜷缩一团，并不还手。十来人打了一通，似乎力尽，都各喘气，而三人伏在地上依然不动，亦未求饶。我二人上前问殴打者此三人何故遭打，其中一人答道：'你们有所不知，这里山顶有两个村庄，一叫甲乙村，一叫段干村，二村山水相连，村民不多，以猎为生。他们各有兄弟四人，身高力大，都是天生蹼足，走泥路飞快，走山路蹒跚，善于捉鱼，但拙于捕猎。因为住在山上，不善捕猎，所以常常挨饿，饿得极了，就下村来偷鸡摸狗，取别人家粮食充饥，已非一日。这里村民大多宽厚，见他们确实饥饿，有时明知他们偷食，也不计较。别的坏事倒也不曾有过，所以村民多是原谅他们。这两天正是新春佳节，各家都祭祀神灵，全村祝福之时，这三个蠢汉想是隆冬虫兽不多，饿得慌了，竟在昨晚下山来偷吃许多家供神祭品，各户发现，实在气愤不过这三人竟敢偷食祭神之物，起了公愤，所以捉来此亭上，由我等狠狠揍他们一顿，饿三天再放他们。他们也知道理亏，甘愿受打而不还手。'"

伯禹叹道："可怜可叹。"

江妃又道："我二人听了方知原因，上前扶起这三人，待三人站起了身子，果然高大强壮，低头察看其双脚，趾间皮肉相连，且趾长蹼厚，合则为足，展开如扇，实奇异之人也。我二人问他们可会泳水，中一人叫段干丘说道：'因为这双脚不善走山路，故常挨饿，但在水中则可快速游动，善于捕鱼。前几年洪水遍野，水中鱼鳖多容易抓，加些杂粮兽肉，可以一饱。而今水退川小，鱼鳖甚稀，又兼隆冬水冰，无鱼可食，粮尽兽缺，我等兄弟食量又大，实在饿不过了，所以下山胡乱抓食充饥，不想偷了祭品，犯了忌讳，甘愿认打，受你们耻笑了，实出无奈。'我二人见此等奇怪人，正是治水所需，就对村中壮汉介绍了我们身份，对他说了段干、甲乙等人对治水有用。他们也实出无奈而偷食，望众位乡亲饶恕他们。损失之物由我二人补偿。当时取出几块玉石送与几个壮汉。为首的壮汉就说：'伯禹为黎民治水，愿听二位将爷之言，若他们能去为治水出力是再好不过了，怎能收礼？只是不知甲乙、段干等兄弟肯不肯去哩。'众乡亲巴不得这八人远离本地，都道：'这等好事，他们兄弟如何不去！'这三人都道：'我等愿去，但要回家与众兄弟商量，要去同去。'我们就用玉帛向村民换了一些干粮肉脯，跟三人上山。他们八人经过相商，大家一心愿意投奔伯禹治水。这就带来了。"

伯禹喜道："人才遍于各地，唯有心者得之。治水之事，险阻甚多，正需各种奇能之人共成功业，你两人真是有心之人。"当下决定：甲乙兄弟归冯氏兄弟统率，段干兄弟归江氏兄弟统率，各显其能。甲乙、段干等八人遵命退出帐外，各归其营。

伯禹复与众将商定：后稷留下部署农事。除后稷带来助手外，伯禹又拨了一百人，供后稷差遣，石城营地就归后稷使用。其余治水大军于三日后去有鬲。

欲知如何治兖，且听下回分解。

第十八回 徒骇河

话说河、济之间有鬲氏在帝尧时是一个很大的部落，其址北滨渤海，西傍大河，南据济水，东与青州相邻，境内有广阔的平原，也有高山和丘陵，是富庶之地，所以人口繁殖较快，在原野上村落散居，炊烟四起。有鬲氏为人豪爽仁厚，受民敬重。后因淫雨不止，有鬲之地卑下，西北高山川流都经有鬲入海，致境内满地泥泞，沼泽四布，耕植少收，衣食住行都困难，今闻伯禹前来治水，都极愿出力。有鬲君早做好迎接准备，并召集各村落首领议过派工人数，诸事安排停当，只等伯禹一行到来。

三月一日，有鬲君听得手下来报，伯禹率领大批士卒循大河乘船已到岸边，正往有鬲氏府宅走来。有鬲氏府宅只离大河一里多，听得此报，立即至门口迎候，一出门口，即见不远处大队正在岸边忙碌着。有鬲君急迎上前去。行不多远就见大队人员乘橇迎面而来，有几人坐在一条大橇内，周围小橇无数。黄河岸边靠着数条大船，许多士卒正在搬卸各种器械用品，分别装入几条大橇。

童律已见有鬲君前来迎接，忙上前与有鬲君见面道："老兄来得正好，我童律在此哩，来，来，快见过伯禹、伯益。"有鬲君道："恭候贤伯多时，此地不便见礼，且去敝处说话。"即在前引路。主要将领推着伯禹、伯益大橇紧紧相随。

玄龟留在岸边率领甲乙、段干及部分士卒搬运物品。冯脩、江飞指挥，士卒在有鬲氏府宅四周寻找建营之地。

有鬲君住在一广阔高阜上，有房舍数百间，四周广有空地，只是地势略低，但不进水。冯、江两将就在空地上建立简易营房。治水士卒随身带有兽皮为被褥，足可安歇。另在高阜处筑了几十间住处，供众将安息。

有鬲君迎入伯禹至议事厅分宾主坐下，重新见礼。有鬲氏道："敝邦地卑族小，居处恐有不周，望伯禹见谅。所需治水之物，只要敝处所有，尽力奉献，伯禹不必见外。我族黎民只盼水治，都愿出力，可供伯禹调派。"

伯禹听有鬲君言辞恳切，性情豪爽，颇为感动，抬头观其人，五十来岁，方脸隆鼻，须髯颇密，脸纹粗糙，吐音重浊，是个经风霜、讲实际的首脑人物。

伯禹道："君侯世居滨海之地，敢问这里何水为灾，何水须导？"

有鬲君道："流经有鬲之水除河、济两大水道之外，还有九河，其名称自北向南分别为徒骇河、太史河、马颊河、覆河、胡苏河、简河、洁河、钩盘河、鬲津河，九河都东入渤海。九河之间，相互比邻，水大时相互串流，入海处淤泥深至胫膝，难以站立。

又因潮汐涨落，河口时有伸缩，短长不一。海中奇鱼怪物出没无常，多次伤人，庶民绝少去河口。此次伯禹治水如至河口，务须小心。"

伯益道："九河之源何来？哪条灾重？"

有鬲君道："九河之源都出于大河，本是大河溢余之支流，后又因洪水泛滥，西南来水乱流四野，九河淤积加重，其中徒骇河最重，其次是马颊河。我们有心治理，但心有余而力不足，至今未治。"

伯禹对有鬲君道："九河纷出，非集众多人力不可，来此前，已调唐、有易、孤竹之民约一千五百人来助，治水本军有卒三千人，若再加有鬲之民千人，总数当超过五千人，或许能治此九河。人数既多，须设部曲，明分工，分段治理，庶不混乱。刚才你说河口难治，就由我士卒担任，上游较易，以四地之民为主，你看如何？"有鬲君连声称好。

伯禹命冯氏、江氏兄弟总领治九河军民，本部卒都主治下游到河口。北四河由冯氏兄弟主任，南五河由江氏兄弟主任。有鬲、有易之民由本邦带队人崔信功、滕毕率领治北四河上游，归冯氏兄弟指挥协调。唐、孤竹之民由本部带队人唐渊成、孤竹成率领治南五河上游，归江氏兄弟指挥协调。命禹强、庚辰率部属专防水怪伤人，三奇师徒协助禹强部行动。命应龙、童律、乌木由负测量之责，定九河高下阔狭深浅之势，务使九河通畅入海。请有鬲君协助玄龟总主后勤供给之任。命太章、两亥兄弟联络通讯，互通气息，以求分段之间前后快慢协调。伯禹言毕请有鬲君致言。

有鬲君见伯禹手下人才济济，各有专长，伯禹安排有序，分工明确，心中钦服，连声道："伯禹安排十分周到，我当协助玄龟兄做好后勤供应，不使伯禹分心。所需本邦民工，我即下令调集，总数当在千人之上。只是众士卒与三邻邦之民住地是否需要安排？"

冯迟道："士卒及三邦来民，已择君侯府宅旁空地建立营舍，不知可有妨碍？"

有鬲君道："如此甚好，只是委屈了众士卒及三邦众民，实在有愧。伯禹、伯益等几位主要将领就在我的住处安歇，日常议事调度用房，我安排十余间供伯禹使用，未知可否？"伯禹甚喜，当日各自安排，次日起各自准备不题。

却说冯氏兄弟率领千余士卒径赴北四河。徒骇河最北，所以称为徒骇，因为当年大水为灾，危及有鬲之民，有鬲君曾发徒众五百治理入海口。当时恰逢海潮上涨，浪高丈余，涛声如雷，一般徒众不但立足不住，无法施工，在大浪中被卷走者百余人，尸体无归，余下徒众吓得哭爹喊娘，转身而逃，在逃命中又被泥陷浪卷致死者几十人，故此河被称为徒骇河，从此再无人敢去河口。今日冯氏兄弟率领众人前来，有鬲之民仍有余悸。领队人滕毕在途中已将此事始末告知冯氏兄弟，两冯对滕毕道："为避免意外，当先探虚实，大队人员先在离河口一里处暂停，我兄弟先去察看后再说。"

行不多久，离河口已近，冯迟命众人停下，择高地待命。自己带领滕毕、甲乙兄弟等主要头目，乘橇来至徒骇河口，只见河口宽在十丈以外，入海处呈喇叭口形，咸淡之水激荡，时正退潮，徒骇河水在细雨中不断入海，河口两岸与海面相距五尺上下。

滕毕道："潮涨时海水可平过河岸。"冯迟命甲乙东、甲乙南二人下河涂试探，二人领命从岸上跃下，站于河口。泥仅没其足背。二人奋力举锹而浚，不一时，所掘之处已成深坑。岸上众人只见二人双臂飞舞，成块烂泥不断从河口飞至岸上，顷刻间堆成小山，甲乙西、甲乙北二人不觉手痒，亦跃入河口动手，四人结成两对，进度骤增。泥块如暴雨般落于岸上，众人无不骇然。

滕毕内心叹道："伯禹大军中有此等能人，何患治水不成？"

约半个时辰，徒骇河口已掘出很长一段深坑。这日是望前一日，当日巳时，潮水上升，甲乙四人所掘深沟迅即被河水及海潮淹没。再也无法往前掘进，只得上岸。冯迟问滕毕："海潮几个时辰涨落一次？"滕毕道："六个时辰内一涨一落，逐日不同。"冯迟对冯脩道："沿海口浚掘有个海潮涨落之实情，潮落河口暴露，水位低落，可以浚挖，潮涨不但不能施工，而且潮水倒灌还淹没已挖之坑，海泥填满，劳而无功。即使在中游段开挖，在海水上涨时，河水因海潮而满，只有待潮退出，方露两边河滩，可以动工。海潮六个时辰进退一次，则挖掘必须挖三时停三时，岂不耽误工时？此事必须设法解决才好。"冯脩道："且回去与应龙等商量，看有否善策。"当下传令暂时不开工，回营待命。

冯迟兄弟与滕毕回转大营，见了伯禹，将上述遇潮难挖之事作了禀报。伯禹命应龙前来商议，并请伯益、有鬲君及诸将都到议事厅共商。

应龙道："一般挖河，可下游而渐至上游，以速上游之水流下游，然今有海潮之涨落，潮涨时水位高于下游河口，则海水倒灌，河口所挖之坑不但不能速上游来水，反增加海水倒灌之力。所开深坑，将被海泥灌满，徒费气力。"

冯迟道："正是如此，如之奈何？"应龙道："阻住海潮而后浚河。"冯迟道："用人力阻海潮么？海潮能阻吗？这不是疏水而是阻水，悖于治水之旨。"冯脩也道："不治河而阻海潮，岂非背道而行，且海潮之来，也难用人力所能阻，应龙之言何意，莫非戏言？"

伯禹知应龙一向谨慎明理，深懂物理水性，不会口出戏言，但对阻海潮而治河之说，也一时未能即明，故未开言而目视应龙。

应龙听冯氏兄弟之言后笑道："敬告两位，应龙何敢戏言误事？我所言浚河与阻潮是同时进行的事。今海与河相通，我们深挖河而上有来水，下有海潮，都可因深挖而灌水，挖越深灌入之水也越多，岂不施工无效？"

冯迟道："是啊！"

应龙笑道："所以不阻住河海之水，就无法浚河。我的方法是分河而治，将治的一河，当先壅这河上游之来水，不使流入欲治之河。我已观察知九河间距不远，如治徒骇，当先在最近的太史河之间掘通一条沟渠，截断徒骇上游来水，使改道经沟渠流入太史河，如此则徒骇河上游无水流入而干涸。然后当海潮退时集中人力在徒骇河近海处聚土筑堤以堵海水入侵。如此则徒骇河上无来水，下无潮侵，即成干沟。干沟易于施工，能深挖土，工效必高，其治必速。如遇雨天或有渗漏之水，可使人随时舀干，此花工不多。待全河施治完毕，则同时掘开拦潮之坝和恢复上游来水通道，使上游来水复入徒骇而顺利入海。用此法治太史河，则堵太史河之上游，使水入徒骇河，原来通两河之沟正可用来反通徒骇之用。同时在太史河口筑坝阻潮。如此，九河必可早日浚治，积水可畅入大海了。"

冯氏兄弟及在座诸将都听懂了，都笑着说这办法好。

伯禹也喜而点头称妙。

有鬲君向伯禹拱手道："贤伯帐下能人贤士毕聚，洪水何患不治？"

伯禹道："有诸将之力，是吾治水之大幸，治水还望君侯相助哩。"有鬲君道："定当效力。"

冯氏兄弟当即至本部安排，分徒众士卒为二，一堵河之上游，开通太史河之沟渠，使原流入徒骇河之水暂时流入太史河。一堵海潮，集中力量于近海口河道狭窄处在海潮退时堆土筑堤成坝，阻住海潮涨入徒骇河。不二日徒骇河遂成干河，就命众民卒分段浚掘。甲乙四人乃大显神威，八臂挥动如轮，日进一里。其余众民卒虽不及甲乙兄弟之神力，但受其影响，都精神百倍，功效大增。

徒骇河是九河中最长最大一条，经众民卒努力，前后不过一月，河被加深增阔了一倍。两冯兄弟与滕毕、崔信功二人商议道："徒骇深阔已合标准，即日掘开出海口如何？"二人都道："该挖开海口之堤了。"

商议既定，即报与伯禹知晓。并请应龙前来验看。冯脩率一千五百人至上游掘开通徒骇渠道，并塞住流太史河之沟水，使原流徒骇之水重新流入徒骇故道。两冯约定以三天为期。

冯迟在两日后率领甲乙兄弟等二百人来至海口，下令开掘。不过半日，搬了壅土，打开了入海通道。因上游之水未到，传令众民卒上岸候观。到了响午，众人正就午餐，只听得上游方向哗哗作响，一卒气咻咻奔至冯迟前报告："上游水来了！"

冯迟及众人都丢下饭碗齐集在海口河岸上翘首往西南上游观望。霎时间，水浪喷着白沫汹涌磅礴，滚滚冲来，它沿着河道，越过众人脚下，向海口奔腾而去。岸上民卒无不雀跃欢呼，大声呼喊："通了，通了！"此时正值涨潮，徒骇河入海之水与海潮遇合，混合处激起一片浊浪与漩涡。海水清，河水浊，清浊分明。徒骇河干涸多日，又经民卒挖掘，河中死鱼死虾等腐败物质散于两岸，这次经来水冲刷，顺流而下，其水甚肥，引来海鱼争食，河海混合处鱼群翻滚。

众人正观看际，忽见海中鱼群翻滚处伸出一条淡黄色肉臂，有碗口粗，高达六尺以上，肉臂旋伸旋落，没入海中不见，岸上诸人无不惊奇。

冯迟问滕毕："你久居海滨，可知这是什么海物？"滕毕道："虽时见此物，但未曾一窥全豹。有时伸出不只一臂，竟是数臂同出，不知是一物数臂，还是数物共至。据老人传言，此物种类各异，今所见似俗所称为鱿类，只是平日所见没有今日之大。鱿性凶残，吞食海中鱼蟹，也伤人。其臂须极长，超过其身数倍。有尖嘴利齿，置人死地。张口巨大，吞物入肚而化，近海之民，偶有以网捕获小鱿，可食，但其味至腥，须盐酒调制方可食。"

冯迟点头道："海中多伤人怪物，民卒都要时刻提防，今未伤人，也不必触犯它了。"

此时水势渐稳，冯迟见天色渐晚，传令收队归营，准备明日整治太史河。自己返帐中整治器物，忽闻近海口处众声喧哗，呼救甚急。帐门启处，滕毕奔入，满脸惊惶地向冯迟嚷道："将军快去河口救救士众。"

欲知何事惊惶，且听下回分解。

第十九回　八足海妖

话说冯迟见滕毕奔入,问道:"何事惊慌?"滕毕道:"士卒遭海怪袭击,两人伤势惨重,故而喧闹。"冯迟急奔至河口观察。

原来众民卒闻令收工,因连日辛苦,满身泥污未净,几个胆大会水的士卒见河水已不如初先浑浊,海怪远在河口海中,以为不至前来,就入河洗涤器具兼游泳洗身,在河中嬉闹。一些未入水的民卒在岸上一面整理器物,一面聚观河中之卒。当时潮水上涨加速,海水倒灌入河,在河中士卒正欲诱岸上士卒下水,笑称海水浮大,不会下沉,游动轻松舒适,有几名胆大的居然也脱衣入水,但有几个水性不好,一入河中,水刚过胸,人就站立不稳,余在水中,还呛了几口水,吓得连忙上岸,引得岸上水中笑声一片。

正喧闹间,忽闻水中两名离海口较近之卒高喊救命,众人回首望去,这两名士卒正侧着身渐离河口朝海中逆行远去。速度甚缓,上身犹露水面,口中不住呼救命。水中岸上众人无不大惊,还以为这两人离河口太近,被水流冲入大海。十几个会水的一齐泅着前去救援。有几个水性好的手中还拿着木棍,迅速游近了两名呼救之卒,众人一齐用手拉住二人。有人递过木棍,令二人握紧,正欲齐力回游,但觉两人往海之力很大,十几个人拉不住二人,反而被一股重力也缓缓拉向海中。

搭救人中一位年过半百的汉子连道不好,说是遇见海怪了。众人一齐醒悟,将欲松手。这位汉子一面令众人切莫松手,一面从腰身处抽出薄刃叫道:"海浮随我潜水下视。"话声刚毕,搭救队中一名二十来岁青年答应,也从腰际拔出利刃跟着壮汉潜入水下。约莫半袋烟时,拉着二人的众手顿觉一轻,其中一人竟被拉出,浮于水面,但另一人却始浮后沉,被迅速拖向远处。

众人抱着一人赶紧回游,就近立即上岸。待拖上此卒一瞧,众人都吓了一跳,只见他两腿鲜血直流,已不能动弹,双目紧闭,奄奄一息,不知是何原因。

冯迟来到,见此景象,命手下速将此卒送往大营治疗。因问滕毕出事经过,当众人言及海浮父子二人救助时,回头寻找,不见影踪。众人不觉惊慌,怕二人又有意外。冯迟忙问滕毕:"可知此二人?"

滕毕点头道:"海浮一家久居有鬲,以渔为生,深通水性,惯驭海船,是我邦中第一个懂水性熟鱼情之能人。每遇鱼汛季节,出海打鱼都奉他为首领,听他指挥。他今年四十二岁,名叫海生成,其妻金果,身子不好,二人同庚。生有两个儿子,大的叫海浮，今年二十岁，随父出海打鱼，体魄强健，性情豪爽，水性更胜其父。还有一个小儿子，今年十二岁，取名海娃，从小随父兄浪里滚、水中钻，一身功夫，十分了得。而且十分聪明，思路敏捷，记忆过人，凡事经他闻见，不再忘记。族中许多老人也常要向他讨教。在父兄教导下，无论水性、武功、鱼情知识，不亚于其兄。因其特别聪慧，所以避海难、战海怪还常靠他出些点子，往往见效比大人更灵验。对父母极孝顺，因此在有鬲族中是个人人喜爱的少年郎。这次治水因他年少，不令他来，在家侍母。今日他家父子二人救人之后想已回去了。"

　　冯迟道："能否明日去他家中探访一下，以明是否回来。如已安全回家，也可致问是何海怪伤人。"滕毕点头称是。当下传令各营：连日辛苦，休息一天，再治太史河。

　　冯迟这日一早起身，备了礼物，滕毕带路，去访海生成一家。海家住在靠海边小村，各户都傍山窑居，乱石为基，穹顶柴门，简朴实用。各户散居，邻而不连。此时天色刚白，村内静悄悄。冯迟对滕毕道："我们来早了，海生成家恐未起床哩。"滕毕道："不妨，渔村有早起习惯，也许早已起身了。"行至一广场，场中有老少数人正在施展拳脚锻炼身体。他们目不旁视，全神贯注，蹬腿有声，发掌生风，身随足移，目随手转，练得十分专注。

　　滕毕指着场中练武者轻声道："正是海生成父子在此。"冯迟摆手道："先莫打招呼，且看练武。"两人选了一块石头远远坐下。

　　冯迟抬头观看，见海生成四方脸，浓眉长目，络腮胡须，紫色脸膛，两目威而有神，举手投足，竣风飒飒，双臂似有数百斤力气。穿着一件灰布背心，露出紫铜色强壮肌肉。同练的约二十岁是海浮，身体略瘦，似颇文静。约莫过了一盏茶工夫，场中人收势完功，正欲起身离去，滕毕疾步上前称呼道："海老爹好早呀，有贵客来了。"

　　海生成抬头见是滕毕，忙拱手道："滕爷来得早，可有事？莫非今日还出工？"

　　滕毕道："有一贵宾看你来了。"海生成抬头一看，忙一揖到地道："何劳将军光临，有事命人招呼一声就是了。"冯迟连忙双手拉住道："海老爹莫说此话，蒙老爹救助士卒，特来拜谢，并请教一二，能否到你家说话？"

　　海生成点头，就前面带路，让入家中。家中简陋，床灶之外，木凳数条而已。壁上所挂，多为网罟钩叉渔具，里间床边挂着几柄利刃鱼刀，发出白光，似属备身神器。坐定后，一个二十岁青年捧出茶水待客，滕毕对冯迟道："此即海浮。"冯迟笑请海浮同坐说话道："此来为感谢你父子既出力治水又救我士卒，"取出带来礼物递上道，"无以为谢，奉微物聊表心意，望勿见却。"海生成道："伯禹及众将爷来此治水，为我邦造福，我等感谢还来不及哩，出工治水理所应当。昨日同伴遇难，救人性命，是本分之事，将爷不必如此，我等方才心安。"

　　冯迟道："除前来致谢之外，还想请教一二，望老爹见告。"

海生成道："为治水之事，自当知无不言，不知将爷所问何事？"冯迟道："昨日你父子所救一人被拉上岸后，两腿鲜血淋漓，皮肤已脱，又不似刀斧利齿所伤，未知何因？"海生成道："海中怪物极多，陆上所未见。昨日海怪当是章鱼之类软体动物，章鱼之属除全身柔软外，有八条长长软腿，故民叫八足软怪。其每足长而软，伸缩自如，极为灵活，像八条蟒蛇，力量奇大，每足生有整排吸盘，人畜一时被软足缠绕，吸盘即渗出毒液，溶入皮肉，把人畜牢牢吸住黏牢，再难脱身，除非断其软足，方能救人。昨日正是拼力断了其缠人软足方救出一人，另一人因不及断其软足，故被拖去。我父子用利刃快速断其一足后立即离水上岸，软怪犹未反应。若等其反应过来，我父子也会被此怪缠绕而死。此物若成群出现，威力更大，昨日幸只一条，故侥幸脱险。"

冯迟闻言深感震惊，言道："伯禹治水，导源于上游，最终都归到大海。今治兖州九河，徒骇只居其一，所余八河都须临海，仍会遭遇海妖，何法可治？"海生成道："物各有性，人畜以陆为主，海族以水为胜。海怪在陆，一人可以致其死命，人畜入水，千人难敌一怪，治之很难，最好远避。"

正说间，里屋出来一位少年，插话道："也有防治之法。"冯迟闻言抬头，见说话的是个年约十一二岁，方脸阔额的孩子，虽稚气未消，但神采奕奕。穿着灰布背心，双臂肌肉隆起，颇为有力。冯迟暗暗称奇，十分喜爱此小子，说道："愿闻其详。"海生成呵斥道："海娃不得无礼，敢在官长面前口出狂言，还不退下。"

冯迟急忙制止道："想是小郎君了，听说其年少聪明，在下愿听其一言。"

海生成道："既然将军要听，就让他放肆一回，言若不中，请恕其年少无知之罪。"冯迟道："愿闻其言，言之无罪。"海生成乃对海娃道："好好说说你的想法。"

海娃道："爹已讲，物各有性，水陆不同，孩儿之意，正是利用物性各异之点，扬长避短，制伏海怪。"冯迟道："如何扬长避短？"海娃道："陆地坚实，人力方能迸发，使弓用叉，是人的专长；水性柔软漂浮，不识水性的人，没有借水力的本领，有力难使，是人所短。扬长，是人必须不离陆地；避短者，人莫在水中与海怪拼力。今大军在此，当有三长：一是有大船，人在船上就是站在坚硬实地上，就可用力；二要多用弓箭，远处射怪，不令海怪近人；三是聚众合力，统一指挥，让会水的入水侦察水怪所在，不会水的在船上或岸上，然后集中攻海怪要害，这样章鱼、大鱼之类就不会近身，不耽误治水工程了。过去我等势单力薄，遇上海怪，既无大船，又无弓箭，只靠少数会水的人很难抵挡，只有避走。今大军云集，何怕此类海怪捣乱。"海生成笑而不言。

冯迟闻言点头道："小郎君果有见识，我将按此法行动。"回首对海生成道："今伯禹奉帝舜之命欲根治天下洪水，你父子三人深识水性，急公好义，可否出山相助，共成治水之大业？"

海生成沉吟片刻说道："治水为黎民造福，理宜出力，但我妻金果体弱多病，需人照顾。我意留下长子海浮照顾其母。海娃尚小，只能在家帮助看家。我随将军前去为伯禹治水效力，不知将军可否见允？"

冯迟尚未开口，海娃就摇着海生成手臂道："我有的是力气，愿随爹前去治水，况且爹身边也需有人照顾。家中母亲有哥照看足够，何必再留我看家呢，望爹答应。"

冯迟道："若海老爹家中需要照顾，就留海浮在家侍母，老爹能去是治水之幸。海娃年龄虽小，但聪明过人，若能同去为治水出力，也是一种历练。伯禹手下也有一个少年郎君，刚来时也是十一二岁，现在比海娃略大两岁，名叫水珠，是个会水的好手，能伏水中七日夜不需换气。海娃若去，正可做伴。"

海娃一听伯禹营中有个同庚少年，更要求前去。海生成起身入里屋，半响后出来对冯迟道："将军盛情邀俺父子为治水出力，适与家人商量，就留下海浮在家照顾其母，俺和海娃就随将军同去，为伯禹效力吧。只是请将军禀明伯禹，若有可能，治兖州之后，让俺父子依然返家团聚，照顾病妻。我等草野之人，胸无大志，只知安居乐业，此意望将军见谅。"

冯迟只盼海氏父子能为防兖地水怪出力，就十分满意了。就笑答道："海老爹心意我已深知，自当向伯禹禀明，伯禹仁厚爱民，老爹父子能为兖献力，必然关爱你父子，治兖州后会体谅老爹爱妻之心，我也会力促其成，请老爹放心。"

海生成听冯迟此话后向滕毕道："此次去伯禹营之事，请向有鬲君代为禀明一下。"冯迟道："老爹放心，我会办妥此事。"当日就在海生成家吃了中饭。下午海生成父子二人告别妻儿随冯迟到了大营安顿。冯迟令滕毕取营中粮食千斤、肉脯若干送往海生成家中。次日一早冯迟至伯禹大营，营外见禹强正同庚辰、三奇师徒等在坡上练功。禹强眼尖见了叫道："冯兄此来何早，莫非见到了妖魔来找我等？"

冯迟笑道："三日不战，手痒耶。正有海怪作祟，来禀报伯禹哩。"众人一听海怪作祟，都停了拳脚，随冯迟到帐中来见伯禹。正值伯禹漱洗完毕，方欲进膳，见冯迟及众将进来，随即一起用膳，食罢请伯益前来。帐中坐定后，冯迟将昨日徒骇河已浚毕通流之事说了，也将在海河交合处遇见大章鱿，一卒丧命之事作了禀报，伯禹及诸将都惊讶不已。

伯禹道："如之奈何？"冯迟就将访问海生成父子和已请海生成父子前来共同参与治兖之事向伯禹做了报告。伯禹点头道："如此甚好，只是仅靠海生成父子不足以防其余八河之口。"

冯迟道："正是为此而忧，现九河仅治其一，其余八河都须泄水于海，海怪已尝人肉滋味，难保在我卒治水之际前来伤人，为此特来禀报，商个防治之法。"

禹强道："我部兵强箭利，何惧此等海怪。"冯迟道："海怪非陆妖可比，海怪深没海中，不见其形，不见其数，不见其要害所在，来无影，去无踪，处陆之人无从窥测其影踪。且海水汹涌，我等勇士无处立足，有劲难使，如之奈何？"

三奇道："冯迟之言有理，不知敌情，不明虚实，怎能战胜？为今之计必须明敌情知虚实而后可以着力，方能克敌制胜。我与水珠虽懂水性，即使来了海家父子，真懂水性的也不过四人，而大海广阔，河口众多，势难遍防。童律虽有千里之目，可只能用在陆地，不能透视海水，又不会潜水，当前必须研究出一项能窥测海怪举动之法才好用力。"

禹强听得三奇此话实在有理，急得抓耳挠腮道："大家快想些办法出来，好让我部出力除妖。"

水珠言道："我倒有个办法，不知能不能用？"伯益笑道："珠儿必有妙法。"珠儿道："我在湖边捕鱼捉虾都用网罟，现在要制伏海怪，使其显形，也可用网罟办法。"

江妃道："江河湖海中的小鱼小虾无足畏惧，也伤不了我等，如今怕的是大海怪，哪有这么大的渔网？我们也不是去捉这些海怪来佐餐，而是防它来偷袭，以免伤我民卒，珠儿此言，还是孩子见识了。"冯脩也道："江妃之言有理，珠儿之法恐不适用。"

珠儿道："我说用网罟制伏海怪，并非捕捞。我讲的是用网罟来测知海怪是否临近，不是去捕捞，两位叔叔理解错了。"

究竟是水珠说得不对，还是别人没听懂，其中是非，请听下回分解。

第二十回　九河入海

　　话说上回珠儿说了是用网罟制伏海怪，不是捕捞，应龙豁然开朗道："珠儿之法大妙，可以窥海怪之虚实动静了。"众人还不知就里，都把目光转向应龙。应龙笑而视珠儿道："珠儿莫非用蛛网道理？"珠儿点头道："正是此意。"众人只有伯益、三奇已知此意，三奇笑而未言。

　　伯益点头道："妙哉此法。"其余诸人仍不明白。

　　应龙笑道："大家在家中可见蜘蛛结网捕飞虫之状吗？蛛结网后蛰伏暗处，飞虫入网丝动则蛛知之。珠儿用此法以测海怪是否来临，然后可以杀之也。为此，我等当结大网，挂在河口入海处，如有大鱼大鱿一类临近，必触大网而我知，既避伤害我卒，又可设法杀它。"

　　三奇道："大网之上可设响器，若大鱼大鱿之类触网，其力必大而沉，网大动则响器发出警报，即可知有物触网。我等就可有备杀之。"

　　冯迟、江妃、禹强等人这才听明白了，齐声道："果然妙计可用。"冯迟道："只是大海辽阔，网罟难以遍挂。"玄龟道："何不排列船只，既可挂网，又可布列士卒，以杀海怪。"

　　冯迟道："海娃也曾言此，陆上之兵可借船用力之法，禹强将军可派善射善搠之兵，待海怪触网之时，用枪搠箭射杀伤之。"三奇道："还可用巨钩钩之。"当下众人都七嘴八舌，有了办法。

　　伯禹笑道："看来还是珠儿办法有用，你们几个叔叔开头还没听懂就反对，这不好！"冯、江几人听伯禹此言，虽脸上一阵发红，但心中钦服珠儿办法。

　　伯禹随命玄龟即速与有鬲君商议，发动民众编结大片绳网为用，并准备各种响器，命禹强、庚辰选精兵，请有鬲君挑选会驾船之能人，协助禹强之卒熟悉乘船驭海之能，以便杀伤海怪。冯、江二部人员仍按原部署各自先开上中游之水道，九河海口一段暂时不开挖，择海浪平稳并待河口布成弧形大网以后方可动手，诸将应诺。

　　三奇待伯禹言毕后向伯禹请命道："我与珠儿愿去海口，在网罟处巡察海情，以助杀妖，并一会海生成父子。"伯禹点头道："如此甚好，"并命三奇师徒会同海家父子统一指挥布网。各队开海口前，先通知三奇。

　　过了半月，江妃兄弟所治胡苏河上中游河道已经浚掘完成。即可掘开河海相通地段，派唐渊成至营告知三奇。此时玄龟已准备好几千丈大幅网罟和船只，禹强兵丁也初步学会海上驭船之技，可以站稳而不致晕船，并可持搠操弓，正摩拳擦掌，以图一显身手，听得江妃部要开海口，无不兴奋。

次日伯禹会同伯益、三奇师徒、禹强等诸将都到江妃工地。察看地形，估计须三天方可挖通这一段。伯禹等就暂住江妃营中。三奇师徒和禹强等上船至河口入海处察看，定下设船布网地点，策划捕杀及船只联络诸事。

两日后，伯禹命人通知冯迟率海生成父子来江妃营地观摩。江妃兄弟即令唐渊成、孤竹成、段干兄弟等率众民卒趁海潮未涨时，全力开挖所筑堤坝及河道。禹强、庚辰等就率部卒携网罟驾大船在入海口二里处布网作弧形围住河口。每三十丈布大船一艘，抛锚定位，挂下大网，两大船之间有数条小船巡看。

却说三奇师徒听说海生成父子来营，即去见面。彼此谈论河海生涯，十分投机，尤其海娃和水珠年龄相仿，性情相投，见了都喜不自胜，说说笑笑，不想分离，海娃听说水珠师徒要去巡海探妖，要求和水珠同去，冯迟欣然同意，命海生成父子随三奇师徒共同行动。伯禹随命童律、章亥、竖亥兄弟随三奇师徒共同联络协调各船事宜。

这日全胡苏河已经干涸，河口也挖开了，只等上游来水。在上游的江飞按商定时辰更改沟道，挖开暂堵土坝。上游来水重新流入已经挖深拓宽的胡苏河，一经流入，就奔腾而下，不到半天，即达入海口。

伯禹等正在入海口等候上游来水，浚河众民卒都排列在两岸观看，只听得数里外欢声雷动，齐呼："水来了！"三奇师徒即带海家父子和童律，乘大船直驶禹强设网处。

此时潮水渐涨，与河口相平，南来河水已越过河口，冲入海中，一股浊流如利箭劈波，前进足有二里，方始缓冲，浊水开始混入海水。禹强所列大船受激流冲撞，船身颠簸，大网浮标随之波动。三奇师徒之船傍着禹强大船，对禹强道："我等入水去探视，水面情况由童律和你联络，你要准备好刀箭，准备杀妖。"禹强道："只怕海怪不来哩。"三奇说毕，即带着水珠和海家父子翻身钻入水中。

这时潮已上涨，浑浊的河水渐渐四散，甚至倒退入河。三奇等四人潜入浑水中，贴近挂网，只见网外早已挂满各种章鱼，一些小海鱼和章鱼钻过网眼纷纷游向河口，但大章鱼和大鱼被拦阻在网外，许多章鱼八足撑挂在网上，堵了网眼。正冲河口处有几条丈余大肉柱通过网眼向河口伸缩晃动。海生成一见就知正是大鱿肉足，因其身大足长，又有小鱿阻塞网眼，所以钻不过来。

海生成用手扯了一下三奇，示意正是此怪厉害。三奇取出随身所带钩刀，潜近肉柱尖端。珠儿、海娃、海生成也各执手中利器，随三奇向肉柱包抄过去。三奇刚近肉柱，正要举钩砍向肉柱，但肉柱十分灵活，略一晃动，竟黏住了三奇腰身，又轻轻一晃，把三奇翻了个身。珠儿三人大惊，急去救助，只见肉柱倏地缩向网眼，幸网眼阻挡，没能将三奇拖出网外。三奇虽被缠住，因身穿土龙皮水靠，未伤皮肉，心也没乱，手中用力，钩刀砍向肉柱，只是肉柱粗大，一刀竟未断下。正欲续砍，珠儿等赶到，与海娃二人各举利器，方断了缠住三奇的肉柱。

海生成正密切注视着另一条肉柱伸向三奇，举尖刀迎着这条肉柱刺去，正好刺中，肉柱一缩，虽不再伸向三奇，但缩力大而快，海生成利刃脱手，被肉柱带走。

三人乘机潜离网眼，浮出海面，爬上大船。那段肉柱还牢牢黏在三奇腰际。幸水靠坚固，未及皮肉，珠儿用刀割下吸盘，肉柱方萎然掉地。三奇道："此怪果然厉害，动作极快，令人难防，且其力巨大，非一般人力所能抗，今日若非网眼所挡和你们三人相助，我性命不保了。"随后将船驾至禺强大船处。

话分两头，当三奇等入水后，禺强等大船所挂网罟越来越沉，船身随之下沉，禺强知水下有大批水族挂网，但又不见影踪，心中大惊。恐网罟有失，危及治水民卒，急命手下各船再放下一层大网，网罟形成双层阻隔，果然有效。禺强刚放下焦急之心，又见船旁伸上数条大肉柱。蜿蜒恰如巨蟒入船，无声地伸向站在甲板上的士卒。士卒们正全神贯注海面和挂网，没有注意船边伸来的肉柱，转眼间几名士卒已被肉柱缠住，有两名已被拖出船外，两卒大喊救命。众卒一时惊得目瞪口呆，不知所措。

禺强急操起身边长棍，踏步上前朝肉柱猛击下去，肉柱只震弹一下，并未松缠，反迅速将人拖入海中。禺强大怒，取弓搭上神翎芒针箭，急奔船边。正好章鱼因一足受禺强猛击感痛，愤怒地将头部露出海面，张开尖嘴把肉柱所卷二卒送往嘴边，准备狠咬，以泄其愤。禺强立见大章鱼尖嘴两旁嵌着一双乌亮的眼珠，正凶光毕露地视向天空。

禺强觑定章鱼左眼，箭如流星般地直插入章鱼眼珠之中。神翎芒针箭乃天下神物，箭头虽只手指头粗细，但锐利无比，木石可穿，何况这章鱼血肉之躯，柔软之体，只听得"啵"的一声响，芒针箭从眼珠刺入，穿过咽喉，断了食管，破了胃囊，开了皮层。章鱼眼中、口中、皮中都流出了浓浓的黄汁，肉柱软瘫，死亡渐沉。二卒因被吸血盘黏住竟脱不了身，半浮于海中。原来水族之类，生时借吐纳海水和鳍翼功能，其力巨大，一旦死去，功能尽失，浮力托其躯体，故两卒得以不沉。

禺强命众卒用钩钩住两卒，因吸盘黏得极牢，乃连死鱼一起拉到船上。两卒都不会水，已窒息死亡。解下大鱼，众人细看，只一堆棕黄色软体肉团，看不出有什么奇特。此时正好三奇等四人来到船上，海生成见了死鱼道："这正是大章鱼，如何捕得？"禺强简述经过，三奇也将水下遇险之事向禺强作了叙述，众人听了无不咋舌。

禺强指着死鱼道："这么个小小东西，在海中竟会这么厉害！"海生成命海娃协助，将大鱼身子放平，理直八足，头尾长六尺多。足长一丈多，其中两条长须长达二丈，尾部长着三角形两翼，背部内有软骨，利嘴乌黑，锐而坚硬，上下两合，状如鹰嘴，坚硬胜过利刃。因眼碎囊破，全身黄汁浓稠，发出阵阵腥臭。

海生成道："此怪在海中利用八条长足与吐纳海水，其力巨大。性喜食蟹，蟹壳虽硬，但鱿嘴更硬。其余大鱼都怕它三分。另有一种章鱼，身子像个大皮袋，全身无骨，也生八条长足，其凶狠狡诈更胜于章鱿。此外类似之属还有各种墨鱼，亦软体八足，不过足长不及章鱿。此类软体章鱿，小的不足惧，我等都捕捞为食，但巨大的，人力所不胜这八条腿厉害。"

海娃上前将章鱿尖嘴用刀剀下，用海水洗净，足有二尺多长，分上下颚，如两把尖锐武器，其状如钩。水珠上前试其硬度，以尖嘴砍船舷，轻轻用力，竟入木三寸有余，复用之凿章鱿肉身，顿时剖开一大口子，果然锋利无比。海娃道："用以凿石，石块可开。"就送一把与水珠，自己收了一把。水珠谢过，留做纪念。

此时河口水流已趋正常，海潮也逐渐退下。禹强命童律通知各船收网回营。各船收拉网罟上船时都倍感沉重，待拉上一看无不骇然。原来两层网眼上密密麻麻地巴满了各种八足小章鱿及各类海鱼。禹强命从卒扒下鱼鱿，毋伤网罟，遇有破损，即时修理，以备再用。上岸后众人都至伯禹处禀报，伯禹命坐。

冯迟抬头见海生成父子随三奇师徒进入，即起立向伯禹引见。伯禹道："你父子来此之事，已向有鬲君谈及，待治了兖、青二州之水后，届时去留由你父子决定。"海生成谢过。当下伯禹细听了冯、江兄弟，禹强，三奇等所禀情况，言道："胡苏河海口之治足证网罟防妖之法有效，所余七河都可依此法施为，使九河都治。为此当多备大网，常补破损，不要缺少。三奇师徒、海家父子专务海中巡视，如有意外情况，及早提出对策。其余各部按原计划行事，务求半年内疏毕九河。"

禹强回营后与庚辰商议，将所部一分为二，禹强率朱虎、童律专防冯氏兄弟上四河；庚辰率熊罴、章亥、竖亥专防江氏兄弟下五河，分头防御，互通信讯。三奇师徒、海家父子共处一帐，总管九河，平日驾舟巡视渤海湾，遇到冯、江两地河海通流之日，集中与大船相傍，注视河口海下网罟布置及海怪进犯作恶情状，以保卫网罟完整和防止海怪意外入侵等事。并请乌木由观察气象，以定海情。

因为部署得当，防治有效，各河治理较为顺手，余下七河在三个月内顺利浚治入海。又经两个月整治平原，使有鬲一地彻底改变面貌。经开掘沟洫畎渠之后水退地干，大批可耕之地显露。近坡之民已挥耜耨开耕，扶耒耜垦殖。有鬲之民称伯禹治水为布德之人，有德之治。有些耆老见有鬲一片德气，遂呼有鬲为有德，后人称有鬲之地为德州。

欲知后事，且听下回分解。

第二十一回　雷　泽

九河既导，伯禹命将卒休整数日。遣唐、有易、孤竹三地之民各归原邦。这日正聚众将议事。门下报称："有鬲君求见。"还没等伯禹说请，有鬲君已经进入道："邻邦有穷氏邦主急着要见伯禹，务求接见。"伯禹道："人在何处？"有鬲君道："就在门外。"伯禹起身迎接有穷氏邦主入厅坐下，询问道："邦主有何急事？慢慢细说。"

有穷君道："敝邑遭水灾多年，庶民苦不堪言，有心治水，限于环境和人力，劳而无功。今眼见伯禹治了有鬲水灾，邦内上下都催促要我恳求伯禹来救有穷。"

伯禹道："邦主说人力不足，可以理解，但这环境不知有何特别之处？"

有穷君道："我邦之南是有仍邦，两邦之间有一片很大的湖面，周围数百里，大水茫茫，荒草萋萋，无人居住，古时只称大湖，现名叫雷泽，我邦水灾主要源于此泽。大泽之中有一山，虽不甚高却峻险，林木覆盖，不见真实山容，唯见山梁矗露，我们称此山为梁山，又别称良山。梁山四周港汊纷繁，水道歧出，水很深，鱼虾也多。我邦土地不多，也靠泽中捕鱼补充。可是泽中多龙，四脚五爪，短尾巨嘴，全身鳞甲，常闭双目，身长丈余，通体青黑，性凶残，以鱼虾为食，也食人畜，所以黎民不敢孤身深入大泽。去则聚众数百始敢往，至则登梁山以为营。夜宿梁山之上，昼则聚泽中而渔，一年数次而已。这泽实不知有多大。但每年春夏之际，泽中雷声殷殷，入夜尤甚，并见波浪翻滚，其水如沸。黎民传言这是雷神发怒，故发雷声。所以称此泽为雷泽，也有称雷夏泽。民形容雷神是龙身人颊，鼓其腹则发雷声，水中常有所见，民见则顶礼膜拜，求其保佑。"

应龙问道："雷泽四周可有大的河流？"

有穷君道："泽之北岸细流众多，其大者称沮水，原汇众流入济水，洪水泛滥后，沮水淤，细流乱，水潴于泽，为害至今。泽的出口除我邦外，有仍邦也可能有。"

伯益道："听君所言，治有穷水害，当先治雷泽，而要治雷泽，还应联合有仍共同协力才行。"有穷氏道："伯益明鉴，在下之意，正是如此。"

伯益顾伯禹道："为今之计，需前往有穷，既窥究南之水，复会有仍之君，共谋治水之计，才为上策。"伯禹点头称善。

当下约定五日后启程赴有穷，并请有穷氏约请有仍氏来会。复命玄龟做准备，先期随有穷君前往，择地建立大营。有穷君见伯禹调度有方，也知手下有众多异能之士，甚为敬畏，即刻返邦。

这里伯禹又命童律派乌木由前往大陆告知后稷："九河已导，大军已往兖南。"

话说伯禹带领众将士到了有穷，住入玄龟率众所建简易大营，离雷泽十余里。伯禹命人告知有穷君，待有仍君到达后共同会商治泽之事。

却说这几日无事，三奇师徒探望冯氏兄弟，约他们先到雷泽探察。冯氏兄弟也有此意，就同至大营禀明伯禹。伯禹同意，但嘱小心，免生意外。海家父子水性好，也带了同去，另带士卒二人。路上遍地泥泞，八人都跨泥橇而行。海家父子原本不会踏橇，因海娃与水珠同室，见了泥橇好奇，听水珠介绍泥橇用途，早就缠着水珠教导，趁空学会了乘骑之术，其父海生成见此橇果然为海滨实用之物，也跟着学会了。水珠就制作了两具，送与海家父子。这次随军来到有穷，自然随身携带，正好用上。八人边滑边看，前望水汽茫茫，苇草茂硕，四周荒凉无民，只闻鸟鸣之声。不一时到了大泽边沿。八人下橇远眺，果然好大水面。

三奇道："欲明情况必须深入泽中。"八人齐说正当一探。考虑泥橇及干粮不宜入水，商定冯脩带一卒留岸上高阜处观看，余六人入泽探测。三奇知冯迟及卒水性一般，要水珠随带泥橇一副，嘱必要时供冯迟二人浮游歇力用。六人入水后由三奇师徒领先，冯迟和卒居中，海家父子在后，鱼贯一线前进。泽底淤积很厚，浮泥没身，过了百丈，六人都下潜水底，贴浮泥向泽心前进。冯迟及一卒水性较差，只能在水面泳进，海家父子较好，多在水下潜泳，但也需不时上浮换气，得与冯迟联系。三奇师徒有水中换气本领，虽整日潜行水底，不必上升换气，故行速，但为保持相互联系，担心冯迟二人落单遇险，因此也缓缓潜行。六人前进至离岸约十里处，冯迟二人已感疲乏，游动越来越慢。水珠将木橇供他们借力，并由水珠牵橇而行。水珠水性极好，履水如平地，虽牵橇拉着二人也不甚费力。不多时已见高山露出水面，山上林木苍翠，灌木丛生，沿山岸水草挺长，蔓入水中。三奇道："此山当是有穷君所说的梁山了。"

离山一二里，水渐见浅，但仍有七八尺深浅。涯边水极清澈，底部水草茂密，微微摇曳，鱼虾游窜在草丛中，悠然自在。茂密的水草底部有灰黑色长条，像是山岩又像淤泥，众人不以为意。

珠儿心细，要众人暂缓近岸，自己潜至水底用手触摸这长条泥岩，并取出石克用力挑动。石克坚利，一触此物，珠儿即知此非山岩，亦非泥块。此物刚被石克刺入，突然翻滚猛窜，力大进速，水底搅起一片泥水。珠儿急速后游。三奇等五人见状也急返游后退。六人中一卒水性最差，转身动作迟缓，游在最后。

三奇等听得身后水中"啪啦"一响，急回头，只见身后一丈处一片血色，数条披甲怪物张开大口撕咬着士卒躯体，士卒手脚头躯已被撕裂。五人急速奋游返还，海家父子帮冯迟同游，三奇师徒断后，以防怪兽追袭。幸数条怪物正在争食已死士卒，没有追来。五人中四人共同帮着冯迟，迅速游至附近岸边上岸，总算逃出危险。稍息后就到原入水处与冯脩会合。冯脩见冯迟面色有异，且少了一名士卒，忙问所以。

冯迟连说好险。若不是珠儿心细探测这些怪物，一旦踏着这些怪物躯体，怕是都被怪物吃了。三奇道："今日虽丧失一名士卒，但也知道一些虚实，天色已晚，且回营再作商议。"当下七人携了衣物，乘橇回营。

次日一早，冯迟、三奇等到大营，正遇伯禹、伯益及诸将都在营中，冯迟将探泽之事详细作了禀报，伯禹及众将都听得心惊。伯禹道："未知此为何怪？"伯益沉思未言。伯禹视伯益道："伯益何所思？可否道其详？"伯益道："我也不知，但前日有穷君言其邦南有大泽，中有雷神，其形如龙，春夏之交，时发雷声。莫非就是此物。先师有言，龙有多种，其中有一曰鼍龙，身披鳞甲，坚硬难入，四足五爪，巨嘴利齿，大尾扁平，身长三丈，杀人食兽，凶猛异常，隆腹吐气，其声如雷，剥其皮以冒鼓，声闻十里。但我未见实物。今听冯迟所言之怪，符合当地黎民所称湖中有龙神、雷神，所以有叫雷泽的说法，还说雷声发于春末夏初，故又称雷夏泽，莫非此怪物就是先师所言之鼍龙？"

伯禹道："先师既有言，定不会错。"

三奇道："水府秘籍所载也有鼍龙之名，说此物冬蛰而春出，夏交而秋化。今当地黎民称春夏之交有雷声发自泽中，正是其发情交配之期，情发则鸣，情发则斗，其鸣则烈。今见泽中此鼍众多，群鸣则闻之如雷矣。"

众将道："伯益、三奇所言，相互可证，所谓雷声者必是泽中鼍龙群吼造成，故名雷泽。"

伯禹道："这解释合理，但怎么治它？今要治水，势先疏泽，疏泽必先治此鼍，大家说说办法？"

禹强道："水中多难用力，但有了九河射鱿的经验，我们可用弓箭射杀。选善射之卒，驾船往泽中搜杀，不过半月定可奏功。"

三奇道："鼍与鱿不同，全身硬鳞如铠甲，弓箭不入，恐难杀之。"禹强道："如之奈何？"冯脩道："不能杀则避之，以网罟隔避，只要不妨及治水，不杀也罢。"海生成道："鼍龙又多又大，比大鱿重多了，网罟之力有限，恐难阻止群鼍攻击。"

伯益道："先师既言其皮可以冒鼓，则定可开剥，但不知其柔软之处在于何位？若能知其柔软部位，定可杀之。"

珠儿道："伯益说得极是，我家乡具区土龙，也披鳞甲，但其腹下、颈下、颌下都是柔软部位，弓箭刀枪可入。只是它们常伏在岸涯，俯游水中，腹下不易显露，杀它很难。"禹强道："鼍有翻肚朝天时候吗？"

伯益笑道："未之闻也。"禹强道："难道就杀它不了？"珠儿道："也可杀它。"

禹强笑道："珠儿快说。"珠儿道："还记得九河杀鱿防鱿办法吗？"禹强道："怎么不知，网罟阻之，利刃刺之。"

冯迟道："吾知矣，珠儿之意莫非也用网罟阻拦，使鼍龙爬网而露其腹，然后杀之。"珠儿道："正是此意。"禹强拍拍脑袋道："我怎没想到！这办法好。"

珠儿道："禹叔除选善射士卒外，更需选会水善刺之卒。鼍龙爬网，露出水面的以弓箭射之，没在水下的用尖枪利刃刺之，鼍就会肚破肠流而死。而且比杀鱿还容易，鱿有长长八足，人难近网边；鼍只四只短脚，人可以近网而刺中其要害，置其死命。"禹强笑道："还是珠儿说得明白。"

宋无忌道："刚才冯迟说梁山周围，泽涯沿岸，芦苇杂草密布，鼍龙伏在苇草中不易发现，何不用火除去苇草，驱鼍入水而后除之。"伯益道："无忌之言有理。"

于是伯禹下令，由方道彰协助无忌准备火烧泽涯及梁山芦苇杂草，由玄龟、冯脩等整理补充网罟、船只。命禹强、庚辰、朱虎、熊黑等将精选会水善刺之卒，就地训练，准备治鼍。三奇插话道："江部手下有三百水卒可用。"伯禹道："就请三奇师徒、海家父子协助训练，指明鼍龙要害部位。"命应龙、太章、童律、乌木由、两亥兄弟准备勘察雷泽周围地形，寻觅水流河道出入之径，以疏雷泽。冯江两部先准备工具，等应龙图出就动手。

伯禹部署完后问伯益道："伯益有何补充？"伯益道："应龙等勘察之事，还须请有穷、有仍两君协助。"伯禹点头。

营外来报，有穷、有仍两君求见。伯禹大喜，即偕伯益率众将出迎，入帐坐定后，伯禹道："正候两君前来定策呢。"有穷君道："来迟一步，还望恕罪。"有仍君道："为寻找洪水来前旧有水道图，故而耽搁，累二位贤伯及众位将军久候了。"

伯禹道："正想听两君高见。"有仍君道："我邦处河、济之间，与徐比邻，地卑土湿，水多潴留。境内有主河两条，称为沮水、灉水，细流集于此两河后从北和南二方泄出，北通于济水，经济水入海；东南入于泗水而往徐州入海。民耕此卑湿之地为生，勉强可以温饱。洪灾来后，济、泗之水都满溢，有仍遍地泛水，低地成大泽，沮、灉二河没在水中，已看不见河道，沟渠尽没，民苦于水，食不果腹。我有治水之愿，奈邦微力寡，财匮谋少，至今苦害。今贤伯奉帝命率智能之士及大军来治，黎民雀跃欢欣，都说出头有日了，只等贤伯命令。"

伯禹道："治水能得二君之助，定能成功。现正要请教一事，望能明告。"

有仍君道："愿闻其详。"伯禹道："雷泽水面大，潴水多，要去潴，必先导流，从何处入手，方能事半功倍？今听君言原有沮、灉两水通济通泗，是泄水之道，可否告旧道之始末，以便疏浚以去积潴？"

有仍氏道："两水都源于西，入菏泽经两水而达济、泗，原河道虽在，但今已没在水下了。"

伯益道："沮、灉既通济、泗，何至停流？"

有仍君面现愧色道："沮灉之塞非一日，起始小阻，见其能流，不以为意，因循未治，直至断流。后阻塞已重，小国寡民已无力兴治，终成大泽，至今河道没于泽中，回天无力矣。"

伯益叹道："先师有言，大乱生于未兆，故治之于未乱，谋之于兆初，行之善也，此先知之士,谓之道,信然也。"

伯禹道:"治之于未兆,圣者之行;既乱而速治,未为晚;乱既成治之虽难,但能治而成功亦善;若见乱不治,养痈遗患,是不作为,养恶之人,宜加惩罚;若蓄意制乱,乘乱虐民,乱中取利的,这是民之虻,国之贼,宜诛杀勿赦,以儆凶恶。"

有仍君道:"伯禹所论极是,敝国有此大泽实是见乱不治之过,成此过失的,是我轻信误听造成,想起来就心痛,真是悔恨。"

伯益道:"因何轻信误听,愿闻其故,不知肯见告否?"有仍君长叹一声流下了眼泪。

要知有仍君为何流泪,且听下回分解。

第二十二回　除鼋

却说伯禹见有仍君流泪，劝慰道："邦主不必伤心，慢慢说来。"

有仍君道："五年前，这里虽已成泽，但面积不大，入济、泗通道未阻，我邦正在通力疏导沮、灉。那年水伯府来了共伯亲信相柳，此人能说善道，巧舌如簧，在宴饮席上指责有仍治水方略有误。我问其故，相柳道，有仍成泽是有仍之福。我问福从何来。相柳道：'有仍是卑湿之地，稼禾难长，民食艰难，人畜不旺，这是地所害，要因地制宜，利用卑地，蓄水养鱼，鱼必兴旺。既可免耕耘之劳，又可得鱼羹美食，必人畜兴旺。有仍由此而兴，君侯可坐享其成，岂不是好。'我听这话也有道理，就动了心。当时他从水袋中取出长约尺许、带鳞甲的浅黄怪鱼八尾，称此鱼是穿水甲，是鱼中珍品，肉味鲜美，皮珍贵，性温顺，容易养育，不出两年有仍可以民足衣食而邦享盛誉。我当时敬他是水府名人，共伯亲信，必定言之有理，十分信他，即命人将此怪鱼放入泽中。孰料一年之后，所谓穿水甲果然长大，但形状可怕，面目狰狞，血盆大嘴，累吞畜禽，民不敢近。开始数量不多，危害不大，只是偶尔上岸偷食，故未引起关注。近年繁育已近数百条，时出伤人畜，治水之民不敢出工，自此沮灉旧道日壅，通泗济水道遂塞，雷泽之水日大。更可恨的是水愈大则此物愈孳繁，五年过去，已超千条，泽中鱼虾尽为此物口食，食鱼不足又上岸伤害人畜，伤民无数，民畏之如神，更不敢捕食。现在民众连泽边也不敢去了。我深悔当年轻信相柳之言，造成今日恶果。利无一分，害有百端，相柳之恶，至今难忘。"

伯禹及诸将听后无不愤相柳之恶而叹有仍君轻信。

伯益道："相柳之所以敢作恶，除其邪恶本性外，也受共伯之命。共伯、相柳是想永掌水府之权，令水害无人能治，他们就可为所欲为。当今之世公心渐退，私欲渐兴，权重者辄以权谋私，以害黎民。若共伯、相柳之辈是其尤恶者，我深以这种趋势担忧。唯愿帝心仁厚，扬善抑恶，为黎民造福，只恐大势难逆，私欲难止耶！"

伯禹点头道："伯益所言，使人惊醒，我等都要警惕，公心在先，多为民着想，造福于后代。"

伯禹对有仍君道："你来时我们正在议治泽之事，望君侯配合。"

有仍君道："为赎我轻信之过，只要能治水保黎民安康，愿听贤伯调遣，全邦之民都可调动，只望贤伯定计，无不从命。"伯禹将初定治策详告有仍君，有仍君大喜称谢。

伯禹就命应龙、童律等随有仍君前往，勘明入泽水源及沮、灉入济、泗旧道，待勘明后即开始疏浚。并嘱有仍君将治理方法明告黎民，请当地众民齐心协力疏通入济、泗之旧道，一旦布网阻鼍之工完成，就可开工，以平雷泽潴水。有仍君一一答应，告别而去。

却说玄龟、冯脩等很快将网罟、船只准备齐全，禹强、庚辰、三奇等也训练了入水士卒，只等伯禹下令。

这日伯禹正和伯益议论沮、灉旧道之事，童律前来禀报道："应龙已查明入泽水道与沮、灉入济、泗旧道，雷泽之水都来自西边菏泽，出路主要是两处，原来的沮河主要东入泗，原来的灉河先东后折北入济。两河都汇于巨野后分别东入泗、北入济，巨野是泄泽水主要地方。应龙用堵塞入口，疏通沮、灉出口办法，已测量成图，并与有仍君商定，集治河黎民三千人，自备器具。民正意气风发待命出发，只等大军前来会合。"

次日伯禹召集众将，命禹强率士卒一千，总管水上布网和水中刺鼍诸事，庚辰、朱虎、熊罴以船布网为主，开工前完成；三奇师徒、海家父子以水中刺鼍为主。布网在浚河开工前完成，务求凶鼍一条不入。令冯迟、江兄弟四将率所部去泽东，按应龙所绘图施工，江氏兄弟开挖沮河，冯氏兄弟开挖灉河。两河出口重点都在雷泽东南巨野一带。命童律告知有仍君将已集合的民众去泽西堵塞菏泽入雷泽水道，并告知他冯、江两部已去泽西施工。命太章通知有穷君出民工五百人，去堵塞济水支流入雷泽的散流，再出五百人去协助冯、江两部士卒。浚河之事由应龙统一协调，童律、乌木由、两亥等协助并司往来联络通达情报之任。众将应命各赴其所。

禹强领了伯禹之命，与庚辰、三奇等商议次日开赴大泽。三奇对禹强道："现大营离雷泽有十余里路程，往返颇费工夫，又不方便。若按伯禹要求不许一条鼍龙靠近工地，白天犹可，夜间怎么办？必须昼夜值班巡视，方保无虞。可夜间巡视需要换防，方能专注精力防鼍，往返大营费时而又不便。"庚辰也认为确需斟酌。

禹强道："在雷泽边建立临时营地如何？"三奇道："上次探泽，雷泽中有座梁山，梁山周围正是鼍龙聚集栖憩之地，我等既为歼鼍而至，就要靠近鼍龙，何不就到梁山建立营地。梁山至泄水口巨野工地较近，而且顺水。我们在河口布网，网在泽内，船只往返方便，更有利于布网刺鼍，你们以为如何？"

禹强、庚辰都称好，于是禀明伯禹，增添建营用具，驾起大船百艘，驶至梁山南坡涯边。

时在五月，正是鼍龙交配之期，鼍龙扎堆聚集，吼声不断。涯边坡上尽是鼍龙，船近涯边，下船无插足之地。禹强是陆地之将，没有行船泊岸本事，急问三奇，何计可以驱散群鼍，让士卒上岸。三奇知鼍是水中之兽，不能久离水面，离水面一丈之外，少有鼍龙踪迹。对禹强道："多挑勇健能跃之卒，借船上篙竿弹力，跃至离水丈余山坡上落脚，然后一面火烧芦苇，一面搬梁山上大石块猛击群鼍，群鼍必惧而入水。我们就可在涯边筑成泊船埠头上岸。"

禹强道："这个容易，士卒大多勇健善跃，居高临下跃进一丈以外不成问题。"就传令各船，避开群鼋聚集之处，挑鼋稀处，用篙竿弹力跃上离水面一丈外之山坡地落脚，然后燃苇掷石驱群鼋入水。传令后禹强即手抓一支长篙，一跃上岸，挺立于离岸一丈之外的山坡上。庚辰、朱虎、熊黑等相继飞跃登岸。各船士卒见主将已跃至岸上，都踊跃上岸，未见落入鼋群之卒。

登岸之卒在禹强指挥下一面放火烧苇，一面觅巨石下击群鼋，鼋群惧火，大都退入水中。有些鼋仍逗留不肯入水的，巨石随之砸下。鼋甲虽硬，也挡不住巨石之力，击中的都血肉模糊，有的当场死亡，有的甲裂爪断半死不活，群鼋大乱，纷纷逃避。众士卒边击边进，将残留岸上的鼋一一击毙。不多时岸上群鼋不见影踪，还在船上的将卒就将船泊岸而上。禹强三奇等一面在朝南向阳山坡指挥士卒搭建营帐，一面组织士卒尽烧涯边芒苇杂草，清理岸涯，以免鼋龙栖息，至晚方毕。

上岸一役不但消灭了许多鼋龙，顺利登岸，而且消除了士卒畏鼋之心。看到鼋龙也是血肉之躯，并非神物，可以击杀，可以驱除，大涨了士卒士气。

次日一早，禹强、三奇等会商出船事宜，禹强道："泽面广阔，何处布网？"庚辰道："全面围拦，恐船网不足，只能择要而布。"三奇道："按应龙选定灉、沮二水出处都在巨野，巨野在梁山之南，我等船网当布在民卒开挖处。"

珠儿道："要使鼋龙一条不入于开工处，必须网设三重，外层拒鼋在泽中，里层围在民工士卒浚掘处，里外层之间再设一层，主要防外层漏网或破网而入之鼋。外层与中层之间多派水卒以刺挂网之鼋及少数漏网破网而入之鼋。中层与里层之间要选水性好的水卒，往来巡游，以防再次漏网破网之鼋，一旦发现，即在水中刺杀。里层与施工之地部署少数水卒，以防万一，这样就更安全。"禹强、三奇等都点头称善。

会上议定由庚辰率士卒以船布外层之网，并杀外层网上露出水面之鼋，外中层水中由三奇率水卒把守。朱虎率卒布中层之网，并杀中层露出水面之鼋，中里层水中由水珠率少数水卒巡逻把守刺杀。里层由熊黑布网杀鼋，海生成父子与会水士卒巡游于河口，如有鼋龙踪迹，除全力围歼和防止伤及治水民卒外，及时发出警示，既告示治水民卒注意安全，又可使珠儿闻警进入里层协助杀鼋。禹强除统驭全局外，并率弓箭手巡视于河口工地，及时协助救援，决心使治水浚河民卒不受伤害。部署之后，各队率船进入布网治鼋地点。

却说三奇随庚辰大船先至大泽南岸照会了冯迟、江妃等民卒，以巨野施工地为中心，网罟从工地两端各一里处下桩布网，绵延二十余里，中间凸向泽心，形成巨大的弧形外层网区。中层、里层各依次立桩布成弧状之网，每层之间相距间隙各丈余。三奇对庚辰道："鼋龙体重惊人，外层网罟单层难承其重，容易断裂，何不再加一层，好在网罟准备充足，以免临时断网措手不及。"庚辰就令结成双层后沉水。

此时正当夏季，鼍龙交配期未尽，部分犹在觅偶交尾，而交尾早的雌鼍都在涯边岸坡觅产卵之地，故多聚集于梁山涯岸及大泽岸边，泽中游鼍较少。

数日后，由工地两端至泽心已布了三层拦鼍网，除两端立桩岸上，网系桩柱后入水，其余都由大船为桩，牵牢网绳。为防鼍沉重，外层各船间距不超过五丈，另有后备船网，何处网重就往何处补挂。三层防鼍网布挂完成后，开挖濉、沮旧河道工程立即开始。甲乙、段干等兄弟率士卒众民数千人，按应龙所定线路，各展神通，全力开出水通道。岸上水边喧声震天，河口水势浑浊。

施工处偶见少数鼍龙，有的被士卒敲死，有的不敢上岸，施工地段不见了鼍龙踪影。众民工仗着人多势众，也不再害怕。几个年长老成的虽有些嘀咕，怕鼍群大批到来，只因上有所命，并有伯禹大军在此，勉强随众施工，其实心中害怕，有些前瞻后顾，恐有不测。

施工进入第三天，浊水已远簸泽中，许多雄性鼍龙嗅着气味，与待产雌鼍游向工地，将近工地就触及了外层网罟，被阻于网外。鼍龙终究是畜生，不知这网是要它性命的，只顾顺网眼上爬。淡白色咽、颈、腹部显露在网眼上。鼍多体重，网垂船沉，有的鼍已探头于网纲之上，胆大的还向船舷爬来。船上士卒大呼鼍来了，庚辰急命士卒把稳船体，命士卒以硬棍狠击探头爬舷之鼍，鼍头鼍甲虽坚，但总是血肉之躯，禁不住贴近的硬木棍狠命捶击，早已头破血流，鳞甲绽开，或死或伤落水下去。

在外层水卒都紧握尖锐骨镞枪矛，朝挂在网眼上的鼍龙咽喉、腹部猛刺。这些都是柔软部位，枪矛猛扎，应手而入，入咽者鲜血喷射，入腹者砰然有声，肠血迸出。受伤之鼍纷纷落网，沉于水底。鼍大者，两三人合力而刺，肚破肠出，立即死亡。但来鼍众多，前面落水，后鼍又至，众士卒不时出水换气，复入水刺鼍。

三奇并不于网前刺鼍，只反复巡游，观察有否漏网进来的鼍和调度士卒到位在鼍密之处。

从早到晚士卒轮番上船休息和进食饮水，再入水中刺杀战斗，一天下来已刺杀凶鼍上百条，直到天色已晚，鼍退人疲。鼍之性夜伏晨出，五更方动。三奇为防意外，留少数水卒巡视，嘱如见网眼上现白色者即刺之，不可大意。多数水卒上船歇息，以便次日再战。

珠儿生有异禀，不但水中可视数丈之远，还能在水中夜视，夜间水中视物如同白昼。

由于外层防鼍有力，并无逸鼍进入中层，故三奇调珠儿到外层协助夜间巡视。这日中层虽无外层漏网之鼍进入，但遇到了三条雌鼍进入。原来三条雌鼍在岸上产卵后从木桩外缘爬入中层水域，士卒一时未见，雌鼍竟爬挂在中层网上。幸珠儿眼尖，急率水卒，奋力刺杀了这三条雌鼍。禺强闻报后，急拨数十名士卒守卫木桩周围，以防再有产卵之鼍爬入里外三层水域。

当日天晚，里层也惊了一次，原来也有一条雌鼍在产卵后从岸边爬进里层。那巨大的雌鼍蠢蠢爬行在堤岸之上，民工见了无不大惊，纷纷弃械而逃。幸好海生成父子正在巡视，听得岸上民工惊呼，急忙赶来，见大鼍正爬行于堤上，张了大嘴在作威。海家父子在梁山上岸时见过阵仗，知鼍在岸上可用巨石木棒击杀，于是呼唤几个胆大民工共同举巨石合力击向雌鼍。海家父子手执鱼叉眈视于旁。一阵巨石击向雌鼍后，有一块正中其身，断了一足，海生成父子即上前用鱼叉直插鼍身，又中其口，叉入土中，民工见鼍被钉住，胆也大了，再举巨石击毙了雌鼍。众民工见鼍可击杀，并非平日所传之神，敬畏害怕之心渐消。此后里层再未见鼍龙，民工都放了心，齐赞海家父子为英雄，更加奋力于浚治河道。

　　却说伯禹与伯益这日午后乘船察看庚辰、三奇等奋力杀鼍情景，只见水面漂红，死鼍无数。当晚，三奇率众卒上船歇息，见伯禹、伯益到来，上前问安，详细说了网内外除鼍情况，当听到夜间亦须派卒下水，并调珠儿协助巡逻之事，伯禹点头。

　　这时，珠儿也来了，伯禹从怀中取出一物交与珠儿道："持此可助你剿夜间之鼍。"珠儿接来与三奇、庚辰同看，只见此物形体不大，可握在掌中。触手温润，是一块美玉。玉体苍白相间，苍色的是一龟，昂首挺足，神态灵活，头上嵌着两颗鲜红眼珠，神气非凡。白色的是一蛇，缠绕在龟身上，蛇身通体玉色微翠，头与龟首并列，也嵌着两颗眼珠，其色墨黑，发出暗光。蛇口露出一截红信，光泽可爱。龟蛇二尾相交，融为一体。两尾缠绕之间有一小洞，穿着一条似丝线绦。此玉通体润泽光滑，透着隐光。三人细观知为非凡宝物，但不知何能治鼍，都抬头看着伯禹。

　　欲知伯禹说出什么话来，且听下回分解。

第二十三回　灵　珠

伯禹道："此玉是天生珍物，虽黑白红翠分明，却都是天然生成的同一块宝石，经巧匠雕琢而成，只不知为何方神仙有此手段。这是祖传之物，只闻传言能辟水中诸邪，照射水中诸物。名叫玉蛇玄龟灵珠。说是稀世珍宝，但观其外形不过一块润玉而已，并无异能，传言的真实神效，我却没有见过，祖上亦未详述。母因我奉帝命治水四方，怕有灾难，要我佩在身上，说不慎落水，妖异不敢侵犯，可以护身。慈母所赐，不敢违命，故始终佩在身上，作为怀念慈母之用。今珠儿夜间入水防鼍，恐遇凶险，可携此宝珠入水，在夜间水中或能显露其异。若有显露，既可以防护躯体，也可以验其神奇所在，胜于我空佩于身。"

珠儿连忙拜谢道："多谢伯禹关怀水珠，只是如此贵重宝物，万一闪失，水珠吃罪不起。"

伯禹笑道："我知你聪慧又谨慎，岂会闪失。万一遗落，也不怪你，宝玉虽贵重，总是身外之物，岂能重物轻人。我只要你能探明此物神在何处，虽有闪失也不怪你。"珠儿只得受了。

三奇见伯禹出此宝物交与珠儿，也有点不放心，就禀明伯禹，愿与珠儿一同下水夜巡，以观其神。伯禹笑而点头。珠儿见师父同往，也就宽心多了。于是将丝绦理好，套入颈项，藏玉于怀，贴在心窝处，顿感触体温润，身心俱安。

当晚师徒二人饱餐后辞别伯禹，庚辰率数名水卒钻入水中，缓缓巡视。时已过戌时，将近亥时，当晚星月无光，水中一片漆黑，珠儿小心地摸出灵珠。刚出衣襟，即见一团红光从龟身中透出，笼罩住珠儿全身，把珠儿裹在红光之中。余光所照，还有丈余。红光所及，水中鱼虾毕现，纷纷躲离红光之外。三奇及水卒只见珠儿在红光中，纤毫可见，犹如天神，无不惊奇。正在大家惊奇之际，珠儿掌中灵珠突然激射出三道耀眼强光，蛇眼射出两道白光，蛇信射出一道红光，这三道强光远射十丈外正爬在网上的几条雄鼍，这几条雄鼍为觅配偶，正夜间游动挂网。众人听得这几条鼍龙同时一声雷鸣般吼叫，从网上跌落，在水中翻滚，还狂乱地摇头摆尾，状如疯癫，未知何故。其中一条，头钻在网眼内，急遽间退缩不出，在网眼中抖动。

珠儿、三奇等逼近网眼察看，此鼍已奄奄一息，垂头低脑微微抖动。三奇托起鼍头，只见此鼍二目迸裂，脑浆混着血水，从两眼间不断流出，随即死亡。原来灵珠所发激光专伤妖物双目，并贯及脑部，十分厉害。珠儿低头观看灵珠，射鼍之后，光即收敛不见。原来这珠光是见怪则发,无怪则敛的除妖利器。

　　三奇、珠儿见此珠神奇,无不大喜,众人护着珠儿循网巡游。巡游所及凡遇鼍及特大水中怪物,珠即射光。光出鼍死怪亡,旋即敛光。小鱼小虾无害于人者,珠光不现,因龟体红光足使鱼虾远避,无须蛇眼蛇信之光。龟蛇二物相互作用,就会护人除妖。龟光近而围大,蛇光锐而射远,就可使十丈之内诸邪尽辟,真是黑夜浑水中护身除怪之至宝。

　　珠儿持灵珠巡游中,感知龟体红光是龟的双目所出,润及全身。玉龟入水变色,初入由苍色变暗红,入水愈深,其体愈红,水浅则红消苍生,出水则通体苍色,红光收敛不见。所以在陆地是一苍龟,入深水方能见到奇异。蛇之激光也如龟光,入水则显,出水则消。此灵珠的灵奇至此方知。

　　当晚巡视数周后,诸怪消失。天时将明,大批士卒纷纷入水巡视,珠儿等返船休息。伯禹、伯益这晚宿在船上,正候珠儿消息。晨起见珠儿已返,餐后,珠儿就将灵珠夜间在水中奇异特点一一禀告伯禹知晓,随将灵珠呈还道:"幸未丢失,特归还伯禹。"

　　伯禹听后喜道:"今珠儿、三奇二人已验明其神奇,为我解了疑惑。灵珠既有此能,存我处埋没其用,不如仍由珠儿使用,有益于治水驱妖,不必忙于归还。只要小心不要入坏人之手即可。"珠儿只得仍放置怀中,贴心而藏。

　　伯禹、伯益及随行方、宋等随即驾船至南岸视察疏导工程,与庚辰、三奇师徒别过。

　　伯禹登上南岸,缓步数里,沿途见肩挑车运民工络绎不断,又数里而至开掘处。见黑压压人头攒动,棍棒如林,枕锹飞扬,河道已见端倪。远见应龙左手持长竿,右手握玉简,口道手点,正与冯迟等商议筹划。伯禹等上前去相见,冯脩眼尖,急道:"伯禹来了。"应龙、冯迟等上前迎见伯禹。冯迟道:"且去营中方好禀报。"就引路至临河搭建的简易茅屋中。伯禹等坐定后说:"众将卒辛劳,治河有成,功留有仍矣。"冯迟道:"帝所命,伯所策,民所盼,我等何敢居功。"

　　伯禹问道:"浚掘可顺利?"应龙道:"一是防鼍得力,民工心安,专力浚掘流济泗通道以泄雷泽潴水,此民所企盼,故人人奋力;二是冯部士卒久治水道,又有甲乙等人率领,民卒工效都高。开工不过数日,已浚旧道三里。以此推论,一月之内可望挖通。"伯禹点头,在冯营劳动五天。

　　五日后伯禹离冯营去江氏兄弟工地,时将入秋,天气凉而无雨,沿路见芦花飘白,荒草没胫,泥泞积水遍野,高阜之上偶见泥屋,颇感萧条。伯禹叹道:"素闻兖州是富庶之地,今受洪灾摧残,竟至凋敝,诚可惜也。"伯益道:"兖州土原膏腴,民复强健,历来粮食多产,民居甚安,只缘山少地卑,受洪灾特重,民遂困苦。今治洪于兖南,不日水退地复,民苏可待,伯禹无须过虑。"宋无忌道:"今遍地芦苇茅蒿,耕作困难,水退之后,宜先焚苇蒿野草,土可肥,地可耕,丰熟将倍于昔日。"方道彰道:"天道往复，大灾之后，将有余福。"众人边说边走，很快到了江妃工地。江妃向伯禹禀报道："民卒异常努力，一月之内可以完工。"伯禹在江部住了三日，乘船渡雷泽北上梁山。

到梁山时已傍晚，天晴无雨，涯岸芦苇已焚，一望无垠。岸上可见众多士卒挥锄掏掘，时见弯腰拾圆卵入囊。正在山坡的熊罴见伯禹来到，忙迎接上岸。伯禹走近士卒处，见囊中盛着许多灰白色大蛋，转头问熊罴道："梁山何鸟而产此大蛋？"熊罴道："不是鸟蛋，是鼍卵，挖此卵以绝鼍之滋生繁衍。"伯禹点头入营中，对熊罴道："明日陪我等一览雷泽。"熊罴领命即去准备船只。

当晚月升东方，风从水来，已闻秋虫唧唧，气候凉爽。饭后伯禹和伯益、宋、方等漫步于泽边山坡，至一空旷地坐下。伯禹道："日前曾谈到天道人道，我思而有感，今晚愿与诸君再说说我的想法。先说天道，风削高山，土填谷壑，天行均，是谓道。然天道非一道，不是一于均。以水而论，我们都见了沧海，海汇天下之水，这里水有余；高山峻岭，黄土高原水常不足，然水都流归大海，大海之水没有流向高山，何故？这是水性向下造成的。水从山上向下流入海，这不是损不足以奉有余吗？高山岭土缺水而大海有余，非均也，能说这不是天道吗？不。水向低处流是水之性，即自然之性，合自然之性者即天道，故天道未必都是损有余补不足也，也有损不足而奉有余的。自然之道是物之理也，顺物之性方是天道，逆物之性谓之悖，悖则非道。我们治洪水，疏洪泄流，岂非损有余？水退地露而民得耕而解困，岂非奉不足？治水解民困是损有余而奉不足，不是损不足以奉有余。治水是人道。人道如天道，也以顺性为至治。天道是顺物之性，人道是顺人之性，这就是'道'。"

伯益肃然起敬道："说得明白。"宋无忌道："伯禹之论固是，但我有一事不明。"伯禹道："愿闻其事。"无忌道："鼍是自然之物，食人畜是其本性。若说顺物之性为天道，逆物之性为悖理而曰非道，则我军民杀鼍，岂非逆物之性而为非道？"

伯禹道："无忌问得好，但你要知'道'乃宏论，对天下诸物都无私而一视同仁，以道观之，鼍与民都是天下物，都欲其生。但因环境条件而致有余不足，则当削有余而补不足。今兖南之地水多鼍众，都是有余之物；而民缺食少地，是不足之征，我军民泄水杀鼍正是损有余以奉补民食之不足，此合于天道。"

伯益道："鼍之性食人畜，人之性食五谷还食牲畜，各以其性而竞争于自然之中，不可以一物之性而论天道，伯禹之言是也。"四人论之半夜方寝。

次日，禹强、童律二人至梁山，陪伴伯禹巡视雷泽。雷泽四望寥廓，极目而视，漪涟满目。泽的四边水不深，可见底，离岸数丈水中有长长杂草，幽邃难测，累见水草晃摇，有物移动。伯禹在巡视中见上千鼍尸在水面漂移，形状丑陋。伯益道："鼍皮坚韧，可以制甲，可以冒鼓，何不收而用之？弃珍物而污泽面，不合于理，不如收之。"伯禹称善，禹强听到即告诉熊罴，命士卒捞取后剥其皮，晾干制甲待用。伯禹乘船遍历四周，就暂住梁山，观泽水之泄。

光阴荏苒，转眼二十余日，这日晨起，伯禹令童律往探工地。三日后童律回报："灉、沮二水旧道已通，再过几日，冯、江两部就可掘开济、泗阻塞。"伯禹甚喜，命禹强前往巨野统领全局，自己与伯益、方、宋等仍留梁山。

又过了几日，这日起来，熊黑来报："泽水已动，都趋东南向流，涯边已水低土露，汀渚显，水草卧了。"伯禹即同伯益、宋无忌、方道彰等登土阜，只见雷泽水波不兴，而水面叶萍都缓缓向东南漂去。伯益道："灉、沮水道通了。"方、宋二人面现喜色。四人站立多时，方回帐中。

伯禹道："灉、沮既通，泽水将缩，有穷、有仍之耕可复，民可有食安居。兖州治后，我们要想下一步治哪里了。"

伯益道："兖南之水经济水而东入海，经泗水而南入淮。淮水是四渎之一，现在不知那里水灾如何？兖南水流入淮，是否加重了那里灾害，心中无数，如果加重了，这就不好。淮水属徐州，治了兖州害了徐州，心中不安。所以治兖之后理当赴淮，有灾快治。但兖州之东是青州，其地海滨，是济水入海之地，不知有无水灾，青州离这里很近，何不往察。如青州水道通畅，我们就可放心治淮，而无东顾之忧了。"

宋无忌道："天下地势，倾于东南，青州居天下之东隅，东道通则天下畅，青州不可不察。且东莱之地既近海也有高山，岱宗沂鲁高耸其间，难保其水必畅通无阻，临兖察青，实为稳妥之计。"

伯益道："无忌之言有理，淮可在察青之后为之。再说雷泽淤泥一时难干，灉、沮旧道只初通，若不深挖灉、沮旧道，难保今后不再塞。只靠有仍民力，恐三五年难成，若再塞则前功尽弃了。治水大军何不帮助到底，续留数月，既助浚沮、灉旧道，又教会开掘畹亩、沟洫之法，使泽土速干早耕。"

伯禹道："伯益天人之心，此言良是，这是治水目的。至于下步到青州还是到徐州，且和诸将商议再定。"

又经数日，雷泽之水已泄大半，泽中露出许多汀渚土阜，雷泽渐被分割。未死的鼍随流水潜入到泗水后入于淮，也有仍在浅水泥浆中爬行的。鱼虾龟鳖多翻滚盘旋在水草洼底，水少鱼多露背显尾于浅滩。又五日，泽中连片土阜地块出现，只有梁山周围仍一片汪洋。因梁山居雷泽中心，水深广，山周围鱼虾甚多，但鼍龙已无踪迹，因产卵季节已过，雄鼍不再聚集。当泽水东泄之时，多随水而去。雌鼍留待孵化幼鼍，时时爬上梁山涯边窥视，但一上坡就被守梁山士卒击毙，取皮而藏。鼍卵已被掘尽，不复有再生之鼍。此后黎民既恶鼍之凶，又知其皮可用，肉可食，故见鼍必捕杀，鼍竟绝迹。梁山水泊成了鱼虾之乡。

伯禹见泽水日浅，知兖南之治将成，就与伯益、道彰、无忌等人动身赴巨野。命熊黑整理行装，离了梁山营寨。将近巨野，已见水流湍急，波涛起伏，浪花飞扬之状。水中见有黑色巨物随波逐流者，都是鼍。两岸黎民用长竿钩住鼍体，拉近岸边，集体用巨石击杀，剥其皮，取其肉。原来黎民知鼍非神，可杀可食，其皮可用。所以仿士卒之法,杀鼍取其皮肉,泄多年受害之恨。

冯迟见伯禹到来,即迎入帐中,伯禹命冯迟派人通知禹强、朱虎、童律、三奇师徒、江氏兄弟等于五日后至巨野议事。

五日后,诸将都到冯迟营中。伯禹道:"雷泽大功将成,现在须议下步了,我与伯益、方、宋几人议论后,提出三种选择:一是东治青州,二是南下治徐淮,三是继续留有仍开垦土地,诸君意见如何?"诸将议论纷纷,莫衷一是。童律道:"伯禹主见如何?"伯禹道:"我最担心的是徐淮,这里的水流入徐淮,是否加重了那里灾害,很不放心!但察看青州和这里浍畹也要紧,心中决定不下。"

三奇笑道:"齐头并进如何?"禹强道:"怎么并进?"三奇道:"主力南下,分一部去兖州,留些人帮这里。"禹强笑了,说道:"倒是个好办法。"众人也说好。伯禹和伯益商议了一下道:"既都赞成,作这样安排:江氏兄弟率部去青州,如有重大阻塞的即行疏治,如无灾害,就南下赴徐淮;两亥兄弟同去,可及时与大营联络。请童律、太章、庚辰三位先去徐淮探察水情,并选择今后治淮营地,一月为期,如情况紧急,应立即来报。其余人暂留有仍,助他们治地,众意如何?"大家听后都觉合适,就分头准备。

会后,三奇知探淮三人都不会水,向伯禹要求和童律三人同去探测,伯禹同意了。不知青徐两州灾情如何,且待下回分解。

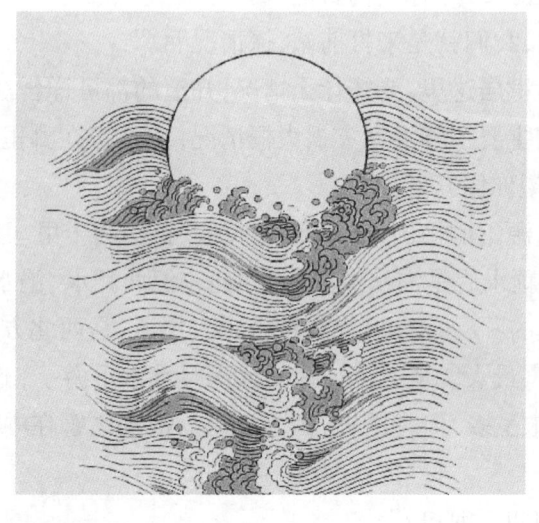

第二十四回　治淮前期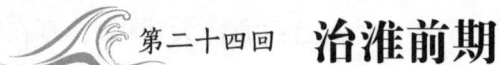

　　却说童律、三奇等五人向玄龟处要了一条木船，带上泥橇，从泗水顺流南下，还用油布当作风帆，借风使力，顺风顺水很快见到了一大泽面。童律瞭望四周后说："泽面说大不大，不知到了哪里了？"太章道："你看周边有没有人家，到有人处问下。"三奇道："听说徐淮东面连泽，我也不知哪个通淮水，是得找个当地老人问问才知。"童律细看后道："东面有炊烟。"珠儿就把船转东行驶，很快到边。

　　珠儿留下看船，四人上岸找了一家门口有数位老人坐着的房子，上前问询。室中一老者起身问："贵客哪里来，有何事情要我等帮助？"童律笑着上前自我介绍道："我们是伯禹手下，打算来徐淮察看水情，到这里迷了路，请问这是什么地方？去淮河怎么走？望老伯指点。"这老者听是伯禹手下人，大笑着拍了一下手道："我们三个老头正在说伯禹事哩，快请坐下说话。"四人坐下后，老者道："这里是有缗氏所管，邻近是有虞氏，我姓风，名平志，七十五岁。"指另二人说，"他们是兄弟，有虞人，姓姚，名浩天、浩江，都七十一岁，正在说伯禹近日治了九河、雷泽，水退可耕之事，这里族人正盼你们到来啊！你们何日能来？"

　　童律道："很快，我们就是来打前站，探情况啊。"

　　风老道："我等世居这里，要知什么情况，知道的都可详告。"

　　童律道："我们主要了解淮河灾祸大概情况，出水口在哪里？从这里去怎么走？大营设在哪里好？望你们三老指点。"

　　风老道："淮水源出桐柏山，从西到东入海，长约两千里。入淮水流众多，上游都是小川流。到了颍水后是淮水中段，自西向东汇西淝水、涡水、北淝水，到五河口汇浍河、沱河，中段的颍、西淝、涡、浍、沱都是大川流，是西北方向豫州流来的，其中涡水汹涌湍急，为害最大。从五河口东流入海是淮水下游了，这段入淮水的是北来的沂水和泗水，来水虽多，但害淮轻，因为近海。淮水之害在中段，是来水过多和出海口不畅所致。"

　　三奇问："为何叫五河口？"

　　姚老道："因为有崇、浍、沱、潼四水与淮水交汇，所以叫五河口。淮水上中游来水都从这里流入洪泽，然后入海。"

　　三奇又问："洪泽离出海口多远？"姚答："约几十里。"

　　太章问道："我们近处上船地方是洪泽吗？"风志平笑了，摇头道："不是，这骆马湖,洪泽湖还在其南,比骆马湖大几十倍。"三奇道:"我看骆马湖也不小啊!再大几十倍,这洪泽可是个很大的湖了。"

风老点头道:"现在是很大,这是洪灾造成的。原来并不大,淮水也不入泽,是从泽北面直接入海。后发洪灾,淮水猛增,冲土刷地,出五河口后破了故道,溢入平地,淮水直接入泽,几年来形成了这个大泽。是洪水形成,就叫了洪泽。我老家原就住在淮河旧道边,耕种度日,南面就是原来的泽,当初的泽要小得多了。"风老边说边垂下了头,叹了一口气。姚老插话道:"可怜当年风老家死了好几个亲人!"风老摇摇头道:"听说一总死了上千人,毁了大批耕地,真是惨啊!不说它了。"抬头对童律道,"如果要建治水大营,我看五河口一带最合适。治中段、治大泽都方便。"

童律连声道谢后知问得差不多了,就辞别三老回船。上船后告诉珠儿向南去洪泽找五河口。三奇坐到珠儿旁边,把岸上情况说给珠儿知道。这天有雨,船到骆马湖南岸过夜,次日天刚一点亮就找了一条通洪泽的小水道进入洪泽,雨未停,视野不清,四人划水,珠儿把舵,船飞快南进,因一心想找到五河口,也没注意洪泽水面情况。

将近中午,童律眼尖,见西岸有一大水流冲入洪泽,叫水珠船向西岸前进。不多时,四人也看到了这股大水流。船逆流进入后停靠北岸。童律见前面有人家,就前去询问这里是否为五河口。得到肯定后返还。上船对四人道:"大水流正是淮河,这里就是五河口,我们都上岸察看地形如何?"三奇道:"你们三个去吧,我和水珠看船,顺便看看洪泽水面。"童律说道:"那也好。"三人就上了岸。

却说三奇师徒在三人走后,将船划到洪泽,沿南岸巡视,远望泽中心似有波涛冒起,有点异常,但看不真切。珠儿想过去。三奇道:"泽大路远,一时回不来,童律等会焦急,且以后再查。"二人继续沿南岸前进,一直到南沿尽头,有大山耸立,山南一条大水流,泽水正滚滚流进这条水道。珠儿道:"师父,这水道去水又多又急,应该是洪泽东泄主道之一,只不知它的名称。"三奇道:"看样子是主道之一,很想上山找人问些情况,只是今日时间不够了,先回去等童律三人,下次再查,下次还需查清东边出口。"于是将船掉头回五河口。二人这么一转,已近傍晚。

不多时,童律三人就来了。上船对三奇道:"这里河多量大,治淮在这里立大营还真对了。而且这里黎民热盼治水大军呢,听说要建治水大营,都说一个月内给我们准备好,他们说有的是空房,修理下就可用,另外再搭几间新的。要我们早点来,心比我们还急!"三奇笑道:"黎民盼治啊。"

童律回顾庚辰问道:"你说是吗?"正在沉思的庚辰啊了一声,看着童律问:"你说什么?"童律笑道:"你心不在焉,想什么呢?"庚辰道:"我在想这里民众热盼又有空房,我想留下协力早日建成合用营房。我们出来还只四五天,回去还早。你们意下如何?"太章道:"这个想法好,我赞成。"童律道:"在五河建营,不知伯禹是否同意。"太章道:"治淮在五河建营是最理想地方,万一不同意,不做大营也可做临时指挥部。"三奇道:"这想法确实有道理,我看伯禹会同意,不行就做指挥所,我赞成庚辰意见。"童律见大家都赞成,就说:"那就留下建营,初步建成后再回去,时间来得及。"

三奇道:"我不参加建营了,想再探洪泽出海口到底有几条,摸清楚了好订治理计划。再说我和珠儿还曾见泽中有些异常,想再了解下这洪泽有没有怪物。"童律道:"那也好,但十天左右来接我们,而且你二人要小心,如怪物多,不可冒险,以后再说。"三奇笑着答应了。

当时就分别各自行事。

却说三奇师徒二人当晚就在船上睡了,第二天一早就沿南岸顺流向东,到了山坡系船上山。半山腰见一须发都白的老人正坐在岩石上歇脚,三奇也就坐在老人身边和老人闲谈,问老人多大年岁了。老人抬头见三奇也是上年纪的人,也就搭话说:"今年七十五了,你们哪里来的?从没见过你们啊!"三奇笑答:"我二人是伯禹手下治水之人,来了解这个大泽和淮水灾害情况。"老人一听就笑了,说道:"早盼着你们呢!你要了解什么?"

三奇道:"这是什么山?洪泽中有没有怪物害人?这山正东流的水道可是洪泽出水口?"老人道:"这山土名叫老人山,洪灾前少壮都在山下种地安家,只有老人带着孩童住在山上,就叫老人山。现在山下地被水淹,青壮年也有住这里的。山下大川是泽水出口,听说东流到海,我没去过。泽中有怪物,有人见过,说是体形庞大,长尾四足、颈长头小、阔口利齿,出没在洪泽水中和浅滩,以鱼鳖为食,也伤人畜。阴雨天一般不出水,天晴时常成群结队上浅滩晒太阳,十分凶残,人不敢近,我们都叫它'恐龙'。"

三奇道:"我们从五河口到这里曾在泽中心见到异常,但未见怪兽,平时它在哪些地方活动?"老人道:"听说常在东边出水口活动,那里鱼多。"三奇点头。又问道:"泽内除恐龙外,还有别的恶兽?"老人道:"你不说我倒忘了,近来听说泽内有了叫鼍龙的恶兽,形体比恐龙小,但凶狠和力量不比恐龙差,两兽常为争食大打出手,你们今后治水要避开这些恶兽方好。"

这时天过晌午,老人要上山了,三奇师徒扶起老人后告别。天时已晚,两人就在山脚宿了,次日一早划船从东岸北上。半天后见一大水流东出,三奇对珠儿道:"这又是一条出海通道了。"二人泊船上岸,却是一片广阔的沙滩,沙滩上踏痕累累,坑坑洼洼。三奇、珠儿俯视细辨,珠儿道:"有些是鼍龙爪印,有的不是,师父可曾见过此类脚印?"三奇摇头道:"我也不曾见过,莫非就是老人所说的恐龙脚印?"珠儿点头道:"好大一片脚印,看样子上岸怪兽只数还不少哩!不知有多厉害,能见识一下才心中有底。"三奇道:"机会总会有的。"两人巡视四周,没有其他情况,天色渐暗,就回船宿了。为防意外,两人轮流守夜。

天亮后,船再北上,不多久又见一条出水口,比上两口小,未见异常。不久东岸已尽，船向西北转西，见一入水口。水珠笑了，对三奇道："这不是骆马湖通洪泽出口吗？"三奇也笑了，对珠儿道："昨夜睡得少，今天将船驶入小河港，早点睡吧。"

醒后水珠对三奇道："师父，是否回五河口？"三奇点头。水珠道："穿泽中心过吧。"三奇知珠儿心思，就说："好！"于是船向洪泽中心驶去。将近未时，船已在泽中心圈，原本平静的水面又突然波涛大作，如锅中沸水一般，大颗水泡从水底冒起。船被波浪高高托起又迅速跌落，几乎覆转。幸好两人都内穿水靠，身藏利器，又精通水性，不怕水怪。当船跌落后，立即用力将船划出圈外，注视浪涌处，静观其变。

突然水中伸出一个颈长头小巨大鹅状怪兽，满嘴利齿的阔口中还咬着一条血淋淋的鼍龙，鼍龙已死，但鼍口中还有一大块滴血的鲜肉，似是从恐龙身上咬下来的。果然，这只恐龙突然跃出水面。师徒两人都清楚看到恐龙右后腿鲜血直流，少了一大块腿肉，左后腿却被另一条鼍龙死死咬住不放。恐龙受痛所以跃出水面。因口中有一条鼍龙，就腾不出嘴去咬另一条鼍龙了。一条鼍龙已死，这只恐龙受伤严重，恐难活命。三奇知趁此两怪互斗猛烈，正好离开，就向珠儿打了一个手势，船驶往西南向，直奔五河口。中途在西岸又宿了一夜，第二天到五河口上岸寻童律等三人。

却说童律等三人与五河口众民努力修缮无人住的空房，并在空房空地上新搭一些简易房，将分散的空房连成一片。庚辰问民："为何有这许多空房？"当地民说是洪水淹没了耕地，许多人就弃家外出求生去了，所以十室九空。庚辰安慰道："治水后耕地可复，乡亲们会回来的。"

当三奇师徒找到童律时，已见到成片可住营房，估计再半月可大体完成，但未见太章。童律对三奇说："已请太章提早回大营向伯禹禀报去了，若有大的变动，太章会来告知。"三奇点头道："既如此，我二人再探下这里入淮四河，看有无阻滞，为下步治理做准备，五天内回来。"

一眨眼五天过去，三奇师徒回来对童、庚二人道："入淮四河并无大阻，今后主要精力可放在淮河与洪泽了。"童律道："这里建营也差不多了，太章也没来通知，估计伯禹等已经同意了。我看，这里庚辰暂留，完成扫尾和照看营房，我和三奇师徒回大营详细禀明情况后引大军来这里。你们看怎么样？"三人都说可以。三人就别了庚辰，乘船沿西岸经骆马湖回大营。

却说大营这几日正好迎来治兖、青大队，笑语满室。又见童律、三奇师徒到了，更加高兴。伯禹命大家休息一天，明日会诸将议事。

太章见童律来了，悄悄告诉他："伯禹已同意在五河口建营。"

第二天诸将集会。冯迟谈了在有穷开掘浍畎亩畦，水去地干，可以播种，众民欢庆情形；江妃谈了在青州疏治了寒国的食水、淄水，过国的潍水，两国诸水都近海，阻塞不重，又是和禹强分头治理，所以进度很快。并且去了近海之莱夷，未见水灾。伯禹点头道："东道既平，可无后顾之忧了。"

禹强插话道："在深疏食水旧道时，山坡上发现一个大洞，洞中蛰居着百余只形状怪异之兽。形体似兔，却生着蛇尾鸥目，鸟喙龟爪，全身粗皮细鳞，滑而无毛，通体黄黑相间，颈腹色白。提在手中，双眼紧闭，四脚乱蹬，口中狂叫，其声如吼。此兽并不凶狠，也无伤人之状，我们都不识此兽，不知伯益是否知道？"伯益道："这是益兽，名曰犰狳，专食蚕蝗，为民保谷，你们没有伤害它们吧。"禹强道："因不伤人，我们也没伤它们，仍封在洞中了。"伯益道："这就对了。"

童律谈了南探徐淮情况和经三老指点在五河口建营诸事，并说大营已初步建成，只是未经伯禹、伯益看过，不知是否合适，心中无数。伯禹笑道："在五河口建营，地理环境和条件都好，我们同意大营就设在五河口了。但不知有否探测大泽？"童律道："这还请三奇说。"

三奇道："从这里到泗水乘船经骆马湖入大泽，这泽当地叫洪泽，泽面巨大。洪泽来水主要有三条：西来的淮水、北来的是兖州的泗水和青州来的沂水，其中淮水水量最大。出水口主要也是三条：都在东边，上口在东北角、下口在东南角、中口在北南二口之中，都东流入海，海就在近旁。五河口在西南角，离洪泽不远。治淮主要是治泽，只要水能顺利入海，淮水可平，淮阻可凿。"

伯禹问："泽水入海很难吗？"三奇摇头道："入海不难，现在难在泽中有两种凶恶的怪兽，一种我们见过，就是鼍龙；另一种我们未曾见过，当地人叫它为'恐龙'，形体大，比鼍凶，蛰居泽中，出则伤人，它们成了我们今后施工的大阻力。"禹强听说有怪兽，来了精神，说道："它敢出来，我就敢杀，不怕它来多少。"三奇笑道："禹强勇气可嘉，去了再说。"

伯禹听了各方情况后决定抓紧结束有穷工作，准备南下治淮，并通知有仍邦主。

有仍邦主知大军从水路南下，为表谢意，日夜赶工，督造了十条大船。大军已准备三日后出发，有仍君突然来访，笑对伯禹说："且缓几日，我接有鬲君派人告知，近日里有大批粮食运来。"伯禹纳闷，九河刚治，何来余粮？但既已来通知，只得等候。

过了三日，果有三十船粮食经水运到有仍沮河。有仍君亲自领了主要送粮人员来到大营。来人一进大厅，众人都笑了，禹强、三奇、珠儿快步上前拉住来人说话。有仍君道："你们认识？"原来来的是滕毕和海生成父子三人，大家有过战斗情感，重新相见，倍感亲切。

滕毕从怀中取出书简呈交伯禹，伯禹看后交给伯益，两人都很高兴。伯禹对众将道："书简是后稷派人送来的，书简中说今年卫水南北都大丰收，又不要交贡赋，众民有感治水大军功德，知士卒艰苦辛劳，就自发集粮要各邦主转交治水大军，各邦主又托后稷转交。水治后，水道通顺，后稷要各邦造了三十条大船，装粮三十万斤，从漳水经大河运到有鬲转给我们。"诸将听后也都兴奋。童律笑道："也不枉几年辛苦了。"滕毕又交代了有鬲君征集十条大船给伯禹营，以助治淮。三人留了两日，告辞回有扈。

伯禹与伯益商定：进入洪泽后，冯部领粮船居大队中心；江部除三百水卒外驾六船为前队，童律入江部引路；禺强部驾六船保卫粮船，伯禹、伯益及后勤、测量人员合二船，随粮船与禺强部同行；三奇师徒率三百水卒驾六船殿后，防水怪袭击。次日一早，到沮河口泗水上船，向洪泽进发。有仍君前来送别。

欲知如何治淮，且听下回分解。

第二十五回　诛灭水怪

在即将进入洪泽时，三奇告诉童律："进入洪泽后，船队应沿西岸行驶，不要贪近穿泽中心，中心多水怪。"童律连连点头。当大队进入洪泽，就按规定顺序，在童律指引下，大船扯起风帆，浩浩荡荡沿西岸向五河口进发。三奇师徒率领水卒集中精力注视泽面，第一天平安度过，当晚就在船上歇了。第二天清晨起航，中午时众人正在船上边走边进餐。童律眼尖，见泽中心水波异常，急传话给三奇："泽心有异！"师徒两人立即跳入拖在大船后的小船，并传话给冯迟和童律："船赶紧走，五河快到了，水怪由我俩和水卒处理。"

传话后，师徒两人即带水卒将船朝泽心驶去。禹强听说有水怪，也撑了一条船来助三奇师徒。三奇要禹强用五条大船隔开泽心与整个船队，阻住水怪袭击船队的可能。自带的六条大船和一条小船连同禹强一条大船朝泽心缓缓驶去，禹强站在船上看到一个鹅颈状巨大怪物正迎面过来，急命战卒准备。三奇师徒早已看到，除命水卒准备战斗外，已经脱了外衣，穿着水靠钻入水中，向水怪靠近。珠儿潜入后在水怪附近察看，见这水怪虽然很大，但只有一只，未见成群，就对三奇道："就只一个，好对付。"三奇点头，对禹强和水卒道："你们不必前来，只要保护大队安全就可，这只水怪由我们对付吧。"说罢就钻进水中，不见了影踪。

禹强等都在船上看这水怪越发近了，正准备动手，突见水怪一声吼叫，身子沉入水下，水面冒出一片血水，水下水泡不断翻起，水如沸腾。水怪不时露身又不时下沉，同时不断冒出血水。大约一顿饭工夫，水面逐渐平静，却浮着一只形同虎豹但不见头尾的怪体。三奇师徒从水中钻出上了小船。禹强等逼近看这浮在水面上的怪兽，原来头尾都垂在水里，已经死了。

禹强命人捞到船上，果然庞然大物，头尾长约二丈，头不大口大，两排利齿骇人。兽体咽喉处有一条又长又深的创口，还在流血，这是被珠儿神钩刺入所致。于是回船追赶大队。

话说伯禹在五河口上了岸，童律引路到新建营地，庚辰参见。伯禹、伯益与诸将踏勘了营房，都感满意，伯禹对童律、庚辰道："这么快有了新营，你们有功。"庚辰道："主要靠五河口众民相助。"伯禹举手向围在周边的民众致谢。民中有人大声说："我等早盼伯禹来治洪水了，为治洪水，我们什么都可干。"伯禹问："这里属于何邦？"答道："属于有虞，也有夷族之民。"

在看了营房之后，伯禹对庚辰道："后稷为我们送来粮食三十万斤，要再找几间高燥空房才好。"庚辰道："有几间高燥房，原作议事大厅和伯禹、伯益及后勤测量人员住宿，现先贮存粮食，伯禹、伯益及后勤等用房再想办法。"伯禹道："我们可以都住营房，挤一挤就是了。"冯迟道："我们治水各队很快会去工地，这几天暂时挤一挤吧。"庚辰道："这里空房不少，有合适的我会找几间的。"三奇插话道："冯迟说得对，这里不必建了，倒是在洪泽西南角的老人山需要搭些营房，那里将是治洪泽的中心。"

房子定下后，各队将卒协力把粮食搬进高燥房，玄龟统一指挥堆垛，随后各部在指定的房子住下。

基本定当后，伯禹集众将议治淮之计，言道："经过初步探察，已知徐州的水患在淮水，淮水之患在洪泽出路不畅，洪泽出路不畅在出海通道阻塞，出海口阻塞的原因是淮水余来的房架竹木器物阻挡积泥和长期没有疏通造成。海道不通淮水满，灾越重余到通海口杂物越多，恶性循环。所以要治淮水的主要工作是疏通洪泽出海口。"

三奇道："我与珠儿已探明出海口主要是三条，都在洪泽东岸，以我们力量再加附近众民之力，去除阻塞不难。现在困难是洪泽发现水怪，恐龙和鼍龙都十分凶残，我施工它们必来干扰。如何灭怪成了难题！"

冯迟道："还是用大网防拦老办法可行。"三奇道："大网阻拦是可行，但不彻底灭绝这些水怪，我们离开后，不但黎民仍受其害，而且有水怪在，日后黎民没法维修出海通道。为这里长治久安，必须彻底歼灭这些水怪。"

众人听了此言，半晌没出声。江妃道："话是对，可怎去全歼？怪在水中，洪泽这水又不能放光，全歼难办。"三奇道："是个难题，只能走一步看一步，寻找机会再想办法了。也许还得看天意能否给这里黎民创造机会！现在先用大网阻拦再说。"诸将也没听懂三奇说的"天意"是什么意思，以为只是一个下台阶的说辞而已，没再议论。

伯禹道："现在先治洪泽，三条出水口分三个队。冯部治南口。中口多有怪兽出没，禹强的战斗队就治这一条，朱、熊两将也参加。北口由江部疏治。三个工地都用大网阻水怪，保护好所有人员安全。禹强等主要战将除在本队抵御杀灭水怪外，也担负其他两队杀怪职责。冯江两队如发现水怪要立即告知禹强，力求杀死水怪。三奇师徒巡视三口和全泽，以除怪为主。考虑泽大任务重，我和伯益去会见当地主要邦主，请他们出人协助治水和洪泽水泄地露后的开垦，由童律、太章两人陪同。应龙、乌木由、两亥兄弟为测量淮河做准备。在老人山设营地一事就交由冯部负责，庚辰一起参与。"

诸将并无异议，各自分头行动。

却说伯禹、伯益会见洪泽一带邦主动员出人一事，出乎意料顺利，原来各邦主早盼望治水，而且都知出力受地的奖励政策，伯禹一说都满口答应。没过几日，三个施工点就到了许多自备干粮和工具的民工。

话说冯迟率部乘五条大船载大网沿洪泽南岸直驶老人山，一路平安。山上民众见治水大军到来，无不高兴。纷纷出力帮建营舍。冯迟抽人在工地外围打桩布网，防治水怪，很快开展浚掘工程。数天后又来了一批民工，施工处人声喧腾，棍锹林立，出口迅速扩大。挖起的腐木淤泥石块堆积如山，不断向东延伸。在浚挖河道中，甲乙兄弟四人的本事令民工惊叹敬佩，加快了工程进度。

江氏兄弟率部出五河口沿泽西岸折东到了北口工地，安营布网施工。一路顺利，未遇水怪。几天后来了许多民工，共浚北边出海通道。到北口的民工多是住在骆马湖周围民众，熟悉地形水土，又迫切希望早日泄水露地，所以治水工效极高，更兼段氏兄弟神勇能力，使他们钦佩万分，在喜悦中加快了进度。

却说禹强一路的工地在东岸中段，出五河口后，最近走法是穿过泽中心，直达中口工地。三奇师徒与禹部同行。三奇对禹强道："穿泽心到工地最近，但泽心是水怪巢穴，非常危险，恐伤士卒，若绕道老人山会比较安全。"禹强道："战斗部队就是战妖斗怪，不能见水怪就避，让士卒见识见识有好处，还是直穿泽心吧。"三奇不好再说什么，但嘱多戒备。

十条大船直奔泽心，时到午间，刚过泽心圈，水面就有异动，水中起了漩涡，可水面未露异物，士卒也没在意，船仍平稳前行。禹强、朱熊两将，三奇师徒都在头船，庚辰在最后一船，船队呈一条直线静静前进。

突然第三船众卒发出阵阵尖叫。三奇、禹强急回头，正看见一个长颈狼面怪兽从船中叼出一卒沉入水中。船上众卒惊慌大乱，船身晃动。这时船边又伸出长颈水怪欲叼士卒。众卒虽然惊慌，但已有备，执手中棍棒狠击水怪头部，水怪头顶流血，缩回水中。水珠早已钻入水里，三奇也跟着入了水。

此时船都停了，众将卒只见水面水中不断翻滚，船也不停地晃动。禹强命士卒戒备，以防再有兽袭，并随时准备援助三奇师徒。自己手执弓箭，双目圆睁，直盯水面；朱熊两人持四斧，庚辰双手把长枪，都注视水面。

不多时，水翻滚处冒上阵阵血色，接着三奇师徒踏水而出，手中都握着还滴着血的神钩。众卒伸手把师徒两人拉上了船。三奇对禹强道："这水中只此两只，已经刺杀，未见他兽，我们快走！如有群兽，会有麻烦。"禹强立即下令起航。傍晚到了工地，连夜打桩布网防兽。次日即开工不题。

过了十余天，时在深秋，气温已凉。伯禹和伯益在童律、太章陪伴下巡视了下口，冯部一路进度较快，两岸淤泥堆积如山，深阔的新河道已东进十余里。没有见水怪来袭。全队士气高昂，伯禹欣喜。一行在冯部一起劳作了几天。

这日天晴，童律动身去中口禹强部，巳时刚过，快到中口时就听到工地处一片巨吼声。童律命士卒将船靠泊上岸，登高处瞭望，见到中口工地上有许多恐龙，正朝工地民卒吼叫。童律怕有意外,对太章道:"工地就在前面,请禹强派人来接伯禹、伯益。"太章立即起身。不一会儿,朱熊两将来到,护着伯禹、伯益到了工地高阜处。因为近了,就看得很清楚:有二三十只大小不一的长颈"恐龙"缓步在泥沼地里向民卒昂首吼叫,它们占了很大一片地方,民卒则持工具武器与怪兽对峙着。看样子是兽在前进,卒在后退,情势危急。这样对立着,就不能施工了。伯禹见状叫几个主将来商量对策。

三奇道:"我听当地老人说,这怪兽有两个特点:一是水中灵活,岸上迟缓;二是平时常居水中,天晴上岸晒太阳,晒太阳地点多在平坦广阔的泥沼地或沙滩地。南北两口山地狭隘,所以不去。这里正合怪兽需要,而且贝类鱼食也多,所以常到这里。"

伯禹道:"那怎么消灭它呢?"

三奇对禹强道:"素知将军神射,今欲仰仗一显手段。"

禹强道:"只要能杀灭怪兽,都听你的,要我怎么办,你说吧。"三奇笑道,"只要你射瞎它的两眼,即可全歼此怪。"禹强点头道:"如此待我射来。"

三奇道:"且慢,要前后夹攻,方可奏效。"对朱、熊、庚辰三人道:"怪兽尾巴长而有力,仅次于颈项,可肛门以下却是它的薄弱处,这里可以置它死命。请你们三位带几十名灵活悍卒踏泥橇绕到怪兽身后,庚辰和卒用长枪戮怪兽尾后痒处,让它翘起尾巴,我和水珠就会到怪兽身后剖它肚皮。怪兽在岸上就长颈厉害,但行动迟缓,只要禹强射瞎其目,朱、熊两将就可用四斧砍其长尾,庚辰及卒用钩枪伤其肚,逐一诛死恐龙,定可全歼。"诸将依计行事。

于是禹强率少数士卒与恐龙正面相持,令士卒持弓箭射"恐龙"颈部,因射程较远,恐龙皮又厚,箭多不中,或中而不入,但起到引诱怪兽注意力作用。禹强挽起神弓,抽出一支神翎芒针箭,瞄准最旁一头大恐龙双目,趁其摆头稍停瞬间,一箭如流星闪电,直奔恐龙右目。只听得"啪"的一声,芒针箭钻入恐龙右眼窝,又从左眼穿出,一箭竟射了两只眼。恐龙大吼一声,长颈乱甩,旁边恐龙惊得连步后退。

三奇师徒见状立即趋近受伤恐龙尾后,朱虎、熊黑各举双斧,砍向其猛烈摇动的尾巴,喀嚓连响,数尺长的尾巴竟被砍断。三奇、珠儿二人上前用神钩刺入肛门下部软肚,用力向下一拉,神钩锋利,肚下皮薄,刺啦一声,肚破肠露。恐龙此时虽血液流淌,但威力犹在,长颈乱摆,前脚猛扫,人依然近它不得。但不久因流血过多,四脚发虚,摇晃了几下,终于倒地。

禹强见了十分高兴。举弓依次逐一射去,有的一箭双目,有的一箭一目,有的射入口中,贯脑而死。朱虎等及精卒但见恐龙中箭,便从尾后斩杀,至午时已杀死九头恐龙,余龙似有恐惧之意,掉头向泽中退去。

三奇道:"杀此物不易,今日仗禹将军神射,务求多杀几头,以免日后费力。"禹强等都说有理,于是顾不得休息,一路追杀,直至恐龙没入水中才罢。

这一役共杀死大小恐龙十三头。禹强逐一检点，并顺势收回芒针箭，洗净后复入箭囊。

伯禹等站在高阜上，目睹了这场人兽之间的恶斗，见诸将有利器为助，以智巧为功，而恐龙仅凭自身蛮力，自然人胜兽败。感叹道："人之智胜于兽之力明矣，智者不弃其力，而是以智巧用力，有力而不能巧用者，只一己之力，力借智而巧用者可数倍于一己之力，人兽之别在于此，人之所以能胜兽者也在此，故人不可不用智，无智之人近于兽！"伯益点头。

欲知后事如何，且待下回分解。

第二十六回　高宝湖获珠

话说禹强、三奇等将卒杀死许多恐龙后,陈尸于沼泽,众人都近而细看,见恐龙真是庞然大物,自头至尾,大者近二丈,小者一丈上下,直竖站立约二人之高,四脚粗有一抱,前肢之长倍于后肢,趾生利爪而有蹼如鹅鸭,故善泳,背宽在四尺,全身生灰绿色厚皮,间有硬毛如箭,疏而不密,肚下皮薄呈灰白,光洁无毛。头小嘴大,利齿森列,长舌三尺,根生于口腔下龈,如蛙舌翻出捕食。眼如炬,暴凸睛眶之外,凶光毕露。

伯禹道:"果然凶狠,幸诸将神勇,未妨治水,否则难以治水了,治水与防兽必须同时安排,不可偏于一。"

当日至晚,恐龙没有再现,伯禹即在中口宿了。次日到北口,见工程顺利,未见恐龙侵犯,有少数鼍龙出现,已由将卒击毙。捞起淤积之物众多,主要是腐木乱石及人兽骨殖,堵塞河道后杂草丛生其上,所以水道不畅。江妃道:"淤除水顺,泽水泄海加快,洪泽可望收缩而大露其地。"伯禹点头甚喜,在北口留了数天。

随后伯禹顺路会见有缯、有虞两君。有缯君率黎民数千,正在治理骆马湖。骆马湖由沂、泗二水流注所成,沂、泗二水旺注时湖面扩大,沂、泗二水入少则湖面随之缩小,近数年因沂、泗入湖之水大增而入海通道多淤,所以湖面大增。有缯君对伯禹道:"若洪泽水泄,沂、泗入海通畅,骆马湖与洪泽之间将会有大片可耕之地,其地土肥水足,耕种必获丰收,此民之福地也。"

数日后,伯禹与伯益原路返回,问禹强:"可有险情?"禹强道:"近半月又歼大小恐龙十余头,近日来已少见了。"伯禹道:"只不知泽中藏有多少头恐龙?今后天气日冷,剿杀更为不便了。"禹强道:"据三奇前次询老者所言,泽中约有恐龙四五十头,今几次杀戮,已过其半,好在已有剿除之法,来也无碍,伯禹可以放心。只是不知此怪在隆冬如何活动。"伯益道:"以一般生灵而言,尤其是水生生物,都冬蛰而春出,此恐龙以水中活动为主,严冬之际必活动很少或蛰潜不出,等到惊蛰后方再出,我们要抓紧冬季浚通水道,如此既可减少虫兽之害,又可防春水泛滥而成灾。"

伯禹道:"伯益之言极是,望依此而行,并告各路,今冬辛苦些,可保明春少灾,此也是巧用力也。"禹强点头遵命。

伯禹巡视几日,见无异常,与伯益议道:"近日天气尚未大寒,且无雨雪,我想一探南口水路下游之高邮湖及其出水之口。"伯益道:"高邮湖及其以东是扬州之地,扬州之地北至淮，东南至海。贤伯若欲一探，我当奉陪，但今洪泽治理甚急，主要将领都尽力在水道浚治，而贤伯要去扬州，那里荒渺，沿途恐有水妖陆怪，若无战将保卫，很不放心。且等洪泽水泄，战将腾出身手，再探东南不迟。"

伯禹道："伯益之言虽有理，但要等到冬后了，届时春水将至，淮河中上游定多来水，我等将注力于淮河而无暇东顾了，不如趁此春水未至，各将都在东岸之便，先去东南水道一探，也可为下步治扬做准备。路上保卫可由三奇师徒陪同，此去近海，必多湖泊水泽，三奇师徒识水多智，足以胜任。另请乌木由、章亥同往，乌木由也有神视之功，能视雾瘴中之细物，只是不及童律之远，章亥也有善行之足，如有缓急，召禺强等来援，当不致误事。此去东南，不致过远，稍探即回，贤伯不必过虑。"

伯益道："既伯禹心意已定，当与禺强、冯、江诸将言明。"于是伯禹召集诸将，说东探之意。禺强道："保卫伯禹、伯益安全是我等之责，不如由我陪同前去，这里暂放数日，有三奇师徒及诸将在，当无大碍。"伯禹道："你不必担心，此去东南行程不远，只数日之期，在此治泽防怪是要务，你身为主将，不宜陪我前去。我及伯益有三奇师徒、乌木由、章亥等陪同，足以防范，如有缓急，当令章亥通知你，不必过虑。明日可派人通知三奇师徒及章亥、乌木由前来，其余诸将请各按其任完成治泽防怪之责，这样我也放心。"诸将应诺而散。

过了几日，三奇师徒、乌木由、章亥都到了。出发的人皆头裹布巾，腿肚扎缚，随带泥橇。三奇师徒身怀利器，又选了几名识水精卒，一行出发，乘船从老人山下水道东行，十余里后，水道浅塞难行，就靠岸登陆乘橇而行。沿河两岸都是泥草丛林，大树也不少，树丛之间，浅水淌流，遍地泥泞，正合泥橇滑行。若无泥橇代步，不仅会受虫豸叮咬之苦，且行不数里必累死在途中。一行人不敢深入林中，只沿河道前进。河道宽广，只是朽木杂物堆积甚多，横躺竖立，堵塞严重。堵重处水流潺潺从朽木缝中流过，堵轻处水流哗哗从朽木上面流过。有些朽木还长着枝叶，甚至抽出新芽新叶，俨然在旧体上生根安家。伯禹道："过几年，新树又将占据河床，通高邮湖水道堵塞，洪泽会更加泛滥而侵陆地，今幸及时浚治，犹未为晚。"

一行又前行数里，见前途一片雾气。伯禹命乌木由观察，乌木由细观后道："雾中并无异物，这是水汽。"伯益道："水汽如此浓重，前面必有大湖泊。"不一时众人滑行向前渐感水深没踝，停下细看，果然见一片大水面，波光漪涟。伯益道："洪泽之东，大湖当数高邮湖，此必是了。听说高邮湖盛产螺蚌，蚌有大珠，故也有人称高邮湖为高宝湖，未知确否？"

伯禹立在湖边环顾，却是荒凉一片。只听得风吹树梢呜呜及水中时发咕咚等声音，却不见人声及炊烟之象。叹道："如此广袤之野，又有丰茂水草沃土，竟无人烟，惜哉。"

三奇道："请伯禹、伯益等且觅高阜暂憩，等我师徒入湖中一探深浅大小。"伯禹点头嘱咐道："初入此湖，还须小心。"三奇应诺，随与珠儿钻入湖中。

伯禹等沿湖边寻了一处高燥之地，由乌木由、章亥几人铺了皮褥，支了简易帐篷作为坐卧之地。伯禹站在高地向湖面眺望，只见湖面远处有成群鹭凫，间有成对鸳鸯及其他水鸟，更有在此越冬之大雁、鹭鸟，都栖息于苇艾丛草中，啾啾之声不绝于耳。向湖之东面眺望，虽极目而视，不见人烟踪迹。伯禹道："良湖沃野，若能耕植，能生息万千，惜哉！"伯益在旁道："一旦水平地露，如此广袤东原，必将成为神州富庶之地，并将成为贡赋之源。"伯禹点头道："千百年后此地必是鱼米之乡，富庶将超过中原。"

却说三奇师徒入湖后潜入深处，一路潜行在湖底，只见湖底四周竟是螺蚌的世界。两人沿湖底四周游行数里，目之所及，都是螺蚌覆盖。有些麇集处螺蚌堆聚高达数尺。因多年无人捕捞，繁殖生息极快，虽年年有水禽飞鸟啄食，但生多死少，而水禽飞鸟之粪又成了螺蚌之饵料，所以湖中螺蚌都十分肥大，螺大如拳，蚌大径尺，这里竟是螺蚌之湖。

师徒两人巡遍全湖，虽有不少鱼虫鳞介，但未见凶猛水怪。珠儿道："湖中有大蚌，必有大珠，剖它几个看看。若有大珠，也可献与伯禹，不枉来此一探。"三奇道："珠儿之言有理。"

两人再潜入水底，专拣最大的蚌剖视，果然内有润玉大珠，就剔出放入身边囊袋中。不多时两人已剖了数百枚大蚌，获珠二百余颗，上岸来见伯禹。

伯禹道："有何所见，可有水怪？"三奇将湖中多螺蚌而无凶猛之怪说与伯禹知晓，随取出蚌珠交与伯禹观看。伯禹、伯益等人都近前围观，见珠大径寸，浑圆滴溜，色如白玉而润，银光闪烁，握于掌中，触肤温润。伯禹、伯益等都赞道："真是宝珠！"章亥道："如此大珠，一颗也属罕见，何况有此数百，实是珍贵，但不知入夜能发光否？"三奇道："这却不知，但在水中可见数尺之光。"伯益道："且入夜试之。"

三奇珠儿将囊中宝珠尽数献与伯禹与伯益，伯禹道："何须如此，我治水为务，不需此物，贤师徒可收藏或送人也。"伯益也说："伯禹之言甚是，我等治水不需此珠，你师徒收藏为是。"三奇道："我师徒并无用处，只为伯禹取来。"伯禹笑道："且放你师徒处再说。"三奇只好命珠儿收好不题。

当夜于高阜处宿了，晚未雨，但云层浓厚，星月无光。伯益命珠儿取出几颗大珠，验看入夜可有光芒。珠儿从囊中取出数颗，刚一出手，即见珠儿掌中一片乳白，像几颗小星星在手里发光，真是夜光宝珠。伯益道："此湖应名高邮宝湖才对。"

此时夜间寂静，禽鸟都已入睡，偶有叽叽之声从禽群中传出。湖内可闻鱼跃及唛唛喷喷、窸窸窣窣之音，林中依稀有爬行之物，但难以听真。三奇仔细，与珠儿、章亥、乌木由等人拾林中枯枝，燃起篝火，以防虫兽，并轮流值夜，以防意外，一夜无事。

天刚亮，众人俱起，掬湖水洗脸，吃了点干粮。伯禹道："今日何向而进？"伯益道："何不由乌木由先探，是否已近大海，人烟如何。"伯禹道："言之有理，请乌木由登高视之。"乌木由审视片刻后道："东方有一片泥涂，水汽蒸腾，大海已近，但人烟稀少。往南可见一条巨流入海，人烟颇稠，连绵向东。"伯益道："往东既已近海，则水道明矣，人烟稀少，可以不去。南有巨川东流，当是大江，人烟既稠，可去一观。"伯禹道："就依伯益所言，往南再探测一番。"

于是一行离湖南下，沿途见大小湖泊连绵，但地渐高燥，已见村落人畜。复南行则村落不断，鸡犬之声，烟火之味，入伯禹一行耳鼻了。伯益道："视此景象，大江近了。"伯禹道："从何而知？"三奇道："伯益莫非以地势干燥，人烟渐密，水有归途而知大江在近？"伯益道："敏哉三奇。这里无论大河小川都岸高水低，无漫溢乱流之状，所以土地干燥，此必近有大川流动可以容纳众水之故，故可知大江近了。"又走了几里，果见一条大江横亘眼前，浩浩荡荡，滚滚东去。虽波浪层叠，前后相涌，但水色清绿，不现黄浊。两岸相距十里以上，遥视对岸，渺渺茫茫，烟雾暮霭，看不真切。伯禹临江不觉叹道："伟哉大江，丽哉大江，胜于大河。"

伯益道："江淮河济是神州四渎，都流大水。河经黄土高原而水浑，江过青山而水清；河处中原之境，黎民众，气温低，垦殖密，植被受损；江处蛮夷之地，黎民少，气温高，垦殖稀，山林密而植被良好，水色是环境造成的。"

三奇道："千百年之后，大江擅地理之胜，必将繁荣，或将超过中原。"伯禹点头道："大江流域气候温和，青山绿水，地宜植，海可渔，民将繁衍于此，兴盛自不待言。"

伯益道："大江东流甚畅，无洪水之患，治淮之后，无须治江了。"

伯禹道："但未知大江之南有无水患？"伯益道："扬之地虽地势低下，为众水所集，但既是滨海又有大江，故泄水快速，后若治扬，当以疏通入海为要。"

伯禹道："今已知大江下游无水患，且回治淮。"就原路回洪泽与诸将相会。得知三路浚治顺利，也无水怪来扰，就回到五河口大营。

此时天气已是初冬，朔风频吹。伯禹命玄龟准备好冬装和防冻药物，早送工地。过了半月，诸物齐备。伯禹请童律太章送往工地，并告："寒冬施工确实辛苦，但不赶在春水前完工，不仅延缓治淮，而且更难施工了，只好眼前辛苦拼一下，换来黎民早安定。"两人奉命去了。几日后两人回来告诉伯禹："三路将卒和民工都满怀信心要在年内完成浚掘通水任务，请伯禹放心。"

伯禹、伯益在营除和测绘人员商量治淮河细节外，还一起走访邻近邦主，商讨在水退地露后如何开垦分配诸事，无一日空闲。

转眼过了十二月，岁末将临，后勤部门已在准备过年物品。童律、乌木由二人常东望洪泽，看有无大船驶来。这日将近中午，乌木由忽见北面远处有大船驶来，就叫童律细看。看了半响，大叫一声："来啦！"转身拉着乌木由直奔伯禹处，气喘吁吁道："北口江氏兄弟船队来啦！"

伯禹、伯益一听立即起身朝船埠走去，众人也都跟上。不一刻，江部船队靠埠上岸。伯禹拉住江妃兄弟手道:"辛苦了。"江妃随伯禹、伯益入内,江飞带所部到营房安顿后入厅。伯禹问:"北口通流任务完成了?"江妃道:"通道深阔按要求完成,泽水顺利入海。民工已遣散回家,剩余物件也都带回交给后勤部了。"伯禹对江妃道:"你们是第一个回来,先歇两天,迎候其他大队回来,一起过年。"又过了三天,禹强、冯迟两部同时到大营。原来禹强船有空位,冯部民工有些来自五河,就顺便搭船回家,候了一天就凑在一起回来了。两部向伯禹禀报:"全都按规定完工,出水顺畅,泽水日夜下泄。"并说:"近两月没再见水怪,不知去了哪里。"

伯禹、伯益很高兴,要大家好好休息。方、宋两人对伤疾士卒作了治疗,并改善伙食,促使早愈。大营内按当地习俗举行隆重的腊祭仪式。

腊祭由神农氏始创,是为了"索鬼神而祭祀,合聚万物而索享"的岁终大礼。创始以来,历代传奉,各氏族仿而效之。民间岁末祭祀主要是庆当年之丰稔,祈来岁之再熟,去凶求吉的活动,名曰祈年求福。祈是报告的意思,年在尧舜时称载,伯禹时改称岁,是谷熟的时期。祈年是向苍天报告当年吉凶与粮物丰熟,求福是恳求苍天明年去凶来吉,再获丰收。这种祈年求福活动无论是上层之王公贵族,还是下层之部落庶民,莫不隆重祭祀,供物丰盛。王室之祭多在内廷设祭坛而行跪拜祝祷之礼,民间氏族部落之祭多在露天旷野,燃篝火聚合族男女老幼,击鼓振磬,舞蹈歌喊而祈年,祭后则享用供物。腊祭之礼,严肃隆重,欢乐而亲情交融,上下沟通。一年一次,历久不衰。治水大营遵古礼举行祭祀仪式,既亲睦上下,又慰劳将士。虽没有在朝隆重,但也力求合规丰盛。

欲知大营如何腊祭,且听下回分解。

第二十七回　清治洪泽

却说为了腊祭，在营外广场设了祭坛，坛上列伏羲、女娲、神农、黄帝、炎帝、帝尧六位先祖神位，燃了火炬，以冀州帝都祭山之祠礼与徐淮祭山之祠礼合而供奉牺牲，上了牛、羊、猪、鱼、鸡、糌六品，米酒四樽，焚香升火。伯禹率众将跪拜有礼，由伯益朗诵祝文：

惟，祷祝于昊天先圣之前，艳阳高照，时雨累降，寒暑更易，昼露夜藏，时令正常，万物竞长。民赖天而生存，天赖民而煌煌，天人合一，方成纲常。若天道失常，时令失当，旱涝累兴，致民斫伤，既害人道，亦非天道。今天下洪水泛滥，黎民失所，帝舜怀仁爱之心，痛黎民之困惑，特饬文命平治。受命以来，于今六载。凿吕梁，劈龙门，定漳水，开砥柱，跨太行，至碣石，历河达济，定冀平兖，略青治潍，循沂泗而至徐淮，洪泽初泄，淮河未治，九州洪水，尚有其六，厥工至巨。赖将士协力，黎庶相助，已得初成。将卒跋山涉水，露餐饮雪，凿山劈岭，披荆斩棘，战泥泞，斗妖孽，夏则暑气蒸于外，湿气郁于内，冬则肌肤伤残，手足皲裂。卒无怨言而力行者，是感帝舜之仁慈，痛黎民之饥寒，体上天列祖先圣有好生之德也。兹今岁末，特具牲礼，祠奉先圣，祈祷昊天，愿天道循常，阴阳协调，毋生灾害，佑吾等早平洪水，将士强健，黎民得安，田野得植，亦以昭上天之灵应也。

小子文命率众谨告

伯禹率诸将礼拜，奏鼓乐，焚竹筒令爆，以驱妖魔，震响上天，士卒齐声欢呼。伯禹率诸将向士卒施礼，谢众卒之劳。礼成后，伯禹命玄龟将牲礼都散至各营，嘱众士卒畅饮尽欢。伯禹与诸将回至厅堂就座宴饮。伯禹颇善酒，与众将举杯尽兴畅怀。

席间伯禹对诸将道："今离冀州已远，诸君不能去家团聚，我心不安。"伯益道："诸将之志，已在祝文中表达，倒是伯禹年已三十，至今未室，理宜优先关怀才是。"伯禹笑道："且待机缘来临时，自然有室。"众将哄笑道："愿伯禹机缘来时莫放过。"席中言笑甚欢，尤其禹强、庚辰、朱虎、熊黑等战将，都性情豪爽，席中猜拳哄酒，大呼小叫，兴致极浓。禹强道："治水以来，长久未有此等热闹，今日尽醉方休。"庚辰、朱虎、熊黑等都兴致极高，至半夜后方散。

次日是元日。除夕与元日交于子夜，瞬息而过，民间壮实者多彻夜不眠，方可叫过年。伯禹大营中诸将过半夜始睡，天刚亮，即被爆竹声吵醒。伯禹出与众将送礼贺新春，后又去各营看望了众士卒，如此一连休息了五日。

一干将士都是勤劳的人，这次连着息了五日，无所事事，反觉十分无聊。倒是冯氏、江氏四将因治水士卒散在各营，常去和士卒同餐共叙，颇不寂寞。三奇师徒在玄龟处帮助处理后勤，事还不少。应龙、童律等则有空便画制治淮之图，并不空闲。一班武将则忍耐不住，纷纷催禹强去伯禹处要求早日开工，禹强自己也感终日吃喝，实在憋闷，第六日来至伯禹处探听。

伯禹与伯益正在议谈下步治淮诸事，见禹强在门外趑趄，不时探头来窥，不觉笑对伯益道："禹强等闲不住了。"就呼禹强进来笑问道："你不在营休息喝酒，在这里晃荡何事？"

禹强见之忙问道："连着息了几天，日日酒足饭饱，不劳动反感全身发软，昏昏欲睡，伯禹还是赶快安排治水工务，否则，将士都成懒散无用之人了。"

伯禹笑道："士卒终年辛劳，这次让大家多息几日，调养身体。一旦开工就没有休息时间了，你等应体谅士卒辛劳才好。"禹强道："听冯、江兄弟谈起，士卒也感终日休息，两三日足矣，连续多天，反觉没了精神，也有出工要求。"伯禹道："此话当真？"禹强道："可问冯、江四将。"伯禹道："如确有此事，我在后日集诸君共议下步治淮之事如何？"禹强笑了，即回去告知庚辰等。

第二日晨起，伯禹命人知会各将，齐集大厅议事。伯禹道："洪泽泄水，诸道初通，泽水日减，陆地日显，成效初见，但淮河未治，一旦春水大至，淮河两岸又将泛滥成灾。今离春水旺期不过两月，在春水大至之前疏理全淮，任务至巨，诸君可有良策，使治淮见效？"

伯益道："淮河源远流长，起于桐柏山，承豫邻荆，沿途有多条大水注入，颍水出颍谷，涡水出扶沟，淠水出麻邑，浍水之上游即涣水，诸水皆属豫地来水。故欲治淮，必溯源而至豫，方能根治。"

伯禹点头道："治水当知其源，不能拘于一地。山水自然而成，分野人为也，治水不因人为而废自然之道。废自然之道悖理，悖理者事难成。治水天下一统之事，非一地之事，治淮必跨豫，淮治豫安，也用豫之民力。"

应龙道："是这个道理，洪水治成，天下共享，不是一个州域得益，循水流自然之道而治，才有功效。分地而治是不得已，一是面广邦多，二是我们人力不够，只好分区域施治。今淮水之治，我在岁首休息之日，与童律、太章等共同将淮流诸水画成疏治之图，现奉呈伯禹，请与众将共商之。"

伯禹见图绘清晰，工务明白，标准详具，欣喜地对应龙道："你们辛劳，为治淮立首功了。"诸将见图标甚明，要求清楚，都说好。伯禹道："今后按图去治了。"

三奇道："洪泽方面入海之淤积虽去，可泽中的浮泥至今未除，此淤泥不去，一旦淮通后春水大至,则洪泽之容蓄跟不上来水之猛,必重犯泛滥之灾,不可不防。"

应龙道:"三奇所虑极是,不去浮泥,洪泽蓄量有限,春水大至之时,入海通道也挡不住迅猛的来水,到时又成泛滥。为今之计,宜深挖洪泽,多去其浮泥,泽深则容多,可增蓄水之功,缓骤来之水。"

禹强道:"泽中还有不少恐龙哩,不除尽日后还将害民。春水来前最好除去。"

伯益道:"洪泽水退多日,不知近况如何,需前往一探。"伯禹点头道:"大家说得有理,治淮之前集中兵力先去洪泽治妖浚淤吧。请太章、两亥兄弟先去洪泽探一下退水情况,以便安排人力。"

三日后,太章等回报道:"骆马湖方向,洪泽水位已降一丈以上,泽边浮泥已干,可以挖掘。骆马湖与洪泽之间不再有水相连,中隔陆地数十里,只要不再泛水,其地可以耕作。已见有缙之民在浏览勘察,似欲垦殖。"

伯禹听后高兴地说:"水退地露民耕,治水见效了。"

应龙道:"洪泽东岸浮泥已干,先掘去浮泥,加深洪泽蓄洪功能。"伯益道:"应龙之言可行,今且暂缓治淮,先去洪泽治妖去泥,后再集中治淮,就无后顾之忧了。"

伯禹道:"伯益之言虽是,但治淮也紧迫,还须兼顾。由我和冯迟、童律等少数人先去淮源桐柏侦察,并了解淮河全貌。洪泽方面请伯益统筹,由禹强等战将去清除恐龙,集中治水士卒清除浮泥干土。还请太章、章亥分头通知有缙、有虞,都派民到洪泽掘泥。两路并行,以一月为期,到时再商量,伯益以为如何?"伯益点头。诸将道:"这样安排很好。"当下都各自准备次日出发。

伯禹一路暂不表,先说伯益一路。伯益召集诸将议论如何行动,三奇道:"如今天气严寒,恐龙未见活动,不知是否潜伏在泽底。欲屠恐龙,须先将其从潜处赶出,才能见机行事。"应龙道:"何不利用滚耙,把泽底耙一遍,既可滚起浮泥,使浮泥东流,又可驱赶恐龙和鼍龙出泽,一举两得。"江妃、禹强都说此法好。庚辰道:"从泽底驱出恐龙,还须将木筏与船都捆扎使用,以御风浪,并可稳固站人用力。"

三奇道:"介甲之属都有蛰伏之性,我担心恐龙不在泽底而在岸下洞中哩。"

伯益道:"诸君所言都有理,可作如此安排,由禹强、庚辰率所部将木筏与船扎成数十只稳固平台,用大绳互联滚耙,自西向东经泽心遍耙泽底浮泥,并惊驱水怪,怪现则杀之。水中情况不明,请三奇师徒相助。由江妃、江飞、冯脩率所部集中洪泽东、南、北三岸,深挖已干浮泥,如遇蛰伏之龙,能诛则诛,如量多而凶猛则燃烽火以告禹强等前来杀灭。沿泽各邦黎民来挖泥的,由应龙、乌木由统一指挥安排。都以一月为期,力求提前,以便早日治淮。"诸将应诺而散。

次日伯益率众至五河口,禹强、庚辰、朱虎、熊罴、三奇师徒都登上扎合的船筏自西向东而驶。时在隆冬,西风猛烈,禹强等扯起风帆,借风力牵动滚耙,船并行一线,滚耙如梳篦一般,搅起泽底浮泥,船行甚快。禹强等诸将都持刀佩弓,双目注视泽中,准备杀怪。但一路行驶,未见异常,船过泽心,泽底虽泛起大批浮泥,把泽水搅得一片浑浊,随水流向东岸,但全泽未见一头恐龙与鼍龙,都深以为怪。

三奇道:"既然泽底并无龙迹,则必在泽之四周了。我等宜速去掘泥处观察。"禹强指挥船一路东行,将近泽边,只见人头攒动,数千士卒与黎民都在挥镐举锹,深掘泽边干泥。

禹强等寻见江妃问道:"可有水怪踪迹?"江妃道:"施工数日,未见恐龙及鼍之影踪,你们在泽中可曾遇见?"禹强叹道:"泽中也不见影踪,真是奇怪。"江妃也感奇怪道:"怎么都不见一点影踪了,难道入陆地远处躲藏?"

三奇道:"龙鼍喜水,必在泽;不在底,也在边。隆冬之际,不可能远行他处。"禹强道:"然则何在?"

珠儿在旁道:"泽有四周,我等开掘的人,都在东南北三岸,西岸不曾去过,也许恐龙、鼍龙正在那里蛰伏呢。"

三奇道:"珠儿之言有理,何不去西岸一探?"禹强道:"那就去吧,不见龙妖,决不罢手。"

于是众船掉向西行,因西风猛烈,船行缓慢。船沿北岸而行,沿途见黎民齐集泽边施工掘泥。数日后见泽之西北角有一陆地,如一片柳叶朝东伸向泽心。禹强道:"以前何以没见此半岛?"三奇道:"几次行船都专心直奔东岸,未曾浏览四周,且心在工地及除妖,对无关之地多不在心,常视而未记。原来心目中并无此半岛,即使见了也误把此陆地当作洪泽北岸了。今日特意细察,方觉此处有异。"庚辰道:"此言有理。"

说话间船已驶至柳叶尖端,一众拢了船筏,上得岸来。只见岸上怪石嶙峋,起伏不平,形状各异,有的隆起如牛首羊角,有的深坑凹陷,形成洞穴。泥沙遍地,草木荒凉。众人走至叶尖观察,见临泽两岸淤泥甚厚,但朝北之岸平坦无痕,向阳的南岸凹凸不平,大小洞口遍列,大的径尺,小者数寸。

禹强道:"怪哉,两岸泥涂为何如此不同!"朱虎道:"按理说,北岸有西北风吹,波涛冲击,理宜起皱;南岸向阳风平浪静,理应平坦,何以今却相反?"三奇站于半岛叶尖反复来回观察,深思良久道:"有了。"

庚辰道:"三奇发现了什么?"三奇道:"风浪拍岸,绝无洞穴之状,有洞穴之状的是有物拨动之故。南岸向阳而温暖,若怪龙冬蛰,必在向阳之地,今向阳之地现洞口者,龙蛰的出气口也。若我推测无误,南岸洞穴中必是恐龙、鼍龙蛰伏之穴。"

禹强道:"若是怪在这里蛰伏,正合我等一举歼灭之愿了。"即欲传令众士卒动手掏掘洞口。三奇制止道:"且慢动手。"禹强问:"为什么?"

三奇道:"看这片陆地伸入泽中有数十里之远,同时动手,恐惊醒怪龙,一旦入水,就难以歼灭了,如今趁怪龙蛰伏在洞,我等应逐一挖掘,发现一头,趁其未醒就歼灭一头,既省力又易尽除,看似慢,实则快。"

禹强、庚辰等都觉有理。于是禹强把百余人分成五队,每队有一伙人到岸边洞穴口掏洞，逐步挖深，发现恐龙即暂停再挖；另一伙人站在洞口旁，手持刺刀长矛，由朱虎、熊罴带领，发现恐龙即拼力刺砍杀死；还有一伙人站在船筏上，也持刀矛，由三奇师徒率领，以待恐龙挣扎入水时砍杀。

部署之后，士卒动手。先在最东端洞穴起掘，洞旁站着持铁木黑棍的庚辰，执双斧的朱虎、熊罴，士卒持长矛钩刺武器以候。挖洞的士卒小心而有力地扒开洞口，铲出泥沙。

约半盏茶时，洞口大开，深入三尺有余。但洞中黝黑，看不分明。庚辰持黑棍朝里捅了一下，只听得"托"的一声，似闻有物哼了一声。庚辰道："有门。"命士卒再挖，又进了尺余，洞口大开，光线透入，庚辰朝洞内张望，见洞内露出一怪兽之嘴。大呼道："果然有物蛰伏。"命士卒用力扒开洞口，露出了整个兽头。朱虎、熊罴两人钻入，见果是恐龙之头，就从左右两边伸入大斧，各朝兽头砍去，只听得喀嚓一声，头骨已碎，洞内深处一阵晃动，须臾方止。兽顶鲜血汩汩流出，还冒着热气，伴有一股腥味。

禹强见已杀一条恐龙，就命士卒将洞口彻底挖开，只见巨大的恐龙躯体似一个大蛋蜷缩在洞内，尾巴卷在腹下，长颈朝洞口向上斜伸，头部露出一嘴，搁于洞口呼吸，身躯半在水中，半在水上，紧贴洞土，洞内湿暖如春，水有微温。禹强命士卒奋力将恐龙尸体拖出洞外，暴露在光天化日之下。此时尸体犹温。

三奇道："恐龙之肉可食，且补身体。"命珠儿挥神钩，剥开其皮。朱虎等挥斧剁下精肉，士卒破肚开膛弃其内脏，熊罴挥斧剁其骨骼道："方道彰曾讲，龙骨是药用之物，特取之与方、宋两位作药用。"三奇道："熊罴之言是也，不仅其骨可入药，且其皮可制衣。"禹强知恐龙之骨、皮、肉都有用，就抽士卒数十人，组成开剥队，在杀死恐龙后割取其骨皮肉而收藏。复命众士卒依开挖首穴之法，自东而西逐一挖洞杀龙。这一天共挖开大洞五处，小洞两口，大洞中都蛰恐龙，小洞中则蛰鼍龙，都杀死取其有用之物。前后十日，自东而西尽屠蛰伏之怪龙。

禹强道："此番方了却心中忧虑也，若待来春入泽，杀它就难了。此役还亏三奇指点。"三奇摇手连道不敢。禹强见蛰龙已除，有用之骨、皮、肉都已取下，命置船中，由熊罴先率数船回大营，交给玄龟、方、宋几人收用。自己与诸将士乘船往东岸协助挖掘干泥去了。剩下之龙体内脏、碎肉、碎骨尽弃堆于此陆岛，后人称此为龙集。

洪泽之水怪已尽，从此恐龙不再有遗类。只有少数鼍龙蛰在洪泽南岸与鞍山岸边，成为漏网之鼍，后随水流经高宝湖入于长江，并逐渐变小成为扬子鳄，即雷泽鼍之后裔。此是千年演化后的结果了。

欲知后事，且听下回分解。

第二十八回　惊　艳

再说伯禹、童律、冯迟三人带了几名随从，驾了一条船，装了干粮和备用之物，别过方、宋、玄龟等人，从五河口北岸西行。淮河两岸林木依然苍翠，景色极好。虽天色阴沉，气候寒冷，仍秀色可观。北岸地势平坦，多见浅湖潴水；南岸是丘陵起伏，与山峰互起，多成深坑深湖。两岸都见茅舍村落，炊烟袅袅，人影往来。伯禹道："淮河两岸人烟不少啊！"冯迟道："两岸土质肥沃，人丁兴旺，若无水灾，民富足有余。"童律道："两岸地形不同，水流也各异。南岸多山坡，入淮之水短；北岸平坦，入淮之水长。南岸种植多在山腰，北岸种植都在平地。北岸人烟多于南岸，必是水害不同所致。"伯禹道："那平淮要以北岸为主。"

三人边说边行，过了浍河、䢖水两大川。次日午后见前方一条大水流入淮河，水势甚猛，入淮处有一山濒水而立，气势雄伟。伯禹欲知此山此水之名，见前有村舍，就命停船上岸，疾步前行。将近大水入淮处，童律眼尖，急止伯禹前进，指前方对伯禹道："前百尺的河口有一白狐饮水，其体甚大，赶快提防。"

伯禹、冯迟循童律手指处细望，果见一白色毛狐，正蹲于河边，身后拖着数条长尾。童律道："我细数长尾有九。"伯禹道："怪哉，狐何有九尾？"冯迟道："莫非妖狐？"就抽出长刃卫护伯禹，童律持弓箭在手，准备施射。此时白狐恰人立而起，并旋转身躯，双脚迈步，不似兽行。

伯禹急止童律弓箭道："不可鲁莽，是人是兽，且仔细看来。"

童律蹑手蹑脚前行，伯禹等随在后面，几步后伯禹已看清楚了，笑道："人也，着狐裘者。"冯迟也道："果然是人不是狐。"童律大笑道："我眼迷耶！真是穿狐裘的人，九尾是集九狐之皮成裘衣，留其尾为装饰，人蹲裘披而九尾垂，远看像一只九尾狐了。"

伯禹点头道："正是此理，但能穿这等贵重裘衣的，必非一般庶民，此地当有侯国之府。"童律点头道："理应如此。"

三人大声说话间，着狐裘者似有所闻，回首观望。伯禹正抬头相看，一见大惊，不由得目迷心跳，迈不开脚步，直直站在原地痴望着。童律、冯迟两人本在伯禹身边，忽见伯禹停步不前，急看伯禹，只见伯禹两眼直勾勾看着穿狐裘之人，神情古怪。两人也把目光转向衣裘者，都吃了一惊。

原来着九尾狐裘的是一个绝色妙龄少女，细眉秀目，一个小巧端正的悬鼻镶嵌在如白玉般的脸蛋上，明眸流波，动人心魄，鼻下红唇樱口，露齿如贝，似笑微嗔，娇态可掬。额上狐首皮裘为冠，掩住了双耳与两鬓，只露出一副秀丽嫩白的瓜子脸，双颊微红地站在那里，双眼晶莹地瞧着伯禹。竟是四目相对，谁也不动。

童律、冯迟两人相视而笑，童律推了冯迟一把悄悄道："看来姻缘来了。"冯迟点头不语。童律抬头望天，见天色不早，就走上前去轻声问那女子道："请问姑娘，这是什么地方？"

那少女突然惊醒，看了童律一眼，双颊飞红，也不答话，转身匆匆向前走了。

童律对冯迟道："你照看好伯禹，我随那女子看看住在何处，有个着落。"冯迟点头挥手，童律就远远跟着那女子，走了里许，见进了一所很大的高敞房舍。童律见此村落颇大，人庶众多，忙问一老者道："敢问此大舍是何人家？"老者答道："这里是涂山氏之国，那大舍是涂山氏君侯府宅。"童律复问此大河名称，老者道："这是涡水。"童律谢了老者回转。伯禹已定心回神，正和冯迟说话，见童律回来问道："此为何地？"童律道："问清了，这里是涂山氏之国，那女子是涂山氏府中的人，具体身份还不知晓。"伯禹点头。

这时天色已晚，冯迟道："要不去村中借宿一宵？"伯禹道："这次先察淮河水道，暂不惊动各邦首领。"童律也说这样好，三人即在船中宿了。

次日天气晴朗，伯禹见涡水入淮处也是两峰对峙于两岸，童律上前问询，请来两三位壮汉到伯禹处，伯禹拱手问道："请问此地属何邦？大川双山何名？"壮汉答道："这里是涂山国所属，我等都是涂山氏子民。西来大川就是淮河，北来大川入淮的是涡河，入淮处称涡口，淮河西岸这山叫荆山，淮河东岸这山叫涂山。"

伯禹点头注视两岸，见两山高下相仿，都林木葱郁，峰峦挺秀。两山挟河而峙，相距约一里之遥，滔滔淮水西来，到这里曲折，水由南向北在两山之间穿过，再转弯南入淮水。又问道："涂山氏之国近年可有水患？"壮汉答道："不瞒几位，数十年前风调雨顺，淮河直通大海，两岸土肥地沃，农作丰收，黎民百姓安居，人丁兴旺。近数十年来，天气燠热，淫雨不断，洪水泛滥，两岸土地淹没，屋被冲走，地不能种，黎民生活困苦不堪。"说到伤心处还流下了眼泪。伯禹叹息，复问道："淮河千里，众水纷集，何水最凶？"壮汉齐答道："集淮河水大小数百条，涡水为害最烈。"

冯迟问："为什么？"壮汉道："涡水本与众水一样，可近几年涡水上中游来一神怪，形如猿猴，身材短小，但力气很大。且水性非凡，伏水中能三日不出。手下有徒众数百，都持刀舞枪。他们盘踞在涡水上中游，驱使当地黎民为他们运石筑坝拦水，阻断涡河流水，涡河不能顺利入淮，乱流两岸，把本来可耕之地变成洪涝灾区，真是可恨。"

冯迟惊讶地问道："拦水筑坝，意欲为何？不知此怪是何名头？"

壮汉道："当地民众听此怪手下称他为无支祁，听说原是帝都水伯府的人物，不知因何来此残害众民。"另一壮汉道："当地黎民称两年前曾来过一个名叫相柳的人，无支祁对他很尊敬。本来无支祁并不作恶，但自相柳来过后就开始作恶，发生拦河断流、毁地残民等事。"

童律问道："相柳还在吗?"壮汉道："听说相柳只住了半年，后不知去了哪里。"冯迟道："无支祁既然堵了涡水，那春水来时，涡口入水是不是减了压力?"壮汉道："无支祁堵涡不是为百姓，而是作恶残民添乱，在冬季，涡水正常流量，他堵流后涡水乱流，中游两边不能耕植；春汛水旺，他却挖开坝石，让已蓄之水直冲淮河，使下游两岸都被大水冲刷，地屋尽毁，连淮河都被冲得河岸破损。这样的恶行已连续三年，却无人能够制止。"

伯禹道："涂山氏族长难道不管吗?"壮汉道："也曾派士卒去和无支祁战斗，奈非其敌手，失败而归，只好眼睁睁地看他们作恶残民。"伯禹叹息摇头不止。

冯迟劝慰三位壮汉道："无支祁作恶时间不会长了，听说伯禹治水大军已经到了徐州，你等放心，不日将除无支祁一伙。"壮汉道："我等也曾听说伯禹将至，但不知何日可到，本地黎民都抬头盼着呢。"

三人别了壮汉又西行。此时淮水曲折，流向时东时北，两岸入淮川流纷繁，大小不一。次日，伯禹到了一处，又见两岸双峰对峙，相隔只有半里。两山都是峭壁矗立，形态峻拔。冯迟见邻近有民居住，前去询问，回来禀知伯禹道："此处名曰泚口，因西北有大川泚水入淮。泚口之东有高山，当地民称为北山，对岸一山称南山，也称八公山。"

伯禹见北岸山峰较南岸山峰略低，可以攀登，就同冯迟、童律攀岩，爬到山峰高处，环观四周水流地形。登高真是望远，附近山山水水，都入眼底。伯禹遥指东方对二人道："此两峰可是涂山、荆山?"童律点头道："正是此二山。"伯禹向南指挟河而立的山峰道："此是八公山了。"复俯视淮水，见西来的淮水到此呈曲折盘旋之势，向北再折转东南流，还重复两次，呈双弧鞍形，然后入山峡东南去。伯禹复见北岸有大川泚水入淮，西南岸也有清水入淮，淮水流量颇大，但两峡甚狭，淮水到此湍激，水流不畅。伯禹顾冯迟道："这峡谷应开凿使宽，以顺淮流。"后人因伯禹曾登此山，做出治理山水决定，并开山有成，故称此山为伯禹王山。

三人续西行，见南北两岸又有大川入淮，北岸散居黎民，就去探问，村中宅居颇多，伯禹一行上前拱手问道："我们初临贵地，请问此地何名?"有一老伯举目见三人衣着朴素，但形体轩昂，举止有礼，知非常人，也举手为礼答道："这里叫颍口，是颍水入淮之口。"手指西北不远处大川道："此即颍水，来自豫州。"伯禹指南岸道："南岸河道可多?春汛期是否波及本村?"老伯道："南岸庐子国，注淮水流众多，有淠水、穷水、黄水等，大小不下百条。幸两岸多湖泊，春水旺时流入诸湖，缓冲不少。"伯禹称谢指点，复西行。沿途果见两岸河川不断，南岸之川多于北岸。又见一大川，问知为洪河，入淮处称洪河口。

伯禹顾童律、冯迟两人道："淮流千里，水道数百，淮真是一条大川，不虚与河、济齐名。"

当日到了桐柏山,这晚天气阴沉闷热,童律道:"恐有大雨。"冯迟对伯禹道:"天时地利不好,路滑行难,应暂缓登山。"伯禹道:"离大营已有十日,春水不等人,还是尽快一探桐柏为好。"于是三人穿雨衣,披蓑衣,毡靴之外套上草鞋,徒步上桐柏。行至半山,下起瓢泼大雨,狂风怒号,松风鸣叫,冷雨射脸,迎面吹扑,眼都睁不开了。三人找了一处岩岫暂避,不料风雨整日,看看天色渐晚,童律与冯迟劝伯禹明日再来。伯禹见确实难行,乃下山循原路回至船中。次日风雨略小,伯禹依然上山,刚至半山,大风雨又起,伯禹道:"今番不返回了,风雨再大也要登山。"随手捡了一条树棍,拄着行走,虽一步一滑,照走不停。冯迟、童律左右扶持,缓缓而登。走了十余里,到一山洞,实在走不动了,三人拨开洞口荆棘,进入洞内。洞内宽敞干燥暖和,足以避风雨,时已过申,天色晦暗,犹如黄昏。

童律道:"不如在此一宿,明早登山吧。"冯迟道:"峰顶已近,来路已远,回去不如宿此。"伯禹点头。童律在洞边拾了一些未湿枯柴,燃起篝火,倒也暖意融融,比船上还舒服。

次日天刚亮,三人起身,随手掬水吃了干粮,离洞登山。经一夜休息,精力已复,但大雨依旧,而且风刮得更猛了。将至山顶,忽听得雷声隆隆,呼啦有声。伯禹道:"隆冬之际,何来雷声?莫非苍天不欢迎我们上山!"童律道:"近年来天象反常,故淫雨连降,洪水泛滥,现隆冬震雷,也是天时不正之验。"冯迟道:"天时不正故洪水泛滥为害,正需吾辈用力之时,若风调雨顺,四海无灾,要我等何用。"伯禹点头道:"冯迟说得好,有才之士当立功于困苦危难之时。天生我材必有用,用于斗天战地以利民。虽然天地无灾,四海升平之日,有才之士也可展其能,然不如艰难危急之易显也,此正所谓'反者道之动',故乱世出英雄。"说话间三人登上山顶。

雷震之后,风雨渐停,云层转薄,须臾之间,竟天气转晴,阳光洒落在群山,照出一片青翠峰峦,苍绿耀目。童律不觉大声呼道:"苍天开眼,出此美景,难得一见呵!"伯禹也觉精神顿爽,尽扫数日沉闷心情。

冯迟只顾眺望四周,似在寻觅什么。童律道:"冯兄寻什么美景?"冯迟道:"我在寻找淮水从何而出呢?"童律天生神目,双手搭在眉骨上,向东、南、北三方瞭望片刻道:"桐柏山峰罗列,细流飞舞,都可聚而为川,然后集而为淮水。唯其较大者在大复山之南,出水处当称复南,也称复阳口,阳口,即在朝阳山之南余山(后人也称为胎簪山),就是淮之源。"

伯禹、冯迟两人眼拙,不如童律神视,经童指点,方极目而视。始见其处。淮自阳口而东流,三人远远看去,一线如蛇,蜿蜒向东。童律道:"淮之上游地势高而水流急,洪害较轻。中游众水齐集而害重,北岸地平而水源远流长,其害重于南岸。下游淤重而积水,故地荒人稀,虽成灾但害民少。"伯禹对冯迟道:"童律归纳得好,下游宜重宣泄,中游主浚大川,上游可以勿治。"冯迟道:"遵伯禹之言为治。"三人见此时天晴，淮源已知，治淮之策也有眉目，就趁晴循路下山，至晚回到船上。

次日，伯禹命随从驾船，循淮水顺流而下，并借西来之风，挂起帆片，顺风顺水，船行如飞。当日驶出上游一段，到了颍口。几日大雨，颍口两岸水位高于来时，伯禹命停船而宿。次日继续挂帆向东，船如飞而驶，连过八公山、涂山两处峡口。三人看得眼花缭乱，目不暇接，瞬息间又到了浮山峡，冯迟命将船停下，对伯禹道："船至五河口了。"

伯禹定了会神，扶着童律、冯迟两人站起身，向前眺望半晌叹道："逆水行舟，劳而进缓，顺水行舟，易而行速，顺逆之道不可不知。"于是进入大营，问玄龟知伯益未回，就派人通知。

欲知下步如何治淮，且听下回分解。

第二十九回　擒获无支祁

却说伯益接通知后，安排江妃带领民卒施工，自己率众将回至大营与伯禹相会，伯禹、伯益亲切地交流了各自情况。隔了一日，有缗、有虞两君也来了，众人在厅中聚集。

伯禹道："这次偕童律、冯迟探了全淮一线，已知上游少有灾害。颍口至五河口入泽一段是中段，川流纷繁，其中水大难治的是涡河、西淝河。涡水不仅水量大而险，而且有无支祁作乱，阻挠治水；西淝水入淮处有八公山，山峡阻水须开凿拓宽。中段民多地广，水众灾多，因下游已治入海通道，下步主要是治淮水中段。今距春水来临至多两月，若不早定治理之策，必有灾生扰民之事，故请诸君前来，共商对策。"

伯益道："伯禹此行得淮实情，不虚此行。洪泽通海之道已深阔，洪泽露干之泥经浚掘后，深阔各三尺以上，蓄水之功大增，一旦春水骤至，可见效果，预计再有半月即可全面收工。今伯禹提出重点治理淮河中段，完全正确，可以两大川为主。无支祁原是水府干将，颇有神通，水性极好，此次来此阻挠，必是受相柳挑唆所致。无支祁性虽奸猾，然头脑简单，好斗悍强，有勇无谋。我们治水大军中能征善战之将不少，足以擒获此妖。另外中段川流多工量大，还须豫、徐两州邻近淮河各邦之民共同出力，各治其附近之河，方可收速治之功。"有缗、有虞两君道："自当出力。"

冯迟道："工大事繁，必须统筹安排，职责分明，标准明确，有序协调，方见效用，还须应龙先绘出治淮图为好。"应龙道："理应如此，但须童律、太章两人帮助。"

禹强道："无支祁之害，交给我部解决，定当擒杀此妖，以清妖气。"庚辰道："妖孽当道，治水难行，何不由我部率先去涡河，扫除无支祁，为治水打先锋？"伯益道："庚辰之言是对的，若不先除无支祁，我军一旦治水，他必兴兵作乱。不如先下手为强，防患于未然。"伯禹点头称善。

伯禹问两君道："淮水两岸有哪些侯国邦族？如何致意通治水之事？"两君道："大小邦国部落其数过百，大的有涂山氏、英氏、商氏、昆吾及有缗、有虞等国，至于小邦、小氏族为数众多，伯禹如欲号令他们，敝邦愿代为通达。"伯禹拱手相谢道："请两君转告各邦国君主，桃花水到来前，浚掘本邦内主要水道，特别是颍、浍两水，务必畅通无阻。"两君应诺后辞别。

为治淮水中段，伯禹、伯益决定将大营搬到涡口。大营诸将各按部署准备领兵分赴治地，玄龟、方、宋等整理大营粮秣辎重，着手搬迁。伯禹派出士卒三百，命童律、乌木由二人率领即赴涡口,会同涂山君择地建营,择日搬迁。冯迟向伯禹提出率部去浥口治阻水山峡。伯禹同意。

却说霸占在涡水中游的无支祁,是个四肢发达,头脑简单,身躯矮小,其貌不扬,却有着诸般特异功能的怪人。

他使的是一条含有毒汁的两头尖乌木棍,若被它戳中,就会全身发黑,中毒而死,十分厉害。他不仅陆上手段高强,而且水中功夫了得,逐浪蹈波,精通水性,潜伏水下可三日不出。当年曾称雄草莽,横行乡里,无人能挡。但他既智力低下又唯利是图,空有一身奇能,没能走上正路。后被相柳看中,三言两语,以利益相诱,就跟着相柳投入共伯水府为将。因共伯为人不正,彼此臭味相投,成了水伯府干将。被逐后,怀恨在心,在相柳唆使下,来此涡水中段落脚,搜罗了懒馋之徒三百名,在此为非作歹,又逼迫近百里庶民,供他们驱使奴役。近闻伯禹来此治淮,于是在那里筑起拦水大坝,截断涡水,欲与伯禹抗衡,破坏伯禹治水。

话说禹强受了伯禹之命,专司涡水除妖。受命后召诸将商议如何部署战斗。庚辰道:"对无支祁现状不明,较难定策,何不请太章、两亥兄弟前去探明虚实,再作计较。"朱、熊两将也认为先明敌情而后动为妥。禹强就与太章、两亥兄弟商量,三将都很支持,立即出发去了。两日后三人回来,禹强再次召集商量,并请来三奇师徒及童律、乌木由共谋。

太章介绍了无支祁兵力和近来活动,道:"兵力三百,胁从庶民千人,正在涡水中段龙庄地方筑坝拦水。"

朱虎道:"无支祁筑坝拦水意欲为何?"太章道:"听他们内部人说,本来蓄水是为了冲击涂山氏君,欲在涂山一带称霸。后知伯禹来此,就改放水冲我等驻地,不使伯禹立足。"

三奇道:"无支祁这一招确是狠毒,在春水大至时蓄水必多,一旦开坝积水猛泄,涡口确有被冲垮危险。"太章道:"无支祁是受相柳教唆施此毒计的。"

庚辰道:"无支祁何以知伯禹会住在涡口?"太章道:"据其手下所传,原来因涡水凶狠,异于各川,故择涡水制乱,筑坝蓄水以待春水大至时放水冲击涡口及涂山国,但相柳诡计多端,料伯禹若治淮水必择最险地段立营,以便指挥,故预测伯禹将会在涡口立营。这次伯禹恰选了涡口为营,风声传到无支祁耳中,他就得意地认为天赐良机,可以乘机冲垮伯禹大营,甚至奢望谋害伯禹及我等大军,故而近日正勒令凶顽之卒强迫众黎民加高堤坝,扩大蓄水量,等待机会开坝放水要淹我们呢。"

禹强道:"相柳、无支祁果然阴险狡猾。"章亥道:"在那里听得那些凶徒称赞无支祁本领高强,身怀异技,无人可敌。手下三百歹徒,都持尖棍,已被无支祁调教成一支难敌的劲旅。"

三奇问:"他们住地环境如何?"太章道:"虽住在高地上,但土湿地荒,林木茂密,鸟兽出没。"禹强道:"今情况已明,即日前去剿灭,诸位以为如何?"

庚辰道："情况虽明，但如何进袭，尚须商量定当才好，贸然前往，临阵而乱，不易取胜。"三奇道："庚辰之言是也，确需事先商个妥善之策。"

禹强道："愿闻三奇之策。"三奇道："无支祁是个有勇无智之蠢货，手下歹徒虽悍，只是乌合之众，胜则猛进，败则溃散。胁从之民不会与无支祁同心，无支祁一败，必定一哄而散，不会和我军为敌。只要一战而胜无支祁，即可大获全胜。"

庚辰道："一战而胜无支祁不容易。"三奇道："明取难，突袭易于取胜。"庚辰道："如何突袭？"三奇道："刚才太章说无支祁营地周围林木翳密，可在黑夜中以火攻之，必能成功。可请方、宋两位前来协助。"

禹强道："待我禀明伯禹，请此三人来助。"三奇道："今是残冬气候，西北为上风头，我等可在上风头施火，并用大队士卒围攻，无支祁必败走下风头进入水中，故须在涡水东南岸部署一批将卒，不使无支祁越河逃逸，一举擒获无支祁，以绝后患。"

几个将领都同意三奇计谋。几日后，宋无忌、方道彰到了，禹强带了大部将卒从宿营地出发，在无支祁营地西北十余里处悄悄隐藏。庚辰带领二百士卒，潜行到涡水东岸无支祁所筑堤南潜伏，只等禹强那边火起即越堤坝至无支祁营地对岸，等候无支祁。

禹强一路到达贼营西北密林隐蔽后，就地休息。宋无忌取出硫黄等引火物，命士卒在晚上潜到贼营附近，将硫黄等易燃之物用布帛裹于树干上，上半夜完成布置。下半夜，章亥潜至贼营夜探，高地贼营中灯光俱无，一片寂静，所有歹徒都入梦乡。高地之下是被威胁来的黎民棚房，也没响动。回来告知禹强，禹强即请宋、方两人实施火攻。宋无忌取出藏于箱中的流火弹、点火器，方道彰取出煽风炉、吹风器，一路潜行至高地贼营附近。

宋无忌拨动手中点火器，点燃流火弹，流火弹冒着火焰直飞到前面林中，林中火起，就引燃了树干上的硫黄、硝石，霎时间烈焰腾空而起，惊得林中宿鸟扑扑乱飞，吱吱大叫。方道彰架起煽风炉、吹风器助威，将火焰、浓烟都吹向贼营中了。

此时四更时分，天黑如墨，无支祁与三百歹徒梦乡未回，鼻鼾如雷，阵阵火焰浓烟和浓烈的硫黄气都钻到无支祁和这些歹徒口鼻中了，歹徒带着猛烈的咳嗽从梦中惊醒，但已经晚了。烟气和硫黄早把这些人熏得头昏脑涨，天又墨黑，完全分不清东西南北，醒来后乱作一团，自相践踏，有的当场熏踏致死，有的泪流满面自撞墙石而亡。此时烈火已包围了整个贼营，三百歹徒大都受烟火熏烤昏死，少数四散逃窜，被伏在营外的禹强战卒杀死。无支祁总算有点本事，侥幸逃出火外，受伤不重，一面咳嗽，一面挣扎着拿了尖棍冲出门外。回顾手下三百歹徒只有十余人逃出火场，站于空地上咳嗽不止，身上都有伤。营房一片火海，已经烧毁。此时禹强带着士卒扑入，棍棒交加，刀枪并施，把残存的歹徒全歼在火光之下。

在高地下的被胁黎民见高地贼营起火，无人上去救火。这些黎民平时受歹徒鞭棍敲打，早已恨之入骨，如今歹徒有难，怎肯来救。一哄而散，各自逃出去了。

无支祁见此情景,知独力难支,翻身想逃。朱虎、熊罴两将见状,迎面挥斧砍去。无支祁大惊,急用两头尖乌木棍抵挡,乌木棍本是妖佞之器,普通兵器接触非断即裂,甚至双手发麻,握不住兵器,落败遭杀,所以一般武器难以取胜。但今番朱、熊两将所持武器乃蚩尤之骨,坚硬无比,百邪不侵。今日两将四斧与乌木棍相交,虽没有将无支祁棍棒砍断,但无支祁之棍也伤不了四斧。无支祁心惊,自知不能取胜,就边战边退至涡水边,跃身钻入水中,企图从水中逃生,待机再来。

三奇师徒早已身着皮水靠,盯住了无支祁,见他入水,师徒俩紧随入水。无支祁见有追兵,返身用手中两头尖乌棍戳来。珠儿手中神钩是黄帝遗宝,一伸手触及无支祁尖棍,一拧手,就把他乌木棍截短一段。无支祁大惊,从未见如此厉害神钩,惊得翻身而逃,钻入深水不见了踪影。原以为自己水性异于常人,能潜水中三日夜,可以逃过此劫。不料珠儿水性更强,能伏水中七日夜。三奇虽无此能,但也可三昼夜不必出水换气。

师徒两人在水底昼夜巡视,头两日不见动静,三奇对珠儿道:"无支祁不可能远去,定在水底洞穴潜伏,可在他出来换气时擒拿。"命珠儿在水中巡视,自己出水告知庚辰留意无支祁探头换气时捉拿。

此时禹强在西岸已清理了战场,人已一个不见,岸上静悄悄。禹强就将大部分士卒遣往涡口筑营,自己带少数随从在涡水岸边昼夜巡视。三奇知禹强心急,会见庚辰后又至西岸告知禹强:"静待三日,必见分晓。"

转眼三日夜,水中仍无动静,众人担心无支祁已经逃逸。三奇对庚辰道:"计算时日,无支祁当探头换气了,时辰当在凌晨,务请注意。"庚辰就彻夜守候,驾筏在涡水水面巡视,双眼紧盯水面。过了半夜,到了寅时,珠儿听见离自己不远处有异常水声,还见水波微动,更紧盯动静处。果见无支祁从一泥洞中探出头来,拧身上蹿。水珠紧随其后,防其逃窜。三奇和庚辰正在水面筏上,忽见水面神钩一晃,三奇认得这是珠儿神钩在发出信号,命庚辰注意。庚辰紧握手中硬木棍,眼盯水面,正注视间忽见木筏边水花一动,钻出一个黄毛的圆顶,正是无支祁脑袋。庚辰顺手操棍朝这圆顶扎去,正中其顶,只听得"扑"的一响,这圆头又沉下去了。但转眼又浮上来整个身躯,正是无支祁。

原来无支祁伸头探脑换气,本想再看看四周是否有人,如无人防范,想趁天色未明溜之大吉。忽然一根大棍眼前一晃,正朝头顶砸下,心中大惊,连忙缩头沉身,想潜入水中,但迟了一步,头顶已受了庚辰一棍,幸而头已入水,棍受水面浮力所阻,棍力削减不少。但庚辰之力非凡将可比,虽有水阻,但其力仍使无支祁头顶狠狠挨了一下,若无水力所阻,无支祁早已头裂脑流,一命呜呼了。虽然水阻削了力量,但这一棍还是将无支祁击得晕了过去。珠儿在水下紧跟在无支祁身后,一见无支祁昏晕,急双手托起其身,浮出水面。庚辰一见珠儿托起无支祁,急伸手一把抓住,三奇也过来帮助,将无支祁双手反剪,再命士卒取来粗细麻绳,粗绳捆缚全身,细绳穿过其锁骨及鼻子,然后粗细麻索相连,使无支祁无法逃脱。禹强在西岸见擒住了无支祁,心中大喜。庚辰等渡水与禹强相会,共同将无支祁押往伯禹处,听候发落。

伯禹和伯益商议后,感到无支祁曾在水府供职,虽然几次受相柳指使作恶,但不是阻水首恶,放他一条生路,不行杀戮。但防他继续为害百姓,就命庚辰将无支祁用石链锁住镇于淮水下游龟山(盱眙山)下深坑水洞中,使终年深居水穴,不见天日,只在夜间换气,以鱼虾为食,不与人间接触,以磨砺其凶险妖戾之性。从此困住了这一魔头。

话说伯禹大营在擒获无支祁后,迁到涡口,初步安顿。这日一早,伯禹、伯益、童律、冯迟四人带了礼物前往涂山氏府拜会涂山君,涂山君闻伯禹来到,急整衣出迎。双方坐定后伯禹言道:"此次治淮来至贵邦,尚望君侯相助。"涂山君拱手道:"贤伯为天下黎民治水,敝族也受益匪浅,出力当属分内,何敢言助,伯禹若有所需,只管盼咐,只要本邦力所能及,自当竭力。前日所嘱任务,已饬所辖之民奔赴治水之地,不敢懈怠。"伯禹称谢,送上礼物,涂山君受了,送入后堂。

宾主正言谈间,在涂山君座旁屏风后时见一女子露首来窥,并闻嬉笑隐约。伯禹颇感惊讶,脸部表情迷惘。涂山君回首瞥见,对伯禹道:"此乃小女,从小娇惯,生性活泼,不懂礼节,伯禹见笑了。"就教她出来见客。只听得银铃般笑声过后,走出一位绰约低首、面带笑容、身穿狐裘的妙龄女郎,伯禹吃了一惊,双目紧盯。涂山君命此女见过伯禹,女转身向伯禹躬身施礼,双目流盼,笑靥满面,抬头瞧着伯禹,四目相对,都各脸上飞红。一会儿即转身如小鸟一般逃入屏风后去了。伯禹神情木然,竟未还礼,呆呆地坐在椅中失神不语,状如痴呆。伯益从未见伯禹如此失态,心中纳闷:今日伯禹怎会如此?

童律、冯迟两人一见此女,也吃了一惊,都心中暗道:"原来竟是涂山君之女。"追回首见伯禹痴呆之态,相互会心地一笑。

涂山君见伯禹未言,还道是女儿不知轻重,得罪伯禹了,拱手言道:"小女失礼之处还望贤伯见谅。"伯禹闻言惊醒,自知失态。不觉脸颊微红道:"令爱容光照人,个性活泼,今日一见,令人忘俗。"就从身上取下一块玉佩,递与涂山君道:"初次见面,无以为礼,此玉是父祖所传,特奉与令爱,以为相见之礼。"涂山君见此玉贵重,不敢收受,道:"小女冒昧相见,何敢受此厚礼?"

童律已知伯禹心意,就对涂山君道:"伯禹生性旷达,待人至诚,既赠玉佩,涂山君还是收受为宜。"冯迟也道:"童将军之言是也,望涂山君勿却为好。"

涂山君见两将都劝收下,只好起身作谢道:"如此则愧受了。"命左右摆宴款待伯禹一行。伯禹起身道:"今日只来一会,我等大营已迁至贵地,但营房尚未全建,待全部建成后,当请贤君一叙。同处一地,相见之日正多,今日不叨扰了。"涂山君见留不住,只好作罢,伯禹等回至大营。

欲知伯禹因何失态赠玉,且等下回分解。

第三十回　伯禹成婚

当晚伯禹安歇后，童律、冯迟两人到伯益房中。伯益对两将道："今日伯禹在涂府似甚奇怪，两位可知其故？"两人大笑道："正为此事来与贤伯商量哩。"伯益道："愿闻其情。"

童律就将伯禹在考察淮源途中在涡口曾见一身着九尾白狐裘女郎，双方对视许久，似有情意等情景向伯益作了描述。并道："今日所见涂山氏之女即当日所见之女，两人可能都各有惊喜之意，故女出笑声，男失常态，今之不言，必触动内心深处的情感，故迷惘失态了。"冯迟也道："必是此理。"伯益笑道："这就是了，看来伯禹姻缘动了，我等当促成这桩喜事。"童律道："我两人正是这个意思哩。"

伯益道："为何不向伯禹提议向涂府提亲？"童律、冯迟笑道："尊卑有序，婚姻大事，由我等提出，分量失重，事非所宜。还得靠伯益出面，先探伯禹之意，若有意，则向涂山君提亲，方为妥帖有成。"伯益点头道："为伯禹促成婚姻，正是我的愿望，待我试探。"当下童律、冯迟两人辞回。

却说禹强士卒剿灭无支祁一伙后，与三奇、方、宋等察看无支祁所筑拦水大坝，只见涡河中段已被石块林木泥沙堵塞，涡河左右两岸也有大坝，各延伸两里开外，欲拦春汛来水。上中游堵塞多时，涡水泛滥在上中游一带，下游河床中水流细小，几近干涸。

宋无忌道："水火无情，春水大涨时，一旦决口冲刷，下游人畜就完了，相柳、无支祁之计毒哉。"方道彰道："幸而赶在春水前剿灭此妖，若再误半月一月，无支祁阴谋得逞，大营、涂府、民舍土地将被洗刷一空了。"

禹强道："既已剿灭了此贼，当一鼓作气拆除此坝，以通涡流。"正欲下令，三奇急制止对禹强道："且慢下令，此坝暂不拆除。"禹强不解地道："留它何用？"

三奇指向坝下下游河床道："请看，下游河道如何？"禹强与诸将都道："干涸少水。"三奇笑道："无水干道，正可疏浚开挖啊。"

禹强与诸将都恍然大悟。禹强以手拍着额头大笑道："有理、有理，幸亏三奇提醒，否则又办傻事了。"于是安排由熊罴率卒二百巡视上中游，遇有阻塞者疏通之，并命到时挖开大坝。其余将卒都到涡水全力治理下游河床，去弯取直，深挖河底，清除淤泥，并拓宽两岸。

伯禹见疏浚涡河下游重要，命建营士卒大部投入治理河床。涂山君知此消息，动员留村诸民及府上随从都到下游开挖河床。

伯禹与伯益在河口处察看,见治河千人以上,但分布不匀,人多处有人无事,人少处有事无人,对伯益道:"人多宜分,不然乱了。"伯益道:"此事可由禹强指挥,并由应龙、三奇两人协助,可得理顺。"于是伯禹召三人道:"疏理涡水下游人多混乱,需要协调,请禹强统一号令指挥,应龙、三奇两位作出人分地段,治达标准之要求,协助禹强管理,以速其效。"三将都道:"言之有理。"就分头进行。次日,工地果见井然有序,效果显著。

涡口至大坝不足百里,以数千人之奋力,不到半月,河床深阔增加,淤塞尽去。弯者直,直者阔。禹强率部分士卒与熊罴会合,下令尽除无支祁所筑之坝,放水入下游。用了数日,大坝尽除,上中游蓄积之水冲入下游。虽不是春汛大水,但蓄积之水一朝冲向下游,力沉势骤,汹涌澎湃,若狂马乱奔,所向披靡,隆隆之声不绝于耳,急水所过,两岸涮泥丈余,漩涡滚滚,瞬息而逝。

立在涡口众民目睹上游泄水竟是这般凶猛,无不惊骇。都道:"如在春水大下时来此暴水,我等性命难保了。"涂山君叹道:"幸伯禹及时来此治水,灭了无支祁,不然众民会死无葬身之地。"伯禹、伯益、涂山氏一家见此凶涛猛水,都感震惊。

却说这时涂山君见伯禹在近,上前见礼,并向伯益道:"家有一事,欲单独请教伯益,未知能否拨冗见顾?"伯益道:"君侯相邀,焉能不去,明日当来拜访。"涂山君称谢而别。

伯禹、伯益也回营,伯益入伯禹处坐定后道:"不知涂山君有何家事邀我相商,令人纳闷。"伯禹道:"大约涂山君早闻贤伯智慧大名,有些家事欲向你请教吧。"伯益道:"我看涂山氏之女颇为窈窕,且生性活泼,上日一见,伯禹以为此女如何?"伯禹笑道:"我见此女两次了,上次过涡河已见上一面,但未知何家之女,这次见面方知是涂山君之女,恰也凑巧。"

伯益道:"我看此女虽活泼好动,但观其态貌实温柔体贴,是一位活泼于外,端庄其内的贤淑女子,也可能对君有缘,故喜乐现于形。伯禹今年已三十,宜立家室,此人生之大事,不宜再蹉跎延误。不孝有三,无后为大。君若有意,吾愿探涂山君口气,如其有意,我愿作伐,君意以为如何?"

伯禹道:"我虽有意,但不知涂山氏父女意下如何?"伯益道:"我看此女见君,欢悦外现,今涂山君又以家事邀我,也许正是此段姻缘大事哩。"

伯禹道:"对方若不开口言此,我刚至此地,不宜就提此事,待有缘时再定可也。"伯益道:"我自有主张,且待明日去了再说。"当下说了些别事后作别。

次日,伯益至涂山君府中,涂山君恭礼而迎。寒暄过后,伯益问涂山君道:"府君相邀,未知何事?"涂山氏道:"予有一问,望伯益见告。"伯益道:"谨闻,定当实告。"

涂山君道:"伯禹下临敝地,除妖治水,功效卓著,德能响于众口,但观其年,似在而立之年,不知有否成婚?"伯益笑道:"府君何出此问,莫非欲为伯禹作伐?"涂山君道："正有此意，请贤伯赐教。"伯益道："实告君，伯禹年虽而立，然勤劳王事，一心治水，至今未曾婚娶，君如有合适人选，我愿助君成此美意，但不知君侯所欲作成之女为何许人也？"

涂山君不觉喜上眉梢，对伯益道："实告贤伯，我有一女名娇，年方一十九岁，性颇聪慧，然亦高傲，不中其意者不肯字人，故蹉跎至今。今见伯禹之功，又见伯禹之容，心中十分敬慕。每说及伯禹常笑容满面，神态飞扬，我看有意于伯禹了，为父者焉能无动于衷。但恐伯禹已有妻室，则小女不免会失意伤怀，不如及早告知或讽劝，消除其单思之念。若伯禹尚未婚配，我将力促其成，合女之愿。伯禹是合适人选，又恐高攀不上。左思右想，故此特邀贤伯来府，以明实情，望恕我冒昧。"

伯益大笑道："涂山君爱女之心可谓既切又诚矣，君既信我，我当竭力成此美事，以成君父女之愿。"

涂山君大喜道："若蒙贤伯玉成，全家感佩。只不知伯禹是否有意？看得上小女否？还需贤伯大力鼎助，在伯禹之前吹拂一二。"

伯益道："令爱之貌，那日已见，可说人见人爱，我看伯禹也有喜爱仰慕之态。令爱是个生性聪明之人，能具慧眼识伯禹之贤，钟情于伯禹，我信令爱是个姣容于外贤惠内含之人，正好与伯禹婚配。伯禹面前，由我去说动，君侯且等候佳音吧。"涂山君大喜相谢。当日中午伯益在涂山君府上享受盛宴款待，饭后回到大营。

伯禹接伯益进去，询道："可有眉目？"伯益微笑道："幸不辱命，涂山君阖府都敬伯禹之德能，愿与君结丝萝之好。"伯禹点头道："未知女意如何？"伯益笑道："听涂山君言道，她自见君之后，一闻家中言及你事，就侧耳细听而神采飞扬，面现红霞，低头含笑。全家无不知她已属意于君了。"伯禹闻言后也不觉脸上泛起红云，欣然而笑。

当下两人商定婚聘之期，初定在三月初六日下聘，四月初六日娶亲。但用何物下聘，两人颇感踌躇。因伯禹、伯益都忙于治水，孤身在外，未带可以行聘的珍贵之物。如用一般俗品，恐轻了涂山君与涂山氏女。即使涂山氏女不计较，但也与伯禹身份不符。若去冀州筹办，一来往返颇多时日，二来惊动朝野四亲八眷，劳师动众，不利治水，也非伯禹所愿，所以颇为踌躇。

伯禹道："若涂山君同意，可先行约定，待后有适当聘物时再定下聘之期。"

伯益道："此于礼不通，涂山君必不答应，定会提出聘物不在贵贱，表意即可，如此我等如何回答？若言而不聘，反惹人笑话，且我们治水事繁，行踪飘忽，四海为家，以后两地分隔，距离日远，会更多不便，后延之说不可行。"

伯禹道："如之奈何？"伯益道："且待与诸将商议，三奇、应龙、童律等都是奇才，或有妙方可解。"伯禹点头道："言也有理。"

次日由伯益召集众将，坐定后，伯益将涂山氏欲将其女嫁与伯禹，要他做媒之事告知众人。众将一听都说这是好事喜事。方道彰问："定于何时聘嫁？"伯益道："正为此事费神哩！"宋无忌道："何事费神？说来大家听听，也许大家可以出点主意。"

伯益道："踌躇行聘之物也。治水途中一时难觅珍贵之物，礼重则一时难办，礼菲薄则身份不符，故踌躇难决。"众人听此，也感确是难题，一时都沉思无言。

时水珠坐在三奇身旁，轻轻拉了一下三奇衣袖，三奇回顾视珠儿，珠儿凑三奇耳根悄悄耳语，三奇点头微笑。尚未开言，被禹强看见道："三奇师徒为何笑，有办法了？"

伯益知三奇师徒多有才智，也道："三奇、珠儿如有好主意，说出来让大家听听，集思广益嘛。"众人都注视三奇师徒，企盼之情殷切。童律道："三奇师徒必有高见妙策。"

三奇笑道："正是机缘凑巧，得来全不费工夫呀。"禹强道："你是说下聘之物吧。"三奇道："正是聘礼之物。"伯益道："愿闻其详。"三奇道："若非珠儿提醒，我也忘此珍宝了。"

禹强心急，忙道："你且说出来呀，别卖关子啦！"三奇道："现有上好珍珠数百颗在此，足以为行聘之物。"伯益一听也不禁大笑，以手按额道："真是糊涂，眼前上好之珍宝，竟会忘掉，真是当局者迷，当局者迷呀！"

在座除伯禹四人外，另有乌木由、章亥知道此事，余人不知其详。三奇就将前随伯禹往探高邮湖，在湖中获大珠之事叙述一番，即命水珠回卧室取来一包裹，解开请诸将观看。只见数百颗大珠在黑箱中银光耀目，晶莹可爱，实当世未有之珍珠也。众人连连喝彩称妙。三奇道："可于其中再挑取最大的百颗，用紫绢铺垫，装入大箱，以此为聘物，足副伯禹身份了。"众人都喜笑称妙。

伯益道："大珠虽好，然单是一物，似嫌单薄，当有四色为宜。"三奇道："也筹思了，另三物可用鼍皮之甲，锦丝之帛，龙骨之酒配合，此三物都藏在玄龟处，可以取来成四色聘物，都是珍贵物品，伯益以为可否？"

禹强鼓掌道："三奇之言有理，以鼍龙皮革为衣，恐龙之骨泡酒，都世上稀有，人间珍品。"方道彰道："即锦丝之帛也非黎民所有，此是伯禹之母在伯禹受命治水时为伯禹所置，着之冬暖夏凉，是慈母爱子之心。只是伯禹操劳治水，未制成衣，嘱玄龟珍藏，不知三奇何以知有此物。"三奇道："曾助玄龟曝晒诸物，得以一见，知此为宝。"方道彰道："三奇真细心之人。"复道："有此四物足副伯禹身份而重涂山氏之女了。"

伯益笑道："连我媒人也有面子了。我已与伯禹商定，拟在三月初六行聘，四月初六迎娶，众将以为如何？"方道彰屈指道："此日甚佳，然为何聘娶之期相距甚近？"冯迟道："想必伯禹心挂治水，欲在春水来前完婚。"童律道："冯迟此言猜中伯禹、伯益心意了。"方、宋及三奇都点头道："伯禹必是此意。"伯益道："冯迟所言不差，正是此意。"

当下议定行聘之日由伯益率领，童律、乌木由、章亥、竖亥随行，由庚辰率士卒护送。婚娶之日，由伯益居主婚之位，方道彰、宋无忌居赞礼傧相之职，童律、乌木由、两亥兄弟协助接待宾客。玄龟主后勤，三奇师徒安排筵席。朱虎、熊罴指挥乐队仪仗。禺强主日夜保卫，庚辰主洞房布置及宾客房舍安排。应龙、太章、冯氏、江氏兄弟等仍以治水为主务，有事便见忙而上，不在婚娶上安排专务，以防春水提前来时措手不及。

伯益与诸将商定，对邻近诸邦都不通知，闻讯自至者礼迎，以免劳动诸邦，有妨治水。当下各散。伯益留玄龟商定：锦帛四段，鼍甲八副，龙骨酒十六坛，连同珍珠百颗，都装箱备用。

隔日，伯益复至涂府，涂山君迎入，伯益笑向涂山君道："幸不辱命，伯禹甚喜令爱，愿与涂山君结为姻亲，娶令爱为妻。只是身在工务之途，许多礼数不周，聘物不能丰盛，还望涂山君见谅。"涂山君向伯益拱手相谢道："赖贤伯玉成，小女高攀伯禹，得遂心愿，喜出望外，何说礼重礼轻之事。我小国寡闻，若有不周之处，还望伯益指正。"伯益连称不敢，复道："还有一事须向涂山君言明，也望君侯及令爱见谅。"涂山君道："愿闻其说。"伯益道："伯禹身负王命，职司治水，忠勤王事，立身严谨，从不以私爱而废公事。今治淮事急，桃汛将至，故对此次婚事，欲从速而行。不知君侯及令爱可否见谅？"

涂山君道："治水事大，理宜优先，婚事如何安排，愿听贤伯吩咐。"伯益道："已与伯禹及诸将商议，定于三月初六行聘，四月初六日迎娶，使此次婚嫁大事在桃汛来临前顺利完成，涂山君意下如何？"涂山君道："安排甚好，桃汛一来，我等都将忙于治水，无暇婚姻之事了，就定这个日期吧。小女我自告知，所有嫁务都按此日期督办，请贤伯放心。"

伯益起身道："蒙涂山君见谅，我代伯禹致谢。"涂山君道："既成婚嫁，就是一家之人，何必言谢。"伯益见都已言明，起身告辞回营。

转眼到了三月初六，伯益率领童律、乌木由、章亥、竖亥四人，随从担着行聘礼物，敲锣打鼓，笙乐伴奏，士卒护卫，从大营向涂山氏府第前进，沿途聚了许多黎民观看。到了涂山氏府，伯益向涂山君送上礼单，请涂山君验看。涂山君一一过目，见聘礼都是稀罕珍贵之物，大感意外，连称"厚重、厚重"。命左右收下，送入后堂。手下摆好酒席，款待伯益及送聘之人。酒宴过后，伯益等告辞欲回，涂山君捧出涂山氏女的庚帖，装在精制木箱中，交予伯益带与伯禹，伯益收了告辞而回。

却说涂山氏女女娇在其母亲房中见了伯禹送来聘礼，都是未曾见过的上等珍品，令众女眷无不称赞，十分欣喜，也感面上有光，百颗大珠中有两颗特大，竟有鸡蛋大小，而且浑圆无瑕，光照数尺，擎于手中，令人爱不释手。其母在旁取笑道："傻丫头，这都是你的了，还怕别人抢了去？收起来细细观赏吧，你可嫁了个好夫婿了，也不枉你等到现在，这下可称心如意了吧。可是爱了夫婿，别忘了爹娘啊。"女娇不觉双脸绯红。倒在母亲身上撒娇道："娘怎可取笑女儿，女儿怎会忘记爹娘养育之恩呢。"母亲拍着女娇肩头道："娘只是说笑罢了，我的宝贝女儿怎会忘记爹娘啊。"

这时涂山君进来道："这次婚嫁要赶在桃花水之前，时间紧了一点，你等还得抓紧一点，嫁妆、礼节都准备得周全一点，以免贻笑大方。伯禹营中能人智者多得很，别闹出失礼笑话之事才好。"娇母点头道："君言甚是，我等是得周详准备才是，好在嫁妆是现成的，不过送亲安排还得仔细布置，防止缺失遗漏。"又嘱女娇多想想婚礼上的各种礼节和婚后起居不失规范，女娇含羞点头答应。

转眼到了四月初六，正是伯禹迎亲之日。这日巳时伯禹身披彩服，乘车前往涂山氏府，车前由鼓号为前队，一路吹打，禹强、庚辰率士卒二百护送，伯益持礼单与童律、乌木由也乘车随行。沿途观者如堵，黎民从未见此盛仪。

至涂山氏府，伯益送上迎娶礼单，伯禹拜见了涂山君夫妇。随后，房中众丫鬟女侍拥簇涂氏女娇出来。女娇头覆红巾，拜别了父母，出门登上彩轿。涂山君夫妇送至门口而回。彩轿彩车及迎亲队伍穿过聚集在两旁的人墙，拥簇至于大营。大营新房、礼堂早已布置一新，营房大门及周围高挂彩灯彩旗，门外至厅堂吹打不停，护卫士卒衣着整齐，拱卫两旁。彩轿进入，女侍扶出新人，与伯禹立于礼堂之中，面向南并立。礼堂正中悬着锦缎绣像，书写着帝舜及伯禹父母名讳，前有案桌，摆着供品，两旁红烛高烧，彩障高悬。方道彰为司仪，宋无忌为傧相，高喝拜天地、君主、父母之礼，然后夫妻对拜。伯益致祝告之词曰："夏氏之子，涂山之女，文命与娇，君子淑女，天作之合，世间佳述。阴阳两仪，化无为有，孳孳百息，启汝昌汝。"礼成，遂入洞房。礼厅四旁摆开宴席，请诸将及来宾入席欢宴。

伯禹与涂氏女相见，都心中欣喜。伯禹对女娇道："那日涡口一见，不能忘怀，今日得成姻缘，实上天所赐，望夫人勿以我为丑野之人。"女娇道："涡口见君之后魂牵梦萦，唯恐今生无缘再见，幸得今日成亲，遂了凤愿，终身无悔矣。今后愿长随夫君，永不分离。望不嫌小女见识不广，礼数不周，如有缺失，望夫君教导有进，以顺君意。"伯禹道："你我既为夫妇，是一体之人，彼此和顺，真诚相对，切勿过谦，过谦则失真性，不利于家庭人伦。"女娇点头道："君言也是。"当下两个解衣就寝，夫妇鱼水之爱，欢悦异常。伯禹自此一连三日，陪伴女娇房中说笑。第四日禹携妻两人乘车回涂山氏府拜见岳父母，至夜方回。

回营途中忽起风雨，由小到大，并闻雷声隆隆，气候燠闷异于常日。车外有人道："桃汛快来了！"伯禹听到悚然而惊。一到营房，送女娇入房后，即至伯益房中道："天气变异，莫非桃汛将至？"伯益点头道："顷接各路治水部卒来报，上游水位渐高，桃汛即将开始。"伯禹道："且明日一早议事。"当晚伯禹夫妻上床后，伯禹抱着女娇悄声道："桃花汛就要来了，各地治水大军将进入艰苦阶段，我要出发巡视，你可安居大营，或暂回涂山氏府，等我回来。"女娇知防治水患重要，不便阻拦，轻轻道："你要注意身体，我暂回父母处居住。"伯禹点头，当晚安憩不题。

桃汛来临，如何治淮，且听下回分解。

第三十一回　平淮，垦东原

伯禹操心淮河水情，次日一早即召集在营诸将商议，太章道："近去各邦巡视，疏浚都很有效，但也有未竣工的，尤以颍河、浍河之量较大，治未过半，今桃汛已至，亟须着力防治。好在洪泽已疏，有利宣泄。"童律道："春雨绵绵，桃汛水大，各水必涌至淮河，淮河为防治重点。"

伯禹道："洪泽以东入海通道，近日如何？"太章道："江妃已按要求疏通，入海通道无阻，近日正日夜巡逻，以防淤塞。"伯益道："须防春水过猛，泽满泄缓，倒灌为害。"伯禹点头道："桃汛期间，宜调整人力，确保安全度汛。冯迟全力统管淮河，当昼夜关注，有阻即除，毋使决岸。淮河北岸各川，以颍水、浍水为重点防范水道，临近小川已疏通者或尚余少量工程者应于近两日内完工，人力集中于颍、浍两水，春汛期内此两川有阻即除，使顺利入淮，若有泛滥可筑堤以杜，毋使侵害两岸。淮河南岸各川受地势高峻所制，当不致出现大的灾害，可以暂放。涡水之流虽长，因下游已浚，上游也通，当可无虞，禹强所部除留庚辰带百余名士卒继续巡防涡水一线外，其余之卒分为两路，一路由朱虎、熊罴带领，协助冯迟防治淮河；另一路线由禹强带领去洪泽会晤江妃，全力巡防洪泽入海通道。只要入海通道顺畅，桃汛是可以安全度过的。桃汛来水虽多，但为时较短，来去迅速。只要水有出路，即使为害，也不致过重。现在之要务是做好川通淮，淮通泽，泽通海，重点在防淮与通海两点。这两点做好了，可保桃汛无大灾，桃汛过后则可全力治淮。"言毕顾伯益道："未知伯益有何提议？"伯益道："伯禹所言甚妥，诸将即依此而行，在外各将由太章、两亥兄弟分头传告。"诸将应诺而散。

会后伯禹与伯益商定，由伯益留守大营，接应各路信息，及时调度，方道彰、宋无忌、应龙、童律都留营协助伯益。伯禹则率朱虎、熊罴、乌木由、三奇师徒等协助冯迟巡视防范淮河全线，以防溃决。

两日后，淮水大涨，伯禹与冯迟等从大营出发向西，沿北岸一路视察，到了浉水入淮处，水盘旋汹涌进入峡口。伯禹见峡口弯曲突出处不够宽大，要再施工。冯迟道："水已涨，弯曲突出处半没于水，施工不容易了，惜上次之误。"伯禹道："上次水浅，测估不准，常理之中。事非经过，不知是非，身不入水，焉知深浅，吃一堑长一智，然今不削凿，春水大至之日，弯曲突出处都没水中，就不能施工了，不如趁现在未成大难，还可着力施治，不然无能为力了。"朱虎、熊罴在旁道："我等愿助冯兄，全力治此崛崴之阻。"冯迟道："若有两位相助，何愁此阻不除。"于是三人共商，由朱、熊两将率部分士卒分左右两边将露出水面之山嘴岩角全部凿去，使峡口平整宽阔；由冯迟率部分士卒乘船拉网，承接开凿时下坠石块，以免落水阻塞河道，三奇师徒相助。另拨一部分士卒由乌木由率领，搬运清理山间块石及凿下石块至岸上堆放。伯禹就在泚口北山上暂驻，以督劈山。

泚口邻近众民，闻伯禹在此治山理水，都携筐荷杠而至，自愿帮助开凿搬运。伯禹致谢，众民道："伯禹为民治水，我等岂能坐视。"真是众心齐，泰山移，十日间，北山的弯曲突出处被削平，拓阔加深各达数丈，泚水至此，流虽急而无险，水虽高而未溢，上中游来水尽过峡东去，民安无虞。当地民念伯禹之功，将这北山称为伯禹王山。伯禹见此峡已安，继续西行。

一两日后桃花水大至，淮水满急奔腾，伯禹将到颍口，见水势奔腾，河中波涛如沸水冒滚，两岸如奔马喷沫，船只已难行驶，就停船上岸。伯禹见近颍口处水势如此凶险，不由大惊道："莫非颍口有险，何以水状如此猛烈！"冯迟道："且去颍口察看，便知分晓。"众人急行到了颍口。伯禹立在颍口东岸瞭望附近水势，只见颍水流量洪大，对岸恰有淠河入淮，又有霍水同注，淠、颍二水相对，互相激撞，就发生漩涡与翻滚之状，两岸泡沫喷飞。而西来淮水力大，到颍口共入混战，将漩涡飞沫推向东去，三股大水都由众多河川汇合而成，其力都大，同时会于颍口，蔚为壮观，后世在南岸建正阳关，有七十二水会正阳之说，是说水流众多而水势宏伟也。当日伯禹见此壮观之状，叹道："水至弱，但聚集后又得居高临下之势，其力至巨。众力聚不可不畏，势成不可不畏。"

伯禹见颍口水势虽大，然未有险，也未成灾，始放下心来，对冯迟道："此去上游，已知无大险，不去也罢，我担心洪泽入海段。"于是众人回程，复乘船东下，一路未见淮河决口。水势虽大，顺利通过，顺水到了五河口，进入洪泽。

此时天色晦暗，细雨蒙蒙，洪泽水波汪洋，水天相连，近视滔滔，远视茫茫，水天一色，舟如一片小叶，在广阔的空间中漂浮，显得渺小无力。伯禹不由叹道："伟哉天地，壮哉天地，岂能不敬！"

士卒用力将船朝东岸飞驶，乌木由眼尖，手遥指前方道："已见船只了。"伯禹等竭力眺望而未见。又过片刻，果见多船泊在东岸。冯迟道："这是入海通道处。"伯禹船泊东岸，见江妃正在领众卒巡视入海通道，见伯禹到来，忙上前迎接。伯禹问道："泄水畅否？"江妃道："近日洪泽水位上涨迅猛，幸早已拓宽，尚能承受。出海通道顺畅，使泽水边增边泄，没有大碍。"冯迟道："北来沂、沭之水如何？"江妃道："经上次治理，沭已通沂，沂水入泗，泗水本有入海通道。但近日大雨连续，泗、淮二水都猛增。泗水经骆马湖入海，骆马湖水势上涨，侵入淮河下游，幸当日疏浚淮河旧道较深，今虽泗、淮两大河流并泄，也能通过。现我等主要防范洪泽决堤，一旦决堤，必漫浸东面土地，甚至毁坏入海通道。"冯迟道："洪泽之东是大海，虽土地肥沃，但人烟稀少,洪泽即使大溢,也无大碍。"伯禹点头而问江妃道:"洪泽南岸如何?"江妃道:"南岸盱眙、马鞍山、龟山一带因地势较高未见水患,通高邮湖入海水道也未阻塞。"

伯禹道:"如此方好。桃花水来势虽猛,但时日不会过长,半月之后,至多一月,雨止水少,汛期就结束了。只要入海通道无碍,淮河一带就不会有大灾。只要再坚持半月至一月,即可平安度过汛期,望你遍告士卒坚持辛苦一段时间,定可共庆治淮成功。"江妃点头应是。随后伯禹就在洪泽边东岸暂住,每日身披蓑衣,头顶笠帽,足蹬草履,腰束帛带,卷裤挽衣巡视在洪泽四周,察看水情。洪泽自拓边去淤后,蓄水容量大增,上游来水虽多,都能容纳,且海道又畅,所以每日虽有上涨,但上涨之量不多,并无险情。

转眼过了十余日,雨渐止,来水渐少,汛情趋缓。伯禹知严峻考验已过,逐渐宽心。又过了数日,洪泽之水已是出多入少,伯禹知淮水已经无虞。这日与冯迟、江妃、乌木由议谈道:"淮河一线经桃汛猛水考验,有洪泽可供吞吐,有海道可通出水,淮河可保无灾。今后只要年年浚洪泽,疏海道,随时维修淮岸,淮河可保平安,后人若不能作此三事,甚至反其道,即缩小洪泽,掩埋海道,不修河岸,则淮水难保平安,淮河两岸黎民难免受淮河之苦。"

冯迟道:"我估计,数十年之内当不会有此,千百年之后则难说了。"江妃道:"数百年后如人丁繁殖,人争土地就难保此三事了。"冯迟道:"数百年以后之事,只能顺其自然,由后人自己去解决了。"伯禹道:"且说当世之事,今淮水已安,我欲看一下洪泽以东土地,若能耕植,也可丰民食,三人可肯伴我一行?"冯迟等道:"愿随伯禹同行。"伯禹点头道:"如此则做些准备,三日后动身。"

冯迟道:"洪泽东至于海滨,其地历来为夷民所居,地势荒僻,人烟稀少,且历年受洪水下泄之苦,又有海潮泛滥,我等都未深入其地,路途不熟。今淮水已平,各路治水之将工务已少,何不知会伯益、应龙、禹强、童律、三奇师徒同去考察,人多智广,且可防范意外灾害,伯禹以为可否?"江妃、乌木由都道:"这个意见好,今淮水初平,稍宽几日无妨大局,若有伯益及禹强等此数人同行,实大有助益。"伯禹点头道:"那好,请乌木由前去知会伯益,请伯益、应龙、童律、太章、三奇师徒及禹强、朱虎、熊罴等将于五日内来此,其余诸将仍当坚守防地,监视水情,淮水两岸在禹强暂离时,由庚辰代管,统率士卒巡守。各水道两岸如无灾情,应导民浍畎,开沟排水,开辟田畴,力求及时春耕播种,以获秋收,余事待我考察回来后再全面部署。"乌木由领命去了。

三日之后,伯益与诸将赶到,伯禹甚喜。当日向诸将言明东察之意。伯益道:"伯禹之意好,洪泽之东,滨海之地,在水平之后当可耕种,不论其民属夷属淮,皆王之民。有种必有收,能收必益民,地辟民丰,国之福。"伯禹道:"正是此意,我等明日即当起身。"

次日江妃、冯迟等备了船只随行，众人都带泥橇及蓑笠草履，护着伯禹、伯益，循洪泽东岸而进。走了半日，尽是沼泽泥涂之地，遍地蒿、蓣、荞草及灌木，但地形平坦，并无山陵。伯禹道："如此水草茂盛，气候宜人的大平原，百十年后会有人前来垦殖，生息繁衍将胜于中原。"伯益道："近年水多为患，故民不耕，水患除后，当稼穑于此。"

三奇道："天地变化事无常，今患水多，不知后世会不会患缺水。水多为患，水缺也是患，但这是后世的事了。"禹强道："后世在这近海之地缺水，则冀州之地，岂不更困难了。"伯益道："中原多山，水从山出，蓄之可以无忧。"

伯禹道："后世之事很难预料，但事在人为。天地有变，人也会随变而变，以适自然求生之道。人虽受制于自然，然人也能局部胜于自然，使自然顺人之性，为人所用，故天胜人，人也能胜天用天，两者互济，不可执一而生偏废之心。"冯迟、禹强等都认可伯禹之见。

众人边说边行，颇不寂寞，只是地湿路滑，行走困难。两日后已闻海潮涛响，海腥气息阵阵扑鼻，路更滑泞难行了。三奇道："大海近在咫尺，没有新意了，不必再去。"伯益道："三奇之言有理，不必再观大海了。"

伯禹道："既已来此，何不转而北上观淮之地。"应龙道："其北有沂、沭之水，今沂、沭虽疏，然水平后地势地貌未见，正宜趁此观察。"伯禹道："此言不错，正需一看。"伯益道："沂、沭之水自青来，而岸人烟颇多，当不致如此荒凉。"于是众人齐往北行，数日后果渐见人烟。伯禹见当地民皆赤足短裤，黑衣裹身，重渔猎而轻农事。俯身从地上抓取泥土，见黄黑而光润。伯益道："此土肥，惜不知稼穑之艺，诚可惜也。"伯禹道："当教民以农艺。今沂、沭已治，淮水也定，东原可耕之地数百里。民乏食而地犹荒，不合天道，不合民心，必使民来此耕植。"顾应龙道："你可画张图，我当召集邻近各邦之君，遣民前来垦此东原。地垦可饱黎民，可厚国力。"

伯益道："可仿冀州大陆之法，初耕三年，免其贡赋，三年之后，减其贡赋，使耕者得其利。官与民可三七分之，民得七官得三，使民图其利，国辟其地，不宜墨守获之粮尽入于公之旧规。若能增粮辟地，可以破旧制立新规，伯禹以为如何？"

伯禹道："伯益之言深合吾意，时势异则规矩变，不可墨守旧制。今有如此良土沃野，若无人垦殖，于国于民无补，有地等于无地。今行奖励之策，使地辟民丰，何乐不为？为政者务以民利是图，民利则国安，国安则更应利民。利民之道在于垦殖，粮丰民富，藏粮于民，此强国之道。民苦国乱，非为政之道，也非圣者之心，伯益之言是也。"

伯益道："若行此策，数年之后民必富足而有积蓄。然民有私积则公心必弱，私欲必重，重私而轻公之世，智慧巧作之事将随之而盛，人人为公之世必将削弱，争利图货之事必将增多，恐世事将会大变，我所虑者在此。"

伯禹点头沉吟未言。既而道："水平之后地日辟而民愈勤，粮必丰而货必多，这是好事。若墨守旧制,尽人于公而民无所获,理不合则民怨,民怨则垦殖不力,垦殖不力无益于国,此为悖理之策,悖理者背自然发展之理也。譬如鸟兽,食丰者必繁衍而强,食不足者必衰弱而减,强者将灭弱者,此天理也,天助强者。用之于人世,若私能强国富民,也当推行,这合自然之道。公与私,岂能一成不易,当以有利于民为准则,以有利于繁衍种族为准则。若私能强国利民,推行之无所疑虑。况天有阴阳,地有燥湿,都相辅相成。则世有公私,也可相辅相成,何畏私有哉。"伯益及诸将无言以对。

一行人在议论中历观沂、沭以东大批原野,都以土肥地沃而未曾垦殖为憾。伯禹对伯益道:"回大营后,当立即召集各邦之长,共议垦东原之事。"伯益道:"如此甚好。"数日后伯禹一行返回大营,太章及两亥兄弟向伯禹禀报了各路水情及浚理诸事道:"各路疏浚都已告成,大片土地水退可耕,正与各地黎民共开浍畎,整地备耕,以筹播种。黎民都颂治水之功,称伯禹之德。"伯禹道:"治水皆将卒之力,黎民之助,我有何功德可言。今淮、沂既治,但辟地农耕之事尚须抓紧完善。请太章、两亥兄弟立即传知各邦,于十日后来涂山会集,共商开垦东原之事。"又命童律专程前去拜会有虞君,请他为集会做些准备。各将都分头去了。

伯禹在营连日与伯益及诸将商议,定出了三条开垦东原之策:一是谁开垦谁收获,先到先开,不限数量;二是收获所得之粮货,公私三七分成,三成归邦国,七成归垦者私家,不得互掠,违者依律处之;三是三年不征贡赋,三年后减半征收,六年后方全收贡赋。

十日后,众多邦国来会,伯禹、伯益先会见有虞君,复会有缯君及商、缯、涂山、有仍、东夷诸君及各邦之长三十余人。会上伯禹谈了东原广袤,土质肥沃后,对各邦主道:"东原之地都近诸君之邑,今水退地露,诸君若能耕之必大有收获。民饥多年,嗷嗷待食,你等久困水患,邦无余粮,库无积蓄,虽有济民之心,却无济民之力。黎民久困水患,有力无地,不得温饱。今东原水退地干,有肥地千里,正宜勠力同心,前去开垦,收获之时,即邦有积蓄,民得饱食之日,可以兴邦,可以苏民,亟宜为之。这也是舜帝治水爱民之心,为此与诸君共商,诸君以为如何?"

与会诸君邦长闻伯禹之言都怦然心动,纷纷表示愿去东原开辟。伯禹复道:"诸君有何难处,也可说说,我愿为诸君解惑。"商君道:"东原荒僻,与我等邦国颇远,黎民抛家离室往耕,耗费颇多,而生地耕作,当年难保收获,担心得不偿失,未必肯奋力前去。"有缯、东夷之君都道:"我等也有此虑,东原之地虽好,但耕之未必获收。"缯君道:"敝国离东原最近,也虑得不偿失,何况离东原百十里外之民。"有虞君道:"伯禹若有利民之策,我等当更愿前去。"

伯禹听众君之言后道:"诸君之言,合于实情,是肺腑之言。为使诸君及黎民能有收益,我有利民利邦之策三,与诸君共约。"诸君听伯禹有三利之策,都静听其言。伯禹乃将谁垦谁获、三七分成、减免贡赋三条约定向各邦公布。与会诸君闻此三策,都拊掌欢呼道:"伯禹英明,有此三约,我等愿奋力东垦,民也愿东去定居了。"伯禹复言道:"东垦之约已定,不可违背,尤其对黎民有七成之益,不能侵吞,谁若违约,当严律处之。"众皆应诺。

伯禹又道:"徐淮水平,我大军将转别州治水,不会久留此地,各邦国趁今年水平,速理本地浍畎之事,以宽民生。另外,淮水虽平,然难保来年再发,我有三言,可保淮水岁岁平安,不再扰民。此三言为:海道年年疏通,洪泽不可缩小,淮岸及时修补。违此三事,淮必有灾,守此三事,年年平安。如何实现望诸邦之君共商之。我意海道之年疏由有缙、有虞二君起头与诸邦共商,淮岸之修由涂山君起头与诸邦共商,洪泽不得占用者乃共守之事,宜共同遵守。望诸君听我之言,谨守毋忘。"诸君皆诺,乃散。

伯禹等告别有虞君回至大营,伯禹见淮水已安,乃接女娇回营,女娇见伯禹连月辛劳,脸色憔悴,十分心痛,乃精心调理,夫妻自有一番恩爱亲热不题。

欲知下步如何治水,且听下回分解。

第三十二回　珠儿探亲

话说伯禹回至荆山大营，接回爱妻女娇，调养了数日，但心念各路治理之事。经过半月，太章、两亥兄弟陆续回营，向伯禹禀报：各处水道已疏，浍畎初具规模，涂山大会以后，各邦君长及黎民对垦殖东野之举都踊跃响应。心急之民已结伙前去东野，有的还打算全家迁居定居。伯禹甚喜，和伯益商议道："既淮水诸域之治大致告成，当谋平治他州了。"伯益道："今四月将尽，夏日来临，将卒辛劳多时，趁徐淮已治，东土在垦之时，何不休养数月，调理机体，恢复精力，医治伤残，以利新地再战。"伯禹道："伯益之言甚是。"就命太章、两亥兄弟前去各路通告，凡无重大阻塞之河川及浍畎初具规模的，可告别当地邦国氏族，回大营休整，半月内各路将卒陆续回至大营。伯禹嘱玄龟多供饮食，嘱方、宋两位医疗伤残，使将卒尽快恢复体力。

又过了近半月，已是五月中旬，气候日渐温和，伯禹见众将卒体力多已复壮，和伯益商量后召集诸将议下步治理之事。经众将共同推敲，都认同其余五州之治，应从低到高，先扬州，而后豫、梁，最后治雍，复与帝都大河相会的顺序。到扬州就主要治彭蠡泽，兼顾具区泽，两泽都是处低地、灾害多的地方。并定下去扬走水路途径，由洪泽经高邮湖南下入大江，向西逆行直抵彭蠡，还可乘船借风力。

为及早筹建营地，伯禹派太章率健卒百名从陆路赶赴彭蠡泽寻安营地方，就地伐木建成简易营房。定下五日内启程。后勤诸事由玄龟操持。方、宋两位协助。船只修缮及所用诸物由冯、江四将筹备，均在启程前齐备。

三奇禀告伯禹道："此去扬州，我欲顺道往昔年隐居处具区一探，珠儿家在具区绿梅岛，已随伯禹治水数年，此去扬州也顺道一见父母，想请假数日，当不误抵达彭蠡泽之期，望伯禹同意。"

伯禹道："此合人伦，明孝道，理应如此，珠儿趁此顺道，理当一见父母，我焉得不从。三奇同去正好，代我问候珠儿父母。治水功在后世，代我致谢。"复道："上次高邮湖所获之珠，除已作我婚聘之用外，余珠即赠珠儿，作为送父母之礼，也表我一点心意，望三奇代为致意。两位早日回来，治水还需你们出力，早去早回，如来得及，明日可以出发。"

三奇、珠儿谢过伯禹，自去准备。到了次日三奇与珠儿向伯禹辞行，伯禹对三奇道："此去具区可察看那里水情，如有淤积成灾顺便治理，也是安民之举。"三奇应诺，即日动身去了具区，按下不题。

却说伯禹大营经几天整理于五月十五日起程。涂氏女娇与伯禹新婚宴尔，不愿与伯禹分离，欲同赴扬州。伯禹知荆、扬之地荒凉潮湿，水泽遍野，非内陆可比，怕女娇难以适应南方气候，思之再三，劝女娇暂住涂府，待有机会再接同住。女娇虽舍不得离别，但伯禹之言甚为有理，只好听从伯禹。伯禹于十二日前至涂山府向岳父母言明情况，留下女娇暂居涂府，在十五日晨起到大营与众将一起动身。

这日晨，伯禹与所属治水大军分乘数十条大船待发。船上装满粮秣器物，缆索篷帆齐备，士卒已各守岗位。此时众黎民齐集沿岸送行，不一时涂山君到来，女娇执伯禹之手垂泪道："望夫君早日来接，如有便人及时告为妻消息，免我思念。"伯禹拭女娇之泪道："贤妻不必悲切，如有机会即来接你，你住母家当放宽胸怀，毋以我为念，自己须保重身体，毋使我忧。"女娇点头答应。涂山君阖府送伯禹许多精美食品和一些牛羊干脯，以犒劳治水大军，并与伯禹、伯益及诸将作别。伯禹见诸事齐备，就命冯迟发令出发。冯迟下令升帆鼓棹启行。顺风顺水，船行迅速。涂府之人，岸上黎民目送伯禹一行远去。伯禹及众将回首遥望涡口，已渐小渐远，不久即视之如隐约豆点，船一拐弯，就不见荆山了。

伯禹一行以船为营，昼夜行驶，很快到了出海口。冯迟急令众船立即驶入大江，靠于江岸。南岸有山，屹立在江海之滨。冯、江四将各指挥士卒将船拢岸，系好船缆上了岸。

看官可知这是哪里？原来此地乃后人称为镇江丹徒之京口，山是岘山，扼江而立，不高而险要。当尧舜之世，京口正是长江入海之口，是海岸线所在，长江流出京口就是大海了。现在的海岸线是四千多年演变后形成的，已经东扩数百里，当年的大海如今已成繁华富庶之陆地了，这就是沧海桑田之变迁。

一宿之后，各船都挂帆推橹，借东南风向西行驶，船快如飞。暂按不题。

却说三奇师徒辞了伯禹及诸将，一路疾行，走高邮湖到大江一路，到了具区。见景物依旧。湖中渔帆点点，穿梭往来，知今年渔情不错。两人无心细看，寻旧路来到绿梅岛。珠儿到了家门口，不觉一阵心酸，两泪循着面颊流了下来，心想一别六年，不知父母身体可好，自己不在，不知父母如何生活，又想起父亲一臂已断，不知作何生活。心中百念俱至，手扶着门扉，竟没有敲响。

三奇见珠儿悲切流泪，知多年思念父母之心情，至今迸发，是孝心流露。于是上前抚珠儿之肩轻轻言道："珠儿不要伤感，已至自家门口，应疾速进去拜见父母，以慰父母之心，他们也思念着你呢。"珠儿点头，擦干泪痕，举手扣扉。只听得里面传来一声略显苍老的问声："谁在敲门？没有上闩，推进来就是。"珠儿推门进入，只见灶房内自己母亲正忙着剖鱼，珠儿放下包裹，一声喊叫："妈！我珠儿回来了。"

飘飘一听声音已感亲切万分，又听得珠儿回来了，连忙转身，急切间忘了手中还握着鱼刀，一见面前站着一个身高七尺的英俊青年，不觉一惊，两眼呆呆望着珠儿。珠儿扑倒在母亲身上，轻声叫道："娘，是我珠儿回来了。"飘飘手中鱼刀落下，一把抱住珠儿肩头，仔细端详，方喊叫道："珠儿呀，想煞妈了。"一句话刚出口，就泪流满面，抱着珠儿嚎啕大哭不止。珠儿也泪流满面，连声唏嘘。半晌，飘飘缓过气来，又仔细看着珠儿，一阵放声大笑道："珠儿呀，你竟长得这么高了，去时才十一二岁，现在长大成人了，回来看你爹娘，真是好儿子呀！"珠儿见娘激动已过，恢复了平静，对娘说："还有三奇师父同孩儿一起回来的。"飘飘忙问："你师父呢？怎不早说。"

原来三奇见珠儿母子见面激动，就悄悄退到门口静待。珠儿见师父不在室内，急至门口，一见师父就拉着进屋。飘飘上前见了三奇道："师父快坐，我去沏碗茶来，多年不见，师父可好？"三奇道："弟妹不必客气，我和珠儿这次回来要住几天的，慢慢把珠儿之事说与你们知晓，我们两人在伯禹处可是十分的好，你可以放心。"珠儿道："你不必忙，师父的茶我去沏，你坐下陪师父说话吧。"转身从灶间端出茶水，放在师父面前道："师父用茶。"一面把师父行囊和自己包裹都放在堂前桌上，问道："爹到哪里去了？"飘飘道："你爹今日和中土叔等去湖中捕鱼去了，快回来吃饭了。"珠儿道："师父和我要住好几天，睡哪间好，我去安排整顿下。"飘飘道："你们还要走？我当这次回来不再走了呢。这里房间有的是，你和师父住南首两间房吧，我要准备晚饭，你去整理。"转身对三奇道："师父先宽坐一下，我去整治晚饭，只是没有好菜招待吴师父。"三奇忙道："弟妹不要客气才好，你不必做什么好菜，你们吃什么，我也一样吃，我是随便惯了的人，你还不知道吗？你只管去忙，我同珠儿整顿下房间。"说罢就同珠儿到了南首朝南两间，甚是整洁，两窗朝湖，万顷碧波尽收眼底。

此时正在初夏，东南风阵阵吹来，十分凉爽，三奇甚喜。对珠儿道："明后天我去旧宿处看看，不知还在不在。然后再绕具区泽四周走一遭，如要治理，也可作一策划。"珠儿道："师父说得是，珠儿随师父同去。"两人一边说话，一边整理行囊。珠儿取出伯禹所赠珍珠，尚有近百颗之多，问三奇道："师父你看这些珍珠如何处置？"三奇道："给你父母，也表你离家多年的一点心意。"珠儿道："不知师父可有至亲好友需要赠送，望师父取留一部分，以后也好作个礼物。"三奇道："我孑然一身，若说有亲人，你就是我唯一的亲人。我留珠子何用，全给你父母为是。你父亲一手断残，且年事渐高，我等再去伯禹处协助治水，尚需几年还很难定，留此珍珠给你母才好。珍珠在民间还是贵重的，可以换衣食，缓急时也可解你父母之急，也尽你不在父母身边的一点孝心。"珠儿点头道："多谢师父教诲，徒儿知道了。"于是收拾好珠子，并把平时收集的一些土产，都置于一旁，铺好两人床被。

此时天色已近黄昏，眺望湖中渔船多已返航泊岸。三奇道："我们何不到门外湖边等候你父亲回来？"珠儿称是。见飘飘正在灶边忙碌，两人就不和她打招呼，跨出门外来至湖边。刚刚立定，就见一船直驶两人站立之埠头，船身殊沉，想是满舱而归。珠儿眼尖，见船头站的正是父亲。忙对三奇道："我爹来了。"三奇也看清了，两人急上前一步迎接来船。站在船头的中根没有认出珠儿和三奇，还以为是闲人眺望，不以为意。船近埠头，正欲跳上岸牵船系绳，珠儿一声叫："爹。"中根抬头不觉一愣,依稀相识。旁边三奇也招呼道:"中根兄,这是珠儿。"中根一听是珠儿,双手一抖,竟将缆绳丢落水中,船身直朝埠头撞来。三奇与珠儿见状连忙各用一脚顶住船头,捞起缆绳,系于岸上。船尾掌橹的是中土,也听得珠儿唤爹,心头也是一阵惊喜,忘了扳橹侧船靠埠,所以船头直冲埠头,幸三奇师徒用脚托顶,才免了船头破裂之事故。

两人将中根扶上埠头,中根扶着珠儿肩膀,定睛细看,不觉双眼流泪道:"水珠啊,爹娘想得你好苦呀,家中见过娘没有?"珠儿点头道:"已经见过,这次和师父两人请假来看爹和娘,爹身体可好?"中根连说:"还好,还好。也亏你中土叔众邻兄弟相帮,日子过得还好。"转身又与三奇见面道:"珠儿长得如此健壮,全仗吴师父携带教导,多谢吴师父了。"说毕连连拱手。三奇道:"珠儿在伯禹处十分出力,深受伯禹赏识,今日也是伯禹同意回来看望你们,你可放心。"中根笑道:"有吴师父尽心照顾,是珠儿福分。"

中土等众邻听见珠儿回来,都围住中根父子,看见珠儿跟随伯禹治水几年长得健壮英俊,无不称赞中根有个好儿子。中土道:"中根兄你先回家去招待客人和珠儿,这里的事,你不必操心了,你的鱼货,我料理好送来。"中根笑着答应了,拉着珠儿和三奇共同回家。

飘飘正在门口等候,因她备好饭菜去珠儿住处,见没人,知道去了湖边,故也在门口候他们归来。一见三人同至,满脸绽笑回厨房,端出刚烧的鱼、鸡、肉、菜等十来碗,又炖了酒,促三人快坐。一边说:"吴师父不要见怪,小村僻居,没有好菜,只有家乡土味,恐不入味,多喝几盅酒吧。"又对中根说:"你要多劝吴师父几杯,谢谢他把珠儿培育成人。"中根道:"你也别唠叨了,一起吃吧,也好听吴师父、珠儿讲伯禹治水故事。"飘飘笑着说:"你们先吃着,我再准备一个汤就来。"中根请吴师父上座,自己右侧座相陪,珠儿坐在下首为吴师父及父亲斟酒,留出左侧座让飘飘入座。珠儿执壶先斟了师父,又给父亲斟满,自己也斟了半杯。

中根用右手向吴师父敬酒道:"一别六年,无时不在想念,蒙吴师父教导小儿水珠非凡武艺,又携带去了伯禹处为治水历练,得以成长,我夫妇内心感佩。此番回来,慰我夫妇多年思念之苦,真是感激不尽。今日只奉薄酒和家乡菜,表我夫妇心意。"三奇忙举杯饮了,对中根道:"中根兄不必如此客气,我是散漫惯的人,你一客气我反拘束,饮酒无味,吃菜不香,说话打结,手脚如缚,珠儿知我脾性,还是随意吃喝说话,自由自在好。这样我还能多喝几杯,多说些话,你看可好?"珠儿也道:"爹,师父是随和的人,我会侍奉师父酒菜的,你只管和师父说话就是。"中根听吴师父和珠儿都这么说,那就道:"那就请吴师父随意。"又对珠儿道:"你要对师父多斟几杯,让师父喝个痛快。"珠儿道:"知道了。"

三奇见中根右手布满虬筋,粗壮有力,左手下臂断失,却连臂捆着一段带钩的木棍,代替左手。三奇问道:"失臂之后生活诸多不便吧,珠儿又不在,亏你度过!"

中根道："断臂之初,确实不便,无法劳动,生活也不能自理。幸珠儿的娘十分贤惠,尽心服侍,家中诸事全仗她操持,还要农耕播收,十分辛苦。再是乡邻诸位兄弟,见我致残不能下湖捕鱼,就将我家渔具、农具都拿去为我家代捕代耕,所得鱼货、庄稼都平均分我一份。他们说,就说有珠儿为乡亲除了湖中土龙,使大伙入湖捕鱼再没有土龙伤人之事,也要养你一辈子。再说,就是没有珠儿之功德,你中根有难,乡亲本族难道就不该帮你?哪家没有个灾难险坎,乡亲本族不帮谁帮,都要我安心养伤,不必挂念生活。这样,我足足在家将息了半年,伤口长好,别无他病。我就托人寻了一段带钩硬木,削成内凹半圆的假臂,捆于残臂上以木代臂,以钩代手。只是不能握物。初时左臂红肿,使用不灵,经过半年多磨炼,断臂肉质老硬,逐渐适应。至今已五年有零,可以入湖捕鱼,使用起来也像自己手臂手掌一样,可以拉网起重,可以用力代替手掌,只是不能握枕扶耙做农耕。不过日子也可以过去,不再让乡邻帮助了。但乡邻逢年过节还送许多东西到我家来。"三奇点头道："邻善也是福。"

这时飘飘进来听见三奇这句话,接上说："师父说得是,邻帮邻,福降临,珠儿爹若无众邻相帮,心情哪会这么愉快。心情好,伤口也愈得快了。"

三奇道："弟妹也不要再忙了,一起吃,说说话也热闹些。"飘飘点头道："我正要来听听伯禹治水的事哩。"中根道："那你就坐下,我也想听听伯禹的事哩。"飘飘就在空位上坐下,珠儿为娘斟上了酒道："娘先喝一盅。"又夹了一块肉放在她面前碗内。

中根道："你们离开这里六年了,这么长时间,治水差不多了吧?"三奇道："还差得远呢,天下九州,州州有水灾,还只治了四个州,待治的还有五个州。估计还得六七年。"飘飘道："治水是不容易,别说一个州这么大地方,就连我们这个湖,也年年不太平,一回涨大水,淹了没有收的庄稼,一回又因旱水面很小,鱼都死掉,这里乡亲百余号人,想治都治不了。不知伯禹到不到这里来,也帮我们治一治?"中根笑道："你真是只管自己家门前,眼光短浅,伯禹治水大军要管天下地方,我们这里一小角,管不过来。珠儿现在随师父在伯禹处出力,会学懂许多治水知识,日后回来可以出主意,与众乡邻自己来治。"三奇道："我们这次来时,伯禹也曾嘱咐要了解这里水情,如有需要,会同时治理。"飘飘笑对中根道："你还说我眼光短浅,伯禹也说要治,难道也眼光短浅?"中根微笑不答。复问三奇道："六年时间治了半个天下,遇到不少险阻吧?这么大地方怎么治?"

三奇正欲述说,只见门外进来十余人,为首的就是中土,后面随进和生、兴根、石生和几位公公婆婆等众乡亲,还有许多小孩跟着瞧热闹。中土等手中都提着肉、鱼、鸡、蔬果,也有一些鸡蛋、干果,对中根道："吴师父贵客光临,珠儿离家多年回来,我等送些土产表表心意,不要见笑。"

三奇和珠儿连连道谢说："实在有劳众位关爱,感谢不尽。"珠儿道："数年来蒙诸位叔伯帮助照顾我父亲,珠儿在此拜谢。"说毕跪在地上叩头。中土等连忙扶起水珠,仔细端详着说:"珠儿长大成人了。"回头对飘飘、中根道:"你俩生了个好儿子啊。"中根一面答谢,一面请众人在房内四周石墩上坐下,飘飘珠儿从里面搬来几条长凳和木板,当作桌案,摆上碗钵,取出自酿米酒和一些鱼肉菜蔬,珠儿添上酒,众人就座说话。

中根道:"你们来得正好,我正要请吴师父讲伯禹治水的事哩。"中土等都说:"正想来听治水之事,好长些见识。"三奇道:"既然诸位高邻想听,我就扼要说了。"中根道:"六年治了四州,时间长,事情多,说十日十夜也说不完,吴师父拣几件事向我等说说,也让我等久居山村之人知道一些天下大事,长些见识。"

三奇也感要讲事情太多,就将有关水珠几件事说了一下。说到凿龙门抓了比人还长的黄河大鲤鱼,在兖州雷泽用伯禹灵珠杀死鼍龙,在洪泽与恐龙战斗等等事情,还说了为众士卒制作了泥橇一事。乡亲们个个听得津津有味,啧啧称奇。室内你言我语,赞扬水珠,笑谈一片。珠儿不好意思,喃喃地说:"都是师父为主做的,我只当助手。"

三奇也讲了治水艰辛,功效巨大,得地无数,解民困苦。众人都道:"伯禹功德盖世,黎民不会忘。"

中土忽然一声长叹,众人都望中土,中根问他为何叹息。

不知中土说出什么事,且听下回分解。

第三十三回　具区泽

话说三奇正向众乡邻述说伯禹治水功绩，众人听得津津有味。忽闻中土一声长叹，都感惊奇。众人把目光转向中土，三奇也不由惊诧中土之叹何发，中止叙述，把目光转向中土。中根问道："中土兄何故叹息？"中土道："我听吴师父讲述伯禹治水惠民快事，想到我们所在震泽，所以叹息了。"三奇道："我虽住此数年，因不事农耕，莫非震泽也有灾害累及乡邻？"中土道："这里具区大泽看似平静，实则有灾，一年之中湖水涨落不定，时伸时缩，所以沿湖泽四周有大片可耕土地荒废。若湖泽水位大致稳定，湖泽四周可得大片能耕土地。可这里人少力薄，没法做到，若伯禹大军能来此治震荡之灾，或能实现，故此叹息。"

三奇道："我在此虽住过一段时期，但平时只练武教徒，没有关注湖水伸缩之害，诸兄弟世居在此，又以捕鱼为业，当知震荡原因？"兴根道："三个原因，一是湖水出入不均，春夏入水多出水少，秋冬入水少出水多，上半年湖大，下半年湖小；二是出水口狭小，流量缓慢，春夏水多时排泄不及时；三是海潮影响，潮涨阻塞水道，延缓出水，出水口原本狭小难泄，遇涨潮，出水更慢了。"

中土、中根等都道："正是此理。"三奇道："看来主要原因是出水不畅，何不疏浚？"

兴根道："具区泽出口在东面，有三条江通海，由北而南依次为娄江、笠泽、白岘江。"三奇道："能疏浚否？"兴根道："三江通海水路不长，但荒草丛生，地形复杂，本村人少力薄，日日忙于衣食，从没去疏浚，所以大湖年年震荡不定，有人就叫这湖为震泽。"

三奇点头道："明后日待我细察，定个疏治办法如何？"众人道："那是求之不得。"大伙边说边饮，看看天时已晚，众邻辞回。

中根夫妇给三奇添了酒菜，上了当地特产鱼，盛上米饭，两餐并作一餐吃了。食罢中根夫妇料理厨房，珠儿打扫清理后随三奇回至寝室，替师父沏了茶。三奇坐于床沿望着具区泽沉思。珠儿在收拾师父床铺后，又整理了自己包裹，取出了珍珠盒放在床上。三奇深思半晌后道："珠儿你明日伴我同去具区走一遭，看看三江出水道。"珠儿道："我请父亲同去，他更熟此湖周围。"三奇道："恐耽误你父捕鱼。"珠儿道："待我去听听父亲意思。"

三奇回头见珠儿已将珠盒取出，知他正要去爹娘处叙述亲情，即道："你回来后还未向你爹娘细谈，你该仔细叙说，以慰父母之心。我一人独处惯的，今晚你睡父母处，不必回这里睡了。"珠儿道："我去爹娘处和爹娘说说话，回来可能迟些，师父一路辛苦，今天又说了半天话，早些歇吧。我去爹娘处顺便将这些珍珠交给爹娘，并说明还要去伯禹处出力，使爹娘思想上有个准备，免得临时又伤心。"三奇点头道："珠儿想得周到，是该早点说明。"接着取出一副精制的由鼍龙皮革缝成的皮衣一套，用恐龙骨浸泡的酒浸过的肉脯两方，交给珠儿道："带去给你父母，作为我的一点薄礼。"珠儿谢过师父道："师父先安歇吧。"三奇道："此时安歇尚早，我到门外走两步再来安歇。"珠儿就提了东西来到房中。

中根夫妇正在房中说话，见珠儿进来，齐叫："珠儿，来，来。"飘飘一把拉住珠儿，令他坐在床沿道："去了这几年，叫娘好想你呀。"珠儿也道："我也想爹娘呀，刚去几日真想家，幸亏师父待我像儿子一样，处处关心。几个月后，又和伯禹一班将卒熟了，我的一些本事也有些用处，所以他们都很爱护关心我，没有人欺负我，把我当大人一样看待。这几年下来，儿子长了不少见识，知道天下很大，世事艰难；知道待人宜诚，奉上宜敬，处事宜细，出言宜谨。"中根点头道："珠儿懂事了，为父放心了。"飘飘道："我儿从小就懂事，这几年外面练达，更聪明了。"中根道："你别光夸珠儿好，也要看到他年幼不足方面，要他多学知识，才是对珠儿真爱护。"

珠儿道："父亲说得是，孩儿还小，还有许多事不懂呢。"飘飘道："珠儿别听你爹光看人家缺点，他不懂的事也多呢。"中根笑道："看你又抓我短处了，人无完人，多学才多知，珠儿你说是吗？"珠儿笑着道："爹说得是，孩儿会多学东西的。伯禹那里能人奇才真不少，都是有大本事的人。我师父就是大能人，出的主意连伯禹、伯益都说好，为伯禹治水做了许多事呢。"飘飘道："你师父真是个大能人，出的主意和武功都非常人可比，见多识广又谦虚谨慎，诚恳待人，你要多学你师父好品德。"珠儿道："娘说得是。"随取出带来的礼物，递给母亲道，"这件水靠和补酒浸过的肉脯是师父送给爹娘的礼物，这一盒珍珠是伯禹赠予儿子，要我转送给爹娘的，都请爹娘过目与收下。"

飘飘一边打开包裹与盒子，一边说道："这怎么敢当。"珠儿在房内寻出一块黑绸，铺在一个陶盆上，飘飘倒出珍珠，约有四五十颗，粒粒滴圆，润白如玉，在烛光下闪闪发亮。中根拿起一颗道："具区泽中虽有蚌珠，却无如此之大，如此名贵的珍珠，一颗足值百担大米，我等乡里人家，如何消受得起这等珍宝，留下几颗，其余仍交伯禹吧。"飘飘道："说得是，留几颗就够，退还给伯禹。"珠儿道："我也曾向伯禹讲过山野小民，如此贵重之物不能消受，但伯禹道：此是给爹娘作为防灾养老之用，嘱我送上。路上师父也说，留此珠为日后万一之用，不要炫耀。"飘飘目视中根，中根深思半晌后道："既然伯禹与吴师父都这等说，且先放我家中，妥为保管，以备特殊之需，以后也许真能有作用。"飘飘点头，于是取出四颗，用绸子包好，其余仍放入盒内。又取了一个陶罐，把盒子放入罐内，再用布包好，置于房中隐秘处。悄声对中根道:"取四颗,他日作为珠儿娶媳之用,余待村中有急需时之用。"中根点头道:"珠罐明日可埋于房中地下,以免显露。"

飘飘解开三奇所赠之物,将水靠抖了出来。果然一副好水靠,手感柔软,黑黝黝的鳞片却熠熠生辉,中根拿来穿于身上,连头罩上,套入双足,系好衣裤带子,只露出眼鼻口部等脸面,全身其余都裹在水靠之中了。飘飘取一大碗凉水,从头顶淋下,嗖溜一声落于地上,水靠上并无一点水珠,身内也无湿痕,真是一件神物。中根道:"吴师父将此神物赠我,实是难得,不知他从哪里得来,他自己可有此物?"水珠将在雷泽诛鼍之事说与爹娘知晓,说明师父曾制有数件。中根方放心收下道:"难得你师父还惦记着我们,特意送我一套,真是有心人哪。"飘飘又拿出两条干肉,问珠儿道:"这是啥肉?"珠儿道:"这是用恐龙的肉制成。"就将洪泽屠龙之事细说与中根、飘飘知晓。又道,"这是龙骨酒浸泡九天后再烘干的龙肉脯,师父说此物食之补肾益精定惊安神,爹娘可收下备用,不可负了师父一片心意。"

飘飘对珠儿道:"你师父真是个有心的人,你要好好服侍师父才是。他年事渐高,幸目前身体还健,但总有衰老之日,你可要服侍终生才对。"珠儿道:"孩儿早存此念,爹娘也有此意,正合我心意。"飘飘点头,并将礼物收拾放妥。

三人说说看看,不觉过了两个时辰,已过亥时。飘飘道:"珠儿今晚在此歇吧。"珠儿道:"还是回去与师父同室安歇,儿明日再来谈吧。"中根点头道:"那就早点歇吧。"珠儿道:"明日师父还想请你同去视察大湖周围呢。"中根道:"我自然要陪同前去,这也是村中大事哩。"珠儿就别了父母回寝卧处,见师父已经睡下,就悄悄上床歇了。

次日一早,三奇、珠儿都至户外活动身子,中根来至三奇跟前道:"吴师父,你这般贵重之礼,我夫妻怎么敢当,珠儿已承你教导成人,今又送我这等珍贵物事,不知当如何谢你呢?"三奇道:"中根兄不必如此见外,这些礼物只表我的心意而已,况有珠儿之力在呢。"

中根乃请三奇入室用餐。三奇在餐后对中根道:"今要去沿湖一看,中根兄如欲捕鱼,就不必同去,有珠儿同行即可。"中根道:"沿湖地形还是我更熟些,我这几日不去捕捞,陪你走一圈。"三奇道:"只是耽误你的工夫了。"

几个人各自准备了水靠、泥橇,乘小船东北行,由珠儿操桨,至东北岸南下,只见河汊纷歧,毛蒿、杂草、芦苇、青芥等密布河道两岸,掩盖得水道模糊不清,湖水都缓缓地渗流入这些草丛中。三奇问中根道:"大湖之东当是水泽一片。"中根道:"我曾深入港汊,那里淤积特重,有些段河汊水流不通,有些地段淤泥之后又有湖泊。有些地段湖泊罗列,大湖连小湖,沼泽连湖塘,湖塘连河道,道路不清,所以很少有人深入。"三奇点头不语。

三人棹舟支篙沿东岸而下,见一出水口,里许宽阔,有水流东去。中根对三奇道:"此娄江,即为入海通道之一,水道近旁有许多湖泊,出产大河蟹,味鲜美,现在还小，到秋天方肥。"南下十几里后再见一出水口，中根道："这是笠泽江。"又南下几十里见一出水口，水东南流。中根道："这就是白岘江了，它两岸都与沼泽湖塘相邻相连，络绎不绝。"再南下到了具区泽南端，数里后正南有一水口，中根道："这是苕溪水，是入湖的水道。这溪有东西两处分叉，分别叫东苕溪、西苕溪。其源很远，东通浙水，西自天目。"中根见天色已近黄昏，对三奇道："今日且回，明日往西岸一看，三奇点头称是。"

次日中根导舟西行，珠儿执橹。西岸苇蒿等杂草较少，可见陆岸，虽有入湖港汊，但流量不大且缓。中根道："具区泽西面多大湖，西来水多潴留诸湖，水经这些潴湖再流入震泽，所以水流缓慢。当旺水大至时，这些湖面扩大，甚至与具区泽相连。当旺水期过去，又露出陆地与沼泽湖塘。这些连片沼泽湖塘之域鸟兽出没，蛇蝎蚁蚋之类极多，人不敢至。"

三奇想上岸细看，中根命珠儿停舟傍岸。三人穿水靠，驾泥橇而进。果然泥泞一片，沼泽遍野。行不久，三奇见北有大湖泽，就朝北捷行，到一大湖水口处。中根道："这片水面称为滆湖，水大时与具区泽连成一片的即此湖。"三奇循滆湖滑行一周，估计面积四千五百顷以上，碧绿的湖水已经满溢，湖水西入东出。三奇道："西来的水不知源于何处？"中根道："此湖之西另有一湖，叫洮湖，略小于滆湖。洮湖水溢则入滆湖，滆湖水溢则入具区，都相连。洮湖之水来自大茅峰，丫髻山一带。"三奇点头道："如此可知具区水的来龙去脉了。"

次日三奇在房内绘制具区地形图未出门，第四日晨对中根道："今日与珠儿去东岸更深一探，你不必再陪同。"中根道："既如此，还请吴师父小心，东岸深处沼泽连海，深浅不一，道路十分险恶，且有蛇蝎蚩螯之物，务请谨慎。"三奇道："你放心，自当注意。"遂与珠儿二人驾一小舟径至娄江。二人身着鼍皮水靠，翻身钻入娄江，推着小舟前行。水底淤积甚厚，足如踏絮，二人半沉半浮而前。江岸两旁芦苇蓬蒿长得密不透风，苇中叽咕之声不断，时露白羽长嘴细腿鹭、鹤之类。行约一个时辰，芦苇渐稀，豁然开朗，一个大湖已在面前。湖水清澈，水平如镜。湖内游鱼众多，悠游自在。珠儿兴起，一个扎子钻入水底，三奇见状亦紧随。湖底浮泥厚积，只见青黄色河蟹伸着两只毛茸茸的螯钳，八足爬来爬去，相互攻击，乱作一块。有些竟是成堆成团，重重叠叠，堆砌得如山如峰。蟹体大小不一，但小的多，大的少，因为季节不到。河蟹之外，有许多鳖甲鳗鱼。二人见无异常，就露出水面。珠儿顺手抓了几条手腕粗的鳗鱼，掷向舟内。二人再向东进，三奇侧耳聆听，珠儿道："似有海涛击岸之声。"三奇道："正是海涛声，你我上岸看看。"泊舟登岸，跨上泥橇沿湖出口而下，滑行不久即见海波滔滔，白沫翻滚，拍岸有声。此时正是涨潮之际，海岸离湖不过数里之遥，湖水即可入海。三奇环顾四周，见四周皆沼泽泥淖之地，荒无人烟，乃与珠儿复返湖边登舟，驶至湖南岸登陆。时已中午，取干粮即于岸边燃篝火，珠儿又入湖中捞了几条大鱼，烤熟后和着干粮饱餐一顿。饭后复登泥橇踩泥沼南下，行数里,见一水流。珠儿道:"依爹所说,这当是笠泽水道。"二人越江继续南下,沿途所见都是大小湖泊,远远近近,连绵不断,目力所及却似无数个嵌镶在绿色原野上的大小明珠。三奇虽见多识广,但见如此众多的大小湖泊群,也不禁赞叹大自然之巧工。

两人穿行在湖泊之间,觅干路而行,盘旋曲折,东弯西绕,穿梭而行。南行十余里后再见一江东南流,三奇道:"是白岘江了。"过白岘江折向西南,湖泊群未尽,继续跨橇捷滑穿越其间。途中沟洫不断,小川众多,难以细数。从午至申,湖泊渐稀,干陆增多。三奇对珠儿道:"按时辰行程速度计算里数,自娄江至此当有百里之数,今天时不早了,当赶路返回。"珠儿称是,两人至湖登舟返棹入具区,已见夜色。

中根、飘飘已数次至泽边眺望,担心意外。当夫妇看见三奇珠儿归来,才放下心来。中根问道:"东路难行吧,你们辛苦了。"三奇将东探之路概括了一番,中根道:"如此说来,此去大海不远了。"三奇点头道:"若有千余人合力疏通三江,具区之水当不致震而成灾。待我回去禀明伯禹,具区不难治也。"中根道:"若能安定具区,实我等之愿。"珠儿将从大湖中捞来的几条湖鳗剖杀洗净后交给母亲蒸熟。三奇道:"此湖鳗鲜味超过具区。"中根道:"那湖水好。尤其是河蟹之味,更胜过具区。"三奇问道:"同水相通,何此湖独美?"中根道:"此湖与海通,鳗蟹都需咸淡水相间而生育繁殖,得性之物,故其味鲜。"三奇点头道:"还是中根兄知道此理。"中根道:"久居于此,略知其习性而已。"

三奇连日探具区四周,情况已明,就不再外出,闭户绘图,珠儿在旁为师父参议。过了两日图已初成,对中根与飘飘道:"吾欲去曾隐居过的地方一看。"飘飘取来钥匙交与三奇道:"担心鸟兽进入,门已扃锁。"三奇持钥匙与珠儿共至原住处,见门庭整洁,垂柳依依,启扃推门进入。室内摆设如旧,但纤尘不沾,对珠儿道:"你母亲真是个勤劳而又细心之人,既要顾你父身体,又须务农持家,繁忙之余,还能抽出工夫精心照料这未居之室,把这里打扫得如此洁净,这也体现你娘是个重情谊之人啊!"珠儿道:"我娘素来敬重师父,师恩不敢有忘,这是我娘的性格。"三奇看了后复扃门而回。

回来路上与珠儿商量道:"如今具区四周已明,你也见过父母,幸各安好,为师欲明日去伯禹处,你意如何?"珠儿道:"徒儿当随师父同去。"三奇点头。晚饭时三奇对中根及飘飘道:"来已数日,见兄弟及弟妹都平安,甚慰,具区四周已粗看一遍,略知大概。伯禹已去彭蠡,那里水深泽大,急需用人。我打算明日赴彭蠡,并请伯禹派员前来治理具区,既安这里之民,也是治扬一环,使全扬之水归入大海,地得耕种。珠儿也愿同去,望兄弟、弟妹同意。"飘飘道:"来没几日,何必急于归去。珠儿得师父教导,长大有为,我很高兴,师父去时,珠儿自当同去,继续为治水出力,得到磨砺。何况师父身子虽健,也六十出外,身边需人,珠儿在旁也可照料一二。"三奇拱手道:"承兄弟、弟妹看念,十分感激。"

中根道："去伯禹处为治水尽力，自是要务，珠儿理当同去，只是师父来没几日，还日日为治理具区操劳奔波，不曾好好歇过，再休息两天不迟。"三奇道："你知我性格，我是个闲不住的人，趁这几年身子骨还健，能为治水安民出些力，实是我的夙愿，待他日不能活动时，再来此处闲居，就可与你及弟妹终日叙谈了，望二位见谅。"中根夫妻见三奇主意已定，只得依了。

次日早起，三奇、珠儿二人整理好行装，出得房来，只见中根夫妻早已起来，里外忙着。早餐甫毕，飘飘从房里取出一大包东西，对三奇道："师父急于去伯禹处，我夫妻也不再留了，但今日一别，恐又要数年后才能再见。今有五套衣服请师父带上。两套供师父穿着，两套给珠儿穿用，你两人在外风霜雨雪，一年四季总要衣服添换。我这几日赶做了冬夏衣服各一套，你们带上可作替换。珠儿是我儿子，他在外师父如他父母，都是我夫妻亲人，做两套衣服总是应该吧。另一套是给伯禹的，他虽有妻子照顾，但我夫妇敬重他为人，这次又送我们贵重之物，做套夏天穿的衣服表个心意，请师父代我们向伯禹表达此意。"说毕将衣服交给珠儿道："珠儿去把这些打入你们包裹。"珠儿依言接过自去料理。

三奇见飘飘说得诚恳，也不再推辞，只道："多谢兄弟及弟妹费心了，伯禹处我当代为转达。"中根道："你们何途而行？"三奇道："此去彭蠡有陆路可循，然山川曲折，不如循大江而去。"中根道："如此可由北至海，沿海岸西达岷山大江口，然后循大江逆水上行至彭蠡。既然一路水行，师父可带风帆小船随行。我送你们到海岸线。"三奇道："如此甚好，只是有劳兄弟了。"中根即去备船。此时绿梅村众邻听说三奇、珠儿又要去伯禹处，都来送行，有的还带来礼物，被三奇一一谢绝，对中土、兴根等道："此去伯禹处，待禀明情况后，当会来人治理具区，届时尚望众乡邻协助。"兴根、中土等道："我等理当尽力。"

三奇与珠儿将行，飘飘又提了一篮煎饼交给珠儿道："路上用作充饥。"两人上了小船，放好行囊，珠儿操桨，中根与飘飘另驾一舟导行，由飘飘操桨，告别众乡邻，往北直奔海岸线。到了岷山，三奇和珠儿告别中根与飘飘将行，飘飘流下了眼泪，哽咽着说不出话来，中根也是含泪而视，挥挥手。珠儿忍住眼泪与师父驾舟循大江上行，径寻伯禹而去。

欲知后事如何，且听下回分解。

第三十四回　敷浅原

却说伯禹一行离岘山循大江西行，一路上边说边看，倒不寂寞。这日见一山雄伟而苍郁，滨江而踞，气势不凡。东西两翼，连绵于众山，都是悬崖峭壁，形如绣错，共捍大江。山上有一石俯临江上，如飞燕掠水。众人仰望而过，无不骇奇。大江到这里折向南。过此奇石又遇二山挟江如门。童律道："二山挟江如门，当称天门山。"伯益道："名与实符，当无不可。"过天门山时江流盘旋，众卒用力张帆操橹仗篙，朝西南向前进。

冯迟指挥舰队循大江南岸见到了一个大泽。伯益道："三奇曾谈过，荆、扬是神州低地，荆、扬两州各有巨数大泽，荆有云、梦、洞庭，扬有彭蠡、具区，为低地中之大坑，都在大江两岸。今有此大泽，莫非已至彭蠡泽？"伯禹道："既如此，当寻太章所在，童律要随时瞭望搜寻。"并嘱冯迟船队缓缓行驶，注意两岸动向。傍晚，船在南岸一处水口边停泊宿歇。

伯禹与伯益议道："水面如此辽阔，定是彭蠡无疑，不可错过与太章联络机会。"童律道："夜间要燃起篝火，若太章在此附近，就可使他察觉。"冯迟道："此议甚好，夜深人静，在此寂寥之地，太章等人必见此处篝火，见了必来寻找。"伯禹点头命冯迟派人上岸，在高处点起多堆篝火，并派人巡守，当晚大众歇下不题。次日清早，岸上巡守人员称未见人找。

伯禹命冯迟将船队缓驶西进。大江辽阔，两岸时见湖泊水泽，荒草茫茫，水陆互见，港汊与苇岸犬牙交错，分不清是水湾还是陆岸。冯迟指挥船队只择水流较宽处前进。治水多年，知流急处是大江主水道。沿主水道前进，可免搁浅。正行驶间，后队来报："远处有一小船鼓帆而来，其行极快，未知何船。"冯迟听报，即告伯禹，并偕童律、禹强径至后船。果见远处一船如箭而来，只见风帆，不见人影，冯迟请童律细视。禹强恐有意外，急抽神箭搭在弦上，以防不测。童律看了一回道："来舟很轻，又是孤舟一条，不像行凶之舟。有人坐于艄尾掌舵，隐约似有二人，但急切间看不清面目，且再近些，当可辨清。"此时伯禹又派江妃前来询问，也立于船艄观看。

说话间小船又近了许多，童律突然呼喊，似是三奇师徒来了！禹强急收弓箭，众人无不高兴。禹强道："那不正好，正盼他们哩。"冯迟道："计算时日，极有可能。"议谈间，船又近了。相隔不过二三里，常人目力难以辨清眉目，但童律神视，已将来人看得一清二楚，笑道："速告伯禹，正是三奇师徒来了。"冯迟、禹强、江妃都笑了。

冯迟对江妃道："还是你去回话，令伯禹放心。"江妃回转。

　　伯禹、伯益听得三奇师徒回来，无不高兴。伯益道："三奇来得正是时候。"这时小舟距船队只有半里，三奇师徒也看清了船队，珠儿已见船艄站立着冯迟等人，乃高声大喊道："冯叔，我们来了。"冯迟等三人挥臂招呼。顷刻间，三奇师徒小船傍近大船，落了风帆。冯迟飞抛缆索过去，三奇一把接住，贴近大船，珠儿停桨，起身把缆绳系牢，提负包裹与师父跨至大船。冯迟等人拉住三奇师徒道："来得正好，可想你们啦！"冯迟道："伯禹在前船舱中，我等都去吧。"五人一同前至伯禹舱中，伯禹、伯益一见三奇师徒，急前执两人手道："正盼你们呢！"

　　三奇环视后道："还没见着太章吗？"伯禹道："正在寻找，尚未见着。"伯益道："总在这带前后了，你地形较熟，正盼你去探听下落呢。"三奇道："我这就去。"伯禹、伯益道："你师徒刚到，不必急于前去，且商议再说。"当下安排住宿，三奇师徒与童律同船。安顿完毕，三奇师徒与童律到伯禹处商议寻找太章之事。

　　伯禹道："船行至此，三奇可知这是哪里了？"三奇道："我已环顾两岸。"边说边推船窗南指道，"伯禹请看，这泽稍远处有一高山，近处有些低山，此山高的当是敷浅原，近的当是孤山，两山之间应有大泽，如无大泽，则此山非敷浅原了。依我记忆，此山应是敷浅原。太章是聪慧有识的人，在此附近择地扎营，是治彭蠡最好地段。"伯禹点头道："既如此，何不上岸一探，以明其实。"三奇道："正该如此。"

　　冯迟将船往南岸低山处靠拢，将近岸涯。童律眼尖道："岸边有人挥舞布旗。"冯迟、三奇等人急向童律手指处眺望，隐约见有物晃动。三奇道："待我驾小舟近探。"就与珠儿下了小舟，童律同往，珠儿操桨，轻舟径向岸边驶去。须臾而近南岸，见有数人手持竹竿，上系各种带叶树枝，在岸上挥动。童律已见太章、乌木由。珠儿急将小舟泊岸，正是太章等率数卒在此，三奇师徒与童律上岸和太章、乌木由见面。

　　太章道："江面甚阔，正愁招呼不应哩。"三奇拍童律之肩道："神目在此，怎会不见？"童律道："还亏三奇熟悉地形，断定太章兄必在此处。"三奇道："山后可有大泽？"太章道："正是彭蠡大泽。"三奇道："谅已得地建营了。"太章道："地虽定而营未建，待伯禹也。"童律道："地离此不远吧？"太章西指道："高山后即是，有少量民居，称此地名为敷浅原。"童律道："三奇早知此地有敷浅原可建营，故来寻你。"三奇道："我也只在水府册籍中见而知之，实未曾亲历。"太章道："且先去见过伯禹。"三奇道："言之有理。"于是太章、乌木由都下小舟来见伯禹。

　　伯禹与伯益正立于船上眺望，见太章到来，十分欣喜。太章上大船见过伯禹、伯益道："营地已经找好，高山之下，坡地之阳，北临大江，西连陆路，东有深泽，三面环水，气候中和，泉水甘洌，是起居之胜地，治水筑营之佳处，敬请伯禹、伯益前往一观，以定可否。"伯禹笑道："不必再观，你两人既已相中，必是佳地，况三奇也说这敷浅原可作治彭蠡之营地，就此全军前去就是。"于是由太章引导，将船队西驶至高山下停泊，众将率各部士卒搬运粮辎器具，随太章、乌木由至敷浅原坡地。有数十黎民与士卒共同施工，已架起简易房舍十余间，其余是一大片空地。

伯禹与伯益站于高阜环顾四周，果然是好地方。虽然山石起伏，却起伏不大。而山后正好可建大批营房，供众卒居住。更喜此山坡营地正处大水广泽之滨，北有大江流经，东南两面就是大泽水面，天水相连。伯禹顾三奇道："不知此泽究有多大？"三奇道："彭蠡处扬州低陷之域，扬州之水多聚于两泽，东有具区，中为彭蠡。彭蠡泽范围所及，东西、南北纵横各长二百五十里上下，水泽面积当有二三十万顷。"伯禹惊叹道："可谓大焉。"

当晚，伯禹、伯益几人入舍暂住，余众士卒临时搭篷而歇。三奇师徒于睡前至伯禹处，见礼后坐下。三奇从珠儿手中接过包裹递与伯禹道："此番珠儿见了父母，他们都各安好，深感伯禹赠珠及对珠儿培育关爱之情，特制夏衣一袭，送与伯禹，以表他们一点心意，嘱我代为转达，望伯禹不嫌乡村手工粗糙而收纳。"伯禹接了衣服顾珠儿道："倒教你父母操心了。"问三奇道："珠儿父母在家可好？"三奇道："珠儿之父虽有伤残，但乡邻甚好，其父已身愈体健，衣食无忧，请伯禹放心。珠儿此番随来，其父母还再三叮嘱要珠儿多为治水出力，上报伯禹培育之恩，下慰众乡邻之愿呢。"

伯禹笑道："珠儿父母是有心且识理之人也。"又问三奇道，"具区水情如何？"三奇道："此次已对具区水情作了探访，当地黎民受具区之灾，都翘首以待伯禹治水。"伯禹点头道："不知三奇可有疏治良策？"三奇从怀中取出所绘具区水情图，双手呈与伯禹道："数日探察，尽绘于此图。"伯禹取图细看道："所绘甚明，待与众将共商，图先放你处，商议时可用。"三奇应诺，当下与珠儿告退而回。

却说次日早起，伯益对伯禹道："治扬事繁，非短日可成，当前宜先全力建营，安顿士卒，然后共商治扬之事。"伯禹然之，乃集众将。伯禹道："今已与彭蠡朝夕相处，如何治理，大家谈谈想法。"冯迟道："敷浅原临江面泽，地理极好，但四望荒野，水深林密，禽兽出没，风雨淋沐，很不安全，宜集中力量先建营安顿，而后议治扬之策。"玄龟道："冯迟之言深合实情。粮秣饮食之物、施工所用器具都不宜久置露天荒野，当先建营而后议治水。"众将皆然两人之言。

应龙道："两将之言都对，但治水之要在于知出入之通道，明盈缩之时期，知地形之高下，然后审时度势，作图拟策，分职计功，方可成。所以治水非仓促可定，宜先侦察周围，预作筹备才是。我的想法是在集中主要力量建营同时，分出少数精干力量为治水作预筹之事，不知大家以为如何？"

三奇道："两事可同时进行，待营建将完，侦察设策之事也必有了眉目，正可接上而不致窝工，愿伯禹纳应龙之言。"伯禹点头道："我和伯益也有此意，但治扬从何入手，何处为先？"三奇道："治扬当以彭蠡为主，兼治具区。具区我已探测，只需派一旅之师，通沟洫，疏湖泊，浚海道，使泽与湖通，湖与塘连，流于东，贯于海，则具区泽之水可定，四周之地可干而耕植。"言毕取具区水情图呈交伯禹，伯禹交伯益观阅，伯益阅后交与应龙。应龙细览后道："三奇师徒所绘具区水情图十分明白，切实可行，我会标出沟渠阔狭深浅为施治标准，即可施工。具区离海近，疏浚不难。"伯禹道："有图则明，按图而治，其功可成，三奇是有心人。彭蠡之治，当仿具区绘图而后施治为是。"

太章道："我与乌木由为寻合适营地，曾遍历彭蠡四周，纵横相距当在两三百里上下，水域面积当有二三十万顷，正与三奇在水籍上所见相合，也许近年洪水关系，比水籍所记更大些。彭蠡泽四时伸缩深浅不一，泽中有山峰暗礁，我们没有涉水考察，据当地民称泽中有山数座，其中较大者叫康山、鞋山。康山在泽中心，鞋山在泽北首。鞋山之南是深水区，泽之四周多是浅水区，忙于找营地，未曾绘图。今愿领路探测四周。"伯禹点头。

太章复道："此地水土潮湿，草木茂盛，泽中四涯芦蒿疯长，矮丛遍野，大树古木参天，中藏禽兽诸虫，陆地有鹿象虎豹豺狼猿猴诸兽，水中有蟒蛇巨蝎水獭之属，蚊蚋蝇螺成群，叮咬人畜。春秋有雁鹅鹭等怪鸟鸣飞，孵化哺食为巢，是人烟少禽兽聚的地方。治水之卒，要多备药物，以防创伤。出宜群行，兼带武器，以防凶禽猛兽之害。"

禹强道："除害灭凶是我部责任，医药方剂还望方、宋二位出力。"方道彰笑道："禹强机灵，欲护手下士卒而施压我俩哩。"宋无忌也笑道："恐禹强自己怕创伤哩。"禹强大笑道："我皮厚肉硬，才不怕虫叮兽咬哩，我只保士卒安全，你两位不想保治水士卒安全？"方、宋二人相视而笑道："想不到禹强还真机灵乖巧，巧舌能言，我两人服你了。"众人都笑。

伯禹对伯益道："贤伯还有何说？"伯益道："彭蠡泽之水如此巨大，必是出口不畅所致，探测彭蠡当以探明出口为重。"伯禹点头道："为今之计，安置如下：冯氏兄弟及江妃率所部全力建造营舍，禹强率所部除防卫全军安全之外，协助建营士卒砍伐林木茅草。玄龟率后勤士卒除安排日常生活外，协助建营部队规划布置起居储藏诸房，营建之事，以冯迟为主。江妃率部卒八百人，东赴治具区。应龙、童律、太章、乌木由四将率随从数人遍察彭蠡泽四周，摸清水流出入诸口，绘图以呈。三奇师徒率识水精卒数人探测康山、鞋山所有泽中水情，测其深浅地形。方、宋二位采集药物以备治疗伤疾。两亥兄弟专司联络之事，及时了解应龙等进展。"

三奇本欲同赴具区，因伯禹命他师徒探测水域，就修简一册，当晚交与江妃，嘱他到绿梅岛可找兴根、中土、中根等乡民商议，请他们协助，也可动员众民共同治水。江妃道："正愁此去人地生疏，无人协助，正要向你请教，今有此简信，有当地知情之人相助，就放心了。"三奇道："具区之民正盼将军等前去治水，怎会不助。我绘的图，若有不明，可问珠儿之父中根。"江妃谢过，即日治装去了。

却说三奇师徒次日带了精卒六人，分乘两条小船在敷浅原水涯直向泽中划去，不远即见一峰独峙在波涛中,高达千尺,人称大孤山,大孤山之东有小孤山,大孤山形状如鞋,当地黎民称为鞋山。三奇泊舟鞋山,嘱卒道:"我们入水后先探北端,你们等我回来,以后再往南探。"三奇与珠儿怀揣神钩及石克等利器,钻入水中,一直沉至水底,果然很深,三奇估计在两丈上下,最深处三丈以上。水底黝黑,水草浮泥甚多,中有大量鱼介活动。两人无暇细顾,向北摸去。三奇在前,珠儿随后,不多时即触山崖,二人上坡至顶,见北面大江滔滔东流,大江与彭蠡泽只一山之隔,相距不过里许。

三奇对珠儿道:"在这里凿开通道,就可使泽水北入大江而东入海了。"珠儿道:"不知江水与泽水谁高?若江水高过泽,则会倒灌。"三奇点头道:"说得是。"复向东西瞭望,都是水波荡漾。远处隐约见山峰,视大江对岸见湖泽罗列。二人下山入水探测鞋山两边,近边水浅,不过数尺,近鞋山处较深,有七八尺,三奇知鞋山不是深水中心,出水上船南下。

船行百里又见山峰,泊舟夜宿。晨起与珠儿入水至底探视,嘱卒驾船南下五十里处停泊。两人感此处水极深,历半盏茶时方至底,三奇估计深在五丈以上。泽底微泛浅黄色亮光,游鱼极多,时时擦身而过。两人都能水下视物,数尺之内,无所隐蔽。在水底来回侦察,逐渐南移。

过了三日,三奇上浮换气,珠儿随之而出。出水时天色微明,见船在西岸,就至船中吃了干粮,瞑目稍息。午后复入水,再嘱船卒南移五十里,如有山陵则泊于山崖。又经三日夜出水,就上了船。船卒道:"有数位壮汉在此捕鱼,说是住在山的东面。"三奇急问:"人还在吗?"卒指山上道:"都上山去了,据称还需数日方回去。"

次日清早,船卒带路,沿坡上山,果见茅舍十余间,屋顶炊烟袅袅,室内人声嘈杂,急趋上前。适有数人出来汲水,见三奇等颇感惊讶,都停立不行。三奇上前举手为礼问道:"敢问众壮士可是来此捕鱼?"内一壮汉也举手为礼道:"是来此捕鱼,不知诸位何以至此深水大泽?"问答之间,室内出来多人,一人状貌魁梧,紫色脸膛,胸膺发达,举手为礼道:"诸位有何见教?请至室内说话。"三奇知此人当是为首者,就随此人入室。

室内简陋,几张木桌与床铺而已。壁悬鱼叉网罟,地上有火坑,有一股浓烈的鱼香味。三奇坐下问道:"壮士大名,如何称呼?"壮汉道:"我等皆苗民,叫我猫儿即可。几位哪里来?"三奇道:"我们是助伯禹治水之人,来这里是要探明此泽大小深浅,正愁无人可问,幸遇众壮士,可否见告一二?"

猫儿道:"原来是伯禹大军到此治水,早已听说。此泽叫彭蠡泽,此山叫康山。彭蠡泽水域极大,东西南北各纵横二百余里,南北略长于东西,中部膨大,南北两端渐窄,形如葫芦。彭蠡泽旺水期在二至六月,现正是旺水期。入秋后来水少,泽缩小了,原浸水区域成了湖泊和水塘,是沼泽泥泞湿地,湿地遍长青草灌木。因水草丰茂,有大量鱼虾,草鱼最多。我们每年旺水期来此捕鱼,一个旺季可捕鱼数万斤,足够我乡一年食用。"

三奇道："春夏天热，鱼多如何收藏？"猫儿道："用烤炙之法。日捕夜炙，炙干后贮藏室内，旺期尽了集中运回，所以须多人结伙来捕。"说毕引三奇到里室观看藏鱼。门启后一阵鱼香扑鼻，室内高堆扁平鱼干，其色浑黄，都是长两尺多大鱼。堆垛如方城，总数在万条以上。猫儿取出数条，请三奇品尝。三奇也不推辞，觉入口香软鲜美，但略感腥腻。点头道："味道好，尝一尾足饱一日，若加盐更好。"猫儿笑道："军爷说得对，运回后还再作调味，在此只作粗制罢了。"

三奇又问："夏天泽水盛大，为何退出缓慢？北有大江经过，莫非不通，还是两个水面高低相差不多，泽水出不去？"猫儿笑道："通倒是通的，只是狭窄。泽的水位多数时期高过大江水位两三丈，少数几个月大江水位高过彭蠡泽。"三奇道："大江之水有淡旺涨落期吗？"猫儿道："有，旺在六月之后，洪峰在七八月间。"三奇闻言大喜，不觉大笑。

欲知三奇因何大笑，且听下回分解。

第三十五回　猎　兽

话说三奇闻猫儿言大江荣枯之期后大笑不已，猫儿不知就里，问三奇道："军爷因何发笑，莫非我说错了？"三奇摇手道："不是你说错，我笑是找到了治这泽水的方法。"猫儿不明其意，瞠目看三奇。

三奇向猫儿道："按你所说，泽水旺期在二至六月，大江水旺在六月之后七八月，也就是说六月以前、八月以后都是大江枯水期，那么泽水旺期正是大江衰期。在北面开个大的出水口，春夏泽水旺时就可顺利入江，不再满溢，泽面就会缩小，也就稳定地露出大片地面，岂非大喜事？我所以大笑。"猫儿等听后都说："彭蠡泽之水可减，大片土地可得，这真是大好事了。只是凿通入江口，工量极大，十分困难。"

三奇道："伯禹有治水之卒三千，有不少能人智巧之士，若更得众黎民相助，凿通当非难事。"猫儿等都说："我等愿为治水出力，但不知将在何时？"三奇屈指计算道："今五月将尽，大江峰期将至，一月之内难以凿通，须待入秋后方可全面兴通凿之役，到时请黎民共助。"

猫儿等道："只要治水需要，我等必到。"三奇道："不知众位壮士住在哪里？"猫儿道："泽之东，鲇鱼山一带问猫儿即知。"

三奇又问道："此山可有别名，山之南水路可远？水情如何？"猫儿道："此山又称康郎山，简称康山，是彭蠡泽中心，是深水区。康山之南二十里是浅水区了。"三奇拱手称谢告别。猫儿边送边问道："不知军爷如何称呼？"三奇道："诸位叫我三奇即可。"

三奇在路上对珠儿道："此番得遇猫儿等人，开窍益智，得治泽之策了。真是若要好，问'三老'，老乡久居一地，知天时地利人情变迁，有亲身经历的感受，耳熟能详，知道实情。外来客虽亲历细察，限于时日，难知因时变迁的详细情状，故所得常偏，以此定策，常有偏疏不全之弊。'三老'者邦之宝也。"珠儿称是。

两人驾舟向康山以南水域探索。果如猫儿所述，十余里后即是浅水区，且高低不平，深浅悬殊，愈南则愈浅，就不再南探。回敷浅原，进见伯禹，将水下探察及遇猫儿等民告知诸情详告伯禹，伯禹与伯益听后甚喜。师徒二人返住处绘制草图，以待应龙。

却说应龙、太章等一行自敷浅原出发，沿彭蠡山脚水涯南行，左首泽水青绿一片，波光涟漪，鱼口唼唼，涯岸蒿茅犬牙交错。右首山高林密，桧柏樟榆，遍山青翠，山茶杜鹃,红白满谷。钩茎刺叶之株,葛萝攀缘之藤,绊脚障路,众人披荆斩棘而行。乌木由道:"如此高山密林,又近水边,当心猛兽出没,不可失散落单,以防意外。"

行不久,时过午后,听到林中折枝连声,似有群兽行动。童律示意众人暂停前进,隐于树后。自己于近处爬上一棵桧树,向发声处窥视,下来对应龙道:"有象群前来,切莫惊动它们。"众人潜大树后静观。果见象群踏枝直至水边,大小相杂有三十余头。由高约一丈的公象带头,母象殿后,群象入水嬉闹,长鼻高伸,喷水成雨。随后,又有一群黑麝至泽边饮水,离象群丈余,互不干涉。黑麝饮毕即回,消失在林中。群象嬉水,似甚惬意,举鼻高吼,声闻数里,顿饭后方离水返林。童律道:"此处不可久留。"

太章领路,迅速沿水边前进,傍晚到一山坡。应龙一路记下入泽众水,较大者有修水、锦江、赣水。这日到达泽南端玉华山,太章对应龙道:"这里有黎民聚居。"童律道:"民久居泽边,必知泽情,问之可知。"太章引众至山麓寻黎民,在南坡见民舍数百,有老者数人正在房前翻晒干草。

童律拱手道:"请问诸老,此地何名?"老者抬头见童律等数十人,打扮非俗,且人数较多,知是外地客人,答道:"我等叫下山村,贵客来此何干?"童律道:"我等是伯禹手下治水之人,今来治扬州,不知此泽深浅广狭以及旺枯盈缩之期,各位尊老,可否告诉这个泽的水情?"几个老者听说是助伯禹治水之人,忙请诸人坐下说话。停下手中之活,详细介绍了泽水春盈秋缩的时月与面积大小深浅之情。应龙一一记下。

童律又问:"露出的地可否耕植?"老者道:"露地不单多沼泽,而且时间在秋天,播期已过,难有收成,到三四月,露地又被水淹没,所以此泽四周虽有一时露出的地,无人耕植,任其荒废,只长杂草。"童律道:"如此广袤之地,竟无收获,实在可惜。"老者道:"也非全无收益,入秋后,沼泽地蒿茅遍野,苇艾茂密,有大批候鸟飞此越冬,中以鸿雁为多。秋分后大批到来,飞则成群,几蔽天日,歇则遍地,灰羽百里。它们啄贝类为食,在这里筑巢产幼雏繁殖后代。春分以后全都北去,年年如此。众鸟飞离后,留下大批羽毛,我们捞取后晒干保暖性很好。也有长尾锦鸟,长尾可为饰物,民间视之如宝。"众人点头谢别。朝东折北沿泽东岸行走。

应龙在路上对太章等道:"我得治泽之策了,然尚待核实。"童律道:"莫非新开通江之道?"应龙笑道:"知我者童律也。"太章道:"如欲新开通江之口,当以鞋山对面石钟山为宜,石钟山北滨大江,南入大泽,这是理想出口。"

应龙等就沿大江西行,过十里遇一山,高五十余丈,周十里许,形如覆钟,滨江而踞,水石相激,闻洪钟之声。太章道:"此即石钟山。"童律道:"名符实,只不知是其形似钟而名还是因声似钟而名?"应龙道:"水石相激而出钟声者,其山腹必中空,中空者则气声回荡而生钟音,空大则音洪,今如此巨响,其山腹必有巨空。惜三奇、珠儿不在,若在,一探可知。"童律道:"可俟来日。"应龙道:"今且登山一观,测出此山离彭蠡泽里程。"童律道:"不劳诸君,我去即可。"须臾而回道,"山之后即彭蠡泽,近处有一山似鞋，相距不过十余里。"应龙喜而记之。一行至晚就到了敷浅原。应龙等四将前见伯禹。伯禹道："诸君近月奔波，且歇，明日议事。"

次日，伯禹、伯益集众将议治彭蠡之事，伯禹道："泽内外都探测过了，请各言治策。"三奇将探泽深浅和访问黎民诸情细说了一番后道："彭蠡最深处达十丈以上，全去其水与扬州地形相背，水不能尽去，缩小则可。已知彭蠡泽盈缩盛衰之期，二、六月为界。泽水二月下旬始盈，三四月而盛，四五月间为峰，六月始缩，七月后则衰，到八月底衰极。盈缩水量极大，全盛之时，占地三十万顷，泽衰之期，水面不足十万顷。衰期所露二十万顷地面多是水塘、湖泊、沼泽，是水草之天地，禽鸟的世界。因陆露时间不足七个月，且寒冷之日为多，故民不去耕耘种植。若彭蠡之泽能永保衰期水域，再退湖泊之水，就可得二十万顷耕地，以户均半顷而计，则四十万户黎民可得耕种生息，人烟兴旺了。"

伯禹道："然何计能缩彭蠡之水？"三奇道："彭蠡泽中心有康山，东南西各二十里左右为深水区，二十里以外是浅水区。康山之西北走向有南障山（后人称庐山）涯百余里深水区，向北约五十里至鞋山，水下为深沟区，宽约十里，深沟两旁都是浅水区。鞋山之北是大江，若能在鞋山以北开凿通江之口，则泽水必将迅速入江。但鞋山与大江之间有一座大山相隔，屹然如钟，不知何山，径不足十里，凿之当不难。但我所疑江与泽两者水位高低还要证实，若江水高于泽水，则泽水不泄而反受倒灌之灾了，此事须应龙测定方实。"伯禹点头转而视应龙。

应龙道："三奇之议与我们不谋而合，我们沿彭蠡泽四周探测之情与三奇内查之状也吻合。三奇之疑我等已与邻近之知者相探索，泽水与江水之高下，总的而言，泽水高于江水三五丈，江水流而下泻，泽水潴而不出。以常年而论，江水低于泽水。但二水旺衰之期不同，也有反差之时。江水于七八月间上游涌水而现洪峰期，此时泽水已为衰期，此时，江水高于泽水。"伯禹点头。三奇道："猫儿说的和你问'三老'的一样，那就不会错了。"

三奇问道："钟形之山何名，能否凿通？"应龙道："当地百姓都叫石钟山，以其形似钟。不但其形似钟，且江水击搏此山，发洪钟之声，故名石钟山，其名形声皆备，极为确切。还望三奇师徒一探石钟因何能发声哩。"三奇忙问何故。童律道："应龙说此山能发钟音者，必山腹有大洞，水击山石，空气回荡于大洞，故发嗡嗡之钟声，因未知虚实，难验应龙说的是否真实，故欲求贤师徒潜入水下一探。"三奇笑道："不必再探，我往年已探过此山腹，确有大洞，半没水中，半露水上，以石击洞，嗡然巨响，当年却未问此山之名，亦未再作深察，但有洞却是无疑。"童律方服应龙之推理。

应龙道："我已初步测量，凿之不难，可以从鞋山沿石钟山外缘通江，不过十余里，工程不算太大。"

童律道："何不凿通石钟，以取直径。"应龙道："童兄有所不知，既石钟山中空，凿之恐山体崩塌，反而阻断通道。且留此石钟奇山，还可供后人赏玩探索。沿山缘而凿，其地平坦，似远而实易也。"童律、三奇等都点头服应龙说法。

伯禹道："既如此，何时动工为宜？"

三奇道："今泽水大旺，由内往外凿非其时，依六月而衰之理推之，宜于七八月间由泽内动工为好。"应龙道："泽内之水六月衰，外江之水七月旺，八月为峰期，故外江之工宜于九月动手。"

伯益道："今是六月下旬，七月动内泽，九月动外江，甚妥。今营房未毕，正需月余时间。通江之役过早，人力不足。当随营建渐成而转力于凿泽江之役，则人力与通江工程两不耽误。"伯禹称是。

这时，玄龟说道："治扬之役非短期可成，现有粮秣虽可支撑数月，然运粮不便，要早作筹措，争取额外补充。敷浅原地势尚平，水源甚丰，目前天时渐临盛夏，可于宜耕处播些夏季早熟谷物，以充全军之食。"方道彰道："玄龟所虑极是，全军之食，实宜早筹，以免临时缺失。"

禹强道："彭蠡四周，密林遍布，草木百里，林草深处虎豹狐鹿野味众多，我部战卒在伐木中累遭猛兽伤害，当时忙于伐木，无暇他顾，今既为补充军食，可以大肆围猎，又保士卒之平安。如此广阔的林地，猎狩数千头大兽，也可供我军数月之粮。"

宋无忌道："禹强之言，深合我意，今如此密林乃猛兽之天下，一旦水退之后，若猛兽众多而害民，民也不得能辟地而耕，必须驱逐猛兽，为民除害而保耕种。然茂林百里，枝高叶密，遮天蔽日，狩猎不易。我意可用火攻之法，焚林驱兽，兽出则易猎，花力少而斩获必众。我与方兄可助禹强一臂之力。"

伯禹笑道："如此甚好，只是杀伤太多，有失上天好生之德。"伯益道："伯禹不必悯斩杀过多。虽然万物共生竞长为自然之道，但事繁必废多，物滥害生。如水本人畜农作之所需，当泛滥成灾，人畜受害，庄稼不生，就须去其泛滥而归其正常，以利人畜与农事。山林禽兽之事亦类此，过多过滥，无益于生，有害于民，也须去其盈溢之数，方能达制衡之机理。天下万物皆不可过，过多过少都有害。彭蠡泽四周林木禽兽过多，正宜烧杀去其过，既安民，又饱我食，合乎天理人道，伯禹无须虑伤德。"

三奇道："伯益之言，至理名言，彭蠡受洪水之灾已久，禽兽繁殖过多，有害于民。宜去害为民求生存之利。今泽中有鱼无数，生多捕少，鱼满为患，触手可及，以致水浑不洁，也妨碍鱼类繁殖，只要稍加网罟，就可大量捕获，供我食用。我于途中已向当地黎民学得熏炙之法，可以久贮。若待通江水退之后，则鱼腐死泽中，反难处置了。"

玄龟笑道："有粮有菜，有鱼有肉，可以强我士卒，有助于治水，可早日动手。"

伯禹笑道："玄龟且莫过于高兴，围兽捕鱼非易事也。"玄龟道："治水军中水陆强将能人盖世，都是治世之能人，何况捕此鸟兽虫鱼，我相信必可手到擒来。"

伯益道："玄龟欲及早捕猎，当可允同，但要从营建中抽卒，你当统筹安排，不要影响建营。"玄龟道："那是应该，伯益放心。"

当时议定：营建由冯迟负责善其终，玄龟协助。分营卒三成，随禺强、庚辰、朱虎、熊罴围猎林兽，宋无忌、方道彰为助。抽善水士卒二百，随江飞入泽捕鱼，三奇师徒相助。应龙、两亥兄弟专事测绘制治水之图。童律、太章、乌木由人禺强捕兽之役。众将依令而行，各自准备。

却说禺强率卒六百，入彭蠡西北南障山一线驻扎。次日与宋、方、童、庚等诸人登山至顶察看地形：俯视下面是一片林海，向东南看，彭蠡泽水波荡漾。童律对禺强道："如此密林，足够猎狩一场。"庚辰道："围猎从何方起手为宜？"童律道："当于西北起围，驱兽于东南泽边。"禺强道："那就从西北角开始吧，请宋、方两师于西北点火焚林，请庚、朱、熊等率卒于东、西南、东南三处持强弓刀棍布兵猎兽。"

宋无忌沉吟未答，顾方道彰而视，方道彰也沉吟未言。禺强心焦道："莫非从西北起围不妥？"方道彰道："依地势而论，理宜从西北起围，驱兽出东南泽边猎杀，但现在是盛暑，风向偏南，西北点火，火随风向西北，会烧北林，而潜伏在南林众兽却不得驱出，我两人故沉吟难决。"禺强这才醒悟，手拍额头道："是我鲁莽了，然何计可施？"宋无忌道："大火还是要从西北烧起，为避免火向北烧，须先在西线伐树，开辟出阔一二里的空旷地带，然后可以在西北角点火焚林。"

庚辰道："如南风过猛，一里之隔能否挡住？"方道彰道："所以点火之日要选择西北风时，或在无风之日方可。"禺强道："盛暑哪有西北风？"童律道："盛暑大热，地汽蒸发，常有狂风暴雨，此时风向偏北，近海之处名曰飓风，内陆之地称为旋风，此时风常偏北。"

方道彰道："童律知道的事还真不少，确是如此，只是须遇机会，但无风之日常有，可在大雾之后，无风日点火，目前先开隔火带。"禺强下令士卒在南障山西北面开出一里宽的防火带，长百余里。定庚辰守东南，朱虎守东北，熊罴守西南，各带士卒二百，持坚棍尖刃强弓利箭并燃林之具，只等西北面火起后，东北、西南两面也同时焚林，只留东南方向没有火。

这日晨起，大雾如幕，两丈以外，不见物影。人在雾中，一片昏沉。方道彰对禺强、无忌道："大雾无风，日出雾散，定是骄阳当空，今日是点火焚林之日。"禺强道："那就好，待我下令。"无忌道："点火诸物早已备好，只待你一句话了。"禺强点头即命士卒分头点火。这几日天热无雨，林木皆燥，一时火起，即噼啪燃烧，干柴烈火，浓烟滚滚而起。因有大雾笼罩，烟火压于林中。方道彰早命一些士卒肩负煽风箱具，向东南向灌风。火随风转，向林中蔓延，潜伏林中诸兽皆哀号声起，向无火中逃窜。在无忌令士卒点火之时，太章捷奔向南，一路通知西南各部点火焚林，又到东北面通知立即点火。

半个时辰后，大雾渐散，烈日当空。在东南边的庚辰士卒见北边浓烟蔽天，直冲云霄，都做好战斗准备。当日无风，火势在吹风器的作用下南进。不到一个时辰，三面烈火先至中心，而后逐渐东南移，数万顷森林顷成一片火海，噼啪爆裂之声不绝于耳，浓烟热浪呛鼻扑面，困于密林中的虎豹鹿象、狼狐獾兔之属都往火少凉处逃窜。少数困兽突火出林，即被围守士卒利箭棍斧所杀伤，能逃逸者极少。大火烧了三天两夜，第三天林木多已焚毁，只有东南方向离彭蠡泽水面十里狭长地带尚未烧到，许多山兽已死在林中，一些凶猛大兽都困集在这一片狭长地带，虎吼狼嗥之声嗷然可闻。西北、西南、东北三边战卒踏火场而进，一路收拾死兽，一面缩小包围圈，向东南面彭蠡泽靠拢。士卒担心众兽突围溃出，都棍不离手，箭搭弦上，稳步前进，随时准备搏击。

随着大火逼向彭蠡泽，一些困兽已被逼入泽边，会水的象群已进入水中，由公象带头，沿泽边浅水区向外涉水逃逸。士卒知象群力大，且猎象无益，都不猎杀，放象逃生。怕水的狮狼狐都徘徊盘旋在林火与彭蠡泽之间，惊恐四顾，欲图逃窜。此时在东南方的庚辰众战卒见兽身露出，即搭箭猛射，杀死不少。禹强又下令三边士卒掘深宽各一丈壕沟，沟外架鹿角，以阻众兽返奔。大火又烧了一日夜，林木几已焚光，第四日晨起已是群兽毕露，都拥挤在彭蠡泽西边。围猎之卒见机即奋勇扑杀，先用排箭猛射，众兽大乱，有些会水的虎狼，企图泅水而逃，都被利箭射杀，死于水中。不会水的猛兽被挤入水，淹死不少。士卒喊杀声、众兽吼叫声、余火焚烧噼啪声，斧棒敲击兽体声混杂一起，真是一场声势浩大的人兽混战图。

从早直至夜幕降临，猎兽万头，困兽大都被杀死，只有少数突围逃生。另有少数伤兽踞于泽边未死。当夜禹强令围猎守卒遍燃篝火，一边开剥已猎兽皮，取肉制脯，一边可防余兽外逃。士卒轮流安歇。次日一早即全力肃清未死余兽，并清理火场，捡取死于火中大小诸兽及禽鸟。经过清点，这场残酷的猎杀，得到大小肉兽三万余头，足够治水士卒食用几个月。禹强令众士卒不要休息，就地开剥未完死兽，整理皮肉，即就焚林余烬烟气烤肉制脯，净皮收藏，不使腐坏，三日方毕。共获肉脯二十余万斤，兽皮两万余张。派士卒送往大营交与玄龟收藏。禹强休军一日，复赴大泽南端山林，依法焚林猎兽。半月后又猎得兽皮三万余张，肉脯三十万斤。复向泽东猎兽，获兽皮肉脯与南林相当。焚林猎兽之役，前后历时近两个月，虽有少数士卒伤残，却获兽皮七万张，肉脯八十余万斤。

玄龟见如此丰收，又喜又忧。禹强见玄龟成日愁眉不展，坐立不安，心中不解，问玄龟道："增加这么多干脯，还愁缺粮么？"玄龟道："非忧缺粮，是忧过多。"方道彰道："愿闻其由。"玄龟对方道彰道："如此数量之干脯，一旦腐霉，教我如何向伯禹及全体士卒交代。"方道彰闻言点头道："玄龟之忧有理，我来设法解救。"即令制作大小风箱数百具，置于仓库之内，鼓风通气，果有收效。原本仓内荤腥气味重浊，闷热熏人，所贮肉脯开始软化滑涩，通风后仓内空气清新，闷热顿解，肉脯日干。玄龟大喜，谢道彰不已。禹强拨战卒百人，专司鼓风之职，日夜不停，以保肉脯兽皮不坏。伯禹、伯益闻知之后，也时来视察，见此情景，十分欣慰。

欲知后事如何，且听下回分解。

第三十六回　彭蠡泄口

却说江飞与三奇师徒率水军进入彭蠡泽捕鱼之事。

三奇道："大营在北,若自北而南,则载愈远愈重。不如先空舟至南,由南而北,可减重。"江飞深以为然,就命众载网往南。在康山南开始捕鱼。此时旺水期已过,鲇鱼山之民已满载而归,人去屋空。江飞等就以康山为驻扎地,借鲇鱼山黎民所建房舍为加工处,拨出四十人专司操刀剖洗熏炙及堆垛初贮诸事,其余士卒至泽南布网挂罟捕捞。

泽中鱼多,捕捞不难,每船满舱,全队有船六十条,日捕鲜鱼二十万斤,都至康山加工炙烤,由三奇指点方法。士卒用心操作,初慢后快,逐日剖洗炙烤,当晚入库堆垛。剖鱼虽有腥味,但炙烤却闻鱼香。众卒工作勤快,日得干鱼五万斤。炙烤一舱即用船运至大营交与玄龟。从六月中旬至七月初,送往大营干鱼百万斤,士卒无不高兴。这些水卒多从冀州随伯禹南下,山居少鱼,不熟炙烤之法。这次连日操作,士卒说,不但提供治水众卒之食,还学会炙鱼本领了。因此学得认真,制得仔细。

至六月底,捕鱼线已过康山,为免往返,又在南障山脚下建了加工棚子,分两处就近炙烤。随捕鱼线北移,加工也齐集北场,停了康山加工片。至七月下旬,总计得干鱼约二百万斤,垛满数室,玄龟也以藏肉脯办法,备鼓风器日夜通风,并时时检查翻晒。时秋风已起,气候转凉,再过两月,冬季降临,就易于贮藏了。

话说到了八月中,渔猎两役都已结束,房舍都建全了,伯禹见彭蠡之水逐渐减缩,与伯益商议道："泽缩水低,江平流缓,食丰卒健,择日动工凿口以通江泽如何?"

伯益道："该动工了。"于是伯禹集众将共议。冯迟道："凿口之事,七内九外,今七月已过,九月将至,何不南北夹攻,同时开凿,以速其效。"江妃道："两边同凿固好,但大江水深流急,筑堵水之围堤不易成功,还是先内后外为妥。"三奇道："应龙会有办法,何不请应龙先出个主意?"

应龙道："我和太章、童律、乌木由等原也主南北夹攻办法,但深议之后,感到不论南北同凿或先内后外,都有利有弊。因为两面都是水,凿则水入,若先围后凿,不仅增加工量,且北面江深浪急,难以成围,故凿从外入不妥。若先内开凿,泽水不浅,围也难成。我等共议,要采用中心开花办法,即不在南北两边开凿,而是暂留南北两边临水陆地丈许,先从通道中心开凿,挖出一条东西向符合要求的深沟,南北两边陆地就成了挡水堤坝,深沟挖成后,然后再挖南北两边堤坝,这样既加速工程进度,又可免泽江之水灌入,省了筑围工夫。我等已绘了线路施工图在此,请伯禹、伯益及诸君审定。"说毕将图呈与伯禹,伯禹及伯益视后交与众将传阅。

三奇阅后道:"应龙之法十分好,但彭蠡泽像一个巨大葫芦,中间及底部容水巨大,北部自彭蠡山脚至鞋山以北一段狭小而浅,恰似葫芦咽喉,约束全泽。今开石钟边缘通向江,还须同时深广这一段葫芦颈水道,以利全泽顺利出水。前已勘明,此段长约六七十里,可加深两丈,凿阔一丈,即可解瓶颈之困。"

应龙道:"三奇说得极是,我等只顾泽口,未及这段通道,幸三奇指正,补了遗漏。"议论半晌,诸将都同意。伯禹道:"今情明法全,就即日动工。泽口之役由禹强主其事,冯氏两将分领所部自中心分东西两厢开凿,朱虎、熊罴随禹强施工。葫芦颈开挖请三奇主其事,江妃率部成其工。应龙、童律、太章、乌木由等按图指导全部通凿事务,使前后协调,有序施工,不使脱节。庚辰率少数战卒保护施工安全,方、宋二位医药准备,有伤即救。工程为期两月,要求十一月底结束。"伯禹问诸将可有新议。

三奇道:"葫芦颈之工,水下为主,士卒虽识水性,但水下施工究非所长,多数只能发挥水面上开凿与搬运水下石块,水下作业须仗器械之利方能奏功。珠儿有石克神器,可以凿石,但太小,且只一把,不敷工程之需。知朱虎将军有神斧一双,劈石如泥,可否借用一把,以砍水下之石。斧乃神器,我当亲自谨慎使用,不使有损,不知朱将军可肯借用?"

朱虎闻言忙道:"只管拿去,岂有不放心之理。只是此斧沉重,三奇师父却要多花力气了。可惜我不会水,否则随三奇师父入水施工更好。"说毕即将斧递上。三奇接了一柄道:"一柄足矣,另一柄留将军使用。斧确沉重,然借水中浮力,可以减其重量。"伯禹见两人都谦恭有礼,很高兴,当日各散自去准备不题。

却说禹强与冯氏兄弟率众卒来至石钟山麓,按应龙所绘施工图,自开凿线中心动工,斧钻共施,棍棒齐上。冯迟部向西,冯脩部向东,相背互施器械。两队虽各施其工,然吭唷之声相通,唱和之音相闻;虽挥汗如雨,却精神焕发,精力专注。先砍木去草除荆棘,再去土露山石,数日后裸石毕露,就凿石动山,觅缝寻隙,深挖力掘,使巨石滚动。士卒肩挑背扛,辛苦艰难,不必细说。十日以后,开凿已深数尺,原以为愈深愈难,不料两部都感愈深愈松,进度加快。

应龙闻知此事,急来细看,抓了一把碎石至阳光下一看,不觉笑道:"原来如此,早该知道!"童律在旁问道:"应龙知道什么?"应龙指碎石道:"你看,此石是熔岩,与砂石沙砾交混共生,石灰石看似坚硬,然其特性是见水则软溶,砂石沙砾是松散之石,与泥混合成块,敲之即碎,故开山愈深愈容易。当初既知石钟山下有大溶洞,即可推断此山是石灰岩,易于开凿。我所以失声笑者,笑自己愚笨也。"童律道:"如此则凿泽之口当可加速?"应龙点头道:"理应如此。"

此后开凿,果如应龙所言,进度快了许多,有些地段,不凿自塌,有些地段,略施采掘即见深洞，待至十月上旬，只剩下临江临泽两边挡水堤坝。只要一声令下，掘开两边，江泽之水即可互通。应龙不时巡察，见工程已近尾声，对禹强道："开两边之前，还须加深通道，以速泽水流出。"禹强依言，命两部再加深五尺，经旬日而成。

却说三奇师徒与江妃率所部从石钟山脚下水，一路开凿，初时水浅，珠儿三奇两人分东西两岸各用石克及神斧剖石，而后由水卒以坚棍撬开块石，再用网兜提石出水面，运至涯岸抛之。水中开凿由三奇师徒主之，水面运转由江妃主之，此时进度还快。其后水渐深，三奇珠儿已没身水下作业，一些会水之卒也泅入水下插棍入缝而撬石，量大进缓矣。所幸神斧石克锐利，力触之，坚石顿开，落石无数，但捞取运转不便。十日后已近鞋山，水深已近丈余，大多水卒无能为力，只有少数水性较好精卒泅水至底布网起石，三奇师徒只好帮助，为运石耗费许多时间，凿石进度缓慢。

三奇见状对珠儿道："你我只管劈剖水下坚石，开出泄水通道，布网运转之事，且留后集中处理。"珠儿依言，专力于劈凿沟壁坚石，不再作布网起石之事。这日到了鞋山山脚，山脚深入水下，还向西伸入泽中，挡了泽水北去。两人奋力开凿阻水山脚。

这日三奇在水下一山弯曲折处，见有一幽洞深邃，洞内似有巨鱼游动，喷出阵阵污泥浊水。三奇一心只劈水下石岩，不以为意。见近洞之处有一山角突出，三奇运神斧力劈山角，一声闷响，山角裂开大缝，碎石纷纷沉落水底。三奇运斧连劈，将原来直插入泽心的约三丈余的水底山角劈去了一丈以上，原有尖角顿成钝角。由于运力很猛，去岩特多，虽在水下也嗡嗡作响，山体震动，并激起波浪翻滚。

嗡声未尽，波浪未平，突闻"嘭"的一响，幽洞深处突然蹿出数条蟒蛇，搅起一片浑水。三奇矇眬中见领头两条其粗如臂，长约九尺，后又随出两条腕粗小蛇，大小四蛇绕着三奇盘旋，三奇眼前浊水翻滚，水流旋转如陀螺。三奇虽有极好水性，竟全身摇晃，随水流旋转，已看不清蛇身影踪。为怕蛇咬受伤，知斧是神物，就举斧护身，斧刃朝外，周舞不止。

正在对岸的珠儿听得"嘭"一声，回首探望师父，见数条大蛇出洞，随后绕三奇盘旋不止，把浑水搅得陀螺般地旋转，师父被围在漩涡中看不见身影了，珠儿大惊。此时泽水晃动加疾，珠儿也全身随水漂晃，但他生具异禀，身随水转，手执石克与神钩，翻身钻入旋水中。见数蛇环游，漩涡随蛇游而加速。三奇此时已站立不住，全身漂晃，人斧已随水而转，逐渐神志迷糊。珠儿进入漩涡中心，双手抱住师父，耳边听得水流哗哗响声，但不为所动，屹立如钉。珠儿定睛看盘旋中的两条大蛇，形状怪异，头如龟，其色黄赤；额生双角如茸，其色鲜红，长约六寸；双眼发绿光，照射数尺；全身黑中透黄，有细鳞覆盖，有光彩如玉色，肚下玉白而有黑环；尾细色黑，全身长八九尺。

珠儿见状知此非一般蟒蛇，手中虽有石克神钩，但体小不足以伤此神蛇，就从怀中取出伯禹的玉蛇玄龟灵珠。刚一出手，即有一团红光透出，把师徒二人都裹在红光中，又见灵珠三道光芒激射，果然灵异，怪蛇一遇此光，旋转顿停，全身如软瘫一般，只在水中缓缓漂动，但也未见受伤。珠儿见此蛇怪异，也不敢前去杀伤，将灵珠复揣于怀中，近前抓住蛇首，蛇已无反抗之力。

此时水已停转，三奇神志清醒，见珠儿双手捏着怪蛇，过来细看，一见即将珠儿拉出水面，惊呼道："珠儿莫伤它，这是龙蛇。"珠儿回首问道："何故莫杀？"三奇道："我在水府曾闻彭蠡有神蛇，其形如龙似蛇，名曰小龙，是黄帝所养，善于变化，可以去灾害，保黎民，安山水，定川泽，除妖孽，润土地。黄帝与蚩尤大战时，蚩尤作雾，黄帝一度迷失方向，几败于蚩尤，后以磁石辨明方向，方得与蚩尤再战。陆战以神马为导向，入水则仗龙蛇指路，故蚩尤最终战败被杀。龙蛇有大功，黄帝封它为君，故又称小龙君。它龟首蛇形，戴角披鳞，红信绿眼，五彩文身，是世上罕见之神蛇，现身则示将出圣主。此吉祥神物，有功于民，万不可伤它。"

原来三奇识得此蛇，只因蛇一出就隐在浑水中，自己被水旋昏，实未见蛇的真相。若不是被珠儿制伏，恐至死也不明其形，无缘见此神物了。问珠儿如何能制伏此蛇，珠儿道："我见此物神奇，也不敢伤它，但又怕伤了师父，就摸出了伯禹灵珠一试，竟然制伏，想是灵珠更胜龙蛇一筹。"三奇点头道："灵珠也是黄帝遗宝，故能制伏。"珠儿道："现龙蛇软弱无力，如何处置？"三奇道："可将它放回原居水底深洞，定当复原。它只是受灵珠神气所制，待灵珠神气消退，它们自然恢复如常了。"珠儿点头，二人复入水底，将大小四条龙蛇移入原来幽洞，置石块封门而去。至九月中，工初步告成，使颈口原道深宽各两丈上下。就命水卒驾船布网，潜水捞取散堆在泽底乱石，运到岸上堆垒，至十月完工，鞋山水道遂深。

伯禹自凿口之役开始后，日与伯益巡察工地，将近两月，见水陆二路工程都近尾声，与诸将商定在十月丁亥日掘南端，壬辰日开北端通流。到了丁亥日，冯脩一声令下，千杆并举，斧钻齐入，挖开南端阻泽之堤，当天挖至泽面停工。次日，冯脩令士卒先掘中间缺口，刚一挖到水下，泽水开始涌流。随着掘深，泽水迅即充满沟壑，水与沟平方静，冯脩复令卒挖东西两边石堤，经两日全部掘净，泽水直抵北端入江的坝石内侧。此时大江是枯衰期，低于泽面两丈以下。开掘北岸非南岸可比。南岸开时通道狭，落差少。北岸临江且悬深，故开北岸必须十分小心，稍有差错，则泽水猛泄，其力至巨，将伤人卒。为此伯禹嘱应龙、禹强、冯迟等将细加筹划，务使周全。

应龙与禹强等与诸将商量道："泽水量大，又居高临下，一有缺口，必突流而出，泄泻之力，非人力所能挡，一旦人被冲入大江，难以捞救。为今之计当采三法：一是用绳束士卒之腰，使人凌空作业，以免水冲；二须集中精兵强将利器，力争最短时限内瞬间掘开最大缺口；三在大江一面排船布网以救万一落水者。"禹强等将都说好。应龙道："如此则请禹强指挥士卒于北岸开凿处东西两端各扎大木架十具，固木架在北岸西端，悬长绳以为用，绳须能伸缩以便施工。每架配六名健卒掌木架牵绳，听冯脩号令伸缩绳索。请朱虎、熊黑两将持利斧在瞬间劈开北岸，由段干、甲乙兄弟八人持坚木长锤，在朱、熊二将劈开北岸出现缺口瞬间敲击缺口两侧扩大缺口。十人分为二伙，朱虎、段干五人在西端，熊罴、甲乙五人在岸坝中心，集中全力先破西端一段，即全段三分之一处。十人都以绳束腰，以免打开缺口瞬间被急流冲入大江。开口四周尽量减少人员，以免意外落水。另由三奇师徒、江飞排船二十艘，列于大江，撒网于缺口东北两边，以救落水者。"应龙、禹强将此安排禀明伯禹，伯禹称善。

壬辰日一早，伯禹与伯益登上敷浅原临江高处，观察破岸通江之役。辰时将尽，各项准备工作都已停当，朱、熊等十人分两班站定。冯迟手执令旗举手一挥，朱、熊二人持斧连续用力劈下，岸坝顿现缺口，甲乙、段干八人举锤猛击已开缺口。只听得一声暴响，北岸西端堤坝断开了两丈多大口，蓄积已久的彭蠡泽大水以万钧之力从缺口中突然冲出，猛泄在落差两丈的大江。落江之际，轰然巨响回于耳鼓，久久不息，溅起的水珠高达丈余。伯禹在高处也吃了一惊。

缺口流急力沉，不但迅即掏净了缺口底部，并将缺口两侧石块泥沙大量涮动，东首一段随即塌了一丈多。原来站在缺口东段的士卒猝不及防，十余人随泥石一起被冲入大江。冯迟见状急令剩坝上的士卒全部撤出。此时缺口已扩大到三丈以上，水涌更急，朱虎等十人因有腰绳保护，未被冲走，只是人已悬空。

应龙见水流湍急，继续开凿东端难度增加，不但十人急切不能移至东首，且东段正在不断崩塌之中，需要观察。就与禹强、冯迟等商议，当日暂且收工，命冯倄令卒将朱虎等十人拉回西首岸上，以后如开东段，再用船送往。二人都说妥当。于是一众都回大营。

落江士卒，被激水卷入江中深处，幸早有网具拦阻，除三人被江水冲走不见影踪外，其余几人都被救起，控水后醒来送至岸上。

次日，应龙、禹强、冯迟等偕朱虎等十人，随带百余名士卒，驾船至东段，只见剩下之坝岸又塌了数尺，残余之坝岸不足原岸之半，并还在崩塌之中。应龙道："倒省了我等力气。"朱虎等十人复照前分工，束腰后斧锤并施，将剩余之坝岸劈向大江，三丈余之大口已一览无余。彭蠡泽之水经一夜流泄，已低了数尺，北岸新露一些残基，禹强命士卒放松悬索，降朱虎等十人直抵泽面，劈除露出的峭崛不平如犬齿之残基，直至傍晚。

应龙见通江的新口已劈，彭蠡泽潴水平稳入江，对禹强、江妃等道："彭蠡泽之缩指日可待，休整十日后再来观察吧。"禹强等诸将见通江开口之役顺利完成，无不欣喜，都说笑着乘船回至大营。伯禹在敷浅原高峰目睹了胜利凿通彭蠡泽通江新口，泽水顺利入江，十分高兴，命玄龟具酒肴，出鱼干肉脯犒劳将卒，当日尽欢。伯禹下令休息数日，调养士卒不题。

欲知以后如何治水，且听下回分解。

第三十七回　扬州治平

却说泽口开通，全军休整，但应龙与三奇并未安心休息，逐日至水边观察水退进度。这日应龙与三奇同至江边观察，见缩水只有数里。应龙道："看来缩水很慢，不知何故？"三奇道："彭蠡泽状似葫芦，北口小南底大，我二人现在葫芦北口观察，是葫芦口，水从南边瓢底流来，集于瓶颈小口，则小口之水常满，只看小口处缩水，不能证明全泽缩水之状，若欲通观缩水状况，还要南下看瓢底缩水状况方知。"向伯禹禀明情况后，应龙与三奇师徒驾船往南。

一路上只见水尽北流，珠儿操桨沿岸行驶。船过鞋山，三奇看鞋山水痕对应龙道："以水痕下降而言，已降四尺以上了。"继续南下，有新的礁岛露头，三奇道："原无所见，今水落石出了。"第二日到了康山，三奇、应龙视其水痕，水痕已下九尺左右。复南下，露出水面岛礁高阜更多，第三日已到南底，舟不能进。三奇道："何不上岸一观。"三人各踏随带泥橇，向南滑进。半日后，已是泥干地硬，橇不能滑，就步行南进，傍晚到达泽南玉华山北面。应龙指玉华山脚道："这里曾是泽水所到处，我上次来过。"三奇道："如此请你计算，泽水已缩几许？"应龙道："从上岸至此有近百里之地。"三奇道："以此计算，东西两岸缩水也差不多吧。"应龙道："泽北狭南宽，且地形各异，东西两岸退水大概在五六十里之数。"三奇道："如泽水退三分之一，露地少算也有五万顷上下，即获干地五百万亩。"应龙点头。三奇复道："今泽水尚在泄出，未与江平，若与江平，则露地更多。"应龙道："若泽与江平，当有露地十万顷可供民耕。"三奇道："露地当不能全耕，须除林木沼泽山岩等不可耕之地，即以十分之一计之，也有百万亩可供耕植，以四亩供一人之需，则可供二十多万人之生计了。"应龙道："民智日开，耕作且精，荒地日辟，数年之内可供近百万人之衣食。"三奇道："如此，彭蠡泽就是鱼米之乡，富足之地了。治水之功，真是伟大！"

二人边说边回，珠儿随行只聆听而未言。下滑甚速，到船已夜幕降临，仍由珠儿操舟，连夜北返。顺水而驶，半夜达康山。三奇道："此山有鱼室，不如在这里宿了。"应龙道："正好借此机会一看鱼室。"三人登上鱼室，鱼香未散，烟味犹存，三人籍草而宿，酣然入梦。次日驾舟去营，沿西岸缓驶。眺望滩涂，水草卧泥，巨石裸现，干地水坑散乱。午后抵营，将所见详告伯禹，伯禹知水退地露，甚喜功成。

数日后伯禹、伯益、应龙、禹强、三奇等众将都到泽口，此时泽水几与江平，水流平缓。应龙导伯禹至原坝基西端观原有水痕，已离水面两丈。伯益问应龙道："今水低两丈,可获地几许?"应龙道:"已与三奇共同计算,按现状可耕地五到十万顷,少说也有五百万亩,以五分之一为耕植之地,则得百万亩,宽论之,以四亩衣食一人则可供二三十万人之生计。"伯益笑道:"扬州之民衣食有余,富将至矣。富则安,安则学,学则智,后世扬州之民必多智学之士,治水之功伟哉。"伯禹道:"彭蠡虽泄,但四周川流是否畅通未知,我担心黎民不能尽享退水之利。当再用力疏导彭蠡四周主流。今水退地干,易于施工。"

三奇道:"扬州之民愿都为治水出力,伯禹可集各邦主,明奖励之策,通川垦野之效会很快实现。"应龙、方、宋等都说:"三奇之言甚是,望伯禹行之。"伯禹点头道:"且待明日共议。"乃率众将而回,暂按不表。

却说江妃领了伯禹之命,持了三奇之信,带士卒八百,一路东进,不一日到了具区,至绿梅岛找到中根,递上三奇书简,说明来意。中根接信大喜,即知会兴根、中土等主要乡邻,经商议将众士卒安顿在三奇原居处一片空地立营。江妃见营地高燥,背山面湖,十分合意。经两日安顿后就请来中根等十余位乡民商议治理具区之策。江妃从囊中取出三奇所绘具区水情图对众人道:"吴师已有治水之图,指画甚明,其意是东浚三江,西理洮、滆,湖塘相连,沟洫成网,不知众位之意如何?"兴根等都道:"他居具区多时,熟知具区地理水情,上次又做了周密调查,所提治法,切实可行,我们只依江将军号令,会奋力治这具区。"

江妃道:"乡亲高谊,足感盛情,我有士卒在此,不劳所有乡亲,但需熟周围地形者十余人,为我们引路导向,指点沟连湖、湖连江、江通海的途径所在就可以了,望诸位推荐。"兴根等点头,即以在座十三人为助。兴根带五人指导西区洮、滆周围布沟洫连湖塘之事。中根、中土带五人指点东区浚三江以泄具区泽之水。江妃也将八百士卒分为两队,指定杜水丁为长,带三百人治洮、滆之沟洫。以解山甲为长,带五百人治三江之疏浚,自己则两地巡视,督促调度兼理后勤。自此之后,中根等十三人投身治水之事,村中众民知他们置身公务,各以所得留给十三人一份。绿梅岛行大同社会制度,所以十三人得均分之份。

两个月后,具区之水经三江顺利入海,全区沟与湖、湖与泽、泽与江、江与海,全部打通。如人气血通利,无疾病。具区也叫震泽,今水道通畅,水无积滞,不再涨缩震荡,而具区泽是本地众湖之祖,吐纳皆经具区泽而成,又是众湖最大,于是众民改称此具区泽为太湖。其名较具区易称而合于实情,故后人呼太湖之名至于今。

却说当时东西两路士卒会师绿梅村,村民目睹震泽已安,又辟地万顷,可耕可渔之处大增,无不颂伯禹之德,称三奇之智,赞众卒之功,村中尽献家藏鱼干糈粮,煮酒杀鸡慰劳江妃士卒。江妃十分感动,对中根等人道:"我等虽有微劳,但无众人相助、诸位指点,未必能如此顺利完成此役,理当感谢众民及诸位才是,今众民反如此盛情相待,令我们不安。"

中根道:"我等黎民,村小人单,虽有心治水,却无力实现。若无伯禹及众位将卒之力，何能成此大功。众民送些土产是一片心意，望将军顺民之心为是。"江妃点头，将众乡民所赠之物散于众卒，当日江妃与中根等同桌而饮，笑语终宵。

次日整顿队伍，休息数日，别中根等众民，整旅而回。中根托江妃向三奇问好，并告珠儿，言家中安好不要挂念，多为治水出力，以报伯禹为家乡治水之恩。江妃告别西行，到了敷浅原大营。江妃见彭蠡泽已开新口，泽水顺利入江，陆地大增，知彭蠡已治。就安顿好士卒后去见伯禹。

只见伯禹双脚污泥，满脸尘土，正欲盥洗，见江妃进入，命坐稍待。盥洗后道："江妃前来，莫非具区已定？"江妃道："正是具区工务已毕，特来复命。"就将治理浚导具区诸事一一述说。言得地万顷，震泽底定，民颂治水功德。伯禹听后甚喜道："震泽四周已成平原之地，鱼米之乡，他日有便，当一览其地。"江妃道："具区四周治理后，湖泊遍列，如繁星铺地，沟渠相连，无满溢之患，湖塘互通，有渔耕之利。小湖通大湖，大湖通震泽，震泽通大海。今震泽不震，其泽是大湖中之大湖，当地民已称其为太湖。此太湖蓄众湖之水，利陆露之田，远望水波一片，近视阡陌良田，无旱涝之虞，有保收之野。可以遍植桑麻，饲蚕种稻养鱼，太湖一带实丰腴之地，伯禹可往彼一观。"伯禹点头。

江妃问道："此次没见众将军之面，莫非大军已去外地？"伯禹笑道："你有所不知，大军已分赴彭蠡泽四周，治理入彭蠡诸水去了。"江妃道："既如此，我部已回，也望伯禹差遣，共疏入泽之水。"伯禹道："你部刚来，一路辛劳，且休息几天再定不迟。"江妃道："士卒都健壮有力，不习惯闲散，只要休息一天，略事整顿即可，望伯禹早定任务。"伯禹笑道："既如此，就后日出发，你可带卒三百，去彭蠡之东助你弟江飞浚治泽东之水，留下五百士卒浚理泽西之赣江与泽南之抚水。"江妃应命，乃别伯禹回营安排。

在湖口凿通，彭蠡泽大泄后，泽四周数十里内露出的新地都是泥泞湿地，因没有形成新的主水道，水在新露湿地上乱流，伯禹对伯益道："若不理顺这片新地水道，地不得速干，草不能尽除，也难开垦。"伯益道："今我大军在此，可与民共同努力开出新的水道。若我军离去，如此广大地面，分散各地的小邦寡民，就无能为力了。"伯禹道："正是此意。"

于是和众将商议此事，众将闻伯禹之言，都说此利民兴邦之事，理当尽力。伯禹就安排：除北临大江勿治外，西、南、东三面分片施治，冯迟主西，禹强为助，率卒八百，通赣江、修水入泽水道，赣江水大，水道宜倍于他江；江妃主东，熊罴为助，率卒五百，通昌江、乐安江、信江入泽水道；冯脩主南，率卒五百，通盱水入泽水道，彭蠡泽之南湖泊沼泽较多，三奇师徒为助。

为尽快垦殖这片新地，伯禹命太章、童律、两亥兄弟、乌木由五人分赴彭蠡四周之邦，告以彭蠡已治，速来共商分地开垦之事。限十日内到达敷浅原，五人可与会之人同至，分开容易误期。命应龙订出辟地耕植的规矩章则，让各邦按规矩开地垦殖。会事后勤由玄龟主之,方、宋二位为助。

转眼过去十日,太章等五人陆续带领各邦部落之长到达敷浅原,总计有五十余人。平时这些部落小邦都散居各山岙深处,划地而居,很少交往。今目睹到会各邦竟有如此之多,都感惊讶。虽言语略有差异,但以手势为助,大致可通。沿途相处,多已熟悉。到了集会所,咿呦嗷嗷之声满室。

大厅人声嘈杂,伯禹、伯益现身,举手与众人见礼,就座后全场顿时肃静。伯禹起身拱手施礼后道:"我受命治水,已治冀、兖、青、徐,今至扬州。彭蠡之水虽泄,但黎民之困未解。彭蠡泽缩水后已得可耕土地百万亩,若水道畅通,沟洫得法,亩畹有序,耕作适时,新地可立致丰收,民食不足忧。若无序乱垦,水道混乱,耕种不得其法,将损害新地,有重蹈壅塞或泛滥之灾。是水虽治而民未得其益,失治水宗旨。今请彭蠡泽四周诸邦首领共商治水辟地之法,以长利众邦黎民。为今之计当先立开辟规矩,共同遵守,诸君以为何?"

诸邦首领平时蜗居一地,见闻不多,各邦耕作都日出而作,日入而歇,有地就开,没有什么规矩。今听伯禹说要有序开地耕作,实无一人可应对,只能你望我,我望你,不知所云。

静了半响,有三苗氏首领黎育氏还有点见识,起而言道:"请伯禹、伯益先出个主意,我等无不遵从。"众邦首领一听此言都点头道:"此言是,我等愿听而奉行。"伯禹道:"既如此,请应龙说一下。"

应龙说道:"开垦新地有三条规矩:一是浚河。赣江、修水、盱水、昌江、乐安江、信江等都没有入新地水道,旧出口到新地乱流,若不整治,久必成灾于新地,妨碍耕种。当及时挖掘四五十里新地水道入泽,这是保新地可耕作所必需。二是成畦。新地面积广大,若任意乱开掘,就会高低不平,大小不一,各邦之间,陇亩之邻必多纠纷,地也不能充分利用。必须统一划分开垦之地,统一开垦规矩与标准。各邦开垦之地,按各邦所在地理位置而定。今地多人寡,足够各邦开垦。三是通亩畎。畦内分畹亩,畹亩内开沟渠。"

说到这里,应龙出示各邦可垦范围图。各邦熟视后,应龙再把在开大陆时的成亩畹挖沟渠开垦标准详细说了一遍。

诸邦首领世居一隅之地,平时耕作只知靠天吃饭,今听应龙治地之策,如聆圣言,醍醐灌顶,豁然彻悟,无不点头称是。猫儿起立道:"这三条规矩好,保新地、保丰收、保减少纠纷,我们照办。"众邦首领也哄然高呼道:"愿意奉行。"

伯禹笑道:"既众位首领都愿奉此规矩,即请回去率民依规行事。还有三事相告:一是奖励勤者。新地所垦,谁垦谁有,永世不变,多开多得,少开少得,不开不得,都各遵守,不准违反。有谁违反,诸邦共讨之。新地开垦辛劳,故自明年起,免贡赋三年。谁耕谁收,以资鼓励。你等对邦内黎民应立奖励之法,使劳者多得,共享治水辟地之功。二是平土去杂。新地内树根草茎乱石沙砾遍布,应及时去此杂障,增广可耕之地。不得因有杂障而废弃剔除不计,计地之时,涵括此等含杂之地。三是立即行动。今时已届冬,要力求明年赶上春播季节。有播必有收,解久困之民食;若误了春播则又误了一年之食,回去速即行动。浚河之事不再劳动诸邦,全由我治水军担任,各邦集中民垦地。"各邦首领闻此,都感伯禹体恤下情,仁慈爱民,无不欢呼。

伯禹将疏治各河道分工各将与各邦首领见面。各邦首领见伯禹手下诸将皆威武雄伟,恰如天神下凡,无不敬佩。集会至晚而散。

半月内各部大多动手垦殖,新地区顿时热火朝天。当年若有人能绘图,必出一幅万民垦殖图了。

万民垦耕开始后,伯禹足蹬草履,身披蓑衣,卷裤管,捋臂袖,风雨无阻,日与众民共垦于新地,黎民对伯禹无不敬爱。

这日伯禹与伯益正在垦地,垦间稍歇,坐在地上。眺望泽边新的苇芽已生,原泽老苇已远离水面。新成的彭蠡泽中群雁浮游,涯际涂滩黑黝黝灰蒙蒙,间有白色毛羽,都是成批雁鹤鹳鹭等禽鸟。熙熙而飞,啾啾而鸣,起落不停。伯禹问伯益道:"众禽纷扰,喜耶愁耶?"伯益道:"喜而鸣也。"伯禹道:"何以知其喜?"伯益道:"雁鹳之属都喜阳近水,以滋生繁殖,不居阴寒之地,不栖燠热之所,故秋则雁自北迁飞于南之大江,春则燕自南北迁。大江一线居神州之中,四季分明,适候鸟繁殖之需,故春夏燕至,秋冬雁至,都至此繁衍后代。现正鸿雁居此繁殖滋生之时,如何不喜,此喜而鸣也。"时三奇在近,闻伯禹、伯益交谈之言,过来对伯益道:"伯言禽鸟纷扰起落而鸣啼者是喜悦之情,而无愁烦之声?"伯益点头道:"然,莫非三奇听出禽鸟忧愁之声?"

三奇道:"我不懂鸟音,没有闻知之能。"伯益道:"然何以知鸟有忧愁?"三奇道:"以情揆之。"伯益道:"愿闻其详。"三奇道:"彭蠡未泄之时,湖面广袤,芦苇密布,鸟居其中,无人惊扰,得随天意而孳繁生息千百年于此,尽鸟之情,合鸟之性。今泽水大泄,湖面减去大半,不得不另觅新居以营巢。旧巢已毁岂能不悲?新巢之地鸟众地狭,觅之非易。然候鸟之交配有天时之限,岂能耽误,故草草而栖,匆匆而巢。虽挤亦居,鸟与鸟相碰,卵与卵相望,无可奈何,能无悲么?且今万人垦殖,挖土掘沟之声喧闹,禽鸟岂能无惊?所以说禽鸟起落不停,啾啁鸣啼者虽有临故地之喜,也有遭毁居之悲。"伯益点头道:"三奇之言补我不足,鸟当有喜有悲。虽然鸟悲,但人有得地之喜,也是无可奈何之事。"

伯禹闻两人对答之辞后道:"水泄得地,惠民之举,水泄湖小,侵鸟之居,事有得失,未可两全。轻重缓急,有舍有取。为今之计,当求补救。"伯益道:"三奇必有见解。"三奇道:"鸟有习性,一年新居,两年旧地,因新生幼雏未见母鸟去年旧宿,必以今年新巢为旧居,明年飞临即以今年为旧地。为今之计当稳定今年新地,莫再侵犯,使幼雏成长,此是补救之法。"

伯益点头道:"甚是,今临水之涯,新苇未成,若再有损毁,则明年鸿雁诸鸟又将再觅巢居之处了,不利于禽鸟安居。"

三奇道:"鸟众则害虫灭,害虫灭则五谷丰,有益于民。天有生克之道,人兽鸟鱼都有定数,过多过少都非天道,合天道者人也得益,况鸟于人有毛羽之利,护鸟即护人。"伯禹点头,命太章、童律等传令于各邦,垦地都距彭湖十里而止,不得逾越,以保禽鸟之安居。此令下后,民咸颂伯禹德曰:"能惠及禽鸟,更重民了。"于是令都奉行,鸟安居而益孳。

经一月余的疏治,开新地河道与垦地也粗成。伯禹见扬州之水已平,乃思治荆之事。

欲知如何治荆,且听下回分解。

第三十八回 云 泽

话说伯禹这日和伯益集众将议治荆州之事道："不知荆州有何特点，我是一无所知，在座的可有人去过？"伯益道："我只听说荆州有云梦大泽，是天下奇景，也是天下险境，却没有去过。"童律道："我没有深入泽内，但曾在大洪山高峰南望大泽，实在是大，以我视力，南边我也看不太清楚了，东西两边也有点模糊不清。我估计这个泽方圆有七八百里。"

三奇道："我倒是去过，离开水府那年，为解郁闷去了云梦，正如伯益讲的，既奇又险。"伯禹问："奇在哪里？"三奇道："一是泽极大，我从大洪山往南走，三天三夜笔直穿行，估计在三百里上下，过了沔水，还没见到大江。二是林密草多，参天大树密密层层，遮天蔽日，特别是野草又长又多，林中水中都是草，看不清平地，也看不清水道，人是在鲜草毯子上行走，软绵绵的，虽然舒服，但很危险，一不注意就会跌入草下水中，不识水的会淹死。三是浓重的雾气迷漫，十步以外看不清大树影踪，人被雾包围，如在天上，迷迷糊糊，单身进入，胆小的人会神经错乱。四是诸虫爬跳，蚊虻成群，品类奇特，许多从没见过，会飞的眼前乱舞，不飞的脚下乱爬，咬人皮肉，又痛又庠，虫之多之奇，不入云泽是没法体会到的。"

伯禹问道："为什么会是这样？"三奇道："我思量主要是泽内水多树大草密，水多生水汽，但受大树杂草遮蔽不得散发，而多年落叶腐草层层积聚覆盖，水汽更蕴郁在林中成浓雾。我在云泽行走时，脚下是叽咕叽咕声音，鼻孔嗅的是霉腐秽气。大概是水、林、腐叶造成雾浓虫多吧。"

禹强听到这里插嘴问道："奇师可遇什么险情？"三奇道："怎能无险！"禹强道："说来听听，也长见识。"

三奇道："我当年身体强健，但连续走了三天，就感全身疲乏，亟想歇足，因地面无干地可歇，我费力地攀上一株大树，在树杈中坐下。为防昏睡掉下，用随带长绳绕扎四周树枝，做成鸟窝状的坐卧处，吃了干粮，时天色已暗，人也困倦，就蜷缩在窝中躺下。为怕夜雨和露水，身上裹着浸过桐油的防雨布，昏昏沉沉地睡过去了，一夜未醒。天刚麻亮，觉鼻中奇痒，一个大嚏，顿然醒来。手向鼻中一摸，掌中似有两粒细沙，但有黏液，定睛细看，却是几只有苍蝇大小的蚂蚁。我赶紧起坐，察看坐卧周围，倒没有几只。探身下视，只见树干上密密匝匝爬满了这些大蚁，少说也有数万只之多。大蚁围着我的干粮袋，进进出出，小小铁嘴都钳着一块肉脯，往树下爬去。原来昨晚进餐后头脑昏沉，干粮袋没有收好，竟顺着树干落下，因干粮袋有绳索连接大包，所以干粮袋就悬挂在树干上了。离我睡窝约有三尺，离地面约有七八尺，不料竟被大蚁嗅着气味，拼命搬运偷盗。其中几只竟爬上睡窝到我面上巡逻，触及鼻毛，才把我噎醒。我见干粮袋已被群蚁吞没，干粮不能再食，就用刀子割断了系绳，无数大蚁随着干粮袋'噗'的一声掉到了腐叶地上。余蚁见食袋不见，四处乱爬，稍后也就顺着树干往下去了。此时天已大亮，忙完了驱蚁之后伸了懒腰，抬头望天，不觉倒抽一口冷气。一条灰色臂粗大蛇正绕在前右一条树枝上，头下尾上似欲下树，因我在树，欲下不下，瞪着浑浊的双眼，口中吐着尺余红信。我若此时下树，就要双手缘树，蛇若来袭，难以抵挡，故坐着不动，全身裹住雨布，悄悄地抽出防身用的砍树利斧，暗暗用力快速朝大蛇盘卷的树枝砍去，喀嚓一声，竟将此枝杈砍断，大蛇连杈跌落地上。蛇似被跌昏，半晌方曲着身躯游入草丛中。我没了干粮，孤身一人不能再深探云梦腹地，就在树上四处瞭望，寻找出林之路，幸好左侧约一里处有一条大河南流，就赶紧下树朝大河方向行进。因我精于水，有了河就安全了，也可以捕鱼为食，不再有险。此后我就顺河流而至大江，上了一座小山而止。如今思量，入此广袤大泽，孤身独入，势难探明，一遇险情，呼救无援，凶险极大。必须结队而往，或可探明而治。"

众人听罢三奇讲述，无不惊骇其险。应龙问道："三奇此行，可曾见民居？"三奇道："我行程大约半月，深入大约六天，虽然水泽连片，虫兽遍地，但竟然有人居住出没其间，他们多居住在林边高地，有的就在两树三树之间的高杈上架棚悬空而居，此类居室既防潮湿又安全，真是聪明办法。不过此类民居很少，只偶有所见。我也曾与之交谈，据他们称，云梦是两个地名，大江之北叫云泽，大江之南叫梦泽，两泽都与江相连，以大江为界，合起来就叫云梦泽。分开是两泽。云泽水浅雾重凶险，梦泽有大湖洞庭，洞庭来水多且流长，经洞庭然后入江。云泽有大川沔汉水流入，沿途无潴留大湖。"应龙点头道："若此情属实，则治云在于通流，治梦在于定潴，等实地考察后再定治理办法。"

童律见禹强只管出神，以手触之道："因何发呆？莫非受三奇经历所迷，还是有不明之事？有事只管问，别发愣啊！"庚辰等都笑了。

禹强道："正有事须问三奇哩。"三奇点头道："凡我所知，定当解答。"禹强道："大蛇盘在树杈一夜，因何不离开又不下来伤人，有点奇怪。"三奇道："我事后也想此事，很是不解。若当夜下袭，我在熟睡中，定遭伤害。唯一能解释的只有夜卧身裹雨布，雨布是桐油浸熬过的，油味浓重，蛇蚁所避，故上有蛇下有蚁都不来袭，得侥幸免祸。"禹强点头道："桐油确非蛇蚁所喜，言之有理，今后入荆当每人发一领雨布才是。"

伯益道："禹强所虑甚是，雨布既防雨露，又防虫蚁，理应人手一件。"众将笑道："还是禹强问出道理来了。"

当日众将听童律与三奇讲述云梦之事，不觉到了中午，饭后复议治荆之事。伯禹道："此去治荆有不少险阻，不知何者为要？"应龙道："我看要害有三：水、木、草，即水多、木茂、草密。此三者相互作用，若能治此三者，则荆土可平，地野可辟。"

冯迟道："水木草三者当以治水为首，水去则诸事皆解。"应龙摇头道："治水虽是我等最终目的，但云泽之水都隐没在深林密草中，水道不明，无从施工，当前要以去草木为首务。草木去，水径露，方可治水。"

三奇道："云泽地域广大且多凶险，即使人进入，没有几个月，草木也难尽除。即使有宋、方两位风火之功，也难实现。"宋无忌问道："为什么？"三奇道："云泽低陷潮湿，水汽浓重，闷热少风，木叶阔，草叶厚，晨露昼雨，晴日不多，草木饱含水分，易长难燃，非山岭草木可比。山岭木干而透风，草细而少水，易燃，两者不同。应龙讲治云泽以去草木为先之说虽不错，可很难实现。"

童律道："已知云泽水多，其水必通过沟渠最后流入江河大川。大川都显露在我们眼前。我等何不以大川为起点，先伐大川口两岸之草木，逐步上溯伐水道两边草木，这样就不必尽去云梦所有草木，却可达治水道之目的。"

三奇抚掌大笑道："好办法，好办法！循川流而去其两岸草木，则川流可明，不必尽去云泽全部草木却可明云泽流水路径，真是妙。"应龙也笑道："确是好办法。"诸将也听明白了。禹强道："神目还真看出了门道，想出良策来了。"应龙道："循入江水流而去草木，既省力多，又可保存大批原始森林。若林草尽去，既不利于鸟兽栖息，又有害于水土保持。"

伯禹道："正反互益，启人心扉，可贵。今治荆办法有了，那先治哪里？"

伯益道："云梦之水都注于江，沔汉水与江汇合处叫汉口，是入荆枢纽，何不立营于汉口，然后分路治云梦。"童律道："伯益之言也是，但云梦之泽方八百里，汉口是云梦泽之边缘，长驻汉口多有不便。汉口有龟、蛇二山，踞大江之东西，山不算大，但可以暂住。"

玄龟道："适听诸君都说云梦是潮湿多水之地，我今在敷浅原有大批粮秣鱼脯，在仓储藏，还有耕种之粮新收，入仓不久，若欲迁荆，须寻高燥之地建仓，不是仓促可办到。粮脯之物喜燥恶潮，收藏不当，必致腐败，此关军食，需要慎处。荆州离此不远，有大江可通，七百里之程，三四天可达。我的意见是，敷浅原营地高而广蔽，仓储安全，可暂不迁移，留此为后勤之大营。且今彭湖新治，垦地无数，民耕不尽，荒芜不少，正可作我军垦殖。可留卒数百，年收新粮万斛不难，军粮可以无忧。汉口只有不大的龟蛇二山，难为大营，也难建众仓，只可作为暂驻之处，为今后自敷浅原运粮中转之地。如这样安排，治水大军可轻装赴荆，粮留敷浅原则无潮湿之忧，望伯禹酌定。"宋无忌、方道彰两人都说："玄龟所言，深合我二人之意，望伯禹采纳。"

伯禹顾伯益道："玄龟意见是深思熟虑之言。"伯益点头道："玄龟之言极是，荆地潮湿，军粮随行，反增军累，留敷浅原而后源源输荆实为上策，况能垦地耕植，以充军食，既免潮湿之虞，又免后稷长途输送之累，当依玄龟之议。"

伯禹复道："云梦异地，治何为先？"伯益道："梦有洞庭之水，水深、流众、域大，云只汉沔西来，其地多沼泽而水浅，泄其泽水，易于得地惠民，不如先治云，云治而后攻梦之水。"应龙道："伯益之议可行，云之水都入江汉，沔汉水斜贯云泽之地，若云地潴水能顺畅入沔汉而通江，则全境可平，且易于施治。"

伯禹见众将都无异议，乃道："既先治云，则水路至汉可也。"当日定下：留下年岁较大、连年治水已略带伤残、不宜再行强劳之卒二百人，强壮懂农之卒一百人，作为后勤之队。病弱者一面治病养伤，一面垦殖农作与护理仓库。强健者兼顾荆、扬二地粮运之职，并助弱者担重任务。后勤转运诸事由玄龟主其事，留方、宋二人为助。命冯迟兄弟领卒千人治云泽大江沿岸各川流之草木，江氏兄弟领卒千人治云泽沔汉沿岸各川流之草木。两部各浚其川流之壅塞以泄云泽之潴水。命禹强率所部五百人居于江汉之间，云泽之中荡涤妖孽，保卫治水清淤众士卒。应龙、章律率少数士卒测地脉走势、水流方向，以定治策。乌木由能视雾障之隔，随禹强部行动。三奇师徒善水，助冯迟兄弟以防水怪。朱虎、熊黑随伯禹、伯益左右。因年近岁末，定于次年正月十六日去汉口。太章、两亥兄弟与庚辰率士卒三百人先期赴汉口，在龟蛇二山建立暂驻营地及简易仓房，以备大队入荆之用。

伯禹部署既毕，问众人尚有何议。众将都无言，唯三奇道："我师徒愿随太章、庚辰先期赴汉。"伯禹道："三奇师徒连日辛劳，已近岁末，先期赴汉，太过劳累，岁后同去吧。"

三奇道："我去云梦是多年前之事，近二十年来恐多变化，今日所言或有出入，故愿随太章先期至汉，就近探视，看云泽有无大变，若有特异情况，也可使治水大军早做准备，免生意外。"伯益处事周详，听三奇之言后道："今我等对荆地颇为生疏，三奇先去探视，实属必要，虽然辛劳一些，但对大军行进确有好处，他师徒一心为公，可顺三奇之便。"

冯迟、江妃二人也道："我等也想先期往探，若伯禹同意，愿随太章同去。"伯禹笑道："不必都去，都去就没有先期准备之事了，今可由三奇师徒、冯脩、江飞四将与太章、庚辰、两亥同往，都为先期做准备。"诸将见伯禹主意已定，就不再讲。三日后八将率三百卒动身先期赴汉，其余诸将卒在敷浅原过年不题。

话说太章等一行在十二月初三起身，到了汉水入江处，船泊龟山脚下上岸，见龟山不高，隆起如坟丘。登顶而望，前枕江后临汉，可建简易仓库六七栋，作暂存转运。众人就在龟山歇脚，择址部署建营。隔江相对于东是蛇山，南北向狭长高阜而已，与龟山相似，也难建大仓。太章拨卒在蛇山建一批简易房，以备众士卒歇足。

初步安顿后，三奇即走视山下，观察民情。两日后太章部署建仓之事初定，见三奇欲出，对三奇道："今日随君访民如何？"三奇道："太章同行最好。"庚辰、两亥、冯、江等都想同去访民。三奇道："营建事繁，士卒或有不明，询问无人做主不妥，轮流访民如何?"太章道:"三奇之言有理,去四人,今日我与江飞、两亥兄弟留下,庚辰、冯脩二人随三奇访民,以后轮流出访。"众人同意。

三奇师徒、庚辰、冯脩四人从南麓下山,路上庚辰问三奇道:"这里民风如何?"三奇道:"荆地荒漠,草木丛生,异鸟怪兽出没其间,民在陆猎兽捕鸟,入水则捕鱼拾贝为生,垦殖之业不及渔猎,故民多强壮剽悍,勇于斗杀,不惧死伤。且日与虎豹格斗,养成众人合力、配合行动取胜的习惯,团队精神十分突出。荆之民豪爽泼辣,勇敢有为,极重义气,但也有轻信之过。"庚辰点头。不一时,众人来至村中,一大树下有十数老者聚坐闲语,三奇近前举手为礼道:"我等远地至此,想请教一二。"众老者注视,中一人还礼道:"贵客哪里来?到此何事?"三奇道:"我等是助伯禹治水之人,欲治荆水,特命我等前来熟悉地形。"众老者闻言,面面相觑,露惊惶之色,坐稍远的已起身离去。三奇等颇为惊讶,暗思徐、扬之民一听伯禹前来治水,莫不欢喜,今日荆民何以脸露惊惶,必有隐情。

不知荆民有何隐情,且听下回分解。

第三十九回　访　民

话说三奇见有些老者听到伯禹要来治水消息后,面现惊恐而离去,事有蹊跷,更想查个明白。见还有老者没走,就走到一位面容清癯、双目有神、白髯飘胸、踞坐在块石上的老翁旁坐下。三奇还没开口,此老却目睨三奇、庚辰等人问道:"你们既是伯禹的人,请问伯禹带了多少士卒?"庚辰道:"有精悍之将卒三千人。"此老者叹道:"伯禹之功,帝舜之仁,我们也早听说,但三千将卒难平荆州灾难。"

三奇见此老身健语爽,非一般庶民可比,知必是此地头面人物,就躬身施礼道:"敢问老伯尊姓大名?正欲有事请教,也好称呼。"此老见状,也起立还礼道:"老汉姓斗名宜然,敢问老兄尊姓大名?"三奇答道:"我姓吴,人称三奇。"旁指庚辰等道,"这是帝舜大将庚辰,专治妖魔凶顽。"指冯脩道,"他是治水之将冯脩。"指珠儿道,"他是水珠,精通水性,能伏水中七日夜。还有四位将领在龟山建营。我等八人只是先遣探路,大军还在彭蠡,营中有众多智能之士,节后来这里。"

斗宜然听后眉舒脸霁,又起立拱手道:"诸君贤能,请坐下叙话,我将详细说一下这里情况。荆民早知伯禹治水功效,正日夜盼望。不料事出意外,三年前来了共伯手下亲信,名叫相柳,是个能说会道蛊惑人心的人,他带了四名有奇能怪异本领人物,一名祝融,能口喷火焰,为焚林能手;一名龙冈象,入水无声,能伏水中一日一夜,力大无穷,动则水如浪涌,开口则水如喷泉;一名躩魖魖,身高丈余,臂如梁,拳如斗,指如钩,腿如柱,行则地动,力大无比,拔树如拔葱,举巨石如耍钵,脚踢乱石如玩球;一名坟羊,头尖如钻,触山山裂,触土土崩,脚大掌阔,趾间蹼连,立在腐泥上不陷,手大如蒲扇,爪如利刃,伸爪掘土如畚箕。四人之外还带随从三百余人。这伙人在沮漳河一带红土砾石岗地立了大本营,深入沔汉南岸、大江北岸的云泽周边,鼓吹伯禹治水将驱黎民入丛林,与猛兽争地,并言治水是为了夺地,夺地之后将驱民耕种,耕种后六成归伯禹,二成归邦,黎民只能得二成,并说若有不从者将被伯禹逐出荆地,远放南蛮荒地等等。许多不明真相的庶民轻信其说,担心伯禹来此后果真如此。也有不信或怀疑的人,说伯禹在徐、扬治水得黎民称颂,不闻虐民害民之事。相柳一伙就鞭打这些怀疑不信的人,甚至杀戮示众,说他们是伯禹派来的奸细。相柳手下又鼓吹说相柳是帝舜大臣共伯的亲信,是原水伯府第一能人,这次是奉共伯之命前来帮助黎民对抗伯禹的,又说伯禹治水办法违反帝舜旨意,正在议论要惩治伯禹，不日将有上命下达等等，所以荆民人心惶惶，既盼治水，又怕伯禹来荆。"

三奇等四人闻言大惊，原来相柳来此造谣惑民，事非小可。冯脩问斗宜然道："难道黎民就轻信了他们说法？"

斗宜然道："你们有所不知，相柳一伙在中伤伯禹治水方略错误同时，却吹嘘他们才能真正帮助黎民治平荆州水患。"三奇道："他们有无治水行动？"斗宜然道："也有行动，他们命黎民与其手下四将一伙伐树削草，开石运泥，筑堤固塘，使流水不再漫溢。并运土石填平小塘小湖，增加陆上可耕面积。同时放火焚林，驱逐猛兽，使民安居。这几年也见成效，所以民也相信他们说的。"三奇道："如此则荆民都愿听其驱策而顺从了？"斗宜道："也有不信的。"

三奇问原因。斗宜然道："治水辟地头年有效，民也增收了，所以第二年听从他们的人多了。但相柳一伙却开始征敛，民收十分之四被征敛，就生怨言。"庚辰道："如此重敛，怎不反抗？"旁一叟道："你等不知，相柳一伙不但勇力出众，民所不敌，且他们和所在各邦主相互勾结，共同征敛。征敛之粮物按四六分。十之四归相柳一伙，十之六归各邦首领，各邦首领成了相柳帮凶，共同对民。民既畏相柳之强，又碍本邦首领之威，同时也感虽有征敛，但也较前多得，所以虽有怨言，也顺从了。"

庚辰问："以目前情势，相柳得众几许？"斗宜然道："这几年下来，其所辖之区约有一万多人了。"三奇道："其势力是否达此汉口？"斗宜然道："势力正在扩大，已多次派人来汉口，要我等各村顺从他们，入其一伙，这几日正在商量中。"

三奇道："据老伯见闻，这里各村是从是抗？"斗宜然道："我等对相柳一伙心存疑虑，怕他们言而无信，一旦顺从入了伙，会受他们制约，以后征敛日重，难以脱身。况汉口一地水患不重，入伙后好处不多，故不想入的居多。另有一些黎民百姓听到伯禹治水成效显著，且十分爱民，不相信相柳一伙说的，坚决反对入伙。他们认为伯禹不久即将来到，相柳一伙迟早受殄。认为一旦入伙就是与相柳同流合污，日后难见伯禹大军，会懊悔。"

冯脩道："你邦首领意下如何？"斗宜然道："曾多次征询我等老者意见，也决断不下，主要是不明伯禹为政为人之道。若获伯禹方面确如一些民众所言是真心爱民的人，就能使本邦首领下决心不从相柳而专候伯禹前来了。今日得遇各位，愿闻伯禹事实。"

三奇道："老伯且不须尽信我等所言，还应眼见为实，以定是非。伯禹大军再过半月即可来此，为人为政到时自有分晓。我们只忠告各位老伯一句，应劝本邦首领切莫草率决定顺从相柳，只需等待伯禹到后实际观察伯禹如何治水与待民，然后再做决定方为上策。同时，我等可以告知老伯，相柳原是共伯手下奸佞之徒，共伯因听信其言，破坏平治洪水，犯了大罪，被帝舜流放在北方幽州。相柳逃窜在外，继续为非作恶，与治水为敌。平治洪水是黎民之愿，相柳与治水为敌，实与黎民为敌。

当前用小恩惠民，是欺诈之术，你等不可上当，以免后悔。伯禹来临之日，即是相柳受擒之时。可告知邦内首领和众民，一旦入其伙，将招来玉石俱焚之祸。"

斗宜然等闻三奇之言，都点头称是。

三奇等告别回营，见了太章、江飞等，告诉相柳来荆之事，太章大惊道："此情重大，当立即告知伯禹。"三奇道："当告伯禹有相柳在此作怪，但也不必急于前来，半月内不致有变，岁末岁初可保无虞。"太章就请竖亥前去敷浅原禀告伯禹，一面抓紧建营，日夜施工。

过一两日后三奇师徒又下山，这次庚辰、冯脩二人留山，太章、江飞、章亥随三奇同行。路上三奇对太章道："山下邻近已访，今日可往较远村庄访问。"五人绕道从西麓下山，沿汉水前进，沿路见民居散落，六七户为一处。行十余里，见一村聚居颇众，约有四五十户，太章道："此村落较大，何不走访？"这日天雨，人多在室。一户朝南大厅中有十余人聚谈，老壮都有。太章等至门口举手向室内诸人致礼道："我等远来可否讨杯水喝？"一老者起身为礼道："诸位请进室内。"对座中一少年道："芈春可取大碗来供客饮。"少年应声入内携一大罐暖水并陶碗五只，列桌上洒满而退。老者举手道："请。"太章等都各饮尽一碗。谢后问道："不知此为何村？"

老者见太章等气宇轩昂，本地未见，知非一般黎民。答道："这是芈氏村，不知诸位从何而来？"太章道："我等是助伯禹治水之人，今伯禹将来荆州治水，命我等先期准备，为了解民情，故走访各村，不觉口渴，叨扰了诸位聚谈，还望不要见怪。"

在座的听说是伯禹之人，都交头接耳悄悄议论，并将目光转向对答之老者。老者已知其意，举手对太章道："原来诸位是助伯禹治水的人，远道来客何不坐下细谈。久闻伯禹治水功效显著，惜未曾亲见。今贵客前来，何不向我等介绍一二，以广见闻。"太章道谢后都各坐下。少年芈春见水珠与自己年龄相仿，顿感亲切，就移坐在水珠身旁。

老者道："我名叫芈士宁，这是我家，在座诸人都是兄弟叔伯子侄，不知几位如何称呼？"太章将随行诸人之异能介绍一遍后道："我等这次奉伯禹之命前来龟山建立营舍，为伯禹大队来荆做前期准备，今日趁建营之暇，特来走走，不想有缘得见芈老伯及各位，今后治水诸事，还望老伯及众乡邻多加指点。"

芈士宁道："原来诸位都有异能，但不知伯禹大队何时可来，有队伍几许？"太章道："伯禹治水已有八年，已治了五州，今年刚治了扬州彭蠡及具区之水，得了许多土地，都交民耕植。现正与民同垦新露的泽地。因荆地情况不明，又无歇脚之所，时近岁末，故暂留彭蠡，与民同乐。过了岁末，即来荆地，我等数人就为准备大队而来此建立营地的。"士宁点头道："原来如此，我等已盼伯禹多时了。"

太章道："老伯久居此处，当知荆地水情大小，民之疾苦，敢问老伯如何治荆方妥？"

士宁道："伯禹治水多年，定多治理之策，只是今来治荆，却有非常之事，须伯禹小心提防。"太章道："愿老伯详言其情，提防什么？"士宁道："你们有所不知，我等今日在此聚谈，也为此事。早闻帝舜已派伯禹平治天下洪水，无不企盼早来。谁知三年前来了相柳一伙，说是伯禹治水无功，已遭谴责，另派他们来荆治水，要荆民及各邦首领听他号令，不得再与伯禹治水队伍联系接触。他们在荆山沮、漳一带建立营地，壅了一些湖泊，开出一些新地，并与各邦首领同通一气，诱民耕种。起始民留收获七成，故民皆乐从，至去年已拥有万众之民。后征敛渐增，据说今年已征敛五成以上，民怨渐生，但无力反抗。近来相柳一伙派人来我村联系，促我村归顺他们，并声言如再不归顺，就派兵前来杀伐。我村有民曾到过徐淮，亲眼见伯禹仁慈爱民，手下智能之士众多，治水有方，徐、淮之民无不称颂。且娶了涂山氏之女为妻，根本不像相柳一伙所说，所以不信相柳之说。对照相柳对荆民征敛日增，有欺骗之情，更增不信之感。但事隔一年，未见伯禹到来，而相柳一伙逼迫日紧，已有派人镇压之势。本邦首领内部也心意不一，想不从却怕相柳一伙歹毒，使全村遭难。如顺从又怕受相柳一伙欺骗，同流合污，一旦伯禹到来，皂白不分，当成叛民，左右两难。前几日有人传言伯禹已在彭蠡，今日议论欲派人前去彭蠡见见伯禹，有幸见到诸位，也省了我等派人。"说毕手指座中两个壮汉道："他两人曾在徐、淮亲眷处亲见伯禹娶亲之盛事，这次正要派他二人前往彭蠡见伯禹呢。"

太章起身与两位壮汉为礼问姓名，年长一人答话道："我叫成虎。"指旁壮汉道，"他叫成豹，是我兄弟，芈姓。在涂山目睹伯禹和众将士奋力剿灭无支祁，及伯禹娶亲和种种爱民之举。众民颂伯禹功德之声，我兄弟都牢记在心。所以这次相柳一伙诬蔑伯禹谎言，我兄弟不信，并将在徐所见所闻告知本邦首领及村中长老士宁老伯。士宁老伯素来信我兄弟，一再在首领跟前劝阻不入相柳一伙，免得上当后悔，故我邦至今没有顺从相柳。但相柳逼迫日紧，我兄弟想去彭蠡向伯禹诉说荆地实情，盼伯禹早来。幸诸将军今日到此，免了我兄弟一番跋涉，还安了全村之心，相信伯禹大军到来之日，定是相柳一伙覆灭之时了。"

太章点头道："诸位只需忍耐半月，伯禹即可抵荆。相柳手下虽有几名奇异之人，但相柳心术不正，早被帝舜驱逐，今只靠妖言惑众，欺骗恐吓岂能长久，一旦谎言拆穿，上当受骗之人定会悔悟，甚至反戈一击，加速相柳败亡。今日得与众位相晤，使我们知民心所向及相柳虚实，多有帮助。我们会立即向伯禹禀报，使伯禹及早计议，也不枉大家一番心意。"言毕顾三奇道，"还有何说么？"

三奇道："成虎兄弟两日后可否在此等我？想请成虎兄弟帮办一事。"成虎拱手道："愿听吩咐，两日后在此见面。"太章等告别而回。路上问三奇道："两日后有何打算？"三奇道："想请成虎兄弟带路至相柳营地一探，以明虚实。适才人多，怕有泄漏，故不明言。"太章道："说得有理，正宜一探究竟。但此去颇有凶险，可否由我做伴同去？也好有个照应。"三奇道："且回营商议。"

到了龟山，晤了庚辰、冯脩，将在芈山村所历一一告知，三奇并将欲探明相柳营地之事与众商量，众人都想同去。太章道："建营之事也须有人督促安排，且伯禹大营如有人来，也须接应，全去不行。但只让三奇师徒前去，力量单薄，也不放心，请大家议下何人伴三奇师徒同去最合适。"

庚辰道："我是战将，若有凶险可以抵挡，由我做伴吧。"冯脩道："此去非作明战，只探明虚实，庚辰去却不妥。"江飞道："探测虚实宜速去速回，我意太章、章亥两位有神行之术，同去最妥，但太章以建营为主任，去恐不宜，只有章亥可去。"

太章道："江飞之言在理，我想将建营之事暂托庚辰及各位照看，庚辰既熟营建，又有勇力，足以防御有人袭击，故托庚辰暂代。我行走迅速，三奇师徒水上功夫了得，一旦遇上风险，我走得快，相柳一伙休想赶得上我，三奇师徒又可从水上走脱，如此则可避了凶险。章亥也能日行千里，但竖亥去伯禹处未回，这里当留一善行之人照应，一旦有事也好与伯禹通气。此议如何，请大伙共定。"庚辰等将见太章说得在理，也都同意了。其实太章还有一番心意，就是不愿让别人去冒此风险。庚辰道："太章说得有理，你放心和三奇师徒前去探明相柳虚实，这里由我等几人负责，抓紧建仓，为伯禹来此治水治乱做准备。"诸人都同意了。

两日后，三奇师徒和太章准备了行装和随身武器，换了装束，一早到了芈氏村。成虎兄弟已经候在那里，听说要请他们同探贼营，也不推辞，即返家取了行装包裹，与三奇、太章等前行。

要知探听贼营情况，且听下回分解。

第四十回 探 营

五人一路朝西疾行，起早赶晚，日行百余里，白天穿行在湖泽密林与荒草之中，夜宿大树之上。三日后成虎对太章道："相柳营地将到，我等是否出林往有人烟处一探？"三奇道："且莫心急，须待傍晚。"成虎点头。至天色渐昏，五人潜出，离林二三里处有炊烟飘袅，人声可闻。当下由成虎兄弟带路入村。村颇大，进入一户大门，高声呼道："田哥哥在家吗？"里面一声应道："谁呀？"随声出来一个壮汉，一见成虎兄弟，笑脸绽开，一把拉住成虎道："今日怎得有空来此？"抬头见后面许多生人，不觉面色一愣，问成虎道："这几位何人，与你同来吗？"成虎道："里面细说吧。"壮汉点头引路进入里屋一间大房，房内坐有男女多人，一见生人到来，妇孺起身避了，留下三名青年未走。

成虎请太章等坐下后指壮汉道："这是我表兄，名叫罗田。"复指另三位青年一一介绍道，"这都是罗田之弟，名为罗由、罗甲、罗申，还有两个妹妹，都出嫁在外。这里叫罗村，田兄是大户人家，在村中也是首领人物。他兄弟为人正直，富有胆略，极重义气。他们之母是我母姐妹，至亲间亲密无间，诸位可放心说话，不必顾忌。"复向罗田兄弟介绍太章等人道，"此五人都是伯禹手下将爷，伯禹即将来荆治水，派此几位前站准备，闻此地有相柳一伙作营，特前来了解详情，望兄长如实相告，不必避嫌。"复指三人介绍了姓名。

罗田道："三位军爷想知道什么？我们当知无不言。"太章道："前在芈氏村，已承成虎兄弟等见告荆地诸情，今来此实欲知相柳等人举动行为，罗兄居此有年，望你见告。"罗田道："我家世居在此，一直以耕猎兼渔为生，只因自父辈开始，水灾频繁，耕多无收，生活日益艰难，父被兽伤而死，母也悲伤过世，我兄弟姐妹在叔伯等长辈抚养下，得以成长。家中之灾都因水患而起，急盼治水。三年前来了相柳一伙，他们到处声言是帝舜派来治水的，动员各村听他号令，大举填湖排水，黎民得了耕种之地，解了衣食之困，所以都归顺了他们。一年下来，沮漳河一带方圆数百里内各村成了相柳的天下。当年贡赋不多，收益实在，所以归顺的愈来愈多。但从第二年收获开始，他们派人传话，说是地域扩大，须增兵卒，增贡赋至三成。各村黎民虽感他们言而无信，一年即变，有些烦言，但终因收多出少，衣食可足，又都畏他们人多力强，所以也都依言交了三成贡赋。第三年上半年，相柳一伙又传言伯禹不服帝命，要带领士卒来攻荆州，与各邦首领订立同盟，命各村上交四成贡赋，并由各户出丁壮一人入相柳一伙为卒，以御伯禹。各村之民无不恨相柳一伙年年增赋，怨言渐多，甚至反抗。但因各邦首领得了相柳好处，帮相柳说话，勒令各村村民出丁增赋。近又有传闻，说因兵丁大增，粮物开支不足，今年贡赋要交当年收获的五成或六成，并说不能交足者将实行强制手段，或收回耕地，或增加出丁。此传闻一出，各村村民无不心寒，深感上当受骗，现在既有亲人在他们营中，而不交贡赋若收回土地又无处可去。但依照六成上交，留下的除去种子将自食不足，又复生活困难，而且更担心今后还将继续增赋增丁，不但生活更加困苦，而且受他们节制，连生存自由也将丧失，深感可怕。欲想摆脱，又无力做到。现在对伯禹来犯之说，大多不信了，认为只是相柳一伙借口抽丁敛赋。"

三奇插口道："有人怀疑相柳所说伯禹被帝舜惩罚之事吗？"罗田道："各村之民极少外出，对外界情况不甚明了，我说是谣言，但其他人并不知道。"

太章道："难道村民对相柳之举竟如此忍受下去？"罗田道："相柳手下常来巡视，有人曾不满相柳增赋抽丁，进行反抗，被抓去活活打死了，以后就再也没人反抗，但许多人都是口中不说，内心不服，只是无可奈何。"

成虎问道："田哥可知相柳一伙近日有何异动？"罗田指其弟罗申道："小弟被抽去充卒，近日已近岁末，借口回家取粮，昨日刚到，只给假三天，明日即要回去。"因对罗申道："申弟可将那里情况说与各位军爷听听。"罗申道："这几日相柳一伙亲信颇为紧张，据说他们派人去过彭蠡，已知伯禹将要来荆，故在三日前召开邻近各邦首领密商抵御之策。商量什么内容不知，听说是三件事。"

成虎道："哪三件？"罗申道："一是运土筑堤拦河，由龙罔象、坟羊二人带领丁壮千人在沮漳二河合流处筑成拦河大坝，把上游来水拦住；二是砍树堆木，由夔魍魉、祝融二人带领丁壮千人在潜江南北广阔林中每隔里许堆垛大批砍下的林木；三是制作弓箭等兵器，由相柳亲自督促各邦上交。"太章道："此三事除了弓箭用来抵御之外，筑坝堆木作何用处，令人费解。"

三奇问罗申道："小弟可知相柳手下有多少丁卒？"罗申道："相柳亲信最早只三十余人，后陆续吸收，增至三百人，原三十人成了大小头目。余者都是抽来的丁壮，约三千多人。若连各村村民在内，有壮者万人左右。他们原想扩展地盘，再增丁壮，因各地对相柳已存疑虑，未入之村多犹豫不入。近来听说伯禹大军将至，忙于准备抵御，没有再派亲信到各村逼迫加入，所以丁卒没有再增加。"三奇点头，因交谈已久，夜色已晚。成虎对太章道："明日再谈吧。"

三奇道："罗小弟明日回相柳营地，可否为我等带路？"罗申面现难色道："营中规矩严厉，不准带外人入内，违者以叛处死，还望见谅。"三奇见罗申推托，知他心中害怕，因而笑对罗申道："小弟不必为难，我等不是叫你同行，只要你暗地带路。"

罗田道："怎么暗地行事？"三奇道："小弟上路时可随带一大包板栗，作为路上干粮，也可作沿途零食。但板栗壳不要随吃随丢，必须集中收藏，凡遇分叉路口，可将板栗壳弃在你走的一路。我等只是远远地跟你，与你相距五里之外，因为路途不熟，易入歧路，只有这个办法，才能把我等带到你所在营地。当离你营地五里时就不必再投，我等自会利用夜晚摸到你们驻地。"罗田道："夜晚更易错路，哪能找到？"三奇笑道："相柳营中，人丁众多，必有许多灯火，一到晚上，我等即可朝灯火处摸去，绝不有错。"罗氏兄弟都齐声大笑，衷心佩服三奇之智。当夜宿了不题。

次日上午太章、三奇向罗氏兄弟概略介绍伯禹将卒及已治五州的政策，罗氏一家方知伯禹手下有许多奇能异士、治水专家，有除妖将卒三千，所到之处，洪水厘平，垦地无数，新得之地都与民耕种，免贡赋数年等，众人无不欣喜万分，齐心只盼伯禹到来，好为治水出力。

午后，罗申装束完毕，携板栗一袋出发，依三奇之言在歧路处撒下板栗壳。三奇师徒、太章三人在罗申走后一个时辰方告别罗田兄弟和成虎兄弟上路。罗、芈等人叮嘱三人一路小心，三人致谢而别。三人都黎民装束，路上虽遇行人，各不在意。在歧路处都由珠儿前程寻得弃壳，三十里路程，不到两个时辰也就走完。到了一处歧路，珠儿百寻不见弃壳，三奇知相柳之营已在五里之间了。三人就在歧路处潜入深林，四野无人，攀上一棵大榆树，饱餐一顿，伸腰躺在树干上休息。

这日是十二月廿九，没下雨，酉末戌初时，天已墨黑。三人立在树上透过树叶见正北方不远处半山坡灯火荧荧，连绵一片，约有二里。且隐隐传来人声喧闹。三奇道："是此处无疑。"太章也道："当是此处。"三人缘树下地，钻出树林，往灯火隐约处前进，须臾即到。为怕人见，三人伏行于山脚丛林中，暗中向坡上窥视。借灯光可见坡上是一片红土砾石阶地和岗地，西北高，东南低。阶地上建有一大批简易的木架泥墙平房，自西向东延伸。有一两里之长。房有小窗口，透出一点亮光，隐约闻人声嘈杂，其音不高。

三奇对太章道："此中所居，想是普通丁卒，我等且往东首看看，最好能见到相柳主要骨干住处，也许能获有用消息。"太章点头，三人猫行虎伏，一路向东摸去。看看已至东端，见有双层大屋数幢，围成一圈，圈中心有一幢三层高楼，昂然突出在群房之上，楼顶有岗哨，灯火明亮，有人丁来回走动。楼内灯火更旺，非一般平房可比，显出其地位特殊。视楼群之东另有数十栋高平大房，屋内漆黑，全无灯火。但这些高平房外二丈许有一围低平房，房内有灯有人，门外还插有火把，有岗哨持枪守卫。

三奇悄声对太章道："我看此处当是相柳首脑所在，中心高楼当是相柳所居。四围高楼当是祝融等主要头目住处。其东高平大房夜无灯火，必无人居，而外有丁卒守护，当是相柳一伙仓房，是储粮屯物之所，但不知其厨房何在？"

太章道："你的分析有道理，厨房莫非在北面，被高大群楼所遮蔽，所以不见。"三奇点头。太章道："楼群灯火明亮，巡卒颇多，我等如何行动？三奇沉思片刻道：且绕到群楼北面厨房附近等待机会。"太章点头。

三人又潜行至东面，高平房以东一段无人巡视处，从低处伏行绕到高楼北面，果见一排低平房，房内排列着刀俎菜肴锅灶，炉膛内余火未熄，烟气外透，正是厨房。有少数丁卒在座，时有服色略好之卒奔走出入厨房，也有三五成群闲遛说笑的。三奇道："穿着好的必是相柳亲信之卒，能抓他三五人，我等就可换了服色，混至近处探视。"珠儿道："待我去设法诱捕。"三奇道："且等机会。"一会见两个亲信内急朝厨房北面阴暗处走来，正在三奇师徒隐身树旁。两个亲信刚拉开裤子，还未出尿，已被三奇师徒悄悄近身，左手捂住二卒口嘴，右手捏了二卒颈项动脉，不一刻二卒双脚踢蹬，一番挣扎，双手下垂，气绝而亡。

三奇师徒随即剥下二卒衣服鞋帽腰带，穿在自己身上。对太章道："你稍候片刻，待我二人上去再抓个来。"太章点头。须臾之间，三奇师徒早挟着一名亲信尸体掷于地上，太章也剥下此卒衣饰换上。三人同至楼群，见相柳之楼门禁甚严，灯火明亮，三奇道："我们道路不熟，不要冒险进入主楼，不必探相柳本人，若能一窥手下四将，也是好的。"

三人环群楼窥视，至一楼，内有四名生相和穿戴奇异之人，围坐一桌，正在吃喝，旁有数卒来往供酒搬菜。四人时而高声说笑，时而低声耳语，都面带酒色，估计已有一些醉意了。三奇悄声对太章道："此四人相貌怪异，莫非就是相柳手下四将？"太章点头。三人逼近窗口，站于东首阴暗的墙角，状似守卫，细听室中所言。

原来饮者正是祝融等四人，因白天辛苦，晚上聚在一起饮酒闲谈散心。这四人原生于崦嵫山、刚山一带，与怪兽为伍，茹毛饮血，生食畜禽，性格怪异，力大无穷，体魄粗壮，内心朴实，无蓄意杀牲害人之心。但食量极大，虽有专能，但行动迟滞，因行动不如野兽敏捷，故常不得饱食。四人结为兄弟，聚在一起，后被相柳以食物相诱，落入相柳牢笼。经年余折磨，终被制伏，受相柳节制支使。因在相柳处可得常年饱食，所以也就不再逃窜。相柳按其贪食特性，以此要挟，若不服从，辄以停食相胁。故四人追随相柳至今。四人内心也有不服之意，不满相柳暴行和诡计，但多年相处，畏服已成习惯，只是背后发发牢骚，没有反抗行动。这几日筑堤伐木，十分辛苦，也不明相柳是何意图，故而常有烦闷。此时四人聚在一起饮酒解闷，有了八分醉意。

老大祝融本来红面赤筋，性格暴烈，且较有城府，如今酒气上脸，整个头颅连耳根都已通红，口中喷着大气，大声对三人道："相柳这鬼东西每日要我等伐木堆垛，又不说明用途，看他很怕伯禹哩。"

老四坟羊面黄头尖，脸瘦眼大，细耳陷嘴之相，但却生着蒲扇一般双手和钢筋一般十指，掘土如飞，日进数里。他说话低沉，中气颇足，语言尖刻，但有心机，对祝融道："大哥可知相柳为人实奸刁之徒，使着两面三刀手段弄鬼，当面背后各自一套。心中害怕伯禹，口中却说伯禹无能，我比伯禹强；明明是掠夺百姓，却说为黎民造福；表面对我四人客气尊重，好话连篇，背里却对我四人役使如奴，时时监视，怕我等不为他卖命，稍有违他心意，就克我口食，令我等饿肚。这等人不能交心，却要提防，一旦有险，必以我等兄弟当替死鬼。"

老二龙冈象体格魁梧，肤色灰白，长脸大口，目睛暴凸，双耳高耸，鼻塌翼阔，颔下浓髯如戟，步履稳重，声音洪亮，听坟羊之言接道："四弟说得有理，我最看不惯相柳那种鬼鬼祟祟、阴一套阳一套的行为，明明在利用我兄弟能耐，却反说是他解救了我等困难，明明是鱼肉黎民，却把自己打扮成黎民救星。既然是黎民百姓救星，为何却与各邦首领勾结，暗中瓜分黎民交的粮食，明明是黎民养肥了相柳，还大言不惭说他相柳养活了黎民。我等虽笨，但这点是看得清的。若不是这里能吃饱肚子，我早就走了。"说毕顾侧旁夔魍魎道："三弟你说是不？"

老三魍魎身材高大，肤色青蓝，方面狮鼻，眼如铜铃，口唇如鹰，接言道："二哥说得不错，我等四人若不是肚大难饱，贪图相柳能使我等常饱，不然早就离开这阴阳怪气伪善之人。我等只为贪图一饱，与相柳同流合污了，实在心中有愧啊。"

坟羊道："三哥不必懊恼，听说伯禹不日来荆，相柳怕伯禹，我等若有机会投了伯禹，就可离了相柳。"

祝融道："四弟之说虽是办法，但我等随相柳已久，欺压黎民作恶不少，恶名在外，恐伯禹饶我等不得，事到如今，只能一条死路走到底，无可奈何了。"

龙冈象道："这两天相柳心情焦虑，对我等及丁卒都脸色不好，为了筑堤工程慢了一些，大耍恶态，打死了好几个丁卒，还用鞭子狠狠在我手臂上抽了两下，弄得我在丁卒面前脸面全无。"说毕卷起袖管，可见两条五六寸长血痕。祝融道："相柳竟敢下此毒手，他心目中还有我兄弟么？"坟羊道："伯禹尚未到来已暴躁如此，一旦伯禹来到，相柳必然吃亏，到那时，更会把我等当作出气筒替死鬼，不会有好日子过的。"龙冈象道："到时若再对我等施暴，我就反了他，若伯禹不容，我等回老山头去。"

祝融道："只怕兵败如山倒，到时走不脱而被杀戮。"

坟羊道："到时候若能与伯禹联系上，暗中助伯禹一把，立个功，也许能保住性命。况且我等也有一些特长，对治水有用。"夔魍魎道："兄弟说得有理，我等一身能耐，对治水有用，不可埋没了我等特长。若能跟伯禹出力，总比跟相柳有出路。伯禹是奉帝舜之命治水的，相柳一些骗人胡话，我是不信的。他若奉帝舜之命治水，何必鬼鬼祟祟，一听伯禹将来，就四处设防，岂非贼胆心虚。只是用什么方法才能与伯禹之人联系呢？"

祝融道："此事重大，不可冒失，也不可泄露。相柳手下还是有亲信之人，一旦被相柳知晓，就会断了我等食粮，不死也伤了。与伯禹联系之事，只能届时伺机而行，没有机会之前切勿露一些口风与举动。"三人皆诺。

这番议论都被三奇师徒及太章听得分明，心中甚喜。三奇示意太章离了此地，复至厨房北面林荫处。太章道："不虚此行了。"三奇道："届时请伯禹设法与此四人联系,给他们一个立功机会,就可收为我用,此四人对治水确实有用。四人降了,相柳也就完了。"太章道:"此议极是,今天时已过亥,吾等可回了。"

三奇道:"来一次不易,再办件令相柳头痛和加深其内部猜忌之事去。"太章道:"吴师又有何好主意了?"三奇附太章之耳,如此这般悄悄说了,珠儿在旁也听得明白,太章不觉轻轻拊掌道:"吴师果然妙计。"

不知三奇是个什么妙计,且听下回分解。

第四十一回 焚粮

话说三人按三奇计谋随即起身，向东潜至高平房一带，天交亥末，四野漆黑，相柳一伙乌合之众，不知守卫防范之则，一大片粮仓重地，无人巡更，仓外平房守卫也一个不见了。想必当此严冬深夜，早已蜷缩在被窝酣然入梦乡了。也因几年来未曾有人破坏，麻痹大意，故疏于防范。

三奇几人在野外抱来许多捆枯草干柴，撬开几栋高平房楼门，将干枯柴草堆在粮仓过道。三人来回搬运近一个时辰，把五大仓房塞个满当。此时已子末丑初，相柳之楼也灯火不明，无了人影。三人各自从身上取出打火之石，燃火之绒，笃笃几下，早把火星打出，火绒立即燃烧。三人将火绒掷于枯草干柴堆上。火引草燃，草火延柴，火势顷刻上冒，浓烟四起。三人立即退出，并关紧大门，然后分别再各进一仓，如法炮制，三奇手快，又将另一仓点燃。此时第一仓已火冒屋顶，火舌伴着浓烟冲向夜空，火鸦飞舞，照得地面一片暗红。三奇道："火势已起，我等走吧。"

三人朝南急走，离了相柳一伙房舍，约里许路入林，择了一株高大桧树，攀至高枝朝北观望火势，只见火光冲天，五房都在烧。寒夜西北风，火向东南蔓延，靠东一仓，已经遭火。守仓之卒与中心楼瞭望之卒都已惊醒，呼喊之声大起。相柳得报大惊，慌忙瞭望，见火势猛烈，烈焰腾空，顿足不已。急传令所有丁卒都到仓房灭火，他自己带着亲信数人赶到火场。三座大房已焚烧坍屋，室中粮秣外层已红如炭火，内芯正在煅燃，靠东南两栋也已着火。其余诸仓未燃。相柳忙指挥大部丁卒担水提盆，水洒在刚燃和未燃之仓。

相柳一面指挥灭火，一面贼眼乱转，察看动静，忙乱中不见崦嵫四将，深为奇怪，问左右都说不知，令人去宿处探看，半响方得四将踉跄而至，犹睡眼矇眬，至火场方大吃一惊。相柳喝道："你等竟如此贪睡，火烧眉毛还在梦中，一旦强敌来临，如何对付。现粮食损失大半，莫说与伯禹作战，就连平日吃粮都难支撑到明年夏收。"骂得四将及众士卒垂头丧气。相柳命四将投入救火，自己手提鞭子来往督促，遇有行动稍慢的丁卒，挥鞭狠打。

三奇等站在高处，顺风吹来相柳怒骂鞭卒之声，句句听得分明，知此一把火，不但烧了相柳半年之粮，令其胆战心惊，士气低落，还激化了他们内部不和，削弱其战斗力。待得火势渐灭，天已交寅末卯初。三奇等虽一夜未睡，但心中痛快，精神兴奋，毫无倦意，相继下树掬清泉而饮，并取干脯饱餐一顿，随后放开脚步，径回汉口龟山营中。

在路三日，进营正是岁末除夕，庚辰等留营诸将一见太章、三奇三人到来，无不高兴，忙接住请坐，命手下端水送茶，洗去尘埃。放上酒盅餐具，入桌宴饮聚谈。庚辰道："今日除夕，虽有许多酒食，因你们三人不在，我等也无心宴饮，原想草草而过，如今赶到，全营欢笑，今日之宴可以尽欢了。"即命士卒添酒增菜，全营欢饮。

太章见竖亥在座，忙问："已禀伯禹知晓了？"竖亥道："伯禹已知，商定提前于正月初六起程，估计初十可到。"太章道："如此甚好。"此时太章、庚辰、三奇师徒、两亥、江妃、冯脩八人同桌，边饮边说。庚辰将建营之事略说了。所建简易房大体完工。可供伯禹等临时住歇。太章将这次去沮漳相柳营舍之事，详细地说与庚辰等五将知晓。五将都听得津津有味，笑声频起。当谈到崦嵫四人有叛相柳之意时，庚辰道："此信息极好，我心中有数了。交手之际，倒要用心试探其意，不能一味死斗哩，若能归降，也省我等力气。过来还能为治水出力。"冯、江等都说有理。

当说到三奇用计，火烧了相柳五大粮仓，并激化其内部矛盾时，诸将一片笑声。章亥兄弟起立举杯向三奇师徒和太章道："一把奇火烧妖粮，胜过雄兵十万强，挑拨内讧不动嘴，伯禹营中有良将。如此痛快之举，怎可不满饮一杯，我兄弟敬三位成功，请饮一杯。"庚辰、江、冯等三人也起立道："该饮，该饮，我等同敬。"太章、三奇笑着饮了，珠儿不沾酒，但今日众将如此高兴，也啜了一口，以表心意。众将知珠儿素不饮酒，今日能啜上一口，已为难得，所以不再勉强。

太章复道："相柳经此一番挫折，够他烦躁忙乱一阵了，谅不会派人来汉口扰乱，今晚诸君可以放心尽欢。"于是俱各开怀，尽醉而散。一连歇了三日，初四日太章领一部分士卒与两亥兄弟渡江到蛇山，见蛇山上也建起了大平房数十幢，可以使五百人歇足安卧，也可用作储粮仓房，但比较简陋粗糙，令士卒对粗糙遗漏角落进行加固修补，一面等候伯禹大部队到来，留在龟山上的庚辰等将继续暂建营房。龟山虽已建房数百幢，但容不下全部士卒，所以继续营建，以候伯禹率军来到。

话说伯禹自得竖亥禀报后，与伯益商议道："不想相柳奸贼却潜此捣乱，看来死不悔改了。这番相遇当除此奸险之人，免得他到处流窜，为非作歹。"伯益道："岂止是为非作歹，这是诋毁圣朝，欺诈黎民。治水是万民企盼，帝舜命令，相柳竟敢逆万民之心，乱帝舜之命，其罪极大，不诛何待。宜早日去荆，平荆乱，解民危。"伯禹道："原休息半月，看来得缩短了，相柳不使我军休息呀。"伯益道："当使众将知晓，能有思想准备。"

次日集众将议事，诸将多不知情，以为岁末将临，共商除夕宴会之事。禹强还对童律道："伯禹善饮，前年除夕本想灌醉伯禹，不料他不醉而我却醉倒。今年你须拿出能言善辩之才，助我一臂之力，定把伯禹灌醉了。今年顺利平了扬州之水，他心情愉悦，定会开怀多饮的。"童律道："伯禹是雍容大度之人，心胸广阔，沉着稳重，酒量气量都很大，你我都不是对手，今年仍会你醉他醒，糊涂醉倒的非你莫属。"禹强大笑道："且看且看。"

当众将皆到，伯禹坐定后言道："今日集会非为别事，荆州来人通报，共伯余孽相柳在荆州胁迫利诱了万余民众，已扎营立寨，妄图阻我等治水。据说相柳手下网罗了几名奇能之士，威力颇大。听说我们将去，他们正在强制荆民入其一伙，以图对抗。当地黎民受相柳蛊惑，正在犹豫彷徨。太章要我军早去荆州，特请诸君共议应对之计。"

童律道："相柳是奸佞之人，巧言善辩，惑乱民智，早去好。"禹强双目圆睁怒道："不想相柳又钻到荆州来与我军对抗。他手下有什么能人，这种气量狭小，诡计百出的人，会有能人投他？不过是虚声恫吓黎民罢了。待我去擒获诛杀，有甚可虑。早去，早去，早除了这伙妖贼。"

应龙道："久闻荆有云梦大泽，林高草茂，水汽迷蒙，却未曾亲历。扬州已治，正想早去荆地，实地领略云梦洞庭，以便正确定下施治之策。今既有相柳作乱，还是早去为好。"冯迟、江妃等将也主张早去除乱为宜。

伯禹见众人都说早去，就说："既如此，原定正月十六动身，现提前十天，于正月初六动身如何？"诸将都说可以。伯禹道："士卒辛劳一年，本想趁此岁初多息几天，怎奈相柳作乱，荆民正盼我军，不得不提早去荆，此事须向众士卒详细说清，免生误解。当然也不必立即就去，让士卒休养几天，松弛一下身心也是必要的，弦不可太紧，太紧易崩，这也是养军之法，当然也不可太松，节后初六动身吧。"诸将称是而散。

转眼过了岁末，因粮肴丰盛，春节间将士尽享美酒佳肴，养精蓄锐，疲乏尽消，一年来辛劳都消散了。初六各部都准备停当，整装出发，有大小船只数百艘，泊于湖口，全船队由冯迟为主指挥，江妃相助，士卒按序上船。玄龟与宋无忌、方道彰率主要头目送行。

船沿大江南岸而驶，两日后船到富水口，折而向西北，行半日有大川自东北注江，童律道："当是蕲水。"伯禹道："童律神视，可见此水口有黄色之矶石，还是我眼目昏花？"童律笑道："伯禹所见正确，蕲水入江处确有黄石矶，足见伯禹眼目明亮。"伯禹道："但愿我身健体强，能为帝舜与黎民多尽一份薄力。"应龙道："以伯禹现有心身，再活五十年当无疑义。"伯禹道："再过五十年，我八十有余了，不敢奢望。天若有情，再活三十年，愿足矣，何必五十年。"

伯益微笑道："天道难测，取胜在人，心广体胖，气安神清，可以长寿；不恣口腹之欲，不祈非分之寿，福至不拒，祸至勿惧，不贪名利，自然处世，此养生之道。至于寿长寿短，我不能知，行此数点，健身延年可致，此即延寿良方和存世之术。"伯禹笑道："受教了。"

晚泊岸涂，夜雨淋漓。天未明，诸船晃动颠簸，定船篙杆格格作响，众人惊醒。冯迟出舱立船头，右颊大风刮脸，心中大喜，与江妃会商后，下令各小船系于大船，各大船准备挂帆，待天明升帆御风而进。向伯禹禀报道："东风大发，天明将借东风升帆前进，明晨可达汉江之口。"伯禹喜道："如此甚好，请将军指挥可也。"天色大明后，微雨而风猛，升帆北上西进。一路上只闻得风帆噗噗作响，船行如箭，船底水声哗哗敲响，浪花激荡于船首，近岸景色，一晃而逝，远岸之山，随舟伴行。船行一日一夜，雨止天霁，晨光初显，龟、蛇二山在望。

太章正立在蛇山上向北眺望，见远处有大小船只数百条连贯而来，知必是伯禹大队来了。令士卒挥动彩旗，擂动大鼓，以迎伯禹。伯禹舱中童律已经望见，对伯禹道："太章在蛇山上迎候。"就将船泊在蛇山脚下。伯益道："主营建于龟山，众卒不必上岸，待伯禹上去一看后还须移舟西岸哩。"冯迟依言传令暂泊东岸待命。

此时太章已下山在岸边架好踏板，伯禹、伯益及诸将鱼贯上岸。太章在上山途中向伯禹禀报："营建以龟山为主，大部完成；蛇山为辅，简仓已成，备临时储藏之用。"伯禹点头，在山上巡视一遍，仍回至船上。移西岸龟山脚下再上岸。庚辰等将见众船到来，迎伯禹一行。

冯迟上岸由庚辰陪同巡察各房，冯迟见营房尚未建完，估计三成士卒还须搭篷而居，对庚辰道："既如此，且留一千士卒以船为房，暂缓上山，明早令众卒共同建房，几日可成。"庚辰道："冯兄大度，多谢了。"冯迟道："同舟共济之人，理当如此。"就返回泊船处，传令留下本部千卒，暂宿船上，众卒白天建营，晚仍回住船中，以待营成后入住。江妃、禺强两部士卒一千五百余人上山安顿。

次日一早伯禹集众将，太章将三奇师徒与庚辰两次访民探营之事，详细说了一遍，当说到相柳拥有各村强壮民众万余人时，伯禹不觉忧色满脸道："不想相柳竟有此成就，费我等精力了。"伯益道："但不知丁壮几许，人心向背如何？"冯迟道："奸佞之徒常以虚妄诈骗之术欺人于一时，不能得人心于久远。诚信待人行事，方能得民心。"太章将荆民已对相柳言而无信行为产生怨恨之情说了。当说到祝融四怪各具奇能时，禺强大笑道："毫末之珠，也放光芒，可笑不自量，异日相逢，定当生擒活捉，羞他一番，然后诛之，免得恃能害民。"

应龙道："禺强之勇虽可嘉，但物尽其用，人尽其才更好，人不能尽其才，物不能尽其用者是为政者之过，过者失也，是失天道。祝融四人有一技之长，其本性未必恶，只为口腹之累，致被相柳利用，使其能力不得用于正而归于邪，不可与相柳等同。相柳是一心为恶，怙恶不悛，凶顽成性之徒，两者不可混为一谈，当须区别对待。祝融等四人若能改邪归正，为治水出力，既拔人于水火，又变害为利，有益于民，岂不比杀之更好。天道善变无常态，为人只要有一息善念，环境适宜，教导得法，人都可以由邪转正，去恶从善。一刀杀之固痛快，但无益于世，望禺强三思。"三奇闻应龙之言，频频点头，没有说话。

童律听应龙之言后，不觉大笑，对禺强道："禺强大哥你可得好好听应龙之言哩，应龙之言在理，比你高明。"禺强听应龙言后，初时脸上一红，旋即平静，听得童律之言后道："童律不必巧嘴簧舌，自称聪明，你难道不知先师有言，闻过则改，善莫大焉。我听应龙之言有理,当然改过,这不是从善如流么。今后遇见四怪当劝他们改恶从善,弃暗投明,让他们为治水出力,有何不可?"童律道:"如此方不愧为我等大哥,到底气度如虹,佩服佩服。"说罢一拱倒地,引得众人一阵哄笑。

当太章接着说到祝融四人已有投靠伯禹之心时,童律道:"还是应龙有先见之明。"禹强道:"既有从善之心,我更要着力劝他们来降了。"当太章说到三奇用计烧了相柳五大粮仓并引发内部矛盾时,禹强、童律、应龙诸将都拊掌大笑。

童律道:"这把火不但烧了粮,也烧了相柳心肺了。"熊罴道:"没烧着相柳,怎能说烧了相柳心肺!"应龙对熊罴道:"不是指烧了相柳本人,是指烧了粮让相柳心惊胆战、心慌意乱、心神不宁了,这心是指心思,不是心脏。"

伯益道:"这把火确实烧得好,粮为军之本,烧了粮即烧了兵。无论从士气上还是实力上,相柳战斗力必然大损。这把火可抵雄兵万人。"禹强伸出大拇指朝三奇道:"吴师高招助我了。"

要知伯禹等人还有什么高招,且听下回分解。

第四十二回 谋 划

伯禹听太章之言,视众将之状,内心高兴,只是未露形色,说道:"敌情初明,如何剿除且先放。要根治荆灾当以治水为根本,去水得地是从根本上为荆民造福。相柳之害必治,然其乱只疥癣之疾,除之不难。洪水横流,民不安生方是荆州大患,我等既要有剿相柳之策,也要有平荆水之法,方为两全。"

应龙道:"伯禹不须过虑,治荆地之水,我已与三奇筹划。按荆地之实,提出两策。"伯禹道:"请道其详。"应龙道:"荆地低陷,又处西高东低之枢纽。地低则众川奔集,潴留为患,水潴则汽蒸腾;处高低枢纽之势则地多不平,地不平则湖泽遍布,陆露甚少。平治众湖的办法:一是实行大湖留、中湖泄、小湖填、湖相连、水相平之法。二是采取高则流、低则潴、按其宜、顺其势。并按童律讲的循各川出口上溯其源,以去各河流两岸草木。如此则云梦泽之水可平,荆地可得,荆民可安。"

伯禹道:"何谓大湖留、中湖泄、小湖填、湖相连、水相平?"

应龙道:"大湖留是发挥深水大湖蓄水功能,予以保留;中湖泄是使其湖水泄于江,力求缩小,湖小则陆多;小湖填是将小湖都用土填平,变为陆地;湖相连是大湖之间,大湖与中湖之间,大湖与江川之间互以浍洫相通,使水流通,溢则可以入江,不使成灾;水相平者是湖相连之结果,不使高低悬殊而发生暴泄成灾。以此治云泽,则云泽之水可泄而平。"

伯禹道:"然则何谓高则流、低则潴、按其宜、顺其势?"

应龙道:"荆地不平,万湖遍布,有高地之湖,也有低地之湖,但有些高地之湖,能泄则泄使干,但有些高地的湖很深,虽与江河平也不能尽泄其水,则继续成高地之湖;有些湖虽在低处但很浅。就泄之使涸而成地。这是讲哪些湖该存,哪些湖当去,除大小之分外,还须按地势高低深浅而定的规则。有些大湖处高地而浅的,就去其水成陆;有些小湖处低地但很深,水难以尽泄,则可保留其湖,不必一定去掉。湖之存留既视大小,又按地势,不拘于一理,此治荆水之法。"伯禹点头称善,众将听了都点头。

伯禹道:"今敌情既明,治水有策,剿与治以何为先,还是同步并举?"

冯迟道:"我们治水,妖必为乱,不剿妖不能安心治水,治水必先剿妖,妖平而后治水为上。"江妃道:"我赞成。"禺强道:"相柳之祸害不去,民受其蛊惑,心不安,不能一心协助我们治水,应先专力剿除相柳,再兴治水之功。"童律道:"禺强之言是也,力专则功显,应先专力剿妖,不宜分兵。"伯禹见诸将之意是先剿后治,顾伯益道:"你以为如何?"伯益道:"诸将之言是也,先剿妖则我力专,相柳除则民心安,后之治水我无后顾之忧而有黎民之助,此为上策。"

伯禹道:"用何计剿妖?"

太章道:"相柳为防我军,正在做三事。一筑坝拦水于沮漳,二伐木堆垛在密林,三聚兵练箭于军营,现正日夜进行中。"禹强听后不觉挠首皱眉道:"聚兵练箭于军营,此易解,前二事何意,尤其是伐木堆垛在密林,此为何意?"冯迟道:"筑坝拦水于沮漳,当是无支祁之故技,相柳惯于此道。想放水冲淹我军以及治水工程,这伐木堆垛于密林,是想干什么?"

三奇道:"伐木而垛则木干,干则易燃,莫非用火?"

伯益点头道:"密林是木,但活树湿而难燃,垛木于密林,一旦纵火,干木易燃,必引起森林大火,此相柳要用火攻之术了,三奇言之有理,不知木垛堆于何处?"

太章道:"具体不知,但罗申似感在沮漳之东,长湖一带。"

三奇道:"筑坝在相柳大营之南二十里处,垛木在其营之东约五十里,这近百里范围内都是相柳势力圈,他是为防我大军前去攻伐他。"

禹强道:"东南都有防,西北两面为何无防?"三奇深思片刻后不觉大笑道:"知道了。"伯益见三奇大笑,道:"三奇必有高见了。"

三奇道:"相柳营地在沮漳上游山地高阜处,其北是山地,其西是大江,东南为低地沼泽区。相柳必是猜测我大军从扬州来,必自东至荆。所以西北二地不设防而专防于东南。相柳又估计我军在春后方可到荆。隆冬西风凛冽之时不会至荆,所以在沮漳上游筑堤,待春蓄足其水;又在东面密林中积干木,此二物都待时而用。他以为我军在春末夏初至荆,征伐相柳也在夏季。一旦我军攻其营,则用弓箭相拒。他料我军会集于相柳营地东南二三十里范围内,相柳将暗中使人在我军之后密林中纵火点燃干木,引起森林大火。夏初多是东南风,火将从东南焚烧向我军背后,引起我军慌乱。当我军惊慌之际,必避火于多水之低洼地域,此时相柳必会在夜间破堤放既蓄之水以淹我军。相柳度我军此时必一片混乱,就会使其丁壮于夜间放射冷箭杀戮我军。相柳三事乃一套完整的欲置我治水军于死地的恶毒诡计。可是相柳千算万算却没有算到我军竟提前在冬末春初来到荆州。而且已经迅速发现相柳阻挠治水之阴谋。我军若近日内发兵攻击其营,此时沮漳上游筑堤尚低,蓄水不多;密林木垛因夏季未到,西北风正烈,焚林不能危害我军。以上两计落空,我军不致慌乱避水火,放箭射我军之事也就没有原有威力了,此时乱的不是我军而是相柳及其一伙,相柳只能明刀明枪与我军对阵,这就好办了。以我军之将勇卒强,胜于相柳乌合之众许多,相柳之营必垮,相柳之将卒必叛,相柳可擒也。相柳千算万算,却没有算出我军提前到来,算错了一个季节,季节错则风向变,风向变则胜败定局了。"

伯益及诸将无不感三奇言之有理。伯益道："相柳之计不可谓不毒，相柳之思不可谓不全，谁知一着失算，满盘皆输。相柳也许至今还不知我军已到荆州，正做着春秋美梦呢。"

伯禹也面露喜色道："先师曾言，兵贵神速，时不我待，良机莫失，得意不再。今相柳既已错失时机，我等当莫失良机，何时进剿为宜，请诸君尽言。"

禹强道："我率本部即日正面攻击，乌合之众，不费吹灰之力，就可剿灭。"

童律道："禹强大哥恐又是大话了，相柳也非弱智之人，他手下四将也非无能之辈，怎说不费吹灰之力。"禹强道："伯禹治水大军奉帝舜之命，是堂堂大军，相柳是蛊惑民众，乌合之军，我大军前去，岂敢顽抗。还不是束手就擒，倒戈而降。"童律道："丁壮既被胁迫，行动岂能自由，既受相柳亲信控制，当然会与我军对抗。况他们来荆已久，熟悉地形，又有当地丁壮相助，凭高踞险，必然死守。我军初来乍到，地形不熟，又处低地，要战胜相柳，谈何容易，禹兄不可轻敌。一旦首战失利，民就轻我军而畏相柳，对我军大为不利。所以首战必须胜，才能威慑相柳一伙，鼓舞荆地众民对我军树立信心。"禹强见童律说得有理，忙道："算你有理，首战是须取胜。"

正当禹强、童律辩论时，三奇、庚辰、太章三人凑在一起轻声低语，像在议论什么。三奇双手指指画画，庚辰、太章二人不住点头悄语。禹强正被童律说得词穷言拙，欲寻帮手，心想庚辰怎不助他说话，四顾而寻，方见三人正议论什么，忙道："你们三人说什么悄悄话，有好计策说来大伙听听啊！"庚辰抬头见禹强有不悦之色，笑道："禹强兄莫急，我等这里正商议一条好计策哩，已经齐全了。"

伯益早见三人之状，知他们必有良策，就道："还是请三奇说下吧，禹强心急了。"

三奇笑道："刚才童律说得有理，首战取胜可鼓舞军心民气，并增相柳畏惧之意。我等在议，不但首战必取胜，最好能一战而瓦解相柳之军心，摧毁相柳之军营，做到一战而定大局。"

伯禹点头道："若能一战而定，我所望也，然何能致此，请三奇尽言。"

三奇道："我等计议用五攻一传之计。"伯禹道："何谓五攻一传？"三奇道："五攻者正面明攻，背面袭攻，东面火攻，西面佯攻，粮仓暗攻。明攻是在正面集我大军，鸣锣击鼓，执刀枪、持弓箭以攻相柳之营。正面攻必须声势大，军容壮，然行动迟缓，不急于取胜，以此军容吸引相柳之军。他若全力集中兵力与我军对阵，则后方空虚，我军就可趁机偷袭。若其兵力不集，则我正面之军也可乘其力不足守而攻陷之。我们料相柳必集绝大部分丁壮及主将守正面，这样我们就达到目的了。"

伯禹道："袭攻如何？"三奇道："袭攻是当相柳兵力注视正面之时，我军可派少数精卒埋伏在相柳大营背面高山密林中，在正面明攻，当晚半夜，潜入其营房附近，擂起大鼓，点燃火把，进行夜袭。将火把丢入其营房，以惊扰其亲信及丁壮。我等则利用夜间，又是在北面山荫密林中，相柳对我等虚实不明，必不敢贸然出击。而我军则在密林中擂鼓呐喊，似攻非攻，使相柳营卒彻夜惊恐难眠，疲惫相柳之卒。"

伯禹道："何谓佯攻？"三奇道："佯攻者是我军驾船逆大江至相柳营西，此路兵不是真要上岸进攻，而是屯兵于船，虚张声势作进攻之态，船须多，但兵不必多，兵不足可动员黎民充当，以助声势。相柳见我军屯于江上，必担心乘虚攻入西边，不得不分兵防守。如此则相柳之兵力更加分散了。"

伯禹笑道："兵不厌诈，分其心也。火攻如何？"三奇道："火攻是借火力烟熏相柳营卒，若能焚营更好，以毁其根基，使其巢穴无存，兵无所倚。因宋无忌、方道彰两位不在，无从借力，但我们都知隆冬之季虽西风当道，但历年都在春意萌动之时有东南风勃兴，我们想等此机遇，利用相柳已垛干木，在正面进攻开始，相柳无暇下山时，悄悄将干木运到相柳营地东南面，一旦东南风起，即点燃干木，使烟火灌入其营，以熏其卒，若能因此焚其营则更好了。但此计须得天公之助。"伯益道："春动时确有东南风发生，此计未必落空。"

伯禹点头道："暗攻粮仓如何？"三奇道："利用黑夜掩护，派少数人潜入相柳粮仓之地，放火烧粮，即使烧一仓也可引起相柳一伙惊慌，以乱其军心。"童律道："上次已烧过一次，这次怕不易潜入，难道仍无监守之人？"三奇道："相柳亲信的衣服仍在，利用夜色，定可混入。"童律点头。三奇道："烧粮可放在背面袭攻两夜之后的第三夜，相柳等受两次夜袭之苦，必把精力放在北面夜袭，此时潜入定能得手。一旦火起，相柳等必首尾难顾，其营必乱。再在次日正面全力进攻，则其军可败，其营可占。"

伯禹道："五攻甚妙，足乱其心，何谓一传？"三奇道："一传者是传播我军进攻相柳之信息。传播之途当通过本地黎民。芈氏村、罗村都有民不信相柳而待我军到来，通过他们向四乡传播我军已到荆州，集精兵强将进剿相柳，使云泽众民知相柳之败指日可待，治水即可实现，则云泽之民安而不助贼，附相柳之人惧而生异志，促其早日叛离相柳，以助我早日破敌成功。"伯禹闻此点头赞道："善计也。"众将闻三奇之说，都道五攻一传之计周详，愿依此而行。

童律顾禹强道："你看此计比你计如何？"禹强用掌在童律肩头拍了一下，童律只觉肩头一麻，不由得"啊唷"一声，侧了身子道："你不服输！"禹强道："谁说不服输。三奇之计是必胜之计，强我多了，当然按此计而行，何用你说。"童律大笑道："这才像大哥。"

不说两人说笑，却说伯禹见三奇等所提之计周全，与伯益商议后命禹强、朱虎、熊罴三将率士卒一千五百为正攻；庚辰、乌木由两将率健卒二百急行绕道至相柳营地北面山中密林内潜伏，只等禹强正面进攻之日当晚袭攻；冯迟兄弟率大小船只五十条，士卒五百名，并征集各村黎民三五百人为助，将船驶至相柳营地西首作佯攻，佯攻之卒须随时观察，一旦禹强正攻得手，则冯迟之军应相机攻入相柳之营，由佯攻改为实攻，共同剿灭相柳残余，同时严防相柳一伙从水路逃脱；江妃兄弟带士卒二百名，将干木运至相柳营地东南面，单等东南风起之日，即点火燃烧，将烟火灌入贼营，以乱贼心，并设防于密林，以防贼营破灭之日，其残部从东南密林逃逸；焚粮之攻，仍由三奇师徒担任，不另派士卒，但嘱二人小心。太章、两亥兄弟随伯禹、伯益走访芈氏村，准备召开邻近村落各氏族首领会议，宣布剿贼治水之事。应龙、童律等将注力于筹划治水之务。伯禹言毕顾伯益，伯益道："伯禹之言已周全，此行动之日应定在七日之后，一是我等须先召集各族首领之会，传出信息，以惊相柳；二是各路行动尚须准备，东、西、北三面须费时行路，协调一致而免脱节。"伯禹道："伯益所言极是，即日起各自准备，第八日开始攻营。"伯益复道："相柳四将既有向善之心，则力求促其归降，不要诛杀，各路都须留意，以免错杀。有用之才，留而为治水之用，总是好事。"诸将应命而散。

　　欲知伯禹诸路如何破灭相柳，且听下回分解。

第四十三回 造 势

却说这日寒风凛冽，北风怒号，乌云密布，天色阴沉。伯禹对伯益道："这般天气，村中当不出工，何不今日去芈村一走。"伯益称善。就由太章、两亥兄弟带路，下龟山去芈氏村，章亥、竖亥两将带了数名侍卒，备了礼物随伯禹而行。路上，太章命章亥去成虎兄弟家，嘱他兄弟来见伯禹。一行将到芈士宁家门口，已见章亥领了芈成虎、芈成豹二人来到，见了礼。伯禹见他兄弟孔武有力，十分欣喜。对成虎兄弟道："知贤兄弟正直仗义，是非分明，勇于任事，能替治水出力，十分高兴。今我等大军已到，特来会见贵邦首领和本村长老，望贤兄弟带路，代我等疏通一下。"

成虎兄弟见伯禹年龄不大，但雍容庄重，言语谦逊，无官长傲气，内心诚服敬重，忙道："我兄弟愿为伯禹效劳，要见士宁长老，待我兄弟先去通报，迎接伯禹。"

伯禹笑道："先去知会也好，以免唐突，迎接倒不必，只需在家门口候我即可。"成虎点头应诺，即与成豹快步去士宁家了。

太章领伯禹前行，须臾即到，已见士宁等几位长老与成虎兄弟恭候在门前，见伯禹到来，即上前见礼，一揖到地。太章对伯禹道："此即本村士宁长老，深明大义之人。"伯禹双手扶住芈士宁道："长老不必多礼，正欲请教。"士宁请伯禹一行进屋叙话。

伯禹见士宁六十余岁，精神矍铄，双目有神，知是精明能干之人。就道："奉帝舜之命，治理天下洪水，今来荆州，已知相柳一伙假冒帝命，裹胁云泽一带黎民，借治水之举，行残民之事。今我军到此，当清除此辈逆行，宣帝舜之命，成治水之业，正视听而安民心。只是荆地散乱，各邦众多，不知怎么才能通知各邦。知长老深明大义，世事练达，又足智多谋，众人爱戴，特来请教，并望见助。"言毕命章亥奉上干粮肉脯道："些许微礼，只表心意，望长老笑纳。"

士宁等几位长老目睹伯禹风采庄重，又闻其有礼有节之言，已敬伯禹为人，今又见奉上礼物，谦逊诚恳待下，方知伯禹确是仁爱之人，从内心深处彻底摒弃了相柳一伙诬蔑伯禹的蛊惑之言。士宁道："贤伯仁爱，黎民早闻，今欲传帝命到各邦，敝邦愿意效力。如要召集各邦共会，也可做到。各邦所在，我们熟知，且素有往来，由我邦派人通知伯禹之意，三日内即可到达。只是事涉各邦首领，还须告知本邦首领，由本邦首领出面通知各邦为宜。伯禹若能与本邦首领相见，当面可定，小老愿奉陪前去。"

伯禹道："正欲见贵邦首领，望长老引见。"士宁道："本邦首领名叫芈士理，与我兄弟辈，为人豪爽，离此不过十里路，往返方便，不知伯禹何时前去？"伯禹道："即请带路如何？"士宁对成虎道："烦你先去禀报首领知晓，道伯禹来访，门前迎候。"成虎应命去了。士宁就起身引伯禹一行，徐步去首领府中，不过片刻，即入一村，绕巷转户到了一户大门前，已见门前候着十余人，成虎站在一名身材魁梧汉子身旁指画着。伯禹知此即芈氏邦首领家了。士宁在旁对伯禹道："成虎身旁身材魁梧之人即本邦首领芈士理。"伯禹点头。

到了门前，士宁上前引士理与伯禹见礼，士理向伯禹一揖到地道："伯禹来到，未曾远迎，恕罪，恕罪。"伯禹连忙扶住道："仓促造访，惊动尊驾，还望见谅。"士理带路入门至大厅分宾主坐下。士理见伯禹年岁不大，气度不凡，令人肃敬。拱手道："久闻贤伯为民治水，功效卓著，今日下临，不知有何见教？若有所命，敢不遵行。"伯禹见士理身材高大，面宽额高，鼻直口方，眼大耳长，颔下络髯连颊，微黑脸皮，声如洪钟，知是性格豪爽耿直之人，在介绍伯益及随行诸将后道："帝舜命我疏理天下洪水，已历八年，水患初平。今来荆地，将治云梦，但闻云泽有相柳为乱，假借帝命，妖言惑众，妄图阻我军治水。今欲申明帝舜治水安民之旨，只为地理不熟，且不知荆地各邦之数，难以知会各邦首领共商治理之计。蒙士宁长老介绍，闻君是云泽大邦首领，为人豪爽，深明大义，是非分明，纳忠贞之言，未屈相柳之淫威，故特来造访，欲得贤君之助，邀集云泽各邦首领来此一会，不知能否相助？"

士理闻言道："荆地各邦患洪水之苦多年，想治却无能力，久闻伯禹治水功效显著，早就盼望。相柳在荆数年，累欲招募诸邦入其伙，但我邦及邻近诸邦都因久慕伯禹之功而对相柳所言心存疑虑，所以大多犹豫而未入其伙。即使已入相柳之伙的，也暗中和我等互通信息，仍盼伯禹来治，不曾真心向着相柳。尤其近年来相柳借口抗拒伯禹，累加赋敛，恶行渐露，已入之邦更悔盲从，叛离相柳之心日露。今伯禹亲临，欲邀集各邦来会，各邦必定欢喜，自会迅速到来。不仅未入相柳一伙之邦愿来，即已入相柳一伙之邦，也想来会，只要伯禹定下日期，我邦可立即派人通知，只请伯禹定夺。"

伯禹点头称谢，顾伯益道："君以为如何？"伯益道："既各邦都愿早见伯禹，宜尽早集会，五日后如何？"伯禹道："依君所言。"就对士理道："五日后集会，可来得及？"士理道："我邦所交往的，远不过二三百里，五日内往返可以无误。我会派快捷善走之人前去，决不误贤伯之事。"伯禹道："这次集会暂不让已入相柳阵营之邦与会，只能由未入其伙者参与，请君务必注意。有些邦情况一时不明的，情况清楚后邀集，不明者暂缓，留待下次再说。"士理点头道："愿遵伯禹之命行事，不敢有误。"当下伯禹命太章奉与士理干脯精粮为礼，士理十分称谢。伯禹留下两亥兄弟协助士理，有事也可随时通报，就辞士理而回。

转眼过了四日，伯禹得章亥来报，各邦首领大都到达。次日晨与伯益率诸将前至芈氏邦，芈士理及众长老迎进大厅就座。大厅中人声嘈杂，约有百余人，身着各色服饰。士理道："应来的都已来了，只等伯禹说话。"伯禹道："既已到齐，那就开始罢。"士理点头起身面对各邦首领举手示意安静。在座诸人见正中一排有人入座，入座者仪表堂堂，雍容大度，肃穆庄重，身后又列着一排雄俊精干之士，气势非寻常可比，都猜度是伯禹到了。见士理举手示意，都停止交谈，注目上座。

士理道："今日集会是奉伯禹之命。伯禹将与诸位高邻共商治水之事。"以手指伯禹道，"中坐的是伯禹，伯禹左旁是伯益。后排诸位是伯禹营中主要将领。现在伯禹向众位首领宣达帝舜治水之意。"厅中响起掌声。

伯禹起立拱手为礼道："天道失常，洪水为灾，黎民受害，已经多年，苦难深重。帝舜命我与伯益平治天下洪水，名将禹强、朱虎、熊罴、童律、太章等为佐，并延揽海内名贤奇能之士共治水患。至今八年，已平帝都冀野，辟龙门、凿吕梁、开砥柱、平大陆、临碣石、通泗沂、疏洪泽、理具区、泄彭蠡，五州之水初定。今来荆州，将理云泽及洞庭之水。五州之水所以能治，不仅是我军将卒之功，也靠所在诸邦众民相助。前日治彭蠡得地二十万顷，民已耕植，今后可衣食有余。荆地云梦被水泽所侵，密林所覆，民不得耕植，粮不足饱民腹，这是洪水未治之果。若洪水治，水泽退，密林疏，则荆地可增，植麻种粮必获丰收，不仅衣食可足，且有盈余可防歉灾之年。治水无万民诸邦之助，治水不能成，愿诸邦万民与我同心，共平水患，共享其成。"

伯禹言至此，场中诸邦首领齐呼："愿与伯禹同心，共治水患。"

伯禹复言道："来荆之日，闻共伯余孽相柳冒帝舜之命，网罗一些妖孽，胁迫无辜黎民为丁壮，口称治水安民，实则破坏治水大业，企图独霸一方。水土平、道路通、万民富，天下安定。天下安定则地域割据一方独霸势力失其生存之基，此相柳、共伯之辈所不愿见，这些人所以要阻挠治水，目的是想破坏天下安定之势。诸邦首领，各族黎民不知其阴谋企图，轻信谣言，有误入其伙的。这里面大多是屈于淫威之逼，也有受其利诱之骗，与相柳等同流合污的是极少数。虽然入相柳一伙不足取，但过不在民，在于相柳之恶。"

"今我大军到荆，宣帝舜之意，以真相告众，当是非可辨了。已入伙的只要在大军清剿之时，幡然悔悟，脱离相柳，可既往不咎，一体以帝民相待。若能反戈一击，共歼相柳有功的，还可获赏。在座诸君能在相柳威逼利诱下不为所动，不入其伙，足见胆识与明智，令我敬佩。

大军即将进剿相柳，相柳一伙败局已定。我知相柳一伙虽百般蛊惑，自称有众万人，然其可充丁壮而能作战者，不过三千。其中亲信极少，胁从之丁壮都是忠良之民，岂甘心为相柳卖命，一旦大军进剿，必能归顺我军，真心向敌的极少。我有精卒三千，既精于治水，又勇于战斗，与相柳一伙相敌，一可抵十。相柳之军是乌合之众，散乱无纪，我军来自帝都，精中选精，进退有序，优劣早已剖明。今破敌之计已定，请诸君拭目以待，不出半月，可擒相柳。

这次进剿，我兵足够，不须黎民参与战斗，以免伤亡。但我军初来乍到，道途不熟，却须诸君协助，需向导等人。另外因精卒在前，后勤运输辅助缺人，也须各邦出力。两者合计需人五百，以各邦而论，每邦出二十人来助即够，未知诸君能否相助？"

芈士理闻伯禹此言，当众言道："我邦已与各位长老商定，伯禹若须我等出力，愿全力以赴，各村自愿往助者已报名三百余人。伯禹可减各邦来人。"在座各邦首领闻士理此言后都高声朗言："愿遵伯禹安排，所需人数，三日内到达，不能让芈氏邦独擅其美，把功劳落到你一个邦了。"士理大笑道："我邦不敢掠美，众兄弟只管按伯禹所言派人，不足之数由敝邦补足。不是我要争功，只因我邦地段较近，伯禹所需只要招呼一下，即可集中，众位兄弟没有这个方便罢了。我邦多出些人力，也可减少众邻之劳。"厅中众首领闻此都赞芈氏邦主心意仁厚。

伯禹见大事已定，说道："仗诸邦君长高谊协助，相柳一伙剿灭在即了。相柳覆灭之日，即是清治云泽之时，云泽治则必得地，届时当再与诸君共商。"诸邦都大声应诺，异口同声道："愿听伯禹吩咐。"当下散会。

这次集会之后，各邦见伯禹雄才大略，待人谦诚，手下人才济济，将卒强盛，又是奉帝舜亲命平妖治水，真是堂堂之师。至此都知相柳是妖言惑众，假冒帝名治水，不日即将殄灭。不但坚决不再畏惧相柳一伙，而且都通过各种渠道，告知自己亲友，包括已入相柳一伙的，嘱他们早作叛离打算或争取反戈一击，以求立功，莫作无谓牺牲。云泽一带诸邦人心大振，都摩拳擦掌要助伯禹灭贼立功。

伯禹开完芈村大会后，与众将部署灭贼行动，只等各邦丁壮前来，转眼三日，各邦丁壮陆续到达芈村。芈村指定由成虎成豹兄弟带领本邦丁壮一百人，共计六百五十人至伯禹营中报到。伯禹分出四百人由成虎率领，归冯迟兄弟指挥的水路佯攻之旅，留下二百五十人由成豹率领归东路江妃兄弟指挥，运干木到相柳营地东南。即日令禹强兵卒按原定计策行事。

却说禹强率朱虎、熊黑两将，士卒一千五百人，举旗击鼓，持尖枪负弓箭，浩浩荡荡向西北方向沮、漳合流处相柳营地前进，沿途村民莫不知伯禹大军进剿相柳。相柳探卒已将此情急报相柳，相柳急招手下亲信和祝融四将商议对策。

相柳在会上自言自语道："不想伯禹来得这么快，安排还没就绪，真是糟糕。"为了稳定军心，他依然端坐首席，不露内心焦虑之色，反而一脸煞气地对众言道："伯禹军远道而来，地形不熟，情况不明，虽有数千人卒，但都是掘土挖泥的人，不懂战斗之道。伯禹、伯益都是文弱之人，虽识文断字，却不知军争武艺。只有少数几个武将和几百名弄枪舞棒士卒，不足为虑。我部有卒三千，量多数倍，何愁不胜。只是他们来得早了一点，我的部署尚未完成，有点不足。"说到此，顾龙冈象、坎羊二人道："筑堤蓄水如何？"龙冈象道："堤高只及预定一半，蓄水不多。"相柳怒目一睨，恨声道："只知吃食，不知出力，误我大事。"坎羊道："原定四月完工，尚有三月，堤高过半,怎说不出力?"相柳见坟羊反驳,不觉恼羞成怒,发出尖利高声道:"还敢强辩,伯禹之兵已来,你等都是死,不思出力改正,犟嘴何用?从今日起你们两人都上筑坝工地,率丁壮昼夜施工,提高坝位,多蓄来水,听我命令,择日放水以淹伯禹兵。没有我的命令,你等不得回营。若私自回营,定杀不饶,现在就去。"

龙冈象、坟羊二人受此训斥,羞愧难忍,但见相柳身后环着数十打手亲随,不敢妄动。只好暂忍怒火,悻悻起身,望了祝融、夔魍魉二人一眼。祝融对两人眨了眨眼道:"兄弟还是听相柳将令去工地筑坝为是,有事为兄自当禀明相柳后通知你们。"两人点头起身离去。

相柳见祝融之言顺耳,怒气方消。问祝融道:"伐树堆垛之事如何?"祝融道:"已按要求,提前完成了。若感不足,我等再去增伐。"相柳道:"伐木堆垛原是我算伯禹之兵当于初夏到此,此时东南风起,可焚木生烟以熏其兵,不想他们早来三月,今西风当道,东南风不起,干柴不用,不必再伐。况伯禹兵不日来攻,这里也须有人防守,就请你率领二千丁壮守此营地,我率另一千丁壮四周巡逻,以防不测。前线正面之防就交与你二人了。若能退了伯禹兵,自当论功行赏。"祝融拱手答道:"请相柳放心,我兄弟当展所能,全力退敌,保全营地。"相柳随令各营准备弓箭武器,严阵以待。同时派出一批亲信到附近各邦征敛粮食,驱赶丁壮,想扩兵力。

此时各邦已知伯禹来到,知伯禹仁厚,兵强将能,相柳必败,都准备叛离相柳,等待时机,反戈一击,争取立功赎罪。见相柳亲信来催粮逼丁,都虚辞应付,并不行动。相柳亲信人少势单,也无可奈何,只得回报相柳知晓,相柳更加焦躁。只因大战在即,不敢再派兵镇压各邦,也怕因激生变,不好收场。内心暗地发狠,将在击退伯禹之后再镇压各邦。

要知如何消灭相柳,且听下回分解。

第四十四回　弃暗投明

却说禹强兵抵相柳营前十里，传令安营。次日一早即率士卒直逼相柳营前，令手下在山林间遍插大旗，在大营前擂起鼍皮大鼓，鼓声震天。由朱虎、熊黑二将领头，执盾上攻相柳营地。

祝融兄弟见伯禹兵上攻，不敢怠慢，令丁壮依山冈居高临下据守。祝融不知伯禹兵多寡虚实，登高处瞭望，只见远处漫山遍野，旗帜飘扬，又闻得鼓声震天动地，以为伯禹兵多，不觉心惊。回至阵前对蹩魍魎道："伯禹兵众多，岂止几百人，看形势，听鼓声，怕有上万之众。我等只有丁壮两千，寡不敌众，如何是好？"蹩魍魎道："伯禹兵虽多，但地形不利。我兵处上，依山冈为凭，居高临下，足可抵挡一阵，且看战斗形势再说。"

祝融道："以兵力而论，我军必败，相柳若败，我等兄弟如何逃命安生？我有心投靠伯禹，但又无通报之人，如之奈何！"蹩魍魎道："如今龙冈象、坟羊又不在身边，我俩想走也不成，且等机会，眼前还是坚守阵地，奋力抗拒为是。这既合相柳之意，又可争取时间使我兄弟共同行动。若草率行动，必顾此失彼，兄弟失散，也未必能达投靠伯禹之目的，兄长以为如何？"祝融道："兄弟说得在理，相柳把二弟、四弟逼往工地筑堤正是他的奸刁处，他故意把我兄弟分开，也是怕我兄弟生有二心，不利于他，故而采取这等钳制之法，要挟我兄弟哩，只好暂忍，且等时机。"

不说两人悄悄议论，却见丁壮来报："伯禹兵从山下攻上来了！"祝融传令用滚石弓箭全力守住，以逸待劳，不要轻易出击。

禹强遵照原定计策，只是虚张声势，攻而不进，进不深入，山上滚下礌石，放出弓箭，便即刻退回，待滚石弓箭停止，又呐喊擂鼓，作进攻之势，逼近山口。引得相柳之兵终日紧张，不敢松懈。如此反复进攻，从早到晚，相持了一天，至晚方歇。双方都无伤亡，禹强收兵回营。相柳见祝融等坚守阵地未失，也很高兴，送来甘酒数缸，猪羊数头，犒劳祝融等将卒，欢饮至晚歇了。

过了半夜，相柳正睡得安稳，忽被守夜亲信叫醒，报道："后山发现火光，有兵来袭。"相柳大惊，忙问有多少兵卒。亲信道："夜深不明，只见火光、人声、鼓声，总在千人上下。"相柳怕深夜被袭，派人去至祝融处，命他令壮丁持弓箭守御，不必冒失出击，待天明再作道理。祝融与丁壮都刚睡下不久，闻警即起，睡眼惺忪，慌忙持弓箭而出，列队于营后以待。只见远处火光照耀，隐约闻人声鼓噪，但夜色深沉，不知虚实远近，都不敢前探，只好严阵以待。乱了近两个时辰，天色渐明。祝融派相柳亲信带几名丁壮向营后北山搜索，到天色大明时探索人来报："离营数里处林中有大片被践踏痕迹，树枝折断，杂草倒伏，地上留有残余火把燃烧过的草团，范围在数里光景，依此推断，约有四五百人在此活动，但已不知去向。"此时相柳也在祝融处，听得此报，感到一头雾水，不明就里。

祝融对相柳道："昨夜丁卒都未睡好，精力疲软，今日正面伯禹兵来攻，如何应付？若不奋力抵御，伯禹兵攻上营地，我等只好束手就擒了。"相柳也感事态严重，问祝融道："你看有何办法？"祝融道："如今大敌当前，我部兵力不足，不宜过于分散，应当集中御敌。派往筑堤之兵上千，那里远水难救近火，这里遭前后夹攻，昼夜提防，今方一日夜已经头昏脑涨，今后若日夜提防，我等且不说，丁壮也会被拖垮，无力抵挡正面上攻之敌。为今之计，暂停筑堤之工，把这些丁壮集中到这里防守，兵力多了，就可把兵力分为两班，轮流休息，一班专管夜间防御，一班专防白天战斗，就不致把精力拖垮。只要守住营地，我兄弟还可杀下山去，迫退正面伯禹兵。一旦伯禹兵退远，我等就可强征邻近几村丁壮来此守御，扩大我军兵力。我兄弟都有特异功能，若能与伯禹交锋，定能取胜，强于这里死守为好。现在眼前兵力不足，我两人又分不开身去攻击伯禹，令人心急无奈。"

相柳听祝融之言十分有理，就道："就调龙冈象、坟羊带所有丁壮来此共同守营，但他们二人必须顺从听命，不得再出怨言顶撞，否则加重处罚。"

祝融道："你放心，我这兄弟都是心直口快之人，心中并无恶意。况且我是他们大哥，对我还是听从的，待他们来后，可令夔魍魎、龙图象二人守营，我与坟羊杀下山去，逼退正面之敌，然后分头扩展势力，等到夏季到来，雨水大盛，山下必被水淹，再焚干木以熏烤伯禹兵，必然大胜了。"

相柳被祝融一番话说得连连点头道："还是祝融有点见识，就依你计策行事，若取得胜利，必当重赏。"当下下达口令，派亲信去筑堤处通知龙冈象、坟羊二人，带丁壮回营与祝融等共守营地。龙、坟二人接口令大喜，即率丁壮与祝融会合。

话说祝融兄弟会合后，都十分高兴，夔魍魎告诉他二人道："亏得大哥计策，才把你二人调过来，今后可共同商量，一致行动。"祝融道："看此形势，伯禹一边计谋很多，又处在外围，兵源不断，我等已被伯禹包围，困守待死，支持不了多久。我等有机会去与伯禹兵对阵时，探探口气，若许我等投诚，就乘机反戈一击，活捉了相柳，作为立功进见之礼，从此投入伯禹治水大军，也不致埋没我兄弟一身功夫，更不用愁吃穿了。若伯禹方面不肯饶恕我等兄弟，定要剿杀，就拼他个鱼死网破，再设法逃生就是。"

坟羊道："小弟与大哥同去时，也会见机行事。争取投靠伯禹是上策，为相柳卖命是下策。"祝融点头道："四弟说得是，到时见机行事。"议论间，听得山下鼓噪之声又起，祝融道："伯禹兵正面来攻了。"龙冈象道："大哥三弟昨夜辛劳未睡，且去休养精神,这里由我和四弟把守,居高临下,易守难攻,不会出事。"禹强之兵仍按原定计策,时攻时停,并不急于上攻,所以并无损兵折将之事。龙冈象在冈上只管死守,也不下攻,直到下午申时都未见险情。相柳因与龙、坎二人有过龃龉,也不来营前,见将近一天无重大战斗,无人员伤亡,心中也喜。

正当相柳以为无事,扼守西边的董村哨所来人急报:"大江上发现近百艘船只,都是伯禹旗号,有兵丁上千,即将停靠上岸,请相柳派兵抵御。"相柳闻报大惊,急至营前派人叫来祝融、夔魍魎,共同商议应对之策。祝融道:"今已两面受敌,西面再来,三面受敌,兵力不够奈何?"相柳也急得脸色青白,挠头搔耳,满屋乱转。祝融知相柳即将丧败,投伯禹之心愈坚,但仍装着忠于相柳,说道:"西来水军既然乘船而来,若要进攻,必不肯弃船,上岸人数有限。况西有层层山峰,路不平坦,离营地也有数十里之遥。有两三百丁壮把守山口,就可挡住来兵。若再从这里抽丁,恐这里正面有险,若被伯禹攻上,吾营完了。不知可有后备之兵?"相柳道:"主要都在这里了,再无余兵,除非……"祝融见相柳犹豫不言,问道:"莫非尚有兵力可用?"相柳双眉紧锁,深思半响道:"无有余兵,只有守粮仓兵丁五百,若抽至西边防守,万一粮仓出事,如何是好,所以难下决心。"

祝融欲促相柳败亡,就不真心出谋,反而道:"粮仓虽是重要,但大营一旦被破,这粮仓也就归伯禹兵所有了。此事两难,只有你相柳大爷下决心了,别人是不敢乱出主意的。"相柳闻得此言,更加心神失常,乱了方寸。思来想去,感到还是保大营要紧,狠了心,命随行亲信去粮仓那里调出三百名丁壮来守西崖,留下二百丁壮严防粮仓保不失。祝融见相柳已调三百人来,对相柳道:"守粮兵新来此处,不熟战况,我这里再补二百名共守西路,以免有失。"相柳一听也有道理,就依了此言,嘱守西崖之兵只要坚守,不必贪功下山杀敌,以免损兵。西路冯迟水军原是佯攻之兵,只起分散相柳兵力、扰乱相柳军心之用,故只在山下屯扎,并不真心上攻,当日至晚并无战事发生。

入夜正面都已安静,相柳、祝融从山上下望,只见伯禹扎营处火把明亮,但营门紧闭,只有哨兵来回巡视,大营都静悄悄没有动静。祝融道:"正面不会有事了,只不知今晚背面有何动静。"相柳道:"昨晚下半夜始有警报,今晚若来偷袭,当在下半夜。"对祝融道,"你兄弟上半夜还可歇一下,留下警戒人员巡视,若有动静再起来不迟。我只担心粮仓那边不要出事,我过去看看。"祝融点头自歇。

相柳带了数名随从到粮仓处,见粮仓守卫虽减少了,但守查甚严,火把也很明亮,只是近粮仓处没有火把,因为怕火星爆裂引发火灾,所以有些阴暗,但巡视之人来往甚密,都由相柳亲信之徒带领,相柳感到放心。巡仓亲信见相柳到来,纷纷致礼,相柳叮嘱他们要严加巡察,不许闲杂人员靠近粮仓,勉励了几句也就回高楼歇息去了。

这晚下半夜北面虽有火把鼓噪,但有惊无险,至寅时已无声息。粮仓也一夜无事，十分安静，相柳也放了心，心想伯禹之兵不过如此，今日让祝融兄弟去杀他一阵，方知我相柳也不是无能之辈。早餐后即至祝融大营，祝融正在整理丁壮，见他来了就说："今日下山杀他们一个下马威，将他们逼退，我们好扩大范围。"相柳一听正合自己心意，鼓励道："如此甚好，但要小心，别挫了锐气。"祝融道："相柳大爷可以放心，我兄弟不是无能之人。"说毕点起五百丁壮，与坟羊二人拉开山门，冲下山来。

禹强听得相柳营中有人杀下山来，急与朱、熊二将出营，见来者为首二将相貌古怪，为首的身高丈余，面如六月骄阳，颔下一部长髯，犹如火焰，圆目大口，一副白森森钢牙，满脸虬筋，左右手各持一条硬棍，大步前来。右边一个汉子，身高也在九尺上下，脸皮橘黄，尖额瘦脸，长耳大眼，鼻塌嘴陷，左右手中各持着一个大锤。这二人身后随着五百名丁壮，都手持木棍石斧。禹强见两个领头的必是相柳手下四个怪人中的两个，但不知其为老几。于是带朱、熊两将出战。祝融见来将身高八尺以上，脸色微棕，两眼细长，鼻直口方，双目神采奕奕，颔下微有髯须，手持尖枪，背弓腰箭，威风凛凛，不怒而威，知是耿直豪爽之人。身后两将都身高九尺以上，一个黑脸有髯，一个白脸无须，都腰细膀粗，肩宽膊厚，各持形状怪异之双斧，身后有精卒五百。禹强一见来将，喝问来者何人，报上名来。祝融闻言大笑道："无知之人，连崦嵫山四杰都不知，我是祝融。"指坟羊道，"这是我四弟坟羊是也。你是何人？敢对我大呼小叫。"

禹强笑道："你是崦嵫山四杰之首祝融与老四坟羊，幸会幸会。我是帝舜座前大将禹强。"指朱、熊二将道，"他们是我同殿之将朱虎、熊罴是也。现都在为治水出力，专杀阻挠治水之妖魔鬼怪，今大军来到，还不放下武器，归顺伯禹。既是崦嵫四杰，想必有点能耐，何不投向伯禹，为治水出力，也不辱没了你等本事。若是顽抗到底，只怕，死无葬身之地了。"

祝融听了，心中暗喜，只是两军对阵。耳目众多，身旁也有相柳亲信跟随，岂可随便吐露真言。但也不发火，反而呵呵大笑道："禹强将军真是口舌如簧，不见真章，不费力气，就要我等投降。相柳待我兄弟不薄，我等岂会降你，今日来取你等性命，方知我兄弟厉害哩！"说毕就和坟羊各举兵器杀向禹强。朱虎、熊罴两人舞动四柄大斧接住，各兵卒丁壮都蜂拥向前混战。

禹强在旁观战，见祝融、坟羊两人果然力气巨大，朱虎、熊罴二人也只能打个平手，但仔细观察祝融、坟羊两人似未用全力，朱虎、熊罴二将因有言在先，只想生擒而不想杀死四杰，故也未倾全力。四人你来我往未见胜负。禹强心想，祝融未出全力，莫非有意投降，只是人多不便吐露真心，待我把他俩引到人少处试探一番再作道理。正在思忖，只见祝融一张口，喷出一股火焰，坟羊展开如蒲双手就地扒起大片泥石，大雨般摔向朱虎、熊罴二将，二将猝不及防，措手不及，慌忙退下阵来。禹强一见两人果然有些手段，趁机上前接住，并命朱、熊二将向林深处退去。自己也和祝融、坟羊二人边战边退至林深处，祝融、坟羊二人紧紧追赶。五人脚步快，转眼已离开大众士卒，到了一处林中，祝融二人上前打来，禹强三人接住。

禹强想，不给一点厉害，谅他们也不服我等，就令朱、熊二将在旁观战，自己单独上前和祝融、坟羊二人过手，手中尖枪一摆道："你们两个都来吧，叫你等见识见识我的手段，莫以为你等胜了。"说罢一枪直刺祝融，祝融见枪势凶猛，忙舞手中双棍抵挡，刚一触及枪尖，只感双手一麻，双臂乱颤，双棍几乎脱手。禹强枪尖径往祝融胸中刺去，坟羊一见大惊，忙上前用全力双锤砸向枪杆，枪杆不但未见震动，自己双手却虎口开裂，鲜血渗出。禹强枪尖已指向祝融心窝，吓得祝融心胆俱裂，双目一闭，大叫："吾命休矣！"但过了半响，未见动静，睁开双目，只见禹强枪尖点着自己心窝，却没有刺入，不觉惊呆，瞧着禹强道："禹将军意欲如何，何不杀我？"禹强道："不是不想杀你，只因我受伯禹嘱咐，要招降你兄弟四人为治水出力，故适才朱、熊二将未用全力，否则你二人早已擒杀。今故意引你们到此僻静处说话，我劝你们还是早日弃暗投明，降伯禹为治水出力，才有出路，否则只能死路一条。若肯投降，为治水出力，我愿意引见。你们速做决定，不然就死在此地了。相柳是奸佞之人，死亡在即，你等兄弟跟着相柳有何出路，还不醒悟，更待何时？"

祝融、坟羊二人听得此言，心中千愿万愿，拜倒在地，连声答道："早有叛离相柳投靠伯禹之心，今日下山正欲与禹将军见面剖明心意，找机会投降。因阵前有相柳亲信在旁，不便吐露真情，今闻将军之言，我兄弟四人早就商定，只要有人引见，就投靠伯禹为治水出力，也不辜负了我四人一点本事，万望禹将军及朱、熊三位收留，我四人实心永随伯禹。"禹强闻得此言，乃收起尖枪，笑着对二人道："既愿弃暗投明，日后共同为治水出力，都是伯禹手下之人，就不必见外了。"

要知四个怪人弃暗投明后，有何作为，且听下回分解。

第四十五回　活捉相柳

却说祝融俩人剖明心意后，起身谢过道："禹将军好大力气，就我兄弟四人合力，也难敌你的一杆枪。"朱虎笑道："禹将军是当今第一神将，岂止一杆枪而已，他的神箭更是当今无双，天下第一哩，你们日后可以见识。"禹强道："尔等不要以为朱、熊两将败退，他们乃诱你们故意败退的。他们乃帝舜驾前两大名将，所用之斧是蚩尤之骨锻造，重逾千斤，不信你们上去提提。"坟羊大胆，上前抓朱虎一斧，不觉大惊，不说一手提不起，就算双手用力，也只移动几分。不觉咋舌道："三位将军果然厉害，我等若要对抗，不须半日即遭擒杀了！我等真不自量力，幸得三位指引，今后出头有日了。"

禹强见他兄弟真心归降，就说："可先回去做好准备，三五日内我军将三面合围破相柳大营，相柳必然逃窜。你等要争取立功，决不可让相柳逃脱，务必生擒活捉，让伯禹明正典刑，切记在心，不可有误。丁壮是被迫上山的黎民，不可滥杀。最好能号令他们共同反戈一击，共同立功，但相柳亲信必须除掉，以免后患。"祝融点头道："记住了。"

禹强又道："回去后，你们四人仍和相柳保持表面同心，不使起疑，以待大功告成。现在你等仍和我三人杀出林去，我等诈败退远，你等收丁回营可也。"祝融两人依言而行，虚情假意地厮杀追打出林。禹强等边打边退，祝融等边追边打，见林中士卒丁壮互有伤残，一片混乱。禹强下令后撤十里而去。

相柳亲信见祝融二人出林，忙接住道："今日已胜，天色已晚，不必追了。"祝融点头传令回到山上。相柳见祝融获胜，伯禹兵败退，十分高兴，忙置酒庆功。

当晚，祝融兄弟四人通报了与禹强见面之事，都各欢喜，只等届时活捉相柳，以为进见之功。相柳也召集亲信，知祝融、坟羊都用手段杀退禹强手下两名大将，心中不疑，当晚安息。刚过半夜，相柳正在熟睡，忽被亲信叫醒，说大事不好，有人夜袭。相柳以为又是背面偷袭之事，不以为意道："不是已有防御了吗，何故大惊小怪。"亲信结结巴巴面无人色道："不是大营背后，是粮仓起火了。"

相柳一听粮仓起火，大惊失色，连鞋也不及穿上，疾步至窗口探望，只见东面火光冲天，正是粮仓起火。相柳胆战心惊，急忙带了几名亲信赶到粮仓，眼前只听得人声嘈杂，一些丁壮正穿梭着取水救火。粮食久储，十分干燥，一旦遭火，燃烧极快，哗哗啪啪爆裂声不断响起。此时水少火旺，眼见得一座偌大的粮仓已被火吞没,相柳心痛不已,找管仓的头目查问缘由。头目名叫六本,禀道:"上半夜一切正常,下半夜突然冒火,正不知原因何在。"相柳见问不出原因,不觉大怒,执鞭暴打六本数十下,撤做苦役,另换亲信担任头目,嘱加强巡逻,以防奸细混入,新头目禀道:"原来安全无恙,自抽走三百名丁壮后,仓多丁少,巡逻减少,难免疏漏,望重新调回三百丁壮保仓。"相柳感到有些道理,但又怕西边防守有失,左右为难。深思半晌道:"目前敌军压境,丁壮不足,你等辛苦一点,我设法调二百名丁壮归来。"

相柳见只烧了一座粮仓,仓中粮食也只损失三成,就不再深究,只嘱不再出事。回至大营与祝融等四将言及粮仓失火,欲调回西边丁壮二百名加强粮仓巡逻。祝融猜度粮仓无故起火必是伯禹那边计谋,因已作降伯禹准备,只盼相柳早败,故不再阻拦抽调西边防务,顺口答应道:"西边未见紧急,粮仓是军食所在,确应加强。"相柳见祝融顺从,就抽西边二百人复至粮仓,但西边只剩下三百兵,军中甚是惊慌,担心挡不住千人上攻。

当晚安息后,刚睡下营后又现火光,鼓噪之声较上两夜为近。相柳营中守卒提心吊胆,深怕伯禹兵乘夜攻入,难以抵挡,只得加强巡视。将近天亮时,风向骤变,原来劲吹的西风忽然转为东南风,巡夜丁壮甚喜,因北面之敌如果放箭,则逆风减力,不及自己顺风放箭力足射远,大为安全。但此时天色已明,早不见了夜袭之兵。夜防丁壮也撤防回营歇下。

相柳也察知风向转换,但不以为意。还想再令祝融四将下山攻打伯禹兵,企图一鼓作气杀败伯禹兵,解除围困,以便自己亲信到各村强征丁壮,扩大兵力。时当辰时,忽见正面山下东南面有火光和浓烟升起,心中又惊。相柳已被粮仓起火所惊,一见火光又以为粮仓之灾,不由得快步朝东奔去,却见粮仓安全,始悟火光在山下东南,不在自己营中。正不知是何原因,私心还以为是伯禹营失火,欲趁机令祝融四将下山趁火杀敌。故又赶回至祝融处。待到祝融营中,只见营内已一片混乱,满营被浓烟笼罩,呛人口鼻,丁壮双眼流泪,口中干咳,都头昏脑涨,四处躲避,乱不成军。

乱到巳时,忽听得正面前哨惊报:"大事不好,伯禹兵已经攻上山头。"相柳大惊,忙令祝融四将前去抵挡。祝融知机会已来,一面命夔、坎二人率兵抵御,但用手推了坎羊一把,坎羊会意,知祝融令他二人不必抵御,放伯禹兵进来,就口中应了一声道:"大哥放心,小弟当遵大哥之命制敌。"祝融一面又对相柳道:"这次伯禹兵乘烟火攻上山来,恐有闪失,我愿跟随主帅同进退,万一伯禹兵上来,我兄弟也可抵挡一阵,以保你主帅安全脱身。"相柳也自担心大营一旦失守,自己无缚鸡之力,只有束手就擒,听得祝融此言,也未仔细考虑,就答应道:"还是祝融有情,那就和我一起进退吧。"祝融依言,紧随相柳,不离左右。

正说间,西边守卒来报:"大江船上之兵已经攻上山冈,我等兵少,抵御不住,退到山中去了。"接着北面巡兵来报:"大营北面也被伯禹兵占领,有数百兵已攻入我营。"相柳慌作一团。正乱间，只见西南山下上来两三百名黎民，由罗申带领，向相柳禀报道："罗村黎民闻此处大营有难，特赶来相助。"相柳正愁营中人手不足，见危难之际，竟有村民前来相助，不但多了人手，还以为自己受附近村民爱戴，有日后重起的基础哩，所以心中十分高兴。又见罗申带来之人，个个精悍健壮，为首两人更是英姿勃发，很有威严。罗申介绍道："这两人叫芈成虎、芈成豹，是我表兄弟，还有罗田、罗甲、罗由三人是我的兄长，因我在营中，怕有闪失，特来投靠主帅，对我也有帮衬。"相柳甚喜，即命罗田为队长，带领这些黎民守卫营地，与自己亲信一起不离左右。

祝融、龙冈象却是心中一惊，怎么相柳还有黎民主动来帮，这些人到来，不增加我兄弟活捉相柳之麻烦吗？心中正在犯疑，只听得相柳又道："大家来见过祝、龙两位主将，他们兄弟是大有本事之人，今后也要听他们指挥。"成虎等上前相见，趁机将一小片龟甲塞入祝融手中，祝融正感惊异，就暗中捏了龟甲至无人处瞧看，是禹强来书，上刻"来人助你"四字。祝融大喜，放下担心。复进来对成虎招呼道："你等既来保护主帅，必须同心协力，加意防范，完成任务。"成虎上前抱手道："愿听号令。"相柳在楼上听见，还以为双方融洽，十分喜悦。

看官，你道成虎、罗氏等兄弟怎会来到相柳营地？原来成虎兄弟随冯氏兄弟从大江到董村佯攻，路上成虎对冯迟道："此去罗村不远，罗氏兄弟已闻伯禹仁慈，愿为伯禹出力，共擒相柳。其一小弟正被相柳抓在营中充丁壮，我想去罗村联络该村黎民来此出力助攻。他们久居于此，地形熟悉，有助破贼。"冯迟听说后，深思片刻道："你意很好，相柳大营迟早必破，为防相柳逃逸，若有人预伏其营为内应，及时捕获相柳，可立大功，只是有些冒险。"成虎道："不怕冒险，况相柳营中有罗申在，地形更熟。冯将军认为此计可行，我兄弟当约罗氏兄弟同往，以便捕捉相柳。"冯迟道："此事甚大，须与禹强将军联系，因禹强为正攻之帅，捕捉相柳之责在禹强，待我修书告他，听他意见后再定。"当即派人持甲将成虎之意告知禹强。待龟甲到达禹强处时，禹强正与祝融接上关系，但心中也担心只靠祝融四将怕拦不住相柳逃遁。见冯迟来书述成虎之意，正解自己疑虑，立即复知冯迟，同意成虎等率人诈降于相柳，另附致祝融之简，嘱由成虎亲交祝融，以便相互配合，共擒相柳。正当禹强作回信之时，伯禹遣章亥兄弟来禹强处相助，禹强随命两亥兄弟持甲去冯迟处，并请他俩随成虎兄弟同至相柳营中诈降，不要暴露身份，只需暗中协助祝融四将立此大功，共擒相柳。冯迟接禹强密书后就同意成虎兄弟带领两亥兄弟至罗村，会合罗田兄弟及众黎民，一起进入相柳营中。

却说祝融见来者众民是帮他擒捉相柳的，心中甚喜，但不知还有伯禹手下两名大将在内。这是禹强为使祝融四将有独任擒敌之心，不使心存依赖，反误大事之意。

却说躞魃魃、坟羊两人受祝融暗示，到了正面防御营地，只见浓烟迷目，众丁壮都被烟呛得双眼流泪，咳嗽连声，根本无法作战，也无法瞭望山下举动。虽然耳中听得有人上山，心知可能伯禹兵上来，但不知有多少人数。坟羊命相柳亲信二人前去探视究竟何人上山，人数多少。二名亲信依言前探，不一刻即仓皇而回道："不好了，不好了，伯禹兵已经杀上山了。"坟羊一听果是伯禹兵上山，心中大喜，假意道："如此浓烟，见不到敌兵，不如后退到无烟处再与伯禹兵决战。"接着说："你等先退，我俩在此断后。"相柳亲信也想逃命，一听此言，连声称是，就带头后退。许多丁壮见相柳亲信尚且后退，乐得跟着逃命。夔、坟二将等候伯禹兵，果见朱虎、熊黑二将带领兵卒来到。

坟羊一见朱虎，立即上前道："将军来得正好，我已命丁壮退后，你等随我来。"朱虎道："相柳现在何处？"坟羊道："正往东逃窜，但我大哥正紧随相柳，不怕他逃了。"朱虎道："那我等赶快追去，一举擒获为上。"对坟羊道，"你等可假意后逃引路，我等假装追赶紧跟你们前去。"坟羊兄弟点头，于是一路往东方向带路而进。

却说相柳已知伯禹兵上山，就往东面粮仓方向逃窜，祝融、成虎等紧跟一起。相柳听后面有大群步履声，回头看见坟羊、夔魍魉二人败回，后面却跟着大批伯禹兵，心中疑虑，忙对祝融、龙罔象两人道："你两人不必保护我了，快退回和你兄弟会合阻挡伯禹兵救回坟羊为要，快去吧。"

祝融见相柳想甩掉他和龙罔象，就对正站在相柳身边的龙罔象使了一个眼色，龙罔象会意，就在转身之际，右脚朝相柳右腿一钩，一个绊子把相柳钩倒在地，随后装作帮扶，弯腰将相柳双手反剪，随手扯了相柳腰带，手脚利索地将相柳缚了个结实。这只是瞬间之事。

相柳十余个亲随没有反应过来，及见相柳被缚，相柳破口大骂龙罔象卖主求荣，方才醒悟，都持武器上来欲抢相柳，只见祝融双棍一摆道："谁敢动手？"成虎、罗氏兄弟数百人大呼谁敢动手，谁敢救相柳。相柳亲信一见周围尽是捉相柳之人，吓得不敢动手。成虎等上前缴了他们手中武器。

祝融道："我等兄弟早已投降伯禹，奉命捉拿相柳，今首恶相柳已擒，你等还不改邪归正，弃暗投明，难道想跟相柳同死吗？"几个亲信见祝融发话，忙跪下求饶，都道："愿意投降。"

此时朱虎、熊黑两将赶到，见祝融兄弟已将相柳拿住，无不高兴。下令首恶已擒，余众只要放下武器，可以放一条生路。愿回家者，立即可走，愿留下为治水出力者可以收留。此令一出，相柳营中丁壮一片欢声，齐声道："我等原是安分之民，被相柳胁迫入伙，致家人分散，今伯禹仁慈放我等生路，我等都愿回家与亲人团聚，过太平安稳日子。如伯禹治水要人，只要一声令下，我等当立即前来出力。"朱虎道："伯禹早知你们是被迫入伙的，你等去吧。"众丁壮叩头拜谢而散。霎时相柳营中已人去楼空，只有伯禹兵及罗村黎民一众了。

祝融正欲将相柳交给朱虎，要随朱虎去见伯禹。忽见罗村黎民中闪出二人，对祝融道："祝兄且慢往回走，这里还要借用一下相柳呢。"祝融不识说话二人，正纳闷这二人何以如此大胆说话，不觉满脸疑惑。朱虎一见忙上前向祝融道："让我引见一下，这二人是伯禹手下两名大将，章亥、竖亥兄弟是也。禹强将军令他两人扮作罗村黎民，混上山来，以便暗中助你兄弟擒拿相柳。因见你二人一举擒住相柳，故未现身。今他二人既出此言，必有道理，何不一听。"

祝融四人方知禹强考虑缜密，层层设防。务捉相柳，心中钦佩。就上前与两亥兄弟见礼道："要他何用？"

章亥道："这里虽已擒住相柳，但东首粮仓还有数百丁壮在相柳亲信监视下守着粮仓，他们不知相柳已擒，若我兵前去，必有一番争斗，伤及无辜。我意可押解相柳前往粮仓，劝降这些亲信，让他们知道相柳已擒，已无靠山，只有投降才得生路，就可不战而胜。至于丁壮，本来就不愿为相柳一伙卖命的，只要相柳亲信投降，他们就会散伙回家，况有罗村民及罗田在此，只要一声号召，他们当然不会继续跟随相柳一伙，所以我兄弟说借相柳一用。"

祝融兄弟及朱、熊两将及成虎、罗村诸民都道两亥兄弟想得周到。只有相柳一听此言，更感灰心丧气，浑身发抖，连路都走不动了。好在他身材矮小，龙冈象力气又大，干脆不叫他走路，一把提起，像拎雏鸟那样提着往粮仓方向前进。不一刻即到了粮仓群楼前，正有丁壮把守。祝融大喝一声道："快令六本前来见我。"丁壮道："祝爷不知，前日粮仓失火，相帅已撤了六本头目之职，换了新头目了。"祝融道："那就叫新头目来，六本也来。"守卫中一人飞跑去报，不一会六本与新头目到来。

祝融命龙冈象推出相柳对他们二人道："见了没有？"两人大惊，面面相觑，不敢出声。祝融道："相柳假传帝舜之命，欺压黎民，罪恶极大。今伯禹大兵已经到此，禹强将军率领精卒已平了大营。我等兄弟已弃暗投明，降了伯禹，捉了相柳。今前来问你等愿和相柳同归于尽，还是弃暗投明，降了伯禹。若要顽抗，伯禹大军在此。"指旁边朱虎等将卒道，"这里已有四位大将，领兵数千在此，还有罗村数百黎民相助，你等顽抗岂有生路，若想活命赶快放下武器，投降伯禹，你等可想好了。"

六本早已怀恨相柳，今见相柳已擒，已无出路，就应声道："六本愿降。"那个新头目原是六本手下，一听六本愿降，也赶紧应道："愿降、愿降，只求一条活路。"祝融道："既然愿降还不开栅门迎伯禹大军进去。"六本挥手让守栅丁壮拉开栅门，朱虎等正欲进入，忽听得后面有大队步履声传来，不觉一惊。

不知来的是敌是友？是否又生意外，且听下回分解。

第四十六回　新　生

话说朱虎听后面有大队脚步声，正欲翻身迎敌，却见前来的是冯迟部队。原来是他们攻上西山后赶来相会，途中又和北面赶来的庚辰之兵相遇。听正欲回家的丁壮说已捉住相柳，往东首粮仓去了。故赶来相会。朱虎等大喜，就合在一起，共同进入粮仓之地。只见粮仓高大，占了好大地面。除已烧毁几座外，尚余六大仓，存粮数万斛，庚辰、朱虎、冯迟等都欣喜。当下由庚辰、冯迟、朱虎、熊罴、两亥兄弟等商定，留下庚辰所率卒二百人为守仓之卒，由两亥兄弟统领。同时留下成虎兄弟、罗氏兄弟及罗村黎民二百余人为助。因罗氏兄弟熟悉这里地形，在当地又有威望，为防万一有人抢粮，可以招呼阻止。

庚辰视察了相柳所建营房，知破损不多，仍可使用，意欲向伯禹建议，可以改作治水军大营，但此事需伯禹视察后方可决定，故未与众将商量，只说相柳营房毁之可惜，但须防有人破坏，也当留人保护，众将也认为有理，于是复留朱虎之卒百人守卫营房，统归两亥兄弟指挥。其余各部从原路退回，冯迟之卒及各邦黎民仍从水路返至龟山。祝融兄弟四人将相柳交与庚辰、朱虎，自己都随庚辰至禹强大营。

禹强见相柳已擒，贼营已破，心中甚喜。就槛了相柳，晚间共议回师之事。议论中庚辰提出："相柳之营地段适中，其营房足够治水大军居住，何不建议伯禹大营迁此驻扎。"禹强听此也感有理，说道："我明日再去看下。"

庚辰道："若你明日相中，那就不必带士卒回汉口，只需你我去面见伯禹，交上相柳，提出在此建营之议，如伯禹同意，可免士卒来回奔波了，如伯禹另有打算，再回来带士卒不迟。"禹强认为有理，次日上山察看相柳所建营地营房，果然可用，同意向伯禹建议来此驻扎，就命朱、熊两将带兵暂住原地，自己同庚辰带了祝融四将及几名士卒，押了相柳来至汉口龟山伯禹处。

却说伯禹有神脚太章探视各部战况，已知前方大胜。两日后，冯迟顺水顺风到达汉口，向伯禹详述了战事胜利和活捉相柳等消息。待得禹强、庚辰由陆路行至伯禹大营，已迟了两日。

禹强、庚辰二将押着相柳来至伯禹议事大厅，厅前童律出门相迎，双手抱拳向禹强施礼道："祝贺大哥立此大功。"见禹强、庚辰身后站着四个怪人，未曾见过，忙问，"此四人何来？"禹强道："此即相柳跟前四将，现已归顺伯禹，欲为治水出力，故带来参见伯禹。"童律见此四人果然生得怪异，点头道："请大哥进去，伯禹正在议事哩。"禹强将相柳交给童律,令祝融四人门外暂候,自己与庚辰迈入大门。

祝融四人见大营庄严肃穆,来往人员虽多,却鸦雀无声,非相柳营中乌烟瘴气可比,心中肃然敬畏。

禹强、庚辰二人进入大厅,厅中诸将见禹强二人进来,都起立为礼。伯禹居中而坐,左首坐着伯益,禹强、庚辰上前参见。伯禹笑道:"两位将军辛苦了,坐下议事。"二人就座后向伯禹禀报道:"相柳已经活擒,交与童律了,请伯禹发落。此次活捉相柳,全仗伯禹定计,把这个刁钻奸诈之徒搞得六神无主,手忙脚乱,故能一朝擒获。除却当地黎民一大祸害,也可明正帝舜刑典。"

伯禹道:"这是三奇几人五攻一传妙计作用,也是将军之力。"

禹强道:"此次活捉相柳,末将并未上山,倒是仗了祝融四兄弟之力。他们四人早有弃暗投明之心,一经宣达伯禹之意,立即醒悟,归顺大军,并信守商定之计,骗得相柳信任,终于使这个奸诈的相柳难逃天网,被活捉。今四人已随我前来叩见伯禹。"伯禹道:"可带来见我。"

祝融等四人虽立于大厅之外,未见厅内诸人,但禹强向伯禹禀报之言,却句句听得分明。只听得禹强、伯禹对答之言,都十分谦虚,在上者归功于下,在下者尊功于上,上下和睦,令人十分敬重。当禹强说到擒拿相柳之功,自己不居,却真实地归功于祝融四人,四人听了十分感动,深感伯禹及手下诸将既是大智大勇,又都风范高尚,乃是贤德之人,能在这些人手下出力,是一生之福。听得伯禹欲见他们,忙整了衣饰,等候传见。

禹强出来招手,就垂手低头跟进,见大厅内环坐数十员将领,有老有少,都端庄稳重,面容和顺。禹强带四人在伯禹面前站定,一一介绍其名。伯禹、伯益及诸将皆细观四人,果然生得奇异。四人伏地叩见伯禹。

伯禹道:"听禹强将军所言,你四人早有改邪归正之心,值得赞扬。君子不念人之过。人孰无过,知过能改,就是好事。过去曾助相柳为恶,有害于民,今既知过,当立志为民谋利,以赎前愆。我治水奉帝之命,是为民谋利,你们既愿随我治水,可用所长,若有成就,当受帝之封赏,你四人应加倍努力。"

祝融四人闻伯禹之教,感激涕零道:"我兄弟生在荒服,久长野蛮,后随相柳,不闻仁圣之言,却受邪恶之教,为恶害民多年,不得超拔。今蒙伯禹收留,又闻圣贤之教,自当去恶从善,立志利民。今后愿供伯禹驱策,尽绵薄之力,为善终身,以赎前愆。若有过失,望伯禹及诸位将领训教,庶几善终。"

伯禹点头称许,说道:"今后你四人归冯迟将军部下,为治水立功。"四人叩头而起,冯迟上前相见,四人就站在冯迟背后。

伯禹见祝融四将已经归顺,顾伯益道:"相柳如何惩处?"伯益道:"相柳作恶多端,蛊惑共伯,兴风作浪;蒙骗鲧伯,破坏治汾;聚妖结凶,阻挠平水;唆养鼍龙,几毁兖徐;假传帝命,诋毁伯禹;强征暴敛,胁迫诸邦,欺压众民;大军到日,犹负隅顽抗,作恶到底,死不悔改,如此恶人若不严惩,何以明是非,辨善恶,必须杀之以戒后人。"在座诸将也一致说:"相柳当杀无赦。"

伯禹点头道:"怎么杀他?"

童律道:"相柳之恶在于言美心毒,巧舌如簧,一肚奸计,凡信其言的,都被蒙蔽而致危亡,相柳是毒透全身,臭气盈肤而外示文雅的阴毒之人,故杀其身不能葬于通衢平原,恐其毒血恶气犹能坏人心术,应戮其身于荒山野岭人迹罕至之地,让天地之正气,山林之润土逐渐散发其乖戾之气,销蚀其臭恶之血肉,过百十年后,始能无害于人。"伯益点头道:"童律之言有理,可依此施行。"

伯禹道:"然则戮于何地为宜?"

三奇道:"神州之地大致分为三阶,太行以东为平原,太行至巫山为第一阶,地势低平;巫山至岷山、邛崃为第二阶,地势已高,岷山、邛崃山以西,昆仑山、祁连山以南为第三阶,是天下之高地,崇山峻岭,峰顶天际,空气稀薄,人迹罕至。若戮相柳于崇山荒岭,当至第三阶之地。只是离此数千里,往来不便。"

太章道:"三奇说得在理,若虑路远,我愿前去。"伯禹点头道:"太章神行,日行千里,可担此任。即选第三阶之边际邛崃山如何?"童律道:"伯禹之言有理,选邛崃一壑葬之可也。只是太章一人前去,似感孤单,何不请两亥兄弟同去,也有个照应,两亥兄弟也能日行八百里。"伯禹点头,但遍视不见两亥兄弟,问道:"两亥兄弟何在?"

禹强见问两亥兄弟,即答道:"正欲向伯禹禀报,两亥兄弟还留在相柳原营照看。"伯禹道:"相柳已擒,其伙已灭,何以留两亥在那里?"禹强道:"我与庚辰曾巡视相柳所建之营,见此营正在云泽西缘,处江汉之间,是荆州腹地,又扼云泽上游,若治云泽,其地正宜。且相柳所建之营宽广,足可供三千士卒居住,有现成粮仓,正好作我大军营地。今所居龟山,地段偏东,虽处汉水之口,但离云泽较远,往来不便。不但偏离云泽,还局促不广,又无屯粮之房,若利用蛇山转运,花力多而不便,不如相柳原营为便。故我与庚辰商量,暂留两亥兄弟照看相柳原营及粮仓,也留朱虎、熊罴两将驻原地率兵不回,欲请伯禹、伯益前往一观。如若该地可作治荆大营,则现成可用,军就不必往返;如伯禹察看后认为不妥而另择营地,四将可以带兵即回,也不费力。因刚才正议相柳之事,故未禀报。"

伯禹闻言方知原因。因道:"禹强、庚辰两将既然商议过,必有道理,我当前去一看。"

三奇道:"前次我探相柳丁壮所住之营,确是地段适中,面南背北,东有粮仓高楼,西有大江在旁,干燥通风,我也动心,欲向伯禹建议择那里为治荆大营之地。因当时相柳未灭,不便启齿。今相柳一伙已灭,正可利用此营,为我所用。禹强、庚辰两将军之议,深为合宜,伯禹与伯益应前去一看,便知分晓。"

伯益笑道:"禹强、庚辰、三奇同言其利,其地必佳,我当与伯禹同往一观。"伯禹道："既如此，邛崃在相营之西，太章正可随我等顺路同去，至相营会了两亥再西至邛崃诛戮相柳吧。"太章应诺。冯迟道："时值残冬，春水未至，太江水流平缓，伯禹、伯益如欲西去，可乘船而行，不必陆行跋涉。"伯益道："冯迟意见好，船行不但平稳，且可请诸将同去一观。"伯禹点头称善。当下议定，留下江飞、冯脩两将领兵不动，其余诸将都随伯禹西至相营察看。相柳即交太章负责监押，童律相助。并定在次日起身，各将自去准备。

次日冯迟、江妃两将为首备下大船十条，小船三条，分载诸将，三奇师徒驾小船附伯禹大船而行，挂了风帆，借侧风行驶，不过两日到了董村靠岸，由冯迟带路，上山冈到达相营。两亥兄弟上前见过伯禹、伯益后带路。伯禹、伯益及诸将见营地建在红土砾石层上，干燥宽广，一排排营房，面南背北，足可供三千人住宿安歇。营地南面，近处为低层平原和水泽森林，远处可见大江流水。西面是南下之大江。北面为侵蚀中山和低山，正挡住北来寒风。东面是沮漳河，南入大江，云泽就在近旁。

营房自西向东排列，伯禹沿营房东行，至相柳所居主楼，果然更为宽敞，底层有大厅可作议事厅，左右两厢可供将佐住宿，楼上更为舒适。禹强道："正好供伯禹、伯益作寝室。楼上两厢可供应龙画图计算之用，筹划之部也可在此。"伯禹、伯益都感满意。三奇复指主楼北面一排平房，对伯禹道："此为厨房，制作数千人膳食不成问题。"伯益道："相柳所建之房倒是齐全，不能说相柳无才，可惜其才不用于正道，反而用于残民，以致其亡。"伯禹道："有才之人若不以德统率，那有才不如无才。无德无才者，害不及人，无德而有才者会害人。若失德而有奇才者，其害邦害民更厉害，此类人不可重用，即杀之不足惜，杀之正以福民。"伯益道："善哉伯禹之言。"

伯禹又东行至粮仓所在，除已焚粮仓外，尚余大仓六栋，仓粮都满。已焚之仓，虽内外焦黑，仓顶露天，加以修缮，依然可用。伯禹正在观察时，成虎兄弟领着罗氏兄弟及百余黎民来见伯禹，伯禹一见成虎兄弟在此，问道："你兄弟何以留此？"成虎道："前率各邦丁壮来此助战，后又动员罗村黎民上山助拿相柳，及相柳被捉，相营已破，奉庚辰将军之命，留下我兄弟及罗村黎民二百人协助两亥兄弟保护相营及粮仓，所以留此。今闻伯禹前来，罗村黎民想看伯禹风采，要我兄弟带领一见伯禹。"

伯禹忙对成虎道："快请引见众民。"罗氏兄弟及黎民见伯禹率众将到来，都伏地欢呼："伯禹好！"伯禹弯腰扶起为首的罗氏兄弟，对众民道："各位兄弟辛苦了，仗各位兄弟相助，元凶相柳得以擒获，即将押往邛崃山明正典刑，以除后患。今后，当与众乡亲共为平治荆地水患奋力，以求安定民生。"罗村众民见伯禹谦逊爱民，端庄诚恳，无不敬仰心仪，欢呼雀跃。

伯禹对伯益道："相柳残暴，横征暴敛，故积粮如此之多，民苦相柳之暴久矣，我欲散粮之半，还粮于民，以济民困，可乎？"伯益道："利民之举，有何不可？"伯禹就命童律主其事，散三仓之粮于各邦，由各邦散给无粮者。罗村剿灭相柳有功，给粮倍于各邦，以资酬劳。罗氏兄弟闻此，代表罗村之民谢伯禹。

伯禹点头对伯益道："此营果然可用,就以此作为平治荆水之驻地,君意如何?"伯益道："是理想营地。"又问三奇道："此地属何邦?"三奇道："我听罗村黎民说是罗国之地。"伯禹道："既属罗国之地,当称此营为罗地营,不要再称相营。"伯益及三奇都道："伯禹之言极是,当告诸将卒以正其名。"

伯禹就在中心高楼召集诸将道："就以此为治水大营。本大营地属罗国,定名为罗地营,不要再称相营。"命冯迟、江妃二将回龟山,除已建两营留少数士卒看守,以备中途转运外,其余士卒都到罗地营驻扎。祝融四将不必随冯迟同行。命禹强率朱虎、熊罴士卒上山,同时修缮整理营房。命庚辰告知成虎、罗氏兄弟及黎民返家待命,如治水需要,再请他们出力。命两亥兄弟随太章共同监押相柳至邛崃山明正典刑。命乌木由带人告知玄龟及方、宋二人,大营已迁至罗地营,有便可来一会。余人就随伯禹留在罗地营不再返汉。众将应命。

禹强怕太章等三人人手过少,路上缺少照应,就禀明伯禹,选了三十名健行精卒,随太章同行,伯禹认为甚好。

欲知后事如何,且听下回分解。

第四十七回　云泽地貌
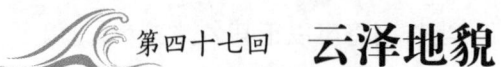

话说太章、两亥兄弟及三十名士卒，监押着相柳一路西行。太章虽有神行之术，但士卒行走不能如太章，况有相柳在押，所以行速只较常人略快而已。从罗地营至邛崃山，相距一千五六百里，沿途多是崎岖山道、茅草没胫之地。一行人紧赶快走，幸都是久涉山野之人，日行百里以上。只是相柳不肯快走，一步挨一步，有气无力。他虽不知前去受死，却也知道总无好结果，若能不死，至少永遭囚禁，不见天日；也不知要去何地，但西行总是荒凉之地，所以总想拖延时日，不肯速行。太章见相柳耍赖，命士卒将他捆个结实，抬着前进。于是在路十余日，到了梁州盆地，跨过岷江，终于到了邛崃大山。

太章与两亥兄弟商量，选个什么地势处置相柳，章亥道："既然相柳之毒气毒血害人，须寻个高山坡地挖深坑埋下，不能让他气血流入河谷方好。"太章点头道："言之有理，你们在此歇着，待我寻来。"太章行快，绕邛崃群峰环转，见一山十分高峻，下有深壑万丈，高山南向，有平坡如阶，可以掘坑，回转告两亥，率众人抬了相柳到了此山，一起动手挖了周宽一丈大坑，众人就在山坡地宿了一宵。

次日一早，由竖亥操刀，太章喝令相柳跪下受刑。此时相柳早已魂不附体，全身瘫软，跪在坑边。竖亥手执大石斧，用力一挥，相柳人头落入坑内，一腔毒血喷出数尺，都落在坑内，竖亥一脚将相柳尸身踢入坑中，只见坑内暗红色血浆不被泥沙吸入，反而泡沫滚滚，逐渐冒升，上面散发出腥臭之气，站在坑上众人都闻到一股令人作呕之腥臭气。太章大惊，急令士卒撒土掩盖。士卒也骇然，一起奋力撒土入坑，须臾而平。但令人奇怪之事呈在众人眼前，新填黄土竟然渐渐隆起，一股腥臭气又从土中冒出，甚至露出黑色血污。太章、两亥无不惊奇道："相柳之毒果然厉害。"

太章命士卒赶紧抛石块以压黄土，自己也带头抛石。因事先不曾多备石块，只能边采边抛，进度不快。而黄土隆起很快，劲力甚大，竟从石块缝中挤了出来。太章急分二十名士卒分头采石，十余人继续抛石，从早到晚，三十余人抛石一天，相柳葬身之坑周围数丈，已是乱石成丘。但因乱抛无序，有的缝隙较大，带着血污的黄泥还是从缝隙中挤露出来，散发臭气。

太章道："相柳臭恶气血竟如此顽强，幸亏没有葬在荆州平原，否则恶血毒气污民，人何以堪。今虽埋此山高人稀之处，但仍有污恶气血外溢，不够完善，须有彻底堵塞之法才好。"章亥道："污血臭气从无序石缝中漏出，若在乱石之外再用石块整齐砌个石台,定能堵住。"太章道:"既然如此,我等拼些日子,定把这台建成,以绝后患。"就命士卒先采集石料,然后在乱石四周整齐地砌起四方石台,石缝都用青苔泥浆嵌密。不日台成,果然不再见污血毒气渗露,太章方始放心。这个台高有三丈,边长二丈开外,倒也显目。后人因此山有埋相柳之台,就称此为相台山。

太章见诸事办妥,方率众回至罗地营,见了伯禹禀明一切。伯禹等闻相柳之气血居然能挡住泥石三压,最后还靠筑台之镇方止,都道:"相柳之毒可谓烈矣。"

相柳之乱既平,伯禹就和众将议治云泽之事。言道:"治理方略早就有了,因相柳作乱,延误至今。今春气萌动,春水大至时,要治也难,恐要拖到夏初了。"

伯益道:"剿相柳也是治水一步,荆地低陷,在春水大盛时看一下云泽水情,也有益于治。"应龙道:"伯益说得是,云地水情不明,前定施治计策未必尽合,若能在今春水盛时一览水情,然后定策施治,当收事半功倍之效。近日得便,我欲与童律先往大江看看。"伯禹道:"言也有理,既如此,这几日都去大江一带考察如何?"三奇道:"云泽众水都来自西北大山而后入江汉两大水道,分分合合,歧支纷繁,都贯流在云泽腹地,正宜细细考察而后施治。今先去考查大江之分合是必要的。"

伯禹命冯、江两部各备大小船只二十艘,停泊于大江董村西北古老背。

三奇道:"长江西来,途经三峡,水流湍急,一日千里,船行甚难。此去百余里是第三峡,峡口通水不畅,水急涛凶,船行多险,若能先派百人先行修治拓宽,则能通船。"伯禹命冯迟派人先治。

次日一早,伯禹、伯益与诸将自罗地营西北向,经高冈低山,五十余里古老背上船,解缆顺流南下。春水未发,水流缓慢,为使诸将能细察两岸与江面,故未张帆。冯、江四将令船卒把住桨橹,缓缓沿岸而驶。大江两岸近处皆滩涂,远处皆红土岗地,江水循山体东南流,十余里后西岸有大川清江来会,江水益盛。过董村地势渐平,江流盘曲,时南时北。至罗地营以南,山冈渐少,大江进入平原。

驶不远,江分为二,一流在北,其流小,一流在南,其流大,流大的是主道。两流之间有沙丘隆起,伯禹问三奇道:"此地何名?"三奇道:"大江至此而分支,我不知其名,当地民叫枝江。"伯禹点头道:"名与实符,即称枝江可也。两流中之沙丘,可称为沙洲,若其丘甚长,也可称为百里洲。"伯益道:"此名甚雅,不知沙洲长几许?"伯禹道:"且顺流观来,然大江分流,我等宜入何流,南耶,北耶,抑行于沙洲之上?"

应龙道:"来此为察水流水情,北流虽小,但入云泽中心,南流虽大,是大江主流,留待后察,不如走北流。沙丘行走不便,不如水路为便。"伯禹点头道:"就依应龙之言,走北路水道。"

伯禹问三奇道:"当地民称北流何名?"三奇道:"习惯称此为沱水。"伯益道:"沱名确切,沱者小水入大也,是迁流沙者,今此水虽自大江分出,非小入大,倒是大水入小水了,但这水流入云泽腹地,云泽小股水流必入此水,则合小水入大水之义;迁流沙者,有沙洲在旁,其义甚明。"应龙道:"这沱水能吸纳云泽诸水,沱水之功就大了,但不知深入几许?"伯禹道:"且前行看来。"

船随沱流,一望尽平原,只见林草,冈崖不多。自枝江东南折东,驶百里,有大水流北来注入,三奇道:"此即沮漳河,沙洲至此而尽。沱水折而南流,转折处复有一股小水向东北析出。"三奇道:"此股小水斜向云泽中心,贯于云泽诸湖,当地民因此支流出于沱,故也叫它沱水,水量不大,冬枯夏流,民又叫夏水,旺水时贯通诸湖。"伯禹见沙洲至此已尽,笑道:"枝江流沙至此百里,应当称百里洲,这沱水南折处当称沙洲(后人称为沙市)。"

从沙洲顺流而下,水道曲折,时东时南,流百余里又见大江西来,三奇道:"此即大江南道主流也,沱水重与大江主流汇合。"伯禹见两江汇合处水天宽广,对伯益道:"沱江自枝江与大江分,流二百余里至此复与大江合,足见大江宽容,而此处天地广阔,令人心旷,两水汇合处当名容(后楚人在此建城就称为容城,又称华容,至吴国改称监利,旧监利城在今城之北,与旧沔城相邻)。"

伯禹等一行在大江北岸登陆步行,一路所见都是水泽湖泊,川流纷繁,杂草覆盖,大树密布,多鸟兽,缺人迹,都是荒凉未垦之地。因凶险过多,难以步涉,数里后折回,从大江回罗地营。

伯禹回来后,连日阴霾,雨水不断,从罗地营高楼南望云泽,只见烟雾笼罩,云海连绵,完全看不清山川面目,每日空等,心中有点烦,对伯益道:"时届春汛,雨期渐至,上游来水必旺,荆为受水之地,治愈难了。"伯益道:"阴晴雨雾是自然之理,非人力所能挡,只能顺天理而为,静待水至水退,而且还有好处。水旺时我等可考察水涨到何边,水退时我可观其去留方向,若能明大水进退之道,有助于治。"伯禹点头道:"谨谢伯益指点。"

时应龙、童律、三奇在旁,齐说道:"待水旺时我们驾舟去泽深处细察其所达,水退时记其流向,编绘水情图以治云泽。"伯禹称善。

三奇又道:"云泽地卑而多凹凸,旺水期汪洋一片,水在林中,林在水中,无路可循。枯水期潴水成湖,星罗遍布,大小湖泊之间泥泞湿滑,野草丛生,有鸟兽之居,无人行之道。我曾粗略计点,大湖一十八,中湖三十六,小湖三百九,水塘难计数,等到春水旺盛时,再与应龙勘察之。"伯禹点头。

半月后,山水猛增,诸川皆大,整个云泽只见水面水波,不见湖泊川流了。于是伯禹令士卒扎排筏以待。伯禹、伯益与众将乘排筏沿沱水而下,过沙洲北上,巡视云泽。此时西北上游诸川,都滚滚洪流,迅猛而下,云泽水位不断高涨,浊流淌漾,泥水中时见大鱼长蛇出没,也见爬树诸种虫豸。伯禹等驾排筏向深林进发。果如三奇所说,水汽熏蒸,使人头昏欲呕。众人强忍煎熬,终穿林而过,抵近潜水(民也叫芦洑水),复循潜水东行而达沔水之阳,返至容城入沱水,再回沙洲。

应龙道:"通览云泽之水面,恰似一个巨大的水盆,纵横估计有三四百里之距。"三奇点头道:"云泽真是荆州的大水盆。虽不如洞庭之深,但广于洞庭。云、梦二泽实是荆州之两只大盆。"

伯禹道："我看云泽水面虽大，但其东流水道显然可见，且水流激急。可知云泽之水可通过沱、潜而泄，其水流湍急者是水道狭小，若全力开阔沱、潜，并使连诸湖，则云泽之水可借沱、潜两道而去。若旺水期内云泽之水可泄，则枯水期云泽更可无忧了。不知此理能否说得通？请应龙、三奇斟酌。"

应龙、三奇二人都笑道："伯禹观察入微，析理透彻，治云泽之策已明白在伯禹心中了。"应龙道："我当依此绘出治理云泽之图。"

巡视中，伯禹与诸将食宿皆在排筏上，禹强、庚辰等战将为防水中诸虫伤害，乃与冯、江等人商量，夜间将排筏列成方阵，中搭帐篷，供伯禹及诸将歇息安卧，四边各列空筏两行，点篝火列岗哨以卫。鱼虫蛾鸟见夜灯不停扑腾落水，鱼常跃到空筏上，伯禹等巡视数日方回。

回营后，伯禹令冯、江两部士卒于汛期备木锹、木橇，修缮治水器具及泥橇、石块，以备水退后开挖沱、潜，填埋小湖，治理云泽。祝融四将不会泥橇滑行之术，命冯迟派精卒教会。应龙、童律、三奇师徒共绘治云泽之图。又令太章、两亥兄弟沿云泽四周山麓，再次通告各邦，约定半月后共会于罗地营，商治云泽之策。

春雨淫淫，月余方歇，转眼已是四月初。上游来水渐少，云泽大水渐退，沱、潜两水露出涯岸，云泽之水不停流入沱、潜。各邦首领接伯禹通知后陆续来到罗地营。不过三日，各邦到齐，伯禹、伯益与众首领见面。

平定相柳之乱后，各邦无不敬重伯禹，知伯禹不但仁爱，而且言出必行，行必有果，诚信临事，不是空说之人。所以这次召会各邦，无不肃然应命，如期而至。当日与会各邦百余人集于大厅。伯禹、伯益坐定后，伯禹言道："仗各邦之助，得平相柳之乱，我军平乱是为治水，今既平乱，要和诸君共商治水办法。"各部首领都道："听伯禹的。"

伯禹乃命应龙讲述治云泽办法。应龙悬石图在大堂正中，石图四周示高山冈阶之形，南则为洞庭而简略。中央是云泽。云泽之地湖泊星列，有四大川流贯于东西，北大川沿北面山麓而东流，是东汉水；南大川傍洞庭而东流，是大江；东汉水与大江之间有两大水流，盘曲穿行于大小湖泊而东流，是潜水与沱水。东汉水、潜水、沱水到汉口都入大江。石图虽明，但众邦首领不识图示意思，都看着应龙。

应龙执树枝指画说道："云泽是周围大山中的低地，承接西北诸山来水，而出路只有东泄于沱、潜二川后再流入大江。大江东流入海，容量巨大，平时出入平衡，故灾小。春夏来水骤增，但沱、潜二川水道深宽未变，就满溢，云泽就成汪洋。云泽之病有二：一是沱、潜二水不够深广，出水太少太慢；二是湖太多，占了陆地。所以治云泽之害，必须从浚沱、潜，减湖泊入手。这石图是云泽地形之大概。"诸首领都点头。

应龙又指云泽中腹二川道："北川为潜水，南川为沱水，潜水俗称芦洑河，是汉水分枝；沱水俗称内江，是大江分枝。两水都贯云泽串诸湖。所以必须深广两水，让云泽多余的水顺利泄到大江,就可免旺水期泛滥。"应龙复道,"云泽湖泊罗列,侵占陆地,要减湖泊取陆地。"并讲解了如何治理大小湖规则。最后说道,"治了云泽,可得地数十万顷,可供云泽各邦万民耕种,云泽水足土肥,耕植必获大熟。"在座诸邦首领都笑容满面不断点头。

伯禹见应龙言毕,就说道:"刚才应龙讲了治水办法,集中起来主要是四件事。一、疏沱、潜两水,各长数百里;二、浚大湖,通中湖,其地广,数量多;三、填小湖,小湖遍布云泽,其量无数;四、去林草,除兽害,以保治水民卒安全。四事缺一不可,当同时举行,并须齐心协力,方可快速见效,赶在明年旺水期之前完成,因此要仰仗各邦众民。"诸邦首领齐道:"愿听伯禹调度。"伯禹又道:"除兽害、去林草、保安全,任务多危险,由我兵担任;堙填大小湖塘以成耕地之事,各邦黎民担任,我部童律、乌木由、两亥兄弟四将指导;疏沱、潜两水道任务重,以我们将卒担任。整个行动由应龙、太章为总协调。按此,各邦出黎民之数,总的约需万人。但邦有大小,户有多寡,我意大邦出百人至一百二十人,小邦出五十至八十人,以不影响各邦黎民生计为则。出工之民,粮寝器具自带,后以出工多少用土地为酬。"

"治云泽以潜水为中心线,潜北边各邦由芈氏邦首领芈士理为首,统一协调潜北各邦,所出民工由芈氏邦出领队人两名,前日平定相柳之乱时,成虎、成豹兄弟曾立大功,英勇果敢,可为头领,即由他两兄弟统领北边民工,南边各邦以罗氏邦首领统一协调各邦,由罗氏邦出领队人两名,前日平相柳之乱时,罗申兄弟四人都曾立功,可为头领。即由他们确定二人,领南边民工。不知各邦首领以为如何?"各邦首领齐声答道:"愿遵伯禹所言行事。"

伯禹复道:"现请伯益申明奖酬办法。"

伯益道:"水平之日,地分给各邦,新得之地按出工多寡而分,预计每人可受地一顷。湖泊水泽归公所有,民享其利。新授予民耕植的,耕植所得都归各邦及黎民,使民有余粮,邦有积聚。得地次年起免征贡赋三年,三年之后五年内仍将减征。此奖励办法由伯禹拟定,已为帝舜批准,特此宣告,望诸邦体察帝舜及伯禹之意,各尽其力,早平水患,以益你邦你民。"诸邦听后,一片欢声,齐颂帝舜之慈,伯禹之德,都踊跃愿多出民力。

伯禹见众心悦服,就命诸将与各邦首领见面,并申明今后半月各邦民工必须到达芈、罗二邦。各邦所出民工应有本邦精干有威的长老为头目,以统率所部。待到达芈、罗二邦后即归两邦首领调度,由成虎、成豹及罗氏兄弟统率到江、冯两部报到,归两部将领调度。复告诫各邦,所出之民工都须遵守号令,不得违规,不得违令,不得行奸佞之事,有犯者当退回原邦,有功者记录在册,日后有赏。众首领无不肃然听命。当日各散回本邦安排。

欲知如何治泽,且听下回分解。

第四十八回　四杰神功

话说各邦首领领了分职回至本邦安排，经约半月，各邦治水黎民如期至芈氏村、罗村集中，复由成虎兄弟、罗申兄弟分列带领到冯、江两部，治云泽之役轰轰烈烈展开了。

却说治林驱兽一路，禹强与庚辰商议道："各部浚河大军要等民工集合，我部不须等待，何不在两部开工之前先动手。"庚辰道："禹哥说得不错，我部正可在两部民工集合前动手。"

禹强道："沱、潜二水，先治哪条？"

庚辰道："潜水是一条从西北芦浟河流向东南沔阳的水流，林密兽众，湖多草长，今东南风当令，不如从潜水下游沔阳开始，点火驱兽。沔阳至潜水上游源头不过百里，我估计集中民工需十天以上，我们就在这十多天内靠东南风相助，完成焚林驱兽任务。这样，在江氏兄弟率部浚潜水之前，我们已为他们清除了两岸林草及猛兽。若江部之浚从潜水下游开始，则时间就更宽裕了。清除潜水两岸林兽后，再南下治沱水两岸林兽，也不为晚。我看沱水两岸林草少于潜水两岸，去除较潜水容易。从潜水上游南至容城还是顺路。若冯部浚沱从容城开始逐渐上溯到枝江，那我部又可赶在冯部治沱之先。这样两头赶先，对江冯两部开工大有帮助，禹哥以为如何？"禹强闻言大笑道："庚弟所言不差，即从潜开始。"

于是令朱虎率士卒二百布于潜水上游北岸，待下游火起，众兽奔临时猎杀之。令庚辰率卒四百五十名沿潜水北岸布列，猎杀奔兽。自己和祝融领卒五十名于沔阳潜水出口北岸点火，随火势驱赶与捕杀回头之兽。潜水以南由熊黑领卒一百名，只猎落水、涉水之兽，暂不焚林。众将都依令各赴任地。

禹强与祝融到了潜水口北岸，随由祝融施其所长，口喷烈火，向西焚树燃草，霎时大火燃起，潜水以北十里内顿时一片火海，树湿草潮，浓烟更甚于火焰。幸此时东南风猛吹，烟火顺西北前进。初时地湿草树潮，进展不快，半日后地面泽水开始受热发烫，过了响午，晚风大发，火势顺风势迅速向西北延烧。林中诸种虫兽上罩浓烟烈火，下蹈滚水热地，无不惊惶逃命，狼奔豕突，虎跳鹿窜，力弱行慢之虫多死于林中泽地，力强行速之兽多向西北方少火处逃窜，也有向南窜入潜水，会水的企图泗达南岸，不会水的淹死于潜水之中。向东窜出火口者很少。大火随着风势燃烧极快，三昼夜进速达五十余里。

守在西面的庚辰、朱虎两将为防火焰过猛,焚及布防之地,早命士卒辟出防火带里许,待见沔阳一带火焰猛烈腾空时,都持弓箭棍棒,准备射杀击毙群兽。六昼夜后,火势烧至潜水上游,因有隔火带空地,火势遂阻。朱虎率卒奋力扑杀,血战群兽,但来兽众多,且都受惊惶之际,心智迷惑,反而不畏格杀之卒,只顾夺路突奔,甚力倍常。众兽如排山倒海一般,朱虎之卒阻挡不住,只能由其漏网入西边未燃之林。守在北面庚辰部也猎杀不少,南边杀兽不多。到第七日,东南风渐少,至晚又下了一场透雨,一场林火竟被浇灭。朱虎、庚辰、熊罴各命士卒收拾所捕猎物,就在当地剥皮取肉烤炙晾干。禹强、庚辰、熊罴率所部至潜水上游集中,与朱虎会合,即令就地宿了。

次日率所部南赴容城。二日后抵容。

禹强与庚辰等议道:"沱之源在枝江,枝江离罗地大营不远,且处其西北,如从容城向枝江一线焚林,须防侵害大营。"朱虎道:"可在枝江西北面开防火带。"庚辰深思未语,祝融道:"不如焚林止于沙洲,沙洲以西暂缓焚林驱兽。"

庚辰道:"祝融办法可用,沱水焚林可分为两个区域,第一区域从容城至沙洲,约一百五十余里,这一带林密湖多,当先清林森驱猛兽为治沱开道;第二区域是从沙洲到枝江。估计冯部治沱必从沱水下游容城起手,逐渐向西推进。我部焚林驱兽约需十天,在我们到沙洲时,冯部施工还只一小段,足够我部第二区域焚林驱兽时间。第二区域约百里,如何焚林驱兽,且再议。我部士卒有限,不如先治第一区域为上策。余下沙洲至枝江百里,林湖都不如第一区域之密,林疏必兽稀,也可不用火攻办法,到时再议。"禹强、朱虎、熊罴听后都说好。

次日就从容城沱水北岸焚林,分布如治潜,朱虎率部阻临沙洲之来兽,庚辰防范沱北之逸兽,熊罴仍防沱南,因沱江之南犹有外江,故防之更易。部署后,禹强与祝融从容城沱北焚林,仗祝融喷火之功,不过半日,大火即顺风势而进。庚辰为了尽量减少伤林区域,将过火林地限于沱北十里之内,十里之外,开辟二里空地为防火带,既易于杀兽,又防止余火焚及它林。林木焚了半月,至沙洲而止。朱虎所部在沙洲防区内辟出了三里空地,火势遂阻。

大火过后,林尽草枯,陆地尽露,千湖裸呈,如串串瓜果结于沱水这条曲曲折折的长藤上,也像沱水这条长线穿着一串明珠,一望无际,蔚为壮观。禹强拊祝融之背道:"林尽陆露,便于治水,祝融立功了。"祝融内心深感为伯禹治水出力有荣幸,也感伯禹诸将都豪气干云,光明磊落,乃不计个人私利的贤能之士,非相柳小肚鸡肠可比。闻禹强称赞后道:"有幸能为伯禹治水出力,区区微劳,都是伯禹和将军所赐。"

按下禹强焚林驱兽之役,却说冯氏兄弟治沱之事。沱本是大江之分流,称内江、北江,自东至西贯于云泽南缘,江之北是一连串大小湖泊与沼泽。冯迟兄弟带领崦嵫三将及近千士卒驾船至下游容城,将在此逆江浚掘。冯迟在路上对崦嵫三将道:

"沱江流大水急,沿岸湖泊数百,工程艰辛,知你兄弟各有异能,现在要看三位本事了。"坟羊笑道:"为黎民治水,我兄弟久有此愿,今蒙伯禹收编,敢不竭力。"

冯迟知坟羊善于浚土,就令三将随冯脩疏治沿沱湖泊。浚沱之事由本部士卒担任。沿途又会见罗氏兄弟,诸事定当,即将开浚之时冯迟又想起一事,对冯脩道:"我担心挖湖时,湖中之泥会流入沱江,湖泥入沱则沱淤更重了。"冯脩点头道:"兄长之言有理,何计可施?"冯迟道:"可以用三个办法,一是我部先全力治湖,暂放浚掘沱江;二是掘取中湖周边浅水之泥以堙填小湖,这样中湖的泥减了,其水当清,小湖填了就没有泥水了;三是在开挖入沱沟洫时,要在湖水入沱处筑成渐高之斜坡,坡长当在里许,倾斜为九度,这样可使泄沱的湖水,清水流于上,淤泥沉于下,然后定时清除沟渠中沉泥。用此三法,入沱之泥必可大减,最后再集中力量浚掘沱江。兄弟以为如何?"冯脩道:"这办法好,就依此行事。"于是冯氏兄弟合而为一,全力治沿江之湖。

坟羊此时大显神威,伸出带蹼双脚,在开沟洫中,展开蒲扇般双手,俯身随手一挖,数百斤淤泥随手而起,掷入站在两边的健卒畚箕中,一手一畚,双手成担。健卒排队候土,坟羊一人足供数十人肩担。健卒还须快步奔路,方赶得上坟羊双手之土。稍迟则土堆地上了。在场士卒无不感坟羊之神功。丈余宽十余里长通沱之沟,在坟羊带动下,不过三日就可泄水。

在中湖泄水时,龙罔象显其特长,全身没在出水沟边水中,面向沱江,一运神功,口鼻出水像喷泉,激越如箭,远达丈余,连绵不断。更奇的是双手十指尖都出水,像十支水枪,汩汩射向沱江。一个时辰内,口鼻十指可出水万斤。众士卒无不惊奇,不知其水何来。龙罔象何以口鼻十指能出水不止。原来龙罔象全身皮肤毛孔都能吸水入体,汇入腹内,而后溯口鼻十指喷出。常人从口鼻入水谷,经胃纳而布全身,成汗液气体,通过毛孔排出体外。龙罔象则反常人之道,就成奇功。因其置身水中,人只见其口鼻出水却没有见他吸入,故更奇特了。在龙罔象奇功下,沟水排出极快。

夔魍魉在浚湖中虽不及坟羊、龙罔象这样奇特,但每遇大树巨石时,夔魍魉就显其能。合抱之木,等身之石,只需夔魍魉奋力撼动,即可破土而起,其力之大,足当百名健卒。因坟羊等三将有超人之力,奇异之功,士卒无不钦佩。坟羊等也心情舒畅,感一身本领,今日方用得其所,有益于世。

沱江两岸泄填诸湖之役,在三将及广大民卒奋力下,进展甚快,一个多月后,浚中湖三十,填小湖三百,浚江上百里,得了大片陆地。这时已是六月暑天,气候燠热,时有雷雨大风。所有民卒日泡泥水中,全身只着短裤衩一条,光背裸腿,浑身全湿,十分辛苦。但因有坟羊三将特异功能,工程进展顺利,全队虽操劳辛苦,但心情欢悦,工地笑声盈耳。

这日正在施工,遇到一个大湖,面积约在万顷以上,呈南北狭长形状,离沱江不过三里。按规则,大湖潴而不浚。但这湖离沱江很近,掘沟方便,坟羊决断不下,去问冯迟。当时两冯正在另一湖中督理,见坟羊来告,就去观察,果如坟羊所言。就问坟羊三人:"你兄弟意见如何?"龙罔象道:"离沱不远,开沟容易,应该泄出湖水,变为陆地。"冯迟点头同意了。

却说伯禹与伯益自治云泽之役开启后,巡视于各地,那日经沙洲沿沱江将到冯迟工地。此时沿江两岸已是一片焦土,不见林草,有点荒凉。烈日悬空,天热地湿,伯禹、伯益、童律、应龙四人及随从数名都短裤草履,头顶竹笠,徒步而行。这日沿沱江北岸行进中,看见沱江南边有一山突兀如孤峰,昂首挺立在沱江之外。伯禹道:"平原之地有石昂首挺立,令人钦敬。"童律道:"有石如首,故当地百姓称这里为石首。"伯禹道:"名副其实,石首之名不虚也。"

一行又北进数里,忽闻远处传来哄笑喝彩之声,伯禹顾伯益道:"地广人稀之处,何来众人笑闹之声,莫非暑风啸林,误当人声?"伯益笑道:"此时无风,何有啸林?莫非前程是冯迟工地?"应龙道:"依工量计算,冯部不能如此快速至此!"伯禹道:"既是冯部之民卒,工地辛劳,何来笑闹之声?"对童律道:"汝可见人影?"童律道:"两岸焦木林立,且水汽浓重,看不清人影。"应龙道:"今暑天南风,人声在北,逆风得闻人声,其人群定在不远处,且去看来。"

众人循沱折东,约行数里,果见锹枚掘土,溅水涉江,人声笑语,吭唷之声清晰入耳,间而又闻哄笑之声。伯禹道:"果然工地到了。"转过一片焦木林,只见在沱江弯曲处人头攒动,千担万棒正奋力浚治一个大湖。大湖通江之沟已经挖通,清水正汩汩地流入沱江。众士卒奋力于长湖边沿,担土填于邻近洼地及诸小湖。有一股清泉如虹如桥,从湖中喷涌而出,状如匹练,绵延不绝。应龙大奇,亟前观察。

冯迟兄弟正在工地,听见伯禹一行到来,上前迎见。伯禹道:"将卒辛苦了,天热湖众,何能如此迅速到了这里?"冯迟笑道:"我们所以能快一点,可能是调整了分工,两部合一,全力治湖,做到去水留泥,泥不入沱,沱不增淤而自流,这就快了。"

伯益道:"我们在石首就听到你部士卒哄笑声,不知士卒因何欢乐?"冯迟不觉失声笑道:"且请伯禹、伯益到工地一看即知。"

伯禹等一行随冯氏兄弟径至工地,来至长湖入江处。只见湖中站着龙罔象,正和站于沟边观察的应龙说笑,见伯禹到来,龙罔象、坟羊、夔魍魎等都来参见。伯益问应龙道:"你与龙罔象笑谈何事?"

应龙道:"我正在问龙氏兄弟奇能哩。"伯益道:"他们兄弟之能岂非早知,为何再问?"应龙道:"我们虽知龙罔象有会水之术,但何谓会水,水会到何种底细,我们不知道。"

伯益道:"莫非更有绝技在身?"应龙点头道:"正是如此,贤伯且看他们兄弟在治水中的表现,就可知我们在数里外听到哄笑的原因了。"伯益道:"既如此,请龙罔象兄弟各显其能,以长我等见识如何?"龙罔象道:"敢不从命。"

三人就到湖边各自动手,由夔魍魎拔焦木,去之如拔葱;坟羊伸双掌掘湖,旁列百余士卒，荷担而候坟羊两掌之土，两手一担土，重三百余斤，运掌如飞，轮流伸缩，一掌一畚箕土，百余士卒奔走如飞才能保证坟羊掘出之土不致落空，一人稍慢，泥委地上了。一名士卒奔跑中一个踉跄，摔了一跤，慢了一担，坟羊两掌之泥只好委弃地上。士卒摔跤引得士卒哄笑。不到一个时辰，湖口伸向江边只剩下一丈距离了。湖口处水深足有八尺，坟羊、躧魍魉停止掘土，龙冈象进入水中。应龙对伯禹道："精彩之举即将出现，请伯禹注意。"伯禹见龙冈象全身没于水中，只露头出水面，忽见龙冈象全身一摇，一股清泉从他口中激射而出，直喷半空，然后弧形落入沱江。从龙冈象出水口至落入沱江点，形成一座清泉水桥，清泉细珠四溅。这日天气晴好，烈日当空。水桥细珠与日光相映，映出七色彩虹，熠熠发光，极为壮丽，四周士卒无不喝彩，欢声雷动。伯禹、伯益、童律、应龙等也惊异兴奋，不由自主地发出欢呼赞叹之声。不到一个时辰，湖水已退缩尺余，龙冈象渐露上身，移时至腰而胯，龙冈象口中泉水亦渐缩而停。坟羊等再次深挖因水浅显露之湖泥，直至没身，龙冈象复踞水而喷泉，至中午进餐而停。半天下来，湖水已缩退数尺。

伯禹在工地进食，与龙冈象同坐一处，对龙等兄弟三人道："你兄弟四人有些异能，为治水出力，功成之日，定有褒奖。望你等兄弟善处自励，砥志砺行，以保始终，不负弃暗投明之始愿。"龙冈象三人俱恭敬应话道："不敢忘伯禹良言教诲。"

应龙问龙冈象道："龙兄何以得口中出水，水从何入？"龙冈象道："我口出的水是全身毛孔所摄。汇于胃纳，升于口腔而出。"应龙道："生而具有还是锻炼出来的？"

龙冈象道："我生而能此，不知其由。但幼时出水很少，不过较常人多点口水，以后日练日精，其功始大，二十岁能运用自如，及壮而猛。我入水就运气开全身毛孔吸水，使流聚于胃纳，然后鼓气逼水从口中喷出。自幼至今，练不间断，二十余年了。"

伯益道："人之生养，水谷自口入，输于肠胃，腐熟乃生精气，化为津血，外营肌肤，内荣脏腑。津液血脉通于人体，遍及全身，都有通道。腠理毛孔是散发人体气液之通道，主出而不主入。今龙冈象之异能是将排人体汗气之通道，逆而成入水之通道，一道二用。故龙冈象是非常之人，是具奇异功能之人。"

欲知后事如何，且听下回分解。

第四十九回 沉 湖

再说江氏兄弟及三奇师徒乌木由率卒到了潜江入沔汉之口，立了营棚，安顿了士卒，共商治潜办法。江妃道："潜水出于汉水，伏行地下至芦洑而出，流百余里至此与汉水重会，这里是潜水下游。由此上溯浚治，可纳吸沿岸众湖及潞水。浚中湖、填小湖是既定之策，但潜水流经区域是云泽腹地，也是云泽凹地。地面广阔，水多土少，堙填之土不足，凹地难以尽平。"江飞点头道："兄长说得是，只靠中湖淤泥，还不够填小湖，更不论填平腹地凹陷之地，若远取山泥，我部人力不够。何不趁当前枯水期潜水流汉较快之时，先泄大湖之水取泥，补土不足？"

三奇静听两江之言，沉思后道："潜江流域是荆州之低洼地，想尽平此全部低洼，确力不从心。应龙之策没有说尽平云泽低洼，伯禹也未令我部尽平云泽。今据实而为，量力而行，未违规则。可集中堙填云泽较高之地，若能取得云泽二成可耕土地，也胜于尽没于水了。浚湖，不以大小论，当论高低，地势高的，不论大小都开沟泄水，能涸皆涸，不能涸则留；小湖涸后都堙填。地势低陷区域，大中小湖能泄则泄，不能尽泄的就潴留，以待后世去治。治水是千年长久之功，非一朝所能尽治。况集中治高地而放低陷处，也合于高处流，低处潴之规则。两位以为可否？"

江妃道："三奇师所言合于实情，低陷的湖趁今枯水期排泄，再深阔其四周，既得土又扩湖以增旺水期蓄水，此二利之事。取疏浚之泥扩大高地面积，也是造福黎民了。只是云泽水汽迷蒙，地皮高低难以看清，乌木由将军有神视功能，可辨雾中之物，地之高低还望乌兄指点。"乌木由道："这是应该的。"

江飞道："那就行动吧，兄长可率段干、甲乙八人为头目的众卒一心治潜江。我统率民工，以成虎兄弟为头目，担运土填湖任务。"

两处开工后，士气高昂，人声唱和之声遍于四野。经过二旬，潜江入汉处已深阔数丈，壅塞尽去，水流加速；取泥填地数千顷。随后溯潜江西治，半月后遇一大湖，在潜江北岸。大湖极深，湖心寒冷彻骨，人及鸟兽常沉没不见生还，故当地民称为沉湖。潜江南岸也有一大湖，更大于沉湖，有大水时，水都流入此湖；在枯水期，湖水就排入潜江，所以本地人称为排湖。两湖相距十余里，隔江相望。

江氏兄弟率士卒欲大开两湖沟渠泄水，江妃率段干兄弟及成虎带领之民开沉湖，江飞率甲乙兄弟及成豹带领之民开排湖。三奇对江妃道："闻沉湖冷而怪，此次开工挖沟浚湖，民卒众多，若湖中潜藏恶物，就会伤人，待我师徒往湖中先探，你们先开掘沟渠，等我回来后再治湖。"江妃点头嘱三奇多加小心。三奇师徒带了两名水卒驾船到湖心，这日天晴无云，湖面清晰，看此湖果然不凡，广有千顷，水深绿，小船驶行百余丈后，珠儿道："让我入水一测水深。"三奇嘱其小心。

珠儿执神钩怀石克入水，约半盏茶方出。上船向三奇道："湖深百尺以上，淤泥不多，湖底光滑，此湖确有些怪异。"三奇问道："水中鱼情如何？"珠儿道："小鱼不少，大鱼不多。"三奇道："如此大湖，理多大鱼，有点反常。"驾船至湖心，此时湖心平静，水波不起，环望四周，上是碧空蓝天，下是明镜绿水。三奇道："此湖景色秀丽，若无怪物，可养育许多黎民。"珠儿道："人鸟兽入水而沉决非好事，必有凶险隐情。"三奇道："珠儿说得是，天下之事常美丽背后藏祸害，安全面前隐凶险，不能被表象所迷惑，且待下去探测后可知。"

两人身着水靠，腰佩武器，嘱士卒紧把船桨，如见水中异常或水势翻滚，应驶离中心至安全处等待，不要惊慌失措，武器不离手，要保人船安全。两人翻身钻入水中，劈波分水，运功一路下潜，半盏茶工夫，深入已过百尺。

此时水里已十分寒冷，虽无冰冻之寒，却也如秋风侵骨之凉。奇怪的是一路下沉，未见鱼群遨游，连小鱼也极少，如入无鱼之境。四周一片死寂，几乎是个无声无物的世界，着实令人恐怖。这与其他湖泊大异，平常湖泊河海，水中必有大量各类鱼群遨游追逐，发出各种奇奇怪怪的声音，而这沉湖竟似一个荒山野岭之坟场。又潜百余尺，两人感湖底深处突然一震，似有物晃动，霎时即见湖底升起一股浊泥水沫，水波晃动比前增大。三奇急拉住珠儿不再下潜，并示意潜向侧面。侧潜中，水开始起漩，人有下沉被吸之感。三奇、珠儿急用力避开中心，向侧横游。当离中心三四十尺后，下沉被吸之感方消。回视中心处漩涡渐大渐急。

又过了半盏茶时，中心突然露出两个状如龟头的巨大圆柱，估摸直径一尺以上，生着两只发着绿光的眼睛，顶上一张大嘴，半开半阖，通体棕黄色，颈背黄黑，两侧深黄，颏下浅黄，接着全身显露，是长约二丈五尺的两条怪物，扭曲着身躯，径往湖面蹿去。它的身后又随着大小不一数十条同类怪物。群怪皆围着两大怪物身躯盘旋环游，湖水因而旋转。

三奇见怪物上浮，担心停在湖面的船卒，与珠儿一个招呼后，拧身急速上浮。须臾头露水面，恰见小船刚离漩涡中心，船卒正用力划桨，欲驶往侧远，但还只驶离中心数尺，挡不住漩涡之力，船身渐随漩涡而转，似难驶出漩涡，且有渐被旋入中心之势。漩涡中心却如漏斗中心，眼见全船即将陷没于漩涡中心而旋入水中。三奇大惊，急与珠儿奋力游向小船，刚近小船，已见一条怪物头露水面，摆首到小船一侧，张口欲咬小船。船上卒急举尖枪直刺怪物，不料怪物皮厚而滑，不曾刺入。怪物也吃了一惊，缓了一缓，沉入湖中。

此时三奇、珠儿赶到，两人钻入船底，奋力将小船推出漩涡，船上操桨两卒双臂一松，用力将船朝侧向飞棹而驶。三奇珠儿二人不敢上船，三奇在水面护航而行，珠儿在三奇身下护着三奇，以防怪物偷袭。果然不一时，两条怪物同时来到，身后又有数十条小怪。

珠儿聪明，知擒贼擒王，先给为首的一个厉害，方能见效。就与师父一个招呼，由三奇护船先行，自己一个扎子，竟游近为首怪物身旁。怪物巨大身躯在水中游动却极轻快，左盘右旋十分灵巧，毫无笨重之态。它一见珠儿近身，以为送来美食，竟张开大口，一阵水响，湖水裹着珠儿直奔怪物大口，要将珠儿吸入腹中。珠儿在水中虽感一股吸力贴身，有流近怪物之势，但珠儿水性非凡，功力异常，正愁怪物灵活又盘旋浮动，急切近不了其身，今见怪物欲吞食自己，遂借势靠近大怪，右手紧握神钩，当身子正要贴近怪物大口瞬间，左手掰住怪物下唇，右手用力将神钩刺入怪物口角下颌，复用力下拉。神钩锋利，竟把怪物嘴角下颌割开二尺多长的裂口，顿时鲜血直流。怪物受创，吸力顿失，反而变为喷力，一股冲力从怪物胸膛喷出，珠儿借此喷力，迅速远离怪物，直至三奇所护小船。怪物受创后退入湖底。

三奇、珠儿方上船与士卒急速驾船而返。途中珠儿将刺怪之状向三奇描述，三奇道："不知此为何怪？其形似蟒，然其口中无信，似鼍又无四肢，不知究为何物？"珠儿道："按其形象倒像我家乡田中之鳝，鳝体黄似蛇而无信，故家乡之人称为黄鳝，其善吞吸，此怪也黄色似蛇而吞吸，莫非是蛰居湖中多年之大鳝？"三奇道："珠儿言之在理，此怪合鳝之形性，鳝善吸，性食鱼，故湖中大鱼极少，谅被此鳝吞食殆尽矣。然鳝至如此之大，亦罕见也。"珠儿道："湖中两条最大，复有数十条略小，虽曰略小，实亦巨鳝也，其围亦有大腿粗细，足以杀害鸟兽。如此怪物于人害多利少，理当除之。"三奇点头。

船返岸边，江妃正在湖边督率，见三奇等来到，忙问湖中可太平。三奇笑道："如此大湖，岂能无怪？"江妃道："吴师莫非见了？"三奇点头道："已见了。"江妃道："其怪众多？"三奇道："目前不知其量，然决非一二。"江妃道："若果众多，当告禹强，请他们率精兵来助，以免阻我治水。"三奇道："目前所见有数十条之多，其中两条至巨，余大小不一，凶残无比。今治水浚湖，当通知禹强，请他们派卒来助为妥。"江妃点头。

正说间，伯禹、伯益一行来到，江妃兄弟、三奇师徒、乌木由等都上前相见，江妃将潜江地形特点向伯禹说明后道："今之治不以湖之大小而以地之高低为则而浚治，地低而深的虽小湖不泄不填，因无处可泄；地高的虽大湖也泄，因易泄而涸，涸则得土。潜江四周都是低陷区域，水多土少，得浚湖之土不足以平洼地，土不足难隆云泽大地，地不隆则云泽依然没在水中。治水不得可耕之地，等同未治，于民无益。为此我们共商，集中疏浚所得泥土，集中投放到高阜四周，以扩大可耕面积，暂弃低洼区域堙填，待后再处，也可留待后世再治。这样虽不能尽得云泽耕地，也能得部分耕地。"

伯禹点头道："弃低保高，因地制宜好。处世之道，有得必有失，有失方有得，天有盈缺，地有不平，事难尽美，你们做得对。"又对应龙、乌木由道，"你二人要帮助测这里高阜之处。"二人点头。

江妃复讲："近日治沉湖，湖中有怪物，已由三奇师徒探测，要请禺强来助。"伯禹道："禺强部负治妖之责，理当来助，请太章前去拨一部分精卒来此。"

伯益道："请问沉湖是何类怪异。"江妃道："此事还须吴师讲。"三奇道："沉湖中之怪似蟒而无信，似鼍而无足，其粗径尺，其长二丈，通体黑黄色，背深腹浅，昂首湖底，仰吞游鱼，昼伏夜出，平日难得见，吞吸之力极大，幸珠儿灵巧，用神钩得伤一条之口，方得全身而还。若平常人，早被它吞到肚子里了。"伯益道："似蟒无信，似鼍无足，当是鳝鳅之属，然如此之大，未闻也。"

应龙道："深山大泽多隐千年怪物，常有世上罕见之精灵，不足奇也。"三奇道："我与珠儿也认此物是百年巨鳝。"

伯益又问三奇道："然则何术制之为是？"三奇道："初遇此怪，还未想出诛杀之法，故想邀禺强前来协助共商。"伯益道："禺强虽勇，但是陆战之将，水中战妖不如三奇师徒。我们若有良策再请禺强等前来，方有用处。"三奇道："擒水中之物，通常用钩钓网罟，民捕鳝鳅多用钓，但此鳝如此之大，哪有这么大钓钩，所以钩钓办法难用于此鳝。若用网罟，须得数百艘船撒细目大网才能合围，但编此大网非经年不成，且此物善于泥中钻洞，网在水中，难入泥中，不易捕鳝。捕鳝之法只能用钓，但无此大钓钩。"众人都无计可出。在纷纷议论中，只有珠儿一人沉思未言。

应龙素知珠儿聪慧过人，善于出巧计，但生性谦虚，不善外露其智，就朝珠儿道："不知珠儿可有良策妙计？"众人也齐视珠儿。

珠儿道："我正在想有无代钓钩物件，幼时家乡林泽茂密，兽类众多，常有豺狼入栏偷鸡豕，乡人常在圈外挖深坑诱豺狼入坑。但它们都性敏多疑，虽上覆苇席也能嗅知，遇坑不进。民为诱使恶兽入坑，常在苇席上放死鸡豕肉为诱，但一兽落坑，众兽依然觊觎不去，逡巡绕道闯鸡豕之圈，防不胜防。乡中有智慧的人，利用竹子有弹性，取其约长三寸一段，削尖两端，用力使屈如弓，缠鸡肠为弦，复用鸡豕之肉制成丸，丸内藏鸡肠缠绕所成竹弓，当豺狼吞吐食肉丸而咬嚼时，丸碎肠断，两头尖的竹弓就伸直插入狐狼口腔两边。竹梢入腔，吐之不出，咽之不下，兽大痛而哀号，其声凄怖，群兽闻而逃窜一空。我思此法能否移用到杀鳝，以竹代钩。"

伯益拊掌道："巧思妙法也。"应龙道："不知鳝口阔狭。"珠儿道："以其躯干粗细而论当在直径一尺左右。"应龙道："如此则竹段当在一尺五寸至二尺方能见效，如此长之竹段，易于曲而难以复直，没有弹力了。"江妃道："何故？"应龙道："竹中空，曲甚必裂而折，只能用竹片。竹片短，因其厚则有弹性，竹片过长，厚度不足，就没有弹性了。"江妃点头。

珠儿道："有办法了。"应龙道："珠儿想到代钩之物了？"珠儿道："竹中空易折，竹鞭中实而弹性足，何不以竹鞭为钩。竹鞭细而富弹力，优于竹子。"三奇点头微笑。

应龙拊掌笑道："慧哉珠儿。竹鞭代钩以钓鳝怪，好办法，必成。"江妃兄弟都听明白了道："山林之中，竹鞭很多，强力弹性的容易找。"伯禹也喜，命江妃速派人入山掘取大鞭。

两日后禹强率士卒二百正好来到，带了朱虎至沉湖工地。禹强向伯禹禀报焚林兽之役基本完成，留下庚辰、熊黑、祝融清理残局，大约半月后也可完工。庚辰等完成沱江最后阶段后即留沱一线助冯氏兄弟治浚沱江一带。潜江一线即由禹强、朱虎担当。伯禹闻言甚喜。

江妃将沉湖遇鳝怪及拟捕之法告诉禹强，禹强方知鳝怪厉害。当下江妃对禹强道："正要请你帮助呢，为今之计待竹鞭之具齐备后，即于湖中捕杀，望将军先准备木筏及豕兔等饵物。"禹强道："邻近林木尽多，我当率部扎成大木排数十张，豕兔之属待我部猎捕。"

隔日取鞭之卒运来强韧粗壮老鞭数百条，其径寸许。三奇、珠儿、应龙三人率士卒十名，择坚韧有力竹鞭，截一尺至二尺五寸不等鞭段百余条，用利刃去其鞭节细须，削尖两端使锋利，锋呈三棱形，有刃口。禹强率卒捕来豕兔数百只，扎成大木排数十张泊湖边。

江妃见诸事齐备，就禀明伯禹，欲与众人同去湖心捕鳝。伯禹道："水怪非陆地可比，你任总调度，三奇师徒熟悉水性，捕杀之事由三奇统一指挥，听三奇号令而行。禹强辅之，你以为妥否？"江妃道："伯禹所见极是，指挥捕杀鳝怪非吴师不可，我当总后勤。"

伯禹对三奇道："鳝怪凶狠，你师徒宜小心在意，我与伯益等也将前去观看捕此怪物。"三奇应命。

要知如何杀死大鳝，且听下回分解。

第五十回 鞭钩

却说江妃使人将一应饵兽、竹鞭、细索、利刃钩枪、火把诸物运入木筏，三奇师徒、江妃、乌木由、应龙都到了。另备大船数条，伯禹、伯益、童律、太章等入船，朱虎驾大排保卫，禹强率卒与三奇等前行。江飞率卒民留岸继续开沟挖土泄湖。

近午到了沉湖中心。大排沿湖心环列，天近酉时，湖面微风吹拂，水波涟漪，十分平静。众士卒都知身处险境，看似平静，却暗含凶险，不敢喧哗，只埋头操作。撑筏者把定筏身，不使动荡，系绳者专心系绳，执武器者双眼注视湖面，都不敢懈怠大意。三奇令人从笼中取出狐兔鸡豕，当即宰杀，血流湖中。命士卒将系好细索的制鞭深弯成弓，大的入狐豕之口，小的入鸡兔之口。每兽入两鞭，一鞭弓背朝外，尖端朝里，弹于胸腔；一鞭弓背朝里，尖端朝外，弹于口腔。两鞭都没入体内，不使外露。竹鞭坚韧，两端又十分尖利，放入兽腔时都使弹于腔内骨骼处，不使鞭尖刺穿兽体而丧失弹性。故两人一兽，小心谨慎放置鞭弓。待近百头饵兽放入竹鞭，天色已经昏暗。三奇命放鞭之卒检查系绳是否在外，系结是否牢固，经查皆合要求。

这夜无雨，薄云行空，月色微露，四周静悄悄。当时近戌亥之交，三奇命士卒拉住细索一端，而后将鳝饵尽沉入湖中，兽饵入水引起阵阵水响，波涛晃动。三奇命牵绳士卒放松系绳，如有重感，不可拉紧，只管放松，但不可脱手。绳尽则用备绳续之。复令持火把之卒谨慎待命，听令点火。又命掌筏之卒把稳筏体，如有物冲撞不要害怕惊慌。复嘱各将士小心静待变化。

时间在悄悄过去，将近子时，听得湖中呼啦作响，乌木由能夜视昏暗之物，已见湖中水波翻滚，有巨物窜动。对三奇道："湖中有异。"三奇也听得响动，下令燃起火把。伯禹、禹强见大筏燃起了火把，将船筏靠近。木筏与船只环着湖心，在火把照耀下只见湖心水如沸腾，漩涡翻滚，波浪与水花汹涌。时见鳝体露出水面，旋即沉没。四更以后，天色漆黑，凉气侵人，靠火把之光，映出湖面波光。四野静悄悄，众人皆屏气噤声，静观湖中滚动之水。湖水虽然晃动，但木筏很大，船又夹在木筏之间，系绳甚牢，故船筏只微微摇摆而已，并未颠簸。从午夜子时开始直到五更，东方微露青白，湖心翻滚之势逐渐微弱。

又过了一个时辰，天色大亮，下起了蒙蒙细雨，众将士衣衫沾湿，但无倦意，都等待结果。此时湖心已清晰可见。三奇见细索数条漂于水中，随水晃动，也有部分细索缠绕一团，难以分解。三奇命持索士卒试牵回收，开始甚轻，单绳独索者很快拉上了数条臂粗之大鳝，还在动，但已无力猛挣，被系绳牵扯至水面，复扯到筏旁。但要拉其出水上筏，却颇费力，不但系绳承受不了，且鳝体滑润难以把握。

禹强见状，命士卒取出钩竿，十余人同时扎向大鳝躯体，一齐用力，拖上大筏。大鳝上筏时，躯体犹扭曲不已，但两颊流血殷红。伯禹、伯益及诸将都来观看，只见此鳝头大如人，粗如人腰，长丈许，通体深黄，背黑肚浅，腹生细鳞，双眼怒突，两腮各露出尖尖红刺，鲜血不断由此渗出，正是竹鞭尖端穿透腮帮所致。禹强道："竹鞭两尖为何恰好刺鳝的腮门？"三奇道："禹将军有所不知，我等将竹鞭曲成弓形，入饵畜之口时，鞭弓受饵畜口腔胸腔内外骨骼肌肉皮毛包裹，鞭弓受制不能伸张弹开。但当鳝欲食饵畜，惯用吸吞，其腹内吸食之力极强，在鳝口数尺之外，即可吸入鳝咽，大鳝之力可吸数丈外食物入胸腹。但鳝口大咽小，被吞血肉之体，入鳝口即被压缩而皮破肉裂骨断，鳝口腔内有津液润滑，故鱼畜诸物入鳝口能顺利通过咽喉入腹。今饵畜腔内有鞭弓，竹鞭富有弹性，当饵畜在鳝口挤碎其皮肉骨骼后，鞭弓失去约束，弹性使鞭弓恢复原状，两尖锐鞭端随弹力伸直，自然刺向鳝之咽旁两颊。鳝腔血肉之躯，其壁软薄，鞭端尖锐，必然穿咽壁而出。竹鞭坚韧，又细又硬，不比血肉之体可以收缩，今既刺入咽壁两颊，吞咽不下，吐之不出，流血不止，疼痛难忍，故痛而翻滚，愈翻滚流血愈多，体力大耗。鳝性昼伏夜动，故下半夜大动而元气大损，至天明而力尽。鞭不易烂，既入鳝口，出入不能，故鳝即使一时逃生，亦终将因饥饿及流血而死。"江妃点头叹服。伯益道："三奇识鳝之性，知鳝之短，故能制之。"三奇道："这条鳝还是小的，巨鳝当在中午出之，只是经鳝翻滚之后，系鞭之细绳恐缠绕难解了。若数鳝之索共缠，更沉重难起。"珠儿道："待我入水解之。"三奇道："巨鳝还未死，或有未被鞭刺的，且待中午。"

江妃道："听说鳝性阴，滋补人，其血之力尤大，未知此鳝可食否？"三奇道："鳝常蛰居泥中，过夏方出，故其性阴，大温补人体，黎民多食用。此鳝才擒未死，其血未凉，可食。"江妃命士卒碎为段块，以火炙之。禹强道："不知死后多时仍可食？"三奇道："一日之内食之无毒，但死后腥味特重难食，且鲜味和滋补力都大减了。"

说话间，士卒呈火炙之鳝肉，诸将及伯禹、伯益尝其肉，都觉鲜嫩可口。禹强道："可惜太少，如多当令众士卒尽尝之。"三奇道："且待中午拉上所毙诸鳝，中有巨鳝两条，足够众士卒饱食一次。"

到了中午，牵绳诸卒拉牵细绳，果然缠绕难分。三奇与珠儿两人入水解绳，江妃命会水士卒入水游至三奇处取已解绳索交筏上士卒牵扯上。须臾，牵扯绳之卒已感沉重难动。禹强见状与朱虎共同援手，果然沉重难起。江妃怕扯断系绳，命士卒只牵能动的拉近筏旁，沉重难动的暂置以待三奇师徒。众士卒依言，扯上了数十条，都是腰腿粗的大鳝。

三奇师徒解尽诸索后返筏，只有两条系绳垂在水中未起。江妃告三奇道："此两条系绳沉重难起，怕索断不敢强拉。"三奇道："这两条必巨鳝无疑，待我与珠儿入水看来。"珠儿道："系绳过细，何不携粗绳入湖，若果是巨鳝，捆其身而出之。"三奇称善。江妃命卒取粗绳一捆交珠儿携入湖中。师徒俩潜至湖底，系绳果是入巨鳝之口，触之犹能动，已奄奄一息，横卧在湖底。珠儿与三奇将粗绳系缚于巨鳝之腰部与颈部，然后牵绳出水交筏上卒合力牵拉，江妃命十余人合一条，禹强、朱虎都加入拉牵，初时十分沉重，待鳝体离土就轻了。当水面露出一段鳝体，果然庞大，伯禹、伯益都骇然。鳝身虽露，却无法拉上排筏，虽全部士卒用力，亦无法拉上。因士卒用力则筏沉，无从着力。朱虎道："不如在水中屠而碎之，分段就可上筏。"江妃道："水中亦难分段，且如此巨物，非一时所能割尽，不如弃之。"禹强道："如此则众士卒不得食其肉而滋补身体了，岂不可惜。"江妃笑道："你若有法拖鳝上筏，我就载回。"禹强却是无计可施，急得直抓头皮。

伯益也感巨鳝能补身，弃之可惜，顾三奇道："你可有妥善办法运回此鳝?"三奇笑道："鳝在水因浮而轻，可令人将巨鳝系于大筏，牵而回营，待到岸命卒拉上岸，即可分割烹饪而食了。"禹强大笑道："此法甚便，惜我等糊涂，一心只想上筏运走，瞎忙瞎说一通了。"江妃也笑了道："我们真是糊涂之人。"于是命卒将巨鳝系于木排，传令返营。傍晚抵岸，取鳝上岸，宰割而分与众卒。禹强命士卒燃数十堆篝火，将分割之鳝段用野火炙烤，不久即闻得一片咝咝之声。原野上冒起阵阵鳝肉香味，熏得众人无不口水直流。

三奇对禹强道："鳝是温补之品，对病员及体力亏损者大有药用之力，你当选留两段，炙得极干以备日后药用。"禹强点头道："说得是。"于是亲自选了四段，两段送伯禹、伯益处，供其品尝，另两段炙干后收藏。三奇道："此鳝巨大，油脂甚多，不易干透，待有阳光之日宜多次曝晒。晒后用酒入大锅再蒸熟，熟后再炙晒，经九蒸九炙后方得极干耐藏，并当置于陶罐中密封防潮。后有需补之病员，服之有奇效。然服此鳝肉须忌白犬之血。同食不利于病。"禹强谨记于心，选谨慎细心小卒依三奇之言蒸晒收藏。伯禹等诸将及士卒皆饱尝鳝肉，大快朵颐，食后齿颊生津，香味满口，无不称赞。

席间伯禹叹道："如此美食，惜乎方、宋、玄龟远在敷浅原。冯氏兄弟及庚辰、熊罴、祝融等都不在此，不能享此口福，可惜了。"禹强道："待我留出大鳝六条，炙干后两条送敷浅原，四条送沱江及罗地营，使全军各将卒皆得尝大鳝之美味。"伯禹点头道："如此方好。"伯禹对太章道："玄龟处路远，须你辛苦一行，并告玄龟，罗地营存粮足供本军所需，敷浅原存粮可以不输，但将收积之粮妥善保管，以备后需。请方、宋二位来此云梦，不必再留敷浅原，即与你同来。"太章应诺，次日即行。

伯禹顾禹强道："何人去沱为宜?"禹强道："朱虎路熟，他去可也。"伯禹点头道："朱虎前去，务望罗地营一行。另外，我到这里方知潜江地势低陷，湖大洼多，沱虽长而潜之治尤难于沱，请告冯迟，调龙罔象、坟羊两人来此，祝融、夔魍魉二人仍留沱。"禹强、朱虎应诺。当晚众将士饱食鳝宴，都各欢喜。次日，太章、朱虎分赴两地，伯禹、伯益留江妃营中参与治潜行动。

却说应龙、乌木由带了一些士卒，遍巡潜水北岸广大地域，审地势高下，定宜阜宜洼地段，绘制地形图。云泽未治前，大部没于水中，时近初秋，暑气未退，又兼林木蔽日，杂草茂密，泽中终日迷雾蒙蒙，水汽蒸腾，闷热难耐，五十步外，高低难辨。幸有乌木由奇能，不畏瘴疠之毒，不受雾障之阻。常人眼前云遮雾障，他双目却清晰如有阳光照射，应龙绘图全靠他目测口说手指而成。因闷热难熬，道路艰辛，又要边测边绘成图形，所以只能走走停停，一日只走三四十里。

云泽中还蚊蠓成群，迎面飞舞，叮后奇痒，草丛内蜈蝎蛰伏，触脚蜇蜇，肿肢难行。因气候闷热，众人都袒胸露背，赤脚露腿，穿行于水泽草丛之中，受尽蚊蠓蜈蝎诸虫之苦。沿途地势高低起伏，士卒探路，乌木由指点，应龙绘图，边行边草绘作记，到晚则觅高地燃篝火歇息，十分艰苦。前后十余日，历经潜江北岸数十里纵深之域。高低之势既明，方回营见伯禹、江妃等。

伯禹问道："地势明了？"应龙道："粗明高低之形，足供堆土扩地需要。只要土足，可得地数万顷。"伯益道："天时有变迁，现今水多地少，异日水位降低，冲刷淤积处都将成为沃土，当前不必都堆为高地。"

应龙道："沿途草草，等我静处绘出细图来。"江妃为应龙找了一间清静处，应龙将途中草草勾画只有自己能懂的草图，与乌木由两人细心绘成方向、道里明确的高地图，交给江飞。江飞见图果然明确，喜道："从此免了临时寻觅堆土高地之劳苦，可省许多工夫。"伯禹闻之亦喜。

不日朱虎返回，龙罔象、坟羊同至，见过伯禹，即入江妃治潜部伍，协助治理沉排两湖。排湖虽大，却未见怪异，其湖鱼类极多，疏治之际，捕获许多鲢鳙之属，饱了众卒口福。工程进展加快，一月后已近潜水之源。

这源头当地叫芦洑河，从地下冒出，昼夜不停，但不知水从何来。众民卒围观无不惊奇，七嘴八舌议论着。成虎道："这是神水，下必有龙潭。"成豹道："听先辈说，此水通海。"段干崩道："海水咸，这水淡，不像通海。"段干丘道："不通海，莫非通大湖？"成豹道："此水日夜不停地流，多年来再大的湖也流干了。"段干丘："难道是从大河流来？"

应龙听了问众人道："你等可知近处有无大河奔流？"芈士理这时正在工地，答道："近处众流纷纷，但主要水道当属汉水。"应龙道："汉水离此几里？"芈士理指近旁壮汉道："可问此位。"应龙问道："壮士可知近处水流与芦洑河出处？"

壮汉道："我叫风石，久住这里，奉派出工。近处大小川流虽多，但只汉水为大。曾听先辈说汉水源出西方嶓冢，东南流到荆山内方，再东南流会洋水。洋水近汉水处有一地名叫方城，方城有一处名叫天井的大水潭，方圆二里以上，深不可测，有漩涡如栲栳，人也叫潜室，投物入潭即不见影踪。水只入不出，水流到哪里不得而知。"

应龙道："天井离此多远，在何方向？"风石道："天井深潭在芦洑涌水处西北约六十里处。"应龙道："天井既有大潭潜室,其水只入不出,而芦洑潜水,只见其出却不见其源,邻近百里内除汉水源大外,别无水源,芦潜水必来自汉水,经天井隐潜地下,西至芦洑涌显。此地荒凉,无人知晓。以理推之,芦洑河应是汉水潜行在地下的分支。"江妃、乌木由、龙罔象、土理、成虎兄弟、风石等都服应龙推论。

江妃道："今我等治了潜水,何不去西北寻汉水,开沟导汉水从地面与潜水通流,使汉水改道南下,既加快流速,又可得汉水原道一段土地,此一举两得之事。"应龙道："江妃说得极是,当往西北一视。"江妃道："愿伴应龙前行。"

欲知后事如何,且听下回分解。

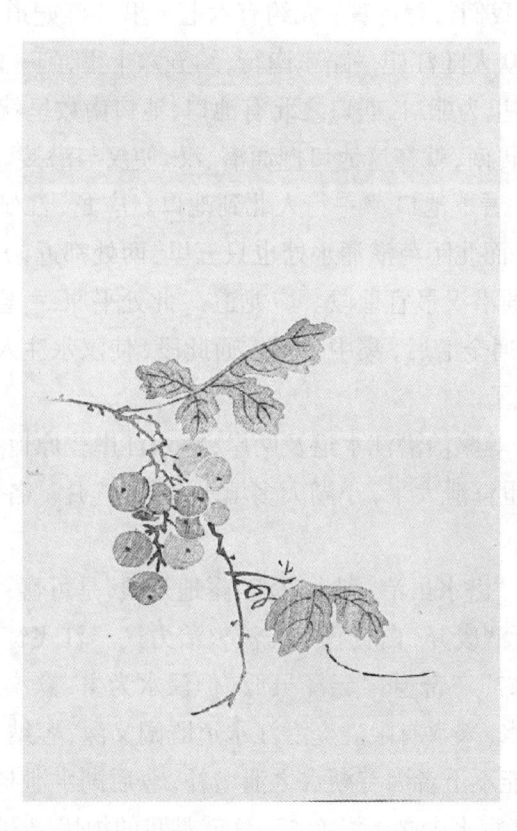

第五十一回 潜水接汉水

话说为寻潜水之源，命风石带路西北行，五十余里到了天井。应龙等见天井中间是低陷沙地，汉水在天井东北一里处经过，有支流入天井。天井四周林茂草繁，人迹罕至。有潭圆周二里，水深绿，不见其底，有漩涡如大盘，中心低陷，波纹层层涟漪。应龙、江妃先循潭周边漫步，没有寻到潭水出口。登高岩四观，只见有水入潭，不见流出痕迹。众人东行至汉水涯，近有沙洲。风石道："这里汉水与洋水相合，本地黎民称为沙洋。众人见汉水自西北汹涌流来。"江妃道："沙洋距芦洑出潜处不知几里？"应龙道："按我们行程计算，大约有六七十里。"江妃道："且循汉水南下，看何处有合适接口。"众人随江妃一路东南行，约五六十里，到一低山冈。风石道："这里曾现黑熊，民叫这里为熊口，熊口之北有池口，池口南数里就是芦洑。"

应龙道："不必再南，就在这池口掘通潜、汉，使汉与潜接。这平原之地，开掘数里不是难事，今可去看下池口。"一行人北到池口。应龙、江妃都笑了，原来池口南离汉水北岸仅三里，而北距芦洑涌水处也只五里，两处都近，开掘不难。当下应龙、江妃等都认定这是通潜汉最宜地段。应龙道："此处平原，一望无际，连图也不须绘制，等江飞、三奇理通全潜后，集中力量挖通此段，使汉水注入潜水，潜水直接连通汉水，就可大功告成了。"

却说江飞、三奇等整治潜江水道及两岸，潜水江岸较原道宽阔一倍，水流通畅，与潜水相连之湖水也宣泄大半，小湖大多填平，露地连片。各邦黎民与江飞等无不欣喜治潜有效。

三奇对江飞道："潜水虽治，湖水也泄，露地万顷，是可喜，但我担心湖水大减后潜江水量不足，会干涸废弃，白费我等疏浚整治力气。"江飞惊道："难道会有此事？云泽低陷，何忧无水？"三奇道："云泽虽低，但汉水为主，众小川多注汉水入江。潜江只是芦洑涌泉的水，来水有限。今潜江水道既阔又深，容纳大增，仅靠涌泉之源，水量不足了。今之能不干者因有湖水之泄增补，今后湖水泄与地平，潜江仅靠芦洑涌泉水就不够了，江宽水少必干淤而废，这就是我的担忧。"江飞听了三奇这话，半晌说不出话来，深思半刻道："且回去细议。"

话说伯禹自在潜江调度之后，复返沱江视察，伯益、童律随行，又在冯迟部劳动二月有余。这时冯迟所部已将沱江疏理得水流通畅，两岸大小湖泊大多堙填。沱江本是支流，因流量增大，竟夺外江为主流。沱江治后得了大片土地，众民无不欢喜。

伯禹见沱江已治，挂念潜江，就与伯益、童律再至芦洑。因地面多已露干，故一行乘车而往。到潜之日，正好江飞、三奇在治潜江后回来，见面各喜，入营与江妃、应龙相会。伯禹道："我从沱来，沱已治，不知潜治如何？"江飞道："潜也治了，入沔之口深而阔，潜水之流畅且急，两岸之湖水都入潜，云泽高阜有地可耕植，低地有湖可养鱼，初步匡计可得耕地数十万顷。"伯禹点头道："水平而得地，民可安居乐业了。"

伯益道："如此骄绩，江飞为何面有忧色？莫非有心事？"江飞点头道："正有一事要禀。"

伯禹道："请述所忧。"江飞就把三奇讲的潜水可能要废弃的事说了，伯禹、伯益等都感有理。伯禹问三奇道："你既有此虑，必有妙计可解。"众人都注视三奇。三奇道："虽有所思，怕难成功。"应龙道："何不说说，大家也好斟酌。"三奇道："为今之计要寻新的水源补充潜道。"伯益道："三奇莫非已有接水源之处？"三奇摇头道："正为此发愁，想去附近察看。"应龙不觉拊掌笑道："三奇毋忧，已经找到了。"江妃顾应龙道："莫非汉水？"应龙道："正是汉水。"

伯禹道："潜源既明，何不导汉于潜，可有其道？"江妃道："我等为此循汉水东南行到了池口。池口南离汉水仅三里，北至芦洑河出处只五里，我们将在那里挖一条汉通潜之大渠，使汉水直入潜道。原以为汉水在此入潜道可减汉道曲折，增加云泽土地，今闻三奇之言，汉水通潜更可使潜水长流而无干涸之忧了。潜道通云泽可以久安，如此，潜通汉之役势在必行。可在池口入手，北至汉水南至潜，不过十里之遥，以我军之力，举手之劳而得云泽久安之效，岂能不为，愿即日动工，以成此役。"

伯禹、三奇、江飞等都大喜，赞应龙、江妃等人有先见之明，解了难题。江妃、应龙都道："不过适逢其巧，不是有先见之明。"当下伯禹顾江妃道："汉、潜相通之策由你部完成，应龙、三奇都留助你部，祝融四人也在此治潜。"诸人都应命。伯禹留潜营数日，见江妃部署恰当，就与伯益、童律、太章等返罗地营。

暂放治潜、治沱之事，却说伯禹一行返回罗地营总部，这时方道彰、宋无忌两人已从敷浅原来至罗地营，正与两亥叙话，见伯禹一行到来，忙迎入大厅。伯禹、伯益等与方、宋寒暄问好后略事休息，就和诸人议谈如何治梦泽的事情。

伯益道："我在水伯府曾见过府藏典籍，梦泽主要指洞庭，洞庭大湖也，吞吐四周水流，有九水入洞庭，九水指湘、资、沅、澧、渐、无、辰、叙、酉，九水中湘水最大，资、沅次之，此三水都源于荆南大山，源远流长。洞庭之东有众小川，多经湘水入洞庭。洞庭之北是大江，水互通，洞庭之水由此入江，大江旺盛期，江水也入洞庭，起蓄潴作用，互相补益。治梦泽实治洞庭。治洞庭当以疏湘为主，兼及资、沅、澧，治梦泽比治云泽会容易些。"

童律道："伯益所说是对的，洞庭有九水之说，其实主要是湘资沅澧四水。我曾登高观察，四水都流在深山峡谷中，流急量大，其水阻塞不多，也没有云泽平原沼泽那样乱。但洞庭四周多水草，有淤塞之状，只要疏浚洞庭周围各水入洞庭之口，并在平地开沟洫浍畎，使洞庭四周诸水畅流，大片土地可得垦殖，其治易于云泽。"

太章道："湘江长千余里，源在荆南五岭越城岭阳海山，与漓水同源异出，东北流的是湘水，西北流的是漓水。湘水经越城岭到九疑山苍梧之野，苍梧景色极好，复东北流至衡山，经岣嵝，岣嵝山有丹水涌其左，澧泉流其右，其峰高峻，云雾环绕，苍天隐约，非晴霁之日不得见。复东北入洞庭。因湘水与漓水同源，故初流处称漓湘，至苍梧会潇水，称潇湘，至衡山会蒸水，称蒸湘，也是湘水上中下游之分界；沅水长超湘水，但水量不及湘水；资水也长千里，澧水不足千里。四水都出于深山大壑，中阻不多，不必浚。其治当以梦泽周边开沟渠及去除四水入洞庭处的阻塞，所以其治易于云泽。"

伯禹道："今将隆冬，不知梦泽气候如何？"太章道："洞庭气候温润，雨量充沛，除每年春节前后一两月有霜冻外，其余月份无霜冻。近期洪水泛滥，气候燠热，几乎全年无霜冻，伯禹若欲士卒于隆冬治梦，也无大碍。"伯禹欢喜道："治水任务虽急，但士卒身体也要爱护，若有伤冻，非我所愿。"

方道彰道："梦泽是多水潮湿之地，我等士卒生在高原干寒地方，隆冬春暖时施工，既须防寒冬之伤，还要防潮湿伤人，我与宋兄会深入梦地，了解地气寒温燥湿，采当地良药精制成方，以供防治。"伯禹点头道："此事全仗两位操持。"

伯禹复言道："沱、潜之治将毕，因早去梦为宜。"

伯益道："潜、沱之治虽将完工，然众邦之民待归，新得之地待分，辛劳之卒待休，事仍繁多，预计还须一月之期，方可启程南下。南下路线，当顺沱江至沙洲，由沙洲南下洞庭。湘江从南来，大营当建在洞庭之南湘江口为好。近期应结束治云泽尾事，然后集诸邦之长，商分地办法。在将卒休养几天后再赴梦，伯禹以为如何？"童律道："伯益之言甚妥，可谓善始善终。南下之途，当沿沱江顺道而下，既观治沱功效，又寻便捷之路，顺理成章。至于建营何地，我愿与太章先去洞庭之南、湘水口探寻。"

伯禹点头道："童律、太章两位先去梦湘考察甚好，定后即返，以待众议。集诸邦首领之事，请两亥兄弟与太章、童律共议邀集对象，尽力不遗漏。"名单定后，太章、童律即去湘口，两亥兄弟通知各邦，二旬后于大营集会。

会后两亥与太章、童律商定了与会诸邦名册，送呈伯禹，童律、太章即赴梦湘考察去了，两亥兄弟分头到各邦通知与会。伯禹、伯益去两地巡察，调熊罴来守罗地营。

却说江妃兄弟及应龙、三奇等率众卒及民工分两路开掘潜、汉通水渠道。应龙已将开掘线路绘成图，两路都按图施工。江飞同乌木由、龙罔象、夔魍魉、段干兄弟率众卒及风石等民工约千人开掘池口以北通汉水渠道；江妃、祝融、坟羊及成虎兄弟、甲乙兄弟率卒及民工千人从芦洑涌泉处向北至池口渠道。两地相距不远,锹锨之声相闻。都因大功将成,士气振奋,十分努力。只是此处是水网地带,川流纵横,地陷草长,施工中人人泥泞满身,汗水通体。幸治水大军中能人众多,祝融四杰、甲乙、段干兄弟都各显其能,劈石砍木、挖土、排水等艰苦工务都超常规而进,赢得各邦民工喝彩与尊敬,大涨了士气。

　　经过月余努力,南北两路终于会师,新道挖通,治水民卒欢声撼天。江氏兄弟与应龙、三奇等会商后,定在两日后掘开南北汉、潜通水两端,使汉水顺利入注新河道到达潜水。这日一早两部按时开工,不过半日即已挖通南端拦水一段,潜水倒灌入新河道,但其进缓慢,旋即停止。在汉水一端刚一掘开,还未修整,汉水就汹涌冲入,顷刻之间即灌满新开河道,并一路滚滚南下,经潜道而东。新开河道不须整理,早被来水冲刷得平整光滑,与原汉水水道大致相同。汉水哗哗从新开渠道流入潜水,原汉道水位下降,新道成了新的汉水主道,原有潜江水道已不复存在。这条水道穿流于云泽腹地,纳百川漫溢之水,云泽从此获治。众民工目睹这一壮举,都歌治水之功。

　　要知后事,且听下回分解。

第五十二回 分 地

话说伯禹见沱、潜两水已治，江、汉之水畅通，云泽潴水已退，耕地大露，为及时将地分配到各邦赶上春播，就留江飞、冯脩二人率民卒处置尾事，其余诸将在十日后赶回罗地营，共商下步事宜。

伯禹复命应龙、乌木由、三奇师徒和成虎、风石、罗田三人巡视云泽，测算云泽新获可耕土地面积，计算各邦出工人数及对治水贡献和出力多寡，拟定土地分配方案，半月后听用。应龙等应命去了。

转眼过了十余日，众将都到了大营，见面都各欢喜招呼着。禹强是个喜欢热闹之人，更喜与童律说笑逗乐。这次归营不见童律，也不见太章和方、宋两位，又不见应龙、三奇及两亥，只有治水诸将及本部几位。感到不热闹，走去问伯益。伯益笑道："童律、太章等去了梦泽，为下步治水作一先探。应龙、三奇正在调查云泽土地，将作分配，两亥通知各邦集会去了。他们各位不日都会来此集中，你要耐心等候。"禹强笑着去了。

几日后应龙、三奇等回营，向伯禹禀报，并呈上预分方案。伯禹、伯益细看后对应龙道："愿闻其说。"应龙指图道："我们遍巡云泽，初步匡计，云泽新增耕地二十万顷。云泽相关邦六十余个，黎民近二十万口。按人均计算，每口可得耕地近百亩，若按治沱、潜两水出工人数，贡献大小计算，则有些邦因曾入相柳贼伙，不让派工的；也有路远邦小，没有通知派工的；还有因各种原因，出工有多有少的。若全按治水出工人数计算，恐有失偏颇；若全按人口计算，则又埋没了治水辛劳，言而无信，损害了伯禹军威严，也寒了治水诸邦之心。经与芈、罗、风、熊等邦诸君商榷，除留出总的可分面积十分之一作为治水有功各邦奖励外，其土地拟按口均分与按劳而分相结合，各半计分，即一半土地给治水出的劳力计分，一半以人口均分。以此方案分地，则虽未参与治水的邦民也可分到土地，人均可得五十亩，也不少了；而出力治水之邦民则人均可得百亩；而有贡献出大力的，将人均得二百亩。这里存在的问题是各邦有远有近，难以都得近便之地。这事只能由各邦自行商议，实行互换之法，易各插花之地，我们不再过问。"

伯禹听罢应龙所言，顾伯益道："你看可行否？"

伯益道："应龙等所筹方法公平合理可行。天下事无绝对完善之方，大体合理，众人无言即可。可将这方案在会中宣示，看还有哪些补充，若众无异议，就按此施行。只是施行颇费时日,我等不宜为此而耽误梦湘之行,可由众邦推举公正廉明之人,按方案实行之。"

伯禹点头道："天不密而漏光,地有孔而喷火,天地尚有缺失,何况人谋之策,可在会上公布,听众议而后定。"

过了两日,两亥回报在云泽有关大小邦都各知会,准于三日后来罗地营。伯禹命庚辰、两亥主理会务食宿,并请三奇为助,命禹强率所部巡视内外,以免意外。

三日即过,各邦陆续来到,齐集于罗地大营。与会之人,着装各异,有宽袖大袍,有短褐短袴,有半袒裸臂,有裙布裹体,有的色彩艳丽,五彩纷呈,有的灰褐蓝黑,朴实无华。因大半年前曾经集会,许多熟悉之人纷纷招呼叙旧,也有少数生面,腼腆不言,趑趄不前的。

厅中熙熙攘攘,好不热闹。多数各邦之长知云泽已治,此次集会定是喜事,不如上两次集会心中无底,因而会中气氛大多喜气洋洋,笑脸照面。但也有因曾入贼伙未曾为治水出力而心怀忐忑的。

在伯禹、伯益率诸将现身大厅与众人见面时,厅中发出阵阵欢呼声,向伯禹及诸将问好,伯禹含笑点头招呼各邦首领就座。开言道："托帝舜之威,赖将士及各邦黎民之力,相柳之恶已除,云泽之水粗平。水退地露,得可植桑麻稻粟之地数十万顷。地是邦之宝,黎民命脉,邦无地无以畜民立邦,民无地无以衣食起居为生。治水实即治地,治水不得地,无益于民。今水治得地,当给民实惠,今集诸君欲申我上次所言,分新获土地给各邦,奖各邦众民之辛劳。"

各邦首领听伯禹之言无不欢欣。伯禹复言道："云泽粗理,约略计算,得地二十万顷,我知处云泽之民为二十万口,则每口可得地近百亩。我曾言以工奖地,按出力多寡而分新地,言出如山,不得更改,我将按既出之言实行,不爽约。但我在治水中曾深入云泽察民情、知民意,方知有当初相柳裹胁邻近各邦迫入其伙。上两次征集黎民剿贼治水,因少数邦还在相柳控制之下,我们没有通知他们前来与会,有些邦则心存疑虑不敢与会,故云泽所及邦有部分没有为治水出过力,也不曾派黎民为剿贼建功。若按我上次集会所说,这些邦将不得获新增之地了。我与伯益诸将议论至此,深感不安。帝舜爱民博大,普天之下皆王之子民,今得地而他们不受其惠,诚有不忍。当初被迫于相柳,出于无奈,非自愿投贼,若司政者强大,不使相柳成贼,此邦黎民也不致遭胁入贼伙,故司政者也有责而不能全怪这些邦。况当相柳受剿之时,这些邦都能及时退出,甚至反戈一击,并无助贼以抗我军者。此也使相柳一伙迅速土崩瓦解,虽不能说有功,但也可称知过能改。民者邦之基,民有过,邦有责教导,教者爱也,岂能无情摒弃。下有失,上也有责教之,要爱而不能弃。所以这次分地不能摒弃无过或改过的邦之诸民,使这些邦民也享治水得地成果,共受其利,如此则荆民都可安宁丰足。"

在座诸邦首领听伯禹这番言论,无不动情,齐声高呼："伯禹仁圣,此说极是。"

伯禹复言道："但有功无功还须有别，赏罚是邦之大典，赏罚不明，功过不别，是非不分，谓之失度，是治邦之大忌，乱邦之因由。所以今日分地要既能普惠于云泽所有邦国众民，也重申以工奖地之原约，两者兼顾，具体分配方案由应龙说明，我愿闻众首领有更好办法。"

应龙起立道："适伯禹已申圣明及仁爱诚信之语，足感万民。我秉伯禹之意，说分地办法。地分为四：一为公地，约占总地一成两万顷，是大湖泊及其涯边地梗通道，山岙深处坡地，水泽密林沼地，都留给鸟兽栖息繁孳，是公有之地，各邦民不得侵占；二为功地，也占总地一成两万顷，此用于剿除相柳，平治云泽水患中有大功异劳的邦国黎民，是特殊奖励之地；三为口地，即按云泽各邦黎民口数均分，为余下八成之半，八万顷，约每口得地四十亩；四为劳地，也占总地四成八万顷，以出工多寡及时间短长分配。各邦口数初步核过，大致无误，略有出入的不另核实，可稍予多分。地段远近力求方便，但仍有差别，在所难免，只能日后各邦自行协商解决。如此规模巨大的土地分配，少量有差异出入者诚不可免，好在地多口少，足够衣食无忧，且会有人手不足抛荒之事，谅各邦不至计较这番土地之分。"应龙言毕，致礼而退。

伯禹道："刚才应龙所言，诸君谅已听清，如有想法可以提出，以便调整。"

厅中嗡嗡一片，盖众首领正在议论，片刻之后，座中风氏村首领言道："伯禹及应龙将军所言甚明，也十分合理，我等都感伯禹公正诚信，又仁厚爱民，我等下邦都愿按此奉行，更无异议。"风氏首领言后，台下一片称是声。

坐于角落一位首领起言道："我是伯氏村邦主，遭相柳迫害，误入其伙，此次相柳剿灭，天下共庆。云泽治水我邦没有出过力，邦中黎民都怨我不明大义，不抗相柳，不参加治水，认定我邦会遭伯禹惩罚。来会时黎民都担心祸将临邦，胆小的已逃迁他乡避祸。不想今日伯禹宽厚之心，仍当我等子民相待，不加责罚，反让我等共享治水成果，惠我邦黎民，实感肺腑，使我愧疚难安。对比相柳之时，美言在先，恶行随后，欺诈蒙骗，动辄责罚，入伙后无一日太平，无一家安宁，黎民惊慌，邦国忧惧。今伯禹对我等误入歧途，不加责罚，反引咎自责，不加歧视，平等待我，我们山野下邦之人，虽不懂礼仪，但善恶好歹却是记得明分得清，如此圣贤之伯禹，怎不令我等尊敬钦佩。今日分治水之果，将归告黎民，黎民感恩犹恐不及，岂敢争远近多少。自今而后，唯帝舜、伯禹之言是遵，拒妖邪妄惑之诱为心，这是我肺腑之言。"

在座诸邦听伯氏所言，都拊掌点头称好，一片赞叹之声。又见芈氏村首领芈士理起立言道："适闻伯禹仁圣之言，又聆风、伯两君所言，都撼我等心神。伯禹爱民，民亦爱之，敝邦愿遵伯禹之教。适应龙将军说，留一成之地奖有功之邦及民，我邦虽不敢居有功之列，但我想有功之邦及民必在少数，而一成之数近两万顷之多，若举有功之邦为十，则每邦及民可得两千顷土地。与会诸邦最大的有民不过万人，则每口可得地二十亩，加上平均分地所得，每人将得地百亩，耕种既无此能，荒芜却又可惜。我意宜少其数，留出其中一半即足以奖有功之邦，多出一万顷可入普惠之口地，不知伯禹及各邦首领以为如何？"

各邦都无言。伯禹闻此顾伯益道："芈士理言之有理。"伯益点头。伯禹见众邦无言，知心善其言。就说道："芈氏村邦首领芈士理之言可采。芈氏邦在这次剿贼治水两役中功劳最大，今能爱己及人，高风可颂，我愿纳芈邦之言，诸君尚有何建言，若无建言我将按此实行。"当下诸邦都无异言。

伯禹顾伯益道："请君宣布有功之邦。"伯益对众道："经诸将士公议，灭凶治水有功之邦有芈氏、罗氏等九邦，分为一、二、三等奖励。"伯禹见众邦皆拊掌以示赞同，说道："我们治云泽已历三季，而梦泽未动，全荆未定，时不我待，转眼即是隆冬。而分地事繁，非短日可定，我欲将分地之事，按今日所定办法，由各邦公推公正廉明的分地人选三人，代表我处理分地事务。然后各邦派出一名长老，参与具体分地事务。大体可以相邻十邦为一队，按应龙修订方案中各邦应得土地数合理分配到各邦即可，使我可以脱身南下梦泽治水。"

诸邦首领见伯禹治水事急，都遵伯禹之命，于会上略事酝酿，公推芈氏邦首领芈士理为首，另选风氏邦、伯氏邦二首领为辅，由三人代表伯禹分配土地，伯禹当即同意。最后向众邦首领道："上次会上曾经申言，新分土地从明年起，三年内不纳贡赋，三年后五年内减半征收，五年后再作议定，此策依然不变，以安邦国，以苏黎民。"众首领闻言，更是欢声如雷，颂帝舜、伯禹之德。

欲知后事如何，且听下回分解。

第五十三回 湘口烈火

话说伯禹召开各邦大会后，与诸将都休整了数日，数日后，江、冯两部已将沱、潜尾工清理完毕，陆续回罗地营休整。伯禹见诸事顺利，心中欣喜。这日正与伯益、应龙、三奇等议谈如何去梦之事，见童律、太章来到，心中顿喜，请童律等坐下后叙话。

童律道："梦泽四野，是泥涂野草之域。草长过人，草根盘结，难以行人，远达三四十里。湘、资、沅、澧四水入洞庭诸口都被芦苇野草覆掩，淤积沉阻，口不可见。水从草丛中淌流散入洞庭。我俩曾深入草丛寻流水踪迹，但淤积甚重，草泥水混合，稍久即陷，十分凶险。无明显入湖水道，但又处处淌水，四水口雷同。需要用火焚烧，草去淤见，去淤通塞，就可使水道顺畅，水去即可募民耕植。"伯禹点头道："如此说来，治不难耶？"问营建何处为宜，太章道："已觅得湘江流近洞庭处一方高地，周十余里，处湘、资之间，足可建营安卒。"

两日后伯禹会集诸将道："云事已毕，梦事未动，今已入冬，若不治梦，来春水旺，治之费力，应早日去梦，已由太章、童律先期探明虚实，今已返回。可一通梦情，以便共商赴梦之事。"太章将洞庭四周及九水流向作了细述。

禹强性急口直，即道："治洞庭四周草木好办，一把火烧之即完。我等治潜、沱数百里草木，也不过月余而已，洞庭之草苇易治。"

童律笑道："这番禹强大哥说着了，如今火神将军不是一位了，有两位了。"方道彰还以为说他也会用火攻，忙说道："我只会使风，用火还是宋兄，不能包括我在内。"众人哄然大笑。方道彰不明就里，被笑得莫明其妙。伯益对方道彰道："方兄有所不知，这次剿灭相柳，得了祝融等四人来投，各具异能，其中老大祝融也有宋兄之能，善于用火，人称火神将军，童律所指两位，除宋兄外，另一人指祝融，不是指你。"经伯益说明，方、宋两人方知治水营中又增能人。

伯禹道："再说一下建营和怎么走。"

太章道："营地将建在洞庭之南数十里湘、沅两水之间山坡处。"伯禹道："建数千人安歇之营非短期内可以完成，恐误治期。"冯迟道："刚才太章说治梦半年即成，今已入冬，雨水不多，我等将卒都有皮裘及防水衣服，只要有些覆盖防淋场所，可以籍地眠息。士卒久经历练，半年之期，虽艰苦易过，只需建简易房舍即可，如此则少花时日。"

三奇不觉摇头。童律道："冯迟说得虽有一定道理，但洞庭梦泽地潮多雾，我军来自北方，虽久历水乡，但体质总不耐潮湿，士卒日理水夜卧潮，非病不可。半年之期非短，要慎重考虑此事。"方、宋两人道："士卒久居潮湿之地，潮湿潜伏体内，将在数年后或体质渐衰时方出病症。童律说得是。"

　　伯禹道："九州治水，今未过六，治荆之后还有三州。治水辛劳，全仗将卒，他日大功告成，地丰民安，正当与治水将卒共享其成，安忍国治而出力者伤，况士卒是帝舜子民，且是子民中的精英，子民尚在爱护之列，子民之精英岂可不保，宜格外爱护而不宜损伤，凡伤卒之事，决不可为。治水出劳，因劳而伤亡者不得已也，能避则避，能保必保。宿梦之营当避潮湿处择高燥为是，良策还望诸君想法子。"

　　三奇道："我曾居具区，南方多水之域，民居也避潮湿就高燥。其法是架屋而居。"伯禹道："何谓架屋而居？"三奇道："木柱为桩，半入地中，半露地上，在木桩上建房室，离地则通风透空，潮湿之气隔于室外，不再触人肌肤。闻更南之民有用竹架屋，用材虽不同，道理是一样的，都为避湿潮侵体。梦泽草木繁茂，可就地取材，建简易架空之屋，复以茅草为顶，此易成。只是伐木立桩较费时日，若建三千人之舍，即日夜施工也需一两个月。"众人都说这办法好。

　　禹强道："伐木立桩我部去办，两月内完成。"冯、江两将道："建房盖茅由我等担任，日夜施工一月可成。"伯禹道："如此算来，离此至入居，则近三个月，治梦任务恐赶不上春水之前了。若能再缩半月一月，事或可为。谁有妙法，为我取半月之期？"众人沉思未能即答。

　　珠儿言道："我有一法，不知是否可用？"禹强知珠儿聪慧，急道："珠儿快说。"珠儿道："太章叔说建营之坡林木繁密，如此则立桩用木，必然就近砍伐，在建营处伐木而后又在此下桩，一事二为，是重复之举。何不就以木根为桩，在伐木时留下所需高度的树干为架屋木桩，岂不省下许多工夫。若原有树干有空缺，则另入木桩补上，不知此法是否可行。"

　　珠儿言毕，童律、太章同声道："好办法，好办法，留树干为架屋之桩正合用。只要在伐树之先测出所需高度，作出砍伐线记号，则被砍留下树干可以高度一致，也省得打桩时逐一测量，珠儿之法既省工又省力，妙法也。"应龙道："划定残留树干高度我来解决，只要测出地势高低，制一等高线木杆，以杆高度砍伐，则根桩必平。所建各营不必划一同高，屋与屋可以高低不一，不必等平。我当教习百人掌测地立杆方法，一日即可学会。"伯益道："用珠儿之法，则伐木立桩之期不过十日。"禹强道："以一屋立桩计算，五日即够。"伯益道："如此则缩省出二十多天时日了。"

　　伯禹大喜道："珠儿又立一大功。此法至简，但不知之前，诚至难之事。一法之巧，足敌万人，良策不易得。得法之道在于勤思敏感，此非灵悟之人不易得。智巧之生不在年纪大小，于珠儿之事可见。"众将都同意伯禹说法。祝融等四人更对珠儿佩服不已。

伯禹复道："建营之事已有眉目，赴梦怎么走？"童律道："梦与江通，今可顺沱道而至洞庭到湘、沅之口。"伯禹道："那就三日后动身。建营事急，太章带禹强所部于明日动身，先期伐木建桩，为使桩高齐平可架屋底，请应龙随禹强同行。"禹强、太章、应龙都答应了。

伯禹又道："治梦约半年，治后还回罗地营再去豫，留梦时短，不必另建粮仓，所需军粮由罗地营供给。罗地营暂不撤销，既为梦输粮，又为治梦归来结集地。庚辰为镇营之将，留卒三百人。两亥兄弟留辅庚辰，作为运粮之将兼作往来通讯之事。余者众将随我同行。"禹强道："我率部先去梦湘，守卫伯禹、伯益任务留朱虎、熊罴两将，请伯禹同意。"伯禹点头。当日各散，自去准备。

不说太章、禹强等先期去梦之事，只说三日后伯禹动身，由冯迟、江妃统率大小船只百余艘，众卒搬运应用粮物器具到船上，一切齐全，只等伯禹及诸将下船。伯禹安排停当后与伯益各穿裘衣戴皮帽，以带束腰，脚下毛靴紧扎，在诸将簇拥下告别庚辰、两亥至江边下船，庚辰、两亥送至江边。冯迟见伯禹一行上船坐定，与江妃招呼后传令起篙解缆，顺沱江而下。

这日西北风轻吹，天阴沉未雨，冯迟命船卒挂帆而驶。顺风顺水，船行如飞。百余条船只连贯而驶，首尾相接，气势磅礴，经沙洲而南，过斗村、郝穴，这日来至容城地界。伯禹正在船首观大江两岸，见孤石昂立，认得是石首之地。

途中在船中宿了一夜，次晨船入洞庭湖。一望无际，水天一色，洞庭湖果然气势非凡。众人只感烟波浩渺，舟似轻叶，御风而行，飘飘如仙，顿忘自我而仰天长啸，手舞足蹈。众人乱动致船身晃动。幸三奇、童律几人久历江湖，不为眼前景象所动，提醒水卒稳操舵桨，不得雀跃。冯、江两将也悚然惊醒，收敛身心，严令士卒无哗稳坐，防船侧翻。很快过了湖心，傍晚到了岸边。只见苇林浓密，无法登陆。当晚只好再宿在船上。

次日晨起，由三奇师徒两人驾小船搜索岸苇，童律同去，找到了湘口。三人深入苇中约十里登上陆地。三奇对童律道："这么多条船，这样厚的苇林，不用火烧了这苇林，船没法靠岸。"童律点头。三人出来回告伯禹。

伯禹听后召集众将商议道："正如太章所言，梦泽各大水道入湖口被芦苇茅蒿等所封，若不去除，不但我军不能登陆，还阻塞入湖之水，理当立即除此阻塞。"伯益道："去苇蒿之法，莫过于火攻，今有方、宋两位，又有祝融之能，去苇除草易举，但去草后必现淤泥，清淤非短日可成。"

宋无忌道："湖周绵长，苇岸千里，深宽数十里，若尽除之恐大费时日，虽有祝融相助，不是短期可尽。"

童律道："苇蒿不可尽除，苇虽阻水为害，但也起护岸作用。而且苇茅也是民用之宝，盖顶筑壁，遮雨挡风，其根入药，其叶可燃，不可尽去。尽去连我等将卒也要夜宿漏雨之屋了。"方、宋、朱虎等都笑道："童律说得有理。"

三奇道："天下万物各有所用，相互倚借，雁鹤鹳鹊倚苇孳繁，尽除苇草，禽失其所。上天有好生之德，禽鸟孳繁有益于人，彭蠡泽已有先验。"

伯禹点头道："去苇是除阻水之患，只在水口一带，不可尽除。已知九水入洞庭，中以四水为主，明日且除湘、资两水入湖口之苇，余待安营后再处。"当时定下宋、祝二将各焚一口，方道彰两处扇风，扇风既助火也防火，防止祸及无辜之苇及山林。三奇道："待吾明日探湘、资两水之口。"

经过探测，知两江入湖口相隔不远，中间不必筑隔火地带，宋、祝二将商定同时点火焚烧。苇秆干而密，极易焚烧。北风劲吹，火即南进。烈火浓烟，猛烈升空。冯迟、江妃两将各率卒百人在火起处东西两侧各十里处辟出一条宽里许的防火带，阻断大火延烧两边，保住不该焚毁的芦林。方道彰则守在东南边防火空地，以防北风过烈延烧东南边芦苇。各船都远离火场，北移五里，真是好大一场烈火：

地面万丈火，空中百里云。芦茎尽烧毁，茅荻更难容。

苇中禽兽逃，湖鱼无影踪。草去大地净，火临万物空。

却说这股烈火浓烟惊动了数十里外正在伐木建营的禹强、太章及众卒，太章对禹强道："隆冬季节，天无雷火，湖边芦苇何以燃起大火，莫非有人纵火。"禹强道："荒野之地，放火烧苇作甚，怪哉！"太章猛然醒悟道："莫非伯禹大队来了？"禹强道："何以见得？"太章道："这火正在湘资两水之口，焚两水入湖口正是预定之策，如此大火非少数人可为，定是伯禹来了。"禹强道："既如此，当派人前去一探。"太章道："言之有理。然火离此很近，为防延及，当令士卒去苇处割苇，既可筑防火地带，又可取得编壁覆顶之用，你在此督导等候，我疾行前去一探。"禹强道："望速去速回，路上小心。"太章应允，立即去了。

顷刻间即到火边，在空地就见到了方道彰、江妃，双方见面都喜。江妃道："正要寻找你等，来得正好。"太章问道："伯禹现在何处？"江妃道："伯禹大船正泊于湘水口，现避烟火，暂移湘、资二口之北。"太章道："此火想是你等点焚？"江妃道："苇草堵口，船队不好泊岸，放火焚苇，既可去阻见淤，又可进船登岸，是一举两得的好事。现在又因此引得你来寻，又多了一得。"

太章望火场后道："湘水口难道有如此之宽，看上去有二三十里？"江妃道："不只湘水一口，是连资水口合并而烧。三奇师徒已探明湘、资两水入湖口相距不过二十里，原来定宋无忌、祝融各焚一口，因相距不远，中间也难设防火带，就连而烧之。"太章道："原来如此，省了许多工夫，此举甚好。"

江妃道："你可要去见伯禹？我有轻舟在此。"太章道："既遇你们，我就不去了，你代为禀告伯禹知晓，我与禹强就在这里筑营，火场尽头不远就是营地，你们船靠岸就可看见，禹强还等着我呢，到时候来接你们，现在告辞。"别了方道彰、江妃二人自回。

因为风大，二十余里苇草一日内尽毁，黑夜来临仍可见地面苇根处一片通红，炙热难近。苇地余烟混着水汽，呛人喉鼻，被烈火烧死的贝甲鱼虾也散发出恶臭。令人头昏脑涨。伯禹这晚还在船上安息。

江妃回船向伯禹禀报已见过太章。伯禹问："何不来见？"江妃禀明太章只为探明起火原因，回去安定禹强及众卒之心，待火过后，他们即来迎接伯禹。

伯益在旁问："太章、禹强等现离多远？"江妃道："太章曾道，就在苇林尽头，上岸之后即可对面望见。"伯益道："那就是了，火过苇尽可径直到工地，是不必先来了。"

伯禹也笑道："既然建营地就在前面，且明日察看苇林火场，若是可通，明日即去。若是不通，再候一天也就是了。"当晚众人再歇船上，冯迟、江妃派人值夜，巡视火场边沿，以防余火伤人。

次日早起，冯迟、江妃听巡卒来报，火已尽熄，地也凉了，但淤积沙丘泥墩布满水道，拦阻水口，不但船不能进，连步行也难。水道两岸芦根残茎依然紧密，延伸在水中。抬头望去，约有十余里。尽头处林木茂盛，一片绿色，偏右处隐约可闻伐木声音。

正说间已见有人举旗招摇，似在迎候。童律道："正是禹强、太章等人哩。"伯益命冯、江两将也举旗呼应。伯禹道："既已沟通，且筹如何过去。"冯迟、江妃指挥船队靠近湘口苇岸，士卒跳入水道淤泥隆积处，动手疏浚。两千余士卒奋力掘进，段干、甲乙八雄，龙罔象、夔魍魉、坟羊三杰各展神通，挖掘浚运热火朝天，船只在前掘后推中前进。夕阳未西，已过了火场之地，淤积渐少，水道渐深。太章、禹强应龙等已候在岸边，迎接伯禹一众上岸。岸上早备下餐饮，众士卒守船过夜，伯禹等至简易营房安歇。

欲知伯禹此后如何治梦，且听下回分解。

第五十四回　访民苗家

话说禹强建营工地绵延数里，士卒正在辛勤操作。禹强道："五日内可成，略作整理，七日内可以入住。"

伯禹分别安排江飞、冯脩二将统率一半士卒割茅苇，助禹强部筑室盖房顶；冯迟、江妃率另一半士卒治水口。冯迟统领治湘口，江妃统领治资口。

安排后，伯禹与伯益随冯迟至湘口察看，三奇师徒、童律、朱虎等相随。伯禹见出水口有许多芦根淤泥。冯迟命士卒驾船下水浚治，浅处水仅没膝，时虽隆冬，但气候不冷，水未成冰。冯迟营中有甲乙兄弟率领精卒，又有躞魍魎、坟羊等能人，都入水挖掘淤积。

伯禹在岸边观察，见坟羊、甲乙众卒虽十分努力，但起泥很少，深感惊讶。对伯益道："坟羊、甲乙之能我们都知道，何以今日只见用力，却不见泥出如飞。莫非连日辛苦，气力不足耶？"伯益摇头道："虽连日奔波辛劳，但不至浚不见泥，必有缘故。"

三奇闻伯禹、伯益言谈，下船到浚掘处观察，只见淤积处苇根盘错，根在泥中，泥在根下，泥不能出。虽锹铲枚掘，莫能为力。三奇对冯迟道："芦根抱土，泥聚不散，根枝互缠，土何能出。可令士卒用全力断芦根去残苇，苇根去则土松散，就容易去淤。"冯迟听三奇之言有理，传令士卒全力断苇根去苇秆，松土于水。士卒遵令，果然见效。甲乙及坟羊等也依言用力断缠绕的芦根，躞魍魎、坟羊等力大，双手所及，芦根苇茎寸断。根茎既断，抱土自散，纷纷落入水中，随水流入湖口。

三奇复对冯迟道："苇根抱土之力甚强，苇生湘口两岸，足以固堤，两岸残留之苇不可去，今只除出水口的苇根即可。只要清除了湘口苇根，依湘水冲力，湘口淤泥可不费力而清。"冯迟笑道："言之有理。"

三奇回见伯禹，说了水中芦根抱土情况。伯禹点头道："是也，塞之因在根不在泥，泥倚根而积聚，泥失根则散失，除根即除淤，得塞之由了。"

伯益听后道："土受芦根之抱而坚，则芦根固可以坚土护堤岸。洪期水盛，水流湍急，多坏堤岸，若两岸苇去，岸不固了，当传令治水之军不可去水道两岸之苇，以固两岸。"

伯禹道："但两岸之苇已焚毁，如之奈何？"三奇道："留岸苇已和冯迟讲过。虽然，两岸芦苇已焚，但残茎犹在，根茎未伤，来春必然萌生新芽，只要保留两岸芦根，护岸之堤可存。"伯禹道："既湘口如此，谅资口也有这等问题，何不再去资口一看。"伯益道："正宜往资。"

朱虎命士卒驱车推伯禹、伯益西北行。你道伯禹为何乘车而行？原来伯禹久在云泽奔波，寒湿染身，双腿得了寒痹之症，时有疼痛，发时行走困难。方道彰虽采集大风艾、山红藤等草药敷治，但难根除。又兼伯禹劳心治务，岂肯静养不动，故时瘥时发。这几日乘船走路，又见酸痛，为急于治理梦泽，要知湘水淤积之状，就令士卒推车巡察。不多时到了资水口，果见士卒在水挖泥费力，出泥不多。伯禹停车呼江妃。江妃见伯禹到来，上岸参见。伯禹道："清淤可顺？"江妃道："资口苇根草茎捆泥，去之甚难。"伯禹问："可有良法？"江妃道："未有良法，故进度很慢。"伯禹指三奇道："湘口也同资口，三奇良法可治。"

江妃笑对三奇道："愿闻吴叔指教。"三奇道："苇根抱土，泥聚不散，根去泥自散。可令士卒专力劈碎根茎，莫顾泥土，必省力而速，你可试之。"湘口已行此法，效果显著。江妃闻言，豁然醒悟道："奇叔所说极是，我蠢不知虑此。"

三奇笑道："你一心在去泥，一时虑不旁及，人之常也。"复道："苇根有抱土之功，植于岸则固堤，伯禹已传令不伐护岸之苇，只除水道之根。望将军传令士卒遵行。"江妃乃传令下去。伯禹停车歇于岸，经半日见专力治根茎后，茎散泥松，随流入湖，淤积渐浅，知已有效，方乘车回营。

数日之后，营房渐成，干燥平整，宽大明亮，两千余士卒陆续入居新舍。湘、资两口治浚也大有进展。伯禹和伯益商量道："营已建好，禹强、江飞、冯脩的建营人手可以去治沅、澧等水口了。"伯益赞成。

于是伯禹召禹强、江飞、冯脩三人道："治梦之根本是治九江出水口，其中四水为大。湘、资二口离这里近，正在疏浚。沅、澧二口离这里远，约二百里外。澧最远，沅在澧、资之间，此去行程一天以上。其余渐、无、辰、叙、酉五水在沅、澧之间，可顺便治理。这里营建完工后就去治理这些水口。"禹强道："请伯禹给分个工。"伯禹道："这样，江飞治沅口，冯脩治澧口，禹强卒分两口兼顾余五水，五水口有阻治，无阻不治，总的由禹强统率。沅、澧离这里已远，不能回住，需另搭新营，去了要选干燥地先建简易营房再治水口，不可使士卒卧在潮湿地上。"三将一一领命去做准备。伯禹又命童律到荆南了解民情风俗不题。

自全面治梦的九水后，伯禹、伯益及随行诸将连日在湘江口与士卒同道浚治，散苇茎于湘口。伯禹腿疾常服去风湿之药，时愈时发，愈则至水口操工，发则巡视，不肯稍有休息，将卒无不感动。虽多次劝阻请伯禹安歇，但伯禹道："洪水之患一日不除，我一日不歇。若耽安逸，上负帝舜托付，下愧对黎民期盼。我生一日将劳作思虑一日，不敢怠惰。"众将卒见伯禹如此勤奋，更不敢怠慢，都专心致力浚治去淤。

转眼过了十余天，太章来报，澧、沅营址建成，两口都按治湘办法，正在焚苇掘茎，保留两岸残茎。禹强还带了士卒察看另五水。

这日伯禹正在湘口，忽见湖中有大船数十，风帆高张，隐隐自北南来。三奇见状即与珠儿两人驾轻舟迎上前去察看。不一刻三奇返还告伯禹道："是两亥押粮船来了。"伯禹大喜。顿饭时大船临近，落帆缓行，须臾船停近岸处，两亥至伯禹处禀告。伯禹道："运粮辛苦了，罗地营诸将可好？"章亥道："庚辰将军有龟甲信在此，罗地大营诸将都好。"伯禹观看龟甲所叙，内道送上粮两千斛以供军需；敷浅原玄龟营地丰收，有粮运入罗营，罗营存粮充足。信中通报罗地、龟山两营将卒平安，云泽诸民垦殖热火朝天，欢声遍野，预计明年将有丰足之粮。伯禹览信欣喜，交与伯益观看。并对冯迟、章亥两将道："可将粮船试入湘口，若水浅船搁，可靠于沿岸，令治水卒停工搬粮。"两将应命。湘口初治，开始尚可通行，数里后因粮船载重吃水，道中苇根未除，遇阻难进。冯迟命所部士卒暂停疏治，集中运粮入营地。

伯禹见粮已安顿，对章亥道："你两人先歇两天再回不迟。"正说间，童律进入，见两亥在座，握手问道："何日来的？我们正思念呢。"两亥道："运粮刚到，你从何来，如此匆忙？"童律道："奉伯禹之命去了各村，今特来向伯禹禀报，且待禀报后与兄弟细叙。"乃转身向伯禹报告道："奉命巡百里内各邦，此处地广人稀，山多林茂，邦国黎民都居山林之中，由于人口不多，衣食足可温饱。虽洪水连年，然此处水流正常，黎民多无损伤。水害只淹及洞庭四周。洞庭之水时涨时缩，盈缩所及常达百里，当地黎民很少有来洞庭四周开垦种植。也少有到湖中捕捞鱼虾。各邦之民只在山中以狩猎为主，兼采野生粮果为食，对洞庭四周平坦湖地很少关心，多视作荒草野地。洞庭之南一大片水面，全是青草覆盖，当地民叫青草湖，水草丰茂，鱼虾成群，惜无人捕捞，听其自生自灭。这里黎民久居山林，不熟稼穑，故视沃土为荒野。"

伯禹又问道："邦国几许？"童律道："近二十，每邦黎民不过数千，且居住分散，邦国分界也不清，贪婪之念泯灭，进取之心淡薄，都安于自然之道而生存。"

伯禹听此叹道："帝都离此两千里，洞庭之南，地近蛮荒，荒蛮之民不习于稼穑不足怪也。水治后，荒草尽去，平原多肥沃良田，然不务翻耕垦殖，数年之后，又成荒草没径、禽兽出没的荒地。所以水治后，必须迁民居此耕种。民不熟稼穑可教而使会。民非不知少劳多得之乐，然均分之制未改，多劳多得之制不行，齐猎共享之俗行之已久，黎民习于简陋，安于现状，智不启，稼穑不兴，非邦国之福。今之后当改齐猎共享均分之制，兴多劳多得、得归私家之制。教民稼穑，以开民力、导民重利，倡多劳多获之风，启民智。使民爱家，不能尽归公。民只尽力于公，奉命行事，难以竭尽智力，若为家事而图，必不待命而勤，不待言而耕渔。尽力于地则粮丰民食足，粮丰民食足则邦安国治了。治国之策当公私两图，只知公不图私，执一而行非治国安业之术。稼穑之法当请后稷来此导引，但后稷正忙于兖、徐，无暇来此，来也在两三年之后。为此，欲垦当前荆南，要行迁民留卒办法。"

伯益细聆伯禹之言而后道："我有同感。"童律不明迁民留卒之意，悄问伯益。伯益笑道："你以后会知道。"伯益复道："改均分，倡私家，抑公务，启民智，这是极大之事，其利弊将波及千秋万代，我不知后果如何，深感畏惧。"伯禹道："千秋万代之事，我不得而知，但治国安民之策必合时利民，合时利民就会国安民富，行之不必疑。背此者无益于治，只会误国弊民。"伯益点头深思不再言。

却说伯禹在听了童律所说民情后，有深入考察之念。这日与伯益谈及此事。伯益道："伯禹既有此意，何不径往荆南一探湘源，沿途顺访民俗，一举两得，我当陪君同往。"伯禹道："伯益同往，再好不过了。"伯益道："当令童律、太章、朱虎三人同去。"伯禹点头。即通知三人，言明欲探湘源而考民情之事，三人欢喜，各去准备粮糗用物。伯禹又命太章告知禹强、应龙、冯迟、江妃诸将去探湘源之事，言明来回需要两旬，请诸将各自独立疏浚，难决之事，由应龙会同三奇共商决定。诸事安排后遂启程南下。

湘江两岸气候湿润温和，土质松软肥沃，山上多是阔叶林，青绿苍翠，鸣禽猿啼之声盈耳，但行人稀少。五人一连走了四日，未见像样村落。第五日晨起至一水流交汇处，童律道："这是衡山之南，人称衡阳。"伯禹道："如此水草丰茂地方，必有民居，西面有山，何不到山中探访民村。"五人沿山坡向上曲行约三十里，见密林深处有炊烟飘荡，迎面一楼面南耸立，利用山体陡壁上小下大的坡度，倚山架成一排两层楼房，底层较浅，用于堆垛杂物及圈养牲口，二层很深，供住人。楼梯架在室外，用以登楼。整座楼下大上小中曲如靠椅状。

伯禹喜道："此地黎民有智，知利用山势建房。"童律道："当地民称此楼为吊脚楼，因楼如人坐椅上垂双脚之状，伯禹及诸人再观之，觉确如童律所言。"这时楼中出来一老妪，年五十开外，头发花白，青葛布衩，粗手赤脚，后随着一个五六岁女孩。老妪双手滴水，飘来酸味，正在制作什么，面带疑惑，注视伯禹等人，口中似在说道什么，但伯禹不懂其所说，只得上前作揖而问道："我等远来，路过贵村，不知此为何地？"

老妪瞠目对看，似也不懂伯禹所说，摇头未答。童律急上前，因他略懂当地土语，也能说几句，对伯禹道："听老妪之音，似为苗民。"伯益点头道："苗是炎帝之后，正在南方。"伯禹对童律道："你若懂其语言，何不询问此地之情。"童律上前与老妪对话，口音虽不纯正，但老妪似已听懂，接上了话口。两人叽咕一阵，老妪面现笑容，躬身伸手示意，似请伯禹等上楼。

童律转身对伯禹道："这是苗民，全村三十余户近二百口，都姓熊。老妪夫亡，有子四人，都婚，女一人，未嫁，孙四人，除幼孙女随老妪在家外，余人都随村民入深山猎兽已三天，估计今日可以返村。知伯禹贵人，故请上楼。"

伯禹闻言甚喜，举手作谢，随老妪登楼。楼上宽敞，第一间是起坐厅，左右各沿山体筑有五间小房室，似为寝卧。厅后壁即山体，挖出一宽窑洞，方圆可坐十余人，中有一火塘，堆积着炭灰及未烬之焦木。火塘四周有平滑石块可坐。火塘上方即窑洞之顶，顶有出烟孔直通山外。火塘架火时，烟气即由此孔排出洞外，厅内没有烟气。厅内无甚陈设，一大木桌，数凳椅而已。壁挂了箭及斧钩绳索，有数张兽皮。壁角靠着数十条坚木棍棒及石硾等器具。桌旁一大坛，内有各种素食及几块肉条，发出阵阵略带香气的酸咸气味。老妪正在用力将孙女取来的菜蔬往坛内填装。一边捺实一边撒盐，装满一坛就捧进一室倒覆于一大盆上。洗净双手出来相陪说话，洒上自制清泉茶。伯禹等围坐在桌旁，老妪坐于一端，孙女依偎在旁。伯禹命朱虎从带来的干粮中取出粮糇及少数精米，送与老妪，老妪一见似十分欢喜。双手接过，连连躬身致谢。

　　伯禹问道："你家以何为生？长年可能温饱？"童律将伯禹之言翻译给老妪，老妪答道："衣食都靠全村出猎供给，猎多多分，猎少少分，勉强度日。"伯禹又问："如有灾害，或狩猎不足怎么办？"答道："采野菜杂食补充。"伯禹道："村民可有种植稻粟的？"老妪摇头道："无人会种，但先夫在日曾见过北方有村民耕种土地得粮为食，回来后曾垦土试种，但不懂方法，辛劳半年，秋后收获极少，后不再种。"

　　伯禹点头叹惜，复问道："村中如何分猎获之物。"老妪道："按人头均分，这是祖上规矩，从来不改。"

　　正在叙说之际，忽闻楼下人声喧哗。

　　不知喧哗何事，且听下回分解。

第五十五回　说均分

这时楼下上来一少年，进屋见许多生人，不觉腼腆，走到老妪身边相互耳语。少年含笑向伯禹等躬身为礼后下楼。

老妪对伯禹道："适来的是我小儿子，全村猎回都到长老处分猎物，诸子将回，我已嘱他，有客在家。"伯禹点头。过了约顿饭时，吊脚楼下传来屯物声，后听得楼梯轧轧响，鱼贯上来多人，为首者虎头大眼，一身彪悍，身后随着六男五女，个个气宇轩昂，身强力壮，都是兽皮围身，足穿麻履，背弓持斧。男女装束并无大异，女的只多了一块头巾。

伯禹见状知老妪一家儿孙媳妇猎归，起身相迎。为首的双手抱拳，屈身为礼道："贵客远来，十分欢迎，坐下叙话，我等山野人，不懂礼数，不要见怪。"身后兄弟子媳都躬身行礼后，各归左右两厢房中。

为首壮汉与老妪对话，对老妪十分恭敬，凡老妪之言，壮汉都俯首点头应诺。两人交谈毕，老妪起身入灶房，壮汉坐下陪伯禹说话。拱手道："山野村民，没有好菜供客，只有兽肉粗菜留贵客便餐一饱。"

伯禹道："我们是治水之人，路过贵村，顺便访问民情，多有打扰，请壮士见谅。敢问壮士姓名及所处邦名？"

壮汉答道："原来是伯禹治水贵客。这里是苗邦，听祖上传言，是炎帝后代，避乱到此，我家也有毕兹卡（土家族）女嫁来，家有两族习俗。我姓熊，名斗生，兄弟四人，以'生长壮大'排列，大弟斗长，二弟斗壮，幼弟斗大，妹取名斗巧。我兄弟都已成婚，除三弟生有一女外，余都是男孩，小的也十三岁了，能随父母出猎谋生。全家十四口，劳力多，是村中大户。"这时众男女都到厅中。伯禹也将伯益等作了介绍，斗生兄弟都一一为礼。

伯禹问道："这次出猎可丰收？"斗生道："这里气候燠热，山陵重叠，森林茂密，原本兽很多，只要人手足够，器械锐利，山中禽兽足可供村民衣食。只是近年来人口多了，近山兽渐少，多在深山远山，猎捕不如数年前容易，需要结伙远入深山围捕。往来费时，运载也烦，所以一月之中只能出猎三四次，空余时在近处采集野菜杂食，补不足兼调口味。"

伯禹道："猎能饱一家终岁之饥吗？"斗生道："大致可以过去，但难说丰盛。"言说间，斗生之母及孙女已端盘出，诸兄弟及孙媳等都围火塘而坐，火塘中架起柴火，两大盘中盛新鲜兽肉,另有两大盘盛菜粮混合之团,一大罐蔬菜熬制的羹汤,另有一盆酸味很重的渍菜,正是老妪在制之物,这是制作已久的腌菜。小孙女又端出许多空钵,用来盛食。众人各自动手割肉就火塘烤炙,须臾肉熟,热气腾腾,香味扑鼻。

伯禹对斗生兄弟道:"珍禽猛兽之肉来之不易,都是众位以性命相搏,历辛苦所获,我等坐享其成,得此丰筵,十分感谢。"斗生手撕烤炙虎肉分给伯禹等,然后众兄弟儿媳等都裂肉盛羹蘸腌菜而食,一家欢腾。

童律挟腌菜与伯禹、伯益道:"这是苗家口味。"伯禹尝后称赞,命童律解背囊取出随带干粮分赠众人品尝。伯禹所带干粮是炒熟的米麦碾粉掺干肉糜加盐制成,可干食,也可入水成团而食,其味美好。斗生一家从未尝此食品,都说味好还饱,问伯禹道:"何物制成这美味?"伯禹道:"米麦黍粟碾粉加干肉脯。我们士卒都以此为日常之食,不是稀罕物。你们终年狩猎,不缺干脯之糜,缺的当是米麦粟黍,不知何以缺此。"

斗生道:"我等长年狩猎谋生,不知农事,所以米麦极少。"

伯禹道:"这里气候温暖,湘水两岸土地肥沃,若事稼穑,米粟年年可熟,棉麻也可丰收,全村温饱有余。农事之闲,从事狩猎,又得禽兽。你们吊脚楼构筑十分好,楼下正可圈养牲口。这里虽地广人稀,可都强壮有力,尽可过富足安定生活,为何不事稼穑而专务狩猎,过勉强温饱生活?"

斗生不觉叹息道:"村民不愿事农垦,有不懂稼穑原因,但不是主因。主因是历年祖传之平分制度造成。"伯禹道:"均分为何不好?"斗生道:"祖宗之制是出去共猎,回来均分。人不分男女老少,按口均分。虽年富力强,勇敢捕杀的不多得,怯懦力弱的未少得。早几年人口稀少,禽兽多,捕获不难,衣食无缺,所以共猎均分民也心安理得。以后人口多了,禽兽少了,一岁之间,常有不足,多有缺食半饥的,用公藏补充。可藏在公室的干脯猎物因保管不善有虫蛀鼠咬或霉变腐烂的,不满公藏的人多了。有民提出改公藏为户藏,即每次所获猎物,按口分到户,多获多分,少获少分,猎物都到各户,食有余则是各户自储,食不足也各户自行采野蔬充饥,不再仰赖公藏。此制行后,各户都喜,至今三年,未闻异议,也习以为制了。但共猎均分制度没改,虽有强者多获,因均分没有多得,所以个人不去冒险进取。对农垦之事,耕所得都入公均分,也就不愿花精力动脑子去做了。"

在座一妇插嘴道:"均分制度不公,劳多凶险多,理当多得。强弱不分,优劣不计,智愚不别,一律均分,形似公实不公。不公制度谁肯用智尽力?"

伯禹笑问此妇道:"敢问姓名。"此妇豪爽泼辣,无忸怩之态,答道:"我名不阁儿,是斗生媳妇。"不阁儿说后,朝其旁诸女一笑道:"我说的可不是吗?"众女都笑道:"大姐说得是,我们也是这等想法呢。"伯禹笑对斗生道:"你媳妇很有见识,多劳理当多得,是鼓励多获的办法。"斗生道:"村中许多黎民,都有此意,只因有祖宗规定,不敢公然提出。且有年老体弱的如何给养问题难解,所以无人敢改旧制。我媳妇是心直口快的人，说话无遮拦，伯禹不要见怪。不过她的意思，却是许多人心里在想的事。"

伯禹道："今后改共猎均分制为多劳多得制，你们一家愿学稼穑事耕种吗？"斗生众兄弟媳妇异口同声道："若能多劳多得，稼穑之事有何不可。"伯禹喜顾伯益道："改祖制，为时不远了。听民心可知。"

斗生之娘道："他爹早年虽种粮不成，但我却忘不了他收获的少数米麦，当年我将这些米麦混合猪牛血灌入猪大肠中，用火烤干贮藏，在过年祭祖时取出蒸熟，味道极好，至今记忆难忘。可惜后来没有再种出米麦。若能再种粮米，当再做血肠粑给儿孙吃。"斗生笑道："当年我还年少，吃过妈制作的血肠粑，的确好吃哩。"

斗大的媳妇是侗族人，插话道："若有米谷，我可以做出扁米糕，味道可好呢。"斗大道："我娶妻去媳妇家，她那里会庄稼农事，产米谷，用米谷做成许多好吃糕团，扁米糕是将米蒸熟掺蜂蜜做成，的确好吃。那里农猎并重，不像我村只猎不农，终年以肉为食。今后若实行多劳多分办法，我便去媳妇家学农耕方法，哪有学不会之理。"

童律将斗大说的译给伯禹知晓，伯禹称赞斗大有志气。伯禹又说："我们正在治理梦泽洞庭，洞庭之滨不但有大片沃土肥地，可种粮植麻，衣食有余，且洞庭有大片水面，水中有各种鲜鱼，捕捞可以美食。你家可以一试。"斗生道："但要改共耕均分制度，不改不会去。"

伯益道："实行多劳多分制，劳强户会喜，只是老弱病残、鳏寡孤独户何靠？"

伯禹点头道："这要考虑，既是王民，当有所养，不能让老弱病残鳏寡孤独者饥寒，改制损害这些人，非王者所愿，也是天理所不容。后虽必行多劳多分之法，但公养之制不可缺，仍当保存。怎么两全，要有个妥善办法才好。"伯禹、伯益议论，童律为译，在座诸人都听到，不阁儿笑道："这好解决。"

伯益道："说说解法。"不阁儿道："共猎所得，留一份做公养，其余按劳分，就可两全。"伯益笑道："此法对共猎可行，但对农事，在分户耕种后，收获都归户得，病残、弱者无力耕种，岂不冻馁？"不阁儿语塞。斗长道："在农耕可实行共耕公养之地。"

伯禹听童律翻译后笑道："共耕公养地，好办法，此法可以成制。"伯益也点头称好道："户耕与共耕公养之法兼行，确是两全之策，伯禹所言不错，可以成制。"伯禹道："共耕公养之地不仅可解老弱者之养，也解村中公用以及上交贡赋需要。治水之后，所得可耕土地很多，以户作业，民食有余，有余力耕公养土地，共耕公养办法不但可行，而且民会乐从。"

伯益道："可将一畦之地等分为九，周边八归户耕，中心一为公田，公田共耕之。户耕之获归户所得，公田之获归公养之用。每畦设一畦长以统率，定时会八户耕耘播收以保公田之必获。如此则户获必多，公养之田也有收，可以成为制度。"

伯禹问道："此制可推行到九州吗？"伯益摇头道："恐不易也。"伯禹问其故。伯益道："均分之制所以能行，以其山林土地以至天下之财物都属于邦国也，如此则权都在邦国之当政掌权者。民是邦国奴隶，由掌权执政者主之，耕猎所得都归邦国，非民所得而私有，民所食皆仰赖于上所赐。此即当今之制，是集权牧民之制。权既在上，利必随之。当政掌权者岂肯让权给庶民。行户耕户得，多劳多得之制是分当政者之权，当政掌权者岂能不阻，所以我说行于邦国不容易，权力所在，邦国难行。"

伯禹叹道："你说的是对的，但多劳多得，户耕户得制度终将行于世。利民之事，人心所向，后必普及，这是大势，大势是阻挡不住的；损民之阻，只能阻一时，难以阻大势。今虽不能遍行于九州，但我当在洞庭之滨试行其制，以观其效。"伯益点头。

当日天色已晚，伯禹等即宿于斗生之家。次日一早起身告别，熊家众兄弟送至村口方别。

伯禹一行沿湘江南下，沿途苍山翠峰，景色醉人。又访问了几个村落，大致与熊氏一家雷同，都行共猎均分或共耕均分制度，不在话下。

几日后到了五岭，五岭气候温和，不像云泽寒冷，一路未见水有阻塞。回程过洋山涉川流，越都庞岭至萌渚岭，北至九疑山。登山可见潇水之源，细水纷流，汇成溪河。

伯禹一行在苍梧九疑浏览了近一日，次日循九疑河至潇水，伐木扎排，顺潇水入湘江。伯禹坐在木排中，见湘江果然辽阔，流量宏大。两岸苍山，尽收眼底，沿途入注水流颇多。时在冬季，水无溢泛之灾。数日后至衡山之南，又会蒸水。童律道："衡山为南岳神山，理当祭祀。"伯禹道："若绕道衡山，恐误归期，待治梦事毕再祭吧。"于是过蒸水径至湘口，入青草湖而登岸，进入大营。

伯禹歇了几日后复与伯益等巡视各口疏浚工程。途中问应龙道："还有何要事待理？"应龙道："九水治后已畅流，但洞庭出口未治，须防入水急而出口迟缓，当去出口处疏浚。"伯禹道："洞庭浩渺广大，出口连大江，来时经石首入洞庭。但看这口还不及湘江一口之宽，想必另有别的出口，不知在哪里？"

太章道："洞庭东北有君山，君山东北角有大出水口通大江。君山也叫湘山。"伯益道："君山在洞庭东北，既在北，必近汉口龟山，何不在治理九江后返汉口时，顺途治理君山洞庭口，一举两得，事半功倍。"太章、童律都说合理，况且现时也没有人力可治君山出水口，先集中精力治好九水口，然后再治洞庭出口是上策。伯禹也同意。

转眼过去三个月，冬去春至，除渐、无、辰、叙、酉五水在流经沅、资二水处经稍加疏浚都已通畅，用工不多，花力主要在湘、资、沅、澧四水入洞庭之口。经将卒同心协力，已将淤塞于水口十余里之苇茎荻根，腐叶朽木，烂泥尸骨清浚，堆在两岸，化作沃土。九江之水尽治，顺畅流入洞庭，所有将卒无不欢欣，后人赞治湘之役曰：

万丈烈火烧芦林，千竿利器断苇茎。

当日淤重士卒苦，今朝草尽湘水清。
若非禹功称当年，何来荆民夸丰盛。
前人治水后人享，世世代代说到今。

不说众将士喜荆湘九水之治，且说伯禹在巡视九江回营之后，对伯益道："洞庭治后，可得耕地百万亩，若不及时垦殖，不但失粮无数，且草长地荒，日久又淤。然何计得治，众将中多智慧之士，商议之后必有良策。"

数日内诸将陆续返营议事。伯禹道："有二事须商量，一是梦泽初安，洞庭之滨得地万顷，若不开垦，不仅可惜，且有后患。地不垦则荒，荒则杂草疯长，久必淤塞河道，废我们治水之功了。所以治水之后，地须垦殖，垦殖既利民食，又护河道，为两利之举。可是近处庶民重猎狩轻农耕，既不懂庄稼，又因行共猎均分之制，劳者不多得，现虽有大片可耕土地却无人耕种。二是开洞庭出水口，九水入湖口已通畅，春水来时湖水必涨，可出口依旧，洞庭口满溢成灾。故须开阔通江出口，以平洞庭涨水。为此二事，特请诸君共议。"

童律道："这次随伯禹了解民情，民也想务农事稼，但因均分制度，故不思进取，不想多劳。若改均分制，愿农的不乏其人。制由人定，时变则制变，若能利国利民，何必死守旧制。"

宋无忌道："均分制是先王所定，使老弱废残者有所养，行之数世，天下安定，老少咸曰其宜，天下各邦都奉行，不能因荆南之民不务农而改先王定制。改如不当，会天下大乱，不可轻动。"

方道彰道："一方之民不务农，荒不过一地；改制之事是动摇先王定制，扰万邦安宁，不可因一地之小利而废天下之安定，改制之事不可轻动。"禹强、冯迟、江妃、两亥几人也点头称是。

童律道："若死守旧制，这里庶民只狩猎，那垦地之事何时能行？洞庭四周将再荒淤，如之奈何？"

太章道："民狩猎，一月数次而已，闲暇时间很多，民仅靠狩猎，勉强吃饱，难说丰足，一遇灾情，就有饥寒之事。与帝都之民既猎又农相比，简陋多了。我随伯禹出访，知民狩猎之余，也愿务农获粮，可是均分制度，务农户所得微薄，知务农无益，故此念不生。若能改变均分制为按多劳者多得，谁劳谁得，那民就会在狩猎之暇，奋力农耕了。这就农事可兴，民食可足。至于老弱孤寡者，可于各户所得中抽取十之一二，以供公养之需，如此则两全了。"伯禹点头。

禹强道："太章说的也有理，改均分制倒是没有坏处。"

应龙道："据我所知，荆南山区之民，狩猎常不够饱食，由老弱采集山果野菜补充，也有收野生稻麦调剂饮食，这些所得不受均分限制，归各户采集者所得。今若在猎事之外，以户而务农，所入不入均分之制，也可行。这有利民生，民必乐从。"

伯益道："应龙所言之意莫非是二制并行之法，即一邦一村之内既实行共猎均分之制，又实行农事上户耕户得之制。"

应龙道："先王之制立已久，非一时可改，户耕户得之法可作补充，既不与王制抵牾，又合乎时宜而得民心，当得允许。"

三奇道："按户而论，闲暇之劳，所得归己，早就有的，今若在狩猎空暇务农事，所得归己，不过扩大范围，明正其事而已，理当允许。若行此制，则民生得以改善。王者当以民生为重，可行此制，我赞成应龙的办法。"

水珠道："我家乡虽实行共劳均分办法，但不是全部。每家男的从事渔猎繁重凶险劳作，所得由村公分，女人及老弱者从事务农，耕种所得除交公一部分外，都归各户自己，一直这样，全村安定。"

伯禹道："珠儿之言很好，男主外，事渔猎凶险之劳，女主内，事务农家政之务，善哉也。由此可知农事不仅妇女可为，即老弱者可量力而行。"诸将都点头称善道："此法可行，可以成为定制。"

伯益道："村事共劳行均享之制。户事私劳行八一之法，可以定为制。"

禹强道："何谓八一之法？"伯益道："这是分公私之法。以地而论，将分给户耕的一畦或一顷之地均分为九，四边为八，中心为一，同时耕植，岁终所获，四周八为户所有，中心一为公养所有。公养收获的交村分与老弱无力需要公养之民，使老弱病残、鳏寡孤独的人有所归养。而户所得也会倍于均分，如此则公私兼顾了。"

禹强点头道："这办法好，壮劳者能多得，老弱的有所养，良制也，可以普行于天下。"

伯益道："推行天下谈何容易，九州之大，积习千年，废旧图新，既当顺民意，也要听诸邦首领之意，岂能过急。须待各邦之主及万众黎民都感有利，方能顺势而行于万邦。"禹强道："若不推行，何能使万邦黎民知新制之利？"

伯禹点头道："禹强之言有理哉，必须择地行新制，使民知其利，然后逐步推行。今洞庭湖区水治地辟，正可在此立新邦，行新制，以观其效。"诸将虽一时不明伯禹主新邦之言，但都知伯禹必成竹在胸，有妥善安排，都各无异言。

欲知伯禹如何建新邦，且听下回分解。

第五十六回　建立新邦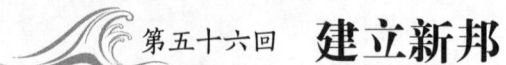

伯禹在听了诸将议论后主意已定，就将话题转到治理洞庭出口上。伯禹道："垦地之策初定，且议另一件大事，如何扩大洞庭出水口？"三奇道："洪水之前，湘江水由此通入大江。洪水泛滥后，湘江与洞庭相并，成为洞庭之边，湘江北段隐没。今洞庭口就是原湘江入大江的通道，要拓宽洞庭出水口，当在君山处动手。且君山之北即是汉口，经君山入江可直达汉口，我军若去梦至云，也是捷径。"伯禹道："上次太章、童律也是这个意见，我听三位之言。"

伯禹复道："两事既定，请太章、童律二位传我之命，邀请梦泽洞庭周边及湘、资两岸各邦主来此共商垦地之事。近处民不熟稼穑，须人教导，故我将行留卒移民之策，以教梦泽垦地之民。留卒是在我治水军中择年事大而有伤疾者三百名，留此洞庭以教稼穑之事。我士卒都来自冀都，精熟农事，留此导民正合其能。在治平余下三州洪水后，再接留卒回帝都。移民，一是征云泽之民来此居住务农，并教梦地之民。云泽之民素习农事，今已得地，生活无忧，分一部分民来这湖滨沃土务农，定不拒绝。我意征民三百即可。二是募这里诸邦中有志于农事之民来此湖滨垦殖，若得三百，则有近千人垦此洞庭之滨，也就足够。后若有成，梦地众民必会自发来此。这里地多，足够开垦。水土优良之处，后必兴旺，此我之愿，诸君以为如何？"诸将见伯禹早已成策在胸，言之成理，都表赞成。童律此时也明白了留卒移民意思。

伯禹又道："荆治之后将去豫，既定北走君山到汉口，那罗地营积余粮物也要顺大江东至汉口集中，请两亥兄弟去罗地营告知庚辰。办妥三事：一是做好去汉口准备，整理粮食器物，该运的运，该留的留，营房及拟留诸物都赠给罗村，以酬治水剿贼助营之功；二是处置罗地营之降卒，相柳降卒留营已有数月，管仓输粮也有辛劳，已走上正道，不必遣散，我意令他们都来这里垦殖务农为民，既给了他们出路，又可为垦荒兴农再立新功，可指六本为队长，来此作一村之长；三是选拔罗村来梦人员，罗村有二百黎民助守罗地营，他们既助我军剿贼守营，功不可没，又留营多时，必受熏陶之益，可以大用，况罗村之民久习农事，正可用其所长。我意征求他们意见，在其中精选数十人，如愿迁居来梦湘务农，以教梦地不熟农事之民。可指罗申率队，来此后我意即圈洞庭四周之野，建立湘罗新邦，罗申即为新邦邦主，并推行户劳户得及八一公养新制，罗村三十人即佐罗申为士，也可作各村长老或村首。这里营房就留给罗申居用，有余也可分给各村或分给梦地愿来湖滨务农之民。本地愿来此务农之民,可自成村落,在选地、选房、贡赋中给予特殊奖励,以资鼓励。"

罗申和来这里的人定下后,当速来。庚辰做好这三事后,方可动身赴汉。请两亥兄弟传我意给庚辰,切勿疏忽。两亥应命别伯禹自去罗地营。

伯禹又对江妃兄弟、三奇师徒和应龙道:"请你们五人先去君山一带探察地形,定出施工图,以便大军到后施治。这里大军之行还要在半月之后,你们可在这半月内完成勘察以待我至。"

伯益道:"这里有几件大事待处,就是召各邦募垦殖之民,迎罗申建新邦明新制,祭衡山以聚民心,只有完成这些大事,梦泽方可安定,伯禹才会放心离此,故需半月之期。"伯禹道:"江部留梦垦殖之卒,须江氏兄弟行前定下,交与冯迟一并安置。"江妃应诺,随后即与三奇师徒、应龙等自去准备。

伯禹命太章、童律立即出发去各邦向各村征募来湖区垦地务农之民,讲明愿来者可以全家,可以分户,也可来不能狩猎的老弱妇幼之民,也可以来鳏寡孤独之人,各村愿来之民都须村中首领或长老带领。如愿分村来洞庭建立新村的,更是欢迎,分村之民仍归原村管辖。散来之民即脱离原村,归洞庭新村管辖。凡是愿遵伯禹之命有民迁至新区垦殖的,除新来之民每人可得一年口粮及住宿用房外,并给原村按调出人数每人粮二斛,以资鼓励。这样既可使原村减少老弱妇幼等公养负担,又可一次增加口粮收入,如此奖励定有来者。

方道彰道:"若尽来些老弱妇幼,新村岂不短缺劳役之人?"伯禹笑道:"道彰先生不必担心,山居黎民都自幼勤劳耐苦,在山村虽妇女老弱,但都筋骨强健,在深山狩猎与猛兽搏斗则力不足而称老弱,若用其力于平原务农垦殖,虽妇幼老弱到此也都是强劳力了。况行户劳户得之制,都会尽力。"方道彰恍然大悟道:"伯禹之见是也,我所不及。"众将闻伯禹之言,都感伯禹智圆心细,论理周详,无不感佩。

伯禹嘱太章、童律速去速回,务求十日内见个分晓,十五日内迁来此定居。不必定要候齐同来,可以分批前来,先来者就可起示范之效,二人应命出发。伯禹命方道彰、宋无忌二人负责接待安置分配新来众民住房及口粮。又命人在湘、资、沅、澧四水口纵深四五十里处增建简易住房以待来者。

对冯氏兄弟及禹强所部确定该留之卒,嘱三将在确定留卒名额时务必讲明道理,因治水多年辛劳,照顾病残之卒,留下来务农教民,不是遗弃他们,三年后当迎留卒再返帝都。确实不愿留湘的,也不勉强,仍可随队治水。留下之卒当确定领队之人,以便及时与我治水之军联络。冯迟、禹强俱各应诺自去安排。伯禹安排诸事之后与伯益巡视洞庭周边,筹思建邦分界之事。

转眼十天过去,冯迟、禹强两部士卒又建成一批简易房舍,也定了留湘士卒,总二百二十余名,再加上江妃部留湘人员,合计三百有零,报与伯禹知晓。过了两天,章亥兄弟带领罗申及罗村受征黎民二百余人,由六本带队的原相营降卒近二百人都到达洞庭大营。伯禹与伯益二人接见了罗申及六本等全体民卒,向他们申述了将在此建邦立村，开垦务农之事，并申明实行新制加奖励等项办法，众民卒听后都欣喜。当下由方、宋两人与两亥兄弟将新来民卒安置于临时住宿处，以待当地黎民来后确定将去何村时再作最后定居。

伯禹留罗申与他单独交谈，对他说明今后将命他为新邦主，邦名定为湘罗邦，下辖五村等情。罗申向伯禹道："我年轻，恐难服众。"伯禹慰之道："新邦之民由四方组成，有治水之卒，有罗村之民，有降卒，有当地之民，前三者皆受大军熏陶，我之所命，自当遵守。当地之民多为妇幼老弱，容易统率，你可放心。且有罗村三十人相助。另外我将再命童律、太章两将助汝安顿。"罗申方始放心。

又过了两日，洞庭四周各村受募众民陆续到达，各有带队之人，各邦首、各村村首亦随民来了，想目睹洞庭新露土地。伯禹命方、宋两位一一安排，两亥及罗申相助。又过了几日童律、太章带最后一批受征募之民到达湘营，据方、宋二人计点，本地受募之民七百五十余人。伯禹与众人商量后，定次日召开全体新邦成立大会，命禹强率部在营部高阜处建立高台，以便宣告。

次日巳时，伯禹、伯益率诸将，并召罗申及各邦首领共登高台就座，台下早就站满了各地来的黎民和士卒，黑灰灰千余之众。治水留卒与降卒受过训练，此时排列整齐，行列站于场中，罗村之民也依士卒整齐成列，本地各邦村之民虽有各村首领带队，但未经训练，且大多是妇幼老弱，站不成行，立不端正，有坐有立有蹲有走动，也有哭喊呼叫的，很是凌乱，不成队形。全场四周有禹强士卒全副武装整齐排列。伯禹率众登台后，由朱虎司仪，宣告大会开始，伯禹讲话。朱虎是猛将，威武有力，形体高大，声如洪钟，在台上一声呼喊，台下登时寂静。这日天气晴好，风和日丽，空气清新，并无雾霭之障。台下众人仰视台上诸人，都是庄严肃穆威武。士卒及罗村之民自是鸦雀无声，本地来民从未见此阵势，且有各邦首领在座，也都不敢喧哗，静瞩台上。

伯禹起立至台前对众道："我受帝命，平治天下洪水，已经十年，今荆州水灾大体平伏，在荆北浚了沱潜、云泽，治得地二十万顷，都已分给各邦黎民耕植。近又疏理洞庭九水，积淤尽去，得了洞庭四周肥土百万亩。平原沃野之地比山地好，山地瘠薄，难耕少获，平原土地肥沃松软，翻耕容易而收获多，虽老弱妇幼都可垦殖有获。我在荆北曾问过云泽务农之民，春播撒种，至秋而收，中途不过锄草一两次，花力不多，虽妇弱也可年耕十亩，而岁终所获亩产一斛，一人之力可饱数口之家。力强的，岁耕百亩，每岁可得粮百斛。与深山猎兽相比，平原务农花力轻而终岁无冻馁之忧。山林猎兽用力强，凶险多，非强者不成，妇幼老弱只能居家待食，故山林之民艰难度日，各邦首领为此操心劳神还难解决。今得此治水肥地，正可分与各邦，解众民之忧，留强者狩猎，分妇弱者来此务农，人人有事而获多，各邦可不再有冻馁之民。今洞庭四周有可耕之地百万亩，近湖肥田亦在二十万亩以上，今来此耕植者不过千余人，耕有余，有余之地留待后来者，待垦之地还多，不愁地少。我知本地之民唯狩猎为食，多不习农。为此，留卒教本地妇弱来此务农者。留下的士卒来自帝都素习农耕，得农之法；再招云泽罗村习农之民，罗氏久居水边，既懂务农之法，又得渔捕之术，洞庭水域广大，鱼肥虾多，鱼虾之味胜于林兽，捕捞鱼虾更丰民食。可奉罗氏为师，学潜水捕鱼之法。以后住这里的人必在鱼美粮丰中生活，以后山林之民必会慕而迁此。"伯禹之言虽不如朱虎洪亮，但口齿清晰，极易听清，又句句在理，直入听者心扉，故全场寂然无哗，说到山林之民后将慕而迁此时，全场听众一片手舞足蹈。

伯禹复道："鉴于洞庭周边原属荒凉之地，地虽广袤，然人迹罕至，鸟兽出没，地无归属。今既将开荒垦殖，若无统率管属，遇民有纠纷，民之安全都难处置。若本地之民仍属原有邦村管辖，不但鞭长莫及，难以料理，而且多头管辖，更多纠纷。所以我决定在这里划定地界，建立新邦，所有在此务农的人都归新邦管辖，不再归属原邦。新邦取名为湘罗邦。湘罗新邦下建五个村，环洞庭而建。洞庭之西北，处澧江之口及澧、沅二水之间为湘罗村，由罗村迁来之民兼容澧江来民居住。洞庭之西，处沅江之口，为怀德村，由原罗地营之卒居住。洞庭之西南，处沅、资二水之间为军山村，由治水留卒为主和当地一带来民居住。洞庭之南，处湘江口一带为熊宁村，由荆南熊氏各邦村来民居住。洞庭之东为东湘村，由湘东来民居住。以今已到之民共一千四百余人，共成湘罗邦之民，分村而居，通同协作，互济共帮。

新邦之主，我已定罗申为主，下由长老会五人组成，长老人选另行遴选。凡有大事，由邦主、长老会和各村首领共商会议而定。各村之长由各村村民推举，但今都新来乍到，交往不深，先由我和罗申商定，湘罗村首领是罗木丁，怀德村首领是六本，军山村首领是虞司土，熊宁村首领是熊斗大，东湘村首领是白羊，五村内当各推举三名长老，以佐村首管治村事。三年之后，再由各村推举新的村首及长老。"伯禹言毕征求各邦首领及各村民可有新议，都无异言。

伯禹于是复道："新立之邦，新来之民，垦新建之地，困难必多，我已定下资助鼓励之政。一是，凡新邦之民，都给一年口粮，得新居一所，粮由治水大军存粮拨付，房由治水军所建之房分配，使新邦之民一年内无冻馁之忧而安心垦殖耕种新地；二是，三年之内免交贡赋，所有收获都归黎民，三年之后两年减半贡赋；三是，新邦行新制，就是实行共劳均分和户劳八一相兼容之制。共劳均分是仿山林狩猎分配办法，此地无猎，但可共渔，以男子为主，共渔所获以口均分。户劳八一之制是指农事，每户地等分九，户耕之，八归户得，其一归村邦以为公养老幼不能劳者所用。公养收入由各村交邦，由邦长老会与邦主会同各村首共商公养之人。共劳之事由村定，户劳之事由户定。此为新制，其新在于户劳不再实行均分，这样勤劳的户必收获多，懒惰的必收获少，获多获少，各户自主之。"众民听后，都高声呼好。

伯禹最后道："此处新邦初建，定多事务，决定暂留章亥、竖亥两将在此三月，佐助罗申治理新邦。大军会后即将赴洞庭北口，扩大洞庭出水口，避免春夏水盛泛滥。

今已初春，夏水将至，大军必须及时赶去，这里诸事在新邦主统率下自理村务家事，兴盛可期。为使新老各邦共存共荣，趁此次大会诸邦首领聚集之际，我当率众共祭衡山之神，祈求神佑。"伯禹言毕，恭手为礼而退。各邦首领共感伯禹讲的都诚恳在理，兼顾各方，十分满意。

朱虎请罗申与众民见面。罗申又请各村首领都到台上与众见面。当日会散，伯禹留下各邦首领，在大营欢宴。

次日伯禹、伯益及在营诸将率各邦主及罗申各村首领，由禹强领军护卫，共三百余人，士卒牵牛马、驮精糯至衡山祠神。伯禹主祭，各邦主及罗申立于伯禹身后，各村首领及诸将立于各邦主之后，由伯益致祝词，其词曰：

予文命率荆南诸邦之主祷于南岳之神前：
自奉帝命，平治洪水，九水尽疏，除积去淤。
地辟民安，可致丰稔，为求长治，爰立新邦。
赖神之福，荆民滋繁，古制均享，积功微缺。
山岳已崇，犹增其高，民生衣食，宜多为当。
湘罗更制，祈神保佑，左邻右村，绥急相帮。
不事侵凌，各得安康，宰马献糯，致于神前。
各遵信守，不负祠祷，若有违背，神不佑汝。
谨敬谨恭。

祝毕，伯禹躬身跪拜祭祀，各邦主亦随伯禹俯身拜礼。湘罗各村首随拜。诸将都站于两旁观礼。礼成，伯禹与众人享牲礼而散。伯禹一行与罗申等回大营。

三日后大军赴君山，多余船只、营房都交与罗申新邦。起程日冯迟已将船只、器械、粮食装载齐全，两千余士卒亦已上船，只待伯禹到来。不一时，伯禹等来至船埠，后面有罗申、两亥并许多留卒、降卒和熊斗大等当地众多黎民前来恭送伯禹。冯迟挽伯禹、伯益上船，诸将随上后，传令开船，升帆往北进发。罗申、两亥等在岸上注视，直至帆影渐逝而回。

欲知后事如何，且听下回分解。

第五十七回 赴 豫

话说伯禹一行乘船渡洞庭赴湘山，此时初春气候，南风吹拂，船行迅速。洞庭浩渺，碧波万顷，心胸顿阔。至晚安歇，众船都围伯禹大船，禺强部围内，冯迟围外，方圆如城，下帆动桨，缓缓夜驶。待天色放明，船围各散，复升帆北进。船行三日，君山在望。山上早有旗帜飘扬，冯迟知是江妃所示，船队往旗立处停泊。果见江妃、应龙、三奇等在山坡站候。原来江妃等自到君山十日后即派卒在山顶瞭望，并设旗帜，今见远处白帆百挂，奔君山而来，知必是伯禹来了，故齐来山坡迎候，引伯禹到君山营中安歇。

次日，由江妃陪同巡视君山，伯禹见君山乃湖中之山，北有大江滔滔，烟雾迷漫，东南西湖水环绕，水天一色，其中东面湖水湍急北流。应龙道："此流是原湘江水道，因洪水而使洞庭扩大，吞没湘江水道。"伯禹从君山东岸北行，数里后水道渐窄，水向东北流，又数里而入大江。大江南岸洞庭水入江处有山，山尖斜入江沿，正是洞庭之水入江口，水受山角而卡。伯禹问道："此何山？"应龙道："民称成陵山。成陵山与君山共扼原湘江入大江之口。"

伯禹道："既如此，当凿此段，开君山东北，削成陵山角。"应龙呈上浚治方案，正是伯禹所指处。图中列出应开水道宽广尺寸及长度深度，标示甚明。伯禹与伯益审视后，对应龙道："水道之成受水流调节，流急会刷两岸，流缓泥留水底，水道是受水的旺枯和水流缓急，自然调节而后成，自然调节成的水道，方能吞吐永久。今宜宽其水道，扩大出口，以待自然淤积而成永久水道。"应龙修正了方案。

伯禹回营部署治理，命冯迟率所部与祝融兄弟按应龙所定方案，削成陵山角；命江妃率所部开君山东北岸，朱虎、熊罴相助。另从冯、江两部各抽会水之卒三百人，由三奇、江飞统率，专疏入水块石和淤积诸物，禺强率部分士卒巡视保卫，方、宋二人救治伤病，应龙、太章、童律往来指导各部施治，平衡进度。

洞庭出口开工后，伯禹与伯益参与浚理，执锹持锄，操劳终日。栉风沐雨，与士卒同劳，士卒爱戴伯禹，每见伯禹、伯益操劳于工地，士卒歌声迭起，歌曰：

贤伯临兮，执锹担泥。与予同步，不知疲倦。
君等何人，能履工地。我等何人，卒与君齐。
平等待我，岂不知感！水流涓涓，投桃报李。

歌起，士卒用力，三地工程虽艰辛，但进展很快，两月后君山北至成陵山水道宽阔倍于昔日，两岸宽处达二里开外，汇江口处五里有余，湖水出口顺畅。伯禹对伯益道："夏水涨时，洞庭不怕泛滥了，湘罗新邦又得可耕新地了。"伯益笑道："伯禹之言是也。"又十余日，两地都近收尾。

这日伯禹集诸将议事道："今荆水已治，下一步当就近治豫，怎么走？"

太章道："赴豫途径有二。一条是由汉口经大江东行百余里至巴口入巴水逆行北上，至大别山松子口，越大别山至零娄入决水至史河入淮水。顺淮水东行，有二水可以入豫北，一由颍水北上至嵩山，一由涡口北上入贾鲁河至沫山。这一路较近，但大船不能翻越大别山。第二条由汉口循大江至敷浅原，复循江东驶至陵阳入巢湖至淝水与夏水汇合处入瓦埠湖入淮至颍或涡。此路虽迂回路远，但水大可驶大船。"

伯益道："伯禹自娶涂山氏女，婚后七日就离家赴扬，忠勤王事，急公忘私，至今三载，新娘在家，定多思念。此次去豫，途经淮水，入颍入涡都可至豫，伯禹当去涡口探望女娇，虽小住也好，然夫妇会少离多，终非久计，此次去豫应接女娇同行去豫。伯禹身边有个知寒问暖之人，女娇也可家室和鸣，免长居父家形影孤单有相思之苦。所以这次去豫，可走涡水入豫北之途。"

众将多以伯益之说为是，只有三奇、童律、应龙三人没说话。伯益道："三奇以为如何？"

三奇笑道："伯禹之心，仁爱及人，唯不及己，新婚七日即离家室，一心治水，三年未回，不是常人能做到。全营上下，谁人不敬。今去豫北，路经淮涡，去涂山探望娇妻，是人伦之行，伯禹必须去涡口度家室之乐，叙夫妻之情。不过行军之路与探亲之行，应两不耽误，不要混为一谈。行军以便捷为先，探亲以叙情为上。由淮入豫虽颍、涡二水都可达，但颍水水大流缓能载大船，涡水水小流急，船行困难。颍水可达嵩山，以嵩山为营，正可近治伊、洛之水。涡水虽达豫北，然至沫山还须西折至嵩山为营，路远行迂。我的意见是船入淮水后，大部分当循颍水至嵩山立营，留少数士卒、船只及诸将领随伯禹至涂山氏国，既伴伯禹探望女娇，也可趁此拜访涂山氏诸首领，以谢当年相助之劳。不应到了淮河近涂山氏之族而不去拜访，路过不访是失礼，我们不能失礼。待伯禹夫妻定下迁居之日，我等即伴伯禹同至豫北入嵩山，如此则事可两全，不知是否适当，尚望诸位议论。"

童律、应龙二人接口道："我等都曾治过淮水，知颍、涡之实，三奇讲的既合二水实情，又符人伦之理，我二人深赞其言。"伯益点头。童律复道："我意赴豫可分两路，一路走捷径，翻大别山口，伯禹可行此路，轻舟精卒，经巴水、史河入淮至涂山氏家中，早会女娇。另一路走大江至敷浅原接玄龟所屯粮食器物，顺流至巢湖入淝水至瓦埠湖入淮经颍水口暂停，伯益带诸将去涡口涂山府见涂山君和伯禹，并候伯禹同至嵩山。如此则可顺便将汉口、敷浅原之粮物一次带到豫北大营了。"诸将听童律这番说法,都说好主意。

禹强对童律道:"老弟头脑还真有点管用,这次主意好呀!"

童律瞪眼对禹强道:"这次管用,以前不管用?别明捧暗损,将我当傻瓜。"

禹强大笑道:"聪明,聪明,历来聪明。"

说得童律不觉面上一红。诸将见禹强、童律两人笑闹,无不大笑。

伯益见众将意见已趋一致,对伯禹道:"贤伯以为可否?"伯禹道:"承伯益与诸将关怀,促我去涂山会女娇,我亦有心一去。新婚七日,阔别三年。此次顺道不回,于情于理不合。能否迁豫,待与女娇商量后定。适闻诸君所言,我想全军自凿龙门开吕梁至今十年,诸将用心,士卒劳苦,出太行之前诸将与少数士卒曾回家一次,至今也五年有余。忠于王事,勤劳为公,虽是臣民分内之事,但为上者也当体恤臣民之劳累,若有机遇,给下者以休养蓄力机会,不单是为上者之仁慈,也是士卒养精蓄锐以利再战之所需。我意趁今荆治方毕,豫治未始之际,可以放士卒回家团聚半月,以体人伦之乐。士卒都来自冀州帝都邻近之地,与豫北一河之隔,往返路近,得地之利。而现为夏初,万物滋生,百事待长之时,正宜放众卒回家探亲,以晤妻儿,此合天道申人伦之举,不耽误公务而得人心,故此放假半月,合天时地利人情之事,诸君以为可否?"

伯益及诸将闻伯禹之言后都说:"伯禹仁爱,推己及人,关怀士卒,言合天时地利人情,士卒放休半月是对的。"

伯禹道:"士卒既休,诸君也可同回帝都,与家室一叙。并请伯益代我禀奏帝舜三事。一是治水进展之状;二是新垦地免赋减征之请;三是各地民情及试行新制之事,聆帝舜之旨意。同时代我向帝舜禀明与涂山氏女娇之婚事。"

伯益道:"伯禹所嘱,敢不从命。所言诸事定当奏明帝舜,得帝认可。"

于是议定:士卒于五月十五日前返回豫北,冯迟兄弟、江妃兄弟、禹强、庚辰各率所部申明放归日期,立下规矩,带队至帝都郊野后放假,返回也在该地集合,原队带回。庚辰、两亥由禹强告知,玄龟由太章告知。在敷浅原士卒待与大队会合后仍各归原部。伯禹一路由伯益陪同,朱虎为卫,童律随行,只带少数精卒,简装轻舟。大部队由冯迟、江妃、禹强带领,方、宋、应龙、祝融四杰等同往,众人都认为安排甚妥,未有异议。

三奇师徒两人正在悄声商议,待众人言毕,三奇道:"我师徒有两事须禀明伯禹。一是大队由陵阳走巢湖、瓦埠湖入淮之路,应有两手准备,陵阳至巢湖,巢湖至瓦埠湖,虽都有水路相通,但中多浅滩,未必都是主水道。我军北上都是船大载重,可行驶于主水道,却难过浅滩,万一大船阻于陵阳、巢湖、瓦埠湖之间,则进退两难,会大费周折,小则耽误士卒归期,大则耽误治水季节,所以进巢湖前必须探明前途实情,可行则行,如有阻塞可改走海道,即由大江入大海,沿海边入淮泗,由淮泗北入济水而至大河,或由海入淮至颖水北上。如船至颖口,须分船减重,方可抵达嵩山。因颍水上游水小道狭，大船恐难行至嵩涯。不过颍水中段已近豫北，即使卸粮物于中段，取之也便。若定要一次到位，则走泗水入济达河至洛口方可。"

应龙道："三奇所虑极是，走陵阳巢湖一路，确须探明方可。"伯禹点头道："如此则须太章、两亥多辛苦一些，行前必须探明才好。"又嘱冯迟道，"将军可注意此事，万勿草率决定，避免船陷中途。"

冯迟点头道："若无把握，当走海路入淮泗，只恐多几日了。"

三奇道："以我计算，改走淮泗入河，与走巢湖相比，至多延三日而已。"冯迟道："路增千里，非三日可至。"三奇笑道："冯将军忘了初夏东南风之力了。大江顺流，其行速不待言，由海北上虽折西入淮泗，都可借东南风之力，船行必速。若走巢湖浅水，拔船推行，浮力不可得，风力不得借，误程当不止三日。走海路即使中途遇雨或风停，最多不会超过五日可安全抵达河洛，务请冯将军慎思。"应龙、童律都同意三奇意见。

伯禹复问三奇道："愿闻其二。"三奇道："我师徒欲伴伯禹同行，不回具区。"伯禹笑道："愿闻其故。"三奇道："我无家室之累，天下为家。珠儿前年回家见过父母，时日不长，也愿伴我同行。我二人不探亲而愿伴伯禹同至涡口，再游涂山，此即休息，望伯禹见允。"伯禹笑道："得三奇师徒同行，我之愿也。"

回身对伯益道："既有三奇师徒伴我去涡，又有朱虎、童律在旁，足可放心。贤伯不必伴我同行，就烦君统率大队北上，不知贤伯意下如何？"

伯益见有三奇相伴，也觉放心，且大队士卒东行也须照顾，说道："就依伯禹主张，请伯禹放心，我等定当顺利抵帝都，按时返还。"冯迟、江妃、禹强等见大队有伯益统率，也感责任轻了不少，齐道："如此甚好。"伯禹又对祝融四杰道："你四人既入我军，当遵王纪，此次可返乡一见亲友，但须牢记亲睦乡邻，毋以势欺人，毋逞凶虐民，须以王臣之身，谨恭有礼，不辱我军之荣。"祝融四人都大喜惶恐躬身应诺道："我四人数月来蒙伯禹教诲，诸将训导，知昔日之罪可耻，今日之行正确，伯禹嘱咐，我们牢记，决心谨行使伯禹放心。"伯禹点头。当日议毕各自准备。

次日，冯、江、禹强三将复去视察扫尾工程，过了三日都完工归营。伯禹等登上君山东北角高处察看，只见洞庭湖水沿君山东北至成陵山入江，东流而去。应龙指入江口道："湖水旺时，也可顺利入江，湖之四周虽溢有限，留出数里即可，从此湖区不受湖水涨落之苦，梦地平安了。"

伯禹回营与伯益议定在四月十三日离梦赴豫，在途半月，命诸将在五月十五日前至嵩山少室集中。各部返家士卒由所部将领统率，至帝都方散，回归之日，也由所部将领在散去之地集合，统一率部众到少室。少室建营事项由庚辰、玄龟两将统筹，故两将须提前几天到达少室。返乡士卒领干肉脯、鱼鲞各十斤，诸将各领五十斤，使各将卒与家人共享美味。发放之事由玄龟主持。暂时未回之将卒，以后返家时补领。诸将卒都深感满意。

到了十三日这天,伯禹、三奇师徒、童律、朱虎等到湖边送伯益、冯、江、禹强等将上船,湖中摆开百余条大船,皆满载粮物器械。冯迟兄弟居船队前方,江妃兄弟居船队后方,伯益与方、宋、应龙等居船队之中,祝融四将分居船之前后,佐冯、江两将传达号令。冯迟见伯益已经入船,升起启程信号,起篙离岸,船队顺水流沿君山东北朝出口驶去。伯禹等目送船队远去方回。回营后就与三奇师徒、童律、朱虎等整装离开君山。

　　因伯禹走巴水一线,故所备是六条轻舟,每船两名水卒操桨,循湖至大江,从大江至巴口,船由三奇指挥。为使船体稳定,三奇将六船分为两列,三船相并,前三后三,捆缚同行,如同大船。大江宽阔,通行无阻,船至巴口入巴水,河道窄狭,乃散缚各舟自操。前后相随北上,至大别山口,三奇命水卒及伯禹侍卫之卒八人及三奇师徒、童律、朱虎二十四人同心协力,四人扛一舟,徒步翻越山口,伯禹亦扶舟而行,入了史河。复一路北驶终于抵达淮水。由淮水顺流向东,过颍口至涡口。在途前后十二天,行程近千里。终于到了涂府。

　　要知如何会见女娇,且待下回分解。

第五十八回 会女娇

伯禹一行到涡口,径至涂山氏府门。门卫见伯禹一行到来,急忙上前见礼,并报入内府。涂山氏君及女娇闻伯禹到来,无不大喜。涂山君率子出门迎接,伯禹入厅拜见女翁,命侍从敬献礼物。童律、三奇师徒、朱虎也上前拜见。

涂山君道:"贤婿此次前来可是公务,抑或探亲?"伯禹道:"因治荆之功已毕,云梦已治,后将治理豫北,故趁此空隙顺道前来拜谒翁父,亦与吾妻相叙。我婚后七日离别妻娇,颇为思念,今特来相见,此行非为公务。女娇久居母家,诸多费劳,尚望翁父见谅,叨在至亲,不多言谢。"涂山君道:"贤婿何出此言,你勤于公务,效力王命,新婚离别,娇居我家,吾也是为治水出力了。娇是我爱女,不是外人,何言费劳。只是女娇自你别后,颇为思念。今来甚好,速去会面,以慰其心。"

伯禹应诺道:"我即会妻娇。这次来府当有半月之叙,治水之事,容待细说。伴我前来之将卒,尚望翁父作些安置。"涂山君道:"此事易办,府内空室颇多,即拨一处供童律君等将卒歇宿起居可也。近在府内,你往来也方便。一切饮食起居,自会派人照料,你可放心。"伯禹与诸将谢过。涂山君即命人领童律等将卒前去府内空舍安置,自己即陪伯禹至内室来见女娇,同时与内眷见礼。

却说女娇得知夫婿伯禹来到,内心喜悦,新婚七日,离别三年,朝思暮想,魂牵梦萦。有时想起岁月如流,青春易老,未知何时方能夫唱妇随,终日厮守,鸾凤常鸣,心中不免惆怅。今得知伯禹到来,内心激动,欲立即奔出见面,乃恪于君侯家礼,只得耐心候在闺房,打开奁台,轻敷花粉,薄施胭脂,换上鲜艳衣衫。刚梳妆完毕,听得室外步履声近,又闻父母之话音,就坐在床前含羞侧脸偷觑房内垂帘。听得帘响忙垂颈静候。只听得母亲声音道:"娇儿快起,伯禹来了。"女娇含羞抬头起立,向父母施礼后即转脸,一双秀目,黛山含颦,两眼盈盈望向夫婿伯禹。

伯禹见女娇一副娇容,不觉心中怦然,悄声对女娇道:"文命不才,有劳贤妻久候了,可曾恼我,这厢与贤妻见礼了。"说罢弯身施下礼去。涂山君夫妇见他们夫妻叙话,急退出至室外,也令侍女退出,只让他们夫妻在房。

女娇斟茶捧与伯禹,两人坐下细叙。女娇见伯禹温顺有礼,芳心自喜,却故作娇态道:"夫君一心为王事奔波,怎会恼你,但不知三年之中可曾想家。为妻却是日夜思念夫君呢。"伯禹悄笑道:"治水之事虽繁,然夜深人静之后,思念贤妻何曾去怀。你我新婚七日,我即离你去扬,又复治荆,三年未归,内心愧疚,有负贤妻,还请你见谅。"女娇道："今番怎的有空来家，莫非治水大功已成，今后可长相厮守。"伯禹道："今番有暇是因荆、扬之水已治，但天下还有三州待平，下步将去豫北，故能顺道返家探亲。"女娇顿时颦眉低首道："如此则君只能暂留数日，又将别离。"

伯禹知女娇不想夫妻再分离，乃道："此次来家虽只能留居半月，然为了你我不再有分离相思之苦，正想和你商量久聚之计。"女娇听说，抬头注视伯禹道："若能夫妻同栖，为妻愿听夫君安排，请告为妻。"

伯禹道："我也想贤妻在我身边伴我治水，但治水要四处奔波，有跋山涉水之劳，饮食粗粝，宿歇于山岭洞穴，漏风茅舍，衣无饰物，只有毛皮粗布甚至草筋树叶蔽体，行走在山野荒郊之间，无使女侍奉，无华室可居，所见之人都是治水将卒，性情粗犷，言语直率，勇猛有余，温柔不足，我恐贤妻娇贵之体，难以适应如此艰苦之生活。贤妻不要勉强随我，可再待此数年，以我估计，再过三年五载，可尽治九州水患，届时我来接贤妻于此，共庆永久之团圆。望贤妻慎重考虑，与你父母细斟共商再定，今我初到，不必忙于定论，我一切均依贤妻之意行事。"

女娇听此，芳心宽慰，点头道："夫君体谅为妻，且待我禀明父母之后再定。你远来劳累，且休息几天，好好调养身体要紧。"唤来侍女，命厨房多备可口佳肴，准备美酒，款待伯禹。不多时菜肴齐备，夫妻即在闺房内宴饮细语。

伯禹多年来与风霜雨雪为伴，以粗粮野味果腹，久未尝甘酒美肴，此次闺宴美味在口，娇妻相伴，烛光融融，细语悄悄，甚慰心怀。饭后略叙家事，即安寝就床。新婚之别，双方都渴念多年，今宵欢会，鸾凤和鸣之乐可知。男欢女悦，两情相融，遂播下了帝王之种，孕育了新世之主。

良宵易尽，次日夫妻起床已迟，两人相视而笑，爱漾心头。安居数日，女娇与父母兄弟话及随伯禹治水之事，涂山君夫妇虽虑女娇难以适应艰苦生活，婉言劝留，但见女娇一心欲与伯禹团聚，坚决随夫治水，也只好顺从女娇之意。女娇将父母同意之情告知伯禹，伯禹也喜。当下一面安享闺房之乐，一面做离家准备。涂山君那边也为女儿将离而准备衣物，暂按不表。

却说伯益一路，顺大江东下，不日到了敷浅原，玄龟早已做好准备，大队船只一到即搬运所储粮物入船，粮物众多，三日方毕。此时船只装载沉重，吃水已深。循大江东北行至阳陵相近，伯益命停船请太章前探巢湖水路，太章当日即回，向伯益道："此道水深一两尺，我船沉重，吃水五尺，无法通行。"伯益深感三奇早有预见，若事先不作预探，盲目进入此水道，一旦受阻搁浅，不说拔船艰难，即是百余艘大船进而复退，如此浅水河道，调头转身将费何等手脚，三五日能否转身还很难说。幸事先探明，不再前进巢湖，免了此难。

伯益就命冯迟东驶入海，沿海北上至洪泽湖入淮。这日船至涡口，伯益对冯、江等将道："此已至涂山氏之地，伯禹在此，当去一会。"众将都道："理当如此。"就停船上岸，却见岸边早有两人相候，原来是三奇师徒。

伯益及诸将上前相见，都各欢喜。应龙道："吴师怎知我等今日来此？"三奇笑道："吾计算时日，若不走巢湖，必走此道。以风向计行程，当在这一两日抵此，过涡口必来会伯禹，所以我师徒这两日都来此观候，见大船队驶来，知必是诸君到了。"伯益笑道："三奇真能人！"众将都说笑着随三奇到了伯禹住处。

伯禹见伯益与众将到来，十分欣喜，众将也见过女娇，即在伯禹家中聚餐。伯禹又领伯益等去会见涂山府君，伯益向涂山君言明："去豫大部分粮物将暂贮于涡口原治淮所建营房内，待治豫新营建立后再来搬取，请涂山君代为监管。"涂山君一口应允。随后冯、江、禹强、玄龟等督率众卒搬一部分粮物入涡口营内。当晚在涂府宿了一宵，次日告别伯禹及涂山君往颍水至嵩山，朱虎随伯益同回帝都。抵嵩山后，伯益与庚辰、太章、玄龟等在少室山觅妥建营地址，然后率部过大河至帝郊放假，各自回家团聚。

伯益向帝舜禀报治水、免赋、改制诸事，帝舜一一同意，并嘱伯益关心伯禹身体。对伯禹婚姻，特颁发一份厚礼，以志申贺，令伯益转交。伯益代伯禹谢过后回家团聚。

光阴荏苒，转眼到了五月十二日，伯禹夫妇、三奇师徒都做好了去豫准备。次日正好报童律、太章来接，伯禹夫妻拜别涂山君，由三奇师徒驾轻舟至颍水，于十四日上午抵达少室山，伯禹即在少室山安家。条件虽非涂府可比，但女娇能与伯禹朝夕相聚，并无怨言，反感欢乐，安心侍奉伯禹。

话说伯禹夫妇乘轻舟入颍水去嵩山，一路上与三奇师徒、童律、太章等议论说话。伯禹道："与众卒约定之期，未知能否准时来豫。"三奇道："当不误期。"童律道："何以见得？"

三奇道："昔仓颉造字，鬼神夜哭，你道何因？"童律摇头道："不知。"三奇道："因后人能用文字记事，述事之得失，记载传之后世，后人以文字为证，追古循今以辨是非、求得失。就可以明事理、守信约、绝虚妄、远欺瞒。故明理之人，都能守信。而妖魔鬼怪都是由虚妄欺瞒产生，是以虚妄欺瞒为技。人既明事理，虚妄之言不入于心，欺诈瞒骗之行不涉于身，鬼神不得施其技，不信鬼神，鬼神焉得不哭。所以诚实守信是为人立身之本。人若虚妄不实、违时乖戾是鬼怪行为，鬼神也乘机欺之。是以明理之人都奉诚信而远失约。三世以来，帝都导民以诚信。伯禹育卒，诚信爱人，故卒也以守信为荣。信者遵约守时也，伯禹既命五月十五日到豫，卒必遵命而至，不致乖命违时。且伯益智者，冯、江、禹诸将统卒有方，威令素著，准时到豫，事无可疑。"

太章道："三奇所言，明晰事理，我也说众卒必不误期，个别有迟达者，必事出有因，情况特殊而迟者非失信之行。"童律道："我也信将卒必不丧约。"众人说说议议，颇不寂寞。次日轻舟抵嵩山之崖，离船登岸，遂至少室。嵩山南坡多洞窟，童律、太章于高燥处择了一个宽敞大洞，收拾整理干净，施放被褥床桌，为伯禹夫妇暂时安歇处。另在邻近找了一些洞穴为将卒安身暂歇处。又在南向山坡处相中几个大洞,以干柴为垫,作为存放粮物之所。诸事停当,只等诸卒到来。

五月十五日,伯禹、三奇师徒,童律、太章等都早起,这日天晴,一扫数天阴雨气象。伯禹欲同去山下等候将卒来到,太章道:"不劳伯禹,由吾等往迎即可。"三奇道:"伯禹放心,我等亦暂不下山,让童律运用神视之能,待童律见到再来通知,方下山迎候呢。"伯禹笑道:"我一时心急,忘童律神视了。"

童律道:"众人之来不会过早,千人渡河,再跋涉至此,当在下午,早去无益。我会在上午定时观望,恐有早来的。"伯禹点头。约至巳时,童律等四人站于少室山北坡高处眺望,童律失声叫道:"莫不是玄龟来耶!"继又道,"同来者还有庚辰及两亥。"太章道:"当无差错,先来者必此四人。"三奇道:"太章何以知先来者必此四人?"太章道:"玄龟后勤之主,庚辰来此建营相地,两亥神行之将,故先来者必此四人。"三奇道:"太章之言有理,且禀知伯禹,我等下山往迎如何?"童律又望半晌道:"正是四人前来。"就告知伯禹,伯禹也欲下山相迎。三奇道:"伯且居此,我等四人下山即可。"伯禹乃止。

四人下山,一路迎去,将到河岸,见玄龟等四人在山前东张西望,似在寻觅上山路径。童律高呼:"玄龟何去?我等在此恭候多时了。"玄龟、庚辰等闻声抬头见童律等四人正在招手示意,四人走近,相见都大笑。庚辰问三奇道:"怎知我等来此?"三奇用手指指童律,笑而不答。玄龟道:"庚兄莫忘童律神目。"庚辰用手自拍额头道:"怎会忘了,只是高兴得一时糊涂罢了,莫怪、莫怪。"童律笑道:"谁怪你啦,我们从早瞭望到现在,专候你们四人呢。"玄龟道:"这说大话了,你神目早见我等到来,这信,若说早知我等四人前来,却不信,别卖聪明了。"童律笑道:"不是我聪明,是太章聪明。"庚辰道:"此话何说?"三奇就将太章分析揣度之言相告,庚辰点头道:"合乎情理之推断,非妄猜可比,此智者所以先知。"

于是童律带路,八人都到伯禹处。伯禹早已等在洞门,见八人到来甚喜,即入室而谈。庚辰向伯禹禀报道:"向帝舜所奏三事,帝舜皆准。帝舜喜治水有成,褒奖有加,知士卒辛劳,特命伯益对有病伤及体弱之卒,准予退役回乡种植,所缺差数三百名,拨精卒补足。留湘罗之卒三百名,帝舜也准补足,并说留湘之卒到期愿返乡者可以返回。帝舜知伯禹新婚,特赐彩礼及珍物若干,朝中大臣知伯禹成婚,也送了贺礼,都由伯益代为致谢,所有彩礼,伯益来时奉上。大队原定十五日到达嵩山,因新补精卒须在各地挑选,故将延期两天,十八日可抵嵩山。恐伯禹记挂,故特命我四人前来禀告,并寻地建营以待大队之来。"说毕呈上伯益致伯禹书简。伯禹阅视,简中所述与庚辰所言相同,十分欢喜。对庚辰等四将道:"我等昨日到此,太章等已为众将卒觅妥了安营之处。你等一路辛苦,今日且息了,明日可结伴踏勘安营地,如何建营,你们共商。"

要知如何治理豫北,且待下回分解。

第五十九回　登少室

却说伯益十八日在帝都郊野集合诸将及三千士卒，辞别前来送行众大臣，来至汾水，冯迟、江妃等将早已备好船只，指挥各卒顺序入船。时值夏初，风向不顺，但水流南下，船行不慢。冯迟居船队前部，江飞、冯脩前后照顾，江妃处船队后部，随首船行驶。伯益与禹强、应龙、朱、熊、方、宋、两亥等居船队中段，祝融四将及甲乙、段干等主要头目分布各船，照顾辎重粮物。百余条大船浩浩荡荡循汾水至河津，入大河随龙门口急水南下，瞬即至华山脚下，河水东转，船队顺河而至雷首、吴林，这日黄昏已近砥柱。砥柱三门，道狭流急，难以夜航。冯迟下令泊于吴林山麓。

禹强知砥柱近在眼前，对冯迟道："当年天开砥柱，雷斧神工，我等适逢其会，数年来印象至深，刻不忘怀，今将从底部驶过，定一睹三门神韵，再饱眼福。"

冯迟道："禹强将军所言极是，当年工役，无人能忘，别说你部是开砥柱主力，身处雷火之境，就是我等各部也离山体不远，当年天雷神火，光耀百里，声震河岸，我等敬畏至今。如今驶过岂可不瞻仰神采。"

伯益道："虽得天雷之助，但也人工使然。当年若无巨大铁杆为矸，天火不得导入，故天助也需人工自强，所以古经说'天酬勤者'。"

次日天阴暗，雨点淋漓，河面上水汽迷漫。冯迟传令小心缓慢行驶，并派小船两艘，远远前探。距砥柱里许，探船来报，砥柱中有两柱，河开三门，南首门狭水湍，碎礁隐露，船不可过。中门水急，礁石犬牙，船也难行。北首水流较缓，门也较宽，只要小心行驶，可过船队。冯迟听报后，命各船增加船首两侧篙竿手，增添舵手，待船入峡中，密切注视两边岸涯，篙竿及时点拨，不使船只碰涯触礁。各船首尾相随，间距三尺，毋乱队形。

不一时，首船入北首水门。禹强等诸将只见水流滚滚，耳畔只听得哗哗水声和"扑扑"激浪拍船声。仰望砥柱，只见云雾一片，暗绿苍暝，高不见顶，是当日天雨昏暗所致。须臾船队已过砥柱，冯迟方喘了一口气，却见禹强犹痴痴回首西望着越来越远的砥柱，木然不动。冯迟知禹强生性耿直，极重情感，无论对人对物，只要产生感情，终生不忘。这次对砥柱是动了真情的，所以竟至迷恋如痴，直至看不见了，禹强犹未回过神来。冯迟上前轻轻拍了禹强肩头道："砥柱去远了。"禹强方猛然惊醒，回过神来，朝冯迟憨笑，无言坐正。三门既过，河岸渐阔，水流转缓，半日后已近洛汭。伯益嘱冯迟、江妃注意观察两岸，留意伯禹在候人员。

船队缓缓行驶，冯迟眼尖，见岸上有旗帜挥动，因河面辽阔，看不真切，急令停船，并告知伯益及江妃等人。并派冯脩带卒驾小船至南岸细看。冯脩舟至滩边朝岸上一看，不觉大喜，正是童律等人在等候挥旗。童律神目，早瞧见船队及冯、江诸人，只因路远风大，又下着雨，虽高声大呼，不能听见，只得摇旗示意，方引起船上注意，来了冯脩。冯脩欲上岸，但滩涂颇阔，落差又高，童律示意回去报告即可，让船队在洛口入河处泊岸。童律派人向伯禹禀报。

不一刻船队泊岸，伯益与诸将踏跳板上岸与正在等候的伯禹相见。伯禹拉住伯益手道："一路辛苦了，先随我回少室休息，余事交由童律、玄龟及冯、江等将处置吧。"伯益点头。伯禹命三奇师徒随自己与伯益、方、宋同回，叮嘱童律几句后就回少室。至洞室后，伯禹、伯益叙谈，伯益向伯禹转达了帝舜旨意，将帝舜增丁添卒、祝贺新婚、准立新法之事，一一告知。并将帝赐之礼及大臣所送之物交与伯禹。伯禹深感帝舜之恩及诸大臣之情，并谢伯益费心。初叙之后，伯禹早已令人将伯益、方、宋三人安歇之处铺陈妥当，就在伯禹住处邻近，即陪同伯益前往。三奇师徒住处就在伯益隔壁，故也同往。伯禹对伯益道："今日不详谈，免误贤伯休息。三奇师徒一直伴我身边，这里行动诸事，知之甚详，随时可以闲谈询问。且待你休息安顿以后，再与君详谈。"伯益乃告辞而回。

船队由冯、江四将指挥，都已停妥，禹强整顿队伍后由冯、江、玄龟、两亥、乌木由等指挥搬运器物粮食上岸，童律、庚辰指挥部分士卒将粮物运至预定地点放置，忙至黄昏，诸事初定。庚辰传达伯禹之命，士卒休息三天，安顿洞穴起居，众将领息两天后至伯禹处议事。

伯禹在与诸将共商前一天，至伯益处看望，两人坐定后伯禹问伯益可曾歇好，伯益笑道："在家调养已有半月，早已身健，乘船途中虽稍有颠簸，但不算劳累，至此又足足歇了两天，躯体精力都不错呢，不知伯禹可好。"伯禹笑道："我这次与女娇团聚，成天吃喝，极少劳动。头数日还感舒适，可久惯操劳之身，歇久了反感心无所主，心神不定了，深感养生之道须动静结合方好，久静不动非养生之道。"伯益点头道："伯禹所言极是，我在家数天后亦静极思动，身居家室，心系治水。居于家中若有所失，到了这里与贤伯及诸将卒共聚，方感心安。"说毕与伯禹都大笑欢喜。

伯禹笑毕对伯益道："明日聚众将商议治豫水之事，因情况不明，心中不甚踏实，不知伯益可有见解？"伯益道："豫州之地南至荆条、淮水，北至河，西有山岭，东则平原，中有嵩高，外方为界，山阳面之水多南流入于淮，山阴面之水多北流入于河。前治淮已兼治豫南诸水，今所需治的是豫北水道。豫北之水主要出豫西之熊耳与崤两大山。两大山出水汇成涧、瀍、伊、洛四水，都会洛水入河，治洛水是主要的。豫北之东有山曰沬山、役山、敏山，都不大，所出之水，多数南入淮水，少数北入济水。济水四渎之一，所经之处地平，故多潴而成泽，有荥泽、孟诸泽、菏泽。济水东流入海，与河都是豫地出水通道。由此可知豫北之水，来的是伊、瀍、涧、洛，出的是河、济、诸泽。故欲治豫北之水当先治伊、瀍、涧、洛，去其塞，通于河。然后疏诸泽以通济，则水去地得，此治豫之大略也，愿君思之。"伯禹大喜道："贤伯所指甚明，当照此逐步施治。"

却说伯禹与伯益这日至建营工地视察，见士卒奋力，营房框架已立于山坡，整齐有序，庚辰正在营地与玄龟、冯迟、江妃等商议，见伯禹到来，都上前参见。伯禹道："商议何事？"庚辰道："因营房框架已立，只待铺底泥就可入住，花时不多了。既有了堆物居人之所，故商议派人将涡口仓存粮物搬运至此。"伯禹与伯益都点头。

伯禹道："你等所虑极是，不知何日动身，何人前去？"庚辰道："欲请冯迟带部分士卒驾船前去。"伯益道："冯迟熟悉涡口，他往最好。"顾伯禹道，"我军物资前托涂山君照看，此番冯将军前去取物，理当与涂山君处拜谢照看之劳，并当带些礼物为谢。贤伯何不修书简告女娇在此安好之状，以慰贤伯翁姑姨姐诸亲挂念。"伯禹点头称是，对冯迟道："何时启程？"

冯迟道："明日作些筹办，后日方可动身。返程时船重行缓，来往当须十日光景，我早去则能早回。"伯禹道："再过十日这里营建当可完工，太章等也当返还了，正是时候。送涂山君之礼及书简，你明日来领取。"冯迟称是。

当日伯禹、伯益又视察了玄龟所营仓房。营房建于半石山与和山之间，和山近河，仓房建在近河山坡，营房则向南相隔里许，在半石山东南坡，干燥整洁。营房东南一两里就是嵩山坡，近伯禹、伯益住处。伯禹、伯益皆甚满意。

晚间伯禹与女娇商议送礼及修书之事，女娇甚喜。次日女娇与伯禹修了书简，整备了体己礼物，分送父母及诸兄弟姐妹。以治水大军名义送涂山君礼品由伯益主持玄龟主办。傍晚，冯迟带了几名士卒来至伯禹处，领了书简及礼物，命士卒抬了下山，又去玄龟处领了分送礼物，装载完备，次早开船去涡口不题。

转眼过了十日，仓廪营房都已盖好，伯禹、伯益正在营地，听士卒来报，冯迟已将储于涡口粮物运到，船泊嵩山南坡，请庚辰派士卒前去搬运。庚辰听报即命冯脩带所部前去，并告玄龟知晓，做好入仓准备。玄龟听说涡口物资已到，十分高兴，急命所部按原定部署，按号入仓。仓内早已备下储物木架，各有专人接手管理。为怕物资混乱，玄龟专设一大空房堆栈，凡能将粮物分开的大宗物品按物性进入专仓，随到随入。有些零星细物，暂入空房堆栈，以便分清物性，再入仓堆垛。伯禹见玄龟安排很有条理，甚感放心。冯迟将涂山君回简及送与女娇及伯禹之物送至伯禹住处，伯禹夫妻甚喜，按下不题。

却说太章等一行返还，到达嵩山至少室住处，见山上人都不在，就去伯禹住处，门前守卫见太章、三奇等回来，致礼问安。三奇道："伯禹何在？"守卫答道："这段时日多与伯益下山在营地巡视，室中只有夫人在。"

太章道："既伯禹不在，就罢了，伯禹来时可告知伯禹，我等已回。"守卫应诺。太章对众人说道："连日奔波，须歇两日，以便整理勘探所得。"应龙道："我须整理所记，静心绘制成图，以供伯禹治水之用。我在成图后再见伯禹，绘图还须两亥兄弟相助。"两亥道："理当共襄其成。"太章道："既为此，汝三位就安心制图，不必随我等见伯禹了。"应龙又道："图成呈伯禹前，吾等九人还须一会，以审我图之正误，然后呈上。"童律道："理该如此，以免遗漏。"当下众人分别，各自回住处安歇。

次日一早，三奇师徒刚起身，就闻有人推门入室。珠儿机警，往外探视，见是伯禹趿着便鞋来到，忙上前高声向伯禹请安。三奇听得伯禹前来，连忙出来，向伯禹见礼道："伯禹起身何早，今日正欲晋见。"即请伯禹坐下。

伯禹道："昨回已晚，听守卫告知，你等已回，令人欣慰，你师徒与我紧邻，故来探访。我心急起早，忘了你等连日奔波辛劳，歉甚歉甚。"三奇忙道："我与珠儿惯走山道水路，此点辛苦，微不足道。我等昨日已告守卫，正候伯禹通知晋见禀报，不想伯禹反来看望我等，愧甚。"伯禹道："你们可都回来了？"三奇道："昨日九人皆回，因候伯禹不见，故先歇下。应龙、两亥三人要静心整理沿途勘察资料，绘制成图，然后上呈，大约需三四天时间，其余六人今日若不见伯禹通知，也将下山至营地寻访哩。"

正说间，伯益也闻声来了，见伯禹先在，不觉大笑道："我知伯禹心中早惦记着太章、三奇等探测之事了。"问三奇道，"都回来了？"三奇点头称是。珠儿忙端凳让伯益坐下。伯禹对伯益道："吾听卫卒说太章等回来，我心中高兴，今日起早赶邻居三奇处先问个大概，不想又惊动贤伯。"伯益道："彼此邻居，言谈相闻，我早起身，何言惊动。正想听三奇消息呢。"

三奇道："此行可说顺利，地理山脉水道，大致已明。已探伊、洛及瀍、涧之源。沿途山川水道，应龙正在整理制图，约三日后可成。豫西水道以伊、洛两水为大，都出深山峡谷，就其大致方向而言，两水之间是熊耳与东西两崤大山脉。出熊耳之南的多入伊水，出其北的多入洛水。两崤险阻，峰高岭陡，众川纷流。崤南诸水多入洛水，崤北之水则入谷水。谷水下游与涧水相接，二水为一，合称谷涧水。伊水与谷涧水都经洛水入大河。涧水之北有瀍水，处平地而流短，我等未至其地。因见闻众多，记录分散，须整理绘图后方能详细禀报。就大概而言，治豫西主要是治伊、洛两水。"

伯禹点头道："有这扼要概述，我已明大概，心宽了。请转告太章等诸人，应龙图成，你等先议，而后聚众将共议治四水之策。山下营建已成，涡口物资也运来了，诸事齐备，只等你们详谈考察四水情况了。"三奇应诺，伯禹、伯益回后，自去与太章、童律、应龙会面。

三日后，伯禹偕伯益会集诸将及重要头目，在嵩山少室大厅议事，听太章等介绍探察豫西情况。太章取出应龙所绘之图，置大厅一角，指图右一山道："这是我等所在嵩山。"指图西北至西南五条水流道，"五水自北而南，依次为大河、瀍水、涧水、洛水、伊水。"众将见图上大河以南四水走向，瀍水自西北向东南，涧水自西向东，此二水近大河。洛水、伊水自西南向东北。涧、瀍、伊三水自西向东依次入洛水。太章指洛水南北两边道："洛水北有大山名为崤，崤分东西，称两崤。崤山北坡所出诸水多入涧水，崤山南坡所出诸水则入洛。崤山峰峦层叠，崖岩峭壁，陡立如削，极为险恶，断涧悬径，行路艰难。晴则风急，雨则路滑，山多惊魂之名，有绝命岩、落魂涧等称谓，车马不能通行，绵延千里。"太章又指图中洛水与伊水之间山脉道，"这是熊耳山脉，熊耳大山也，与崤比，险不及而大过之。熊耳山北坡之水入于洛，南坡之水多入于伊。"

太章言毕，顾应龙道："应龙可有补述？"应龙道："图所绘讲山水之形，太章已述，我没有补充，洛、伊两水源虽远长，但流速塞少，不必尽治。我们主要治有大的险阻和水大积聚之地就可以了。以我的观察，伊水之险在伊阙，洛水之潴在涧水入洛水那一段。"

伯禹见诸将没有不同意见，与伯益商议后道："治豫西诸水将兵分三路，由冯迟、冯修两将率本部兵士一千人治理洛水和涧水入洛处，治从熊耳起始，不必去源。凡熊耳之北，两崤之南诸注洛之水流，有大阻大潴的则治，兼修山涧溪沟以蓄水土，祝融四人到冯氏兄弟一路效力；由江妃兄弟率所部治伊水，伊水流远，甲乙、段干八人前去效力；谷涧水山高路远，由禺强、庚辰率卒六百巡视。另外由应龙、两亥兄弟建衡量检察协调传导之府，玄龟、方、宋仍主后勤仓储医药之事。熊罴率余卒卫大营，其余诸人随我先去豫西看大河水情，然后再探测豫东。"

要知如何治理伊、洛，且听下回分解。

第六十回 女娇怀胎

却说伯禹在安排治豫西三路后，自己一行向西观察。三门峡流来的河水，虽然汹涌，但还顺畅，虽浸占了部分南岸，却没有溃堤，心里放心。十来天后将循大河东行视察。伯益道："豫州段大河以洛口为中心，先考察一下洛口吧。"伯禹欣然同意，到了洛汭。

洛汭是洛水在集纳涧、瀍、伊三水后东流入大河处，水面宽广，气势非凡，伯禹站在洛汭之滨叹道："天地广大，山川有灵，河当有伯，洛必有神，于此相会，敢不崇敬。"

伯益在旁听到伯禹之言后道："伯禹称河有伯、洛有神，确有典故。昔黄帝东巡至于洛汭，受龙图于河，得龟书于洛，图书皆赤文绿字，上应天象，下显地形。黄帝在岸际修坛沉璧以祭河洛，以图书为治国之理。后到帝尧，循黄帝遗踪，在河洛修理古坛，坛成而祭祀，这日荣光出于河洛，庆善之气塞于四野，回风消散，天起白云，晚霞红光与河面绿波映成瑞祥之景气。列星分于天，七政化于世，有九尺红光罩在坛上。尧在这里得黄帝治国政要《帝王录》，记兴亡之数，尧持此治天下。后尧耄，还书于河，沉于日稷，汭起赤光，玄龟负沉书出，龟背赤文成字。尧收书禅位于舜帝，帝舜习尧礼以治天下。所以说，河洛汇天下之政要，出治国之图书，生政事之宏策，这是神圣宝地。"

太章、童律两人也道："我们也听朝中老臣说过。"于是伯禹朝河汭礼拜。

诸人正言谈间，忽飓风飑起，一阵水浪从河汭飞起直泼到众人头顶，把伯禹等人都淋得全身湿透。朱虎见状忙扶住伯禹，太章扶住伯益，都退至高燥处。太章道："考察豫东非旦夕可成，今日且返住处。暑天淋冷水，容易得病，等几天再去吧。"众人都回了少室。

次日，伯禹感头沉目眩，身体发烧。方道彰来治见状对伯禹道："恐连日思虑辛劳，昨天又遭水淋，内劳兼外感，须静养几日，服药调理方好。"

却说女娇见伯禹能在家养病几日，又喜又忧，喜的是伯禹平日不是外出就是住在营地，偶尔回家也因劳累倒头就睡，交谈不多，这几天已多时未见伯禹来家，心中正在思念。自己月事已停了数月，时有呕吐泛酸症状，腹中震动，知已怀孕。在家虽有女奴相伴，终不如自己夫君亲近，可以无话不谈，有事可以商量，故常有思念。今见伯禹来家，正可将怀孕之事相告，商议筹办产娩诸事，所以甚喜。但又见伯禹身体不适，风寒待治，不免又担心忧虑。于是命女奴扶伯禹进房歇卧，自己也进入房中，坐在床沿看视。伯禹躺下后睁眼见女娇一脸愁云看着自己，就微笑道："我因连日劳累，又兼起早赶晚多日涉足水中，受了暑热水汽及一些风寒，服了道彰草药，定会见效，只要休息几天，就会痊愈，不要担心。"

女娇点头道："如此才好，我这几日正盼你来家，和你商量一件大事呢。你若有病，我怎不担心。"伯禹目注女娇微笑道："什么事啊？"女娇伏身伯禹枕前，附耳悄言道："这几日腹中震动，可能怀孕了。"伯禹一听大喜，一把抱住女娇道："果真怀孕了！"女娇满脸通红偎着伯禹道："我停月事已有数月，胸中常噫气作呕，怠倦喜酸，定是受孕了。你不在家，我无人可以商量。"伯禹伸手抚摸女娇腹部，果然微微隆起，又起身俯女娇肚皮上倾听，内有跳动之声，连声道："果有小生命在里面哩。"忙对女娇道，"你已怀孕，当注意保胎，不要劳累，不要忧心，必须宽心放怀，注意营养。我这次来家多休息几天，也使你宽怀。"女娇点头笑道："只怕你闲不住，身体好了，又要急着去治水了。"

伯禹也笑道："知我者贤妻也，治水是大事，我王命在身，民命攸关，不能不关心。但娇妻怀孕也是大事，我绝不敢掉以轻心。有些不到之处，须你体谅。"女娇嗔道："只要你能把我放在心中，分出一点精神来照顾我怀孕之身，我就满意了，谁要你废公顾私呢。"伯禹笑道："我知爱妻是深明大义的人，否则何能垂青于我呢。"女娇用纤指戳了伯禹一下额头悄笑道："算你还有知人之明。"两人说说笑笑，女娇愁云尽去，伯禹也心情愉快，顿觉胸舒病去，精神渐生。女娇嘱伯禹好好休养，自己起身往厨下，督促女奴安排伯禹喜欢口食，尽心照顾伯禹不题。

话说江妃受命治理伊水后，当日率甲乙、段干兄弟八人及士卒将离营循伊水西南行，出发前召骨干议道："太章曾言伊水流长，绵延千里，其源多出熊耳之南。予今仅士卒一千，欲通疏千里之伊，非力所能及，当择阻重者治之，方能见效。"甲乙东道："说是这么说，可千里长川，不知哪段阻重？"江妃道："正是我所虑，是不是循水去源，沿途细察阻滞处记下，然后再定治哪个地方？"段干丘道："好是好，但全军都去，辛劳士卒，也行动不便，何不大部暂留营地，待将军考察回来再发士卒。"江妃沉吟未语。

甲乙南道："千里查察，少说也要半月，若遇险阻须深入探察，还需延期。在这期内士卒无所事事，易生怠意，这意见不好。不如整装齐发，可同历治理之路，目睹阻塞状况，思想有所准备。"甲乙北道："我看二哥意见好，去了可知难易，士卒不怕劳累。"段干丘道："也有道理，那就同行。"甲乙东道："我意先全队同行，若遇有阻重地方就留下部分士卒先自动工，如此既可沿途布兵，减少西行人数，又可先期除阻，有利全伊治理。"

江妃点头道："这办法好，就依此行事。"当下传令全队即日整装。自伊水入洛处沿北岸西南行，两旁山陵起伏，景色颇佳，伊水顺流甚畅，碧波荡漾。众士卒精神振奋,笑语不断,行约七十里至半石山,闻川流湍急之涛声,见伊水翻滚喷沫。江妃及众卒抬头前看,只见远处两岸有崖壁立,岩巉陡峭,夹水如门。走近细看原来是东岩西岭,伊水至此如入夹缝,水大缝窄,湍流激射,飞沫四溅,隆隆涛声震耳。急瀑四周有细流多处,盘旋曲折自山上乱流入伊水。

甲乙东道:"这里崖门狭窄,阻挡水路,必须凿阔。"江妃道:"此处非开不可。"就留卒五百名,命甲乙西为长,开凿门阙。余卒继续西上,一路经大苦山,遇狂水从西南入伊,水中有三足龟。又过蛮子邦见吴涧水,经放皋山遇明水,当地民称为石涧水,南入伊水。过西山遇涓水,东南入伊水。过方山见焦涧水。至鳌山见潇潇水,南入伊。鳌山险要处是三涂山的崖口,水从崖口出。崖口是山峡,两峡壁立,崖翼深高,望之也如门阙,伊水自南入此峡北流,是个险地。江妃道:"此处险阻,需要动工。"甲乙东道:"虽有岩巉,但不塞伊流,稍去就可。"江妃点头,留卒二百,命段干陵为长。江妃嘱段干陵道:"这里完工后,可率士卒去伊阙会合,那里工量大。"段干陵应诺。

江妃复率队西南行至发视山见即鱼水,至鲜山见鲜水,至阳山见阳水,到了蔍山,出交水,附近有蔓渠山,即是伊水源。蔓渠山、蔍山都是熊耳山陵峦,所以伊水之源也说出熊耳。

当晚江妃等在伊源蔓渠山坡宿了,与甲乙、段干兄弟议道:"我等尚未巡视伊水南岸,不知情况如何?"甲乙南道:"若南岸没有大阻,那我等当尽力开凿伊阙,务广其流。"江妃道:"且去南岸看后再定。"

次日早起越伊水之源沿南岸东行,南岸山陵低平,鸾川之后地势更平,丘陵平原为主,入伊之水少于北岸。数日后至伊阙,渡伊水与甲乙西会合。当晚江妃与甲乙、段干兄弟合议道:"伊水集川虽多,然阻塞不多,只有伊阙工量最大,余则只有崖口而已。狂水水量较大,需要略加疏浚,以通其流,余则不必动工。我部除已留段干陵治崖口及狂水外,要集中力量开凿伊阙。"甲乙、段干兄弟都说是。于是江妃命甲乙兄弟领原部开凿伊水西岸山岭,段干兄弟率卒三百开凿东岸之崖。预定工期三个月,秋末完工。江妃往来两地督率不题。

再说冯氏兄弟率祝融四人领本部士卒往治洛水与涧水,行前,冯迟与祝融等人商议道:"涧水已有庚辰巡视,我们不须再去,我们的主要任务是应龙说的涧水入洛处,那里定是平坦之地,平坦之地常有大潴水,也容易阻塞,只要把涧水入洛处拓阔深浚,则涧水可以平稳入洛,洛水也可平稳流江。若涧水入洛处有高山阻挡,则需开凿山岩,只是不知涧水入洛处地势如何?我等当先察涧、洛交汇处而后定治理之法。"

祝融道:"从这里向西北走很快可到洛水,路不远,再循洛水西走,一路考察,就会找到涧、洛交汇处。"江妃听祝融之言有理,说道:"那就去涧水入洛处再定治方。"于是即日率队从伊水之西洛水北岸西行,径寻涧水而去。第三日见到一个大旷原,原野人烟稀少，草木丛生，有一大川从北流入洛水。龙罔象道："莫非这是涧水？"

冯迟道："太章说过自西而东有三大川入洛，依次是涧、瀍、伊，今我等自东向西行，除伊水不计，首遇之大川当是瀍，涧还在西。"众复行，一路上都见丘陵起伏，一望无垠，杂草灌木遍野，间露深坑潴水，波光与绿叶黄枝相映，矮树与杂草并生，空中苍鹰盘旋，短丛中雀鸲群居，是一大片沼泽地。又西行数十里，果见一大川曲折北来，穿沼泽而入洛水。冯迟道："这是涧水了。"于是命率众寻丘陵高阜处先安营扎寨，有了立足安歇处，以便详察。祝融兄弟领卒沿涧水两岸择地，各得干燥高阜，立了营寨，当晚安歇。

次日冯迟安排士卒原地整理器械准备浚治涧水口，自己带了四杰和几十名士卒沿涧水北上考察涧水通塞状况。众人逆涧水走了数十里，所见都是灌木杂草。涧水主道宽有五六丈，水流平缓，在草丛中流淌，蜿蜒曲折。两边岸沿极低，几与水平，无岸可言，水如在平地上流行。水道中时见高阜隆起，大已成岛，小如坟包，连绵不断。坟岛之上生矮树苇荻，迎风摇曳，水鸟栖息，营巢其间。涧水在此坟岛中盘绕流过。冯迟道："水中坟岛是阻水之贼也，欲治涧水，当去此坟包小岛，方能畅流。"祝融道："两岸丛林也要去净，方显岸沿，岸沿显则见水面高低。"冯脩道："涧水两岸都是沼泽，难植桑麻黍稷，又不便通行，可利用掘去涧中坟包之土填平岸上坑陷，地平可以农耕，是两利之举。"冯迟道："此间平原，散居四周之民很多，我们要和这里村落首领沟通，讲明治水辟地可以为民利，请他们共同出力。"当晚商定，祝融兄弟按涧水东西两岸分为东北、东南、西北、西南四块，兄弟四人各率二百名士卒疏浚涧水河道，清除岸上草木，填平坑陷。由冯脩统一协调。留数十人管理营寨，调处膳食后勤诸事，各指定头目负责，即日兴工。冯迟自带几名士卒径向四周探访村首。

这日来到涧水以东、瀍水以西的北面大村，在一棵大树之下见有数位老人在纳凉，冯迟上前施礼道："诸位长老安好，请问此为何地？"老人中一人答道："这里是郏山也称邙山，不知尊君何来？"

冯迟道："我是伯禹麾下治水之人，今欲治理洛水，敢问村中首领住在何处，我欲拜访求教。"老人听说是助伯禹治水之人，都起立为礼道："久闻伯禹治水利民，今来是我村之福，村首离此不远，愿陪尊君一行。"众老人就起身缓步引路。路上冯迟问道："请问村首姓名？"答道："村首是成氏后代，叫成乐，德高望重，爱民如子，村民也尊敬他，今年六十有八，精神尚好。"

冯迟问道："涧水之东，瀍水之西，地平土沃，为何不垦，莫非此地粮食丰足而不须垦此平原？"老人叹道："尊君有所不知，邙南之地，平原不多，丘陵为主，郏山村所收粮食仅够温饱而已，何谈丰足。此处大片平地任其荒废而不耕植，不是地多，是因水灾。"冯迟道："灾在哪里？"老者道："夏秋之时，涧水时涨时落，涨则大水横流，平地水高数尺，汪洋一片，人畜都没水中。水落沼泽干涸，涧水细流。本可耕植桑麻稷粟，但一旦水至，庄稼尽毁，劳而无收。年年如此，村民视此是险地，不肯耕种。"冯迟道："为何不治？"老人道："荒泽广阔，我村人力不足，又无人组织，虽有此愿，难以实现。"冯迟道："若有人组织并增加人力，村中能齐心协力治此肥沃土地？"老人道："我等久闻伯禹率大军治水，今得伯禹之军来此，我等村民都愿出力跟随，垦此沼泽。"冯迟复问："不知村首成乐有此愿否？"老人道："村首爱民，早有此愿，正日盼伯禹来临哩。"冯迟点头。

不一时众人行至山坡下，有百余幢草舍依坡而筑。老人指高处一栋大宅道："此即村首成乐居室。"冯迟等随众老沿坡上阶至成门口，老人上前叩门，出来一个小童，见老人叫道："阿公要见我祖啊，正在厅中。"老人用手指冯迟道："告知你祖，今有助伯禹治水将军来访，能否一见？"小童转身入内，片刻即见小童扶一满头白发之人出来，一见老人就道："春翁啊，你说有伯禹之将来此，请过来见礼。"老人春翁指冯迟道："此位即是，乐翁可来见礼。"

不知冯迟见了村首，能否取得一致意见，请听下回分解。

第六十一回 邙山沼泽

话说冯迟知被称为乐翁之人当是村首成乐了，疾步上前，一把扶住成乐道："尊翁莫非就是成乐村首？我是伯禹治下冯迟，为治水之事，特来拜见乐翁，请勿以唐突为怪。"乐翁握冯迟之手道："日盼伯禹治水大军，今得将军来此，我村之福也，请入内细谈。"又对春翁道，"请众乡邻一并入内。"乐翁前引，众人随进，宅内简陋，不过四五室而已，入厅就座，小童捧上茶茗。

乐翁道："敝村荒僻，水患不断，早盼伯禹能来此处。今将军来到，必有见教，愿闻其详。"冯迟道："伯禹此次到豫州，要治伊、洛、涧、瀍，我奉命治涧、洛一带，见涧水入洛处数百里间都是沼泽之野，草木茂、地势平，有山不高，其土肥沃。惜涧水盘旋在草木沼泽中，地未垦殖，竟成鸟兽出没之处，实在可惜。刚才乐翁说，民甚困，何不开垦此沼泽地？"乐翁叹道："将军有所不知，敝村众人都想耕种其地，可年年大水泛滥，种而无收，故荒此良地。"

冯迟道："路上春翁也讲到，何不治这横流？"乐翁道："本村民不足千，除去老弱幼小，能出力者三四百人，疏浚此涧，力量不够，也曾临时开挖一段，可一旦上游水至，开挖之小段即遭泥沙壅阻，白费其力，故后无人疏浚。"冯迟点头叹道："水大流长，一村之力，治水确难。"就对乐翁道，"今我有士卒千人，都随带疏浚水道利器，又有精通治水之壮汉，将治涧水，若合贵村之力，则力量更大，乐翁以为能成事否？"成乐笑道："若得将军士卒相助，当可一试，但此段涧河之治，非只人力之多寡，还须办法得当，方能成功。"冯迟道："愿闻良策。"

乐翁道："涧水出白石山，至此流百余里。涧水上承谷水，其流更长于涧，谷水之流汇崇山险岭许多细流，旺发时水流湍急，多夹泥沙。与涧水合则流大，到我境地内因地势平坦，水道渐宽则水势缓，水流缓则泥沙逐渐沉积，所以涧水入洛前数十里出现沙碛、坟岛，致涧梗阻，涧梗则水溢为灾。今若仅治涧水入洛一段，恐难治其根本。若一并治谷，力又不足，我思之无策，尚望将军能有良计。"

冯迟道："依翁所言，涧之有沉碛是地平河宽流缓所致，我等何不收窄两岸深掏水道，使涧水入洛一段流急，再清除现有水中沙碛坟包之后，其流必快速畅通无阻了。但涧治之后须每年在冬春之际掏河清沙，以保涧水不止不塞，如此可否？我想每年一浚其沙，三四百人可以做到。至于谷水之治，伯禹早有安排，庚辰将军正在治理。我们现在是集中力量去涧中小岛、坟包，平整沼泽，翁以为如何？"

春翁在旁道:"冯将军说得有理,涧水两岸现存之沙碛坟包,是千百年来所积,非一年所成,可见上游来沙并不多,我等若在此次治浚之后复能年年掏治,我境涧水当不再有阻塞之事。涧水深则周围沼泽之水尽入于涧,沼泽干则可种植;涧水深则水不泛溢,虽旺水期可以无忧。当今之计就是深掏涧水,今后之计在年年掏沙,若能做到,耕地可得,也免漂湮之害了。"

冯迟道:"春翁说得是,涧之上游既为高山峻岭,必多草木,草木覆盖山丘,流沙滚泥必少。现涧水之沙碛,虽千百年积聚,也只如坟包,小而且低,可以佐证谷水来沙不多。此次深浚后,再能坚持一年一浚,涧谷水必可顺畅入洛,如此涧水之东、瀍水之西,大片平旷之野都可垦种,民之富庶可得也。"

成乐大喜道:"将军之言是也,我村愿听将军调遣。今虽夏收之际,我当向村民细说治涧之利,摊出部分人力配合将军治水。夏收半月可毕,届时全村全力投入,听凭将军安排。"

冯迟点头道:"如此甚好,近日忙于夏收,事关民食,不宜多挤人力,待夏收后再全力可也。我军近日先动手治理,只要向民细说治涧利益,有余力可先来,没有余力可后至。"乐翁道:"这就更好。"冯迟复道:"全村之民有强弱,我意可作分工,强壮者随吾卒疏浚涧水,去碛掏挖,妇孺及力弱者除留家照看老幼外,愿来协助的可致力治理沼泽,担土填坑,为垦殖做准备,这也是治水之事。"乐翁、春翁等都道:"将军惠民之言,如何不从。"当下计议已定,冯迟辞别。

冯迟回来后,就率本部士卒动工治涧。士卒自治龙门以来历经各地,都出色地完成浚河治水工程。今来治涧,虽在旺水期,然涧水不深,而时令又值盛夏,故在涧水中浴水奋战,掏挖沙碛坟包,甚是趁手。祝融四人一身奇能,经年来治水锻炼,能和士卒一样,艰苦劳动。冯迟从郏山村回来后令人砍竹编筏结筐,筐置筏上,筏浮水面,为盛砂石草木之用,满重则运置岸上为堤,全心投入浚挖涧水,全队效率甚高。

半月后,郏山村强壮劳力三百余人,由乐翁之子成山,春翁之子成土两人率领,带着掏挖工具来至工地。冯迟大喜,即拨与冯脩统一安排。郏山之民虽也曾治水浚河,从事农耕,有些力气,但入伯禹治水队伍后,无不惊奇治水之卒强悍之力,个个都比郏山之民功力高出一倍以上。尤其目睹祝融兄弟功力,无不骇然,其一人之力足敌郏民六人,挥臂如飞。一个不小的坟包在祝融兄弟中一人率领下,再加上五六名士卒,不到三天即可平治。成山、成土二人自忖,若由郏民施挖,同样人力非一月难平。郏民从心底里敬佩治水之将卒,更加用力投入疏浚,边干边学,奋力不止。冯迟见郏山众民都能奋力,甚为高兴。复见许多妇弱之民也由春翁等老者率领,担土的担土,平坑的平坑,筑堤的筑堤,都各出力,民气旺盛。冯迟见沼泽多水,与春翁商量,抽出一些民众开沟排水,以利平地操作。自己也与民一起担土挥锄,共治涧、瀍平原,一片热气腾腾。

却说伯禹疲劳加感冒，病得不轻，在少室山家中足足休息了半月。经女娇着意护理，气血逐渐和顺，咳嗽酸痛方去。伯禹自感病情已解，心挂东探之事，欲立即会伯益。女娇婉劝伯禹再歇两日，待病体完全康复后再下山，以免带病操劳更伤身体。伯禹体谅女娇心情，只得在家又歇了两日。两日后女娇见伯禹确实康复，就为伯禹收拾了行装，送伯禹一行下山，再三叮嘱伯禹不要过度劳累。伯禹也嘱女娇要保养有孕之身，以免动了胎气。双方道别后，伯禹带了朱虎等随从到洛口大营会见伯益。伯益见伯禹康复，十分高兴。两人商量东察之事。伯益道："汜水、荥波之际有大渎济水，那里水情复杂，必须细察。"次日伯禹一行沿河东行，只见大河滔滔，黄水翻滚东流，洛水入河处水面辽阔。东行数里，见一水入于河，太章道："此即汜水。"伯禹驻足眺望，遥见北岸有一股大水冲入河中，指而问童律道："河北岸似有大水入河混流，甚为湍急，似与河斗！此何水耶？"童律瞩目细观道："伯禹所见不错，确有大川入河，我不知其名。"太章道："当是沇水，也称济水，此水先入大河混流，以后河北上济东行，一部分越河而至南岸成泽，称为荥泽，离此不远。"

伯益道："观此方知河情确实复杂，大川纷集，相互角力，河西受渭，其水已猛，至此北受沇，南受洛，三股大水力皆大，相互撞击，必刷河岸，且其力互抵，河水激荡而妨顺畅，故流缓水涨。三水汇集水位已高而河却在此折而北上，顿挫水之流速。该速不速，则水壅于上，此所以孟、津泛水，伊、洛不畅了。河到此水多泄难，故溢入荥泽，这就证明河水到此有余，水有余则溢而成灾。欲治伊、洛、涧、瀍之水患，当去此处之壅阻，泄河余之水。"

伯禹点头道："伯益所见极是，何法可治？"伯益道："河既溢于荥泽，何不就此而浚，使河水之余尽入荥泽。"伯禹道："荥泽之地能承受河之余水，荥泽有无出口？"

太章道："荥泽与济水相通，济水大渎也，直通大海，河与济通，则河余之水可由济而出矣，只不知河之余水入济之量如何？"伯禹道："河若与济通，则事成矣。若入济通道狭小，可浚而广之，毋使河壅为要务。然济受河余，会否河平而济溢？"伯益道："伯禹所虑甚是，既来此，当更东巡，循济水审察。"伯禹点头道："既如此，就此东巡吧。"

众将随伯禹起程，行不久即见河济混流之水从一个缺口灌入南岸。太章道："此缺口当地民称为荥口。荥口溢入大水，漫浸南岸大片土地，成为荥泽。荥泽之水方百余里，泽中坑洼深沟丘陵错综互见，为鸟兽蛇虫之乐园，黎民入者稀少。泽中水泄向何处未曾考察，当地民传曰'北入济'，但通道何在不知其详。"

伯禹见荥泽水势浩大，一望无垠，唯见白蒙蒙一片水汽。对伯益道："我欲往泽中探其入济通道，非舟筏不可。"伯益点头道："是该入泽一探究竟，方明其通道所在，要入泽之行还须应龙、三奇师徒同去方好。"太章、童律也道："伯益之言甚是，应龙来可绘图测量，三奇师徒来可以测水情，非此三人不可。"伯禹道："既如此，我等且回洛汭暂歇，即烦太章先去通知三奇师徒及应龙。"于是返洛汭大营，太章先去，朱虎率卒伐竹扎筏编筐准备。

话说伯禹在营等候应龙、三奇师徒，这日正与伯益等议论，只见应龙、三奇师徒进入，后面随从数人，抬了许多吃食及应用器具。伯禹惊喜道："来何速耶，见了太章不曾？"应龙笑道："我等正要向伯禹禀报，刚离驻地不远，恰遇太章，向我申述考察荥泽之意。所以又返回驻地收拾了测量器物，随太章见了三奇师徒，三奇听去荥泽就带了许多食品，以备入荥后需要，恐伯禹挂念，我们连夜赶路来此。"伯禹甚喜。

伯益道："还是三奇考虑周到，此去荥泽，寻河水出路非短日可明，食用诸物正合需要。"童律道："荥泽广大，虽有鱼虾鸟兽可以充饥，但终日鱼腥，不及黍稷米谷易饱，奇叔为我等办了大好事了。"三奇笑道："我也要吃饭啊，顺带口食，自属分内之事，童兄莫要过誉，此去沿途还要靠你神目视察哩。"童律道："分内之事，分内之事。"伯禹见三奇又带来几名士卒，就命一起编制船筏。

当下伯禹、伯益共同听取应龙巡视各地情况。应龙向伯禹道："洛水绵长而峻险，幸上中游阻塞不多，现冯氏兄弟正浚理涧水入洛一段，他们和当地民众关系极好，平治芒山前大片沼泽成效显著。伊水一路，江妃已经全程视察，全川地势远较洛水平坦，险阻不多，在崖口、蒲蒲水与狂水需要浚治，但工量不大。只有伊水近洛处之伊阙有大山挡流，伊水受阻，现今全力开凿中，工量较大，非短日所能成功。"

伯益道："名曰伊阙，莫非有两山为门挡伊水？"应龙道："正是如此，伊水一路东流，至伊阙而阻，水道不畅。枯水期细水缓流，淙淙而过；旺水期，大水猛注，四处夺路，瀑布满山，刷土滚石，吼声震天，危及黎民。今江妃正率众全力开此伊阙，工量甚大。"朱虎在旁道："等考察荥泽后当往助一臂之力。"

当下伯禹向应龙道："前几天去洛口，见大河咆哮在三门峡以下，流急浪大，泛溢于孟津。又东巡到了汜水一带，河水虽折向北上，但河余之水溢于汜水以东，溢入荥口，荥东南数百里内尽成泽国。我欲深入荥泽，明其出水之口，以便施治，故需你来此勘地绘图。"应龙道："愿从伯禹之愿。"伯禹又道："泽中路远水大，又不知深浅，故也须三奇师徒来此共探。"三奇道："我知河、济之地，水泽泥泞，已随带橇数十副在此，或可用上。"伯益道："还是三奇仔细，此物当备。"

数日后，竹筏齐备，这日一早伯禹率众都结束停当，上了竹筏。伯禹、伯益、朱虎、童律、三奇合乘一筏，士卒数名执篙，三奇掌舵指挥；太章、应龙、两亥、乌木由、珠儿上了另一筏，士卒数人执篙，珠儿掌舵指挥。应用器物皆在太章筏上。三奇一筏在前，珠儿一筏紧随，前后相距不过丈许。三奇号令解缆出发，筏在河济南涯东漂，至荥口，三奇令士卒用力，又向珠儿打了一个招呼，自己将舵用力一推，竹筏顺着溢水转入荥口。荥口地低水深，地势高低不平，泽水深浅不一，故竹筏入泽后稍有颠簸，旋即平稳。

伯禹在筏上四周眺望，只见水波浩渺，汽腾雾罩，不亚于洞庭、彭蠡。当日天色阴霾，所视不过数里，远则恍惚不清了。近视四周，水草悠长，蒿苇杂树，零乱丛生，东一堆西一簇，高矮互见。有的连片数亩，有的一线绵长，也有孤株挺立随风摇曳者。草木丛中鸟鸣虫啾，如笙簧嘈杂，并时见狐鼠獾狸，一露即逝。水泽中鱼鳖虾蟹成群，间有蛇蝎现身，众人无暇细看。伯禹观察良久，不觉喟然长叹。伯益道："伯禹莫非为荒芜而叹？"伯禹道："知我心者伯益也，如此广袤平坦之地竟是人烟不兴，耜锄不举，岂不可惜。"伯益笑道："待泽水退，土露干，何患黍禾不长，恐百年之后此地会是人烟繁华世界了。"伯禹道："此我之愿也。"正说间，竹筏在三奇师徒指挥下顺水流方向，逐渐东行已有三十余里。

应龙、童律各细观荥泽流水，虽然水流浑浊，然也分得清主流所向。三奇师徒所驶竹筏正是傍着主流前行。太章道："此主流就是济水水道。"三奇问太章道："为何叫济水？"太章道："这水是大河北岸沇水越河而成。"三奇道："水既入大河，就与河混，何能越大河到南岸为济水？使人难解。"

太章道："君不见河水西来至汜水折向北上，河有余水入于东道，然其力弱，北岸沇水得冲越而至南岸称济水。河北去，济南下，呈斜十字之交。济者渡也，渡河而南故称济水，名甚当。至于南入于荥后又东流者，地势使然也。"三奇似不信道："是不是因济水对面正好有一条水，就附会说是越河成济水，我看济水是河的余水汇合北入诸水所成吧。"

应龙在旁道："我看济水所经之地较河水北上之地平坦，恐河水狂盛时，入东之力将强于入北，后世，河将有夺济之势。"太章道："有可能，总在数百年后的事了，沧海桑田，世有变迁，后世水道之变，顺其自然，只能让后世之人处理，今虑也无用。"应龙点头。

不知能否查清济水和荥泽出口，且听下回分解。

第六十二回　荥　泽

话说荥泽地平，其流缓慢，因地倾东南，故荥泽、济水向东南流动。两筏颇大，上搁木板覆有牛皮，顶加帐篷，四周有幔，可开可阖，诸人坐卧筏上，开幔可视，合幔防湿，坐卧无湿气侵身之患，也免日晒雨淋之苦，虽不如陆地安稳舒坦，却也颇为安适，饮食工作都在筏上。数日后，筏循济水东行已二百里。伯禹问童律道："现为何处耶？"童律问后筏太章，太章与应龙合计后对童律道："按行程与方向而计，我等当在有莘、有缗之地。"童律道："我以地形望之，为有莘、有缗之地无误。"就告伯禹。

伯禹召太章与应龙与己同筏，前行中又见一水流自济水分出向东南向流，伯禹问道："此股水流入何地？"童律顺水流远眺后道："此水入一大泽了。"太章道："此大泽当是孟潴泽，其水入于泗、淮。"伯禹道："若疏此道，则河、济之水又有一条出口了。"就命太章、童律识之，应龙测而记之。伯益道："若此道通，则荥泽东南之水可通而泄。"筏又东进，晚泊于济水南岸。

次日早起，晨曦微明，天晴无云，视野广阔，筏起动后不久，即见前面有大泽，水波汪然，济水入此泽，伯禹观此泽，果然广大，目力所及，当在百里之外。伯禹问太章道："此何泽耶？"太章道："是菏泽。"伯禹道："济水至此而止，抑或尚有出路？"太章道："我只知这是菏泽，却不知其有无出路，但如此大泽定有泄口。"

伯益道："前治兖州有济水经菏泽东北流出海，是否另有出口，则须深入再察。"伯禹点头。此时两筏相连并行，顺水沿东南岸前进约百里，见菏泽东南有水道泄菏泽之水。水道浅而小，宽不过丈余。伯益道："此水道虽小，也是出口之一，只不知流向何处。"伯禹命童律登岸于高阜望之，童律细视后回伯禹身边道："此水道虽细，然下游竟连着巨流大湖，我忖似为泗水与阳湖，都南入淮通海。我还见菏泽东北有大川出水，像是入兖的济水。"伯益点头道："童律所见是也。此即我们治兖时的济水通道。"

伯禹道："河余之水并济而东，其水旺盛，宜有多个出口，才能杀其旺势。今既知有东南通道，能分济水，不知此水道什么名称。这水道既分菏泽之水，可名为菏水。"太章道："近有菏山，故泽名菏泽，此水正是菏水。"伯禹道："浚菏水以泄菏泽，泄菏泽而畅济水，济水通顺则河余之水不致壅阻为害了。"伯益及诸人皆称善。伯禹命应龙记之，两亥测之。当日筏停于菏水之旁。

次日又驶，至东北出口又东入一大泽。伯禹举目眺望，此泽有菏泽大小，极目而望不见其涯,幸天气晴朗,泽中景色一览无余,可见波高尺余,粼光闪烁,蓝天白云,苍鹰翱翔,水中时见大鱼跳跃,泽中有岛屿绿丛。伯禹道:"菏泽刚出,又见此大泽,此处何大泽之多耶?不知此泽何名,也不知其出口何在?"童律道:"以地区而论,此泽当是大野泽,然出口何处,我不能知。"三奇在筏尾闻童律之言道:"若是大野泽,则其东必是巨野,有济水通道,是大野泽出口。前治兖州,知巨野的济水分两股,北上为主流,南下为泗水即是。"伯禹道:"童律、三奇之言都是推理,若能确证此泽之东是巨野,方可定论为大野泽。"

三奇道:"确证不难,只需去泽东一看可知,若泽有大川出水,至巨野,则可知大野泽无疑。"水珠道:"待我入水探来。"三奇道:"伯禹与诸君且停此,待吾与珠儿共探回报。"童律道:"要不驾一筏去?"三奇道:"筏慢游速,我二人沿水流方向游动,不费大劲,当日即可回转。"伯禹道:"你师徒水性好,但泽大而情况不明,还须小心。"三奇点头。两人即穿好鼍皮水靠,随带神钩利器与石克,翻身入水。伯禹令童律随时注意三奇师徒行踪,童律应命。

话说三奇师徒入水后,立即感知水流方向,就顺水流方向东游。二人水性极好,水靠光滑,稍一用力,即滑行数尺。为减少阻力,师徒潜泳而进。故童律不见水面踪迹,也不知两人游速。两人一路潜行,但此泽水面虽阔,水却不深。水底直立行走没身而已。水中鱼鳖鳝鳅之属极多,凭两人功夫,可随手而获,只是两人无心于此。泽中有深水区,是泽中大坑,有大鱼出没。两人一路急潜,不到两个时辰,即到了大泽东端偏北一个水口,出水细观。只见出水口约有五丈多宽,水量很大。师徒循出水口前行,果见水分南北二枝,主流向北,是济水主流,支流南下,正是巨野。珠儿道:"支流所入即我们治雷泽时的泗水。"三奇点头道:"正是泗水,通淮入海,济水出路不足忧也。前治雷泽只见雷泽之水,没到菏泽及巨野泽,今自济水入菏泽,复入大野泽。又到此雷泽,而雷泽之南至徐淮,还有落马湖、洪泽等,这一带实诸泽连绵不断的地方,想是地势低下之故吧。"珠儿点头道:"师父说得有理。"三奇道:"大野泽以东不必再探,可以返还了。"

返还是逆水,经两个时辰方近伯禹大筏。童律正站筏上眺望,只听得脚下呼啦水响,吃了一惊,急低头观看,正好三奇师徒两人出水。童律大叫一声把人抓住道:"怎不见你俩游动踪迹,却到了此处。"三奇笑问道:"你观察什么,如此发呆?"童律跌足道:"伯禹命我察你等踪影,怎知你等毫无影踪,害得我劳而无功。"三奇方知其情,笑道:"我两人水下潜泳,你何能得见,真叫童将军劳神哩。"童律笑道:"也没费大劲,只是纳闷我神目何以失灵呢。你两人回来就好,伯禹正等回音呢。"三奇点头乃翻身掀幔而入,童律随后。

伯禹一见三奇师徒忙令坐下,笑着问:"此行可有发现?"三奇道:"此泽之东有济水出口,至巨野水分两路,北济为主流,会汶水而入海;南济为支流,即是泗水经淮入海。都是我等治兖、青、徐时所经历。"伯益道:"既如此,本大泽即是大野泽,也称巨野泽无疑了。"三奇道:"正是如此。"伯益道:"如此则济水出路不成问题了。我等只需着力疏通菏泽之济即可。"

伯禹点头道:"我知泄河余水的办法了。可放在治伊、洛之后来治这里,现已夏末,伊、洛之治还须三月,治荥导菏当在秋末了。"伯益道:"秋末之时旺水已过,此时正宜治荥理菏。"伯禹对应龙道:"绘图计算,具体施工策划还须你动脑子了。"应龙道:"我看济水所经荥泽一段,除深浚加宽济水主道外,必须在枯水期沿济水南岸垒堤以阻济水溢入荥泽,阻断荥泽水源,同时在荥南浚通入孟渚泽水道,以泄荥泽之水。"伯禹及伯益两人皆道甚好,可依此规划。三奇、童律、太章等皆然应龙之言。伯禹见探荥之事已明,乃令返程。

话说伯禹一行返程,珠儿对三奇道:"昨听应龙叔之言,荥治后荥泽会消失,那鱼鳖也没有了,今趁此水大,徒儿入泽一巡,顺便捞些鱼鳖归来,调剂下口味,师父看好不好?"三奇知珠儿少年好奇,也感眼下无事,不妨一巡水中,正想向伯禹请示,伯禹在旁早已听见珠儿所言,对三奇道:"珠儿所言甚好,趁此空暇,深入荥泽一巡,捕些河味作餐,我也有兴。"童律、应龙都道:"趁此探泽捕鱼最好。"太章道:"日后再临荥泽就忙工务,没工夫探泽了。"

伯禹见众人都有兴趣,说道:"既如此,可将筏驶入荥泽中心,一面观察泽中景象,一面由珠儿下水去捕捞些河鲜上来,改善口味,正解连日疲劳。"三奇就将大筏朝荥泽中心驶去。行约半个时辰就见有个绿洲,将两筏停在绿洲旁,竹篙稳住大筏。自己与珠儿两人就潜水入泽中深处。

伯禹、伯益、应龙等步上绿洲,见绿洲草长木茂,鸟鸣之音婉转悦耳,矮丛中有簌簌沙沙之声,熏风微拂,人人陶醉。乌木由道:"岛中当有珍禽野味,待我进去搜索一番,也许有所收获。"朱虎、熊黑、童律、两亥皆欲深入搜索,伯益笑顾伯禹道:"留我二人与朱虎、应龙,余人都去尽兴一观吧。"伯禹笑道:"伯益之言不错,去吧。"众人各持器械,笑而入草木丛中。伯禹命士卒守护大筏,自己和伯益等一行漫步入林草隙地,绿洲草长没身,又杂灌木矮丛,地潮而软,腐叶没踝,匍匐地上的草茎缠脚拉趾,草丛中小虫乱跳,蚊蠓蝇蜂螟蜻蛾蝗等迎面飞舞,扑面而来,挥之不去。绿洲之景虽美,涉足漫步却不容易。

应龙道:"此绿洲百年来自生自灭,无人迹侵占,故能草木繁茂,百虫自生,百鸟繁殖,是虫鸟之乐园。今后水退泽消,农耕兴,绿洲势将不存。人固安生,虫鸟失居矣。天下事无万全,此长彼消,无可奈何。"伯禹道:"有得必有失,得失之衡当以利民为主,苟能利民,伤生之为,无可规避。"应龙点头而不语。伯益道:"为民伤生,虽属无奈,然不可过滥,滥杀生灵,无益于人,故天道尚啬。禽兽昆虫鳞介草木之生也是禀天地灵气,与人无异。虽然万物互噬,弱肉强食,彼此消长,这是自然安排,不是人力所能更改,也不是人的愿望所能熄灭。但若为政者能不滥杀生灵,不失天地之序,顺天之则,也就安世兴俗了。"

却说三奇师徒进入荥泽深处后，潜泳搜索，到了一处深潭大坑，师徒俩顿感水温转凉，三奇拉了珠儿一把，手指向下一指，珠儿知要往下潜，就一点头，一个猛扎，向潭底潜去，三奇紧随珠儿，一起下沉。潭很深，一片漆黑，隐约见潭底有点点亮光闪动。珠儿紧握神钩，沉至潭底。潭底尽是浮泥，脚甫触及，就搅起一片浑浊，更模糊了视线。珠儿天生水中神视，依然可见游动之物，回见师父来到，就贴近三奇，用手指前面亮点，三奇知珠儿欲捕亮点之物，遂握紧手中利刃与珠儿共赴。

识水惯渔之人知水中鱼鳖、陆上鸟兽其双眼大多能在黑夜中闪闪发光，光点大而亮者，其物必大。今潭底暗处有大亮点，必是大鱼一类。两人接近亮点时，只见一桌面大小的团状之物，伸着树干般的颈项，颈项旁两颗拳大眼珠，发光的正是此眼。两人虽久惯水中渔猎，但也不曾见此怪物。近处有此物多头。珠儿触了师父一下，握手中神钩朝一个颈项处刺入，并顺手一转，只听得"扑"的一声，一股暗红色浊液从创口射出，此物颈项后缩，身躯大动，几乎翻了一个身。附近几个怪物忽地向受创怪物靠近，袭击珠儿及三奇。两人见状急拧身斜出上浮，至水面已见血水从潭底直冒上来。不多时，见一大物上浮至潭面，全身还在抽动。三奇、珠儿解下随带绳索，靠近此物，寻找了可系绳之处。此物露出水面的竟是一个龟背状的硬壳，露出部分足有一丈方圆，四周浸没在水中，看不出实际大小。三奇与珠儿两人全力按住一边，同时用力将身下潜，终于将此物翻转，肚皮朝天，露出四脚。二人上前细看，只见头颈下垂在水中，已经死亡，但创口仍有余血流出。三奇道："这是巨鳖。"珠儿道："师父说得是，看其肚腹四足，是巨鳖，这么大巨鳖确实罕见。"三奇道："鳖性阴，当今暑气盛，食此可以补身。有此一鳖，足够我等数餐美肴。"

二人将绳系于一足，踏水而归。此物庞大，虽两人都神力，但拉牵仍倍感沉重缓慢。珠儿道："此物怕有两三千斤重哩！"三奇道："亏得四肢朝天，鳖背在下，像大船滑行，若胸腹四肢在下，还真拉它不动哩。两人费了一些力气，终于将巨鳖拉至筏旁。"三奇道："鳖重筏轻，不宜上筏。"令士卒用力将鳖拉至岸边，然后再拉至岸上。

伯禹、伯益、朱虎、应龙正在附近漫步，听得岸边士卒用力之声，回来观看。见此大鳖，无不吃惊。应龙上前测量，鳖背径竟有一丈二尺，正是罕有的巨鳖。伯益道："盛暑正宜食此物，可补身体。"三奇、朱虎指挥士卒动手分割，将巨鳖分成十六大块，珠儿、应龙、朱虎都捋袖相帮。三奇复命士卒就近采石垒灶架火，烤炙鳖肉。须臾，香气扑鼻。三奇师徒取神钩利器边割边炙，将烤熟之肉分与伯禹、伯益等人，其余诸人及士卒都亲自动手，随炙随吃。因数量众多，哪里吃得完。

再说童律、太章等人正在林草中搜索食物，也捕获许多蟹蚌螺鳝，射落了一些鸟兽，忽闻得阵阵肉香扑鼻，令人顿生口津。太章道："哪里来这美妙香味，何处烤炙？"童律道："莫非三奇师徒回来了。"乌木由道："三奇最擅烹饪，定是三奇师徒在那里烤鱼哩。"熊黑、两亥都道："时也不早，该回去了。众人乃鱼贯出林，不一时就见靠筏处烟火正旺,吱吱的肉香正是从火堆架上冒出。童律、太章急近前观看烤炙什么东西,有此香味。只见一排架着十六个大支架,每架上都吊着很大块肉,被烟火熏得黑糊糊,肉面流着油,嗞嗞冒气,这个气味实在香得人口涎直流。

童律、太章二人左看右看,觉着不像猪腿,也不像鱼肉,竟猜不出是何物有香如此,童律走至三奇面前打拱道:"想是贤师徒今番又获异物哩,但不知是何宝贝,还望指点迷津,告知晚辈,也好长个见识。"三奇笑而不答,半晌方道:"且先品尝再说。"伯禹见众人回来,命割肉就餐。众人一面将猎物置于地上,令士卒洗刷割剥,一面各抽刀切割已熟之肉啖之。童律割了一块送入口中细细咀嚼,只觉得口香满嘴,塞咽充鼻,油流口角,连声赞道:"好味,好肉,好肉。"又自语道,"是什么珍味?"半晌凑向太章问道,"你吃出味来啦?"太章眯眼道:"像有龟鳖之味。"童律双手拍腿道:"着,和我所见相同,但非龟肉,是鳖肉。"又说道,"盛暑食此,有益身体,三奇师徒抓了个好东西。"走向三奇道:"谢谢贤师徒,为我等快此朵颐,又补身体。"三奇道:"知此为何物耶?"童律道:"当是巨鳖。"三奇点道:"还算聪明。"童律道:"何有如此之大,上上珍品也。"三奇道:"荥泽至今,少说也有数百年,深潭之中何物不有,我们所见还有好几头,因时所限,且食有余,所以只抓了一头归来。"童律点头道:"此类物都长寿,故能如此之大。"众人当日都饱餐了一顿,还有余下。三奇命士卒将剩余的连同童律等所获之物,烤熟后放在筏上,趁傍晚天凉启筏返营。次日上午抵河洛大营,将剩余之物晒干后收置仓内。

要知后事,且听下回分解。

第六十三回　奋战伊阙

话说伯禹回营后与众将歇了一天，次日与伯益等商议道："济水、荥泽情况已明，不知伊、涧进度如何？"伯益道："听说伊阙开凿艰难，何不先去伊阙，伊阙已近涧口，视伊阙之后可顺道往视涧口。"伯禹道："伊阙凿艰，当令应龙、三奇、朱虎、熊罴同往，应龙、两亥可以测绘，朱、熊两将可协助劈岩，三奇师徒可解水中险阻。童律、太章、乌木由等都去共谋治策。"伯益道："如此甚好。"于是一干人动身赴伊。

话说江妃兄弟与甲乙、段干兄弟这日正在伊阙施工，山石坚硬，开凿费力，时值酷暑，士卒挥汗如雨，都专注在开山撬石，对伯禹一行到来并未见到。伯禹一行从北岸至伊阙东山，仰望东山高六十余丈，遥望西山，高也相等，两岸相距约数百丈，对峙如门阙。东西两山谷底至伊水水道，形如马鞍，水面数十丈，长约百丈。谷底礁石嶙峋如犬牙，南来伊水从犬牙中流过，湍急喷涌。来水不少，仅靠谷底缝隙不能全过，余水壅溢于山南乱流，至山北散落，成珠帘细瀑。此时水旺，瀑流如注。伯禹复循山至高处，南北眺望，对童律道："你望此山南北长几许？"童律纵目环首而望后道："山体南北约六百余丈，谷底阻水道长约百丈。"应龙道："百丈山体都须凿通，工量不轻啊。"信手拈起石块道，"此为石灰石，幸不是花岗石、玄武岩，不然工量更大了。"朱虎、熊罴在旁道："我俩都有神斧，愿于此显其神威。"伯禹笑道："正需你二人显能呀。"

江妃正在山下指挥，忽听得山上有人说话，颇为诧异，心想历来无人上山，今日何人山上说话？抬头细看，依稀像是朱虎、熊罴等人，因这二人身材高大，容易辨认。心想莫非伯禹来了。急放下手中工具，拉了甲乙西上山观察。童律眼尖，见江妃上山，对伯禹道："江妃上来了。"伯禹道："就此下山与江妃会面。"至半山腰双方相逢。江妃上前参见，伯禹用手携住江妃道："你等辛苦了，可去工地。"众士卒见伯禹来临，大声欢呼，伯禹挥手致意。应龙纵目细察，只见两岸士卒从北而南用杠棒撬石，索捆运石，十分辛苦。从河岸已下挖丈许，凿了河段十余丈。

应龙在岸上目测伊阙谷底阻塞河道有百丈。问甲乙西开河几日，甲乙西道："已有月余。应龙屈指计算，依此进度，至九月底也难完工。伯禹已闻应龙与甲乙西对答之言，对江妃道："山高石坚，士卒辛劳，今我等来此当助你一臂之力，以速工程。朱虎、熊罴之力，神斧之功，你是知道的，今两人一齐上阵。另三奇师徒助你水中开凿，你意如何？"江妃大喜道："正求之不得呢。"

朱虎、熊罴两人笑道："且看利斧威力。"应龙道："你二位当分两岸自北而南施为，但都不能尽开南端山体，须留丈许以防来水过大，待得北端水道清除碎石余礁之后方可开通南端山体，以通全水。"朱、熊两将点头道："都听你的。"两人分工，朱虎开东岸，熊罴赴西岸。江妃及众卒都知两将之能，无不欢欣。

两将果然厉害，双手各持神斧，劈山剁石，只见火星频爆，炸声不断，巨石崩土纷纷滚落谷底。应龙见状忙对江妃道："两将劈山力大，落石陡增，你须立即调整人力，增加运落石人数，从北向南运出堆在河沿的落石，但运石之人要远离两将一日工量，以免落石伤人。另外安排一部分士卒跟在两将后面，凡两将开山后有松而未坠之石，当再用撬棍补挖，以防留下松动未落的石块，日后坠落伤人。"江妃一一照办。伯禹及伯益立于山坡观察，见朱、熊两将一斧下去，可入石一尺，几斧之后，即有大石离山崩落，其效快于士卒十倍。

三奇道："添入两将之后，预计一个月可通伊阙阻塞，待最后凿通南端时，我与珠儿入水底助两将共通之。"伯禹道："正需你师徒之力。此时我等也要参加劳动。言毕，就拾铲携橇，投入开山，随行诸人也一齐投入。在伊阙一连十余日，开凿过半。

伯禹见完工尚须时日，这晚歇时对伯益道："伊阙完工尚须半月至一月，不知涧水口治理如何了，要去看看。"伯益道："涧口在伊阙之北，此去不远，正宜前去一看，半月后再返此以观伊阙之通可也。"伯禹次日一早对江妃道："我将去冯迟治涧处，留朱、熊两将在此，余将随我同往，半月后再来此看伊阙之通。"江妃点头送别，伯禹一行北行，傍晚就到了涧口工地。冯迟见伯禹来临，忙迎入帐内安歇。

这晚天色晴好，明月当空。伯禹偕伯益两人悄然至帐外，巡行邻近民工宿歇处，见帐外四周多处焚艾去蚊，民工三五成群环火堆而坐，多欢声笑语，意态愉悦。伯禹对伯益道："劳累终日，何以未见疲态？"伯益道："此必乐于治水也。古语道'乐此不疲'，乐在心者体不知疲，苦在心者体易怠，怠而勉强用力则疲矣。看这民工意态，可知是乐于治水了。"伯禹点头道："不知当地众民何以乐于治水？"伯益道："必是民知治此涧口将有益于本邦黎民，为自己利益而治，则欢乐。"伯禹道："役民之力必使知利之所在，方能尽力事事，民尽力则事易成。古时有人说'民只管出力，不必知为什么出力'，这说法不对。"伯益点头道："古言未必尽是，贬圣之言未必尽非，世事常变，处置之道，当合于事理，不必泥古不化，泥古不化非智者治世之道。"伯禹道："明哉伯益之言，与吾同心。"

伯益复道："民虽可使知之，然何时使知，则须视事之难易，情之疑明，民惠之迟早，邦国之得失，告知之时当有先后，不可简略直白，当先则先，当后则后，当直则直，当饰则饰，事有权从，不可一论。善于治世者须因情势而度之。"伯禹点头道："谨受教。"

伯益复道："但'民可使由之，不可使知之'的论调，后世必有倡导者。"伯禹问何故。伯益道："专权在上，下必谄之，欲顺上之心者必奉此为驭民之术。"伯禹道：

"逆民之心,蔽民之为,其道难行,民必怨而弃之,此愚也,不可行。后世有奉此者必无成。"伯益然之。两人边行边议而回,当晚安歇。

次日冯迟伴伯禹等至工地,卒与民都在水中掏浚沙碛,搬堆在涧水两岸。当地黎民则运沙碛草泥于沼泽坑洼低处填埋,往来穿梭不断。涧水口一片泥水浑浊,民卒都全身泥水,然奋勇努力,热情极高。祝融兄弟及众卒见了伯禹一行,十分兴奋,都高呼:"伯禹好!"伯禹及诸将挥手致意。岸上水中黎民早闻伯禹大名,但都未见过,听见众卒高呼,都蜂拥前来,要识伯禹及诸将。冯迟对伯禹道:"伯禹当使郏山众民一听教诲,以激励众民治水热情。"伯禹点头,就站土阜上,伯益在旁,诸将环立于后,对郏山之民朗声言道:"洪水泛滥,天下共病,帝舜爱民,求平洪水。我与伯益,受此重任,至今九年。豫州未平,有地不能耕植,众民难以安生。涧、瀍、伊、洛,豫州主流,涧东瀍西,万顷平川,治之可得沃土,植麻种黍,民可温饱而有余。今虽辛劳,后必有酬,天道奖勤,劳必有报也。望郏山众民共出治涧之力,齐达丰衣足食日子,此是帝舜所望,我的要求。"伯禹言毕,众民一片欢声。

随后伯禹及诸将与民比肩联踵共担沙碛以填平川之坑洼。一连半月,劳于涧口,足迹遍于涧水之东。伯益在历经涧东瀍西之地后对伯禹道:"这里北有邙山可挡朔风,南临洛水可润沃土,左涧右瀍,一望平川,此安乐之地,可以建都成大邑,后必有兴者。"三奇道:"伯益说得在理,但此地是安乐之乡却不是创业之都。"伯禹笑道:"三奇之言有说乎?"应龙道:"我知吴师意思,涧东瀍西是平川沃土,却无险隘可守,盛世可以成乐土,战乱不能成根基,所以不是创业之都。"伯禹道:"生于患难,死于安乐,一望平川,无险可凭,的确难为创业之都。但事在人为,若有明主顺天时得民心者,也可以为守成之主。若逆天时失民心之主,虽扼险阻之地,也会败亡。此所谓事在人为,不可都以地理论定。"众人点头。

过了半月,伯禹一行离涧口复至伊阙。伊阙之役在朱、熊两将奋力下,江妃率众卒共同奋战,谷底已大部凿通,礁芽尽去,只留下南端丈许阻拦未动。伯禹到伊阙三日后,应龙与两亥兄弟测量后向伯禹禀道:"水道已清,余下之阻可以凿开。"伯禹道:"就命朱虎、熊黑会同江妃众卒完成最后一击吧。"应龙即知会两将及江妃,定次日动工。次日一早,伯禹、伯益至伊阙东山坡观阵,应龙、江妃两人指挥众将卒各就各位,朱、熊两将执斧从两岸劈岩,众卒清理落石。三奇师徒从南端潜入水中,珠儿左手执石克,右手执锤,三奇持铁钎,既护卫珠儿,又伺机撬石,两人都在水下开石。江妃要江飞带二十名善水士卒随三奇清理水下碎石。

江妃在岸上执旗指挥,一时间谷面斧声与落石声震天撼地。水下气泡翻滚,浮泥泛起。谷底人头攒动,尘土飞扬,一场通伊阙之战令人惊心动魄。接连三日,朱、熊两将终将两边山基凿开数丈,伊水水道大开,伊水从南大量流入,只留下河心大礁石挡水。其下正是三奇师徒开凿处,珠儿已将礁石底基洞穿,只留两边未凿,以待出水后从水面用力推倒。忽听水卒来报,两岸水道已通,命三奇师徒出水会合。

三奇率众浮出水面。江妃、应龙见三奇师徒已到，就知会朱、熊两将。江妃命人备船驶入河心礁石北面，用数十条粗绳，一端缚于礁石之体，一端拉牵于两岸，江妃指挥两岸一齐用力，以便拉倒河心礁石。应龙复请朱、熊两人持斧于礁石南面用力劈礁，三奇师徒复入水用石克开凿礁石洞底两边支撑点，只等号令，同时施力，将河心礁体拉倒。经半个时辰联络都各齐备，江妃挥动令旗，上下一齐用力。朱虎、熊罴力劈礁体，珠儿水下力开两壁。还只凿到一半，只听得震天大响，河心大礁石已被拉倒，倒在伊水水道中。石沉水涨，激起巨大水浪，溅得两岸士卒全身湿透，站在山坡上伯禹、伯益也都受水珠之惠，湿了一片衣衫。在水底的三奇、珠儿被水流冲击，弹出南端数丈之远。这时伊水全河开通，但沉在河中礁石未去，伊水从石体上漫过，有些礁体还露出水面。江妃命水卒入水开石，并将碎石捞出。朱虎、熊罴、三奇师徒都去助力，有些礁石被粗索拉至岸边分解成碎石后运走，有些水卒入水捞取碎石。忙了三日，大体已清理完毕。此时伊阙大开，伊水已顺畅地从伊阙低谷中北上，治伊大功告成。

欲知以后如何治水，且听下回分解。

第六十四回 伯禹忧妻

话说伯禹见伊水已治,乃离伊复至涧。临行前嘱江妃道:"在清尾后可将所部去洛汭大营,下步将治荥、济,你部当是首发之军。"伯禹至涧口,见涧口百里内沙碛、坟包已剩余不多了,冯部士卒正在深疏河道,并沿河道两岸筑堤防泛。原沼泽地杂草已去,坑洼渐平,沟洫纵横如网,积水多经沟洫流入涧、洛,昔日荒凉之沼泽,今日已成一片待耕的原野。伯禹喜而对冯迟道:"治涧口后有何打算?"冯迟道:"谷水是涧水上游,不知禹强他们清理得怎样了?我恐上游有阻,想到上游一看,他们若有困难也好出点力。"正说间,冯脩入报,禹强率队来到。伯禹大喜,正要出去迎接,就见禹强、庚辰两人进来了。冯迟笑道:"正惦记你们呢,来得正是时候,今天不来,明天就去寻你们了。"禹强问道:"为什么?"冯迟道:"我这里完工了想助你治谷水,因为谷水是涧水上游啊。"禹强笑了,说道:"谢你好心,我们都治了,不然欠你一个人情。"伯禹道:"谷水山高路远难治吧?"禹强道:"阻塞不多,不难。"

伯禹见这一带已治,就说:"下步主要去治荥泽济水了,你们得有准备。"这时应龙在旁道:"涧东平原,易受涧水上涨泛滥危害,今虽筑了河堤,但河堤易塌,日晒水刷,虫蚁营穴,容易溃堤,为保久安,还须办妥两件事。一是两堤植树,以树护堤;二是修堤,须郏山之民年年在冬末春初,旺水来前遍察堤岸,有缺者补,有松者夯,莫使旺水时决堤。"冯迟点头道:"植树之事我立即行动,岁修河堤已向乐翁讲了,乐翁明理之人,定会遵从,此事当使成制,年年如此而为。"伯禹道:"我等离此前也该手植数树以为记。"伯益道:"正合我意。"

伯禹在涧口数日,植树数株后东行至洛口大营。

转眼秋风已刮遍豫州,冬令临近,叶落水下,各部士卒陆续抵达大营,相见都很高兴。伯禹集众将言道:"我与伯益曾东探济水,方知河至洛口后东至汜水折向北上,河多受阻而有余水,河余之水东入于济。人说济水源于河之北,越河成济水,我看济水实是河的一股。东流不远溢于荥泽。荥泽之水占地广而浅,泽水漫漫,东至于陶,东南及于孟潴。孟潴泽有水道通泗、淮,疏理此通道可泄荥泽之水入于泗、淮,达于海。济水主流与荥泽相连,直抵菏泽,菏泽甚大,东入大野泽,大野泽复东流至巨野分为二,北上为济水之主流,东入海,南下的入泗水东入海。只因济流不畅,荥有阻滞,故河余之水也不畅。为今之计亟须治济,治济就须治荥及通菏,济通荥治则河余之水不再泛溢。"

江氏兄弟道："既如此，我等当即往治此两泽，愿伯禹安排。"伯禹乃请应龙示图，指图而言道："洛汭东距菏泽四百余里，东南距孟潴泽亦四百余里，沿途都沼泽水路，行走不便，施工艰巨。吾卒有限，若遍地兴工，恐收效不快反累士卒，只能择要而为，或可收事半功倍效果。已与伯益、应龙等初筹，拟分三路施治。

首先循济水南沿垒堤，阻隔济水入荥泽，从汜水东至封父邦，长约二百里，地势平坦，禹强、庚辰率所部卒八百担任，调甲乙、段干八人相助，筑堤防二百里。

其次治荥泽，泄其潴留之水，可在荥泽东南开通入孟潴泽水道，并再开孟潴泽通泗水水道，通此二道，则荥泽北无入荥大水，南有泄水通道，水可尽泄。荥泽多水，非筏橇及会水之卒不行，故令江妃兄弟率卒千人浚此二道。

再次是治菏泽，留与冯氏兄弟，先调冯脩率二百卒助禹强共筑济堤，待堤成后再集中治菏泽，其余八百卒及祝融四将治菏。"

伯益道："此部署可行，但荥泽菏泽都大水汪洋，又深浅不一，浅者可以涉足，深者幽邃难测，在深潭巨穴之中，多有水族诸怪，触之伤人，须请三奇师徒协助探明为好。目前可暂放菏，先助荥，待荥探明后再助探菏，不知伯禹之意如何？"伯禹点头道："此言甚是，请三奇师徒依伯益之言而行。"三奇点头。江氏兄弟笑道："得三奇师徒相助，我等之愿。"

伯禹复道："荥、菏两泽都水草迷蒙，荒凉险僻之地，民居甚少。但泽之四周，当有黎民，若有村居者当言明治水之益，令其相助，以速其治，江妃治洞经验可以借鉴。"江氏兄弟点头。伯禹复命应龙、两亥兄弟巡视指导。童律道："我愿随禹强兄出力，不知禹兄是否欢迎。"禹强大笑道："你来正好，既增千里眼，又得笑伴，怎不欢迎，却须伯禹同意。"伯禹与伯益都笑着点头同意。当晚各散，自去准备。

从秋起，大军齐集于荥口南北。江氏兄弟奋于南，禹强及冯氏兄弟奋于北。且说北路，甲乙、段干八勇，祝融兄弟四杰与众士卒一起各显神通，撼树移石，掘土挥泥，筑堤于济水南岸。经过四个多月，筑成二百余里长堤，按应龙规定，堤高宽各一丈，高陵略低，陷地增高。堤岸蜿蜒曲折，随水流自然而成。全堤如长蛇卧波，望之令人肃然起敬。它拦住了济水溢荥之水，济水已可顺堤而流入菏泽，但尚未全成，正处紧要收拢之际。

再说江氏兄弟及三奇师徒受命以后载筏履橇，浚有缗之川，疏塞荥之流，通了入孟潴的水道，又拓宽了通泗水的川径，荥泽积水随之南泄。四个月后，渐呈干涸，陆地逐渐显露但全功未毕。

按下大军治荥辛苦不表，却说伯禹爱妻女娇自怀孕以来，到了正月已近临盆之时。平时住在少室洞窟，地阴气湿。而胎儿甚大，娇弱之躯，负担沉重。虽有几名母家带来侍女，可都是年轻不懂生育保胎之事。伯禹忙于治水，偶尔上山一探，也不知生儿育女之险，见女娇身健无疾，也较放心。女娇出于君侯之家，甚懂自重，知伯禹治水辛苦而迫切，所以从不以家事私事累烦伯禹。虽自感胎气甚重，在伯禹面前也从不轻言疲乏，反而强颜欢笑，不使伯禹担心。伯禹嘱托方道彰、宋无忌两人随时上山探望，以保安全。两人尽心尽力，以保养女娇及胎儿为己任，不时开出一些安胎保胎药物要女娇服用。所以临近分娩之月，女娇身体并无疾病。但胎腹特大，异于常人。

转眼又过了二十余天，女娇已临分娩之期，方道彰、宋无忌一面派人告知伯禹，请伯禹暂放工事，上少室照顾女娇，一面两人随即准备药物上山。伯禹此时疏濬筑堤之事正紧，心忖女娇身躯尚健，又有方、宋两人照料，自己去了也帮不上力，就没有立即赶赴少室。伯益在旁对伯禹道："生儿育女是人生大事，暂放这里诸事去少室照看女娇要紧。"伯禹道："这里工程正紧，且又不知女娇分娩确切日期，去了闲着也烦心，少室离此不远，待知确切分娩日期再去不迟。"伯益道："既如此，当派竖亥去少室，如有需要也可快速来报。"伯禹点头道："此言也是。"

伯益又道："女娇产后，当需懂得月子的老成妇女照料，如果奶汁不足，也要及早预备乳妇。女娇娇贵之人，初为人母，不懂之事正多，须预先安排周全，以免临时缺这少那，诸多不便。女娇现处少室，非在涂山府宅可比，万事须多加预备才是。"伯禹心感伯益关怀，点头道："贤伯所见极是，待我安排。"伯益道："何不即请竖亥上少室之前先找好奶娘等人带去少室见方道彰及宋无忌，去了就在少室协助方、宋两人，如有要事即速来报。"竖亥一一领命，即刻去了。

却说少室山上，女娇遵方、宋两人说的，平日以卧床保胎为主，很少走动。这次方、宋两人上山，以后又来了竖亥，并带来三名正在喂乳的乳娘及两名照顾月子的妇人，心中也为伯禹安排周到而高兴。竖亥上山后三日，接连阴雨。这日天气放晴，艳阳高照。女娇卧睡多日，想要活动，晒晒太阳，令女侍扶她出室外。

室外艳阳高照，空气清新，满眼冰松玉树在阳光下闪亮发光，十分悦目，女娇心中高兴，就迈步前走。不料山上连日阴雨后地面早已结冰，看似平整，实则极滑。女娇卧居多时，脚力软弱，胎儿又重，刚出两步，脚底一滑，一个跟跄，单足蹉蹶，一声惊呼，全身随之倒地。两个侍女虽在左右扶持，但因地滑体重，又猝不及防，方、宋两人及侍从都在近旁，一见女娇摔倒，无不大惊，急忙过来用力扶起。女娇自感全身疼痛，胎儿似堕，头脑昏晕，两眼发直，直流口涎。方、宋两人见状，急命众女伴动手将女娇扶到床上躺下。此时女娇双目紧闭，直喘大气。方道彰把脉后知事情不妙，一面与宋无忌两人商量用药，一面命竖亥即速下山请伯禹来此。竖亥也见女娇扑地之状，立即下山去禀伯禹。

不说山上用药之事，却说伯益和伯禹正督察济水筑堤之事至天黑方回，晚餐后正要休息，忽见竖亥气喘吁吁到伯禹面前立定，一时气急，张着口只喘气说不出话来，伯益知有急事，忙端一杯水，让竖亥喝下。竖亥缓过气来急向伯禹道："今晨女娇出房摔倒，方、宋两君请伯禹急速上山。"伯禹忙问女娇现在如何。竖亥道："双目紧闭，不能出声，似已昏迷。"

伯禹及伯益都大惊。伯益道："须急速上山,只是天晚奈何!"伯禹道："女娇昏迷,胎儿在体,今晚我难以安睡,不如连夜上山,只是竖亥刚从山上下来,再走夜路,恐体力不支,可请章亥伴我前去。"竖亥道："我健行,路又熟,一宵不睡何足道,不须换我兄长,仍由我伴伯禹上山。"伯禹点头,对伯益道："这里请伯益多费心了。若女娇无甚大碍,我当即返。"伯益道："女娇临产在即,这次如无大碍,也不必急回,须待女娇安全生产以后再来工地,这里有应龙及我在,不须牵挂。我在此略作安排后,明后天也会上山一探,君且安心去吧。吉人天相,女娇当无大碍。"又嘱朱虎同去道,"天黑路滑,你两人注意伯禹安全,小心行路,不可大意。"两人答应,选了几名士卒,点了火把,连夜赶路上少室。

　　却说方道彰、宋无忌两人也和众乳妇、月妇及侍女等一起通宵不眠,伴着女娇。但女娇一跌之后,一直昏迷不醒,气息奄奄,茶水不进,药也灌不进去。方、宋两人心急如焚,又不知伯禹何时到达,急得团团乱转。还是宋无忌比较冷静,拉方道彰到无人处商量,对方道彰道："看女娇模样,须作两手打算,若能醒来,可进药物,逃得这次难关,再好不过;倘若从此不醒,甚至仙逝,如何保住胎儿方是正理,不能让临产之儿也随母死去,不知方兄以为如何?"

　　道彰点头道："我也为此筹划如何保住胎儿,但伯禹未到,我不敢擅自做主。"无忌道："估计伯禹定会立即前来,早在明晨,迟则明晚,但不管伯禹何时赶到,保胎儿安全生下,是等不得的事,愈早准备愈好。一旦女娇去世,我等须立即动手取出胎儿,也可慰伯禹之心。决不能令母子双亡,太伤伯禹之心。"道彰点头道："宋兄所言极是,若能母子平安,固属理想,若母去子留,也尽我等一番心意了。"

　　当下两人商定,由宋无忌连夜暗地准备剖腹取胎诸事,方道彰仍在上房照看女娇。山上诸人不知无忌暗中准备之事。将近五更,女娇气息越来越弱,急喘不止,渐渐不行。方道彰命女伴撬开女娇牙关,将早已煎好的野山人参汤灌了下去,参汤在喉头咯咯作响,有些下肚。须臾,女娇气息方略有缓和。在旁女伴以为女娇可能还有一线救星。但方道彰明白,已经回天无力,这些参汤只能使女娇稍延时辰而已,但愿伯禹即刻到来,见上一面,说上几句。道彰只盼能将女娇生命延到伯禹到达之时,使伯禹定下取胎决心,了却自己心事。

　　未知女娇能否渡过此次劫难,且听下回分解。

第六十五回 剖腹活夏启

却说伯禹为赶赴少室山,一夜奔波,天色微明时已上嵩山,一径来至少室女娇房内,推门而入,只见满室灯明,方道彰和众妇伴都在室内,床上幔帐低垂,声息极低。道彰及众妇见伯禹到来,无不宽了心。伯禹急至床前掀开幔帐,只见女娇双目紧闭,气息微弱,似在熟睡。腹部高隆,起伏不定,贴耳聆听,咚咚跳动之声均匀有序。伯禹此时悲从中来,泪流满面,回想起平时女娇每见自己上山就满面笑容,细言悄语相迎,今日却双目紧闭,无一声语言,怎不伤心。

此时宋无忌来到房内,伯禹强忍悲痛,坐下问方、宋两人道:"两位先生告我,女娇可有救耶?"方、宋二人垂首无言。伯禹知女娇病凶难治,不觉更感悲痛。半晌又问:"能否产下腹中胎儿?"方道彰、宋无忌两人相互看了一眼,道彰道:"不敢有瞒伯禹,女娇此病殊为险恶,茶水不进,药物难达,恐已伤及头脑神经,一日夜以来始终昏迷不醒,牙关紧闭,气息已如游丝。我在五更强灌年久高山参汤,气息略见平缓,但仍未睁眼,看来难以久拖了,望伯禹思想有所准备。"伯禹听后半晌未语,心中绞痛,泪垂如雨。宋无忌见伯禹伤心,劝道:"事已至此,伯禹不要过于悲哀,伤了身子。只是夫人如有万一,请伯禹须考虑下步之事方妥。"

伯禹正欲开言,忽听得侍女、伴妇惊呼,伯禹等三人都急至床前,只见帐幔已经挂起,女娇气喘吁吁,手足乱动,道彰、无忌怕伤了胎儿,急命伴妇轻轻按住女娇四肢,一面再灌参汤。但女娇牙关已难撬开,灌入参汤,多不入咽,顺着颏下嘴角流入颈项,衣衫被褥湿了一片,只得停止灌汤。伯禹在旁垂泪大声呼唤:"女娇、女娇,文命来也,能睁眼看我么?"只见女娇眼皮微微动了一下,似欲睁眼却睁不开来,手足又动了几下,见右手指向腹部,但却无力举起,一阵颤抖之后,颈项一软,头侧一向,气息停止。

道彰即上前用手指探其鼻息,已无出气,不觉悲声道:"夫人气绝矣!可怜夫人!"

伯禹上前抱着女娇颈项大哭道:"亲爱女娇,你何早弃我去。你我结婚刚刚三年,会少离多,这次随我还只一年,山居辛苦。想你本君侯之女,钟情文命,刚有身孕,就遭此不测。我实亏你,刀割我心,刀割我心,悲也悲也!"

道彰与无忌见伯禹悲痛,恐乱方寸,就上前拉住伯禹道:"夫人已去,腹中尚有胎儿,产期已到,伯禹如何定夺?若不急取,恐要胎死腹中。趁此时夫人尸身未寒,血脉尚温,剖腹取儿,犹可存活,迟则不及,望伯禹定夺。"

伯禹大哭道:"爱妻娇年早逝,何忍再剖其腹,我不忍也。"无忌道:"伯禹切莫如此,如让胎儿随母而死,恐非夫人之意。若能保住胎儿,也不负夫人十月怀胎之苦。刚才贤伯呼喊之时,夫人眼皮微动,手指指腹,必是想嘱君保住腹中胎儿之意,这是她一片心意,伯禹切莫负了夫人之心。"道彰道:"母虽死而子存,也是怀念夫人最好的心意,望伯禹不可使女娇在冥冥中更加伤心。"伯禹听了两人之言后,头脑开始冷静,垂泪道:"既如此,就按两君之意剖腹取胎吧,还望小心剖取,既求活儿,又求女娇少流血,以慰我妻。"

道彰、无忌连声答应道:"自当如此。"就命朱虎、竖亥及随从伴妇,在室外将早已寻好的一块平整大方石周围搭起帐篷,布幔围住,四角生起火盆。道彰命人将女娇抬到大方石上,下垫厚褥,上置身躯,无忌取来剖腹及临盆诸项用具,无忌、道彰及数名伴妇进入帐内,乳妇外候,一名进帐,伯禹居室内听候消息。另有一众伴妇内外传递热水布帛应用。

过了约半个时辰,只听得帐内一声响亮婴儿啼声,帐外诸人知婴儿已经取出,只不知是男是女。只见一乳妇入帐,怀中紧抱着婴儿向伯禹报道:"恭喜伯禹,夫人生了一个大胖儿子。"伯禹上前观看,只见一个肥头胖婴正躺在乳妇怀中吮吸乳汁,两眼睃睃瞧人,两只小手抚摸着乳妇乳房,好不自在。伯禹见了也自欢喜,略放下悲妻之心。

此时方、宋两人将女娇身躯抹拭干净,腹腔内放入防腐药材,缝合平整,全身除露头脸四肢在外,其余腹胸躯体使用白色布帛紧裹,令伴妇侍从诸人将帐篷内外打扫冲洗清净,擦干大方石,将女娇尸体平卧暂置石上,以待棺柩。忙至午后方毕。恰好伯益、童律、太章、玄龟四人到达少室,遇上方、宋两人,伯益问道彰:"情况如何?"道彰将母亡子存,伯禹悲伤之情告知。伯益等人见伯禹。

伯禹见伯益到来,垂泪相见。伯益连忙慰劝,并问身后之事如何处理。伯禹摇头道:"我心中悲痛,头脑昏昏,还望伯益相助。"伯益道:"贤伯放心,一应后事可交玄龟处置。但有三事须君决定。一是女娇既亡,当派人速告涂山君知晓,速来亲睹;二是女娇安葬何地,是否待涂山君来到后共商;三是新生婴儿如何安置,何处抚养为宜。"伯禹点头道:"是该告知涂山君一家,请他们前来,安葬何处亦须听涂山君意见。婴儿抚养之事,只能送去老家,托老母照看,就近物色几名乳母喂养方好。"伯益道:"如此安置甚好。婴儿这几日且先这里抚养,待夫人安葬后再将公子送往安邑尊府可也。"伯禹点头,就作书致涂山君,其书曰:

吾妻女娇,生而尊贵,幼受慈教,禀性敏慧,蕙质淑行。长而从吾,体贴关怀,懿德贞心,令我感叹。山林艰苦,穴居茅寝,无怨自艾,一片痴情。离涡至嵩,六甲在身,娩在新春,正庆嗣胤。孰料凶险,骤降娇身,汤药百疗,竟无回天之术,夺我爱妻之命。呜呼,呜呼!中道分离,痛彻心肝。今停梓少室,冀待翁临。捉刀涕泣,头脑昏沉,言不达意,只表吾忱。文命叩首敬告。

书毕命童律、熊罴、竖亥三人持之赴涂山以告涂山君。涂山君接此噩耗,心胆俱裂,持书入内,阖府悲痛。邻近黎民闻知无不垂泪,哀女娇妙年早逝。涂山君夫妇及子女都启程赴少室。伯禹、伯益知涂山君阖府来到,至山下颖水处迎候。翁婿相见皆唏嘘流涕,各自悲伤。上山至停柩处,涂山君夫妇及兄弟姐妹见了女娇尸容。此时天寒地冻,尸身又是有药物保护,其面如生。涂山君一家见了无不痛哭,妇媪几至昏厥。伯益、太章、童律、道彰、无忌等诸人再三劝慰方止,请入后室安息。

伯益进见涂山君道:"令媛仙逝,使人悲哀,然天不福人,真无可奈何。伯禹自丧爱妻,终日悲伤不已,方寸已乱,今女娇停柩多日,安葬何处,或归安邑,或留少室,或安涂山,还望君侯定夺。"涂山氏夫妇心痛爱女早逝,不忍再葬他处,乃道:"我欲女娇安葬于涂山,使其魂归故里,长在吾侧,能春秋时扫其墓,慰吾夫妇之心。若葬少室,寒墓孤魂,我等何安?若葬安邑,我夫妻怎得随时展扫?故我夫妇想法,葬于涂山方合心意,请伯益转告伯禹能顺我夫妇之心。"伯益点头道:"君侯之言是慈父母之心。伯禹甚爱女娇,也尊敬君侯,况其宅心仁厚,定能符君侯之意。"当下别过。

次日伯禹见涂山君夫妇,告道:"愿从翁命。"涂山君听伯禹之言,都各合意。就在次日启程扶柩回涂山安葬。伯禹、伯益及诸将都扶柩下山,直送至颖水上船方别。

伯禹送别涂山君后,与伯益商议欲将婴儿送往老家安邑。伯益道:"如此方好,不知公子可曾取名,有名方可称呼。"伯禹摇头道:"连日忙乱,实未曾取名,伯益见多识广,望赐贱儿一名。"伯益沉吟半晌方徐言道:"公子剖母腹而生,可名为启。启者开也,既合生之状,也有继后光大之意,不知伯禹以为可否?"时童律、太章、道彰、无忌都在旁,闻伯益之言都点头,但未出声。伯禹闻伯益之言后,起立向伯益致谢道:"此名甚好,也可使我终生不忘吾妻女娇之情,名'启'深合我意。"伯禹姒姓,启称姒启。启生虽艰难,但后则创小康之世,更大同之俗,成为古代翻天覆地之君,真是天道难料。

剖女娇之腹产启的大石也就被后人取名为"启母石"。相传至今犹在少室山上。当下伯禹即请童律、太章、朱虎三人护送儿启及乳妇前往安邑,自己修书简奉母,书曰:

慈母台鉴,儿承帝舜之命平治洪水,受命以来,夙兴夜寐,不敢有丝毫懈怠。哀父功不成,故励志以求,冀赎父过,并申父之夙愿。居外数年,历经七州,平治过半,黎民得益,劳身焦思,急公忘身,儿之分也。虽数过家邑,不敢入私门。既为公务,也为避嫌,望慈母恕儿不能尽孝于母前。前年春夏,治淮过涂,涂山淑女,名曰女娇,君侯之后,眷属于儿,伯益作伐,遂相姻好。去春有孕,喜不自胜,方期永偕白头,终身为伴,孰知天不佑人,女娇临产,遽然仙逝,儿不胜哀悼。妻亡子存,嗷嗷待哺,无亲照料,良可悲伤。既有后胤,姒氏一脉,理当抚养成人,以续吾氏之后。然儿治水奔波,日不暖席,实难携带此儿。百思之后,唯寄老家,依于祖母,方免冻饿饥寒之苦,安为儿之心。婴已取名,伯益所赐,其名曰启,甚副儿心,阖家即以此名呼之可也。特托吾军名将童律、太章、朱虎为使,伴送启儿至祖母处。随有乳妇三名,沿途喂食,庶不饥馑,亦有照料,到家后可留则留,也可遣返另觅,全由母亲安排。治水任务尚重,儿自当全始全终,不负帝命,不辱父志。治功毕成,当承欢于膝下。临书不胜眷恋,望母善自珍重,颐养天年。

儿文命敬上

书简交付童律,伯益在旁道:"伯禹何不亲自回家一次,我忆你自治水以来,已数过家邑而未入,首在去夏邑治大水时,安邑临近,却未去。次在巡视壶口入河时,也近君府而未探,此后开凿砥柱,君邑亦近,又未返家邑一探,三过家邑而未入。一心为公而忘家,正矣。此次亡妻送婴也是人生大事,一返家邑不为过。"伯禹道:"贤伯美意,文命感佩。然我不敢以私废公者,其因有二。一者自承帝命,已立誓言,不毕水功,不回家邑,以此报帝舜与众臣信任之恩;二者欲赎父失,父治水未成,文命不敢再继父过,唯早日平治水患,严于律己,敬业于治,使帝及万民安心,这是我赎父失之心,为此不敢以私废公,兴家邑之念。治水功成当返家邑以省亲情。我母有莘氏,深明大义,此情已在书简中向母禀明。"伯益闻伯禹之言,深为感叹。当下伯禹将家书付与童律,童律等一行辞别伯禹、伯益,起程渡河而去。

伯禹在少室逗留了三日,清理了女娇遗物,处置了逝世后诸事,与伯益下山至洛汭大营。次日与伯益、应龙径往荥泽及济水大堤巡视。

要知如何治理济荥,且听下回分解。

第六十六回　治济泄荥

话说禹强率部治济，经过三月，大堤已绵延百里，一眼望去，如巨龙傍水，十分壮观。伯禹又观荥泽，荥泽之水已呈退象，陆露土地随处可见，到处是干涸泥潭，全泽沟渠纵横，都是自然水流所成。伯禹与伯益几人乘橇入泽，从荥口自东向南有一条大水沟，众多细流流入此沟。沟很长，极目东南，不见其端。伯禹道："此沟前所未见，想是水退后所显。"应龙道："正是如此，原来水大，沟淹水下，今水退，低陷处水沟显露。这条水沟直通孟潴泽入淮、泗，是目前泄荥泽水的主干，江氏兄弟正在疏浚修理。"

伯禹道："此水可有名称？"应龙道："此水四周生蒗草，故已称此水沟为蒗荡水，也称蒗荡渠。"伯禹道："有名即可，以便称呼。"于是一行人顺蒗荡渠踏泥橇而行，沿渠时见江氏士卒疏浚两岸。滑行两日至蒗荡渠分水口，江氏兄弟在此扎营，见伯禹到来，迎入帐内。伯禹道："蒗荡渠到此分流，各流何地？"江妃道："东入孟潴泽再入泗，南入淮水后入海。"应龙道："自此而下，水都归道，可少花我等工量了。"

言谈间，伯禹环视问道："为何不见三奇师徒？"应龙道："去菏泽助冯氏兄弟了。这里大水已退，禹强一路大堤也大部筑起，剩下来主要是疏导菏泽。菏泽深大，非三奇师徒前去不可，去才三五天。"伯禹顾伯益道："既如此，我们就去菏泽一看，何途近便，莫非再返荥口而进？"应龙道："菏泽在孟潴泽之北，由此至孟潴泽北上百余里就可见菏泽，不必再返荥泽而进。"伯益道："如此正可一见孟潴泽，当晚宿在江氏营地。"伯禹嘱江妃道："荥泽水退后当传谕四周各邦至荥泽耕植，免赋三年。"江妃遵命。次日，伯禹一行动身，东北行越涡水而至商，睹孟潴泽，孟潴很大。西纳荥泽蒗荡之水，东入于泗，占地数十里。

伯禹自孟潴北上，到了菏泽南岸。应龙率侍从伐竹成筏而渡，沿菏泽南岸东进，以寻冯氏兄弟及三奇师徒。伯益问应龙道："为何向东而不向西？"应龙道："泄菏泽水，当在东口，冯氏兄弟及三奇师徒应在东面泄水口。"伯益点头。经大半日到了东岸出水口，果见冯氏兄弟之营。应龙问道："冯兄来几日了？"冯迟道："半月了。"应龙道："何不见三奇师徒？"冯迟道："正在泽中搜寻。"应龙道："搜寻何物？"

冯迟道："我部来后，全力浚治通大野泽水道，初甚顺利，然三日后菏泽突兴风浪，施工处白浪翻滚，有水怪数条，已吞士卒六人，停了数天。三奇师徒每日下水，已戮四条。因未见其巢穴，三奇师徒去泽中深处搜寻，务求根除。"应龙道："我等若早来，在渡菏泽时也许遭险，幸已除数条，不然危哉。"伯禹担心地道："若三奇师徒之力不足，可请禺强卒兵来助。"冯迟道："且待三奇师徒归来，听其意见。"

待至傍晚，三奇师徒返营，见伯禹等在座，上前参见。伯禹关心地问道："水中可见怪物之窟，你师徒可得注意安全。"三奇笑道："伯禹放心，我们这次找到了巢穴，已全部杀光。"伯禹问道："是什么水怪？"三奇道："总是龙蛇一类，实不知其名。"

伯禹见菏泽水怪已除，导菏之役不日可成，就起程往菏泽西岸观察济水大堤，三奇师徒驾船送行。路上伯禹告三奇师徒女娇仙逝之情，三奇、水珠都垂泪唏嘘不已。到了菏泽西面，见禺强部正奋力垒堤。应龙指堤对伯禹道："堤高宽皆以一丈为准，足以防溢余之水。即有渗漏，因荥泽已泄，也无大碍。导菏之后，菏泽水位下降，济水泄顺，溢水就少了。"伯禹甚喜。行至河、济分流处，登上大堤东望，只见济水奔流，水波粼粼，曲折盘绕；长堤伸展，土块苍苍，宏伟雄壮，欣喜顾伯益道："此功毕后，河、济之水当有数百年之安。河济安，荥泽干，豫之耕植可兴，民可足食了。"伯益道："治水是利民兴邦之宏策大业，为政者决不可有所怠废。"

应龙道："济分河余之水，然河源绵长，盛枯难定，我实忧河患侵济，毁此工程。"伯禹道："天道变异，山川移易，历来固有，非人力所能全防，正如伯益所曾言，为政者应随时提防灾害之临，日夜兢兢，以兴水利而固山川，此即安定之业，过忧无用。后世之变，由后世人去治，非我等所能预料，也非我等所能企及。"应龙笑而无言。

三人复前行至禺强之营。禺强见伯禹到来，迎入营中。伯禹对禺强道："你本降妖除怪之将，今为垒土筑堤之帅，可谓全能。适才一路行来，长堤十已成九，成绩很大。"禺强谦逊笑道："全是庚辰及众卒之力，我粗鲁之人，不知筹划，只知出力，但对土块必实，夯之必坚，标准必遵，坚决按应龙所定规矩施工，绝不许偷工减料，我只尽心把牢这一关。"

伯禹道："为将之道，有取有舍，你取的正是为将帅的要务，所以你能成事，能成大事。"

伯禹在禺强工地巡视三日。这日伯禹谓伯益道："现观防济、导菏、泄荥三役不日即可完工，豫州之治将毕，还有梁、雍两州待治，孰先孰后，君意如何？"伯益道："不如回洛汭大营听听众将意见更好。"次日别禺强、庚辰回营。这日正与伯益、玄龟、道彰、无忌等议事，忽见童律、太章、朱虎一行回来，童律呈上有莘太妃回书，并说了送启到安邑详情，太妃甚喜，公子启将亲自抚养，豫北乳娘都留下了，又在安邑物色了两名，共同照料公子，一切请伯禹放心，并说家中情形，尽在书信中。伯禹展信细读，知家中大小都各安好，信中嘱伯禹安心王事，上报帝恩，下保黎民，毋以家事为念，此即孝父母之心。并嘱自珍身体，毋致伤害，谆谆叮咛，慈母爱儿之心，溢于行间。伯禹阅后，既伤心，又欣慰。对童律等道："一路辛苦，请好好休息，后日当与诸位共商下步行动。"童律等应命而退。

伯禹命人请三奇师徒、应龙、禺强、冯迟、江妃六人于三日后返回洛汭大营议事,工地留庚辰、江飞、冯脩指挥。

诸将齐集后,伯禹言道:"豫事将毕,梁、雍待治,何先何后,须待斟酌,请诸君说说。"伯益道:"自豫而发,雍近而梁远,按理当由近及远。若以帝都而计,也雍近梁远。但我等治水当九州齐成,当返帝都面禀帝舜,如先雍后梁,治梁后不能就近返都,还须再经雍返都,走迂回路。故当先远至梁,梁后北上治雍,治雍后就可顺道到帝都。"

玄龟道:"伯益之言虽在理,但从洛口至梁,千里之遥,沿途崇山峻岭居多,河道细微,船只难通,步行虽可,辎重粮物难运,若先至雍,就可溯河入渭水,由渭到泾汭,一路水运省力多矣。雍治后再南下治梁,则粮可由雍输送,虽有大山秦岭阻挡,但路近有径可通,不过百里即可至沔。沔者漾水所至,东流为汉水。沔及其南已是梁地。先治雍而后治梁,也属顺道,尤以粮运而言,更是顺道。"道彰、无忌都同意玄龟意见。

太章道:"玄龟说得也有理,尤以输粮运重之事论之更在理。但从治水之道而论,应先梁后雍,梁之水患在于岷、嶓、沱、潜,梁之要地为巴蜀,巴蜀四周大山环列,北有秦岭、岷山、巴山为障;西有邛崃、贡嘎高峰;南有大凉、大娄诸山如屏;东乃巫山、大巴山当道,巴蜀居其中而成盆地。因其地卑,故西来诸水都经此盆地东流。大江主干径于南,岷江、沱江、涪江、西汉水流于腹而后入大江。大江自梁之东穿越于巫山峡谷而至荆。西都是大山,急流入梁,纷繁乱流,故梁的水患在西。治梁当治岷、沱。梁西治则江汉之水源清流速,巴蜀之地可致丰稔。岷水出于岷山,沱是它别流。汉水上游为漾水,出于嶓冢,岷、汉治则梁水平了。梁平而后顺道北上至鸟鼠山嶓冢,那里是雍、梁交界处,鸟鼠山是渭水发源地,至雍是顺道。雍治可顺河到吕梁壶口。此治顺路也顺,我赞成伯益意见。"众皆点头。

三奇笑对伯益道:"以治而论,当以梁先,故伯益、太章之言为是;以运粮而论,当以雍先,玄龟说得也有道理,何不两全?"伯禹道:"愿闻两全办法。"三奇道:"治水一路走陆地直奔梁,运粮食辎重走水路先到雍,而后由雍输粮以济梁。"

禹强性急,没等三奇讲完就插话道:"粮卒分离,赴梁之卒吃什么?"童律在旁笑道:"莫非禹强兄也怕缺粮?"禹强被童律一刺,突然醒悟。连忙傻笑着拍自己脑门道:"糊涂了,失言,失言。"江妃没有醒悟,悄声问旁坐冯迟道:"禹强说得并不错,怎么他自称失言?"冯迟悄声答道:"禹强是领着狩猎之精兵,负责全军猎食之任,别人可提无粮不成,他不该提,自失身价了,所以童律笑他,禹强醒悟,故自称失言。"江妃点头称是。

三奇笑道:"禹强不算失言,粮走水人行陆,陆行士卒是该考虑口粮,禹强战斗之军可以猎兽为食,但大部队必须有粮才行。如何解此?只能辛苦士卒了。"冯迟道:"只要能解,何言辛苦。"江妃道:"莫非要众卒随带粮食?"三奇道:"带粮是必然的,但不能过重,重则耗力伤身,非所宜也。"

江妃道:"轻则几许?"三奇道:"去梁可先到沔褒建军营。就水路而言,自洛口到泾口约一千二百里,逆水行驶,以日行五十里,则须二十四日。泾口即岐山之南,其近处有沔褒山道可通梁州沔、漾水汇合处。水运粮食辎重可在岐南建仓为中转地,然后由岐南运粮辎到沔褒,路程二百余里。走这条路须翻越玉皇、太白两山岭,路艰行难,预计要三日脚程。依此计算,前后共二十七日,粮辎可以抵沔。再算自洛口去梁的陆路行程,陆行由洛口西南走,沿伊水至商南,商乃帝喾之子契伯封地,从商南西南行可到沔褒,全程也有一千二百里。以日行百里计算,须十二日。因山道崎岖,盘旋曲折,不能满算,途中休息,当在理中,故以半月计程为妥,即较水程可早抵沔褒近半个月。以此计算,陆行士卒须随身携带行走中半月与抵沔后半月之粮,也就是要带一个月口粮,可以接上水路转运来的口粮。这样水路运粮与陆路行军可以两全。"

禹强笑道:"三奇师计算果然全面,我会率本部战卒沿途狩猎,以补军粮,则士卒负粮可减,负轻则行速。"伯益笑道:"此去陆行途中多山,熊耳之坡,秦岭之南都山高林茂,禽兽众多,禹强可展身手,猎兽佐食办法可行。"童律笑道:"这才是禹强正话。"

伯禹知众将都同意三奇意见了,就道:"三奇两全意见切实可行,今疏济导菏之役还没完工,估计也只在旬月之间。水道输送,物众事繁,玄龟要早做准备,道彰、无忌相助,力求早日起程,缩短与陆行差距。水道逆流不易行驶,还有三门天险,渭口湍流,费力耗时在所难免。幸时在初冬,河水未旺,没有结冰,还可行驶,若到严冬,就无法行驶了,所以早筹早行,及时抵达岐南,输粮到沔汉。水行一旅除玄龟率所部外,调冯脩带士卒二百为助,并请三奇师徒同行,一旦有险也可有助。我与伯益等到治豫事毕随众陆行。"

伯益点头道:"如何治梁,到沔后再议。"伯禹道:"诸君先回工地,料理所任工程,务须慎始慎终,不留后患。"众将应命各回。三奇师徒留营协助玄龟筹备出运,冯迟到工地后就命冯脩带卒二百返洛口大营助玄龟水运之事。

经过半月,江氏、冯氏、禹强三部工程完成,前来复命。伯禹命各部在洛口大营休整三日,膳食丰盛,有伤病的都治疗使康复。

各部既归,玄龟水运之旅也都准备齐全,辎重装载入船,粮食装妥,覆盖严密,留下部分粮糗供陆行士卒背负,每人二十五斤,不足之粮由禹强部解决。冯脩率二百士卒配置各船。玄龟、三奇师徒、冯脩及方、宋几人向伯禹、伯益辞别,提前三天出发。临行时,伯禹又命章亥也走水路,以便有事能及时联络,叮嘱玄龟等一路小心,宁慢毋失,迟到三五天不算误期,并嘱遇事多商量,多听三奇意见。诸将知玄龟等水路将行,都来送别。当日船队自洛口出发,向西驶去。伯禹等都到码头送别,至不见船队方回。

伯禹回营后,命陆行诸部在三日内一面休整,一面准备旅途诸事,三日后伯禹一行离洛口循伊水西行。

欲知治水两路大军能否顺利到达梁州,且听下回分解。

第六十七回　议治梁州

却说陆行众部分为三队，禹强、庚辰率精干战卒为前队，沿路开山披荆，去怪除凶，捕猎禽兽为大队补添膳食。他们将健卒精，佩弓持刀，锐不可当，日行百里，呼啸而过。祝融四人重归禹强行列，一路开山除障，功绩显著。江氏兄弟率士卒一千，前后紧随，鱼贯而进，除随身器械外，各负粮斤，一路捷行。冯迟率余部八百伴伯禹、伯益殿后，除伯禹、伯益只带随身用品外，其余诸将也各负粮前行，应龙有图册及测量器械，不再负粮。童律、太章、两亥兄弟对前后三队随时联络，互通信息，及时向伯禹禀报。时已入冬，幸这几年天时燠热，暖冬似秋，大队趁天好疾行。三日后到了蔓渠山，当晚宿于山坡。

大队复西行，过了商南，数日后到一大山。前部禹强见此山林茂草长，溪流四出，有成群羊鹿出没。禹强对庚辰道："我等行军已过十日，所带粮食食用过半，沿途猎狩有些小补，虽不匮乏，但也靠士卒节俭，未曾大饱。今观此山，可食之兽很多，何不大举围猎，供众卒一饱，你意如何？"庚辰道："禹兄所言极是，我也有此意。以路程计算，我们日行百里以上，此去沔襃不远了，不出五日可达沔汉，在此大猎一番，当不误行程，但不知这是何山？"禹强道："我也不知其名。"庚辰道："这里地势平缓，水源丰足，可耕可猎，必有民居，我前去探问就可知山名。"就离队斜行觅村，须臾而回，对禹强道："民称此山为凤凰山，山南之水就是汉水，汉水上源是沔水，沔襃离此约四百里。当地民说山上多麋鹿羚羊，也有象犀虎豹猛兽，当地民在秋末也聚众围猎，人少不敢上。"

禹强道："如此说来，正合我意，今虽初冬，我们人众，正可猎兽。"就下令停行。一面在凤凰山坡立营，一面向后队伯禹禀报，要在凤凰山狩猎一天。伯禹等诸将闻禹强派来的人讲起，知沔襃已近，围猎不但可以丰裕口食，滋补士卒体力，并可借狩猎调节连日枯燥行军的心情。伯禹、伯益也感可行，命太章告诉冯迟、江妃兄弟。冯、江三将听禹强提议后都赞同，并派卒参加。

经商定这场围猎由禹强拿总，江妃率卒五百布山南，自南向北围攻；江飞率卒五百布北面，自北向南围攻；冯迟率所部卒六百布东面，由东向西围攻。留卒二百保护伯禹、伯益及粮糗器物，朱虎、熊罴统率，随大部队西移。庚辰率本部精卒六百守在西面。要求四周都严防大兽走漏，务求多获。总体是自东往西赶。禹强担心伯禹、伯益安危，抽出二百人交朱虎指挥，自己亲带祝融四人及弓箭手刀斧手二百人深入山林,自东向西追杀。约定翌日卯时动手,以禺强举烽火为号。伯禹见商议已定,令禺强行动。

众士卒连日赶路枯燥,今得此行猎之举,无不兴奋,摩拳擦刀,等待奋击。次日刚到卯时,禺强在山峰命祝融点起烽火,浓烟冲天而起,驻守东南北三面将卒都各点林火,并大声鼓噪,向山上搜索而进。巳时光景,隐于洞穴众兽开始受烟火熏烤及鼓噪声惊动纷纷窜逃,有的成群躲入中心密林,有的向人声火光稀少处奔逃。禺强及各路士卒已经猎获不少猎物。至午时林火围向中心,群兽惊慌乱窜,四散奔逃,因西面无火,群兽多朝西突奔,众卒从后急赶,边赶边射,大批羚羊麋鹿倒地。因追赶疾行,死伤之兽多置于山林之间。冯迟见状,拨出士卒百名,专事收拾倒在林间死伤之兽,运至坡下交与童律、朱虎等看管。

却说禺强正在山峰间率众驱赶众兽,凝神注视兽群,突然从山隙间窜出一头怪兽,通体苍黄,长约六尺,形如巨虎。头顶生着两只巨角,角尖前冲,足有二尺,出于额前。四肢粗壮,掌大如碗,利爪如钩,"呼"的一声直向禺强冲来。禺强猝不及防,兽已近身,仓促间侧身倒地一滚,刚刚避过兽扑。怪兽后脚在禺强身前二尺处着地,大吼一声,转过身子,双目圆睁,作势又欲扑上。禺强见此兽高大威猛,自己身上只带弓箭,一时未有合手利刃可与抗衡,就转身攀上一棵大树。当怪兽第二次扑来时,禺强已踞蹲在树杈上,随在禺强身后的夔魍魉见状忙来援助,双手举起一块大石掷向兽身,正中兽背。但怪兽竟似未觉,动也不动。其他精卒见此兽巨大,不敢近前,远远地搭弓放箭,可是怪异的是箭落兽身,浑然无碍,怪兽身上长黑黄色硬毛,闪闪有光,滑而坚硬,犹如胄甲,真是刀枪不入,利箭不伤。

禺强在树上见这兽厉害,就卸下神弓,从腰际抽出神芒箭,觑定蹲在树根际喘气的怪兽。怪兽此时正仰头瞪着树上禺强,并用头上尖角触树,每触一次,大树就重重摇晃一次,树根有噼啪断裂之声。怪兽似想推倒大树,摔下禺强,以泄其愤。禺强感此兽力大凶狠,就在树上掷下一段树干,正中此兽之鼻,兽受击愈暴,仰头向树上怒视。禺强正要此兽仰视,觑得真切,一枝神芒箭直射兽睛。"啵"的一声,神芒箭从怪兽左眼插入,贯穿脑颅,直从后脑透出。怪兽一声巨吼,随即几个翻滚,就直挺挺地躺在地上,四肢不停抖动。禺强知怪兽已死,方缘树落地,众卒围拢观兽,果然厉害,全身长毛如铁丝,浓密地覆于全身,怪不得着箭无伤,石击不惊。夔魍魉道:"不是禺强将军神射,怕死不了这兽。"禺强道:"我见这兽皮毛厉害,就选其最软弱处双眼射入,睛又近脑,方可速死。若一射不死,更狂暴难制了。"夔魍魉及众卒都服禺强智勇。

至午后,山上众兽多被赶至凤凰山西首,蹄踏石滚之声和众卒呼叫之声震耳,守在西首的庚辰见状急命众卒振弦发箭,箭如急雨,都中兽身,羚鹿狐獾之属纷纷倒地。庚辰见来兽众多,间有虎豹猛兽,恐难尽挡,令手下点燃烟火阻挡。山兽见火则避,不敢再猛冲下山。前有火阻,后有追兵,群兽在半山腰乱窜,只有少数猛兽窜出火圈逃逸。到了未申时各路追兽士卒齐集，杀入兽群，棍击斧砍，箭射石敲，无不奋勇，一场人兽大战，满山喧闹。咩呦哀鸣怒吼狂嗥之声响彻山谷，至酉时方罢围，逃逸之兽极少。

各部将死伤之兽抬归集中，禹强与诸将商议决定，当即剖解取肉，由江妃率卒垒火灶烤炙为食，余脯挂于林间，以待运走。正忙间，太章来传伯禹之命，所有各部即在凤凰山西首宿营，以待伯禹。当晚众将卒兴高采烈，饱餐羊羹鹿脯美食，笑声欢闹至亥时方息。

却说伯禹等几人本在北坡高处观围，后见各部随逐兽向西，越来越远，已看不见人影，童律道："我等正是西行，各部不必再回。"伯禹点头，命太章传令，即就地埋锅起火，烤炙鹿肉羚腿为食，餐后即宿坡上，等候伯禹一行。

这一役猎获山兽千余头，得肉数万斤，足供众卒五日之美食，众卒无不高兴。心情悦则步履轻，行走更快了。路上童律对太章道："捕猎耽行程。"应龙在旁道："我看反而快了。"太章点头道："赶兽之行是急奔，心意在兽，不顾山高路险，忘身体疲劳，专志忘身。追兽是飞跑，超平常行军几倍。"伯禹闻之而喜道："太章之言说明一个道理，专心可以忘身，致志足以远忧，所以圣者治事治学都提倡专心致志。专心致志者，治事治学得成。今众卒专心致志于猎，故去疲忘艰而行神速也。"

大军离凤凰山后两日，禹强前锋抵达褒口，果是一个好去处，西有沔水奔流，北有褒水灌注，东是汉水荡漾，南面一片低地，高山屏于北，低峰障于南，气候温润，沃土万顷，宜稻宜稷，更适人居。禹强命众卒停止前进，就在褒水入沔口一带，择山坡驻扎建营，等候伯禹一行到来。傍晚，伯禹等诸军都到了，褒口山坡已立起简易土屋数栋，供伯禹安歇，其余各部即择挡风处息了一宿。次日一早大军就地休息，诸将都集伯禹处会齐。伯禹命冯、江两部士卒就地取材建造营房，命庚辰率所部砍伐林木相助，即为建营总管，庚辰领命去了。

伯禹与诸将商议治梁之事。伯禹道："洛汭到此，时近半月，路走千里，今幸安全抵达。吾看这沔褒之地沃野肥原，水流充足，气候湿润，北通泾渭，南达巴蜀，是定军屯田的好地方，也是中转枢纽，治梁大军即以此为大本营。以后梁治毕由此转雍也方便，诸君以为可否？"

伯益道："伯禹所见极是，北去可通泾、渭接玄龟之粮，南下可以达岷、沱二水而转吾卒之食。且沔地土肥水足，可令玄龟来此督理屯垦之事，有卒三百足供我军一年之粮而不劳雍输了。"童律道："雍至此虽有褒斜之道可通，然山高路险，输粮甚苦。往西虽有陈仓故道，其路稍平，但须经西汉水而越太白，也非易事。若能就此屯田垦殖，就地取粮，就大省人力了。"

伯禹道："不知玄龟何时可到岐渭？"太章道："何不请章亥一探，见则告我军已到沔水褒口，令玄龟速来会合。"伯禹点头道："待今日会后即请章亥辛苦一趟，北上岐渭，循渭水一路访玄龟一行，见了玄龟可嘱其即在岐南立营建仓，除运粮至褒口外，余粮都储岐南，以备治雍。留卒百人建仓，由竖亥统率，余卒随玄龟到褒口。方、宋、三奇师徒、冯脩和你都来此。"章亥应诺。

伯禹顾伯益道："如何治梁，尚须计议。"伯益道："梁州西面为大山，岷、嶓为主；北面为秦岭，有玉皇、太白之险。梁中乃低陷之地，受西北高山之水，不仅水源丰盛，大川奔泻，且瀑流湍急，凶猛难制。水盛易于泛滥，流急冲刷土壤。故治梁之水当以分其流，缓其水为治要点。流分水缓则土留，土留壤厚可以种庄稼。"太章道："梁受西北高山众水，成大川者数条，大江是主干，此外岷江、沱江、涪江、潜江都是大川，贯穿盆地。大川流急，当分其流以缓，尤以岷、沱为主要。"伯禹道："从哪里分流？"

童律道："我到过岷山，是岷水源头，出处俗称羊膊岭，南流至蜀中盆地，确是大川，水量极丰，是大江上游。岷水入蜀后向东南歧出分流成沱江。沱从江出，就是岷江水。岷、沱分流处众水汇集，支流辐射，不下百条。岷水量大，沱口有阻，所以水壅乱流。要治梁水，首先要治这壅阻的沱水。"

太章道："童律说得对，岷水至青城山北坡，青城山受黄帝封号，名曰五岳丈人。四环秀峰如城，故称青城。岷水到此折向东流，这里地势略平，水就乱流了。沱水即在此接岷水，治岷、沱可在这里开始。"

伯禹道："涪、潜两江怎么样？"太章道："涪江源于岷山松嶓雪栏山，东南流入蜀中，沿途汇诸川，汇潜汉水，流千里，是一条独立的巨江。潜江又叫西汉水，上接漾、沔。漾水出嶓冢，出后分东西流，西流的叫西汉水，入蜀；东流的入沔称沔水，沔水东流入荆州叫东汉水。沔、蜀二处地平土肥，是梁州沃野，要治梁当去岷、嶓，治沔、漾，通沱、潜，而后农耕可兴，巴蜀民食可足。"

伯益点头道："太章说的是治梁之要策，伯禹当从其议。"伯禹点头复问道："沔汉巴蜀是宜耕之乡，当有黎民聚居，不知属何邦国所辖？"童律道："梁近徼外，邦族众多，其大者有三：曰甘氏，多在蜀；曰扈，主居沔；曰扈，居雍泾、渭，延入沔褒。"伯益道："童律所言有据，我在帝都也知有此大氏族，今治梁，当访之以得其助。"

伯禹道："治水之事，非民助不可。民都有统辖归属，必须走访诸邦国，赖其力，获其助，治水对邦有利，当不见拒。"复道，"今日之议，三奇、方、宋、玄龟没到，等来了再听听他们意见。今初到，且先全力建营，庚辰主其事，应龙、童律为佐。"

章亥在会后起程赴岐，经褒斜道北上去迎找玄龟。

却说玄龟水路一行自洛汭西行，沿途靠士卒背纤撑篙，摇橹划桨而上，一路险辛备尝，逆风溯水，用力倍于常行。幸天暖未冰，水平流缓，始得力克溯逆，遂至渭中。这日刚到泾河口，忽见有人在岸上呼叫，珠儿眼尖，早见章亥，即告师父及玄龟。玄龟甚感奇怪，三奇对玄龟道："章亥迎来，必是伯禹差遣，当速接头。"命珠儿驾小舟往接章亥。

章亥入大船见了玄龟、三奇、方、宋及冯脩、竖亥等人。玄龟道："莫非伯禹已抵沔汉，着将军前来告知？"章亥点头道："正是如此，伯禹已驻沔中，定军山坡，日前刚定治略，特命我来告知你们。"三奇道："沔中哪有定军山？"章亥道："我等大军定居在这山之坡，就叫此山为定军山，便于称呼啊。"章亥将伯禹要在沔汉建营屯田和在岐渭通斜褒处建立仓房，留卒百名，竖亥主管，其余诸人及士卒都到沔中会合伯禹，共商治梁之事一一说了。玄龟等人方知章亥来此之由，当下催众尽速赶赴岐南。在路上，章亥又将伯禹集会诸议告知三奇等人。

数日后过了褒河，到达岐山之南。三奇对玄龟道："此山离褒斜不远，褒斜山口通沔口，我们可在此山坡建仓立营。这里既滨渭，又接雍梁古道，是交通输送枢纽地。这山既是我军储粮之地，就叫陈仓山吧。"玄龟依言即泊船在陈仓山下，在山坡择地建仓立营。玄龟清点粮糇器械，留下士卒百名，交与竖亥并嘱其随时送粮至梁。其余百名士卒各担粮二百斤，随众将去沔汉。众将也各担器械工具告别竖亥出发，翻玉皇山至褒水，伐木作排，顺褒水到了褒口定军山，入见伯禹。伯禹一见玄龟、三奇等到来，大喜。诸将闻三奇等到来，都来见面，笑语满室。伯禹命童律安置众人歇下，带来粮食器物命玄龟找庚辰，择仓堆放。

次日，伯禹召集众将，告禹强令祝融四人与会，众人坐定后，伯禹介绍初议情况后道："今日再商，当定治策了。"三奇道："昔在水府，曾到梁地，如伯禹所说，沔汉之水源于漾水，漾水出于嶓冢，出后东、西二流，各行其道。东漾水细而散，西漾水巨而湍。入沔之水不足，所以种植难，入巴之水过盛易灾，地也难植。今大军若能通两漾之水，损有余以补不足，则两地都可丰收，所以要治嶓冢之漾水。"伯益点头道："我在朝也闻二漾之水同源而不互利，今我大军来了就该治漾。"

伯禹道："嶓漾如此，岷沱怎么治？"三奇道："初议办法是对的，具体只能到那里再定了。"伯禹点头复道："潜江怎么治？"三奇道："潜江似通西汉水，到了巴蜀何以称为潜，必有原因，我现在还不知道，要在这次探实。"伯禹见众说已毕，就与伯益议道："治梁之策，大体已明，可作部署了，君意为何？"伯益道："可以部署了。"

伯禹乃说道："梁地广袤，山川众多，具体施为，今难定论，须于治中求解。今按大略，分兵四路，名尽其职。一是治嶓冢所出的漾水，东西两漾都治，使其互利。请江氏兄弟率所部士卒治之，漾源嶓冢是高山峻岭，水细流急，不必花力，主要使东西两漾沟通，让西汉水与沔汉水余缺互补。两汉之水沟通后再治潜，这样力专易成；二是治岷江，岷水流急，水当无阻，不治也通，我等治在入巴蜀平缓地域。大水入平地，其流必缓，缓水多潴易塞，要在此分其主流，并使散流归入正渠。何处可分流，到那里看地势而定。岷水入巴蜀之水源远流长，地域广大，治非易也。以冯氏兄弟率所部卒一千二百人治之，祝融四人可去此路；三是建仓立营屯田，由玄龟率五百人担任，赶播冬麦虽迟，犹可勉力为之，若有收成，功就大了。就在沔汉定军山一带，一面建仓立营，一面垦殖；四是访邦问民，由我和伯益为主，童律、太章两人参与。此外，禹强、庚辰宜分兵赴治水二地，有险则卫，无险则工，实行共防共治。请三奇师徒往助江氏兄弟，以通二漾之水并探潜江水流。方、宋两位参与冯氏兄弟治岷，岷多高山，虫豸多，药源丰，林木繁，风火频，须二位相助。应龙、章亥先去嶓后至岷，勘地测水非二位莫属。段干、甲乙都归原属。"

伯禹分拨已毕，诸将皆诺，各自准备不题。

欲知后事如何，且听下回分解。

第六十八回　甘棠明理

却说江妃兄弟与庚辰、三奇师徒、应龙、章亥会合，当日率甲乙等本部千余名士卒循沔水西行，到达漾源，果见一股水流从北而来，至此折向东流入沔水。应龙道："此水当是漾水了。"三奇道："既见东漾，其西必有西漾，何不一探？"江妃命甲乙兄弟率领士卒在山坡搭简易营舍安身，自己与众将沿西探寻西漾。行二十余里见一水北来，径向南流。三奇道："此即西漾入巴蜀之江，为与东入沔汉水区别，故称西汉水，漾是其上源。"应龙、江氏兄弟等见西汉水果大于沔汉水，有多处漫溢，细流歧出。应龙道："上游流缓而溢，下游必有壅阻，阻在何处，则待探明。"三奇道："应龙之言有理，但目前当先通二漾，二漾通则西汉水易治，且玄龟已在沔褒播种，输西漾水可溉其地，是两利之功。"应龙、庚辰都说有理。

江妃道："既如此请应兄测开通二漾途径，在此兴工。"应龙点头，与章亥持量天尺丈量勘察，三奇师徒与卒十人相助。江氏兄弟与庚辰等部署开凿之事。两日后应龙测定线路，绘图交江妃。江氏兄弟见图中所列开凿通道多利用原有细流渠道，开凿较易，并标明东西两端同时兴工，以工而计，很快可打通。江氏兄弟分部卒为二，江妃率卒从西向东开挖，江飞率卒从东向西开挖，庚辰亦分卒两地相助，都按应龙图列标准深浅，阔狭尺寸施工，鸡公山一带顿时人气兴旺。

开工后两日，三奇对应龙道："此处既已开工，可留章亥在此照看，我师徒和你可去探察西汉水壅阻处了。若能探明其因，则治漾之后即可移师通西汉水之阻，尔意如何？"应龙道："我正有此意，若得三奇师徒同去，再好没有。"就和江妃说了。江妃道："如此甚好，此处工量不过三四个月，正宜预探西汉水道，以便及时移师，省却等待时间。"应龙见江妃无异议，于次日与章亥言明探西汉水事，和三奇师徒从鸡公山出发循西汉水南下寻阻。按下不表。

却说伯禹、伯益与童律、太章等走访各邦，朱虎、熊罴随伯禹而行。商定先访甘氏族。帝舜时，沔褒、巴蜀、岷嶓等地都属荒蛮，氏族各自为境，互不统属，但渭水流域岐山、华山一线、秦岭以北人烟较稠，有大族成邦，服尧舜统治。其著名的有扈、甘、公孙、周等氏族，其中甘氏、扈氏人丁兴旺，逐渐壮大，族人翻秦岭经太白、玉皇诸山循河谷峡地而占有秦岭以南沔褒等地，更有逐渐进入蜀地居住的。伯禹治水时，甘氏居汉水一线为大族，诸小族服其强而听其令。童律、太章等都曾到过秦岭以南，知其端末，故此次访问首选甘氏之族。这日到达犬丘东南一带，见许多民居散在坡谷。时近中午，炊烟袅袅，萦绕山岙。伯禹道："这里村落众多，莫非甘氏族首领居此？"童律道："正是甘族首领居此，我十余年前曾访甘氏于此，今是否健在，须问实。"一行前至山坡，见一老妪汲水，童律上前问询，鞠了一躬道："敢问妈妈，此地可是甘氏之村？"老妪点头道："正是甘氏之村。"童律又问道："族主可居此村？"老妪点头道："族主居此。"以手指山坡高处道："这便是。"童律称谢而回。

伯禹道："可知甘族之主称谓？"童律道："当年族主称为甘棠，年近五十，今如健在当有六十多岁了。"伯禹道："其为人如何？"童律道："甘棠为人颇重义气，生性豪爽，一诺千金，甚得人心。邻近众小族若有困难相求，甘棠必出手相助。若各族有郄相争，甘棠善于调解纷争，平息事端，若有横不讲理以力压邻者，甘棠也敢助弱抑强，以求公平。为此方圆数百里内众小族都服其为人，尊为众族之首，其势力已达于西戎与巴蜀。"伯禹点头道："但不知今日甘棠仍健在否？"

又问道："邻近可有大族与他争雄？"童律道："甘氏一族自渭水南来，与同为渭水南下之族扈氏并立。扈在渭之势，本较甘强，然南下之后，扈不如甘。"伯禹问其故。童律道："因扈族不及甘棠仗义而能服众。"伯禹道："扈族之主何名？其为人如何？"童律道："扈氏主名曰扈枣，年稍轻于甘棠，今年有五十多岁了。其为人也刚直有余而顺柔不足，强壮有力却刚愎自用，重小利而不识大体，顾眼前而忽后果。与众小邦相处，以好恶利害衡量，不以公正宽厚相度，处事常失公允，偏颇较多，经年累月，和协者少，失欢者多，众小族不与他附和，因此南下之后，势力不及甘氏。"

伯益道："其人名枣，枣者其色初青而后可红，其味始酸而后能甘，青可消食，老则补气，枣乃人喜之物，莫非此人年老能改其禀性，生顺柔之性？"童律笑道："伯益真是君子之心，欲人都向善从顺。实相告，我至其族，也作此想，以为其名不错，其父必有所望，扈枣必因其名自励。其实大不然也。邻族因其行僻而孤，难以相处，与其名不符，故有人将二束重新组合，不以上下而以左右拼合，改枣为棘，喻其相处不易而有酸味，背后称其为扈棘，也称为扈二束，以合其人如棘有刺，难为人所喜近。扈棘之称既出，因合其人，故此名不胫而走，内外各族之人都叫他扈棘，客气的称为扈二束，不再称呼原名了。"伯益道："如此刚愎使气的人，难道听人嘲弄不动怒吗，这名不好啊。"童律道："奇就在此，扈枣听众人呼其为扈棘，不但不怒，反而甚喜此名，他说棘有刺而人不敢侮，足见人惧我也。因此坦然受之。众人见他愿受此名，更呼棘而不呼枣了。在扈族，只问二束之名，人都知道。"

伯禹叹道："禀性之乖可悲也，悲其是非不明，善恶不辨，处恶名而不以为耻，失顺逆之道了。访甘之后，当去一见。虽然失性之人，未必尽恶，也会有为善之时。否则，何能统率一族到今天。"童律道："伯禹之言也是，扈二束也有为善一面，重农垦而护民，只是有性格乖僻之时，且其性直率而不奸诈，就以喜其名棘而不怒，以为棘合其人，爽直而受，可见其为人不是重虚伪，表善内恶之人。"伯禹点头。

说话间，一行人到了山坡上，抬头可见一座大宅，连舍数十间，颇壮观。虽茅顶泥墙，然高大宽敞，粗木为门，高楣方槛，椽长檐阔，户外立栅，闻犬吠豕叫之声，见人丁频出，门有卫，户有岗，颇具气象。童律一行到栅门前，对门卫道："请问此可是甘氏族主甘棠之宅？"门卫道："正是甘主之宅，你等何来，可有要事？"童律道："烦劳通报主人，说有伯禹来访。"门卫见童律一行都轩昂端庄，言语得体，知非等闲之人，忙道："诸位稍候，容我禀告。"说毕返身与大门内岗说话。内岗中一人旋身进内。

过了一刻，门内走出数人，为首者年六十余岁，须发皆白，身材高大，脸色红润，步履矫健，径至栅门道："小老儿甘棠，请问哪位是伯禹？"童律上前指伯禹道："此即伯禹也。"甘棠上前双手向伯禹拱揖道："小老何幸，得见伯禹。请入室拜见。"即侧身恭肃伫立，伯禹还礼道："正欲向族主请教。"甘棠乃前面引路，进入内室。双方分宾主坐下，小童献茶。甘棠又命站于身后三个青年上前拜见伯禹道："这三人乃犬儿。大的叫甘丑，三十二岁；次儿叫甘午，二十七岁；三儿叫甘亥，二十二岁，望伯禹教诲。"伯禹连忙扶起，见三子都英俊健壮，眉宇间英气焕发；复视甘棠，见其紫色脸膛，一部银鬓，浓眉大目，大耳方口，双目有神，殊为威严。伯禹知他应是重诺守信之人。甘棠也仔细端详伯禹，见伯禹年不长而端庄，脸微笑而带威，而颊略见倦容，然不掩睿智气色。

甘棠言道："下族世居渭滨，离帝都甚近，接受尧舜教诲。久闻伯禹奉命治水，成效显著，威名播及敝族，渴望拜见，只是无缘。今得蒙伯禹下临，实慰平生之愿，治水工大劳重，若有教诲差遣，自当聆听尊教，望伯禹明告。"

伯禹一听知甘棠是老成练达而且明理之主，就命童律叫随从奉甘棠兽皮百领，干脯百斤道："久闻君侯明达仗义，梁地各邦顺从。今至梁治水，理当造访，区区薄礼，不成敬意，只表心意，望族主不以礼轻见拒，治梁之事还要请教。"

甘棠见伯禹送了许多礼物，又见其谦恭有礼，更加敬重。当下道："实不敢受伯禹如此厚礼，然既下赐，却之不恭，只能愧领。"命从人搬入内室。又道，"贤伯来梁治水，实梁地各族之福，梁地多山也多水，旺水期上游高处飞瀑喷涌，水流激射，致下游刷土成潭，溢洪漫地。丘陵剥泥露石，平地潴水成湖。枯水期上游细水成溪，落瀑如帘，草枯岩焦，残土灰飞，下游潴湖水退，就成淤地。土肥草茂，蓬蒿没人，鸟兽出入，颇多凶险。所以土虽肥却不敢入。又兼一遇风雨，或上游一时暴雨，众水暴注，淤地复成沼泽。耕而无收，民望肥壤而叹，无计可施。"

伯禹道："全境都如此？"甘棠道："不是，沔褒一带较好，民多居此务农。只是沔水常感不足。不过我所言灾重地方是岷山之水，岷水旺盛，入巴蜀盆地多重灾。"伯禹道："何以如此，其因何在？可有治法？"甘棠道："原因有二。一是梁境东与西地势过悬，落差太大，来水凶猛，东部低地一时难以承受，故平地积水乱流，江河支流纷繁，沃野破碎，沃土难留。且水来无常，时而积水成湖，时而聚土成丘，一年数变，故民无心耕植；二是盆地缺乏治理，梁境中心受四周高山冲刷之泥，肥沃而松软，本是上等可耕之地，但其地广袤，又沟洫未开，积水未出，荒草未除，淤泥越积越厚,荒草越长越高,以致草愈长开沟愈难,开沟越少则淤积愈多,成恶性循环,地荒年甚一年。"

伯禹道:"何不开发?"甘棠叹道:"我虽有心,但力不足。欲开盆地沃土,应首先分岷江之水,以缓减其急流。上游水缓再开盆地沟洫,泄郁积的潴水,平冲刷之阜泥,方可有成。至于去荒草,驱鸟兽,顺势可成,这不难,难在分上游之水。我族人力不足,所属各族又分散在高山峡谷之间,难以统一聚力,故未能得治。今伯禹前来,若能统一筹划,统一行动,我族及各所属之民,都愿听令出力,不知伯禹可有治梁妙策,尚望见告一二。"

伯禹点头道:"族主所言深合治梁之情,与帝舜贤臣伯益提出分流缓水以治岷水相符,说明智者所见相同。"于是起身引伯益与甘棠相见。甘棠向伯益躬身施礼道:"久闻伯益是当今智谋大臣,今日有幸得见,适才不知贤伯在座,未曾见礼,歉甚歉甚。"伯益亦致礼道:"都属初会,族主不要过谦,今后讨教有日,望不吝惠教。"

伯禹复将同来诸将一一介绍与甘棠父子相识,复坐下言道:"梁水之灾除岷水外,可有别江?"甘棠道:"高山深岙,人烟稀少,除岷水外,还有潜江为害。"伯禹道:"潜江何处?其害如何?"甘棠道:"潜江处盆地之中,其水北来,纵贯全境,南入大江。潜江川巨流大,因其出没无常而为害。"伯禹道:"可知其源?"甘棠道:"潜江之源甚怪,其水来自梁山,梁山又称剑门山。梁山东北有龙门山,亦称葱岭山,有峰对峙如门,俗也叫龙门,有大穴。西漾水至龙门山入大穴,潜流至西汉水,西汉水实即潜水。只因漾水入穴而南,水大穴小,旺时溢水遍野,危及耕地。"伯禹道:"可有对付之策?"甘棠道:"若能开拓龙门山之穴,或可大其流量。只是穴在山中,不知深浅及其里程,难以施工。"

伯益道:"何不另辟水道?"甘棠道:"只是地势峻险,不易测定,且工程巨大,敝族无力做到,愿伯禹相助。"

伯禹点头道:"族主深得梁地山水实情,求治之心也足见你既有雄略又能爱民,令人敬重。我既受帝命治水,今已来梁,自当尽力,也望君邦众民相助,共治梁水。"甘棠闻言起身拱手道:"若得贤伯主治,敝族民力,悉从尊遣。"伯禹请甘棠入座道:"我已兵分两路,一路在鸡公山一带沟通东、西二漾,增加洄水,后治西汉入巴蜀之川。另一路已赴岷山导江,拟分岷水,工量很大。今已初冬之末,秋播已毕,民有余暇,若能得君族众民相助,其治将速。赶在旺春三月前治完东洄、西汉,则洄褒、巴中之地可免其害而有收矣,族主之意如何?"

甘棠道:"贤伯所言极是,本邦可出民两千人,另外我要动员所属各邦出千人,都听贤伯调遣。所来之人都自带器具粮糗,贤伯以为可否?"

伯禹道:"如此甚好,水平之后,当赏民土地,减你贡赋,以资功劳。这几日请你动员号令,聚集民工,三日后由童律,太章带两部主将前来,带领民工到工地。工地民工众多,恐言语习俗不同而致乖误,尚望君侯指派亲近干练之人为统率,以便联系协调,你看如何?"

站在甘棠身后的三子出向其父道:"为儿愿任此统率之责。"甘棠笑道:"为父也有此意,你三人正可以从此磨砺,伯禹军中有大批智能奇异之士,与之相处,必可增长阅历增加知识。但去后必须听从号令,不得如在府中自尊自大,须知这任务艰难辛劳,既须率众,又须成功。"言毕即领甘丑、甘午、甘亥三人至伯禹前道,"即以犬子为统率,小的去沔,大次两儿去岷,望伯禹教之导之,不必顾及其身份与小老儿之面,这是小儿受益之机遇也。"

伯禹见甘棠诚恳,乃道:"令公子有识有志,他日必有大成,族主之嘱,我自心知,只是治水辛苦,纪律甚严,还望三位公子刻苦自励,若有建言,可随时告知所在主将。这些将领随我治水多年,都是性情豪爽,智勇仁爱之士,不必拘束。三位公子与之相处,定能合力,去后可知,请族主放心。"甘棠父子称谢。当日即在甘府共餐,宴饮甚欢,餐后辞别。

伯禹在回程路上与伯益议及甘氏甚为配合一事道:"甘氏世居渭滨,受帝教多年,故能明理如此,帝教不可废也。"伯益道:"帝之教乃明事理爱臣民之教,中人以上都可受惠而致良,然大道之下也有悖逆违性的人,虽有喻而不能悟,此非普教所能解。特殊之人要用特殊之教,难以概全。我不知扈族之主二束能否如甘棠之贤明耶?"伯禹点头道:"伯益之言是也。补我言之不足。今还去访扈氏吗?"伯益道:"扈族族主居岐南渭滨,离此较远,恐难相助,今有甘氏众民相助,人力已够。扈不如待治雍时再访。"伯禹点头道:"伯益说得是,今且不去。"

欲知下步如何行动,且听下回分解。

第六十九回　深探潜江

却说三奇师徒与应龙带了几名随从，自西漾水一路南下，这日过了鸡公山，途遇一老者，三奇施礼而问道："西汉水南至何地？"老者答道："这西汉水上接漾水，下通龙门山大穴，潜入地下，不知所终，但隔山有大江，当地民叫潜江，小老儿没有去过，不敢妄言。"三奇称谢，复沿水南下，见沿途有众川入于西汉水。这日遇见一座高山挡路，山十分险恶，峰顶接天，兀立嵯峨，窟窿遍体，雾气出于窍，青苔覆岩，苍松遮巉险。未近山体，已闻松涛如吼，水声胜雷，猛兽隐现，行人少踪。三奇仔细搜索，总算遇见一名樵夫，连忙上前问道："请问壮士，此山何名，可有通路？"樵夫答道："此山名朝天岭，虽有小径，但只供樵者踮行踅步，常人难走，你要上山？"三奇道："不是上山。想问西汉水通道，本山可有大穴？"樵夫道："本山朝天岭虽多穹窿孔窍，但孔在半山上，山下没有通水大穴。本山之西，有山高耸入云，满山青翠，看过去像棵葱，叫葱岭山。有两峰特高，犹如天门，云气出入，隐约如龙，我们叫龙门山。龙门山下有大穴，西汉水入此穴中，经年不断，只见流入，不知从哪里流出。旺水时穴满水溢，乱流四野。今入冬，西汉水都入此穴而没了。你们要寻这大穴，当西南走几里可到。沿路有白水、清水等流入西汉水。"

三奇称谢道别，与应龙等西南行。应龙边走边记下山川地貌，渐入山腹。又行里许，转过一岩嘴，突现一个大穴，高约二丈，宽更倍之，如巨兽张口。穴内深邃黝黑，难窥其深浅，白花花的西汉水正从这里流入黑魆魆的穴口中。三奇、应龙等涉水至穴口，迎面有一股寒气从穴中散出，如寒风拂面。三奇对应龙道："你可与从人在此山高处暂歇，我与珠儿往里一探究竟。"

应龙道："如此大水入此洞穴，必定洞深流长，恐非短时间所能探明，洞穴不知深浅，入恐有险，不如翻越此山至南寻其出口。"三奇道："要知水的出路，非入此穴不可。若洞短而且可以开凿，凿后能容旺水期水量，则其工必省于山外迂回开凿之工；若其洞深而狭窄，难以施工，那只能环山开凿，且等我师徒探明后再定。"应龙道："言虽有理，但我看这山大，洞深长而曲折，恐非一日能探明，人在洞中如何透气生存，还是不入为是。"

三奇笑了说道："你所说足见关怀，但我师徒可在水中潜伏三天以上，不必担心。如水流很长，潜伏游进过三日以上，我们就回来，不会以生命冒险。况有珠儿在旁，怀有异宝，应兄放心。"珠儿道："龙叔可以放心，洞中流水决不至全洞都满，水流在洞底,其上必有空隙,即使期满三天,也必有透气之处。"应龙点头道:"珠儿之言有理。但洞中黑暗无光,恐有怪物伤人,如之奈何?"珠儿道:"龙叔放心,伯禹的灵珠日夜贴心佩带,灵珠不但制水怪,还能在暗中光明如昼呢。"应龙笑道:"既如此,我放心了。"

　　三奇笑道:"刚才你说得也有理,不如你们翻越这山到山南寻寻出口,等我师徒相会,岂不更好。如洞深曲长,必须从洞外开凿,也就可以早定开凿处了。"应龙点头道:"如此甚好。"

　　三奇师徒就穿上鼍皮水靠,腰系利器,进入大穴。进洞后,初时还亮,数丈以后,水渐深而曲折,已无光亮,师徒就潜入水中,循水流前进。始入水时水流虽急,但不旋转,顿饭后水流有旋转,时而急剧下沉,时而猛然上升,盘旋曲折,二人知水随山洞高低升降。此时珠儿怀中灵珠已显荧光,四周数尺内隐约可见。二人入洞既久,也逐渐适应暗中环境,况惯知水性,目力又强,借着灵珠之光,已可见水中诸物。见水洞宽狭不一,狭处水急洞满,人在水中,急漂而过;洞宽处水低流缓,仅高洞半,水面空隙广阔,足可浮于水面,自然换气。洞中水温颇高,游鱼悠悠,逆流摇晃。鱼体不大,长未过掌,通体透明,脏腑可见,红嘴乌眼,见人不惊。师徒二人随水流时沉时浮,凡到水洞狭小处,珠儿必潜至洞底再上升至洞顶,并左右触摸洞壁,度量洞径,记于心中。三奇也如此,两人共测,互作参照。也不知过了多久,按珠儿估计,已在洞中过了一昼夜。

　　这日忽感水温渐凉,新鲜空气增多,水中游鱼少了。二人随水流又约五里,忽然感前方星光闪烁,并有阵阵寒风拂面,三奇知洞口就在前面了,急与珠儿停止前进。此时珠儿突感洞底陡然抬升,身旁似有一股强大吸力,正未知其故。

　　二人拣了一块凹壁,贴身其中,半沉半浮等待天亮。三奇从贴身中取出干粮递给珠儿一份,共同充饥。仰望洞口外星宿,斗柄已转,知已过半夜,再过一两个时辰,即可天明。此时流水淙淙,寒风阵阵,幸二人沉在水中,尚觉暖和。三奇问珠儿道:"这一游估摸有多长时间,未知洞长几许,径量如何?"珠儿道:"依徒儿估摸,这一游当有两昼夜,以流速计算,约三四百里水程,但洞水忽上忽下,时而深入地心,时而上升山腹,迂回曲折,往返盘流,难以径直计算。若勉强折算,径直总有百里上下,且待天明见了龙叔可测龙门山底可知。"三奇道:"珠儿之言有理,然依洞中狭窄处计算,流量不会过大,但洞中却难施工开凿,看来,导西汉水,还须从山外开渠道,方可成功。"珠儿道:"师父说得不错,导西漾到西汉,只能在山外开道,洞中难以施工。我在进洞前见西汉水曾多次分支,除主流入大穴外,尚有支流从山外乱流四野,我们可以循这些支流找到南入巴中潜江。"三奇点头称是。

　　二人边吃边谈,不觉天色微明。又过一会,阳光已露,师徒两人出水上坡,脱卸水靠站在高处反观出水洞口,只见水流缓慢,波纹不兴,与大量出水不符。三奇对珠儿道:"我在水中感流量大而急,何以这出水口水流缓而少?"珠儿道:"徒儿在近洞口时曾感下有吸力,莫非近洞口处水分两股,另有大量潜流从暗洞中流出别口?这个洞只是表面一层流水。"三奇点头道:"只有这样,方能解释。"珠儿道:"待我下去一探究竟。"三奇道:"探明也好,但须小心,探明另一出口即可,我在这里等你,速去速回,如潜道过狭,不要勉强。"珠儿道:"徒儿明白,我感洞内吸力不小,估计潜洞也不会过小,我去去就回。"

穿上水靠重入洞口。到了曾感吸力处下探,果然在左壁处有个大缝,洞水在此分为两股。当时一路沿右壁潜行,未曾顾及左壁。珠儿探明左壁此缝后侧身探摸,左右上下摸索,感此缝上小下大,高约十丈,初缝不宽,上约三尺,至底近丈。就从缝进入,初时不宽,逐渐宽敞,愈进愈宽,竟入了一个大水洞,周围在百丈以上。珠儿循水流复进,数十丈后感洞底逐渐向下倾斜,屏息潜行约一个时辰,洞底又开始上抬,不久洞尽。洞口在水下深处,珠儿潜入洞底,方见洞水在江水底部淌入江中。珠儿身感洞水温,江水凉,知洞水已和江水汇合。就翻身游出水面,离水上岸。回望山峰不远,不过数里,返身向北,寻向师父等候处。不久即见师父仍在原处站望,忙上前见面。三奇甚喜,问了情况,即由珠儿带路到潜洞出水处观察。见水面甚为平静,虽略见有上涌之象,但不细察,难以知晓。珠儿道:"今是枯水期,故难见涌动,若到旺水期当有显露。"

三奇为明了潜水实情,又随珠儿入水到水下出水处,果然水下流量很大。两人出水后,三奇笑道:"今方知民所以叫此水为潜江的原因了。我原以为西汉水流入大穴,复从大穴流出称潜,看来不对了。水从穴出,明水难称潜,潜者地下水。今水从江底潜出,则称潜江名实相符了。"珠儿道:"今后若开山外水道导西汉水入潜江,潜江要改名了。"三奇道:"一江之名,民称既惯,恐一时难改。"此时已近中午,二人就沿水流返龙门山寻找应龙一行。

却说应龙等人在三奇师徒入洞后,议道:"三奇师徒水性极好,入洞后必自洞穴潜出山南,我们留此无益,且去山南等候。"应龙道,"为准备从山外导西汉水入潜江,我们应先勘察可通之道。"于是返朝天岭,到西汉水分流处沿东一股水流南下,流量不大,还有多次分支,虽然曲折散乱,但其流都南向。应龙一行只跟着流大的南下,应龙边走边记,走了两天,已经绕过龙门山东麓。听到了水流溅落的声音。应龙爬上高处向南眺望,看见山尽处有一大江南流,山崖断处有数股低矮瀑布溅入大江。应龙知这当是潜江了。环顾四周,并不见三奇师徒。应龙心想,看不见或是山峦重叠,林木掩蔽遮障的原因,就命随卒举巨石掷入江中及深谷,使发巨大轰隆之声,等响声稍息,即齐声高呼三奇、珠儿之名,以期吸引三奇师徒注意,但仍无反应。只得下山沿潜水一路寻找。

三奇师徒为何没有听见山谷轰响和喊声?原来应龙一行到达龙门山东麓登山搜寻时,三奇师徒还在潜江水下探察出口。在二人出水沿潜江上游回龙门山途中,正好与从龙门山沿潜江下游寻来的应龙一行相遇,应龙一行见到三奇师徒,不禁连声欢呼，三奇师徒也十分高兴。三奇对应龙道："潜江下游江阔流大，不须再探。我们已将潜水出口探明，看来洞中难以施工，而洞径又不适旺水期流量。要保西汉水旺期无灾，只有在山外另辟水路，导漾入潜江。"应龙道："我已预见到，故来时已沿途勘察，绘图在此了，按图施工，定可通潜。预计集三千人之力通不足百里之径，三个月可以成功。"三奇道："君所言路径与珠儿所见相同，我信，且回大营与江氏兄弟商议。"于是一行回营。

却说冯氏兄弟与禺强率领祝融四杰及所部自沔襃西南行，渡西汉水过朝天岭，沿龙门山、九顶山、茶坪山东南山坡而行，七天后至玉垒山。玉垒山其高千尺，奇石林立，如剑指天，附近有川曰湔水。冯迟见岷山流来的泯水就在近处流向南方，和禺强、冯脩等商议后就在玉垒山坡立了营。立营后约禺强、方、宋等登上玉垒山顶，观察地形。只见远处高山绵延、群峰巍峨，苍碧如海，一望无际。禺强指北方道："皑皑白雪为顶的当是岷山，出岷水流到此地。"冯迟俯视山下，岷水正在山下流淌。南望三十里歧出数支。道彰指蜀地道："南望平川沃野，皆可耕之良田，然今岷之水犹奔腾咆哮，喷珠吐雪而南，若至旺水季节，岷江两岸，蜀中之地必然泛淹，不得耕种了。"无忌道："此所以治也，治水即为辟地得耕。"道彰道："今睹水，方悟伯益'缓水分流'是合于实情的好对策。但我看岷江在这支流众多，若尽疏支流，恐难办到，只能择其一二而疏，只要达到分流目的，就是成功。"无忌道："我看只选大支流疏导即可，小者可以不论。"道彰道："宋兄说得是，可选最大最长支流分水，能通入大江就可以了。"禺强在旁听两人说法后道："两位先生说得正合我意，就不知选哪支最好。"冯迟道："伯益、三奇都说入巴蜀的水贯全境的是岷、沱、涪、潜。潜、涪在北，今岷江之邻是沱江。沱江流远，自东南直达大江，而其上游正是岷水。沱江时洪时枯，旺时是巨川大江，枯时是细流瘦江。其两岸旱涝不均，耕多获少。今若疏浚扩大其入口，将多余的岷水分入沱江，使岷水可减其势，而沱江可增加水量，兴一役而利两江，此治之要也，诸君以为如何？"禺强等都说好。冯迟复道："曾听三奇说过，沱江承岷江细流而行百里，有金堂山横阻沱江，江水须环山而过。若能疏通金堂，沱水会更顺。"三人都点头，于是返营部署浚沱诸事。

话说三奇师徒与应龙等沿西汉水支流而返。应龙沿路重新测算溪谷高低与里程，确定开凿西汉水通潜水线路，手持测量度衡玉简，时而登高，时而入谷，三奇师徒及随卒帮应龙树干拉绳，定方向，量距离，测阔狭高低，依应龙之移行。一路走走停停，迤逦而北。在途七日方与江妃兄弟会面。

应龙、三奇惊讶地发现，工地来了许多新人，问江妃道："新增人力莫非邻近黎民来助？"江妃笑道："伯禹去甘族后，甘族之主甘棠深明大义，出黎民三千，由其三子率领，一路至蜀助治岷江，一路至此助通二漾，故我力倍增，率民来这里的是甘棠三公子甘亥，正在工地与我弟联合施工，三位有便可去一会。"问道："此去探潜可有发现？"应龙将三奇师徒探洞入穴摸清潜江水下通道及今后从山外开凿通潜路径

——告诉江妃,江妃喜道:"赖三君之力,下步通潜之功已成一半了。"应龙道:"此何说耶?工还未动,何言功成其半。"三奇笑而未言,以目视江妃。

江妃道:"一工之兴,从筹划到成功,实由前后两大步合成。以流水而论,动工之前须知起讫所在,道途所经,沿途险阻,难易何处,里程短长,人力何布,尺寸标准,深浅阔狭,都有规矩,然后方可兴工。兴工者行也,知在行先,不知者难行,知而后行,事半功倍,不知而行,事倍功半。今三君已为通潜之工详察道路里程及险阻诸事,详绘兴工之图,今之后只需按图施工,其成必速。三君启知,岂非成功之半耶。"应龙笑道:"讲得也有理,只不过对我们估计高了。"

要知如何施工掘通沔汉,且听下回分解。

第七十回 借 力

次日一早，应龙与三奇师徒随江妃同往鸡公山工地见庚辰及甘亥，见北有浊水与白水汇合，又南流与西汉水相汇成大川，经鸡公山南至朝天岭。鸡公山东北三十里处有东漾水入沔水。东漾当地民也叫沮水，入沔处称沮口。东、西两漾相隔约三十里。江氏兄弟所部正在这一段要通两漾之水。人多势众，呼喊之声此起彼伏，抬、扛、撬、挖都有，很费力，民与卒都背脊流汗，头上冒气。

使应龙三人惊奇的是，在众人施工行伍中，竟有数百头巨大野猪在众民卒前埋头拱土掘地。这批野猪都有小牛一般大小，体强力猛，粗壮的鼻颏，配着两枚锐利坚硬的獠牙，"呼哧呼哧"地拱掘山土，山土经野猪拱掘而松散，泥中大小石块都被翻露于地面，众民卒都跟在这群野猪后面搬石铲土，清理被野猪翻起的沟道，掘出的树根草茎以及昆虫都被野猪吃光，省了民卒许多手脚。数百头野猪拱掘速度甚快，一个时辰可进数十丈。应龙、三奇都大为惊奇，问道："何来此物？"江妃笑道："这是甘三公子带来的挖土猪，真帮了我部大忙哩。"

应龙道："看这群猪倒能沿着标出的界线前进，没有跑散，真是奇了。"江妃道："野猪有人管着呢？"三奇道："野猪生性凶狠，狂奔乱窜，奔跑极快，难以约束，虽有数人之力，也难控住。今这群野猪竟能循规蹈矩沿规定线路挖进，真是奇哉。不知用何方法，我要去细看，以明究竟。"应龙道："我也想知其所以。"于是三奇师徒和应龙到野猪近旁细看。

只见野猪四条腿胫、髌、踝间各缚一圈腕粗麻索，前后左右这四肢麻套各牵引到肚下交会成结。成了一个蛛网状的肚兜，兜结左右各有一条绳索绕至猪颈背交汇处打结，引出一索长数尺，民握之以牵引野猪。三人看得明白，但不明这些野猪何能缓行而不逃窜？

此时甘亥上来相见，江妃作了介绍，互相见礼。应龙道："请问三公子，此野猪何能如此驯服，用何良法？虽见猪身为绳索所缚，却不明其中原因，请公子赐教。"

甘亥道："二位叔爷所见不错，正是缚索之功。"三奇道："功效何在？"甘亥道："野猪奔速凶猛，其力巨大，都是四腿之力，今缚其四肢而使相连互制，因绳索紧绷于下，前后肢只能小步移动，不能大步行走，更不能突奔跳跃，若大步奔跃则受四肢相互牵制，必绊而蹭蹶倒地，所以猪只能小步缓行而不能奔跑。久而成习，惯于小步慢行而不狂窜。手牵一猪，复执鞭笞即可使其顺从，此索之功也。"

三奇复问："何以悟此妙法？"甘亥道："我族世居山麓而耕坡地，植黍播稷为生，每当秋熟，野猪常来挖土啃粮，毁我稼禾，众民无不痛恨。故每当秋熟，都施网罩，布弓矢守卫猎杀。荒山茂林，野猪数多，每秋猎获不少，杀食有余就圈养备宰。但野猪性暴烈，力大善突，圈养很难，甚至伤人。民就用绳索缚住，但缚紧则猪死，缚松又易逃。后村中民渐改进缚法，改成现状，果然有效。我因见野猪长于掘地，就用其所长，选取强壮的驱其耕地。初时犹乱而四散，鞭挞之方就范。训练久渐驯，猪群也渐增至数百头，掘进渐速，功效显著，开山翻土大省人力。众民见我成功，也起而仿效，就成风尚惯例，至今已有四五年了。"

三奇笑道："公子名亥，莫非与训猪有关？"甘亥点头笑道："正是如此，我原名和，因训猪，民就叫我为亥生，我就改名为亥。"应龙道："公子二兄之名何称？"甘亥道："长兄曰丑，次兄曰午。"三奇道："莫非也与训牛马有关？"三公子道："正是如此。我训猪念头，也是受兄长训牛马中启迪产生。长兄善训牛，次兄善训马，皆能借牛马之力以为耕植输送，民赖其力，民以丑、午称二兄之名，改称甘丑、甘午。"三奇叹道："一门豪杰，造福于民啊。"

应龙对江妃道："今有野猪之力，工程可以提前几许？"江妃道："约可提前一月。"应龙道："如何计算？"江妃道："两水相距三十里，一里一千五百尺，以野猪日进三百丈而论，则一次须十五天，但其掘不深，按所定深度，三四次方可达标，如此则要两个月，再加修补善后，估计两个半月可以完成。"应龙道："善哉野猪之功，甘氏之功不可没，当禀告伯禹知晓。"江妃、庚辰及三奇都点头。当下各散，应龙与竖亥、三奇等回营详绘治潜线路图，江氏兄弟与甘三公子督率民卒及驱猪群疏道，按下不题。

再说冯迟之旅登玉垒山睹岷水所经，定下导沱分岷之策，即日部署人力，选择玉垒山东道凿岷水入沱。其地称为湔丘，原有细水东流入沱，称为湔水沱口。冯迟、禹强等聚卒先用土石堵住沱口，不使岷水流入，然后再掘沱道使宽。这日正忙间，忽见太章前来传伯禹之命，令冯迟、禹强速去犬丘见甘族邦主，引领民工来此。冯、禹二人遵命随太章而行。营中事暂由方、宋二人代领，依所定线路施工。因路程较远，三人急急赶路。路上太章告二人道："童律已领甘氏二位公子从犬丘往岷水而来，我等或可途中相遇。"冯迟道："来民几许，率队者何人？"太章道："领民的是二位公子，长曰甘丑，次曰甘午，带来本村之民二百。"冯迟道："人数不多。"太章笑道："这二百是本村之民，还有千余是集所居各村之民。"冯迟道："各村来此可便。"太章道："就是你营周围各村，甘棠已令手下奔赴各村，近日即可到你营地。"冯迟点头道："如此方好，可以倍增我力了。"太章道："更有喜者，甘氏二位公子善于役牛使马，除亲自带来牛马外，并令各村也驱赶牛马相助，更可大增其力。"

三人一路急赶，至龙门山北麓遇童律及甘氏兄弟，有民二百人，各牵牛马百头，驮粮而至。冯迟大喜，就合而南下，十日后到了营地。甘氏兄弟与方、宋、冯脩等诸将相见，互致仰慕之意。此时邻近各村民工陆续来至玉垒。冯迟问各村带队之民道："你们怎知我营在此？"答道："甘部之来人虽只告知大军将治岷、沱，未告确切营址，但我等久居此地，知岷、沱之交必在玉垒、湔口一带，且又闻玉垒山下来了大批士卒，知必是治水大队，故来此地。"冯迟点头。

各村带头人又向二位公子见礼，都说："愿听公子号令。"甘丑对众民说道："来时父嘱我等到治水大军后都要听冯将军统一调遣，即我兄弟也不例外，愿各位带队人都服从统一指挥，不得懈怠不遵。"

冯迟笑道："治水事繁人众，确需统一指挥才能成事，但诸事会与二位公子商议后定。治岷、沱任务繁重，还望二位公子及众头领与众民大力协助。"两公子及众人都道："既来此自当全力以赴，听将军之令而行。"当下分头休息。又经一两日，各村都到了，冯迟召集各将及两公子商议分工，命各村头领及祝融四人一起与会。冯迟言道："赖甘族众民来助，今有民卒两千余人，牛马各二百余头，人多事繁，须作分工，以免延误。"

冯脩道："当前之役主在分岷水入沱，岷水原有流沱水道细小，不足以应旺季来水，必须扩大通沱水道，已经动工。疏浚中累遇大石挡道，移动费力，正愁耽误工期。今幸得二位公子率众民来助，又带来许多牛马，我思借牛马之力移搬石块，使士卒专力浚土，以速工效，望兄长安排。"

冯迟道："二位公子都有驱牛役马专长，牛马数量也不少，牛马力大，借其力移石定然见功，但牛马牵引驱策管理，必须多人协作，我等士卒不熟此道，还望二位公子教导。"甘丑道："管理饲养，牵引驱策牛马之事当由我兄弟选本部之民担任，三人理一头，专司负载牵引，三百余头牛马，正需千人。"冯迟道："如此正好，二位公子专司役牛马牵引移石装卸之事，我部士卒专司浚掘沱道开山凿石之事，各尽所长，必速工效。只是牵移与搬运众石尚需一些工具，我会抽士卒采集竹藤，编结网袋为用。"甘午道："此事不劳士卒，我们熟悉牛马载具，就由我们编结网袋吧。"冯迟大喜道："这是再好没有了。"

道彰道："这里四周都是大山密林，猛兽出没，今集中许多牛马，猛兽必定垂涎，白天我等人众，兽不敢来，夜间人静，势必觊觎，不可不防。"

禹强道："这是我的责任，将日夜巡守，以防不测。不过还要方、宋两位相助。"道彰笑道："我二人手无缚鸡之力，何能助你，说来听听，有理则从。"禹强道："我有战卒三百人，分散巡视，线长人少，虽有弓箭，不畏凶猛之个兽，但怕成群豺狼野狗，豺狼性狡，常前后旁侧袭击，卒少每顾此失彼，遭受损失。尤在夜间，人视不如豺狼，故须借助二位风火之威，在夜间筑火墙以慑豺狼。我部虽有祝融善火，但一人之力难顾周围百里之地，因此还须二位相助。"冯氏、甘氏兄弟都点头。道彰、无忌二人笑道："禹将军之言有理，我二人自当相助，愿听将军调遣。"禹强拱手道："不敢，不敢，但请相助共商为幸。"

冯迟正欲就此定议。将民卒分为三部，各司疏导岷、沱，移输石块，防御山兽之责之事宣告，忽见无忌又道："尚有一事待定。"冯迟忙道："愿闻其事。"无忌道："沔褒至此路远行险，运粮不便，今赖甘氏之助，有牛马众多，何不拨出马百匹作为运食脚力。我计算，一马驮六百斤，百匹可运粮六万斤，一月只需两趟，即可供我部一月之粮，省下玄龟之人力，以垦沔褒，可增粮收，不知两位公子能否作此安排？"甘丑兄弟立即道："只要有利于治水，尽管调遣。"冯迟道："若得如此，我部甚幸。"于是由甘午拨出马百匹，民二百人，为运粮之旅，禹强也拨出卒百人，由龙罔象统率，作为护送，以防兽袭。冯迟乃宣布各部门分工，各自准备。

却说分岷导沱一部在湔口筑堤，断岷水入沱之细流，然后集中人力开挖沱道，冯部士卒专力于挖掘沱道两岸及沱道中淤积，使沱道深阔。甘氏兄弟率众民牵马拉牛，将士卒挖掘出的泥石杂物运至荒地山坡堆放，很快就将堵在河道中的石块拉动运走了。遇有石礁岩尖，士卒先觅缝撬开而后由牛马拉动运走。躞魍魉、坎羊两人大显神威，躞魍魉双掌如槌，十指如钩，两三百斤之石，在他双掌下，轻轻一抱，即可离地，掷于五步以外。若遇大树根桩，他指抓掌劈，半抱之树，应声而断，腕口之树，连根拔起。坎羊有剥土神功，其指如锹，其趾如铲，手脚并用，顷刻泥土四飞，平地成壕。甘族众民虽多见大力之人，但对躞、坎二人神功却从未见过，无不惊奇，还有段干兄弟四人为助，更增威力。甘氏兄弟见伯禹营中能人众多，十分敬佩，更加不敢懈怠，督率众民驱牛马及时运走土石，相互协调配合，不使土石积留。在众民卒的努力下，拓岸浚沱工程进展很快。禹强则率军巡逻工地四周，昼佩弓箭，夜燃火堆，方、宋与祝融三人夜宿牛马厩旁，厩之四周，密布火圈，以防兽袭。山中虽多豺狼，因火圈终夜不熄，终不敢近，所以多日并无意外发生，禹强及道彰等都放心。

过了半月，这日天气变化，阴云密布，起更时忽有雨淋漓，淅沥不停。道彰、无忌、祝融三人见火堆未熄，也未在意，都各安寝。至半夜，突然风力增大，暴雨骤下，无忌、祝融二人惊醒，侧耳细听，隐约闻牛哞马嘶之声，忽见值夜哨卒入报："火堆多处熄火，边缘厩棚有牛马骚动声音。"无忌急推醒道彰，三人都披蓑戴笠，携火具而出。户外大雨如注，漆黑一片，火堆多已熄灭，果然北角厩棚有扑腾吼嘶声音。三人知大事不好，定有恶兽进袭。急命哨卒向禹强禀报，派兵卒来援。一面急急奔向北角，路上点起火把，并命人重燃火堆。将近北角，无忌、祝融二人复点燃林火，道彰用风力相助。在林火照耀下，有数百头豺狼拥在厩棚内扑噬牛马。牛马制于缰绳，不能逃逸，只有蹄脚弹御。但豺狼群集，已有数头牛马倒毙，豺狼正在狂撕倒下牛马，大口吞噬血肉，其状惨不忍睹。

道彰等三人及哨卒手持火把试图驱赶，但因豺狼拥挤，又贪美食，不肯退出厩棚，反而目光眈眈，与道彰等持火把者对峙。豺狼畏惧火把，不敢近前。道彰等也因豺狼群集，不敢过近。正双方僵峙时，禹强率精卒赶到。见状急命卒持长枪钩杆及刀斧入棚刺杀群豺，众战卒大声鼓噪而前，靠外几头豺狼立即受刺倒地，群豺惊惶后退，禹强命放箭，射退出豺狼。道彰等三人见禹强率卒已到，就退至高处，在林中扩大火势。

此时群豺一面因火势大旺，一面又被士卒猎杀，都各惊慌，不再恋食，纷纷从棚中逃出，欲图返还山林。禹强之卒弓箭齐发，射杀逃跑豺狼，豺狼不断中箭倒地，也有的带箭逃逸，乱纷纷直至五更。此时雨也渐停，天色逐渐微明。甘氏两公子及民赶到出事厩棚，清点死伤牛马，计死牛四头，马两匹，受伤轻重不同牛马四五头。甘丑命民工将未伤健畜牵到另一厩棚饲养，将伤畜扶到空旷地敷药治伤后牵到另一棚舍疗养，将死畜瘗于山坡。

要知如何完成通沱，且听下回分解。

第七十一回　治沱水

冯迟兄弟听说牛马受伤，急忙赶来，慰问甘氏兄弟。甘丑道："猛兽袭畜，当地时有发生，只有严加防范。"禹强道："众兽都怕火，设火圈可以防袭，今后如有雨天，尤其在夜间遭雨熄火时，须加强防范，多添哨卒，毋使火灭，以防此后再有此类损失。"冯迟道："此间山高林密，猛兽众多，不仅厩栏须防，即民卒之营也须防备兽袭，还望禹将军多加防范，以策人畜安全。"禹强道："分内之事，我当加强防备，以此为戒，后会避免。"冯脩道："可否增加鼓角，夜间一旦有警，可鸣鼓角，既可惊兽又可及时报警驱兽。"禹强点头称善。

不说禹强加强防御安排，却说冯氏兄弟部卒日夜奋力浚沱导岷之事，这日浚沱遇一巨石挡道，沱水绕石而行。为拓宽加深沱道，必须移此巨石。巨石表面虽凹凸有棱，但周边竟无缝隙，击之不碎，欲凿无缝，撬之不动，深陷于泥潭之中。虽集百人之力，无处下手。夔魍魉虽具神功，但在此石面前竟也束手无策，因大石并无缝隙可以下手。冯脩叹道："若得珠儿在此，石克可以攻开此石，今又不在，为之奈何。"众人围石琢磨多时，还是坟羊道："且待我先挖去陷石之泥，或许去了根基淤泥可以移动。"冯迟也感有理，命坟羊动手。夔魍魉、段干兄弟都各协助，四围都挖，经过顿饭，巨石底部淤泥碎石都已清除，只有稍许淤泥粘连，但石仍挺立泥中。冯迟见这块巨石上小下大，犹如一只巨大的葫芦，不会倾倒，又无法移走。若留石原地，沱道受阻，必须移去方能除阻，然去之无方。

正在为难之际，甘丑正好回来督运，见工地众卒群集，似在商议什么，乃挤入察看，只见人群围着一块巨石，冯迟兄弟正焦急地和众人在议论什么，问冯迟道："将军何事困扰?"冯迟抬头见是甘丑，忙指巨石道："此石大而无缝，光不溜秋，无法移动为此愁也。"甘丑至石前细看，复用手抚摸后道："我有法移开此石。"冯迟大喜道："愿闻公子之法。"甘丑道："此石虽无缝却有棱，有棱即可借力。石圆而滑，人力难施，然可以用绳索借其棱而绑缚，再用百头牛牵绳索，石必移动。此石不过万斤，百牛之力当超此石数倍，将军可以无忧。只是此石深陷泥中，今下部之泥虽去，却仍在坑中。拔石于深坑，其力必数倍于平地，要改陡峭深坑为斜坡，并在斜坡泥路上垫实树干，不使泥路下陷，然后用长索将巨石拉至岸上。百牛之力足以移石。"冯氏兄弟及众卒都点头称许，认为可用。

冯迟乃命坟羊率卒按甘丑所讲，在深坑一边开斜坡至岸上，命夔魍魉率卒上山砍树填于斜坡，复命人在山上采藤竹制成长索，待诸事完备后再移巨石，其余众卒依然疏治沱道。隔了一日，诸事皆办，冯迟早早来到石坑边上，命士卒将十余条绳索沿石棱将巨石团团捆缚。甘丑已将百头犍牛赶集于岸上，两民扶持一牛，分列于斜坡两旁。斜坡上已铺满粗大树干，沿石坑下端直至岸上。冯迟命士卒将已缚长索一端交与甘氏之民，系在牛轭。甘丑将牛排成十列方阵，前后牛距三步，一绳连贯。安排停当后，一声号令，百牛同时朝前用力，果然巨石侧翻，倒在斜坡树干上。甘丑复喝令百牛举步，巨大的石葫芦沿着斜面缓缓上移。众士卒眼看着石葫芦移动，大声呼喊助威，牛也因此兴奋，拼力向前，不多时就被拖到岸上。冯迟上来向甘丑致谢道："幸公子良计相助，去此巨石。"甘丑谦虚地道："为治水出力，自当如此。"拱手而回，依然督率牛队。

冯迟兄弟回沱道续浚，逢阻则除，遇崖而削，沱道日宽，治路日进。辛苦一个月后，浚沱到了金堂山。沿途有几条小水流入沱道。金堂有两峰对峙，中为峡谷，沱水在峡中穿过。冯迟对冯脩道："水量大时这里是否有灾，且去访问当地黎民。"次日兄弟在金堂山南坡见有数十户茅舍，时在冬季，民多居家，数老翁门前晒身闲谈，冯迟上前施礼道："我等是伯禹帐下治水之人，今疏浚沱水至此，因见山峡殊狭，不知旺水期可有灾害？"诸老翁听说后都立起致礼道："原来是助伯禹治水军爷，早听说了，村中也有人支援治水。"冯迟知此村也属甘氏所辖，请诸老翁坐下。老翁道："山峡狭窄，枯水期勉强通过，旺水期大水拥阻，环山涌流，漫浸山地，甚至淹及村舍。临水之地不能种，近水之宅不敢建，都是旺水所害。早盼伯禹大军来治此山。"冯迟兄弟点头而别。

路上冯脩对冯迟道："看来此峡非拓不可。"冯迟点头，冯脩复道："既来此，何不通观此峡流径，以明出口。"两人入山峡，只见沱水正从峡中淌流。冯脩欲循峡前进，冯迟道："循峡而行，只见此峡，难见全貌。不如登高而望。"冯脩道："兄长说得是。"两人登高峰细看。俯临山下，群峡尽见。冯脩指沱水所流峡谷之旁道："兄长请看，现沱峡之旁还有一峡，此峡甚宽，可通旺水，沱水为何不入此宽峡而入窄峡？"冯迟细看，果然旁边山峡比现行水峡宽广，但此峡中只有涓涓细流，西来沱水不入此峡竟曲而入现行窄狭之峡，未知何故？冯脩道："沱水不入必有阻塞，须下山近察。"

两人翻山入宽峡处，山谷很宽，但谷中只有涓涓小溪。两人就循峡谷前行，数里后遇山挡遮，山不甚高。两人越山而出，出则即见沱水自西流至山前，因山阻乃曲而南流入现在之窄峡。两人站在山下观看这座挡住宽峡的低山，冯脩道："此山不高也不大，山前为沱水，山后为峡谷，若凿通此山，则水入宽谷，可不受旺水之害了，山不大凿通不难。"冯迟道："兄弟之言有理，但这宽峡是否外通沱江，还待观察。"冯脩道："那就再探。"冯迟道："今日天晚，明日再探吧。"冯脩依言，两人乃回，借民居宿了。

次日两冯重入宽峡南行，约数里出峡谷，峡谷之下三尺处正是沱江（在金堂山前称沱水），沱江到此而大，两岸宽阔，江水缓流，岸上平坦，是农耕之沃野。冯迟道："必开此峡以通沱水。"两人观后心情舒畅而回，即部署开凿金堂山新峡谷通水诸事。

却说伯禹、伯益一行自离甘棠府后，到鸡公山，参与通东、西两漾之役。数日后甘亥率民到达，伯禹见野猪功用不小，工程进展甚快，心中喜悦，表彰了甘亥。住了数日，见治漾工程一切有序，人力也足。又听了应龙、三奇告知潜水出入之道，知治漾之后即可通潜理汉，十分放心。后又见童律、太章回来，禀报甘族之民已集岷、沱，带牛马数百，功效显著，伯禹甚喜。后返沔褒巡视了玄龟屯田播种工作，见玄龟安排有序，冬麦已经播下，能否有收，明年再看，但玄龟等正在追加草木灰烬以施肥，增热催芽。伯禹深感满意。这日对伯益道："此间诸事都妥，不知沱、岷之事如何，岷水流大，巴蜀地广，我将到那里看一看，不知有何困难？"伯益道："这里进展不错，我估算，不出三个月，两漾可通，再有两个月，潜、汉当完工。正宜去冯旅看看，以协进度。"伯禹点头，次日离沔去冯部工地，童律、太章、朱虎、熊罴随行。

从定军山越白水过朝天岭、龙门山到大小剑山，跋山涉水，逶迤朝西南而行。伯禹连年治水，栉风沐雨，往来山冈水碛，风湿侵入膝髁，行走逐渐不便，伯益年长于伯禹，筋骨却健于伯禹，但终究年岁较大，行走也不快捷。所以这次南行由随从以竹木制成两副座椅，抬着行走，此可抬座椅名曰榢。伯禹、伯益在山路就坐榢而行，朱虎、熊罴等拥护，在平坦大道就坚持步行。伯益道："步行可以通气血、活筋骨，能步则步有益身体。"伯禹善伯益之言，故平坦之地也不乘榢，只在登山履险时才乘。一路辛苦，不在话下。

这日刚走出剑门，又遇见一座高山，西壁东峰，石笋如画，景色绝佳，中有两峰，间隔如屏，相去百余丈。青苍郁葱，云岫环绕，雄鹰盘旋天际，鸣鸟啼于山林，人间仙境也。伯益道："蜀西北多大山，民皆羌氏之族。"随后又见一山，童律以手指山道："此山甚怪，峰相交如纽，怪形也，他处未见此状。"众人注目，果然奇怪，峰上两巨石相互倾斜低头，相交如纽不分，顶以下则中分。伯禹惊醒而视，不觉起立复坐，命随从停榢。对伯益道："不知此山可是石纽山？"伯益道："石纽之名甚符其形，但其名是否石纽，则不知。"太章道："待我打探。"不一时而返道："问山中民，道正是石纽山。"伯益惊异问伯禹道："君何以知之？"伯禹沉默不言。伯益没有再问。

这夜宿石纽山南坡，次晨复行，百余里而至九顶山麓，仰望山顶，九峰耸列，云雾缭绕，瘴气蒸腾于山谷。俯视水流，万珠喷溅，虹光星耀，彩波倒影入水波。伯益指这水流道："此即岷水。"伯禹视水自北来，江面开阔而不深，水底起伏不平，水清澈而块石磊磊，急流奔腾，近崖弯道，水珠飞溅，澎湃震响，回流白沫，数丈方没。伯禹道："现隆冬枯水之期，尚如此激流，春夏水盛，水益猛，治更难了。"伯益点头道："故治当在旺水前。"伯禹道："不知冯氏兄弟进展如何？"当晚择山窟铺草披皮袄而宿。次日沿岷水南下，寻冯氏营地。中午到了玉垒山，见有数百栋营房建于山坡上，就至营前。守营卒见伯禹一行到来，忙上前拜见。

伯禹问冯将军何在？卒答："正在工地。"说毕安排一室供伯禹等入内休息。伯禹等安置后命卒带路往工地。一路见牛马运石载土，络绎不绝，控牛马之人皆民装束，伯益问牵牛之民道："你等可是甘族之人？"答道："正是。"正行间，见冯迟兄弟远远而来，原来二人正探金堂山返营，见伯禹一行来临，十分高兴，急上前行礼。伯禹问道："二位匆匆自何来？"冯迟将探察金堂一事向伯禹禀报。伯禹道："如此甚好。"

当下由冯氏兄弟陪同巡视了治沱工地。伯禹等见新拓沱道比原道增阔一倍以上，因原来分流口已被堵住，河床只剩细流，新开河床痕迹一目了然，深掏已达数里，几十里干涸的河床中块石裸露，满眼坑洼。冯迟道："只要把金堂山宽峡前低山凿通，岷水可经沱江大量泄入蜀中盆地，既减岷江过旺之水，又溉盆地平川沃野，此后蜀中必成粮丰物盛之乡。"伯禹笑而点头。

童律道："我见沱水南北，也有卒在浚治，莫非同时施工？"冯迟笑道："算你眼尖，这是预备之工，因我等在玉垒山上观察沱水时，见岷水至玉垒歧出众多，其流虽细，也是分岷水道，将在治沱完工后动手，尚未动工，今作治前准备。这次探察金堂，已知这些细流最后都到金堂复入沱水，导之也有利于分岷江溢水。只要沱道拓阔，旁流皆通，此后岷水虽盛不足忧了，浚细流也可分沱水重压。"伯益道："冯迟想得周到，正该如此分岷水，不可专务一条沱道。"伯禹道："为主将者必须全局在胸，苟利于治，凡力能及，能进者都当进之，不应拘泥于定格。"

伯禹又问甘氏之助如何。冯迟称赞道："我部得甘族之助功效大增，治水以来多获各地民力之助，然未若甘族之显，不仅促效，且大省士卒之力。"就将牛马运载及曳巨石等情详告伯禹。伯禹喜道："当保护甘族之畜，毋致伤残，后当酬之。"伯益在旁道："山高林密而多兽，当防兽伤畜。"冯迟点头道："二位贤伯所见极是，已有过猛兽伤畜之事。"乃将豺狼袭击噬牛马及死伤防护等情一一禀报，并将禹强请道彰、无忌、祝融等以火防兽之状作了详述。伯禹道："贪残之兽见此肥畜，焉得不蠢蠢而动，必须严加提防，毋使得逞，以保众畜。"

当下回营，正叙谈间，禹强、甘氏两公子等闻伯禹一行来到，都来见礼。伯禹道："治沱进展甚速，诸将卒民众之功也，尤其甘族之助，其力巨，其功大。甘族之畜不但助于此，亦助治漾。"伯禹将野猪掘地之功说与冯迟、禹强等人知晓，诸将都惊叹。伯禹道："天生诸物，必有所长，能用其所长者，是人之使，使之善，一物多用，物尽其用，使之不善，会暴殄天物，耗伤其材。人之智能，由此可见，我等都要学甘族之智，尽物之能，致利于民。"

却说伯禹居玉垒，日与治沱民卒同工，经半月，沱道已浚至金堂山畔。伯禹见沱水至此入山峡，山峡狭小，难承来水，果须分辟水道。冯迟领伯禹至沱水道右一里处山谷,谷峡低平而开阔,谷虽宽而水流极细。伯禹道:"如此峡谷何以无水,此谷宽阔,沱水若能从此流过,远胜于现山谷。"冯迟道:"已查明是一座土山挡流,沱水不能入此峡。"童律道:"何不开凿此山,导沱入此峡,现有狭道可废。用此峪以泄沱水,废狭道以供垦殖,岂不两利?"冯迟笑道:"童律所言,正是我所想的。前几天我兄弟来此,已详勘此峪,定下开山通峪更易沱道办法。这宽峪出口正与沱江相接,阻宽峪低山直径不过里许,凿之不难,我们计算,不出一月当可开通。开通此峪后,沱水可大畅其流,将刹岷旺之水。"

童律拊掌大笑道:"冯将军果然治水有方,全局在胸之能人。"冯迟捶了童律一拳道:"你敢讥笑我。"童律忙摇手道:"不敢、不敢,真话、真话。"伯禹笑对冯迟道:"此议可行,你当凿之,以见大效。"冯迟应诺。

伯禹问童律道:"你可知沱水经金堂山后,可有阻塞?"童律道:"据我所知,沱水经金堂山后称沱江,已是洪流大川,可驶巨舟,无甚阻滞了。"冯迟道:"我兄弟曾穿峪峡而至沱江,确是江面宽阔之大川,未见阻滞。"伯禹点头道:"如此则不须再往观了。"随返还营地。

要知后事,请听下回分解。

第七十二回　沱通潜接

却说冯迟与禹强、甘氏两公子等商量开凿金堂山峡诸事，仍以原分工进行。随伯禹前来的朱虎、熊罴两将及随卒参与开峡。两人四斧呼呼作响，劈岩开石如摧枯拉朽，手起斧落巉岩纷飞，成块巨石在两人斧下顿时瓦解。两马两牛跟一将，还得赶紧奔走，慢了就会积下大堆碎石。甘族众民见伯禹手下神奇之人一个胜过一个，前见夔、坟已经惊奇，今见朱、熊，更加骇然，方知伯禹营中能人众多，无不敬畏。在众人齐心努力下，不到一月，阻隔的土山已经开出数十丈大口，新的沱道已通，只等扒开湔口堤坝，即可通流。

大队民卒返回玉垒山下，冯迟下令扒去拦水坝，伯禹、伯益等登上玉垒山高处俯望，只见冯迟手执令旗，指挥数百精卒站于坝基两端，各持锹橛等开挖器具，牛马负筐候在后面。坝中央靠岷山入沱口有两大木筏紧靠坝沿。左筏有夔魍魎、段干丘陵三人，右筏有坟羊、段干阜崶三人，夔、坟二人赤手空拳，段干四人手抓器具，两筏各有粗索系于岸树，并有数卒牵引，筏上有卒持篙掌舵。大筏之旁，复有数小筏停靠，只等令下。童律在山上对伯禹道："想是从坝心开挖呢。"伯益点头道："正宜从中心开坝，若从两端掘开，岷水急冲，坝基将倾倒在沱水中，岂不填了水道？现从中心掘开，岷水从中泄出，则两旁可逐渐挖掘，扩大口子，则落入沱水之基石泥沙必少，所以中心开坝是上策。"

正说间，只见冯迟令旗一挥，两筏众人立即开挖。只见夔、坟二人双手挥舞，石块泥沙纷纷落于筏上，段干四人各持器铲基。数条小筏上健卒急将大筏上块石泥沙搬上小筏运至岸上。由牛马驮走，转眼间中心缺口已开，岷水从缺口涌入沱道，两大筏由岸上士卒牵引已各自从中心向左右两岸靠去，小筏随行，边驶边挖边运，沱口迅速扩大。岷水入沱之力巨大，来不及掘挖的砂石泥块随流冲入沱道，沉入水中不见踪影。亏六人力猛，动作敏捷，多数石块还是被运到岸上，落入水中不多。只经顿饭工夫，缺口大开，只留下两端少许坝基，随由精卒掏掘干净。

伯禹站在山上，只见沱水东去，浩浩荡荡，翻翻滚滚，流沫数里，不觉神往。站于两岸民卒都大声欢呼，雀跃庆贺。从坝基上挖掘下来的块石泥沙已由牛马运至沱水南北几条细流口，先填堵这些细流。

伯禹见沱水全线贯通后，岷水下泄之势已现，就与伯益、童律、太章等商议，欲再向南探，以察灾情。太章道："梁之岷山、邛崃都是高山大谷，水都流急，遇有阻塞必有灾害。今往南二百余里有蒙山、蔡山,是邛崃东端余脉。两山之西为高山峻岭,其东则地平可耕。东西两端高低悬殊,两山处高低之间,中有沫水贯流,旺期洪流,危害蒙、蔡,宜往治之。"伯益、童律赞同。次日伯禹告冯氏、甘氏兄弟及禹强,当下别过,南下蒙、蔡,暂不表述。

却说江氏兄弟一众士卒经三个月奋战,亏野猪三番耕掘,已将两漾之水接通,从此两漾水在流入西汉水时,同时流入沔汉,彼此盈缺互补,枯旺相济,汉中从此无干涸之苦,农垦有保收之喜,其地成米粮之仓,后人称为米仓山。甘氏之民目睹治水之功,无不欢喜,都说不负一番辛苦。江氏兄弟令众卒与甘民一边整理扫尾工程,一面陆续返营休整。在与甘三公子商量后,定下三日后南下治潜。

应龙已将通潜施工线路绘制成图,标明方位、里程、宽狭、深浅,选龙山大穴水道旁一条支流为基础,加深拓宽,顺地势而为,直至潜江。全长约百里。三奇道:"开凿之路虽多,但依原有水道开挖就较方便。通潜之工与通漾之工相较,其工难于通漾。"江妃道:"区别何在?"

三奇道:"两漾之间,其路多泥,或是泥石混成,野猪喜食泥中虫豸、根茎,故贪食而狠掘。今利用原有溪流水道,其水道已遭水洗,溪底卵石青苔,虽有溪草及小鱼,终不如泥中之多,恐野猪不肯入溪深掘哩。"

应龙道:"吴师所虑也是,但我选取的溪流两岸,也多虫豸草茎,可驱野猪开掘溪的两岸,本部士卒浚溪中卵石,如此就可齐头并进。"庚辰道:"若人手不足,战卒也可浚溪。"江妃道:"我部之卒足够,战卒还须保护众民卒及野猪安全为是。刚得运粮士卒带来信息,冯部有甘氏两位公子所驱牛马,曾遇山兽侵害,幸防卫及时,未受重创,伯禹嘱我等也须加强防范兽害袭猪。因本部庚兄防卫得力,前段未遇兽袭,正欲将伯禹所嘱告知呢。"

庚辰听此点头道:"伯禹嘱咐有理,前段未遇兽袭,虽有防卫之力,但通漾之地,山林远而民卒众,故兽害未及。今将治潜,未知彼地是否近山,山近林密必多兽,确须加强防范。"三奇道:"这次通潜工地是利用原有溪流,这些溪流正是在山谷中通过,两旁都是大山,而起始处,又近朝天岭,那里峰峦险峻,林茂草长,猛兽出没,确须严加防范,免伤人畜。"

江妃道:"伯禹来人说,凶兽袭畜,时在夜晚,当以火防为主,白天人多兽不敢侵。"应龙道:"此言甚是,白天我等数千人集中施工,声势浩大,兽不敢窥袭,而夜间人静畜眠,正兽袭之时。我等要在猪圈四周多设火堆。"江妃道:"不仅猪圈,也要防卫民与卒。"庚辰道:"我将在营房、猪圈周围多设火堆,并密布巡守之卒,一有兽情,立即呼应施救,以防成害。"江妃道:"夜间防兽宜多备弓箭及响器,弓箭可以远射,响器可以震慑。"庚辰点头。

三奇道:"溪中卵石滑而难掘,几年前从帝都取来的铁器,除在砥柱失了最长的,其余都在库房。我知有用,带在身边,今日正可用来掘此卵石。"江妃大喜道:"亏奇师有心，我等也思念此物。"三奇命珠儿从房中取出，翻开包裹，只见十余条长短不一，长的五六尺，短者两三尺，也有尺余的，腕胫粗细，颜色表里不一，有外观绿色斑驳，有黄锈斑斑的，外形各异，有圆锤短柄，有如枪如刀的。珠儿从包裹中抖出，倒于地上，落地响亮，发出龙吟猿啸之音。

甘亥上前从地上抓起一条短的，只觉十分沉手，一条三尺长的杆棒，虽双手紧抓，用全力只能抓至腰际。甘亥想把它举过头顶，但身体摇晃不稳。三奇一见，忙和珠儿两人过来，各把一端，始缓缓将铁棒放下。甘亥长吁了一口气道："是何种木材？如此沉重，从未见过。"

江妃道："三公子有所不知，此非木料，是黄帝遗物。其坚逾常，是开山掘地之利器，只是沉手难用，使用时其长的须数人共扶而撞击掘进，一两尺者也须力大之人方能使用。因其坚硬，故用以剔石缝、掘深坑，撬大石，开巉岩，曾建大功。但因沉重费力，故士卒多置不用。亏三奇师细心，携带来此，正可应用。"甘亥方知就里。

三日后，从鸡公山营地出发，沿西汉水南下。江妃等人见水流滔滔，清波漪涟，两岸古树挺立，黄叶铺地，都心中欣喜，行进快速。次日午前到了朝天岭，择向南平坡安营。江妃兄弟、庚辰、甘亥等人见朝天岭山形奇特，万峰竞起，如利剑插天，峰身瘦削，窟窿遍体，山风吹孔，嘘鸣凌厉。高峰不见其巅，云绕峰腰。低峰参差并列，瘴迷雾遮。松柏樟杉，满山摇曳，虎狼豹鹿，忽隐忽现。庚辰见此情景，特别注意防备。江妃与庚辰、甘亥商定，将猪圈建在营前临溪岸边，外有大营防范，以免山兽直入猪圈。大营之外，设卒防卫，并燃火堆。庚辰之营更立于大营之后紧靠山体之最高坡，营地四周垒石遍设火堆台，每五十步一台，每台两卒值夜，呼吸相通，持棍执刀佩弓箭。白天休息，夜间巡逻，以防猛兽来犯。

几日后立营方毕。江妃兄弟率卒先筑坝堵了上游来水，使上游水入龙山大穴，然后按图开浚，三奇师徒相助，选力强者健卒二百人组成铁杆队，由甲乙兄弟率领，专掘溪道中卵块大石，其他众卒着力于掏挖搬运，齐心协力而浚。甘亥率甘民策野猪拱掘于溪道两岸，拓宽溪道。兴工之后，朝天岭下金石交鸣，喧声震天，吓得众兽白昼不敢出窥，遁于深林。入夜以后，营地四周，篝火通明，健卒巡守，鼓声不绝。虽有狐狼觊觎，终不敢入营近圈。转眼已是岁末，众将领及甘民都盼能在春夏旺水前完成通潜之役。

这日正忙时，忽见大群马队路过，带队的是甘午和龙冈象，正从玄龟处驮粮回浉口，因听这里人声喧腾，来看究竟，得以相遇。多时不见，彼此高兴。尤其是甘氏兄弟二人格外亲热，说个不停。龙冈象告诉江妃治沱情况和伯禹要去蒙、蔡诸事。因各有任务在身，只得分别。临别时三奇选取几件铁器托龙冈象交给禹强，说去蒙、蔡有用。江妃也托他们告伯禹这里情况。当下辞别。

在治潜工程开始后，甘亥向江妃道："家父曾嘱我转告将军，若在旺水来临之前不能通入潜水道，漾水会溢入沔汉，泛沔襄两岸就要毁地坏禾，害将更重于两漾未通之前，故两漾通后必须速开通潜水道，方能变害为利。"江妃兄弟及三奇、应龙等都认为甘棠说得极是。全旅一心，力求早日挖通新路。春节只歇了两日，第三日即赴工地。庚辰防卫之卒，更昼夜不息，不敢稍有懈怠，连春节也不停巡停火，故一直没有发生兽袭之事。

工程进展神速。这日到了龙门山附近，三奇对江妃道："西汉水原从龙门山大穴入潜水，今已近龙门山，和潜水相接之日不远了。"应龙道："往前若和西北流来的大川相会，就可与潜江接通了。"江妃问："这大川叫什么？"三奇道："当地人叫白水江，因水经龙门山，所以也叫白龙江。白龙江从东南入潜水，我们所掘通道汇合白龙江就可通潜江了。"江妃高兴地说："那就抓紧，尽快通潜。"到三月底，前队来报，见西南有大川流动。江妃立即和应龙、三奇往看。果有大川从西北流来，水量颇大。江妃道："现在枯水期有此水量，旺水时水量会更大，不知有无灾害。"三奇道："何不访问老人？"

江妃三人就沿白水江上行，几里后见一村落，入村见有数名老人在编筐，就上前问询道："请问诸位老伯这是哪里？"几个老人抬头见眼前三人装束，知是外地人。中一老人答话道："这是白水村，你们要到哪里去？"江妃道："我们是伯禹手下治水之人，因见这水大，不知是否有灾，特来求教。"老人听说是伯禹的人都起身答礼道："这水叫白水江，也叫白龙江。据说从松潘流来。流量虽大，却没有成灾，因为入潜江水道畅通无阻。"江妃三人谢别。回来路上，三人议论道："既白水江无灾，我们只需将西汉水导至白龙江口就可完工了。"

应龙对江妃道："工期将毕，当告伯禹知晓。下步去哪里须问清。"三奇道："现在春末，旺水将到，以我猜想，治沱必已完工，我们不须再去那边，可收卒回沔褒助玄龟垦地收禾，以等伯禹到来。送书简给伯禹时也要禀明，等有回音我们再行动。"江妃道："两位说得有理，我立即修书送去。"

过了十余日，江妃部所浚水道已与白水江汇合，西汉水从新道顺利入潜，不再进入大穴，只在大旺时起作用。通潜工作既完工，江妃等一面收拾器械，等候伯禹来书，一面和三奇、甘亥等人商量返沔褒走法。正议间，前遣送伯禹书简的士卒回来了，呈上伯禹回简。江妃立即和诸人共阅，简上写道："沱道已治，水流畅通，今在蒙、蔡，不日可平。你们通了潜道，我心欣慰，不必南下，返沔褒助玄龟之议可行。甘三公子可即返家，我后将去甘府致谢。"诸人阅后都欢喜。

欲知后事如何，且听下回分解。

第七十三回　蒙蔡青衣

话说伯禹一行离开玉垒山后向西南走了二百余里，到了蒙山。见蒙山之麓有民居数栋，逐缓行至民宅前空地，有一老翁正教孺子编织竹筐，翁长髯垂胸，精神矍铄。伯禹上前致礼道："路过贵地，可否在此暂歇？"老翁见来者数人，装束异常，非村中之人，而气宇轩昂，精神内含，不敢怠慢，忙起立为礼道："但坐不妨，不知诸位贵客从何而来，到这山村何干？"伯禹等坐在石块上道："我等是治水的人，请问此山此水何名？有无灾害？"老翁道："贵客莫是随伯禹治水的人，我虽羌民，但也听说伯禹为民治水大名了，今日得见诸位，也是老汉福分。这是蒙山，下有二水。一叫沫水，村民也叫大渡水；一叫青衣水，也有叫沫水或大渡水，常相混称，因三水交汇相通，名称混叫。还有叫羌江的，因这里是羌族地方。水名因族而异，并不一致。"

伯禹道："可发灾情？"老翁道："贵客想已见本处地势了。西北连绵大山，人烟稀少。羌民各族多住山谷中。东南是平阜原野，巴蜀来民在此生息。蒙山在高山平原之间，是过渡性阶地，自西北到东南，一路都是低山丘陵，逐步像走台阶下降。沫水就是从阶地流入平原，所以水流湍急。在青衣、沫水合流后，河道受丘陵所限，狭窄处水流不畅。下游有两个险滩，叫雷垣、盐溦，舟楫难过。尤其雷垣，常常成灾。现在是枯水期，不见其害，一旦春夏水旺发，雷垣水势咆哮奔腾，涛声震天，撞岩穿陵，浸吞四野，淹丘陵，没平川，岂止舟行难，还冲毁民居，毁我庄稼，众民不能耕植，一直生活困难到现在。"

伯禹点头叹道："这水如此暴虐，岂能不治？请问老丈，这水何法可以治平？"老翁道："依我想法，办好两件事，水或可平。一是凿平雷垣，二是开拓水道。办成这两事沫水可平缓入大江，水患可去。我们虽有此心，却没有力实现。诸位若能治平此水，我族众民会感恩不尽的。倘若动工，我们会自动来出力。"

伯禹起身作揖道："谢老伯赐教，请问老伯姓名，日后如欲请教，何处可寻？"老翁道："山村羌民，有何姓名，贵客今后若要找我，只问蒙山尔玛韦老即可。"伯禹命童律记之，告别而回。循沫水下游前行，至雷垣、盐溦二滩，果然险峻，水道中礁岩狰狞，露出水面的如剑如刀，锋利可畏。没于水中者隐约见青黑岩体，有如鬼魅。水面漩涡泡沫弥漫，急流乱窜，穿插在石缝岩隙中。雷垣水道多阻，不能行舟。盐溦险狭，船只难过。

太章道："水旺时，二滩没在水下，舟船行过，有覆灭破裂之祸，尤以盐溦为甚。"

伯禹道："雷垣多阻宜凿通，盐溉多险要除礁。"一行又东行，沿途见两岸沟渠纵横，都显无序切割形状，沟道乱弯。太章道："这都是沫水旺发时泛岸夺路，乱穿丘陵间造成。"伯益道："此处丘陵连片，只要水平，即可普种粮麻，足民衣食。"伯禹等经蔡山至沫水与岷水相会处，见岷水北来，浩荡而下。太章道："沫水既入岷水，就可平安。"巡视青衣水后，众人北上回到玉垒。

　　转瞬腊月已尽，冯迟等因工程紧迫，力求春水来前治完入蜀之水，春节只歇了三天，甘民都听号令，也想早日完工，可赶回春耕，都十分上紧。春节过后又半月，沱水上下两支流疏浚完毕，水流顺畅。伯禹在春节歇工期间，召冯氏、甘氏兄弟、禹强、方、宋等将南巡情况作了介绍，指出下步当治蒙、蔡之沫水，其理有二：一是蒙、蔡之地是低平丘陵，治水后可得大片耕地，有利民生；二是沫水受地势所制，枯旺变化较大，旺水期灾害严重，黎民迫切求治，治合民愿。

　　冯迟道："伯禹之言有理，凡民所需，即我等任务，应去蒙、蔡。但不知工期几日，能否赶在旺水之前？"太章道：沫水起自蒙山，流二百余里入岷江，其中有两处险滩，雷垣多塞，盐溉多险。我们去那里主要就是治这两个险滩。治有两个办法。一是深拓沫水水道，二是削平雷垣、盐溉二滩。做到这两条，沫水就流畅，可免泛滥之灾。水害去，即可耕植足民衣食。"

　　冯迟面露忧容道："隆冬将过，距春水旺发，不足三月，以我部及甘氏之众治二百余里险道，其务至重，恐力有所不足。若不在旺水前治平，就要延长数月，方能再动工，这样不但要窝工几个月，还连累江妃部也空等。为今之计，当先择要者先治，未知何者为要，请太章指点。"

　　太章笑道："冯兄忧心治功，其心可嘉。但可勿忧，沫道虽长，然阻在两滩。两滩在沫道中段，蒙山至两滩百余里，水流无阻。两滩以下到岷江数十里，水道较畅。治当先平两滩险阻，然后治沫道拓宽，此其一。此外可告冯兄，伯禹已访当地羌民，羌民都盼沫治得耕，一旦我部治沫，羌民都会自愿来助，人力可以大增。将军所部只需专力去除两滩之阻，余者拓宽沫道之事，可付甘民之众及羌民之力，以我估计，治沫工程定会在旺水之前完工。"冯迟听罢大喜道："这就好了，我放心哉。"伯禹对冯迟道："你到蒙山后，可偕童律去找尔玛韦老，他将率民助治沫水。"

　　冯迟率部循岷水南下，到岷水会沫水处溯沫水而上，百里后果见雷垣、盐溉两滩。雷垣滩高而狭，水流细小；盐溉滩水流较大而尖岩毕露，锋利如刃，船筏若碰，必致剖裂。冯迟将所部分为二，一队四百人，由甲乙兄弟率领，开凿雷垣、盐溉，去其阻塞。余八百人由冯脩统率，与甘氏兄弟至蒙山安营，拓宽沫水水道。

　　动工两日后，冯迟偕童律到蒙山脚下村落寻访尔玛韦老。至村即见众壮汉聚集在广场，三五成群正在议论什么。童律眼尖，见尔玛韦老正在人群中指点队伍说事，忙上前见礼道："老伯可好？今日聚众何事？"韦老一见童律道："你们是随伯禹治水的人？"童律道："正是伯禹手下，上次有幸见面，今番我等大队民卒已来此治水,特来寻老伯求助。"

韦老笑道:"我正在联络各村,组织力量,正等你们来召唤,今正好与大众见面。"童律指冯迟道:"老伯且与这位见面。他叫冯迟,是此番治沫主将,特地来见老伯。"韦伯连忙见礼道:"近日听得人声喧腾,牛哞马嘶之声,料知伯禹治水大军来到,所以聚集众民,要到工地出力。今得将军来此,正好与众人相见,领他们前去治水,一切听将军安排。"

冯迟站到高阜上与众民相见。举手向众民为礼道:"我奉伯禹之命,率本部士卒及甘氏二位公子率领的民众到这里治沫水。沫水必须在旺水来前完工,还可赶上今年春播。正愁人手不足,若得众民相助,定可在旺水来前治此水患。我们打算治沫分为两路:一路凿平雷垣、盐溉,去沫水之阻塞;另一路是深拓沫水水道,由蒙山起治至雷垣、盐溉,两滩以下视两役之后再定。这两种治法都是韦老指点,我等不过实施而已,望众民共同出力,以达此愿。"

众民听冯迟之言,都感兴奋,齐声道:"治沫是我等夙愿,愿听将军号令而行。"

冯迟道:"雷垣、盐溉两滩工险艰难,由我士卒担当;深拓沫水水道,由我弟冯脩率甘族民及牛马和这里众民担任。"韦老道:"这样安排好,就请将军率众民前往吧。今日已集民五百,后还会来的。我留此组织,总数会达千人以上。粮糇器具,你们不必费心,都由众民自带,人员分工配置,一由将军调度。"冯迟谢过,即率众民至沫水工地,交冯脩统率。蒙山之民浚掘上游两岸,甘氏之民除驱牛马运土移积;冯脩率卒八百浚二滩以西中游两岸。冯迟率卒治两滩。

却说伯禹见蒙山众民与甘族民工共治沫水,双方密切配合,进度很快,十分放心。留下禹强协助浚掘沫水两岸,方、宋二人仍助禹强防兽保畜。夔魍魎、坎羊两人在两岸浚掘中,显示奇特本领。蒙山众民虽都身强力壮,是治山治水能手,却从未见过这般奇能。夔魍魎拔腕口粗大树如拔葱,坎羊双手铲泥成一筐,蒙山众民无不惊讶,视为天神,十分敬畏。两杰却对蒙山众民道:"我等只是匹夫之勇,伯禹手下诸将奇异之能,百倍于我等,你等未见而已,若有幸见识,就知我等只是微末小技罢了。"两杰说的话让蒙山民将信将疑,认为是谦逊罢了。但两杰之能已足使蒙山众民知伯禹营中必多大智奇能之人,因此对治平沫水信心十足,奋力而为。

伯禹见浚岸之事已妥,乃与伯益率童律、太章、朱虎、熊罴至雷垣、盐溉。冯迟与甲乙等正率军在水中大战礁岩,棍棒齐施,玉斧石槌猛击,移水底山岩与礁石。山体礁石坚硬,数十人花半日才移一石。伯禹见雷垣石坚工大,颇为担心,忧旺水之前不能破除雷垣之阻,影响沫水通畅。朱虎、熊罴两人自来雷垣,也投入凿礁岩之役,四柄神斧,大显威风,其功高于常斧十倍。可岩礁面广,虽有神斧,也非短日所能尽去,况礁石多在水下,很难用力。

这日伯禹正在冯迟营中和伯益、童律等议谈如何加速雷垣、盐溉之凿,忽太章入内向伯禹禀报:"龙冈象求见。"伯禹知龙冈象督率运粮,今日来见,定是运粮之事，命他进见。龙冈象入见施礼后呈上书简道："路过江将军之营，嘱交此书简，并有两捆物件，嘱我呈与伯禹，今特奉交。物件沉重，正在马背上，如何处置，候伯禹示下。"伯禹急开简细阅，阅简后大喜，将简交与伯益。对龙冈象道："你一路辛苦，可将物件卸于此营，好好休息几日，待再去时来取回简以告江妃。"龙冈象一一应诺，并问祝融等现在何处，欲去一会。伯禹道："你兄弟都在蒙山，正可前去一聚，并告禹强将军来此一见。"龙冈象乃出，命人将两捆物件扛入伯禹营中，辞别去了蒙山。

次日午间，禹强进见伯禹问道："伯禹有何差遣？"伯禹视伯益笑道："禹强来讨差事了，请随我来。"禹强跟伯禹、伯益二人至邻室，伯禹指着地上两捆包裹道："有劳禹强将军打开包裹。"禹强即俯身解缚，搬翻时只觉触手沉重，心想，什么东西，如此沉重？一包解开后，不觉大笑，问伯禹："宝物来了，能否借我使用？"伯禹笑道："这些神物是三奇交你，说治蒙有用。"禹强道："还是三奇知我！没有忘记我这鲁莽汉子。"说毕将铁刀掖于腰际，复俯身拣了一条铁棍道："可以用此击兽，我贪心取两件吧。"伯禹点头道："如此坚利神器，正有助于开凿雷垣、盐溅坚礁之用。"冯迟大喜，忙命从卒抬入内室。

不说禹强高兴回去，却说冯迟唤来甲乙兄弟交代明白，选健卒数人使用保管这些锐利器具，用于开礁岩。利器有锤有矛，有棒有枪，尖的用来剔缝，钝的用来击石，各显其利，剖石凿礁功能大显，只用了一月有余，去了两滩险阻，沫水畅流。可以行舟。禀明伯禹后移师蒙山，全力拓宽沫水水道。因有利器在手，浚掘迅速加快。羌民、甘民都未曾见过这种利器，都来观看。甘丑拿起一把短柄铁斧，形体虽小，但十分沉重，用双手砍向一棵腕口粗杂树，树干应手而断，斧口毫发未损，又提起木犁般器件，用力向土中一插，入土尺余，双手用力，早将一大块泥土掘起，连声称妙道："用此器比木枕掘土省力多了。"冯迟笑道："这是藏在帝都的古代兵器，是铜铁铸成，不是木器，所以坚利。"众民无不称奇。

导沫之役自用上铜铁利器后，工效大增，至三月上旬，蒙山以东至雷垣、盐溅水道都通了，深阔比原来增三倍以上，尔玛韦老及村民都欢喜道："旺水来时不会再遭灾了。"

冯迟见旺水尚未来临，命所部及众民修掘地野水沟，理出畎浍沟洫，曲者使直，盘者废弃无用，使丘陵平原水沟分布在耕植之地，让溢水流入沫水，避免涝伤。到四月中，水功次第告成。羌氏各族之民无不感伯禹之德。蒙山尔玛韦老见沫道畅通，地野可耕，不觉叹道："伯禹之功德惠及后世，今之后，天下将归心于伯禹，伯禹必王天下。"

要知后事如何，且听下回分解。

第七十四回　妙计运粮

话说江妃部通潜之役既结，又得到伯禹来书，问甘三公子何日启程。甘亥道："一旦整理完毕即可启程，以免老父挂念，预计两日后可行。"江妃道："我部也将两日后返沔，可与公子同行一程。"过了两日，江妃在营中摆下丰盛酒菜，更有庚辰率部在这两日狩猎了许多山珍野味，添兴助餐，请甘亥坐了首席，众将相陪饯行。

席上诸将都赞甘亥驯猪有功，甘亥谢庚辰卫护道："我年幼无知，涉世不深，此次率族民治水，目睹诸叔一心治水，不计辛劳，尽智竭能，解难除险，尤其是先人后己，关怀士卒和我邦族民，令我和族民感知极深。伯禹之德，诸叔之行，使我一辈子受益，军中更有如水珠兄弟，年比我小，能比我高，言不多可智明，功很多却谦逊，我愧不如，终身为楷。"席中诸将都道能与甘三公子共事为喜。营外众士卒与甘族之民联桌共话，酒菜丰盛，笑声连片。江妃也命厨人给野猪添加肉羹，拨了精料，说野猪之功不小。当晚各歇，庚辰之卒依然巡逻不懈。次日各队拔营出发，在两漾交会处，甘亥率本族黎民自回甘村，江妃等率众卒东循沔水至大营与玄龟相会，共理庄稼，等候伯禹，按下不题。

却说伯禹见蒙、蔡沫道已平，与伯益等共商去雍之途。太章道："去雍之途有三：沿邛崃、岷山而北，越秦岭至积石山而达雍州，此其一。路径虽短，但路却险阻，要穿崇山峻岭深谷密林，路险行难；其二是向东转北经巴蜀沿潜江北上，至西汉水到沔褒会江氏兄弟及玄龟，合而北上雍地。路虽较远但平坦；还一路可考察巴蜀地势。其三由此至玉垒东北上，经大小剑山至灵岩山北上，会甘氏之族而至雍。此途近而熟，却无新意。

伯益道："雍地广袤，西据黑水东至河，南跨岷山，北至大漠，河川纷流。大河为经，渭水为纬，漆、沮、泾、洛（这是雍的洛水，不是豫的洛水）与渭共为表里。其西更有弱水、黑河流于合黎，东则大河为屏，我等当先定在雍州何地安营，然后明趋赴路径，庶免迂回。"伯禹点头。

章亥道："若说定雍之营，前玄龟水路至雍时，已在太白山以北，岐山以南，渭水之滨建下屯粮之仓与安卒之营，竖亥至今留守。其地有斜褒之道通沔褒，玄龟等正是由此入梁。那里是渭水中段，正宜为治雍大营。"

冯迟道："既有现成营房，不可放弃不用，况由沔褒去岐南路近道熟，我等当会于沔褒再去雍。走邛崃路险卒劳，牛马不便。走潜江路迂费时，不如仍走来时熟路为便。"伯禹顾甘氏兄弟道:"愿闻二位公子意见。"甘丑道:"千里运辎重以近熟为便,我等所率牛马,虽健但行缓,不宜走邛道,东行则费时过久,返程之行,我看冯将军意见好。"

童律道:"沱、潜两水,我等都治了上游,却未见下游效果,若能趁此返程,顺路观察,也属必要之行。但东行路迂,辎重不便,也属实情,不如分为两路。器物辎重,牛马大队走原路返还至沔褒,此路运粮统领龙冈象最熟,仍由龙冈象带路行进,牛马装粮糇器物,士卒担随身工具兵刃,随牛马缓行而回。另一路是少数人,轻装简从,东出观沱、潜下游,溯潜江而北,于沔褒两路会合。如此则辎重不必负重走迂回之路,而潜沱下游又可顺路而察知。此两便之选也,禹强兄以为如何?"禹强笑道:"有点道理,算你聪明,只是少数人东行路迂,到沔日期恐要延长了。"童律道:"未必就迟到。因少数人轻装路平走得快,不会迟到。"伯益及诸将都同意童律意见。

于是伯禹道:"雍之水以渭为主,渭之中段在岐南,人烟众多,泾水不远。已建仓房,正可为营,去东去西皆便,沔粮北运,治后返冀,岐南都属要道,营定岐南可行。回程三途,二途可取,童律之言为是,我与伯益顺道察沱、潜下游,若有阻塞,还可补救,以免遗患于后人。若果顺畅,我们也可安心北上治雍,没有了挂念。路虽略迂,还是必须,考察正合我意。大队民卒及牛马辎重,都沿粮道熟路返沔是务实之计。此路由冯迟兄弟率领,甘氏兄弟为辅,龙冈象为向导,禹强率战卒为卫,辎重在任,缓行勿失。半月后我将至鸡山、沮口与大队相会。若行路顺当,也可能在朝天岭相会。若天雨路滑,可不迟于二十天到鸡山。"众皆应诺。

伯禹又对二位公子道:"除甘村本部之民仍须回沔,蜀地各村来助之民,至玉垒后当返各族,二位公子以为可否?但贵族本地之民及两位公子须再去沔褒一行,不得直接返还贵府与家人见面了。"

甘丑道:"伯禹与诸将为民治水,劳苦功高,我等理当效力,不敢言劳。我兄弟入营后多蒙伯禹及诸位将军言行教导,得益匪浅。正想长随左右,以长我兄弟见识,迟归无妨。蜀地诸邦之民先返我们会安排好。"甘午道:"兄长说的,正是我二人心愿。另外,伯禹行走不便,东行考察潜、沱,何不骑马而行?我可挑选十匹骏马,以便伯禹东行之用。"宋无忌道:"甘二公子之议最是,伯禹近年来受水汽蒸浸,髁膝常痹,移步艰难,若有坐骑代步,方便多了。"甘午道:"此非难事,我会准备好的。"当下各散。

数日后,冯迟等率大队人马先发,别了伯禹、伯益、童律、太章、朱虎、熊罴,向玉垒方向而去。行前甘午选了骏马十匹,送至伯禹处,冯迟留下士卒二十名及相应粮糇。冯迟大队到了玉垒,甘氏两公子向蜀地各村来助治水之民说明治水已毕,可各回村,民皆喜而别。冯部继续北上不题。

却说伯禹等渡过岷江东北上,六人皆跨马缓行,余四马载物,二十卒相伴。这日到了沱江边上银山,伯禹登山眺望,见沱江北来,浩浩荡荡,并无阻塞。两岸平川,真是农耕之沃土，黎民之宝地。伯益道："如此沃野宝地，莫看眼前荒凉，不出百年必是人口孳繁之处，蜀地必成大邦。"伯禹见沱水畅通，心中甚喜道："治水之利，功在后世，非仅为一时之效，后世若能惠民，不枉我等一番辛勤了。"于是下山访当地黎民，问沱水水情，当地众民都欢喜说道："自伯禹治水后，沱水转盛，利于汲灌。"问是否畅通，都说自此流到大江，并无阻滞。伯禹笑了，乃复东行。数日后至一山，问当地民，说叫铜梁山，是潜江、涪江、巴水（今渠江）合流处。伯禹等登山北望，见西南一水，北来一水，东北复有一水，三水共汇于铜梁山之北。都是大川，唯中间一水更大。太章道："中间即潜水，其东是巴水，其西是涪水，三水相会后南下，称为潜江，是巴蜀大川，入大江。"伯禹道："三川相汇之地当叫合川。"

伯禹等循潜水北上，一路春风吹暖，柳叶拂面，水波粼粼，衣衫飘飘，时在三月，天气晴朗。沱、潜既导，水流无滞，沿途又见众民三五成群，耕于田野，伯禹心中欢喜。因为骑马缓行，不甚疲劳，屈指算来已近半月之期。这日到了西汉水入潜处，水道渐窄，两岸开凿痕迹犹在，伯禹知此为江部士卒与甘族黎民出力的地方。由此而北，到了鸡山。

只见已有大队人马驻扎，远远有人过来，正是冯迟等将。伯禹一见大喜，问冯迟道："如何反是你等先至？"冯迟道："近日天气良好，沿途山花烂漫，一行心情极好，所以走得很快，不过也是刚到半日而已。你们一行不也很快啊。"伯禹道："我们骑马，你们步行，理当快于你部，今反迟，不能讲我们快。"于是进营与众人相见。

伯禹见两路人马已经会合，即传令明早东进，循洺水向洺褒大营进发。途中一宿，次日晌午到达洺营。江氏兄弟、三奇、应龙及玄龟等一干众将都来会见，人腾马欢，笑语盈耳，热闹非凡。

次日伯禹召集众将及二位公子，共商赴雍之事。伯禹道："洺营至雍，路不算远，只是翻越太白岭艰辛，人员尚可，辎重粮糗难运。上次由雍至梁，粮少且有褒水顺流，花力还少。今粮多而褒水又逆流，虽能过，然费时劳力，误治雍之期。诸君可有良策，解此疑难。"

玄龟道："洺营存粮很多，再加辎重器物，运雍确非易事。雍地治水正须粮糗，现在我有存粮，岂可再仰帝都。洺地去冬所播之粮，赖众卒努力，生长良好，再过一两月即可丰收，也要输雍，正为运输发愁。能否再借甘族牛马一用，以解人力之不足。"甘氏二位公子都说道："只要治水需要，我等自当出力，尽管驱使。"伯禹道："虽然二位公子仗义相助，但我只向你父商借治梁之力，未曾提及输雍之事。不商而借使，是食言。失信之事不可为之。"甘丑道："现有需要，事可从权，以后我兄弟会对家父说明，我父决不会计较。"

冯迟道："不如将本部士卒分为两批，洺营之粮待收，玄龟暂留，全军士卒尽力肩负所有治水器械及部分粮糗到岐南雍营，然后留少数士卒再返洺营运粮，虽费时劳力，但今已春末，春水将至，泾、渭水旺，也难浚治，不如趁此运粮，也不耽误治雍之工。江妃、禹强等将都说此法可行，愿率所部运粮。"禹强道："几个来回，存粮运了，沔地新粮也熟了，待运粮事毕，泾、渭旺水已退，正可治渭，虽然费了一点力气，也算两全其美。"

甘午道："我等愿为治水出力，何必让众兄弟如此辛苦，牛马在此，可以负运粮之任，望伯禹见允。若须向家父商量，我可先回甘村向父请示，请伯禹见允。"伯禹对甘丑、甘午道："不是我迂腐，实另有所急，我知令尊定会合力相助，你父明理之人，我有所求，必不见拒。但我所想的不仅是你父子三人之心，我所想的更有众民之事。甘族之民为治水已有半年，家中农事全仗留家妇孺出力，盛暑将临，夏收在即，再以众民为我们运粮，将误众民农事了。夏粮不收，全年饥饿，这不是治水之本意。治水者是为民解衣食之忧，今若为雍治水却使治水的民家有饥饿，这决不可为。你族民当于近日返家，团圆家室，共筹夏收之事，运粮之事由我卒自力解决，决不能再劳你族民力，故请两位公子率民先回。"甘氏两公子及众将方知伯禹何以不肯借用甘族牛马及民之力，其意甚深，乃真心爱民之愿，无不叹服。

此时三奇正与应龙、童律悄悄说话，只见童律频频点头。伯禹见状笑道："三奇有智，望出良计。"童律道："三奇果有妙策哩。"推三奇道，"三奇师请说。"三奇道："伯禹爱民之心，惠民之行，处处体现。先遣甘民是理所必然。可运雍之粮难而费时也是事实，冯迟之言虽可行，但过费时日，士卒辛劳不说，单以季节而论，夏季多雨，山路滑溜，不仅行难，而且危险。即使能运，还有粮糗潮湿易霉棘手，潮霉之粮存仓极难保管，故多雨阴潮之季不宜运粮。而粮不至雍，治水之卒缺食，若从帝都直输，既费时日，也加重帝都负担，而我军有粮在此，岂不浪费！存粮在沔，还须留卒保管，分我兵力，向帝都取粮也须拨卒，又分治水之力，所以都不理想。"

禹强性急道："三奇说得都对，但有何法可解运粮到雍之事？你快说办法吧。"三奇道："若要解此难题，还须甘族之主相助。"伯禹道："如何助法？"三奇道："先借后还，加利补偿。"

众人都不知此言含义。伯禹道："何谓先借后还？"三奇道："我部有粮在沔，不仅有现存之粮五千斛，还有待收之粮少说也有两万斛，而我部士卒三千，全年所需一万余斛就够了，此我军一年之内粮食有余。今粮在沔而需在雍，中隔秦岭运路险阻。现在甘族之疆域，也跨雍梁，甘主居在嶓冢之南，其地近雍，通雍之道较为平坦。而沔地各村众民属甘主管辖，渭源岐南都是甘族范围。甘族境内其地其粮的调度移送、贮存都归甘主管辖调配，可存沔，也可存岐，于甘族无损。我意大军治雍所需粮食先向甘君借用，一年分两次支给。先发半年粮七千五百斛，足够治水军半年食用；至岁末再支我军七千五百斛，共计一万五千斛。我们用沔粮归还。我部现有存粮五千斛，即刻可供甘民之用，不足之数以待收之粮归还。玄龟新种之粮少说可收一万五千斛，偿还有余，即以为先借支的补偿。我军离沔后，玄龟新垦农地不必再留卒垦殖，全部人力去雍。所留垦地也全部送与甘族，以为额外之利，也是偿甘族助治水之劳。如此,则我部可省运输之劳,减徒耗之日,而甘族可得借粮之利,获增地之益,双方都有利。但此事还须甘族邦主同意,方能做到。请伯禹斟酌是否可行。"

众人仔细听了三奇办法,无不鼓掌称好。伯禹道:"此议确实妥善,但必须征得甘邦主同意。"甘丑、甘午兄弟听后也感三奇办法十分合理。两人议道:"此法对我族既有解困助治之名,又得粮食垦地之实,收益很大。再说分两次支供粮食,本族可以承受,并无困难,况现有存粮五千斛在河,即可在牛马返家时装运一部分回去,补充日用,全无缺粮之忧。新粮两三个月内可收,更感充足。再说本族分布甚广,既有在梁仓储,也有在雍仓储,而且雍地居多,伯禹军所需之粮,在雍地即可交付,可省却运输之劳,却解除了伯禹军运输之苦,真是良计。"于是甘丑开言道:"三奇叔所言,真是两全妙计,本族完全可以承担。即使不以额外之地与粮补偿,我族也应当为治水效力,此议家父定会赞同。"

伯禹与伯益商议后,也认为三奇说的办法实际,在听二位公子之言后道:"我知二位公子盛意了,但此议还须甘棠君同意才行。且待我亲至甘君处面商,好在路不甚远,就算送甘丑、甘午两位公子及众民回族,也是应该。若伯益能与我同行,就更壮我行了。"伯益笑道:"理当奉陪同去。"

不知甘棠能否同意,且听下回分解。

第七十五回　帝　谕

次日伯禹、伯益与甘氏两公子同行,行前,甘丑向伯禹言道:"家父必会赞同,随行牛马就驮粮而行,空骑返族也是浪费。"伯禹就同意了。朱虎、熊罴、童律、太章随伯禹同去。第二日到了甘棠家宅。甘棠一见伯禹及两个儿子来到,甘族之民都平安返回,十分高兴,迎入一番寒暄后坐下,由甘丑向其父禀报伯禹即将离梁赴雍,遇到运粮困难,将三奇先借后还和补偿办法详告甘棠。伯禹道:"君支持治水已出大力,今又欲仰赖贵族,于心不安。此法虽已提出,若贵族不便,就不实行,免劳君之操虑。"

甘棠闻言大笑道:"伯禹为民治水,操劳十余年了。敝族稍有奉献,何足道哉。况伯禹又给敝族许多补偿,我有何操虑,就依此法而行。我族有粮仓数十个,有在岐南的,也有在嶓冢的,听君所需而定。一年分两次供应,不足之数由我设法,伯禹尽管放心,定不误治雍需要。这事会在五日内办妥。"即命甘丑督办,五日内向岐南运齐粮食六千斛,余待夏收后再交。第二批岁末运交。又命甘午接手沔地存粮及已垦粮地。

伯禹见甘棠如此果断爽快,十分快慰。就命太章专司此事,与甘丑、竖亥联络岐南交接事项,命童律专司沔粮沔地事项。当日在甘棠府中就餐,甘亥亦出来拜见伯禹及伯益。席中伯禹向甘棠申明。凡新垦水退新地,都免三年贡赋。三年之后仍酌情减免,嘱甘棠之族多垦巴蜀新地,既丰民食又增族力,也是酬君助治水之功。甘棠称谢。次日伯禹返沔,甘棠及其三子送数里方别。

伯禹返营告诸将,三奇办法已行,令各部两日后起程赴雍,士卒只带治水用具及一个月口粮,走褒斜翻太白岭到岐南营地。营中余粮,营外新垦地及禾苗,令玄龟及童律负责交付给即将来到的甘午。众将得令各自准备。两日后甘午到沔,由玄龟、童律二人交割清点。第三日全军整队出发,甘午送别。

话说治水大军自褒水北上,经太白岭到达岐南渭滨。抵雍后,由玄龟、竖亥为首率士卒扩大营房,伯禹与伯益共商后向帝舜上了一份奏章,详禀治梁已毕,今至治雍,请旨减新垦地贡赋三年以奖治水族民等诸事。派太章进都呈奏帝舜。这时气候渐暖,四月桃花水已经萌动,渭水渐涨。伯禹及伯益逐日观察,见渭水流大而缓,已开始上涨,水质浑浊。伯禹对伯益道:"渭水入大河,今大河已畅,渭水何以流缓?一旦旺水大至,必泛滥成灾。"伯益道:"流缓必有壅堵之情。"伯禹道:"不知堵在何处耶？"伯益道："渭水源于西面鸟鼠同穴山，离河源积石山约三百里。流到华山入河，横贯雍中。沿途受南北两地诸水，南北两边都高山急流，不致有大的阻塞，渭之阻当在渭汭入河处。渭汭是华山之麓，或有山崖险岩阻挡，须察后可知。"

伯禹道："渭水南北有无大川？"伯益道："北边入渭之水以泾、洛为大，次为漆、沮，南边入渭之水有沣水。南北诸水是否成阻，也须详察。"伯禹复对伯益道："据说河出积石，难得见其源，今既至雍，当去一察端详。"伯益道："积石只是河的中段。若曰寻源，则其源难见，其始源当在昆仑，然其后或潜于地下，或显于碛上，或潴而成湖成泽，或涓细乱流，无从确其端。大约都自昆仑诸山冰雪融化之水，有流于山谷，有渗于地下的，可见之源未是真源，潜于地下者又无从知其端，故所谓河源者，只能约略言之曰在昆仑之墟。现显于雍之积石山者，是河之中源，我等若能至积石，也足以称导河于此地了。"伯禹点头道："如何治雍，尚待与诸将共商之。"

过了旬日，甘氏三位公子驱牛马驮粮黍到来，入见伯禹诸将。伯禹甚喜，与诸将欢宴三位公子。玄龟将粮黍垛在仓库中通风处。甘丑对伯禹道："家父上复伯禹，下次何时需粮，只需派人通知，即可运上，如今气候渐温，暑湿之气将重，渭滨地湿，不宜多堆，故余粮暂放敝处，待通知而运。"伯禹称谢，请三位公子留宿数天，以消疲劳。三位公子也想与故交相聚，愿意暂留。次日伯禹正在营中与三位公子及诸将叙话，只见太章进入，呈上帝舜来谕。三位公子上前与太章见礼。太章见三位公子十分喜欢，坐下叙谈。

伯禹展帝谕旨，与伯益同观。只见上面写道：

来奏览悉，甚慰吾心。汝与伯益，累年治水，九平其八，邦国黎民，俱受其益。汝贤，克勤于邦，克俭于家，有功不矜，嘉汝绩。汝与伯益，皆吾股肱。雍近冀，宜平而全始终，毋使漏而遗患于后世。昔有三苗为害，窜在三危之地。今汝在雍，宜临三危以观三苗，若有悔则宽其罚，若怙恶则重其刑，可与伯益商而酌量之。平治水土在于民，有功理宜奖赏，况新垦原隰，变生为熟，功在长远，所请减免三年贡赋，准汝奏请，雍仿此可勿奏。此谕。

伯禹得帝谕，即当众宣告，并对三位公子道："归告你父，帝舜已准新垦之地免三年贡赋，新垦地即归你族耕种。"三位公子数日后辞归不题。

话说伯禹接帝谕后，思虑赴三危之事，与伯益商议道："帝谕已明，何时去三危为宜？"伯益道："今夏水初发，旺水未至，不如先治渭，后西去。"时太章、童律、三奇、冯、江等都在座。太章道："渭之源在鸟鼠山，而三危更在其西，其地荒凉，山高路远，中经积石，积石是河之显源。三危距此有三千里，沿途所经都是崇山峻岭，行走不便，单程也须一月之期，往复当在两月以上。若沿途有水道待治，每川无一两月难成，这样前后非半年不可。还是依伯益所言，且先治渭水中下游，然后顺道治上游而探鸟鼠渭源，再探积石河源，一路西行，有水成灾则治，顺道而至三危，庶不误时。"

三奇道："我知积石之西有三条大川，曰石羊水、弱水、疏勒水，都源出祁连大山。水都西北流，入沙碛大漠。其所经流之地土肥草茂，可以耕植。但其水之来去隐现受季节影响至大，旺时泛滥成灾，枯时隐在地下，渗入沙碛。所以其地难耕少收。若能治之，能成绿洲。"伯禹点头。

童律道："我曾登高山望渭水两岸，近渭处是膏壤沃野，粗略估算，其平原面积当有五千多顷。渭南大山近渭，流渭之川短，渭北诸山离渭远，中隔高原，流渭之川长。近数十年洪水为灾，溢水浸地，农地毁坏，多有荒废，亟待整治。今春水初发，旺水未至，还能整浚，可先治各川下游入渭口，诸口疏通则流速，能去旺水泛溢，水不泛溢，地可耕植了。渭川初治后再西行，就两不误了，赞成伯益意见。"

伯禹见诸将都同意先治渭后去西，说道："帝舜谕恢宏之旨，命我等毕雍境之功，尽平天下洪水，全始终以告慰天下众民，民安邦宁，此帝之心。帝又命我往察三苗，以施恩威，三危远在西北，路遥地险，来往不便，吾恐耽误帝嘱，故思治渭与西去何先。今诸君都赞成先治渭后西行，我从众议。如何治渭，各请尽言。"

太章道："渭流千里，支流众多，尽治众川，力所不及，也无必要。当治其大的，入渭大川北有泾、洛、漆、沮，南有沣、滻。其中北水为大。沣、滻二水就在近处，其流不长。童律办法可行，先浚各川入渭之口，此花工少而收效快，出口通则其流自畅，然后治其上中游。"冯迟、江妃等都同意童律、太章两人意见。

三奇道："童律、太章办法可行，但渭口是大中之大，众川入渭入大河，当以治渭水通河口为主。渭水无阻则众川支流可随之通畅。"应龙道："渭水入河处是太华山之崖，华山之脚正扼渭汭。去水下阻塞之石，当费大力。"三奇道："渭汭水下之工，我师徒愿任。"冯、江两将都说："我等愿率所部往浚渭汭，有三奇师徒相助，定能成功。"

伯益道："治梁之时，已知扈氏之族在此，今既来治渭，何不访之。既尽我等之礼，也可借其力以助治渭。其族之旁即沣、滻两水，就请扈族治理。"伯禹道："扈是大族，理当一访，至于肯否治浚沣、滻二水，去后再定。"

于是会上定下由冯部治渭汭，三奇师徒为助。江妃、江飞分别率部治泾水、漆沮水、洛水入渭下游。玄龟、方、宋等继续建立营仓，并理粮运。禹强、庚辰分兵保卫冯、江两部，有险则卫，无险则工。当日各散准备。

却说伯禹、伯益率童律、太章、朱虎、熊罴及少数随卒前访扈氏族，沿途见村落相接。行约半日到了扈枣之村，其中一宅独大，屋宇宽敞，大门朝南，两扉洞开，门有坎，外有卫，气势颇壮，时见有人出入。伯禹至门前，童律上前对门卫道："可是扈族之主扈二束府宅？"门卫用眼打量童律，见来人气宇轩昂，装束异于庶民，身后又有数人同来，都非一般人物，答道："正是我主扈君住宅。"

童律道："烦通知族主，说有治水大臣伯禹来访，请出门迎接。"门卫一听是伯禹到来，不敢怠慢，立即转身入内禀告。原来伯禹大队自到岐南，早已传遍邻近村落。扈族在当地势力甚大，方圆千里内都受其约束，早有人将伯禹到岐南之事告知扈枣，而且扈族也有人在沔褒一带种植，甘族助伯禹治水有功，受到奖励之事，也传到扈枣耳中，扈枣很是羡慕。本想主动前去拜访伯禹，却怕失身份，犹豫不曾前往，今日听得来访，心中又惊又喜，惊的是伯禹前来莫非怪自己不曾主动拜访，今来见责。喜的是伯禹来了，自己有机会仿效甘族，可以为伯禹治水立功，即使受伯禹责备几句，只要善言解释，当可谅解，不致失去助伯禹治水机会。所以立即率子弟亲随，到门口迎接。童律正站在门口，见门卫出来，稍后即有许多人来到门首，为首的五十岁上下，一部虬髯，满脸红光，身材高大，步履矫健，一步跨出门槛，到了童律面前。门卫以手指道："就是此位要我通报。"随向童律道，"这是族主。"童律拱手道："来者莫非扈族主？"扈枣也拱手道："正是，足下何人，伯禹何在？"童律转身引扈枣来见伯禹。

此时伯禹已迎向扈枣并举手为礼道："在下冒昧造访，望族主见谅。"童律在旁道："此即伯禹是也。"扈枣见是伯禹，忙一揖到地道："久闻英名，今日得见，三生有幸，请入舍下见礼。"说毕即前面引路，领伯禹一行入宅，至大厅分主宾坐下。扈枣道："伯禹下临，不知有何见教。久闻伯禹为民治水，在下愿听调遣。"伯禹见扈枣体魄魁梧，棕脸虬髯，声音洪亮，知此为性情直率之人。其身后站有数人，都伟壮。伯禹命随卒向扈枣送上粳米千斤，干脯百斤，对扈枣道："远来仓促，区区薄礼，只表心意，还望笑纳。我奉帝命治水，今来贵地，怎奈不知雍地水情，又兼人力单薄，正欲仰仗族主见教与协助。"

扈枣见伯禹对他尊重有礼，十分高兴，命侍卫收入礼物并连声说："不敢，不敢，伯禹若有所命，尽管吩咐。"伯禹道："雍州地大川众，未知灾害大小，治将从何入手？请族主见教。"扈枣道："见教不敢，但我见洪水泛滥，泾、洛漫浸，雍东沿河之地，尽成泽国，民既失衣食，又失居所，困苦不堪。幸伯禹凿吕梁、辟龙门，复开砥柱，大河之水得泄，泛雍之水也随之减退，民感怀至今。今虽有泾、渭泛溢，然较原来已是小灾了。"伯禹道："然则渭可不治而安吗？"扈枣道："河通，泾、渭之灾虽减，然堵塞仍存，入河之口有华山之石，泾川之口有水草沙砾，乱石险岬阻水还多，平时无害，一遇旺水即遍地横流，泛溢浸地之状，随处可见。我也想治，但既不知治之法，又难集民力，故年年拖延，至今未成。今贤伯率治水大军来此，实吾族之大幸。"

伯禹点头道："治当以何川为主？"扈枣道："渭水绵长，源出鸟鼠山，汇南流众川，源头无害，中下须治。北以泾、洛为大，南以沣、浐为要。除浚渭汭之外，当浚此四水为要。"伯禹道："族主所见甚是，我当依次施治。若有仰赖，还望相助。"扈枣道："我正要为治水出力，何言仰赖？"伯禹道："素知族主雄居渭滨，号令各村，我部士卒有限，分兵周治数河，行缓效低，贵族若能相助，疏浚些许川流，就省我力了。治梁得甘族之助,很有效果,治渭若得贵邦之力,也必大有功效,不知族主之意如何?"扈枣笑道:"甘族能助,我族岂可不如,沣、浐两川在我近旁,我愿在贤伯统一筹划下用我邦民力浚治,不知贤伯以为如何?"伯禹拱手道:"若贵邦能浚治沣、浐两川,我可专力治渭汭及泾、洛了,我不会忘贵族之力。但春水旺前,两川可以完工吗?"扈枣道:"旺水未至,尚可用力,我族当尽力完成。"伯禹点头道:"说得是,这里两川当先于泾、渭。"当下伯禹辞回。

欲知如何治渭,且听下回分解。

第七十六回 渭河口

说话间冯迟兄弟及三奇师徒率所部驾船往渭汭，在太华山北麓立了营。冯迟等仰望太华，边崖如削，高有万丈，广约十里。东、西、中三峰，表立云外，诸峰拱围，如儿孙绕膝，倚于左右。远望华山，宛如出水莲花，故名华山。其西还有少华山，相距数十里。俯视则大河从北来，浩浩荡荡，至山脚而东曲，水涛拍崖；渭水从西注，澎湃起伏，涌浪如低山。三奇道："涌浪之下必有巨石阻挡，下受遏则上涌浪，欲浚渭口，当去水下诸石，须扩北岸之口，去南岸之崖，三路齐攻，渭口可既深且宽，水流就畅了。"

冯迟道："如何去水下诸石？"三奇道："待我师徒潜入水底，凿裂大石缝隙，石裂后用大船载粗绳捆石出水。碎石可用笞筐盛出。虽费工，然水下之阻可去。水下如有舌岬，待后再除。"冯迟将所部分为两拨，一拨是选了善水之卒驾船持索备筐除水底之石，其余众卒至渭汭北岸浚渭水之口。

却说三奇师徒入水后，直潜水底，只见水下有巨石无数，砬碥遍布，砟磙交错，长达三里。中有巉穴，幽深难测，水流在此漩涌。珠儿出腰际石克与铁锤，沿各砬碥觅石缝开凿，三奇抽铁刀，辅珠儿共扩石隙，自汭口凿起，一日内昼夜施工，凿裂巨石三块，师徒二人方浮升水面，招呼船卒携索下水，绕石而缚。三奇师徒至船上休息饮食。众卒于水中时浮时沉，沉则缚石，浮则换气，经大半日方将水下三石缚定，牵绳而出，交与船上众卒。部分水卒上船，合力挽拉，三奇师徒复入视察，见捆缚甚牢，石经拉挽，已见松动，珠儿周绕巨石，凡有不曾断开的复用石克凿断，约顿饭工夫，三石都离位上升。三奇出水面令船移至南岸，待石将出水时可搁置在岸滩，因石在水中还轻，离水则重，出水不易。船泊南岸后，三奇请庚辰之卒相助，牵石上滩。几经努力，将三大块面目狰狞的巨石搁置于滩岸上了。庚辰命战卒将三石再牵至岸上山麓放置。水珠随三奇复至水下凿石，一日后复出，水卒再入水捆缚出石如前，反复操作，过半个月出大石无数，渭口渐深广。

这日师徒二人正在开凿靠山边一块巨石，见此石生得古怪，上大下小，三角立面，状如巨锥倒立，伸向渭水一面阔而平，高约两丈，上宽也有两丈。贴近山体一面锐而狭，高虽两丈，宽不足尺。竟如巨斧之刃，在水下指向华山。斧刃触壁处有一大洞，洞口与斧刃光滑如润玉。洞深不知几许，珠儿虽在水下能视物丈许，却不能透视洞中，只见幽暗一片。有水流出入，可闻嘭嘭声，看不出异状。三奇见洞口及斧刃滑润,而洞外山壁都嶙峋粗糙,如砺如崚,知此洞必有动物出入,润滑乃长年摩擦所致。就对珠儿以手示意,小心洞中。

珠儿见此洞奇异,也知必有怪物深藏,不敢贸然进洞,向三奇点头示知。但二人仍要去此怪石以顺渭流。二人沉至水底细寻缝隙,此石上大下锐,扎入水底。下部体积虽小,但全石浑成,竟无一丝缝隙。二人绕石环视,始终难觅一缝。珠儿见确实无缝可钻,就取石克凿石根。石克神物,是石的克星,珠儿以锤击石克凿石,石纷纷片落,一个时辰已深入尺许。三奇见再有一两个时辰,石根将断,就浮出水面,招呼水卒携绳入水缚石。等众卒将石缚定后,再由珠儿凿断石根。

三奇、珠儿两人正在水中等众水卒操作,只听得洞中有水声响动,又见洞口水流涌出,俄尔洞口出现两颗斗大脑袋,两只巨眼闪亮地嵌在脑袋两旁,口中红信伸缩,未露全身。师徒两人见状都以为巨蟒将出,各准备战斗。三奇担心水卒受害,急浮身在洞口上方,令众卒停缚上浮,出水避害。正指挥间,突然眼前一阵浑水泛起,一条黑影上蹿,只听得一阵扑腾,恍惚中一条水怪咬住了一名水卒大腿,向远处游去,水卒上身双手犹在舞动挣扎。

此时水珠正和另一条水怪激战在一起,水怪与珠儿各上下左右盘旋,把水搅得的溜旋转。原来水怪不但其身如蛇,还生着六条腿,身长丈许,背上还有鳍翼,左右各二,鼓水如飞。三奇见怪含水卒,不觉大惊,随手一刀剁去,似感着了怪身,但水怪依然含着水卒盘旋。三奇一个猛扎即入水怪腹下,执利刃朝水怪肛门间刺了一刀,一股血水泄出。水怪受痛,松口把水卒吐在水中。三奇且不刺怪,急将水卒带出水面,将伤卒交到船上,命包扎救治。此时众卒都逃上船。三奇又翻身入水助珠儿。

珠儿与水怪激战未息,但水怪转动已缓,似已受创。三奇靠近水怪边缘,见水怪近身,随手一刀,正刺着左边一翼,血随即喷出。水怪身躯一侧,掉头钻入洞中。珠儿正欲追入,三奇摇手制止。二人随浮出水面上船至岸。受伤水卒一腿已溃烂,胫骨断裂,经庚辰敷药包扎后尚无性命之忧。伤卒见三奇到来,双眼垂泪道:"若非将军急救,命早没了。"三奇安抚他好好疗伤,以待康复。

师徒二人回营后,三奇问珠儿道:"此怪威力如何?"珠儿道:"此物甚怪,身长似蛇,却有六足四翼,游动极快,但爪牙并不锋利,也不猛烈袭人,不知是何怪物。我正想趁其受伤,入洞探明究竟,验明其数量多寡,以便尽除,师父何故制止?"三奇道:"此怪洞穴深邃,不知底细,不宜冒昧深入。且我等战斗多时,身乏体息,且休息后再探不迟。"珠儿道:"师父说得是,且休息恢复体力,再商深入之策。"

两人正在议论,忽闻帐外有伯禹声音,二人即出帐探视,果然冯迟陪伯禹、伯益等到来,师徒两人忙上前见礼,共至冯迟帐中坐定。伯禹对三奇道:"闻冯迟言及,渭汭水下巨石颇多,甚费工力,你师徒辛劳了。"三奇道:"为民治水,何敢言劳,水下巨石虽多,费些时日,定可除尽。只是今又发现水怪,形状奇特,已伤一人。正在筹思除怪之法。"庚辰道："陆上诸怪不足惧，水下诸怪，我部常难用力，都靠三奇师徒出力。"

伯益道："适三奇说此物甚奇。未知奇在何处？请道其详。"三奇道："此怪身长如蛇，但腹生六足，背生四鳍如翼，口吐红信，爪牙不利，游甚速，力甚大，性似温顺，但伤了我卒。背黄黑，有鳞片，腿不粗而有力，鳍翼薄而柔长，不知其能否陆行或飞翔。我也游历过各地，却未曾见这种怪物。"

伯禹顾伯益道："贤伯可知此为何怪？"伯益道："我未曾目见，但曾在帝府见有记载，有物名曰肥遗蛇，正如三奇所述的蛇身六足四翼。此物入水能潜，处陆而爬，入空则翔，是天下之神蛇。其性温和善静，常处水陆相交的深穴巨洞中，以鱼虾虫豸鼠兔飞鸟为食，爪牙不利，捕食以吞咽为能，通常不袭人及大兽，然厌吵闹振动，有惊扰其居处者则出而袭击。此次伤卒行动，想是凿石惊了它居处所致。"三奇道："伯益说得极是，正是凿石搬石惊动其静居，故出而袭卒。幸其爪牙不利，卒伤没有性命之忧。既是神蛇，又不伤人，我等虽已使其受创，后遇之可不再追杀剿灭了。然吾等仍须凿石移石，惊其居再出袭人，如之奈何？"

伯益道："你师徒既已创此神蛇，肥遗必不再出了。"三奇道："这却为何？"伯益道："此物水陆空三能兼有，其巢穴必筑在水陆互交处，今你师徒所见是肥遗通水洞口，则其深处必有通陆地之出口，其陆口当在深山幽谷处，常人不易见到。今既受创，必退居到巢穴深处疗伤，非伤愈不出，此肥遗神蛇，雌雄同穴，今两蛇都有伤，无数月不能愈合，所以近期必不再出。"三奇笑道："明哉伯益，有一月之期，足可使渭口大石尽去了。"

伯禹问道："此蛇神在哪里？"伯益道："此蛇不常出，出则天下大旱，古民谣曰，'肥遗飞，雨水稀，天将大旱民遭饥。'它平时不显于陆，飞更罕见，飞则必旱，故称神。"庚辰道："既是神蛇，我等如见也不伤它。"伯益点头。

伯禹问冯迟道："渭汭之治，还有何难？"冯迟道："渭汭之治，水下已有三奇师徒，渭北泥岸，正在浚掘，渭汭南岸有华山之舌深延渭口，其长三里，非短期能完，庚辰之卒正在努力，然此舌上露地面，下埋水中，工量甚大。我们在水下清石后再凿此石舌，故须时日。"伯禹顾朱虎、熊罴两将道："你两将有利斧在握，何不助冯将军一手。"朱、熊两将齐道："诚所愿也。"冯迟大喜道："我部还有帝库利器数件，本拟开凿华山之舌，只因器少力薄，难保尽如人意，今若得朱、熊两将之力，则我卒也可持利器相助，定能加快速度。"三奇道："朱、熊两位可在陆上施威，待我师徒清除水下石障之后，再从水下共除此石舌，合力而为，见功必快。"冯迟及朱熊两将都称是。伯禹就留在冯营。将近一月，水下大小石磴尽去，渭口加深数丈。

伯禹日在汭口与卒共劳，天热汗污，每傍晚解衣浴于阳盱泽。此时汭北已拓宽数丈，华山之舌陆上部分经朱、熊两将及冯迟部卒共同奋战，斧戈并施，水面石舌已经铲平。渭水已漫舌面入河。三奇师徒即合力攻凿水下石舌。珠儿石克功力非凡，从根凿起，不过十日，水下舌根全部开裂松动。朱虎、熊黑四把神斧于近水面力劈舌面，同样裂石于水下。冯迟取利器令数名健卒执持，沿朱、熊两将所开石缝插入撬动，使石舌裂成块石，由水卒取出放岸上。前后一月，水上水下合力奋战，终使伸出在渭汭的华山石舌尽去，渭口既深且宽，水流大畅。

此时旺水已有数日，上游来水颇为汹涌，流急量大，哗哗之声震耳，与大河混合后波涛起伏，东流而去。伯禹立于华山高峰，俯视河渭声势，对伯益道："经此一治，渭汭当有数百年可安。"童律在旁道："伯禹何言数百年，难道不是永世之安？"伯禹指河渭道："君不见河渭之水都浑浊，水浊是泥多，泥多是壅塞病根。河渭之流既长而巨，常年枯荣交添，水流缓急不同，流缓泥淀，枯期厚积，盛期成害了。河泥本重，又入渭泥，河积必甚。近期不见其病，积数百年后，非病不可，这是我说可安数百年的依据。"童律道："伯禹是见微知大，然则如何治之？"伯禹道："泥来自两岸黄土，若能多植树，少裸露，失土可减。可高原广袤，民赖黄土以耕植，都植树则民缺衣食，岂能全树，故河清很难。河蓄泥必病，后必有变迁。数百年后何治，将仰后来的智能人士了。"伯益道："我等在世之日当尽力于山林水土之治，无愧于后人。林多山绿则水清，虽不能尽减入河黄土，也可稍杀其势。"伯禹点头道："伯益之言是也。"渭汭既治，伯禹乃率众回岐南大营。

却说江氏兄弟自四月中率所部治泾水，禹强率所部为卫。三人商定由江飞带水卒治泾口，江妃治漆沮口和洛口，禹强部主随江妃，兼顾泾口。这几处淤积不重，经众卒奋力，在旺水来前都完成浚治。

伯禹至营后命太章、童律前往扈族，察看沣水之治，数日后，二人偕扈枣同至大营，伯禹迎入。扈枣向伯禹禀报道："前秉君命，不敢稍息，率本族众民浚治沣水，近已告成。因有余力，兼及滈水，正欲前来复命，却值童律、太章两位前来察看，趁此亲来复命。"太章、童律两人道："沣、滈二水浚治良好，淤塞尽去。"

伯禹甚喜，对扈枣道："君能为民治水，功在后世，我当上禀帝知，定有褒奖。但治水是为民衣食有增，今渭水之南，南山以北原野当趁此开垦，既丰民食，又强君族，不知族主有何打算？"

扈枣此次出力治沣，本意在与甘氏之族争高下，治沣之后并无长远之计，今听伯禹言语，一时语塞，勉强道："愿遵伯禹之教，当率民广开未耕之地。"伯禹点头道："扈族在此人丁兴盛，势力遍及近邻，今渭北诸水已治，渭汭之阻也去，昔日旺水期泛滥渭北的黄土高原都可耕可牧，邦主可借本族之力，联合左右各族，甚至也可与甘族共谋开垦渭北原野，得益当倍于渭南，不知邦主可有意愿？"

扈枣胸无大志，本为邀功而来，以为此番秉承伯禹意治了两水，伯禹必重加犒赏，不意伯禹虽有口头表彰，但言辞不重，未惬自己心意，又听伯禹一味强调开垦耕植之事，在希冀开垦渭南本族所辖之地后，又望自己联合各族共同开垦渭北之野，还提及与甘族共谋之言，心中十分不悦。扈、甘两大族，本来和睦相处，因扈枣争强好胜，而甘棠豁达近人，左右各族渐疏扈亲甘。扈枣不自检点，反怪甘棠笼络人心，早已妒意在胸，不过未及动武而已，不服不和之心藏之已久。今听伯禹又要他和甘族共谋渭北之垦，足见伯禹重视甘棠之族，心中更加不快。碍于伯禹盛势，不敢发作，只是应付道："此议甚好，只是本族能力有限，恐难副伯禹之望，等我回去后商酌回禀。"

伯禹又道："我奉帝谕，凡新垦之地可减免贡赋，族主切勿放弃，这是利族利民之事。"

扈枣一族处渭南膏腴之地，历来衣食不缺，对开垦新地兴趣不大，又兼扈枣傲慢自大，对伯禹一番本是奖励之好意，竟当作耳旁风，没有仔细听进，以致后来渭北之地，多被甘族联合各族开发，甘族更加强大，势力遂及渭北。扈族依然蜗居渭南，扈枣之后，其势大不如甘族了。当下扈枣悻悻而回，对开垦渭北之事，没有明确果断回话。

伯禹送别扈枣后对伯益道："扈枣本豪爽之人，何以对开垦渭北之事，却是吞吐应付之言，不知其意如何？"伯益笑道："扈枣是量小的人，又安居一隅，妄自尊大，胸无大志，不知君以开垦渭北作为褒奖之意，他却以为在使他民力。量小之人，不足谋大事。"

童律道："他与甘族，素有芥蒂，今要他与甘族共谋，岂会同意，渭北开垦之事，扈枣必无结果，不如早与甘族商议。"伯禹叹道："见小利而忽大义，乐一饱而忘远谋者，非国君族主之量，也非扈族众民之福，惜哉扈族庶民。"

伯禹欲命太章赴甘棠处告知开垦渭北之事，伯益道："且慢前去，既告扈枣，当观察一段时日，不急。若待之数月而不答或拒不垦殖渭北，则再由甘族开发之，扈枣将无话可说，其后不得利，只能自怨了。"伯禹称善。

欲知后事如何，且听下回分解。

第七十七回　小凿积石山

伯禹见渭水已治，与伯益议道："帝命我们去三危察三苗，时刻在心，今渭水已平，当去三危了。"伯益道："是时候了。由此而西，顺道可察渭水之源鸟鼠同穴山，鸟鼠山之西有积石山，说是大河之源。三危更在积石山之西，离此当有三千里路程，其地荒凉，沿途都是崇山峻岭。此去跋山涉水，一路艰辛，须和诸将商量。"次日，伯禹集众将言道："今渭水已平，雍西未察。帝又命我西察三苗于三危，三危之地在西，趁此一并治雍西之水，不知诸君以为如何？"伯益道："此时西去，一路治水，可达三危，然西路崎岖，何道而行，还须斟酌。"

冯迟道："今渭水已治，渭源未探，听说鸟鼠同穴山是渭源，既西去，当一探此山。"太章道："积石山在鸟鼠之西，为大河之源，治河多年，未见其源，趁此西去，也当一探。听说积石之西有大川流动，若为患，也当治理，以成帝'成始终'之意。"

三奇道："昔在水府曾知雍西有大水流三条。一曰谷水（古浪河，石羊河），源出祁连南山之乌鞘岭，东北流至潴野泽（休屠泽），其长八百里；二曰弱水，源出于祁连山之焉支山（删丹山），北流折西经合黎山，北入于居延海，其水涣散无力，不能负芥，其长千里；三曰南藉端水（疏勒河），羌番之民称为卜吉儿川、布隆吉儿河，源出于祁连山北麓，西流至三危会党河，西北潴于哈拉泊，其长千里。今西去三危，应视此三大川，当治则治，以去水患。"

太章道："三奇说得极是，其中弱水又称黑水河，在羌番民称为额济纳河，番语额济纳是幽隐之意，因这河时隐时现，故有此称。合黎山东南一线，水草丰茂，一片绿茵；合黎山以北是一片流沙，荒凉可怖。有水时草茂兽繁，水干时沙尘蔽日。其地众民居合黎山之南，合黎山北无人居住。去三危当治此水。"

伯禹听诸将说的都是西去治水之事，知诸将心已西向，就说道："此去三危，路途遥远，中经高山大川，单程而言，也在一月以上，而三水尚待勘察治浚，非两三个月不可，返程又须一月。今盛暑，待自三危返还已在冬季，所以宜及早动身，不可再延，我想三日内起程，诸君之意如何？"众都说："既定西去，理宜早行。羌番之地寒冷，迟则行动不便。"

伯禹道："此地大营暂不撤除，留卒三百，保管粮仓，由玄龟、道彰、无忌三位负责。章亥、竖亥兄弟也留此以为通讯联络，并告甘族于近两月内再送粮至此，以待我回。再留庚辰率战斗之卒三百，以卫大营及粮仓。所有留卒都需兼管渭水水情，若遇阻塞或泛溢等情,应全力排除,莫使成灾,既保我仓营安全,也保众民安危。其余将卒都随我西行。由江氏兄弟率本部卒为先导部队,觅宿歇之地,搭建暂驻营舍,又察该治之水,能治则治,工大难治者以待大队到来。禹强率战卒随江部之后为中队,前可照应江氏部队,后可照顾我等。冯迟率所部殿后,我与伯益及三奇、应龙、童律、太章等随冯部行动。前两部每卒随身携一月口粮,其后所需都由冯部担运以随。"诸将应诺各散。

三日后江部先行,随后禹强之部、冯部准备运载粮食随后出发。伯禹患腿痹之疾,行走不便,坐抬椅肩舁前往。伯禹命制两把,使伯益也乘坐之,余则步行以从。太章行前向玄龟领了帝库铁器备用。大队出发后西行三百里至嶓冢山,睹漾水之源。其水经疏治后已下流至两汉。嶓冢有兽多凶狠,多犀牛、黄熊,鸟多白雉、锦鸡、黄雀。有山草开黑花不见其果实,其叶细长如兰,当地民称此草为骨容,不可食,误食了不能生子。一行复西行二百余里到了鸟鼠同穴山。伯禹见此山果然奇特,不仅草木稀少,而且全山多窍,可谓遍山洞穴。大风吹过,嘘嘘嗳嗳,满山啸鸣。即微风吹拂,亦咻啾之声不断,闻之揪心。

伯禹问太章道:"这山何以名鸟鼠同穴山?"太章道:"此山有鸟名曰䲹,似雀而其羽黄黑,其足似鼠;有鼠名曰鼵,似家鼠而尾短。䲹鼵同居一穴,入地三四尺,鼵居内,䲹居外。据民间传说,鸟鼠互为雌雄交配,鼠雄鸟雌则生子鼠,鸟雄鼠雌则生子鸟,未知确否,实未见其事。"

童律笑道:"以我目之明,也未见其事,恐同穴是实,交配则虚妄。"禹强大笑道:"天下之大,无奇不有,目不曾见的,岂能即为虚妄!人所未见而确有的事物多得很,不能以目见方信为实。"童律无言回答。

伯益道:"此事未知虚实,但此山是渭源则真。且放同穴不论,不如寻出渭之源为是。"伯禹点头率众登此山高处,山路盘曲,披荆斩棘而进。禹强见林深处有白虎隐现,不敢怠慢。令战卒搜索而前,朱虎、熊罴两将更不离伯禹、伯益等人。众人都握利器缓缓登山。因部卒众多,猛兽远避未来侵犯。

伯禹一行登峰后环行,见东山有水溅入深谷,细流时隐时现。伯禹问童律道:"此细流莫非就是渭水源流?"童律道:"正是渭源。"伯禹问道:"出水处可有阻塞?"童律道:"山高流细,无阻塞可言,登山只明其源而知其导向而已,不为疏导。"伯禹笑道:"童律说得是。"

伯禹一行沿洮水西北行。四周皆大山,人烟稀少,荒草风声为伴。伯禹对伯益道:"雍之西真是蛮荒之地。"太章道:"此乃徼外,民皆居深山,非中原可比。且语言难懂。"至晚,众人在高阜建帐布毡宿了。荒原深夜,唯闻萧萧索索之声。伯禹不能入睡,乃披衣而起,步出帐外,仰望苍天,星光明灭。朱虎、熊罴两将宿于伯禹帐内,见伯禹起身外出,怕有意外,就紧身相随。

伯禹缓步至洮河边,星光下只见洮水淌流,哗哗作响,正凝望间,听到步履声自远而近,伯禹注目而视,隐约见一长人正趋自己走来,朱虎欲上前阻拦,伯禹见此人行动缓慢并无兵刃,就制止朱虎勿前,静观其来意。因天色不明,不能清晰地见其面容。朱虎、熊黑二人左右环视此人行动。当离伯禹三尺时,朱虎喝道:"伯禹在此,何人敢近?"来人立停不前,向伯禹躬身施礼,其音幽细缥缈地道:"闻知伯禹临此,我有古人遗下治水石书,要献给伯禹。因石书古怪,俗人所未见,多视为异物,白昼出献,恐惊世俗,故黉夜来见,望贤伯莫怪。"言毕从衣襟中取出一块长约二尺,宽约尺五石版,双手递上。熊黑上前接过,交与伯禹。伯禹接手,感十分沉重,视之见版面在星空下泛光,手捫平面似有凹凸线条,天黑不能辨别。问道:"不知君子何名?此物何用?"该人答道:"山野荒居之人,无名无姓,不足挂齿。此版是先人遗留,嘱我见有治水之圣人可献出为治水之用。今伯禹治水大名,响彻九州,所以持此版奉献,了先人遗愿,助伯禹治水,请从此别。"言毕转身而去,隐没在夜色中。

伯禹目送该人远去后返帐,在灯下细看,却是一块黑色的玉版,版面上有线条刻画,一时难以明了,就放在帐中睡了。次日起身请伯益及诸将至帐,出示黑玉版,并述夜来所遇。伯益与诸人都近前围观,一时皆不明其意。伯益道:"此版线条似画似文,似山水而简,似文字又疏密不匀,虽不知其意,必定有所指。"

太章观察良久道:"此版所刻不像文字,更像是表达山水。有长线曲折的如水,有高低起伏的如山,有密点的却像沙漠。"童律对太章道:"若表达山水之意,则必有某处相似,你行涉多处,何处山水相似?"太章道:"有些似曾相识,有些却从未见过。"

三奇道:"这人在此献版,若是象形,则山水必在此相近之地。"童律对太章道:"你且讲相识之处,我等再参详。"太章道:"版图之上方曲折起伏层叠者当为山脉,而间有广大密点者可视为沙漠,而版中部向西北斜行的曲折长线可视为水流,水纹线之下又有群山起伏。若以此推断,此图像正似我等所行之地。水纹者当是黑水河,黑水河上方为合黎山,合黎山之北正是大漠,水纹之下方则是祁连山。但这山水不在这里附近。合黎山、黑水河离这里约有千里。"三奇问:"哪个方向?"太章道:"西北方向。"三奇又问:"我们去三危路过合黎、黑水吗?"太章点头道:"必须经过。"

童律道:"你再说那些不识有疑的。"太章道:"我所不明的是版中所画若隐若现之水纹线条,这些纹路又间有出水口的箭头,不知是什么意思。"众人都细看,果如太章所说,祁连山间有若隐若现的水纹和箭头标记刻画,且此类刻画有穿越黑水河而至大漠的。童律道:"若隐若现之水纹处并有箭头标记的是何意?"应龙道:"当是指水流方向。"

三奇俯视此图良久,并听各人之议,半晌后说道:"我明其意了。"

伯益道:"说来听听。"三奇道:"正如太章所言,曲折起伏之文为山,密密点点的是沙漠,西北斜行长线是水路,祁连山间若隐若现之虚线如水纹的是地下水,箭头所指是地下水走向,虚线处有圆圈的是地下水出水口。若如太章所说此水为黑水河，则即是弱水了，弱水也称黑水河，起自焉支山，经合黎山而西，复北入流沙居延海，居延海当地人称为嘎顺诺尔。上游为地上水，过合黎山则成季节水矣，时隐时现，我在水府时，也不知水何以似隐似显。此次参加西行，沿途累见若隐若现之流水，常见溪谷中有潺潺流水，忽而突然消失，而顿饭之后，又突然复涌而成流水。也有同一溪谷，一段流水清澈，过一段点水俱无，又过一段复现流水，这岂非时隐时现若隐若现吗？由此可见此类时隐时现的水流非仅弱水一线，在大山谷中多有此状。民不明其因，多疑山川之鬼神所为，缺水时常拜求祝祷以乞涌水。我想水能时隐时现是地下有流水关系，遇地表低处地下水露地表，地高处则水在地下。冒涌处定是水口，在地下来水旺盛时就冒涌出水口，地下水枯时就不冒涌了。今此黑玉版所画若隐若现之虚线是告诉我们地下水流所在，是佐伯禹治水也。此版不大，仅指弱水一带，弱水离这里虽有千里，却是我们去三危必经之路，这是提早告诉我们要治弱水，也可能是要求伯禹去治弱水。"众人听了三奇说的，再细看版图刻画，都点头说有理。

伯益道："如此说来，此玉版不仅明治弱水之状，也明地下水可以利民的意思。"伯禹道："此话怎讲？"伯益道："图既明示地下水流走向，则民在缺水时可从地下水流所过处掘取得水。民常缺水，干旱之季禾苗枯萎，无处寻泉则求神祈天拜神鬼，神鬼哪能解旱，只有等待。天高地厚，不明地下水流之径，盲目掏掘，耗费精力而不得水，所以民极少去掘地取水。今有此图，明地下水流所经，若在地下水流处掘取可得水，岂不是大利庶民了。"伯禹点头道："此版真大益于民，图中所有点线箭头都是文字，当称此玉版为黑玉书。今西去观弱水之状，若须治，可据此治理。"于是将玉版交太章，嘱妥善保管以待用。

数日后，一行来至积石山，洮水至此注入大河。伯禹与众人登山顶眺望，只见雾气迷蒙，积石山西南北三面百川纷集，流水横溢，到处是水泽湖泊，水道时阔时狭，大小交叉，难辨主流。积石山东面可见一股大水东去，太章在旁指大水道："此即大河，由此入中原。"伯禹道："积石之西何不见大河踪迹？"太章道："积石之西，众川纷陈。众水都是承昆仑天山冰雪融化之水。近数十年来天时燠热，淫雨不止，山川大谷都溢水乱流，河道大小难辨。积石之西，山高岭陡，主道不显。积石之东，地势渐平，河道始显，源实在积石西千里外大泽处。"三奇道："所谓河源，无非是在众流中择其最长者而名之，不以川流大小而分，川大者未必是源流，故虽见众川却难辨河源。大河上游是众川，迨众流汇成巨川后，方显大河之名。积石之西乃众川，至积石汇成大河东流，故称河自积石始。"

伯禹道："闻两君之言，我知大河之源了。"众人下了积石到大河沿，冯迟指水流道："河水来急，理当凿之使缓，在何处开凿为好？"童律道："我看积石山西北向有山如门，众水都从此门过，门前有积水成潭，水众门小，故水流急，导河可从拓宽此门开始。"伯禹道："既如此，我等即就在此导河。不拓宽此门，水大旺时众川泛滥，西边羌戎诸地就会水泛民苦。除民灾,不应羌戎中原有别。凿则羌戎安,大河顺了。"

冯迟、江妃等都道:"伯禹说得是,就导此积石。"一行至积石西北,果见二崖对峙若门,山高岭陡,二崖夹水,众川来水都集在两崖中夺门而过,门狭水众,喷沫如雾,漩涡翻滚,浪涛如沸,令人眼花。

伯禹道:"水势湍急,如何开凿?"应龙视而后道:"虽两山如门,但都倾斜入水,上宽下狭,人可以站在入水的山坡处作业,以我测度,两岸各开宽三丈也就足以使水流平缓了。"伯禹就命冯、江两部各开一边山崖。

大军就在积石山坡地建营,冯迟将库藏铁器取出分一半与江妃,两部铁木并用,觅缝剔隙,既敲又撬,各显其能。朱虎、熊罴两将也挥神斧相助,山石顿时炸裂,众卒移石至岸,扛抬吭唷与凿岩之声回荡在山水之间。三奇师徒出没在急水惊涛之内,水下施力,珠儿与三奇都有神器利刃,在水底撬开缝隙,动摇两崖根底,其功倍于岸上。珠儿石克锋利,石克所指,石缝顿开。三奇浮出水面指挥水卒缚石牵引上岸。伯禹与伯益日至三地,睹将卒用功。伯禹问应龙道:"石质坚硬不易开凿?"应龙道:"此处是石灰石为主,没有玄武岩坚硬。"伯禹点头。

石门之凿经二十余天已增阔五丈以上,水流已缓。应龙道:"入河之势已杀,可以收兵了。"伯益道:"应龙说得不错,河源长千里,都是高山羌戎之地,人烟稀少,水流崇山峻岭或荒丘沙碛之中,很少害民,治到此即可。"伯禹点头,就收兵东观大河之流。河岸颇宽,水不深而流大,经开石门后,水流已缓,没有阻碍。

要知后事如何,请看下回分解。

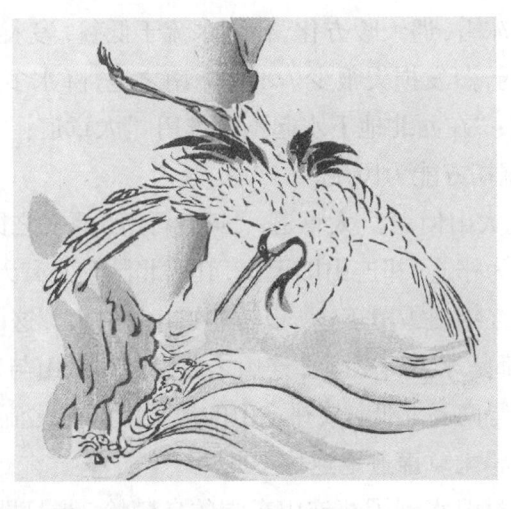

第七十八回　西行途中

伯禹于是率众离积石西北上。一路时见低洼处有流水淌漾，水道明显，而数里后又不见河床影踪。有时平地水溢出泉，尝之甘洌，流于地上数里。而后入溪。有时还从山脚处喷涌出水，涓流到山谷。一路地势高低起伏，流水也时有时无，出没无常。太章道："看来都是地下水的缘故了。"

伯禹一路都沿大山前行，山极高峻，峰顶白雪皑皑，天空晴日，阳光照射山峰，银光闪亮。伯禹问童律道："峰顶白雪何以盛暑不化？"童律道："西北之地，山高天寒，白雪成冰，雪峰也即冰峰，终年不化，但冬夏有区别。"伯禹道："今盛夏峰顶依然白雪，与冬季无异，似无区别。"太章道："童律所说区别者不在于峰顶是否有雪，而在于峰顶之雪，在冬则凝，在夏则融。夏融的雪水涓涓滴滴渗到山内缝隙山岙，我等沿路所见泉水涌泉都是冰雪所化的水。"童律道："此处干旱多风沙，降水甚少，与荆扬相比，其量只及十之二三，即使与豫、洛及帝都相比，也只及十之四五，这里是九州少雨地区。"

伯禹道："如此说来，雍西之地缺水难耕，故其地民稀？"太章道："不尽然，此地雨不多而水不少。"伯禹道："此何说？"太章道："雍西处高山而寒冷，降水不多，但下降的雨水多凝聚为冰雪，遇天暖方化，化则水流于低谷，渗入地下，深藏山中的地下水，受阳光照射很弱，蒸发损失很少。不像东南之地，降水多蒸发也多，所以这里雨少水不少。"三奇道："在西北地下水起不少作用。"太章道："西北地下水虽不少，但抽取很难，须开凿掘掏方能为民用。"

伯禹又问道："此大山何名？"太章道："叫穷石山，西戎之民称为祁连山，也叫南天山。羌戎话称天为祁连，祁连山即天山，其西北昆仑又有天山，为北天山，故称此为南天山。祁连山终年白雪覆盖，所以也叫雪山、白山。这山绵延数千里，山中藏有丰富的地下水，都是冰雪所融。祁连山之北为剥蚀低山与黄土高原，再往北就是戈壁沙滩了。因地势南高北低，故祁连山的地下水都向北流。"童律称赞道："太章真是懂山水的智士。"太章谦逊地连称不敢。

一众继续北上。过湟水到了祁连山东端的乌鞘岭，当日即宿于岭下。伯禹和众将登上乌鞘岭高峰向北眺望。果如太章所言，其地是低山与平原，水都北流，水流两边见草地。童律道："平原再北是茫茫沙丘，但偏西处有一条大水北流，长二百余里，两岸却是一片碧绿，水草丰茂，不亚于中原水乡，不知是何水流？"

伯禹复对童律道："你再远眺，还有什么？"童律极目前望道："西是大山雄踞，大山东北百里内绿意盎然，东西连绵千里，向北只是大漠苍黄，鸟兽也难见。"

次日一早向北进发，穿出山谷即见平原，满眼绿色，有几条水流北去。一行人循水流到了一条大水道，伯禹问："众小川都汇入此水？"童律道："就是山上所见北上大川。"太章道："称石羊河。"伯禹道："不知有无灾害？"太章道："让我前去探看，两三天可回。"伯禹道："探下也好，可以放心。"太章立即就去了。大军就在乌鞘岭山坡安营。

晚寝，伯禹、伯益同室，伯禹对伯益道："来此数日，你可感异常？"伯益道："别无所异，只感山谷河川之间闷热潮湿，令人不适，很不习惯。"伯禹道："我也这个感觉，自乌鞘岭到现在，一路如此。初以为盛夏季节，又入山区，闷热想是高山盛夏所致，但经三日观察，方知闷热潮湿原因不只是高山盛夏，还有别因。"伯益道："什么原因？"伯禹道："我见这里大山每日辰时必起云，至午就浓云密布，雷电交作，随之疾风暴雨，晦不见人，经一个时辰，大雨停止，申初天晴，日日如此。故高山之间，终日云雾笼罩，满山潮湿，虽晴犹雨，这种气候环境，造成闷湿。又加盛暑，就既闷湿又热。"伯益道："你观察细致入微，弄清了闷热原因。但这山多雨，却是幸事。"伯禹道："为什么？"伯益道："西北是高山干旱地区，沙漠又缺水，今祁连山有此及时雨，得以普润干旱，岂非幸事。若干旱高温又无雨水滋润，那就万物枯萎，民不聊生了。"伯禹点头道："上天安排实在是好！只不知隆冬季节如何？"伯益道："大山多潮湿，想是地下有丰富藏水，潮湿生雾气，雾气升腾遇寒则成冰雪，我想秋冬季节这里定下大雪，所以终年白雪覆顶，冰凌满山。夏有雨，冬有雪，地下水丰富，祁连山还是好地方。"

两日后，太章探回，众人在伯禹处共议。太章道："一路循石羊水北上，行三百余里到了一个大泽，访当地住民，说是猪野泽，当地人叫休屠泽，土名叫鱼海子。泽北、西、东三面都是大漠，休屠泽是大漠中低地。石羊水两岸有淤泥黄土，黄土之外都是沙丘。河道不宽，却时深时浅，时宽时窄，三百余里河道有狭窄淤浅的百余处，都是沙碛所为。道窄流急，流急刷沙，沙刷则河宽，河宽则流缓，流缓则沙又沉积，河道复窄，故水道时宽时窄，迁移不定。要使水畅流，须去水中积沙。河道两岸是黄土高原，丰草覆盖，有民居，但稀少，不及渭水两岸稠密。

伯禹道："既两岸是黄土高原且有丰草覆盖，为何水道积沙沉淤？沙从何来？"应龙道："以我度之，水处祁连之北，大漠之南，秋冬之季朔风北来，大风扬沙，落入水中，长年久月，积累为淤，此季风所成。"朱虎在旁道："既长年累月沙聚，何以竟未全堵？"应龙道："此流水之力也。春夏水盛，其流急，沙随之北流，进入休屠泽了。水中之沙，随北风而积，随水流而去，故其积不深，千百年来能保持水道者是天地风水平衡的结果。今若能以人力去其千百年之沉积，这水道又可通千百年。"伯禹欣喜道："应龙把道理说明白了，我等当用力浚治，再利民千百年。"诸将都道："愿听伯禹安排。"

伯禹乃道："今已明石羊河水源在祁连乌鞘，北流三百里而至猪野泽。今治可分为两段进行。一段治石羊水源头，自祁连山麓流出之各细流汇于石羊河那段。此段地域分散，细流数十，散而乱流，宜适当归并入河道，由冯施工；另一段治石羊河，由众川汇集处直至猪野泽，去淤沙沉积以畅其流，由江部施工，禹强部留卒三百为两部辅卫，由祝融四人率领，保卫和治水兼顾，遇疑难事，由冯迟决定，应龙留下帮助测量，预计需三月能成。我与伯益先西行，探黑水，至三危，也期在三个月内完成，太章、童律、三奇师徒、朱虎、熊罴、禹强及余卒随我西去。我如超过期限，由太章通知冯、江两部，届时再定行止。"诸将都听令。于是伯禹整装。

却说伯禹沿祁连山北麓西行，盛暑行路，十分辛苦，虽说乘椅，烈日当顶，热浪扑面，汗流一身。这日到了焉支山，焉支山又名删丹山，水草丰茂，鸟兽孳繁，民在附近聚居放牧。太章道："焉支山是祁连山一脉，此即弱水之源。"伯禹道："既如此，就在这里择地暂住治弱水。"太章道："不如去合黎山建营为妥。"伯益道："太章之言是也，黑玉书所绘，合黎山下是弱水流经处，建营在合黎山，可通览弱水，治也方便。"伯禹就沿弱水再西行。弱水不深，其色青黑，水面不见漂浮之物，河底卵石毕现，可见小鱼游动。弱水两岸，零星散落着低矮民宅，人影稀少，然圈中牛羊较多。伯禹一行不久就见北岸有山，弱水沿山脚西北流。伯禹道："莫非这就是合黎山？"太章道："按黑玉书所绘，合黎山还在其西，这应是龙头山。"当晚伯禹等就在龙头山宿了，次日复行，数十里后龙头山山势已尽，出现山谷，弱水分为两支，一支入山谷北流，一支继续西北流。伯禹等沿西北行，不久见一大泽，弱水流入泽中。泽四周显露大片沙碛，泽西北有山耸立。太章道："按黑玉书所示，这是合黎山了。"众人又走了几十里，到了合黎山前，伯禹就命禹强卒在合黎山南麓建营。禹强一面安排众卒，一面口中嘀咕道："山前没有水，安了营做什么！"伯禹隐约听见，看山前确没有水流，也感奇怪。

伯禹为解心中疑惑，次日与众人复至沙碛大泽，太章负黑玉书随行。伯禹等环沙碛一周，只见弱水流入，却不见弱水出口。伯禹道："莫非弱水至此为止？"太章释黑玉书道："按黑玉书所绘，合黎山之南有大水流经过，何以今日不见，图有误！"

伯禹摇头道："自焉支山西来，一路都和玉书所绘相合，足见非虚妄。今不见合黎山前弱水，必有其因，图是当地先民所呈，必有所求，我等当深思其意，以明其意。"

三奇道："莫非先民要求我等开掘一条新河，以润合黎之南。"太章道："有道理，只有这样解释才说得通。"伯益道："玉书所绘合黎山前水纹与焉支山所来之水纹，线条可有异同？"

太章细审玉书道："并无大异，只是合黎山前一线略浅，不如两端线条之深。"伯益道："这就暗示此条河道需要加深。加深之因将有二。一是这原有河道已被风沙水草掩埋，河道沦在沙草下面了；二是原河道水浅，在水源旺盛时可以流淌，后水源减少，水潜入地下，原河床干涸，就长草覆沙不再显河道。合黎山前没有流水就变荒凉，先民要后人重疏此河，再显合黎山前水草丰茂景象。献图给伯禹是这个要求吧。"

三奇拍手大笑道："伯益分析透彻，必是此理。我从合黎山一路到此大泽，就感似走在低陷的浅沟中，还可见两旁似岸，有走旧河道的感觉，我本疑惑，今得伯益分析而明，定是水位下潜，原河干涸而呈现状。"太章也顿悟道："伯益之言合理也合实，黑玉书所指地下水箭头，是告诉我们这里有地下水，可以深掘导水注入干涸的弱水河床。我等可以一边开掘地下水泉眼补充水源，一边刨去旧河床的沙草，合黎山前水道可以恢复原貌而流水荡漾。"众人点头。

太章复道："黑玉书所示弱水西端折北处有丰富的地下水流，在我等开发东端水源同时可去西端开掘地下水，两端都出水，何愁弱水不复流。"三奇道："这个沙碛大泽蓄水颇多，所以不能流入弱水河道，是弱水原道过高。今若深掏弱水原道，使其低于大泽，大泽之水必会流入弱水，这又是一条水源。"

伯益沉思后道："诸君所言取水之道都有理，但根本之点在于深掘弱水旧河床。只有在旧河床深掘之后，方能进水通水，恢复弱水旧貌。但我们人手不多，单凭现有人手，浚此百里河床，非半年不可，会耽误去三危的事了。"

伯禹道："我也担心这事，但已明先人所托，自当尽力做到，治了弱水后再去三危，三危之行迟数月不碍帝命。另外当访求邻近众民，能否得其助力。"

三奇道："以我计算，恢复弱水原貌，工不会过大。我自见黑玉书所示地下水后，一路行来，暗自审测，一路上凡是图中有箭头处，都见冒泉，这是地下水压所致，由此可知地下水压较高，只要掘到地下水道，水就能冒出。另外，我一路察地面高低起伏，凡至地面低处就有水露地面，地面高处就没有水露地面，高低并不悬殊，不过两三尺而已。以此探测，只需下掘旧河床三尺就可见地下水。已知地下水压颇高，故只要掘见地下水流，地下水必能冒涌到地面。且今已干涸的河床终究低于地面，只要去除杂草，再在原有河床上深掘或许两尺，最多三尺，必可见水，其工不多。刚才太章说弱水西端，离此约三十里处有地下泉眼可挖，那我等所浚干涸河床不过三十里，以今四百人力，有一个月足以成功。若再有当地众民来助，更能加快速度。"

三奇这番话，说得伯禹、伯益及众人顿开欢颜，大大松了一口气。伯益赞道："三奇真智者，你所言开人茅塞。太章道："今已天晚，明日我西去一探泉眼，就知水量。"当下至合黎山安歇。

要知如何恢复弱水，且听下回分解。

第七十九回　浚弱水

次日，太章负图西行，童律与三奇师徒伴行，四人走约三十里，依黑玉书箭头所示处果见清泉涌出，所出之水向西循河道而去。三奇命珠儿取石克开拓泉眼，自己也用铁刀相助。没过多久，洞口大张，大股泉水高冒尺许，所出的水深绿似黑，都循河道而西。太章道："当称此为黑泉方对。"为不让地下水白白流掉，三奇移大石板盖牢，等待旧河床掘好。

童律远眺后对太章、三奇道："此西去百里有水南注弱水，弱水也从此折向北去。"太章道："如此可知弱水旧水道自黑泉以西固未干涸也，所干涸的仅此东段三十里而已。"三奇道："由此也可知弱水河道是东高西低，所以水往西北流。"太章点头道："这就省我们工力了。"四人回至合黎山营中，向伯禹禀报所见一切，伯禹及众人都欢喜。禹强道："今后当全力浚弱水，实现先民愿望。"

数日后，营建已成。伯禹命太章指挥弱水工程。太章安排道："我们当三分人力，齐头并治。主力放在深浚弱水干涸旧道，掘至见水后尺余为度。今已探明，干涸旧道是三十里，并不宽，以禹强兵三百主攻，以一月为期。另拨卒六十，开旧水道东端连接大泽，引大泽水入干涸的河床，大泽至河床掘通后，寻找与开凿东端地下水眼，引地下水入弱水，以丰水源，此段任务我愿担任。再拨卒四十去干涸河床西端，开凿黑泉及附近河床，引黑泉水入西去的弱水，并和东段弱水接通，如有不顺的要疏导连通。弱水北入居延海，羌人叫嘎顺诺尔。西段任务请三奇担当。以上诸议，请伯禹定夺。"伯禹顾伯益道："你以为太章安排如何？"伯益点头。伯禹道："即以太章安排实行。"禹强就拨出战卒百人，交与太章及三奇率领，各赴干涸河道东西两端，三处即日施工。

话说禹强率卒开凿干涸之河床，将三百人分作三十组，每组十人，每里留一组，全线浚掘干涸河床，先铲除覆盖河道上的草丛泥沙卵石，再掘河床底部，以见水后再深掘一尺为度。按原河床，宽丈许。禹强之卒都是彪悍精壮汉子，久历凶险，手中器械锐利，搏兽尚且不怕，何惮去泥除草之事。时在暑热，稍用力气即汗流体表，卒都赤膊上阵，并大声呼喊吆喝，与铲土掷石之声混合，在合黎山谷间回荡，其音远播，一片喧腾景气。

动工一两日后，忽有数百名男子身着土著衣衫，荷杴持棒呼啸着自远而至。禹强之卒以为土人来袭，忙停工备战。有人即报与禹强知晓，伯禹、伯益正在禹强处，闻讯都来工地。禹强见来的人数众多,要下令士卒持弓箭施射。伯禹见来人虽多,但所持都是农杴土筐等工具,并非尖矛等兵器,且面现和善喜悦之色而非怒目相视之相,恐伤及无辜,挑起事端,急制止禹强之鲁莽攻战,静观来者变化。只见来者到了河床就停了步,其中一人举双手向禹强之卒呼喊,似在询问,惜不懂其语,不能沟通。又见为首者先以手指禹强卒所处河床,再以手抚自身心胸,再以手指河床,并用双手持杴作掘地状,然后又以手指所来众民作掘地之状,如此反复几遍,而后静立似待答复。伯益道:"来人莫非要助我们共同浚掘此河?"伯禹亦顿悟道:"伯益之言有理,看其手势,正是要来浚河,待我前去会晤。"伯益、禹强怕有危险,禹强道:"不如我去。"伯禹道:"看他们似无恶意,当无凶险,你们可伴我同去,再由熊罴相随即可。伯益、朱虎且留此观察,以防不测,也可事急相援。"说完即与禹强、熊罴三人至来者队伍前。禹强、熊罴二人紧盯对方动静,紧随伯禹,以防万一。

还未等伯禹到达,那个为首打手势之人即向前几步,放下手中木杴,到伯禹面前,弯身向伯禹施礼。伯禹急双手扶住,细观来者,只见其人五十岁上下,面色粗糙黑红,头发已见灰白,双手粗壮有力,见了伯禹唔唔作语,并以手作掘地之状,并反指来者队伍。伯禹已明其意,是要相助浚掘河床。就问道:"你们可是前来共同掘河浚水道?"并也用手势指众,复指河床作掘河状,为首者即笑而频频点头。伯禹复问道,"汝等可听懂我的言语?"为首者先点头,复摇头,再点头,口中又说了几句。伯禹知其意是可以听懂一些,但不能全懂,就微笑着用双手紧握这老汉双手,复用手指众人,令老汉可命众人都至河床共同助掘。

老汉笑了,挥手招众人都到河床,自己又从怀中取出一张兽皮,呈与伯禹观看。伯禹见兽皮上有图,看着不觉大笑,复握老汉手摇之,并牵老汉手到伯益处,命熊罴取来黑玉书,将老汉引至黑玉书前,取出老汉所呈兽皮图对照,正是黑玉书所刻之图。

老汉一看见黑玉书,立即双腿跪下,恭恭敬敬叩了三记响头,泪流满面,连连向伯禹作揖,一面啜泣一面说着像是祷告的话。伯禹心知此玉书当是该族圣物,因而如此崇敬,他们之来,也必是先人嘱咐。

伯禹、伯益、禹强等既见兽皮图,知浚掘弱水必是黑玉书上受益的族民了。禹强下令,各组与来民协力共治,不要歧视,将民也分为三十组。既有村民相助,工效倍增。众民每日至晚始归,来则必带可食之物,与卒共享。伯禹对伯益道:"来时还以为合黎山邻近人居稀少,哪知都居深山,难为外人发现。"伯益道:"羌番之地都深山峻岭,民居散于深山,但同族之人,各有特殊沟通召集方法,只是异族难以知晓。现在与该族言语不通,未知是何族。"伯禹道:"既共同劳作,当可逐渐懂其言语,徐问之当可知晓。"

十余日后,众卒与其民日益稔熟,可借手势粗懂其言语,知其族名似叫远古族,老者是该族首领。族以安为姓,世居合黎山南。弱水一带本水草丰茂,耕植放牧都宜，族人赖以安居足食。后弱水干涸，又风沙大增，耕植无收，放牧无草，只得退居深山。黑玉书是先世在弱水丰盛时详勘诸水源后所刻，是该族圣物，藏在密室。后弱水隐没，族人力薄无力深浚，乃祷先人。盼有圣人出世，再现弱水，祈求至今已近百年。数年前忽失黑玉书，族人汹涌，以为大祸将临，幸尚有兽皮复本，乃愈珍藏。后闻伯禹正在治天下水患，于是族人共议推举本族头目寻找伯禹，但无从寻觅。半月前有族人见大部队集在合黎山下，此后日日派人观察，及见多人下河床浚掘，知定是伯禹治水圣人来了，所以大头目率众来助。及头目见到黑玉书，方知先人显灵，已将黑玉书献与伯禹，求伯禹来此治干涸的弱水了。

伯禹知此后，对伯益道："一水之隐现荣枯，关乎一族之兴衰，治水之务岂可懈怠，正是治国安民的大事，为政者当志之毋忘。"伯益点头称善。此后远古族邻近各邦都来参加治水，妇孺老人也来了，总人数达千人之多，都奋力掏掘，至晚方归。

十余日后，西首传来佳音，河底已经见水，顿时笑声盈野，众人愈益奋力。自此后，由西而东陆续传来河床见水喜报，伯禹、伯益同禹强前往观察，见所掘已深三尺以上，水已盈踝，然众卒及民犹浚掘不止。虽全身水湿，但兴高采烈，忘却疲劳，挥铲举杴如飞，工效倍增。伯禹对禹强道："既已见水，当适可而止，水深至膝为度，过深不利于上下游平衡，水深至膝后可将人力东移，使全段见水。"禹强点头传令依伯禹之示而行。三日后，东段也见水。前后不过三十天，干涸之河床已碧波清流，哗哗西进，卒与民都雀跃高兴。正好，东段通大泽水道也通了，泽中久蓄之水倾泻而出。流入弱水河道，弱水之水猛增。随着泽水冲力，原河床两岸沉沙淤泥都随水西流，河道因而增阔。

伯禹此时未见太章，命朱虎往东探视。朱虎行不远即见太章正率数名健卒扶着五尺长大铁枪在用力撬掘一块泉眼大石。朱虎见状就上前，拔出腰际双斧朝泉眼大石连连力劈，大石顿现裂缝，太章命健卒将铁枪尖插入石缝中，数人同时用力，大石顿时裂开，滚落两旁。随着大石块滚落，一股白花花水柱从泉眼深处喷出，足有四尺远，径大近尺，直冲入弱水河床。朱虎掬饮，连喊好水。众人复用力扩大泉口。顿饭后水从泉口大股流出，虽无初时那样喷射，但出水量很大，源源不断。再加上邻近几口泉眼出水，都注入弱水，弱水水量大增。

原来太章除派卒开挖大泽水道外，自己全力按黑玉书所示处寻找地下水，接连十余处打了多口泉眼，用力不少，惜出水不多，直至今日方打着一口有丰富地下水源的泉眼。因大石壅塞，坚硬难开，幸朱虎赶到，以神斧助了一把，方成大功。从此弱水水源丰足。太章及朱虎都喜，方率众回到伯禹处复命。伯禹与伯益正诧异弱水水位为何突高尺余，众民见水势荡漾，已复祖先所传规模，无不喜此地又将成为水草丰茂、牛羊成群、粱禾丰收的绿洲盆地。都双膝跪地朝伯禹及上天参拜，颂昊天之德与伯禹之恩。太章一行到来，向伯禹禀报经过，伯禹方知弱水陡增是地下泉水涌露所致，也很高兴。正说间，又见三奇师徒、童律率卒来到，向伯禹复命。

三奇道："施工五日，泉水大涌。童律已知南来水道与弱水汇合，但汇合处水道狭窄，于是我等浚掘，至今方毕，特来复命。"童律道："南来之水与弱水相会后共同北流，直至居延海。下游水旺也有益上游，弱水当不会再干涸了。"

伯禹道："弱水既有东西两泉，又得南水补充，此后合黎山之南，弱水一线将成绿洲，此远古族之福，也不辜负其先人一片心机。远古族众民经半个月与伯禹之卒共劳同食，已能初懂伯禹言语，今听伯禹此言，由头领率领，伏拜于地向伯禹叩首致谢。

伯禹见弱水已治，对伯益道："黑玉书是远古族先人遗物，该族奉为至宝，我等留之无益，不如仍归还本族，也是敬祖先安民心的事，你以为如何？"伯益道："伯禹所见极是，理当归还。"伯禹就命太章取来黑玉书并兽皮画，唤老者头目至前道："黑玉书及兽皮都是你族祖先所留，你先祖关怀后代，嘱我等及你族恢复弱水原貌，今已成，完你祖先遗愿。今将黑玉书及兽皮画仍归你族保藏，以体祖先恩德。要教育后代，不可忘祖，善理弱水，不使再枯。"说毕，将黑玉书及兽皮画交与老头领。众民见伯禹如此体贴民心，敬重远古族祖先，都感动得热泪盈眶，跪地礼拜再三。伯禹告远古众民道："弱水虽复流，但仍须爱惜，不可滥用，不使壅堵，不使污染，不使干涸，不使泛滥。当随时有人管理疏浚，加以保护，应当每年浚治，使你族长享此宝地。我部即将离开，你等不必来送。我们离开后，你族可来此安居，所留营房即赠你族。今后应善服王化，努力衣食，亲和族邻，勿兴事端，此即长远之福，宜各自爱。"众民依依不舍而回。伯禹等歇了两日，起身西行。西行之日，远古族早已探知，都赶来送行，手持干脯粮糗，定要献于伯禹一行。伯禹一再推辞，但见众民一片诚意，不忍过拂，只得收入，起程而西。众民一直凝望至看不见方回。

欲知伯禹西行后事，且听下回分解。

第八十回　考察三苗

却说伯禹离弱水沿祁连山西行，山路崎岖，又在盛暑，十分艰辛。途中伯禹问伯益道："帝舜为何窜三苗于三危？"伯益道："三苗原是荆、扬邦国，因其勤吃懒惰，侵略邻邦，又不服王化，帝尧宽大未惩。三苗不知悔改，反变本加厉，凭险叛乱。帝舜践阼，严正刑典，窜三苗于三危。三危是西极之地，崇山荒原，戎羌族所居，生活条件恶劣。这是促使他们惩前毖后，勤劳为生，去恶从善的意思。帝命你我考察，是想看其善恶，以更奖惩。"伯禹点头。又西行几日，到了三危。伯禹环视，见许多绿树碧地，道："今看这三危虽多风沙黄土，但水草不缺，可耕可牧，不像穷山恶水的地方，三苗在此，当衣食无忧！"伯益道："是有些奇怪，且待探察。"

童律道："我环观四周，见民居比邻，人庶繁茂，不像我早年见到的恶地了，未知何故。"禹强道："既到三危，其地其民可徐察，当前且先定居住之所，我等宿在外围还是入三危中心？"伯益道："直接入村族中心，容易引起惊惶，不如先宿营外围，再轻装简从考察，既不惊民，又易得真情。"伯禹点头，命禹强在外围择地建营，考察三苗之事。禹强就选西勒哈金水与卜吉儿川交汇处建立营仓，并猎兽取食。伯禹及诸人就三三两两至三危一带察访。

这天，伯禹、朱虎、太章及两名随卒五人同行，十余里后至一水池，民宅十余栋环池而建，周围绿树婆娑，鸡犬行走，童稚嬉闹，生意益然。池旁有几个老汉闲坐笑语，须发皆白。太章等近前举手为礼道："我等异地来此，不知此为何地？"老人似能听懂太章言语，起而为礼道："这是西戎之地，我等苗姓后代，居此多年了，尊客来此何干？"太章道："我们是帮伯禹治水的人，自合黎山治弱水到此，这里可有水灾等情？"几个老者听后都大笑了，说道："贵客谅从未来过这里。"太章点头道："正是初临，你们笑我们说错话了？"

老者请太章等一行坐下道："你们若有兴致，可以详告。"太章道："愿闻其详。"老者中一年岁长者道："实不相瞒，我们是原住洞庭、彭蠡的苗民，年轻时因不服王化，为乱当地，被帝舜罚窜到这西戎三危。三危本是荒山野岭，风沙四起，尘土蔽日，干旱少雨，黄土一片，人畜难活。迫于强力，只得安顿。为求生存繁息，就用故土耕作之技，垦土播种，将老家带来的种子，遍撒在三危原野，期待生根发芽，长穗结果，好养家糊口。怎知这三危土干雨少，播而无苗，出而枯萎。待至晚秋，收获的粱粒比播下的种子还少。当年大荒，迁来的人，十死二三，一片悲哀凄凉。有不死的一靠迁移时所带剩余之粮，二靠采掘野草，捕鼠兔虫豸充饥，勉强挨过了当年寒冬与次年春荒。"伯禹不觉叹息道："哀哉苦耶。"太章问道："后又如何变成今日景象？"

老者道："当年播下的粱黍并非颗粒无收，有全部枯槁，有萎蔫半死，瘦秆瘪粒，但也有数小块地上长势旺盛，秆粗叶挺，禾长穗壮，不差于洞庭、彭蠡之野。冬日时间长，族人都燃火御寒。聚在火塘周围议谈为什么有些禾苗长得这么壮。有人就说，'禾得水而长，失水而干。禾壮之地，莫非下面有水？'于是相约到其地考察。"太章道："有何发现？"老者道："当年我随族人一个组察看，禾壮之地在山麓上，其地势还略高于平地，但这地方禾苗却壮实超过平地，去时还见残秆挺立在地里。大家拔出其根，见坑中泥土润湿发黑，大异于平地干土扬沙。我们齐力用手掏挖其坑，自早到午，其下土愈湿润，午后取杴继掏，并扩大这坑口径尺余，至晚已深五尺，土虽湿润但未见流水。晚又相聚在火塘，各组所谈略同，但偏西地域在深挖三尺以后已见水滴露头，可知地下定有水源。族人信心大增，约定再各奋力，不见水源不罢手。为此连续奋斗，经过一月有余努力，大部分土坑都有水出。至那年除夕，族中大会族人，宣布春节以后，各家都出力探掏扩大已出水土坑，并向左右与纵深扩展，使土坑成为水井，汲水以灌春播禾苗。春节后家家出人，老幼齐上。本族来自江南水乡，知庄稼无水不长，有水则有食，有食有水可以活命，可以生息繁衍，故户户自觉，人人奋勇，不计暂时饥寒，不怕体肤伤残，都知忍一时辛劳，方可保全族生存。全族整整奋斗了六个月，打成大小水井数百口，口口水井涌清泉。虽则有甜有涩，但终于有水种地，有水止渴。来三危后第二年春播，庄稼生长茁壮，虽有干旱大风时节，吹倒了一些粱黍作物，但到秋后还是有许多收获。这一年全族大小勉强可以充饥，再加上一些夏季采掘的野草，秋冬捕获的野味虫鼠，使全族老幼安稳度过冬春，无一人因饥饿致死。从此以后年年寻挖水源，年年扩大泉眼，流水年年增加。经数十年至今，井井相通，有的成川，使这里成了江南水乡。绿洲遍野，五谷丰登，棉麻成行，鸡豕成群。今已衣食无忧，人丁兴旺了。因我族掘地得水，凿井成泉，做到衣食丰足，受邻近羌戎各族尊敬，都来我族仿效。我族都教会了他们，各族也因有了水增加了收成。因此各族把我族当自己人，相互通婚，融为一体，不再是初来时视我族为敌，不相往来。我族经此番奋斗，深自忏悔当年错乱悖逆，每年火塘聚会许多人都说'自今后当安分守农耕之业，做勤奋之民。足衣食当靠自身勤奋与智慧，强取豪夺、好逸恶劳，非为人之道'。并以此订立族规，告诫全族及后代，倡勤劳之风，不得为逆乱之民。近年来我族风气雍穆，壮有所用，老有所终，幼有所长，鳏寡孤独废残者都有所养，盗贼乱谋不作了。"

伯禹感叹道："经苦难，知劳作，可以兴族；图安逸，乱本性，至于毁邦。使改恶从善，唯其勤劳，倡勤劳者兴国之计，导民逸者丧邦之谋，不可不慎啊！"于是辞老者而回。

再说伯益一行与伯禹分道走访，向东行到一浅水河，河短，只长里许，称为长湖。长湖两岸，绿草如茵，白杨成林。伯益等见林边有民宅数十，都向阳傍山而建，比邻而居，门楣整齐。底楼及门外有圈栏，内蓄豕，外饲鸡。底楼里间是火塘及起坐室，有烤炙炉灶，人住楼上。三奇道："这是吊脚楼，湘南苗民都与此同。"伯益道："三苗民原住荆、扬，移此而其俗不改。"一行人到民宅前，有十余儿童在林下戏耍，树荫处有条石十余，靠树干而设，有老者五六倚树坐石上，似在照看童稚。

伯益上前，童律举手打拱为礼道："敢问老伯，这是何村？"老者见来人装束都是中原服色，不敢怠慢，起立还礼道："这里是西苗村，诸位有何见教？"童律道："我们是随伯禹治水的人，为治弱水来到这里，不知这里可有洪水灾害？"老者笑道："久闻伯禹治水为民，我等都敬重助伯禹治水的人，今日得见，幸会幸会。"说毕请伯益等坐下。复道，"我村地处西陲荒山，全年干旱少雨，即使春夏多雨时节，也因土干山高，水难滞留，从未因水多致灾，倒是由缺水使地产不丰，致民困苦。此地之灾虽是水，但在短缺，不在盈溢，和中原不同。"

童律听此老者说话，知他是有识之士，不由起敬道："我等一路西来，至此村而见中原景象，绿树清水，禾壮粮丰，鸡豕满圈，童叟欢悦，如此沃土佳地是自然天成，还是后人创造，望老伯见教？"

老者点头叹道："尊客有所不知，我村能有今日，既有自然之赐，又是人为得到，来之不易啊。"伯益道："望老伯详道。"老者道："实不相瞒，我族本荆、湘三苗，上代先祖不知天高地厚，身处水草丰茂、衣食足饱之地却不知爱惜，自恃山水佳美、衣食有余而藐视天下，生贪欲之念，求不劳之财，恃强凌弱，侵夺邻邦弱族，不可一世，更萌生觊觎中原之心，逞兵作乱。帝尧宽厚，累次劝喻，未曾派兵征伐。敝族不知感恩，反变本加厉，以为中原可欺，为乱愈甚。族中也有明智之人，曾以'逞强无善果，勤劳能立本'之言规劝为乱者，怎奈当时为乱者其势方盛，从乱者众，听不进这逆耳良言。迨帝舜执政，一改帝尧姑息之策，天兵一发，祸乱立止，就迁我族为乱之户五百，窜置到这西陲荒凉山丘，即今日诸村。初来时只见风吼沙扬，黄土干裂，草木枯萎，四野荒凉，与原居荆、湘相比，有天壤之别。始大悔流涕，惜为时已晚。为求生存，就山挖洞，建窑而居，幸携有余食，度过隆冬。当大地回春之时，垦地播种。我族素习农耕，垦殖非难事。本以为春播夏长秋收冬藏为自然之理，不愁度日安命。谁知以西陲之地当荆、湘之地，大错特错。荆、湘水源丰足，西陲是高原干旱少雨，土干地裂，我等所带来的种子，只服有水湿地，不服干旱黄土。播后出苗稀小，更有不出的。至夏茎秆黄瘦低矮，多有枯死，活的穗很少，也有不结穗的，及收竟不及初播之量。全族平时已赖掘草茎野菜及捕鼠兔掘虫豸为生，初时还盼秋收有粮可度寒冬。及秋收无粮，全族惊慌。方知此地严冬苦旱，非荆、湘可比。面临生死困境，方忆昔日有福不知惜，致有今日之灾祸，悔恨已晚。这一年断炊缺粮而死亡的，十有二三，甚至有绝户的。悲哀凄凉弥漫全族。痛定思痛，于是反复思失收原因，都说是缺水所致。寒冬火塘会上有人提出，所播之地，八成无收，二成有收。二成中却有秆粗穗大、颗粒饱满，不亚于荆、湘之禾，必须探求原因。族中长老都认为有道理，就在禾壮处探究。前后十日方探明，凡禾壮的，其下都有湿润土壤，深挖其下，有见水泉。又经十余日，凡在湿土处深掏多见了水泉。后又经族人共同议决，全族都出寻水，并将泉眼处尽力扩大成为泉井，继而又向四周拓展，循地下有水流处开挖成沟。井与井相连，就成溪河明沟。为防蒸发失水，又在水沟上覆盖石块树干，成为暗渠。农垦灌溉，生活饮用，都仰赖水井水沟。此后年年浚掘，泉眼年有增加。连片水井，明沟暗渠遍布，经数十年开发，使风沙遍野、干旱少雨的三危成了草绿水清的绿洲。粮食年年丰熟，众民健康少病。后我等族人选水流聚集、傍山向阳之地数处，新建民宅。全族分别聚居，各立族长。各族之间定期沟通聚会，缓急相应。重兴荆、湘旧制，全族兴旺。邻近羌戎之族目睹我族丰足景象，都来仿学，就使掏水沟水井办法遍及三危周边，各族之间因而友善敦睦。"

伯益点头道："贵族可谓劫后重生，离祸得福，因劳而兴，有功于各族及西陲了。帝舜闻之当喜。"老者点头道："此位贵客说得对，我族众民因此都知道了经困苦而得丰足，主要靠勤劳的道理。所以我族订立族规，杜欺诈强夺行为，鄙安逸虚伪风气，倡诚信勤劳习俗，立奉公守规约定，服王化，睦乡邻，尊老爱幼，尚恕息争，痛改昔日恃强争胜、欺凌邻邦、作乱犯上的恶行。经数十年来倡导，我族风气大改，族民都乐。此即贵客所言因祸得福，因劳而兴了。"

三奇不觉叹道："勤劳可以兴邦，勤劳使人从善，尚勤劳之风是治国大要，倡乐逸之议是乱世邪说。我虽不为政，但明为政之要了。"童律顾三奇道："奇叔之言当行于当代，垂于后世，可作明训。"伯益点头道："真理寓于朴实，此之谓也。"

别了老者，复至村中各处走视，果然家家闻笑声，户户都谨慎，邻里相亲，上下有礼，和顺朴实之气，不亚于帝都，伯益一行都叹服。

及返，伯禹先至，各叙见闻，知所见所闻雷同。伯禹道："三苗远窜见效了，可以慰帝舜之心。"伯益道："不虚此行，不仅得三苗之实，且得治世之要。去恶治邦皆赖勤，勤是善之始，而惰是恶之兆也。"伯禹点头道："伯益所言与我同心，勤者安国之本，惰是乱世之源，治世当倡勤治惰，此为政之要。"

歇了一日，伯禹对伯益道："我等察三苗仅闻数老之说，没有全面考察，恐失真实，还得深入，以得真情。"伯益道："我虽曾察看村中各户，与老者所说相符，但还只一两个村落，未见全貌。且暂歇两日，再到稍远各村察访。"伯禹点头。伯益又道："此次察访，我们都未露来意，老者所言，也都随口而谈，所说似实，不像粉饰之言，我信其真。"伯禹道："我也信其为真，真言多悔悟之意，也有喜悦心情，不像是虚伪作假。但我们还需深入观其族规和族人所为，就可知其全貌了。"伯益称善。伯禹等在营中歇了几日，禹强率卒连日狩猎，盛夏兽繁，多有捕获，足够食用。数日后伯禹与伯益再去三危西苗各村踏访。

要知再次踏访有何新发现，且听下回分解。

第八十一回　石牌款约

却说禹一行至一村，见小桥流水，景如江南，户落众多。伯禹等信步穿行在闾巷之间，见村中心有一宽敞堂屋，门开着未见有人。伯禹入视，见堂内正中有大火塘，周围放着石凳、木条凳，四壁挂有木牌，有字。朝南正壁一块石碑耸立。前置几案，列供品。太章道："看这摆设，这堂屋当是议事大厅。"伯禹近石碑细看，见碑额勒着"椰规族约"四字。其下有十余款，为族中公德、个人品行、家庭相处、邻里亲睦、田园保护、山水垦殖、收获分配、尊老抚幼、男女婚配、尊王纳贡，以及奖惩劝罚等，都是倡导诚信和顺，抑逆敦睦，奖勤劳惩贪惰的规约。

如族中公德之约曰：族中诸男女，皆须急公捐私，先人后己，族中有难，人人奉献，邻村受灾，倾力相助等。个人品行之约曰：崇尚勤劳，鄙弃惰逸；急公难，息私忿；守诚信，恶虚伪；尊老人，睦家庭；亲邻助人，不恃强凌弱，以和爱为高等。田园保护之约曰：人人皆须爱护明沟暗渠，年年出工维修，不得损毁水源，必须爱护树木等。规约具体、实在、明确。

伯禹看后心中喜悦，知老者所言不虚，三苗族民确已改恶从善了。又览四周木牌，是表彰族中有奉献的人，悬牌奖励，以崇尚勤劳有公德族民。太章道："三苗族不仅痛改前非，这奖励之法也颇实用，可见去恶从善之心迫切持恒，不是一时之见地。"伯禹道："真心向善之族，昊天佑之，我当奏明帝舜，表彰且减赋，以资鼓励。"太章道："是应减赋，三苗族之功兼及西陲，西陲之民蒙其利而安，叙其功不为过。"伯禹点头。

一行出堂屋，复巡视村中。这时壮者都出门垦殖，妇孺也多在山林采集，村中大多是老弱幼小。门都敞开，足见其朴实。伯禹回营，见伯益等已回。伯益也说到族规，其规称为"款约"，是数村共订的规约。款指数村诚恳联盟之称，数村集盟称小款，几个小款集盟称大款，选德高望重的人为款首。款约是公德、品行、乡邻、家族、田园、山林等内容。数十年来，款约使民风大变。太章道："我曾听说有叫椰规的，是族规之异名。"伯禹道："如此而言，苗非一族，我所见称石牌律。伯益所见称款约，显有分支。"童律道："既称三苗，可能有三支苗族。"伯益道："有这可能。今三苗之民既有功于西陲，宜向帝舜禀报并褒奖之。"伯禹道："正和我意相合，我欲奏帝减其赋，贤伯之意如何？"伯益道："正该如此。"伯禹道："且再过数日，再看其山水面貌。"

又数日，伯禹、伯益等率太章、童律、三奇师徒从疏勒河、党河交汇处营地出发，越疏勒河北行，初时见绿色，十余里后，是戈壁荒漠，不见庄稼了。沿戈壁东行，都荒凉。返南行逐渐见井泉水流，土质渐肥，泥沙相混，得水而长庄稼，绿意盎然。复西行至三苗家居处，则是山前河网纵横，明沟暗渠交叉，水声潺潺，闻之悦耳，尝之甘洌，绿洲成片，村舍比邻，鸡犬相闻。

至傍晚，壮者荷枚牵驴归，妇孺汲泉舀水浣洗，姥呼童笑，户户起炊烟。此情此景令伯禹一行疲劳顿消，各生笑脸。

为观察三苗族周边环境，伯禹次日又率众登三危之巅，四周眺望，见东西一线绿带数百里。童律道："自此西望，可达昆仑，然中有冰川雪山所阻，沙漠戈壁间隔。自此向东，至弱水合黎，都有绿意连绵，但不如三苗旺盛。北是戈壁黄沙，南面冰雪为多。南北之间有百余里绿带。以此观之，三苗一带已成西陲仙景、农垦宝地了。"伯禹、伯益都点头道："三苗族其功伟哉，我等可以复帝命了。"伯益对伯禹道："应和三苗族首一见，以示帝仁。"伯禹称善，命童律、太章二人告知三苗各族村首，于两日后来营地，传达帝命。并对太章道："通知苗族后，你即去乌鞘岭告冯、江两部，我将返雍。"

两日后，三苗各族首、村首及长老等四十余人齐集聚于伯禹营。禹、益及诸将都盛装披挂出见。禹强兵持械列队于帐外，一片肃穆，鸦雀无声。伯禹坐定后说道："我与伯益奉帝舜之命，平治九州洪水，至雍州，已治泾、渭，复治弱水，今至于三危。帝舜仁爱之君，以化育万民为己任。昔四凶悖行，虽施惩罚，实望其改恶从善，有益于世。谕察三危审汝苗。来此有日，与伯益及诸将，既访民，也察地，走闾巷，考祠堂，阅石牌，览款约，知你三苗已历艰苦而获新生，悔悖逆，恶惰逸，崇勤劳，说亲睦，开水源，垦田畴，民俗已变，衣食得足，四邻和好，西陲处安。我与伯益将你苗弃旧图新之举，禀告帝舜，会有褒赏。望你苗奋勉，不蹈旧恶，更创新业。我等将离，特告示。"

三苗各首领虽对伯禹驻扎疏勒河畔及后走访之事有所耳闻，因不知来意，不敢深问，只当伯禹前来问灾治水，都不以为意。顾念数十年来本族并无悖逆之行，也不惧怕，管自耕作生活。今日听了伯禹一番宣谕，方知帝舜虽将本族窜于西戎，实未曾忘却，仍在考察善恶。幸本族早知悔改，安居西陲，故此次伯禹暗访察得详情，考语甚佳，有望获帝宥。更感伯禹之察，详而实，深而全，尽得本族历年来艰苦勤奋，改恶从善真情，可以上达帝听，不负本族曾受苦难的经历，因而深敬伯禹。当伯禹言毕，众首领皆俯伏欢呼，既颂帝恩，又颂伯禹德，确是真情流露。会毕而散。此事传诵在三苗各族之间，愈惕人奋进。

伯禹次日东返。行之日，三苗之民送来苗家特色米数十担，以佐路上食用，也表苗民丰足之意，伯禹婉谢不收，苗民恳请不已，只得收下，乃别。

伯禹返行，途经弱水，弱水潺潺，两岸已一片葱绿，已有民居。又数日到了祁连东乌鞘岭。冯、江两部原已到扫尾竣工阶段，得太章通知，就加快扫尾，伯禹到来前一天竣工入营,正好和伯禹相会。

伯禹入营帐。对众将详述治弱水察三危诸事。未去诸将无不高兴,庆三苗改恶从善,喜西陲得安。冯迟、江妃两人也将治石羊水、潴野泽之事向伯禹作了禀报。伯禹道:"这里水已治,会有民来垦殖。我等可归岐南了。"时在秋末,祁连、乌鞘飘雪,银装素裹,寒气袭人,于是沿山麓东赴岐南。

却说岐南自伯禹率大军离开大营后月余,甘族送来第二批粮黍,玄龟都收入仓库。伯禹大军返还,玄龟、道彰、无忌等一干将领来见礼。伯禹见大营整齐,粮足卒健,十分高兴。下令各部在大营休息,有疾病者尽力治疗,务求康复。衣履不整者,加以缝补,每人发了新衣履袴,准备返都。

伯禹和伯益复巡视渭水两岸,见水流顺畅,时在深秋,冬春所播禾黍正是收割季节,大多入仓,尚有少数在割。询问黎民,都道今年丰收,禹甚喜。但垦殖仅在渭河两岸,北岸稍远一带仍多荒芜,伯禹心中惆怅。回营问玄龟道:"可见扈枣来人回复垦殖北岸之事?"玄龟道:"我等日盼其回音,然从夏至秋,始终未见回复。"伯禹道:"看来扈枣不想应命了。"伯益道:"既如此,可以告知甘氏之族,令他们派人前来开垦渭北土地,免赋三年,所垦之地,所得之粮,尽归甘族。如此扈族可无怨言哉。"伯禹称善,命童律、太章持书简告甘棠。书简写道:"赖贤父子之力,我部所需粮糇得以不缺。君信人也,予不敢忘。今渭水已平,泾、漆皆通,渭北新露大片良地,垦殖必有厚报。为酬君父子及黎民襄助之功,渭北未垦之地,悉由甘族垦之。自明年起,新垦之地免赋三年,以作酬谢,君其勉之,毋负我意。"甘棠父子得伯禹书简后,十分欣喜,嘱太章回复伯禹道:"决不辜负伯禹厚谊,渭北之地今冬即有民前去垦殖。"太章、童律辞回报伯禹知晓。

却说这几日空闲,三奇师徒与应龙、禹强、冯迟、冯脩、江妃、江飞、道彰、无忌等人在一起回顾治水历程,都说辛苦十余年,总算九州水平,也不枉此一生。在回顾中多言山石坚硬,劈凿不易之事,勾起了三奇一段心事。原来三奇早在开凿砥柱时就留意冶炼铜铁一事,并和方、宋两人商量过多次,只是没有时间和机会。现在洪水已平,人员正在休整和总结,有了空闲时间。思量既然上古蚩尤就能提炼较精良铜铁之器,难道于今不能提炼?想如今伯禹手下聚集众多能人异士,正好提出来共议此事,若能成功,将大有利于后世。

于是当众人谈及山石坚硬、缺少利器时笑道:"诸位都说山石坚硬难开,我却羡慕库藏蚩尤的利器呢。若有大批此类利器,工程必是提早结束。"江妃道:"惜少此物,若能人手数件,也省了许多力气。"冯迟道:"不知蚩尤用什么方法得此利器神兵?"三奇道:"既然蚩尤能得,难道我等竟不如古人?"宋无忌道:"古人能制作,我等亦能,只是不知其法而已,若知其法,必能制作。"禹强道:"只恐蚩尤利器是天生之奇物,不是人力制成。"应龙道:"以我观察,其兵器形状各异,都十分趁手,且各有所用,天生之物不能如此合用,此必人力所致,只是不得其制作之法而已。"三奇道:

"方、宋两位精通风火用法,我多次请教,曾偷偷取山中含铜铁重土试炼,出了铜水铁水,只是没有成形。"诸人都兴奋地道:"既可出铁水,就能成形,现在有时间人力,可以试造铁器工具啊!"三奇道:"欲取不难,但需三个条件。"道彰道:"说来听听。"

三奇道:"一需有产铜铁之山地,铜铁多埋深山中,与石岩混生,故须先知此山中有无铜铁之物;二需猛火烧炼,因其混于石岩,故需猛火熔岩石,使混在石岩中的铜铁化为熔液流出;三需建窑掘沟,将含铜铁岩石置窑内以火炼烧,熔出铜铁的熔液,倾倒入沟内,冷却后成形。我曾取得粗糙铁杆,至于如何将粗制之铜铁再精制成上佳利器,我还未得其法。或许须再加猛火重炼之方成,要试后方知。"

应龙道:"此法可行,我等何不趁此闲暇试之。先提取粗铁,再试精炼。"无忌、道彰都说:"三奇若须风火之力,我二人全力以赴,助你成功。"禹强、冯、江都说道:"若须人力,我等众卒都听你指挥。"

三奇道:"我早有此愿,今九州水平,且得闲暇,当一试提炼铜铁,若能有成,必大利于后世。"应龙道:"历九州,勘众山,我大致知何山有铜铁。以近而论,华山之西松果山有铜,英山、竹山有铁,都可试掘。"三奇道:"既如此,当禀明伯禹以行之。"诸人都说好,乃入见伯禹。

此时帐内除伯禹外,还有伯益、太章、童律、章亥、竖亥等人在座,正谈论什么。伯禹见众将进入,点头笑道:"诸君同至,想必有事,请道其详。"应龙道:"适我等正在闲聊十余年来治水之经历,感其功伟,泽及后世万代。深水坚石,治之不易,都说利器太少,若士卒都有蚩尤之兵刃,必能事半功倍,大减士卒辛劳。三奇提及想在近处有铜铁的山崖试炼铜铁,我们都赞成。若得成功,则战可以为兵器,耕可以为农具,再有治水可以为工具。为此特来禀明伯禹,请伯禹示下。"

禹闻言大喜道:"我与伯益也曾多次谈及治水与农耕之器不够坚利,致卒民辛劳,只是不知得利器方法,心虽时念而未有结果。今诸君有此意愿,再好没有,若得成功,将是朝野之大事也。我举双手赞成。只是此事辛劳,诸君又不得休养了。"诸将都道:"若得成功,辛劳又有何,况我等都是闲不住之人,正想为民多做些好事呢。"

三奇笑道:"但此事不能必保成功,若一旦劳而无功,还望伯禹见谅,也请诸将向从事此役的士卒解释清楚。"伯禹笑道:"三奇智能之人,又素来思虑周全,小心谨慎,我信必有所获。后若一时难成,也不怪你。天下创新求真之举,多非一次成功,必历经千艰万难,数败而后成。有败有胜乃事之常,三奇及诸君不必以此为念,试之可也。所需人力,听你调度。"

诸将听伯禹之言后,都踊跃愿与三奇同往。禹强、冯迟、江妃都道:"所有士卒除伤病外,都可去。"应龙、太章、童律、两亥等也愿参与试炼。三奇道:"这是试炼,士卒不必过多。虽然开山取岩需有一定人力,我意每部抽自愿前往的精壮之卒一百人,三部共三百人足够使用。主要是开山取石、垒炉生火、提炼等事。诸将中方、宋二位及祝融四杰尚望参与。其余各将，能来则多多益善，指导协助指挥可也，然得伯禹同意安排方可。"

伯禹点头道："三奇说得对，诸将不能都去，我与伯益正有要事请几位将军去办，是总结十三年治水的大事。"诸将道："愿听伯禹明示。"

伯禹道："经十三年用力，洪水已平，正在草拟呈文以告帝舜。十三年来经历山水无数，诸事纷繁，见闻众多，而向帝禀告，只能扼要总述。但文扼而不失事实，事归而必求其确。历来所经，虽有记述在册，然向帝奏，还须复核，不可有一言虚妄。诸君来时正与童律、太章、两亥兄弟在议，因所有记录都是应龙所为，遍寻应龙未见，故尚未定下核实办法。今应龙前来，正好议定此事。因此，应龙不能与三奇同去，先要与太章、童律等完成核实十三年来所经所记，以便据实呈奏帝听。"

应龙道："十三年所经山水之事是我记录，要核实归纳，我不能不参加，愿与太章等共成此事，不使一事一山一水有误。"伯禹点头复道："除助三奇之卒三百人外，那大部尚留本营，需人统率，诸将中庚辰、冯脩、江飞留下统率，禺强、冯迟、江妃可去佐三奇，方、宋、祝融兄弟都去助炼，玄龟仍守仓为后勤，提供需要物资。"诸将都应了。

要知伯禹如何向帝舜禀报诸事，且听下回分解。

第八十二回　功垂后世

话说伯禹留下应龙、太章、童律、章亥、竖亥五人细议复核之事。应龙问伯禹道："复核之事，伯禹有何明示？"伯禹道："自辟龙门、载壶口以来，十余年间经历无数山川，若一一重蹈细核，非短期可成，也无此必要。我和伯益已通济熟筹，今之复核以应龙所记为底本，对其中有疑虑不确的或有缺漏要补明、需要重新核实的，由应龙、太章、童律、两亥兄弟五人共同审定。审核中不许有一点疑惑及不明不确，务求真实、无失、无误。待拟出应补之项后由太章、两亥兄弟及童律分赴待查之地查实补明。所查之处可成图或记文以归，交应龙补录齐全。童律视远，可助望山川始末起讫，以便通览。查实此千山万水经历全貌，不仅为现时呈奏帝舜细览所需，也为日后编集成册、供后世明山川之所在提供资料，望诸君慎成此事。"五人聆伯禹所言，知此事重要，应诺而出，立即动手。

却说伯禹要等复核记录资料，暂时搁置呈文一事，就与伯益谈起治水之后如何管理九州诸邦众民及田地贡赋之事。伯禹道："水退之后，陆地大增，都是可耕农地。民垦之后，其益倍增，虽有三年免赋之约，然三年之后，自当征赋纳贡，下不失臣民之道，上则有养国之资，故贡赋之制不可废。但治水之后，土地改观，其利倍增，贡赋多少，依何而定，须有规则，方能使天下共遵而实行。"伯益道："君言极是，无规矩不能成方圆，贡赋是邦国众民之大事，须立规矩。我们当依治水所见的实情定土地优劣等级，然后以土地优劣等级结合民情定出贡赋，方可奏帝批准颁行天下施行。"伯禹称善，两人乃议贡赋等级之事。经反复斟酌，依治水经历定出九州贡赋如下：

冀州之田为五等，其赋为一等，贡物品类随帝都之所需。

兖州之田为六等，其赋为九等，贡物品类为漆、丝、织物等。

青州之田为三等，其赋为四等，贡物品类为盐、海物、谷、麻、奇石、畜产、野蚕丝等。

徐州之田为二等，其赋为五等，贡物品类为五色土、雉羽、平阳桐、丝、磬石、蚌珠、鱼等。

扬州之田为九等，其赋为七等，贡物品类为玉石、木料、齿革、羽毛、草服、织锦、橘柚、矿石等。

荆州之田为八等，其赋为三等，贡物品类为羽毛、木料、矿石、坚竹、青茅、黑红丝带、大龟等。

豫州之田为四等，其赋为二等，贡物品类为漆、麻及织品、丝及织品、磬石等。

梁州之田为七等，其赋为八等，贡物品类为磬石、矿物、兽皮、兽毛织物等。

雍州之田为一等，其赋为六等，贡物品类为美玉、石珠等。

梁雍以西有西戎，责贡皮衣。

定贡赋后，伯益道："九州之地如此辽阔，远者初归，未服王化，不能以王畿之制管辖。更远之域则各自为政，独立为王，能否臣服于帝朝，难以概定。故要统九州内外各邦国，须区别对待，应以距王畿远近而定治略。"伯禹称善。伯禹、伯益就以王畿为中心，分东南西北四方，以五百里为一限，称为服，服者服从中央王权之统辖。其制如下：

王畿是中心，帝都所在。王畿之地方径千里，千里内皆王的公田。王畿之外每五百里为一服。

王畿之外五百里称甸服，甸服之内纳贡赋。

甸服之外五百里称侯服，侯服之地屏障王畿及甸服。故以封国为主，国有大小，爵分五等，侯、伯、子、男、附庸，国设卿大夫。

侯服之外五百里称绥服，绥者安抚之意，安抚有两道，近者以文教，远者以武卫。

绥服之外五百里称要服，要者约也，因其离王畿已远，故取羁縻联系之意，相互信约相安。

要服之外五百里称荒服，其地离王畿甚远，是蛮荒之地，多大海流沙，声教、武力不能及，为放逐罪人之处。

伯禹与伯益既计贡赋，定五服，着手拟呈帝舜之文。只因应龙等核查未归，许多重要内容难以定下，故两人只能议个轮廓，等待应龙等归来不题。

却说三奇等率众卒至渭南松果山，就在山下立营。冯、江两将各率本部卒开山取岩，至深挖百丈以后，所见岩石已见铜色。三奇与禹强率卒在山脚平地掘地垒石建窑，先取陶土制成坩埚数十个备用，并在地面挖深沟以注铜水。半月后窑成，矿石也采集不少。宋、方两人率祝融四杰与三奇、禹强共视窑体：外形如包，内架台灶，灶洞可以添柴置炭。灶面由坎羊率卒敷了一层厚厚的陶土，中有凹槽，可流铜水。窑内四壁用陶泥抹壁，以保热量，窑顶有孔，可透烟气，另有一孔入矿石，可启可封。三奇、方、宋等观后都满意。无忌道："入矿石前要先烤干陶土？"三奇称是。禹强令卒点火热炉灶，道彰以风力灌火一昼夜，三日后启窑入视，陶土已坚硬如石，停工两日入矿石，封顶留孔。由无忌、祝融两人点火而炼，道彰灌风，士卒相助。三人有风火神功，炉内火势猛烈，昼夜不停，最热时千度以上。出烟孔白天黑烟冒腾，夜间火光如柱,整个窑体呈红色,热气逼人。

第二日下午出口流出灰白色熔液,量较少。三奇取样后道:"这是锡。"第三日晨开始出黄色铜水,注入地沟,地沟中冒出阵阵热气,并伴有咝咝之声。此时窑中矿石尽熔,铜水不断流出,许久方停。众卒见果出铜水,无不欢呼。沟中铜水灼热,不可触摸。三奇命龙冈象喷水持铁刀截断沟中铜条。铜条喷水后逐渐冷却,至下午禹强令卒取出已截成小段铜块,三奇命堆在窑前。

禹强取了一块道:"果然坚硬,只是还未成为可用之器。"三奇笑道:"言之有理,正要改变为可用之器。"禹强道:"我信奇师定有办法,铜块堆在窑前,莫非再炼成形?"三奇点头道:"正是为此。但请将军派士卒就近再垒个小窑,作重炼之用。禹强依言命卒在大窑边垒了小窑。窑内有炉,炉上置冶炼锅,三奇命卒将块铜入冶炼锅内,复由无忌、祝融、道彰等点火扇风熔炼。经一昼夜千度高温炼制,铜块又熔为铜水。三奇命士卒身穿厚衣,手罩皮套,衣套用水浸湿,持王库铁器,挟冶炼锅出炉,倒铜水于早已准备好的以细沙涂抹的多个陶模中。入模铜水满而不溢为度。剩余铜水复置炉内保温待用,器物待一昼夜后冷却取出。此时禹强、冯迟、江妃、水珠、道彰、无忌、祝融兄弟都来围观。

三奇命士卒磨去表面沙粒,一件件黄而带青的铜兵器、铜农具、铜工具已锃亮地展现在众人面前。众人无不喝彩。禹强取了一把铜刀,两尺长,厚背薄刃,刀尾有把手,执在手中虽沉却趁手,连赞好刀,只是刃口不够锋利,还须磨砺。三奇道:"正是须磨砺后方可用。"冯迟取了一柄铜锤,长柄圆头,十分沉重,用力狠狠击向一块山岩,岩石应声而碎,细瞧铜锤却毫发未损,不觉连称好工具。江妃选了一条三尺长的尖头长杆,插向石缝,用力一撬,石块顿时开裂,铜杆却未曾弯折。众人见铜器成形有用,都各兴奋。

水珠笑道:"若用铜水浇出一些日常用品,使平常百姓能用上这不易破碎的盛水盛食铜器,民就受益了。"三奇闻言道:"珠儿说得是,当设法制几件用于生活的铜器。"当下众将及士卒见炼铜成功,无不欢喜。

三奇与众将商量道:"既已成功,自当多炼几窑,也不枉此番心机。"无忌道:"现在离年底还有月余,且先向伯禹送几件去,使伯禹知炼制有成,方可禀明再炼。"诸将都说无忌说得对,即推无忌取件向伯禹禀报。

伯禹、伯益见试制铜件果然坚利,又颇为趁手适用,十分欢喜。伯益道:"有此坚硬之材,今后民可得垦殖之利器了。"伯禹道:"既山中藏有炼铜铁之石,当令各地采掘上贡,贡品中当增些铜铁矿石一项。"伯禹嘱无忌告三奇及众将卒再炼几炉,出几件实用精品,以献帝舜。并嘱众将卒小心身体,以待归程。无忌应诺而回,告知众将不题。

却说应龙、太章、两亥、童律五人自奉伯禹之命后,知此事既繁重又紧迫,故夙兴夜寐,精心操劳,阅原录,核不实,查遗漏,审疑点,细察慎考,力求翔实完备。在营审核列出待查事项后即日起程考察。太章为人谨慎，临事一丝不苟，考证力致事实。应龙审慎，无一遗漏。童律神目，又有明察秋毫之心。两亥谨慎细致也同太章。因五人处事都极端负责，虽说是重点补遗，实际上对所历之山水几乎重核了一遍。因时间较紧，故工作特别辛苦。日夜奔波于各地，五人时分时合，分别核实。好在五人都有特异才能，神行、神视、神算各显其能，经两月有余，终将治水所经的山山水水，一一考核订正，对原记录作了翔实无误的订正修补，在腊月中旬赶回大营，将记录呈交伯禹。伯禹大喜，对五人慰劳有加。

又命三奇等人息炉回营，以待回都。三奇、禹强等将所制青铜兵刃、农具、生活器皿等呈交伯禹。伯益、应龙、太章、童律、玄龟、两亥兄弟等都来观看触摸试用，无不交口称赞。童律见铸件不但光亮坚硬，且其色黄中带青，问三奇道："铜色何以带青？"三奇道："是铜中含锡所致，锡熔点低于铜，但混入铜液后却硬度增加，显青灰色的是含锡色。"童律点头道："三奇师父真有夺天地造化的功夫。"伯禹命玄龟将各种青铜铸品收入仓库保存。

伯禹与伯益商议后召集诸将道："九州之水已平，可以向帝复命了。士卒已将息多日，伤疾已愈，我与伯益商定，少数人留此过年，届时与我一起回朝复命，大多数士卒可在年底前回家团聚，以慰其家人，诸君以为如何？"诸将都同意伯禹意见。

伯禹就命禹强、庚辰部除留卒百名为卫外，其余众卒都先期返都回家，返都之卒由冯脩、江飞、庚辰率领，约定正月二十日再集到帝都南郊，等待帝命。仓储各仓之粮，除留下将卒过年所需外，其余粮食分给众将卒，以赏其劳，并助回家之补。此外，积余之干脯除留下部分作为贡与帝舜之外，也分给众将卒带回家中享用。一些珍贵之兽皮、珍物则完整地保藏，将献与帝舜。保存之物都交与方、宋两人负责保管。后勤之卒只留五十人，余卒由玄龟率领回都，同于正月二十日在南郊会合。留下的将卒并营中食宿，由禹强负责保卫，三奇师徒兼管膳食诸事。伯禹、伯益、应龙、太章、童律等草拟呈帝舜奏文。诸事安排妥帖，各将皆依言而行。

至腊月将尽，伯禹等所拟呈文已成，过了春节，伯禹定下启程之日，命太章先期向帝舜奏报到朝之期，帝舜命朝中大臣迎接禹、益到来。禹、益赴朝面帝，呈上奏文及所贡各类器物。帝舜乃展奏文，其辞曰：

臣文命（禹）偕大费（益）恭奏帝舜前：

昔受帝命平治天下洪水，于兹十有三载。受命以来，夙夜祇惕，务克其当。赖帝德广远，将卒黎民率力相助，臣乘四载，随山刊木。决九川，浚畎浍，使洪水退于四海。水退地露，庶黎垦于四野。民得食而安，国获地可赋，民安国富，使帝教化于天下，圣命达蛮荒。此帝命治水之所以必要哉。兹将治水所历，扼要以奏，以供帝审。

予等治水起自冀州，始载壶口，辟龙门，凿吕梁，疏汾导漳，开砥柱，修大陆，导河至碣石入于海，遂泄帝都之水。至兖青导九河，治雷、夏，通沂、泗，开菏疏淄理济以泄众水于海。至徐治淮导洪泽使入于海。至扬治彭蠡,理震泽,疏三江以达于海。至荆导沱、潜,通九江,云土梦乂,江汉朝宗于海。至豫治伊、洛、涧、瀍入于河,泄荥、理济、导菏,通于海。至梁导江、分沱而及蒙、蔡,通漾入潜分沔汉复入于江而达海。至雍治渭浚沣泾,通渭汭,从漆、沮,使泾渭入于河。复导弱水、黑水至于三危。奉帝谕察三苗,三苗丕叙,去恶从善,有益西陲,当予嘉褒。

九山刊旅,九川涤源,九州攸同,四海会同,水退地露,庶土交正,致慎财赋,咸则三壤,成赋中邦,以疆邦治。予等已计贡赋,定五服,制表以供帝之审纳。治水利山之际,悉山之藏而得炼铜锡之法,有智能之吴良、禹强、水珠及诸治水将卒同经试制,卒成坚利之器,将大有益于农工作业及生活使用,谨贡数件,供帝察用。

治水十有三载,幸得有成,此帝之威德所致,亦赖将卒众民之力。有除妖去怪之战将禹强、庚辰、朱虎、熊黑;治水之主将冯迟、冯脩、江妃、江飞;筹划之将应龙、吴良、水珠、乌木由;测量通讯之将太章、童律、章亥、竖亥;后勤保障之将玄龟、方道彰、宋无忌。此皆治水有功之士,为可用之贤能,理当识其才而奖其功,任之要职。此外有中途来投、改邪归正并有一技之长的可用之士,共同致力于治水有功者祝融、龙罔象、躩魈魎、坎羊、甲乙东、甲乙南、甲乙西、甲乙北、段干丘、段干陵、段干阜、段干崈等亦当录而用其所长。三千士卒皆栉风沐雨,不辞辛劳,以迄于今,当予褒赏。已亡之卒应抚恤其家,使生者得慰,亡灵得安。治水所经各邦,众民相助,尤显者有雍地甘棠之族、荆地芈氏、罗氏之族、豫地邙山郏村之族、泰逢之族,兖州有鬲、青州过氏,徐州涂山氏等族当予表彰。新垦之地,免赋三年,已承前谕宣告各部,今宜再申帝命,以奖开垦。以上各项,谨奏帝前,请帝审准。特此呈奏。

臣禹、益上

帝舜览禹、益所奏及诸物,十分欣喜。对禹、益道:"两位贤卿所为,诸有功之臣,有能之士,朕当褒赏其功,士卒亦当奖其劳,诸邦有力者当荣其族。两卿且善休息,数日后听旨。"禹、益乃退。

过了几日,又逢朝会,帝舜颁下旨意,宣于廷曰:

昔帝尧时洪水滔天,襄山环陵,民失其所,遁于山林,饥寒交迫。邦土破碎,旅途阻塞。曾命鲧治,不克有成。禹继父志,十有三载,更壅为疏,遍历九州,决四渎,导九川,入荒蛮,达海滨,终克有成。洪水退而大地露,沃壤显而庶民耕,黎庶得衣食之惠,邦国有贡赋之利,民安国足,乃兴礼化之教,疆拓服分,始言王土之制。治水开土之功,非一时之兴衰,实万载之伟业。禹与益及诸将卒跋山涉水,辛劳自不待言,功业伟巨,不奖赏何以励后。兹命禹在朝为司空之职,掌平水土而管百工,佐予以理万邦;益为虞,掌林牧渔利,与后稷共理天下民食;应龙、吴良、水珠、冯迟、冯脩、江妃、江飞宜入水府为主将,受禹所辖;禹强、庚辰、朱虎、熊黑当列战将之部,升为卫朝主将；太章、童律、章亥、竖亥、乌木由当入虞府为卿，归益所辖；方道彰、宋无忌至秩宗府为卿；玄龟入后稷之府，任仓库之卿，受弃所辖；祝融、龙罔象、躄魍魉、坟羊四人入虞府为士，甲乙、段木八人归后稷为农士；三千治水之卒各归本部，每人赏甸服之地三顷，以为家。免贡赋三年，老则归养定居，现则垦王畿之地为农卒之长，归后稷之府所辖；留湘之卒与已死者都同赏，给其家。

伯禹所定五服之制，贡赋之则，皆如议颁行天下。所进铜锡之器，可大用于当世，当继续炼制，进其艺而精其器，由禹主之。诸有功各邦，荣其族。前谕新垦地免三年贡赋有效，不可失信于民。诸治水将卒给假三月，回家团聚，以补十三载离家之苦，假后至其任，为国效力。此诏。

帝舜下达此诏后，众将卒都欢喜而归。只有吴三奇向帝舜上了一奏，说明年老不再任职，恳请准许辞官养老林泉。本由伯禹代奏，帝舜经伯禹介绍，知吴良在治水中累出奇谋，贡献甚大，但生性清淡，所以准了其奏，赐三奇震泽之地十顷，临湖小山一座，终身不必贡赋。并为他建房一幢，供其养老，令所在庶民随时照看他的身体。三奇乃辞别伯禹、伯益及诸将，与珠儿回震泽，享年百岁以上，无疾而终。

伯禹自任司空后，依然谦逊有节，受百官钦敬。数年后帝舜又命伯禹总领百官。又数年，帝舜欲禅位，百官都举伯禹为继，舜禅位于伯禹，伯禹摄位至帝舜崩而继帝位。又数年至扬州会计天下财赋，崩于山上，此山乃称为会稽山。禹即葬于此，今浙江绍兴会稽山有大禹陵在焉。